中国百年工业文学大系

丛书主编　贾玉民　樊洛平

短篇小说卷 I

刘宏志　主编

中国工人出版社

本卷主编简介

- 刘宏志，中国传媒大学文学博士，郑州大学文学院教授，主持国家级、省级项目多项，出版专著 3 部，发表学术论文 160 余篇。参与国家社科基金项目《中国当代城市题材文学研究》（1949—1976），发表工业文学研究论文多篇。《多重话语变奏中的打工者的多种面貌》入围第六届“啄木鸟杯”中国文艺评论年度推优终评作品。

顾 问

（按姓氏笔画排序）

何向阳　张　炯　谈　歌

梁晓声　董学文　蒋子龙

出版说明

一、缘起

为庆祝中华全国总工会成立100周年，中国工人出版社特组织编纂《中国百年工业文学大系》丛书。文学作品是社会现实的形象反映。本丛书的编纂，全面整理百年来工业文学作品及相关资料，精选优秀作品，按体裁分类，编成20卷的丛书，生动、形象地呈现百年来中国工业化的历程，呈现中国工人阶级的命运和奋斗历史，呈现中华全国总工会在中国共产党领导下，与工人运动一同发展壮大的图景，有助于讲好中国工人阶级故事、中国工业故事和中国工会故事，为更好继承弘扬革命传统，创造未来提供历史借鉴。

二、编纂团队

本丛书编纂团队由《20世纪中国工业文学史》和《中国工人文学史》的作者为基础，邀请郑州大学、河北师范大学、河北大学、河南师范大学、河南理工大学、中原工学院等院校为合作单位，以研究中国工业文学的专家、学者共同组成编辑团队，分工合作，在中国工人出版社的指导下共同完成编纂工作。

三、选录作品范围

重点选录反映工业生活、描写工业人物、揭示工业领域社会问题的优秀作品，根据中国具体情况，适度收录有关传统手工业、商业、人力车夫、纤夫等生活的作品。兼顾各历史阶段、各阶级、各阶层、各个地域、各种产业、各种体裁作品；兼顾专业作家、工人作家、业余作者。

四、编纂原则

真：选录的作品，基本以初发或初版为准，个别作品使用与初版接近“最佳”版本，使其成为中国工业文学发展史的可靠文献。其中繁体字须改为规范简化字；标点符号改为规范格式；错别字给予纠正，加注说明。原作署名为非通用笔名的，注明其真名或通用笔名。

专：各卷按文学体裁编列，分别为史论卷、报告文学卷、短篇小说卷、中篇小说卷、长篇小说卷、诗歌卷、散文卷、剧本卷、电影文学卷、电视文学卷、资料卷。各卷均有独立性，组合又具统一性、逻辑性。

精：各卷首的“导读”，长篇作品的“提要”、节选作品的“简介”，各篇所加注释，务求内容准确、文字简明。

鸦片战争后，中国近代工业开始萌芽，至今已近200年；从中国工人阶级队伍略具规模，至今也已百年以上。这期间出现的各类工业题材文学创作，虽然赶不上“乡土文学”等传统题材作品数量之多，但也可称数量巨大。我们的编纂工作肯定存在不少缺陷，切望有关作家、专家、学者，广大读者批评。

2025年4月

《中国百年工业文学大系》在编纂过程中，有幸收录了众多作家描绘工业岁月的珍贵作品，这些文字是中国工业发展的重要记忆载体。由于时间跨度长、信息更迭等客观因素，书稿付梓之时仍有部分作者未能取得联系，对此我们深感歉意与遗憾。恳请尚未联系上的作者或家属看到成书后，及时与我们取得联系，以完善作品收录的后续事宜。

总序

深刻反映时代巨变，描绘时代精神图谱
——新时代呼唤工业文学的繁荣

“文化是民族的精神命脉，文艺是时代的号角。”习近平总书记的这一重要论断，深刻揭示了文艺与时代的紧密联系。文艺作为社会生活的镜像与人类精神的诗性表达，始终与时代同频共振、血脉相连。它不仅是时代变迁的见证者，更是时代精神的塑造者和引领者，在为我们展现历史巨变的同时，也将中华民族伟大复兴的壮阔征程熔铸成一幅可触可感的精神图谱。

100 多年前，我国近代工业刚刚产生，就陷入帝国主义列强的围堵和封建专制的压迫之下，在其筚路蓝缕的艰辛跋涉中，20 世纪上半叶就有茅盾、夏衍等作家描写民族资产阶级“工业救国”梦的破产，描写工人阶级的悲惨处境和觉醒斗争，创作了《子夜》《包身工》等优秀作品。新中国成立后，在大规模经济建设中，更多作家长期深入工矿生活，创作了许多新作，如草明的《乘风破浪》、雷加的《潜力》三部曲、艾芜的《百炼成钢》、艾明之的《火种》等长篇小说以及李季赞颂玉门石油基地的诗歌等，出现了工业文学的初次繁荣。而工人

作家胡万春、万国儒等的崛起，则开了工人写工人的先河。到了改革开放大潮中，反映工业战线生活的作品更如雨后春笋，蒋子龙的《乔厂长上任记》等系列，张洁荣获茅盾文学奖的《沉重的翅膀》、程树臻的报告文学《励精图治》，以及众多作家反映工人生活的中短篇小说、诗歌和剧本等，势如乘风破浪，冲上改革文学的前沿。伴随着改革深化和经济转型，在“新写实”和“现实主义回归”文学潮中，又涌现出一批沉甸甸的作品，如张宏森、肖克凡、谈歌等作家真实反映国企工人经历的转型期阵痛的佳作。而“打工文学”在珠江三角洲等沿海经济特区异军突起，更成为新时期工人写工业文学的一道新风景。

从党的十八大开始，中国特色社会主义进入新时代，进一步强化了工人阶级是国家的领导阶级和主人翁地位。在《关于繁荣发展社会主义文艺的意见》指引下，文艺界克服价值扭曲、娱乐至上、唯市场化等倾向，用现实主义精神和浪漫主义情怀观照生活，歌颂光明、抒发理想，鞭挞丑恶、抵制低俗，给人民以信心和力量，在工业文学方面产生了一批讴歌大国重器、“中国制造”的响当当的作品。同时以“知青文学”而闻名的梁晓声，创作了长篇小说《人世间》，描写知青回城前后几个工人家庭两代人的生活变迁，以其动人肺腑的笔力而荣获茅盾文学奖。一向书写矿山工人生活的刘庆邦，以现实主义笔触展示了不同类型的煤矿工人的人生。不少剧作家也创作或改编了描写工业和工人生活的剧本，搬上屏幕，受到广大观众的欢迎。

百余年来，中国工业文学由小到大，由弱到强，形象地记录了中国工人阶级的发展历程。从百年前郁达夫笔下的女工陈二妹，到蒋光慈小说中的工人形象，从《百炼成钢》的秦德贵到报告文学中真实的英雄孟泰、王崇伦、王进喜、赵梦桃等等，构成了中国工业领域的英雄人物画廊，构成了工人阶级光辉的斗争史和成长史。感谢中国工人出版社和主编本丛书的贾玉民、樊洛平诸位教授学者，经过多年努力，辛勤劳作，为广大读者编成此套规模宏大、内容丰富的选本，自是一项盛举！

如今，中国工业文学作家面前仍然任重而道远。

首先，和我国工业迅速崛起的势头相比，工业文学的反映还远远不够。工业文化，尤其是21世纪以来，极速变化，迅速飞腾，节奏之快，前所未有。这就要求我们身在工业战线、对这种伟大变化有深切感受的工业作家，肩负起历史使命，拿出更多新的好作品来。

其次，和经典作品相比，相当一部分工业文学作品对现实的剖析和人物心理世界的开掘还不够深刻，还少有触及这方面深层次的观念冲突、心理变化和复杂的矛盾斗争的新作。随着城市化的加速，新工人、新市民成亿增加，对工业文学的期待必将日益强烈。

中国实现工业化、现代化，是多少代人的理想和立国之本。新时代呼唤工业文学的繁荣。这既是挑战，更是机遇。工业文学作家和工业战线的文学业余作者，自应把握这个历史机遇，全身心地投入这场新的工业革命，投入由农业文明向工业文明的深刻变革之中，在实践中观察，体验，对工业基础以及高端装备等建设成果努力深切了解，对这场变革中的各种人物表现有更生动把握，从而掌握扎实的生活素材，奠定工业文学更生动更深厚的基础。我们深信，广大读者都会殷切期待作家、艺术家的进一步努力，充分认识所承担的历史重任，开出灿烂的文艺之花。希望广大工业战线的文艺工作者不辜负时代召唤、不辜负人民期待，描绘出中华文明古国在21世纪工业腾飞的足迹，绘出民族的精神图谱，奏出时代的最强音。

张　炯

2025年春于苏州

导言

一

文学中是蕴藏着历史的，或者说，文学是历史的一种特殊表达方式。把横跨百年的中国工业题材短篇小说阅读下来，在为不同小说主人翁的命运变化而感慨唏嘘的同时，我们也可以清晰感受到百年来中国工业从无到有一步步的艰难成长，感受到在中国工业巨大变革的过程中中国工人命运的沧桑变迁。

对于漫长的人类社会来说，工业是一种新兴事物。18世纪英国发生工业革命，机器工业出现，工业才从农业中分离出来成为一个独立的物质生产部门。中国在工业革命中落后于发达国家，历史上工业规模很长一段时间是远远落后于西方国家的。所以，“工业文学”在中国显然也是新兴的概念。“工人”这个词语，在中国历史中出现较早。最早出现于《国语》，“周之《秩官》有之曰：敌国宾至，关尹以告……廪人献饩，司马陈刍，工人展车。百官以物至，宾入如归。”其后，荀子、韩愈等人的文章中都有“工人”这个词的出现，但是，此时的“工人”概念和我们现代的“工人”概念显然是不同的，它更多是特指工匠、匠人。随着现代工业的出现，“工人”这个概念开始具有了特殊的含义，多指生活在城市、矿山，依托现代工业而劳作的劳动者。马克思对剩余价值的发现，又让“工人”这个概念不再仅仅指向一种职业，或者说一种劳动方式，而和“阶级”“革命”密切关联起来。换言之，现代工业出现以后，“工人”这个词，既代表着一种新型的劳动方式，和时代变革有着紧密的联系，又有着特殊的意义，与古代的“工人”概念已经不一样了。晚清洋务运动之后，随着中国民族工业的发展，产业工人数量也开始攀升，日渐成为中国社会中一支举足轻重的力量，于是，工人也开始成为文学作品中着力描写的对象，新的工人形象在中国文学中出现了。从选本的时间上限来说，本丛书所编选的百年中国工业短篇小说，已经基本呈现了现代工业出现以来中国工业的发展历程，以及现代工业中中国工人生存状况。

当然，文学并非是一种纯粹客观的描述，文学作品中的工人显然已经不仅仅是普通的职业意义上的工人，而带有了更多的政治意义。在不同的历史时段，不同的时代背景下，作家们写出了不一样的中国工业状况和形色各异的中国工人形象。本丛书中，短篇小说作品选共分三卷，按照时段划分，分别是新中国成立以前的工业题材小说，从新中国成立到中共十一届三中全会前的工业题材小说，以及新时期以来的工业题材小说。之所以做出这样的划分，是因为这三个时段社会背景不同，工业文学创作的内容和艺术也呈现出不同的特征。

第一卷选取的是 1900—1949 年的工业题材优秀短篇小说。这些小说在表达内容上比较一致，即都呈现了旧中国社会的黑暗和现代工业的孱弱，塑造了一系列被侮辱与被损害的工人形象。本书收录的第一篇工业题材小说是柳亚子的《劳动狱》，该小说发表于 1905 年，讲述三个女工因工厂管理人无理克扣工人工资，而到厂部找其讲理，结果该管理人员依仗外国老板势力，反把女工捆绑押送警察署，痛打五百鞭。小说中的工厂管理人员是中国人，但是他在面对官员的时候，因为具有英国国籍，就可以不用下跪。在他眼中，在工厂工作的同胞，不过是贱种、猪狗。小说末尾，叙事者申明，上述故事，“皆劳动界实事，稍以我悲愤之笔渲染之耳，原案见癸卯年某日报，犹依稀忆之，惜忘此厂之名与其日月……”从艺术角度来说，此时年仅18岁的柳亚子这篇小说显然不够成熟。人物形象不够生动、丰满，或者说具有非常明显的概念化特点，作者基于强烈义愤，把想要表达的意图，都直抒胸臆地陈述出来。不过它在某种程度上，基本代表了新中国成立前工业题材小说大致形态，即真实地表现出工厂主的霸道，政府与资本家的互相勾结，以及在多重压迫、剥削之下的工人生活的痛苦。

总体而言，1949年之前的工业小说中，所书写的工人主要是纺织工人、煤矿工人、铁路工人以及在码头、盐场等地方从事苦力劳动的工人。从工业题材小说这些主人翁的工种、劳作情况，我们可以从中窥见新中国成立前中国工业的落后，而小说所书写的工人的痛苦生活，工人的抗争，则在一定程度上可以呈现出新中国成立前工人生存状况。新中国成立前工业题材小说，大体有以下几类主题。

一类是书写官僚、资本家对工人的压迫，以及工人在旧社会的痛苦生活。如上述的《劳动狱》，以及曹靖华的《女工话》、王统照的《生与死的一行列》、庐隐的《灵魂可以卖吗？》、郁达夫的《春风沉醉的晚上》《薄奠》、张天翼的《一件寻常事》、刘一梦《失业之后》、企翁《欧战声中苦力界》、丁玲的《法网》等。这些小说写出了官僚、资本家以及他们的爪牙对工人的残酷压迫，也写出了工人生计的艰难和无望。妻子生病，而丈夫因失业，没有能力给妻子治病，便酗酒发疯，最终，丈夫为了不让妻子继续受病痛的折磨，给妻子喂下了毒药，这是张天翼小说《一件寻常事》讲述的内容。即便暂时生计还过得去的，他们的生活都有可能被一个偶然的意外打破。《欧战声中苦力界》中的王二，原本在码头靠出卖苦力，勉强能支撑家里的生活。可是遥远的欧洲的战争，却直接导致他失业了。丁玲小说《法网》中，艰难度日的工人顾美泉、阿翠夫妻，仅仅因为阿翠和王婆婆的一点矛盾，接着引发的一系列后果，直接导致了顾美泉、阿翠夫妻，以及邻居小玉子的惨死。资本、官僚的残酷压迫，工人生计的艰难，在这些小说中得到了淋漓尽致的展现。

书写工人们的觉醒与反抗，是现代文坛作家创作工业题材小说的另一个重要主题。麦克昂（郭沫若）的《一只手》、华汉的《马桶间》《十姑的悲愁》、戴平万的《小丰》、孟超的《路工手记》、建南（楼适夷）的《盐场》、冯铿的《突变》等小说，都表现了中国工人阶级的觉醒、成长，以及反抗的过程。《突变》中，原本麻木不仁，把自己的生活希望寄托于宗教的女工阿娥在看到富人的消费后，阶级意识逐渐觉醒，不再把未来寄托于宗教，而是投向了工人运动。《路工手记》这篇小说则更是以日记体的形式，非常详尽地写出了铁路工人为了反抗军阀的奴役而举行大罢工的过程。显然，中国工人阶级在革命中的巨大作用，在这些小说中也得到了反映。

这一时期的短篇小说，也有如《苏家布》《双红旗》这种基调乐观向上的小说，前者讲述天津布商在外国布冲击市场的情况下，锐意革新，最终占领市场，发展了中国民族工业的故事，后者则是讲述新中国成立前的落后工人在解放区成为劳动模范的故事。《苏家布》在很大程度上是作家在这个时代对于中国民族工业发展的一种理想化的想象，真实的中国民族工业其实是在国外资本的冲击下溃不成军的。《双红旗》这类小说就其风貌而言，其实可以说是新中国成立后工业题材小说的先声。总之，对工人痛苦、麻木生活的呈现以及对工人觉醒、反抗过程的描述，是这一时期工业题材小说的重要主题。

第二卷选取的是 1950—1978 年间的工业题材优秀短篇小说。新中国成立以后在工业基础建设上突飞猛进的发展，以及新中国对工人阶级国家主人翁地位的强调，显然都深刻地影响了这一时期工业题材小说的风貌。这一时期的工业题材小说中，所描写的工人不再仅仅是纺织工人、煤矿工人，炼钢工人、造船工人等工人形象的出现，显示了中国重工业在这一时期突飞猛进的发展，而书写海洋水手的小说《国际友谊号》，则在书写中国工业发展的同时，凸显了中国国际地位的上升。无论是主题表达，还是小说的风格、基调，相比较1949年之前的工业题材小说，都发生了翻天覆地的变化。就小说基调来说，不再是凄苦悲凉，而是洋溢着乐观主义的精神。就小说主题来说，这一时期的工业题材小说着重强调新旧社会的对比，强调表达新中国工人作为国家主人翁的奉献精神。

通过新中国成立后前后工人生活的对比，来表达新中国工人翻身当主人的主题，是这一时期工业小说中比较常见的模式。《特殊性格的人》《包身工的后代》《第一课》等小说中，都存在一个新旧对比的主题。《包身工的后代》通过女工戴凤英工作状态的对比，呈现了新中国成立前工人是奴隶，新中国成立后工人是国家主人，以及工人对党和国家的热爱这样的主题。强调奉献精神，强调工人的国家主人翁精神，是这一时期工业题材小说另一个非常重要的主题，《检验工叶英》《上海姑娘》《荣誉》《女车间主任》《竞赛》《年轻的朋友》《在厂史之外》等小说，虽然设置的故事矛盾点不同，但其共同点在于小说中的工人们都表现出了自觉的国家主人翁意识和奉献精神。《检验工叶英》和《上海姑娘》这两个小说写出了年轻的质检员为了国家利益，不讲私人情面，严把质量关的故事；《荣誉》《竞赛》《女车间主任》以及《竞赛没有结束》等小说，则写出新社会的工人们不以自己的利益得失为首要考虑，而是始终把国家利益放在第一位的故事。这些小说中的工人都显示出了鲜明的国家主人翁精神。这种对国家主人翁精神的强调，也使得这时期的小说塑造了一系列个性鲜明的捍卫国家利益的青年工人形象，如叶英（《检验工叶英》）、白玫（《上海姑娘》）、寇金童（《在厂史之外》）、沙桂英（《沙桂英》）等，这些人物形象，毫无疑问，丰富了中国当代文学的人物画廊。当然，本卷也选取了“大跃进”时期的几篇小说，以便我们可以看到这一时期工业题材短篇小说的整体风貌。

第三卷选收的是 1979—2020 年的工业题材优秀短篇小说。相比较前两个时段，这个时段的工业题材小说形式丰富多样，这和这一段时间跨度相对更长有关，也和这一时期中国整个社会改革开放，工业领域发生巨大变化有关。党的十一届三中全会确定了改革开放的重大战略决策，在中国实行市场经济。在这个背景下，原来的计划经济体制下的工厂被推向市场，同时，境外资本也开始纷纷在大陆设厂，私营经济开始发展。中国工业发展模式的巨大变化直接影响了国有企业工人的工作、生存状况。一方面，随着国营企业被推入市场，工厂面临巨大的竞争压力，于是工厂也纷纷改革，对工人实行绩效考核，工人也要开始竞争上岗甚至企业升级改制，或者破产重组，不少工人下岗、失业。另一方面，随着境外资本纷纷在大陆设厂，引发大量农民涌向城市，特别是沿海经济特区，到三资企业打工，当时被称为打工仔或者打工妹。他们在外资或民营企业工作，作为雇佣劳动者，应有的权益往往得不到保障。这些都使处在这个过程中的工人群众的社会处境和生活发生了很大变化。新时期以来的工业题材小说对时代的转折，对工业生产、发展方式的变化都进行了敏锐的回应。针对 20 世纪 80 年代汹涌而来的改革大潮，蒋子龙的《乔厂长上任记》，柯云路的《三千万》等小说直接书写时代的改革需求，以及工厂在经济体制转型期经历的阵痛。针对境外资本进入大陆设厂，大规模打工潮这种现象，以张伟明的小说《下一站》为代表的“打工作家”的作品则直接写出了新时期以来最早的打工者的工作、生活。针对 20 世纪 90 年代以来国家的深化改革，中国工厂面临的巨大压力，李佩甫的《学习微笑》、肖克凡的《男工张义》、隆振标的《卖厂》等小说写出了工厂在市场运行中的艰难，以及工人在市场经济中的搏击。

值得一提的是新时代以来工业题材小说对工人形象的塑造。在这些小说中，工人之间的朴素而真挚的感情（《过年》《水边的阿迪利亚》)，工人对自己工作岗位的感情，对自己工作的责任感(《王的记性》《一个小站两个人》《异情》)都得到了充分的表现。《过年》中普通煤矿工人玉香，在过年的时候，首先不是回自己家，而是和一个因患矽肺病死亡的矿工的遗孀共度除夕夜。《王的记性》中的王作为一名普通工人，他似乎患了健忘症，家里的事情总是忘东忘西，可是工作上的事情，却从来没有忘记过一次。《一个小站两个人》中的老马和肖强，前后相继坚守在大戈壁中一个荒凉的小站，是把自己的青春、自己的生命都献给了国家，献给了人民。新时代的这些工业题材小说在呈现了工人优秀品质，显示出工人之间的大爱的同时，也表达了即便在市场经济时代，这些看上去默默无闻地坚守在普通工作岗位上的普通工人也依然是共和国最重要的基石。

总体来说，这一时期的工业题材小说很难用一个简单的词语进行概括，仅本书收录的这几十篇短篇小说，就题材表达内容来说，既有表现在改革浪潮中搏击的《乔厂长上任记》，也有书写三资企业、民营经济发展，开始收购国有企业的《卖厂》《最后的资本家》，还有呈现不同时代工人生存状态的《本次列车终点》《冷也好热也好活着就好》《开冲床的人》《过年》等小说，不一而足。就小说叙事的基调来说，既有改革开放初期的虽然面临诸多问题但是依然积极进取蓬勃向上的朝气，亦有在深化改革过程中对国企被兼并的现象的思考的沉郁。小说塑造的工人形象，既有改革开放时锐意进取，努力进步的青年工人，也有在市场经济大潮中艰难前行，寻找自己发展道路的下岗工人，还有在国家需要的工作岗位上不计名利不计得失默默付出的国家主人翁。当然，工业题材小说风貌的复杂显然也正说明了这一时期文学发展的繁盛——正是百花开放的文坛环境，才造就了这一时期工业题材小说的繁盛。

二

著名学者丸山升在谈论中国现代文学的时候，指出中国现代文学具有强烈的关注现实的精神，并且认为这是中国现代文学的优点。他在援引了谷崎润一郎、金子光晴、宫本百合子等几位日本学者关于中国现代文学的评论后，指出这三位学者“虽然表述方式各不相同但却把与包括文学家在内的中国人民、中华民族所处的现实‘苦斗’作为中国现代文学的最大特色来认识，并且与之发生共鸣。而且金子光晴还认为在中国现代文学这一特色中蕴含着纠正日本文学弱点的力量。关于这一点，我很想让中国的同行们知道。”[①] 毋庸置疑，伴随着中国现代文学成长起来的中国工业题材小说也具有这个鲜明的特点。事实上，从早期的《劳动狱》《猪仔还国记》，到后来的《春风沉醉的晚上》《路工手记》，再到后来的《乔厂长上任记》《三千万》《学习微笑》《开冲床的人》等小说，我们都可以看到，与时代共鸣，与人民共情是中国工业题材小说非常鲜明的特征，现实主义是中国工业题材小说的基本立场。

中国工业题材小说的现实主义立场首先体现在创作方法的选择上，我们明显可以看到，现实主义创作方法的选取，是工业题材小说明显的特点。如果说早期的工业题材创作还受制于时代的局限，作家没有强烈的艺术探索的意愿的话，那么，新时期以来，在一些作家积极探索艺术形式，甚至模仿现代主义手法的情况下，工业题材小说创作更多是强调采用现实主义的创作方法。新时期以来获得全国优秀短

① 丸山升：《关于中国现代文学研究的一己之见》，《文学评论》1989 年第 2 期。

篇小说奖的工业题材小说，无一例外，都是采用了传统的现实主义方法。这种艺术选择，或许与作家的个性有关，但是更重要的在于他们对科学社会主义学说坚定不疑的信仰，对亿万劳动人民利益的耿耿忠心，对国家和人民的高度责任感、使命感。张炯在谈到张平的作品时指出，“张平创作的可贵价值正在这里。他直面社会，直面人生，不粉饰现实，甚至把现实的疮疤揭给人们看，而这样做的目的正是为了人民和社会生活的进步。他的作品中总是充满凛然的正气，充满一种对现实负面力量的控诉，令人惊心动魄，但他又非常掌握分寸。他对正面力量必然要战胜对立面总怀有充沛的信心。因而他的作品并不灰暗，它所闪耀的亮色，总给读者以鼓舞的力量”①

时间证明，许多工业题材小说的作者坚持现实主义创作方法，勇于直面现实，都和张平一样，完全出于严肃的历史责任感、使命感。

工业题材小说的现实主义立场还表现在小说对时代大事的密切关注上。时代的变革，尤其是中国工业生产方式的变革，中国工人阶级的命运，中国工人的生存状况，在工业题材小说中都得到了体现。在这三卷本的工业题材短篇小说选中，从中国工业发展状况来说，我们可以看到新中国成立前资本主义国家工业对中国民族工业的冲击（《苏家布》），新中国成立后国家工业体系的建设（《女车间主任》），改革开放之后市场经济运行方式对传统工业生产方式的冲击（《乔厂长上任记》《小厂来了个大学生》），以及国家进一步深化改革带来的私营企业的发展（《最后的资本家》）。从中国工人运动角度来说，我们可以从工业题材小说中看到沙基惨案（《小丰》），看到省港大罢工（《十姑的悲愁》），以及京汉铁路工人大罢工（《路工手记》）。从中国工人命运的变迁角度，我们可以看到最早的，在海外被资本家当作奴隶一样剥削的华工（《猪仔还国记》），看到旧社会工人的痛苦而看

---

① 张炯《在张平作品研讨会上的讲话》，见：《张炯文存》第10卷湖南大学出版社，2011年1月，第483页。

不见光亮的生活（《一件寻常事》），会看到工人的觉醒与反抗（《盐场》），也会看到新中国成立之后工人们当家做主、扬眉吐气的生活（《包身工的后代》），改革开放之后工人们对新生活的追寻（《丹凤眼》《明姑娘》），煤窑工人辛劳但充满人情味的人生（《爱》《班中餐》《过年》），以及工人在市场经济大潮下重新定位人生，选择自己人生的方向（《学习微笑》）。从某种程度上讲，这三卷工业题材小说，就是一部用小说完成的中国工业发展史、中国工人命运更迭史和中国社会的发展变迁史。阅读这些小说，我们可以看到百年间中国工人命运的变迁，看到中国工业的发展历程，感受到百年来时代脉搏的跳动。

中国工业题材小说还有一个特点，即始终坚守着人民性立场。这首先表现为小说对工人生存境况的关注。在较早的《劳动狱》《猪仔还国记》等作品中就可以看到，作家总是对工人的苦难、工人的生活状况充满了关切，在工人和资本家等其他各方势力发生冲突的时候，作家总是毫不犹豫地站在工人的立场上，对资本家等进行激烈的批判。事实上，这也是百年以来工业题材小说的一个共同特点。在《工人小史》《生与死的一行列》《路工手记》《突变》《盐场》等新中国成立前的一系列小说中，针对工人生活的困苦，工人生存的艰难与无望，作家都是一方面对工人生存状况表示同情，另一方面指出导致工人生计困难的原因，并对资本家、军阀，以及相关统治者进行批判。比如《生与死的一行列》中，小说借助一个贫困劳动者的死亡，对这个时代的贫富对立，富人对穷人的压迫进行了批判，且含蓄地表示出，这个世界上的穷苦劳动者才是一家人。《盐场》中，作家虽然对老定这些劳动者的麻木进行了批判，但还是热情洋溢地歌颂了工人反抗者成和，也对破坏了盐民暴动的陆先生进行批判。显然，工人的苦难，工人生存面临的问题一直都是工业题材小说的关注对象。在新时期以来的工业题材小说中，当工人和资本方，或者领导发生矛盾的时候，作家也都是毫不犹豫地站在工人立场上。《下一站》中，青年工人面对来自香港资方代表的无理指责，可以毫不犹豫地主动辞职，以捍卫自己的尊严。小说对于工人的举动是充满理解和同情的。《女人之约》中，女工郁容秋为了获得来自各方面的尊重，主动承担起替工厂讨债的重任，最终成功让工厂度过难关，她自己却因此而患上癌症，奄奄一息。她最终的要求，只是希望厂长能兑现诺言给自己鞠一躬，让自己能够感受到真正的被尊重的感觉。但是，在她生命的最后时刻，厂长食言了。从小说书写中，可以看到作家对郁容秋这个被人误解所谓声名狼藉的女工充满了同情。

新时期以来工业题材小说中的工人形象，无论处于什么样的生存境况，大多都有自觉的国家主人翁意识。小说中对工人们国家主人翁意识的书写和呈现，其实也是小说人民性的一种表现。《学习微笑》《卖厂》等小说，书写了在20世纪90年代深化改革的背景下，工厂面临破产或者被私人企业收购的时候，工人们的生存状况，以及他们为了保护工厂做出的努力：《卖厂》中的宋师傅，为了保全工厂，他主动卖肾，来为工厂筹措发展资金；《学习微笑》中的女工刘小水，在公公去世之后，主动拒绝了厂里的救济，一家人依靠自己的努力在困境中奋起。这些小说和新时代以来的书写工人对普通岗位的坚守的小说，如《一个小站两个人》《王的记性》等互相映照，显示出中国工人无论是在多么普通的工作岗位上，都始终对国家充满感情，始终以国家主人翁自居，时刻愿意为国家做出牺牲。这种大爱精神的书写，是对中国工人的歌颂，也是小说人民性的鲜明体现。

作家的人民性立场不仅表现在对工人生存状况的关注上，还表现在他们总是以热切的目光关注着国家的发展，力图为国家发展、民族富强贡献出自己的力量。“十七年”时期的工业题材小说，作家们在热情歌颂工人们的主人翁精神的同时，其实也是在为国家未来喝彩。新时期以来书写改革的工业题材文学，比如《乔厂长上任记》

《三千万》《小厂来了个大学生》等小说，都对损害人民利益，损公肥私的相关领导人物进行批判，对主动承担重担，把国家利益、人民利益放在第一位的领导进行歌颂。《乔厂长上任记》中，乔光朴主动放弃权力大责任小的肥差，到问题重重的重型电机厂担任厂长，进行改革。原因则是，乔光朴认为，在国家发展中，重型电机厂这样的工业大厂必须承担起自己的责任，为国家的发展添砖加瓦。从乔光朴、丁猛（《三千万》）这些人物身上，我们可以看到作家强烈的社会责任感，以及对民族振兴、国家富强的期盼。当然，在这些工业题材小说中，有些作家是不自觉地带有了精英主义的立场，这一点在新中国成立前的工业题材小说中表现得尤为明显，不过，即便如此，我们也能从中看到作家忧国忧民的承担意识，以及对工人的热切关注和同情。

毫无疑问，中国工业题材小说具有鲜明的时代性、人民性和现实主义立场，这是其特点，也是其优势。从某种程度上，我们可以说，正是这些特点，成就了中国工业题材小说。工业题材小说的强烈的现实主义立场，使其总是能对社会的变化、工人生活状况的变化做出迅捷的反应，并因此而引发社会的关注。20 世纪 80 年代，在中国工业改革艰难推进的时候，蒋子龙的小说《乔厂长上任记》横空出世，引发社会热议，也让社会对改革有了更深入的理解，对改革者有了更多的理解和支持，客观上也对中国的改革进程起到了推进作用。20 世纪 90 年代，在国家深化改革的情况下，“现实主义冲击波”小说风靡一时，这些小说聚焦时代困境中的国有企业，聚焦面临下岗的工人，写出了对工人们的理解和同情，引发全社会的关注。毫无疑问，紧贴时代，忧国忧民，与时代同呼吸、共命运，与工人共进退，这些都是中国工业题材小说的特点，这些特点促成了中国现代文学史上的经典，如《春风沉醉的晚上》等小说的出现，也客观上促进了进步思想的传播，且给中国工业、中国社会百年来的变迁，从艺术角度留下了一个剪影。

编选本书的过程中，研究生李思妍、杨贺雯、马欢欣在帮我搜集小说资料，以及书稿文字的校对、整理方面，做了大量工作，在此一并致谢。

刘宏志

目录

劳动狱

侠少年（柳亚子）

去上海里许，地名□□，有□□之工厂在焉，资本无虑数百万，烟突矗云霄，工人比鲫鱼。厂中执事供奔走者，皆“劳动社会之薄命女子”。

某某者，执厂中经济之全权而贪甚，凡劳动者血汗所换得资，一经其手，无不剥削折扣，劳动者以势不敌，不敢较。

气益忍，声益吞，而某之手段益益狠，今日扣工资十分之一，明日扣其二，又明日扣其四，又明日扣其八，以浸至于无何有。

劳动者不得资，困甚，叙而议，乃举三女子为代表，至某处办交涉，索国债。

“咄，汝等来何为者。”——某

“噫，先生！吾侪晨起至暮，一日六时间，入厂工作，足几胝，手几胼，而终不得丝毫之代价，吾侪至夜归其家，父母弟妹相哗而索钱，不得则詈吾侪，曰：‘汝弟寒无裤，汝妹不履不袜，汝父母所居屋，欠房金已数礼拜，日夕望汝资疗穷困，而汝今日言无钱，明日言无钱，汝工作所得资，果安在……’吾侪非木石，其何以堪此，噫，

先生！”——三女子

“嚇，汝等来乃以不入耳之言聒我乎？我受主人命，来治此厂，惟知为主人省钱耳。汝等皮非皮，肉非肉，汝等实贱种，虽冻死饥死交谪死，何与我事，而妄哓哓渎我听，出！速出！不出将以绳缚汝等，治汝等以侵害秩序之罪恶。”——某

“噫，先生！吾侪独非人类欤，而先生若此……”其声悲以长，呜咽不成语。——三女子

“咄，汝等自命为人类欤，汝等实狗，乃敢来抵触我？仆人来，为我缚此狗，我将揎狗皮，食狗肉，狗！狗！狗！速缚！！速缚！！”——某

长绳一缕，绕三女子之身，不能复转侧。

有顷一马车来，举三女子掷其中，车门骤阖。

车声辚辚，向警察署去。

三女子自思彼乃至警察署乎，警察署之长官，或能申我冤意，今日之事实冤甚。

车行一时许，已抵署外，某乃指挥仆人，释三女子缚，挟之共入署。

长官坐堂皇，面青黑，无生人气，须拳缩如猬。

两旁差役，狰狞如夜叉，抑三女子使跪堂下，跪不如式者，足踢之，痛甚，不敢作声。某直立不跪，上前白事曰：“小人乃大英籍，例不跪，今来者，以此三恶妇不守规则，废工事，小人戒之，则殴小人，且毁小人室，所失至百余金，愿长官痛治之以法。”

长官厉声叱三女子曰：“汝等不守规则废工事乎？汝等殴某某，且毁其室所失至百余金乎？咄，恶妇！恶妇！不重绳汝等何以保治安？”

三女子错愕失措，方举头欲有所言。

“咄！恶妇！恶妇！速受吾刑罚，汝等固憨不畏法者耶……”倾案上竹筒中，签尽掷诸地，曰：“鞭！”

差役应声至，捽三女子头，褫其亵衣，裸半体，匍匐地下。

时至十二月之中旬，寒甚，地欲裂，四肢索索抖。

堂上再呼，曰："鞭！"

差役持鞭高举，直笞三女子之背。

同时三女子呼謈声，与差役之咤叱声并作。

五十鞭！一百鞭！二百鞭！三百鞭！至四百余，而仍未已，三女子之背肉狼藉，不可辨，血流堂下，点点成冰，作朱殷色。

有顷三女子已受五百鞭之刑，不能动。

堂上乃呼曰："止！"

复作恨恨声，曰："汝等恶妇，汝等实狗，不重惩，不足示我国家法律。"

再回顾差役曰："以此恶妇去暂寄狱，明日当使荷校游厂中，以示儆。"

又谓某曰："汝无他事，汝速退，我已为汝惩此恶妇。"

某扬扬有得色。

差役挟三女子出，某目送之，唇微动，做冷笑状。

堂下观者如堵墙，默不作一语。

三女子面无人色，披衣背上，衣红如染，倚差役以行，行稍缓，差役犹叱之。

三女子喃喃自语曰："噫！吾侪独非人类欤。"其声凄婉而欲绝。

侠少年曰："右篇所述者，皆劳动界实事，稍以我悲愤之笔渲染之耳，原案见癸卯年某日报，犹依稀忆之，惜忘此厂之名与其日月，虽然，吾意固不在此。"

侠少年曰："吾读《浙江潮》杂志所译嚣俄哀尘之篇，越日而见此案，吾心痒，痒，吾若有不可思议之奇梦，我自喜我共同感情之未全消灭，我又自恨不能利用此共同感情，为同胞请命，而徒以咨嗟叹息了之。"

侠少年曰："吾既见此案，则自以其意见判断其狱。邮书某日报，某日报畏贵人不敢登，又寄江苏杂志，亦不见录，盖以为琐屑小故，无关大局。然不知社会之不平等，专制之大罪恶，皆可以此案代表其隐痛也。两年以来，如骨鲠在喉，不吐不快，长夜不寐，乃剪烛成之。文字收功日，全球革命潮，读我此篇者，其亦有意乎？”

侠少年曰：“我点缀此冤狱为小说，终篇而自读之，忧沉沉来袭心，黑暗世界，乃有今日，不解决此问题，吾其负同胞。欲解决此问题，则不可不学法兰西之马拉，不可不学吾祖国之张献忠。呜呼！马拉乎，张献忠乎，汝真英雄，汝真豪杰！我宁受当世之斧钺，我宁甘历史之唾骂，我其终学汝，我其终学汝！”

原载《醒狮》第3期，1905年11月5日

猪仔还国记

指 严

闽粤间细民，生计不足，即去之南洋各岛或新旧金山，充当工役，往往有致富者，其来二百余年矣。逮近世各国殖民政策抗进，乃有限制华工之议；一方面则驱使虐待，惨无人理，华工稍稍苦之。不肖枭悍之徒，乃乘势趋利，为外人鹰犬，摽途人而货售之。外人使其生死听命，鞭策役使，有如牲畜。于是谋生之途，变为鬻奴之径矣。当其欺诱裹胁，捆载而去，不复以人道相待，名曰“猪仔”。“猪仔”投身异域，无复出头地，终身为无家之贱奴而已。

粤人某，幼读书，略通文义，嗣娶妇有子矣。因经商折阅，侘傺无聊，乃至省垣觅食。于逆旅中遇一人，偶谈境遇，某遂直陈不得志之状。其人意气豪迈，若极为关切者，自言当竭棉力，为觅枝栖。某不胜感激，以为萍水相遭，竟蒙推毂，洵难得也。越数日，其人言：“新加坡某洋行招友，已代函问矣。此间好友甚多，当可成就。”某唯唯称谢，日盼佳音，且函告家中，不日就事星埠矣。约兼旬，信息杳然。方谓浮云变幻，人言不信，忽某流汗相属，匆匆走告曰：“速收拾行李，可偕行矣。船券已购，即晚开驶，勿观望自误也。”某曰：“星埠事成乎？有函促往乎？君亦偕行乎？”其人一一漫应之，立呼旅馆役人，收卷袱被；饭资不敷，且代给数元，毫无吝色。某甚德之。既登舟，所居为最下等舱，人多气闭，肮脏难堪，某以己正穷乏，仰给于人，岂可复生嫌薄。见同坐者互通姓名，皆言因某荐，至星埠就事，益阴佩某之勇侠好义也。同人中殊多犷犷傀野者，殆荐下级事耳，不之疑。又数日，抵埠矣。某率众至一大宅，类局所状，标题皆外国文字，故不识者多。问某，则曰大洋行也。有长板座排列门旁，众约三十余人，随意就座。忽一外国人出，略一周视，顾其人作数语。某方欲起立酬应，其人目止之。某意亦以己不能西语，故止。余不必饶舌也。少顷，外国人又出，手持纸数十页，如传单状。每人各给一纸，令签姓名其上，且须印一螺纹。其人代外国人一一布告，指示书法。有不识字，或识字而不能书者，某代签姓名，索本人印一螺纹而已。至是，某始怀疑。因询曰：“就事须保证人作据，固也；今索螺纹印，毋乃非法？”其人曰：“此间外国人规例如是，不得争小节而败大事也。君照行可耳。”某以方仗彼推荐，岂可反对，遂亦不言。既签名指印讫，外国人又数语，即入内。某因传语，可俱至宿处，明日再集此。某乃领众人出门，约曲折行里许，至一所。所中居人甚伙，率席地为榻，室中亦不甚洁净。其指一大间空室曰：“君等可暂居此，事派定后，自有佳境也。”某因以不分等级私询某人曰：“此间暂驻足地耳，不复可争贵贱。且此间重平等，非职司所定，则无论谁氏，皆一律相待耳。”某与他人俱不能辨。某乃与一外国人谈良久，口讲指画，似皆述及众人事。外国人又特谛视某等，衣服略整齐者，某以为彼必指我为上等人物也，即亦不疑。既而，某语众曰：“吾尚有戚串在此，必一存问。明日当可来此，或不来，则在洋行中相见可也。此外国人系提调，彼来招呼，即可随之行。彼甚和蔼，虽言语不通，无害也。”众唯唯。某扬长自去。晚间，仅得粗恶面包充饥，嘈杂抢攘，外国人屡来麾斥，虽不甚解其语，意殊轻亵，某不觉凄然有悔意。明日，外国人来促之行。至所谓大洋行者，仍排坐如昨。一外国人逐名检视，且如摄影状。久之，外国人派印捕两人出，如上海印捕状。前外国人执鞭为导，两印捕皆持枪执鞭，状如上海督囚。众大惊，问："何之？"又问："某今何往？"印捕不能华语，以为众不肯行也，嗤然一鞭。又语，则鞭声又起。某亦以问询受一鞭，大骇！呼众而语曰："此非佳象，吾辈被卖矣！奈何？"众皆哭。中有蛮犷者数人，则嬉笑自若。印捕于哭者杂鞭之。众且哭且行，抵一船港，印捕驱众登舟。忽旁有作粤语者，喟然曰："此又载往某埠之'猪仔'也！"某触耳惊心，在昔似闻"猪仔"意义，今一不慎，乃自蹈之。因决计不行，出人不意，突跃入海。格于缆索，为舟人所援起。印捕怒，立缚某手足，掷置舟中。某号泣不食，求速死。同人劝之，言："今无理可辩，徒受鞭笞，虽死无益。况又不得死，不如暂过，姑俟后图。"某心然之，因进食如故。特面包粗恶，苦难下咽。约四五日，抵一口岸。印捕驱众登陆，亦不知何名。但觉天气炎热，居民皆短衣见体，草木长大，与中国异。众至一处，室之卑陋秽湿，更甚于新加坡之宿舍。某亦无奈何，随众蜷伏而已。翌日，往一大工场，诸工人蜂屯蚁集，类皆面目黧黑，形容枯槁，衣服不蔽体。进至工所，则一大井穴。缒而下，黝黑如漆，绿灯荧然，盖石炭矿也。某自是为矿中人物者七年。

某在沪作书安家，曾云往新加坡就事。家人误为已获枝栖，方大庆幸。讵知月复一月，年复一年，道茀鸿稀，石沉海阔，转瞬五年矣。其妻不复能忍。妻弟某，善经商，亦往来海外各埠，特驻星洲，遣人四处侦访，问讯几穷，绝无其人。因取旧日肖像，遍送各埠登报，且布传单，亦复无效。妻乃变产挈儿至星洲，依其弟以居，期必得夫耗而后已。一日，得某埠报馆一函，言："有人投函本馆，前所刊像招访之人固在。但所处规律严，不许与外人通函，又不能越雷池一步，故有人代函求本馆转达，速往设法援救。如贵君到埠，即先临本馆接洽可也。"妻弟得书，即日赴某埠，投问报馆。馆中人言："此间有一访事友，热心好义。因念矿工中人多由'猪仔'贩卖而来者，抛妻弃子，举目无亲，惨苦万状，因夤缘得特别许可，常与厂中人往来。且时以报纸输入，略通外间消息。前次见报章所刊寻人及肖像，已为留意。嗣于厂中果得其人，因询里居姓氏，果属不谬。但厂工无与人通信权，故仍嘱访友代为致意。今访友居某所，贵君可自访也。”妻弟如其言，果得访友其人。因商进行之策。访友言：“吾已代询厂中赎身规例，须得原价十倍。今吾请代探贵戚原价，则可得端倪也。”妻弟大喜，往返数次，果以五百金赎之归，始得与家人团聚，亦云幸矣。

著者曰：“近日欧美，奴禁垂绝，而南洋群岛招工，辄华人是利，奸民遂以同胞为市，黑奴惨剧，附见于今日之华工，毒哉！官吏知悬为禁令，而不知正本清源之法，在本国扩张生计，吾恐害马之终不能去也。”

访事某君，有心人也，然其人要非圣贤，特亲见此酸心棘鼻之事，遂油然有悲天悯人之观。乡里善人见闻囿于一乡一邑，虽习言爱国保种，究不知此新名词中有若何意味也。是篇所言虽简，其功不可没已，百尔君子，其有以类是之小说见况者乎？鄙人则祷祀求之。（本社记者附志）

原载《小说月报》第3卷第9期，1912年10月5日

工人小史

焦木（恽铁樵）

晨光熹微中，汽笛声呜呜。一中年妇从黑甜深处闻之，卒然坐起，揉搓其睡眸，向黝暗之玻璃窗瞠目凝视。玻璃尘封蛛网，不能辨天光云影，中一块已破碎，代以纸；纸复旧敝，晓风拂拂穿隙入，着襟袖云鬓间。始矍然若苏醒，急振衣起立，踌躕四顾，室殊逼窄，一卧榻已占面积四之三。榻间卧男子一、小儿二，鼻息齁齁眠正酣。右隅一板桌，桌间物至夥，衣具炊具皆在焉，余不能悉举名。妇则趋室隅，燃火淅米治早餐。已而摇榻间男子，促之使起。曰："饭已熟矣。"时天才黎明，男子披衣起，喟曰："殆已后时。"遂着屦下床，匆匆觅盥器。嘻！是两人者，殆犹有鸡鸣戒旦之风哉？

男子韩姓，故陕产，为上海南市某厂工人，以茹苦也，自号蘖人，有子女各一，子九龄，无力读书，惟知嬉戏；女尚在襁褓中。蘖人膳次，问妇曰："吾家尚有米否？"妇愀然曰："可半升耳。"蘖人默然，徐曰："今且奈何，脱足午餐者。今日已星期六，有工资可领。"妇摇首曰："吾特虑夫索偿者来，无以应付耳。灶下有铜壶一事，可暂付质库，此外更何有者？"言次，眉宇间凄然无欢。男子强作慰词曰："债主来，吾当设法应付。度彼等亦未便逼人太甚。"妇黯然曰："昨日某某等三人来势汹汹。谓明日星期六，厂中给工资，汝家负款若不悉偿还，后此决不以一文相贷。在彼作此语，亦未过当，然后此若无处通缓急，谓当奈何？"男子方欲答，而汽笛声复作，急投箸起，狂奔出门去。

厂中第二次鸣笛，为晨六时，笛鸣十五分而止。工匠之至，须于此十五分中。若汽笛声止，门则随扃。后至者不复得入，而半日工资扣除矣。门内有所谓工牌处者，牌长三寸许，书工匠姓名，次第悬壁间。一人司之，到者取牌去，司牌人乃记其未到者。工作既毕，仍悬牌故处。曩人入须臾，汽笛声止，门扃矣。有坌息奔趋，距门才数武，而竟不得入者。时则引擎声、机轮声、金铁击触声，同时并作。工人耶许声和之，对面互语，不能闻也。

工头胡某，每于盛夏购最劣茶叶数斤，交其信任之艺徒。院中置巨缸四，贮茶满中，任人取饮，所以邀冥福，且市惠也。厂中工匠听胡某之指挥者，可千数百人，皆畏惮胡而媚事之。值节日，争出其辛苦工作之资，购食物私致其家，虽举债所不恤，则以胡能媚事洋工程师，作威福也。又必私致之，不敢令人知；又必能久贮之物，如枣、栗、胡桃、荔枝之类，否则胡不受也。于是胡家老幼，终岁甘旨之需，乃不假外求，而大来小往，数斤劣茶叶之外，不肯再破悭囊，然而工人之面谀者，已颂盛德不置。

胡某年事五十许，肥胖如豕，高准四英尺。盖胡尝循墙行，墙有钉，高如其顶，工匠量而得之者。鬓毛鬑鬙作斑白色，才数十茎。顶秃，无冬夏，常戴一软毡帽，油污满附，仿佛有光。唇紫色，齿黑色，疏笋之屑，黏附齿距，则白色；与之语，浊臭逼人。指麾工匠，呼尔蹴尔；对洋工程师，柔色怡声，乃至妩媚。体臃肿，不良于行。有达官贵人来厂参观，胡则趋跄喘汗，以目听，以肩笑，又至灵敏也。

距日午半时许，匠人多整理器具。辍工闲话，有吸烟者。忽一人作隐语，众则惊顾。遥见彼秃头侏儒蹒跚而来，众伪为忙碌以掩着，匠目乃弗责其惰。已而群至水管处浣濯，工匠之手类油污，必以臭肥皂和沙土擦之。然此为匠目若洋工程师所不许，以故不敢从容为之，意态张皇，如鼷鼠之离巢穴者。

忽而汽笛大鸣，午膳放工矣。厂门阔两丈许，工人千余，潮涌而出，乃不能容。盖此次放工，为时仅四十五分。工人类健饭，既食多需时，益以途次往返，实无分秒余晷，故争先恐后也。有顽童效汽笛声，呜呜而呼，为匠目所见，怒之以目。童儿丧魄，遂垂首鼠窜出。蘖人至家，膳已具，张口大嚼，伸颈吞咽。妇坐案旁，徐曰："似此终年负债，总非了局。"蘖人摇首曰："苦力糊口，不过如此，但君何不幸为工人妇，吾觍然须眉男子，殊愧对也。"言已，置箸辍食，太息泣下。妇慰之曰："此胡为者，脱君忧愤成疾者，则吾家毁矣。虑细弱累人，弃如敝屣，因糟糠不厌，涕泣下堂，是固所在都有，然惟爱力薄者如是耳。君视我岂不能甘淡泊、耐贫苦者。君待我又不薄，人海中如此夫妻，差可自慰，悲泣胡为？"蘖人闻言，为之雪涕，已而叹曰："君言自佳，吾宁暇自悲，为君设身处地，实难堪耳。昨日李七因加油总轮，偶一失手，为皮带夹而飞转，头着壁上，颅骨粉碎。工头悍然谓是自己不慎，更不稍怜悯。幸总理仁慈，恤二十金。渠妻来收尸，两幼儿都在襁褓中，凄惨之状，行人酸鼻。因忆前年于总理时，李二因瞌睡轧毙，竟未得一文抚恤。脱今总理竟置不问，事属援例，谁得而非之者。此次武昌事起，从军战死者，得数百金恤费。官厂工人，同为国家效力，独无定例。万一不幸，人亡，家亦随之，此不可为寒心耶！"语至末一字，声酸涩，不能自续。妇曰："是诚可怜。虽然，吾侪但勤慎将事，明年或竟邀加薪特典，未来事谁又能逆料者？"蘖人默然，徐曰："未必，加薪由势力，或以运动。吾异乡人，又戆，谁肯嘘拂者。且既为工人，便终身与贫困结不解缘，三十四十已如此，便到百年也可知。"语未竟，汽笛复鸣，乃惊顾而起，匆匆自去。出门时，不禁涕泗滂沱也。

蘖人妻故旧家裔，慧美知书，幼即订婚。嗣蘖人父以破产忧愤死，母亦继没，孤露余生，不能自振。女父某甲，阴有悔意。时甲方经理钱肆，肆主人，蘖人同族也，以故隐忍不敢言。既而摽梅迨吉，草草嫁娶，甲夫妇以婿贫故，并憎其女。偶归宁，辄以白眼向之。蘖人固具傲骨，遂绝迹不至岳家。蹉跎年余，益不能支。环顾无可恋恋，因货其居宅，挈妻子，弃桑梓焉。辗转至汉皋，附商轮东下。以戚某宦金陵，思往投之。时方废科举，尚新学，蘖人虽曾读四子书若八股，都无所用。此次中于客气，贸然携家远行，大类盲人瞎马，局蹐殊甚。所坐为三等舱，旅客皆席地卧，行李什物，纵横狼藉，堆置无隙地。幸妇以初次旅行，颇能以风景自怡，不事愁苦。蘖人惟终日枯坐，视他人之喧笑纷呶，以为是豪情胜慨，人生惟得意时有之也。

舱中客多小负贩若工人，间亦有状貌稍娴雅者。蘖人邻座有一人，行李颇整洁，衣灰色短衣，胸前衣纽累累，悬一银质表链，绝巨。年事可三十许，私意是殆水手，否则工人。其人亦向蘖人熟视，似欲有言者，因与攀谈，互询邦族。其人自言赣产，李姓，名有发，机器厂中工匠。自鄂往宁，应江南造币厂之招也。蘖人自言亦往南京，其人喜曰："如此大佳，吾正虑独行无伴，行动不能自由。君殆非老于行者，此船中积贼最多。探囊胠箧，为术至工，防不胜防也。"因复询蘖人家世，知为读书人，益倾倒。其人谈吐，朴质无文，而诚实有条理，心好之，因得稍遣寂寞。第二日，舟次九江。李约韩登岸，因船有四小时停泊。相与饮于酒肆，剧谈甚欢。饮竟，蘖人殷勤付资，李亦不辞，道谢而已。

抵宁后，与李同寓下关某旅馆中。凡未谙事，颇得其指导。明日，李自去。时蘖人囊中有百余金，变产所得也。辗转探询戚某踪迹，竟不可得。或言在上海，亦终不得确耗。荏苒十余日，囊中金耗十之二矣，大惧。念客中无可商进止者，惟李尚诚朴，虽萍水交，或不至被卖，姑妄探之。至造币厂，阍人拒之。问李有发，无有知者，怏怏而返。从此株守旅馆中，不知所可，月余，余资已耗去过半，益惶急。闻人言，上海为黄金世界，苟非喑哑废疾，即不至饿死，妇女尤易谋生，缫丝织布，日得银币二三角，比比是也。夫妇闻此相顾动色，私念穷无复之，不如姑至上海，因得戚某确耗亦未可知。因以己意商之妇，妇欣然从之。即日首途，自此蘖人乃渐入苦海矣。上海者，不可思议之怪物也。彼都人士，狐裘皇皇。望之，几无一非神仙中人。然贫人流离琐尾而至此者，虽有伍大夫之箫，不许吹也。鄙谚有言，躄脚拉东洋车，途径不识，禁令未谙。即徜徉康衢，犹来警察之干涉，讵知拉东洋车，亦非具资格不办耶？

前清光绪之季，厉行新政。当时财政史中有一绝大计划，鼓铸银元是也。各省督抚无不以此为救穷妙策，而一时机器工匠，亦求过于供。江宁造币厂中，已有机二十具，日出银币万六千枚，意犹未足。而上海江南船坞，则以经费支绌，缩小范围。当路议拨船坞废机，供造币之用。因委员率匠，赴沪拆卸运归。选熟悉机器工匠数人从行，李有发其一也。既至沪，委员脚靴手版，镇日仆仆。李居逆旅中，无所事事，乃与其侣遨游于诸繁盛处。偶至苏州河附近，忽途人哗言有投河自溺者，为警察瞥见，已拯出矣。遥见河干有众麇集，围如堵墙，因亦趣视之。其人为二十余男子，鹑衣鹄面，望而知为贫不聊生者。操陕音，自言韩蘖人。李大惊，趣就之曰："别来数月，乃至此乎，尚识同舟之李有发否耶？"韩为之愕然，已而执手涕泣，悲梗乃不能言。警察问："汝为渠何人？"李诡言戚属："今值我不虞其复觅死也。"众乃稍稍引去，李遂挈之以归。时蘖人妻居某客店，负膳宿资十余缗。李悉为代偿之，且曰："凡人必有业，今诗云子曰，既不值一文钱，为君计，不如投身工界，尚是自食其力，不假求人。"李愿之，某厂工头胡某，曾受李推解者也，乃以蘖人属之。备言其故，胡亦慕义彊仁，俾破格为铁工学徒，而优其佣值。至吾书开幕时，韩在厂中，已十年矣。或问李，韩某与君萍水交，胡厚之如此？李曰："吾非好行其德，但曾衔杯酒殷勤为欢，奈何坐视其死？"呜呼，可以风矣！

蘖人既午膳出门，悲感无端，泪被其面。邻近皆工人。有同病，痛哭常事，见者不以为怪也。夕阳衔山，钟鸣五下，厂中放工矣。匠目嘱各匠明日一律工作。欧洲苦力，尝以星期日不得休息，同盟罢工。吾国工人则甚愿星期日有工作命令，可多得一日工资也。已而群趋支应处，支钱之法，由一小窗传出。给者高呼号数，工匠即持某号工牌健进。方至十余号，百余号者已越次拥入。遂至重足骈肩，挤如束湿。有呼骂詈者，则某甲误践某乙足趾，好事者哗喧附和之，纷扰乃不可名状。

蘖人既归，计是日所得，为一星期工资，银币四枚也。以其半市米盐，略足支七日；其余悉以偿债主。忽同室王耀妇悲泣失声，问何为，则渠家男子春间病几死，贷资于工头。今病愈，复入厂操作，今日竟无所得。佣值已被扣除抵债，且所负甚巨，须十八周始得毕偿，是以哭耳。蘖人妇叹曰："吾方虑秋风渐凉，寒衣未赎，今乃知犹在幸福中也。"

翌日，赴厂工作。适杨树浦有某船，汽门损坏。胡某命蘖人往修理，予以车资四角，限七时半往，十一时半返厂。定例工匠出差，给车资一元。今偿四角，是胡中饱过半也。且汽门坏，最难修，又途远，限四小时，默念彼遇我抑何酷虐，然敢怒不敢言。急以需用器械置铁桶中，负之背上，匆匆趋出。途中值电车，径入三等座，置桶座前。蘖人衣油污，两手及面部皆黎黑，桶中满置刀锤铁片，错刀横出尺许。电车章程，不准携负担重物，致为他座客障碍。蘖人不知也。方俯首深思，忧心悄悄，不图巨灵之掌，飞着颊际，砉然一声，众皆哗笑。急审视，则卖票人怒目叱咤曰："去去！"蘖人大怒，骂曰："汝洋狗，捧得外人饭碗，便鱼肉同胞。"卖票人不语，仅举其器械之桶，掷之车外。蘖人大窘，不暇争执，急下车拾取，颠蹶败颡。电车则风驰电掣以去。蘖人且哭且詈，俯首拾刀锤。头额间血涔涔，不暇顾也。已而四顾怅惘，不得已雇人力车以行，道旁观者皆太息。修船既毕，仍雇人力车驰归，幸未逾限，既复命。向工头乞得橡皮药膏少许，就楼梯边窗间玻璃之可鉴者，掩额际伤口。适洋工程师自后至，见其辍工，蹴之以足，革履着臀肉，有声橐然。愕顾，见是外国人，大惊，忍痛以手作势，且示以额。洋人喃喃自去。午膳返家，告其妻以今晨种种，妻为之洗涤患处，以帕裹之，劝下午弗复工作。蘖人不可。

努力为善，不必免祸；从恶府怨，或且获福。人世所谓恶运命，恒于巽懦良善者显其作用，至可慨也。蘖人处艰难困苦之境，动辄得咎，颓丧已甚。是日所操工作，为已造成之小轮船，而集合其机件，此小轮固刻期须入水者。恶运之神以蘖人之失魂落魄也，乃乘其衰气而玩弄之。无意中脱落一轮叶，惶骇不知所措。方欲掩饰，工头已踵至。顿大怒詈，拳足交下，痛极而晕。比苏醒时，则工程师目灼灼向己注视。胡某则指手画脚以助其不规则英语而达意，洋人有怒色。旋即作三数语，工头顾蘖人大叱曰："洋人命尔去，当即离此。"蘖人知无幸，念被殴非所应得，悲愤填膺。凄然指胡曰："汝亦工人，何苦假洋人势力，自残同类。吾既被殴，又被逐，是一罪两罚也，吾且诉之警署。"胡若勿闻者。蘖人归，妇见状大惊。询得故，痛哭，大骂胡某无良。邻人亦不平，咸怂恿其妻控之警署，否则其威且日炽。妇则号泣赴警署，观者塞途至，则为守卫警察所阻，不得入。问故，妇哭诉，警察摇首微笑曰："若男子自不慎，于人何尤？且此为厂中事，非警局能过问也。"妇欲强入，警察握其臂，牵之出且以亵语揶揄之。观者或笑，或默然，妇愤无可泄，号哭而归，复多方求乞，为其夫调治，月余始痊，典质净尽，贫如洗矣。乃寄其子女于相识者之家，而至英租界为佣。蘖人则卖报纸自活。余尝识之。安分知足，良善人也。尝为余言："癸丑七月制造局之役，事起仓猝，南市工人多中流弹死者。吾夫妇以居英租界，竟免于难，亦可谓塞翁失马矣。"

原载《小说月报》第4卷第7期，1913年10月

穷　愁

叶匋（叶圣陶）

阿松有衰母，聩且瞽。赁王家矮屋，未偿租值者三月矣。每来索逋，辄哀颜谢。王家人殊弗顾，谓："更一月延者，我且驱尔出舍，然后与尔计所负。"阿松惶恐。俄思一月期犹遥，阿母飧餐则日暮间事，必弗能缺，吾且舍远谋迩耳。遂启其瓮，瓮裂纹如蛛网，探手其中，出青蚨三百，其生计之母财也。持赴饼肆，易饼盈盘，以昧旦伫于乡立小学校之侧。小学生爱学校逾于其家，朝食以赴，或嫌不耐，则挟资而食于校，见阿松饼，群喜其甘美，皆乐啖之。故学生之求钱于父母也，恒曰吾将市阿松饼。迨铃声既鸣，学生始课，则阿松之盘已空，累累之饼还化青蚨，惟数之为四百，益子金矣。以兹所赢，量米衡薪，然后赎母子一日之弗饥。儿童诚可爱，一味天真，恶尘无染，一饼之微，而寓慈善之意焉。小学校星期有假，学生弗集，阿松则携盘而入市，顾所赢殊菲，殊不逮赴校之日，而食欲固弗可过抑也。乃少少损其母金，于六日中勉事撙节，更补足之。为此生涯，亦已周岁月矣。

先是，阿松服职于丝厂，为境微裕于今。无如工厂之制，昌于西土，殆如踰淮之桔，迁地弗良。丝厂旋歇业，阿松遂失所依恃，穷愁嗟叹，累三四月，始传曩之丝厂，有某富人继起承办。一缕希冀直透心窝，如久病之饮灵药，海夜之观明灯也。急投厂中，效毛先生自荐。念厂中工作皆所素习，具辞以告，必见甄录也。然厂中人竟以工满辞，一掬精神，遂堕万丈之渊，不克自振。后闻今之任工者，非巨绅所绍介，即富室所致意。盖失业之辈既众，即求职之途益艰，欲祛其艰，遂不得不乞灵于有力。阿松所识不出里巷鄙夫，豪富皆除，平生所未履，宁复有为之解艰难而登衽席者耶？阿松思吾母老矣，且残废，即富贵中人当此，将亦自悲衰颓，况于吾母饮食弗周，度其老怀中必有深痛至戚。惟以爱我弥甚，故不我告，并不我咎耳。为人子者，即弗言甘旨，朝昏餐食当谋无饥，而吾今乃不然。倘以奉养有缺，致促其残年，一旦不讳，吾罪当入何层地狱耶？遂谋之母，将为负贩，沾微利。母大悦。阿松自赋闲，柴米所需，均措之邻右。张家假百，李家借十，情亦大可怜。然侠情高义，往往于贫贱求之，惟贫民窟乃多和蔼乐善之人。阿松贩饼资本乃假自对舍潘媪。媪老而寡，为人缝纫以自活，一宽厚慈祥之妇人也。

某日晨，阿松梦回欲起，时榻旁老母亦醒。以室无窗牖，遂如仍在宵夜，光明之泽弗被，寒贫可叹哉。老母倾耳松榻，微闻转侧，以己之弗良于听也，度人皆聋，则高声曰：“松儿醒耶？今日星期，尔不贩于校而贩于市，市集较晏，尔可饱睡。连晨早起，当欠睡债也。”阿松答曰：“儿暂醒，旋当复梦。吾母宵眠安耶？今日晓寒滋厉，母仅拥薄被，吾且为母增煖也。”言已，起赴室隅，出败絮于破簏，色如积灰，且弗松，以之密裹母身，谓曰：“请母安眠也。”母唯唯应，其音模糊，亡何而邯郸重步矣。阿松见母入梦，即弗复睡。念今日新寒，非棉何煖？阿母一袄，春间已敝，不与补缀，何堪着体？此际吾母沉睡，正可为之修饰。乃引线穿钱，捧袄以缝。手腕生涩，类文人宰割，殊不中绳墨也。忽复停针，瞪目向壁，眉额间立呈蹙痕，则自伤生涯惨淡，未何日始令老母弃此敝衣，易御新制也。

工毕，母袄仅完。补痕重叠，乃重而弗柔，殊不适衰年体，然阿松以为当聊胜于无也。继之即煮粥，伏室隅破釜侧，火才举，烟弥一室，缕缕折入母鼻。母遂复醒，闻其子析薪声，知子已起，语曰："我一梦复多时矣。"言已，欠伸欲起。阿松亟以补袄进，曰："儿无状，弗能令阿母温饱。铢棉未办，无计御寒。此袄敝旧无温，复请吾母加体。儿罪戾滋重，乞母宥之也。"母抚袄觉微异，讶曰："襟袖间破絮，囊固累累，今何往乎？"阿松曰："儿适补之也。"母浩叹曰："尔之奉养可谓尽心。吾虽食贫，讵能责尔？世惟财力是尚，温饱愉乐，胥财之媵耳。我家适短此，复无乞怜之门，则冻馁寒苦亦其宜也。幸尔非弱者，犹能以小贩自存。非然者，以余老病颓躯，当早委泉壤矣。"言已，泪自瞽目中潜流而出，如伏泉；自披其敝袄，弃床而起。阿松凄然，归其釜侧。须臾粥熟，盛以碗，侍母共餐。肴馔殊俭，盐腐一碟而已。阿松思当有以宽母怀者，乃停箸言曰："今岁大有，农圃极丰。昨我籴米，每升廉价三钱。闻肆中人云，后当更廉也。吾侪小民，别无所冀，米贱薪廉，便云至福。此岂非好消息耶？"母闻之，枯颜之上忽呈愉色，口喃喃宣佛号不止。

食已，阿松携饼将出。母呼曰："儿何衣？"阿松曰："御夹衫，儿固弗畏寒也。"母曰："儿日以清晓出，今后寒且益肆，岂亦以夹衫御之耶？吾语尔，自今日始，日节用度十之三，一月之后，可得一敝缊袍矣。"阿松念如今不节，犹未得饱；若复节之，是寒未却而饿且死。顾不欲违母旨令弗怡，则亦漫应之。即辞出，行长衢狭巷间，高声呼卖。然买者殊难遘。富人嫌其饼价贱而品劣，食之足以损大家风范；劳动者嫌其饼质量薄，虽多食亦弗能果腹，而费乃不菲也。如遇八九岁儿童，牵母衣而不前，谓"我欲买饼"，母竟不之叱，而遽伸手探钱者，则阿松饼售矣。然非数数遘也，故及午而饼犹未尽。念老母此时必将盼我作午炊，未售之饼吾当以餐后携之复出。念既定，遂指其家行，口犹呼卖不已。一屋之门，閧然忽辟，一人短衣侧帽，口嘘嘘吹乐谱而出，招阿松曰："若其入此屋，主顾不少也。"阿松随入，履一重堂奥，即闻喝雉呼卢之声出后屋，复入之，见有十数人者围据一案，目眈眈聚注一盒，金钱堆案上，光色奇丽。骰子声丁然，则盒启而案上金钱顿易其主。笑语悔叹之声，嚣然杂作。群见短衣人已招卖饼者入，嚷曰："入局才片刻，腹已剧饥。卖饼儿真解人意也。"则各取阿松盘饼食之。询其值，曰每饼五钱。博者弗携铜币，皆酬以小银元，曰："其赢弗必偿矣。"阿松大喜，念若辈得失至易，些微资财固无足萦其心，而吾得之，奚啻启窖藏而获珍宝？今日之晚，吾必以之市新棉，易母袄中败絮，令老人生奇温，所补亦岂微薄耶？遂欣然挟空盘而出。未及庭户，警吏十数辈蜂拥入，首阻阿松，令毋出门。博徒瞥见，知来逮捕，惶恐甚，投其博具于地，意欲令之无见，则无辞可以加罪。然警吏岂盲人哉？案上金钱亦无暇入于囊，徒瞪目视警吏所为。其黠者则反身而走，入于后园，园墙圮，通于隘巷，警吏追之。逸其三。后者乃弗及遁，警吏执其未遁者，一一械其双腕，终及阿松。阿松辩曰："吾卖饼者，非博徒也。"警吏怒以目，叱曰："尔出入兹地，亦岂善类？既为所执，何容多辩？"阿松泣曰："吾岂谎哉？以吾之贫，即欲博，亦弗得，公等可以思也。家有老母，待我举火，若迟归，必令忍饿，吾心何安？乞速释我，感且无涯矣。"警吏如弗闻，并群囚牵之以行，如牧童之驱群羊。案上金钱亦拘去，顾不系以械而载以囊，则其优遇金钱也。

赌窟既破，全市喧传，群来聚视博徒何如人，市嚣乃如潮汐。阿松东邻子金荣与焉，见阿松亦铁索郎当，伍于罪犯，心大异，驰赴阿松母所，白所见。阿松母骇然，额上皱纹更添万叠，颤抖言曰："金荣哥！得无错认乎？阿松佳儿，何致此也？"金荣曰："松哥我与朝夕亲者，恶得错认？其盛饼之盘，我尤审忆，今在一警吏手中也。"松母泣曰："天乎！然则吾儿囚矣，顾何罪耶？"曰："迩来禁博最严，松哥罪，即以博也。"松母急曰："乌有是？吾儿岂博徒哉？凡为博者，皆贪惰奢夸之民。吾儿节俭甚，以贫也，一文钱不妄费，宁肯以盘饼之值为孤注？岂久处涸辙，贪鄙渐萌，乃欲为此一掷以冀非分耶？松儿乎，尔此意乖矣。”言已，自揾其泪。旋问：“松儿何时得归？”金荣曰：“久则数载，暂亦匝月。靡可期也。”松母乃失声哭，谓：“是真催我老命矣。我非儿弗活，今儿羁狱，我死辰临矣。”哭声转哀，达于户外。潘媪闻之，来叩其故。金荣具告之，潘媪遂慰藉松母，令之无哭，恳金荣往警署探松消息，谓：“松哥决非犯禁者，当由别情，或便得归也。”金荣既行，松母泣仍弗止。潘媪曰：“姊且宽怀。金荣归时，必携良信。时已逾午，得无饥饿？我饭早熟，且有余，当将来饷姊也。”松母亟摇手谢。潘已反身去，出其釜中饭来，与松母共食。

警署拘留所户禁森严，不假手钱神者，奚容探狱？金荣贸然以往，果见拒绝。固请，守卒怒，举枪欲击。金荣乃走，心念阿松母子情甚可悯，今遭此厄，痛更难言。我弗为之助，于友谊为未尽，亦何以对潘媪之托也？正思虑间，忽忆友人李某，非由警士而擢升为警长者耶？今往恳之，事必济。遂访李某，果得一诺。金荣乃入狱。阿松此际方坐铁窗下，垂头滴泪，泪承于手械，悲益难胜。突见金荣自外至，即惨然呼曰：“金荣！吾母知吾事乎？”曰：“吾以君母命来也，恶得弗知？”阿松叹曰：“吾母愁怀何堪增怛？天将绝吾母子，夫复何言？不然，祸害飞来，抑何适逢其会耶？”因语被逮之由，并谓：“顷已见长官，置辩不得直。谓我盘空而囊有小银元，且身在博场，必非贩饼者。判为苦力二月，期满乃释。明日便须力作矣。力作吾所弗惮，第以冤得之，我心何甘？况我自有生迄今，与母乃未一日离。今母衰老，反离之二月，令母念我思我，痛楚号哭。金荣乎！我念此，肝肠摧裂矣。我家瓮中素无储粟，我一日弗贩，即一日断炊。如今老母飧餐将奈何耶？”言已，泪下如绠縻。金荣意恻然，旋慰之曰：“君无悲。君非真干禁令者，冤当终白。吾将归语邻里，为君谋之。至君老母，好善如潘媪者必能抚而周之也。”阿松聆此意，忽有深感。念此苍球，恶尘弥满，足之所履，只有悲惨而无愉乐。惟儿家贫邻贱里，偏富浓情渥意。今我一家之戚，而皆视如共痛，相与扶助。我见富室火起，邻人相约弗援者矣，则我之荷恩乡里，非悲惨中之大愉乐耶？因语金荣：“乞为我善谢里人及潘媪，并告阿母：儿无所苦也。”金荣去，阿松犹定睛凝视，然不自知其何所见。盖心烦意乱，状乃类于痴。听窗外风声，视半窗冻月，念阿母寒矣。俄而饥肠辘辘如熬煎。念阿母当亦饥矣。狱底沉宵，脑海中益兴狂澜，起伏无已。其翌日，乃工作于罪犯之工场。

金荣之报命于松母及潘媪也，谓得显者致意长官，松哥必可即出。然明日易其辞矣。盖博徒十数，有贵介子，有硬腹贾，拘禁之后，其家或辇金或修书以赎之。长官疾赌者，皆却面弗纳。谓若辈废时失业，败德丧财，至堪深恶，非痛苦之，终必弗悛。故金荣之谋弗得用焉。于是松母愁怨益甚。顾内自焦灼，而莫从致力。幸有潘媪时相宽慰，且餐时必以饭至，得以弗饥。

逾十数日，松母方坐户侧，曝日光取暖，其弗聪之耳忽闻足音跫然至，审为金荣，曰：“荣哥何来？”金荣曰：“我将好消息来也。”松母喜溢眉睫，额手言曰：“岂松儿已释归耶？”曰：“唯唯，否否。”曰：“尔言何指？”金荣曰：“今晨我入市，闻羁狱博徒已释其七。是何因缘？则每人缴罚金两银元也。始则金钱无灵今乃课罚綦薄。吾侪小人诚弗测长官何所怀也。”松母复愀然微叹曰：“此例即设，余自必令松儿出。然两银元何自求耶？”时潘媪适至，闻此，亦一筹莫展。谓所得工资，尽易柴米，囊中止存五百文，不敷犹至多也。踌躇良久，松母忽返其床头，伸手摸索，出一布裹，曰：“潘氏姊！乞为我启之。”潘温启裹，见为一蓝绸袄，色极鲜艳，盖未尝被体者。松母顿发惨沮之音而言曰：“我与我夫同岁生，当我夫妇四十时，我夫谓：今年生计略裕，当有以自寿。顾寿筵一朝之欢，弗如谋死后终古之适。于是购此蓝绸，各制一衣，曰：以征同心也。我夫之衣，在此日地下，当已化为土壤，而我此衣犹在人间。潘氏姊乎！吾家初非毫无长物，徒以我夫死后，阿松犹稚，故货质且尽。而此衣独留者，则弗欲违我夫遗意也。吾今已弗能见，然知此衣色泽当无殊其朔，持付质库，两银元谅可易。他日即弗能赎，吾宁拥败絮入棺，吾儿之厄则弗可不解。金荣乎！吾将劳君往质也。”语至此，已不成声，盖伤心极矣。潘媪闻此，动其寡居之感，亦从旁陪泪。

罚金夕缴，阿松朝出。囚服去身，阳光重沐，急趋家巷朝母。才入巷，遥见哀母号于途，敝衣破瓮甑釜之属绕其四围，而折足之桌，无面之椅，方自己屋中腾跃而出，着地立碎，成杂木行。既近，见居屋中者为王氏奴，口齿间狺狺然，见器物辄外掷，旁观亦弗敢声。盖一月之期复届，而租值仍无偿，故践曩言，驱之出屋也。阿松弗之顾，第趣母侧，抱母膝呼曰：“母乎！儿归矣。”母闻此，号益痛，顿足言曰：“造物弃我，竟如此耶？儿试视之，我侪足究何践，顶究何戴？其间抑何日以窄狭，竟有若不相容耶？”

潘媪哀阿松母子无归，让己屋之半居之。松母过于哀痛，年衰弗能胜，其明日，溘然长往，邻人为求得一棺，殡殓殊草草，蓝绸袄竟未能赎也。阿松负母棺葬于郊，即弗复归，市人亦终未复遇之，而小学校学生犹日日盼阿松饼也。

原载《礼拜六》1914年第7期，1914年7月18日

苏家布

汪剑虹

织布的事业，在我们中国上古时代就很盛行。古话道：男耕女织，本分人家。可见织布生活，不是如今才有，但是数千年来，织布的都是死守老法子，不肯改变新花样，穿衣的却都是喜新厌旧，不喜欢老古董。在闭关锁港时代，一般人用国内自织的布匹做衣服，倒是没有什么嫌厌。到了通商以后，众人看见外国来的布匹，花头又好看，颜色又漂亮，甚至于价值比我们自织的又低廉，渐渐儿就都用起外国货来。我们中国的布匹，便受了大大的影响。一般织布过日子的人，因此也就渐渐失业。

这个当儿，有一个天津人，他的家住在离天津城不远，一个村儿上。乡下人没有什么台衔雅篆，因为他姓苏排行第二，所以人叫他苏二。这苏二种了四五亩地，每年收些高粱小麦，足够度日。家中没有多人，就是老母和妻子万氏。他婆媳二人，时常织些布匹，叫苏二拿到城里卖了，补助家用。他们这小小人家，虽不能大富大贵，倒也是衣丰食足，其乐陶陶。这一天他母亲妻子，又织了几匹布，叫苏二到天津去卖。往常苏二去卖布，到着傍晚，便携了布价回家，至迟也不过二三更天，绝不在外面过宿。这一次，到了第二天早上，还不曾回来，他老母和他妻子，便心里七上八下，晓得苏二是个诚实男子，决不会在天津玩耍，又恐怕途中的盗贼众多，苏二身边带有布价，遇着打抢的，也未可知。

不提苏家婆媳在家盼望，且说苏二带了布匹，跨了一匹骡子，直向天津而来。其时天津已经有了租界，苏二便在青云阁茶馆里面泡了一壶茶，因为租界上的布客人，都在那里聚会，买的卖的，打听价钱的，全个儿要到这茶馆里来。苏二坐了一会儿，听了价钱，便把布销去。那些布商，多半是熟主顾，苏二只要有布，不愁没处销。

他取了布价，会了茶钞，正要预备回家，忽然又进来一个人，蓝布衫儿，青布马褂，倒是一个守本分的生意人。他见着苏二，嘴里便喊道："苏二哥，苏二哥，咱们哥儿俩有两个月没见了，你的生意好吗？"苏二抬头一看，原来不是别人，是他一个好朋友雍子明。这雍子明是一个布贩子，时常收些布匹，运到山东奉天北京各处去卖，苏二常常把布卖给他，因此上拉下交情。

当下苏二又叫茶博士泡了茶，和雍子明坐下，也不免问问雍子明生涯的情形。雍子明道："二哥，你莫提生涯了。我这次走了一趟济南，布上虽然刚刚够本，却贴了盘川，赔了工夫，但是长了许多见识，也不辜负一番辛苦。"苏二道："到底是什么见识？今天没事，我倒要领教领教。"雍子明道："咱们吃布饭的人，无非是布上的事情。你可晓得现在咱们本国布的销路，一天少似一天，我这次带了七百匹的大布，到济南去，足足住了一月零二十天，方才卖完。据他们说，现在外国出了许多新花色的布，各色俱全，而且有些印了极新鲜的花儿，什么飞艇儿、气球儿，种种都有。咱们本国布都是老花色，哪能敌得过他？"苏二道："难怪这几个月布价大跌，原来有这个缘故。"雍子明道："岂但跌价，恐怕还有卖不了的日子在后头呢。"苏二道："照此看来，总得想个抵制的方法才好。"雍子明道："只可惜没有人出来提倡，如果大家能够从纺织上考究起来，改织新花样布，咱们的生涯，自然不愁不起色。”苏二道：“我时常在家里谈这布上的事情，就是我们母亲和我们女人，都有心要改良织法，但是本钱短少，不能如愿。”雍子明道：“我在济南，听了许多改良的法儿。你既有心在这布儿上考究，咱们不妨到舍下去清谈清谈。这儿人多口杂，常言道，同行是冤家，万一被他们听了，捷足先登，咱们哥儿俩岂不是白费心么？”苏二听了，心中大为快乐。

雍子明会了茶钞，同苏二到他家里，叫他妻子备了酒肴，同苏二对饮，两人谈得高兴。雍子明便对苏二说道：“实不相瞒，我在济南旅馆里，遇见一位东洋朋友。他是横滨一个染织会社里面的调查员，这次是到咱们中国调查布料情形的。他和我相处熟了，我便问他调查的内容，他说第一是调查中国人用布的销数，第二是调查中国人对于布匹的习惯嗜好，颜色是喜欢哪一种，花样是喜欢哪一种，第三是调查中国布匹的价目，预备调查完毕，回国报告改良布法，专销中国。他并且有一本调查的簿子，被我看见了，那簿子里面，记得很为详细，什么地方宜销什么布，什么地方时尚什么花色，什么地方每年可销多少，都写得明明白白，（写出外人深心强国单从政治着想脑筋太简单了）就可惜我不曾抄一个副本。”苏二道：“纵然不抄他的调查簿子，你肚里总该记得一点。咱们何妨细细商议一个办法，先在我们家里试织几匹，如会织得来的，销路能够起色，那时再筹扩充的办法，就是本钱一层，很不容易。”雍子明道：“苏二哥，你不要愁本钱。只要你有改良的法儿，我可以帮助你一点本钱。”苏二道：“有本钱，事儿就好办了。我回去同老母内人商量商量，你在家里记些东洋人调查的，一笔一笔写出来。停一两天，我再来和你商议办法。”

谈了一会，天色已晚，雍子明又留苏二在他家里过了一宿，一直到了第二天下午，方才骑了他的骡子回去。进了村子，已经是夕阳西下，炊烟四起。只见他老母站在门首，瞧见苏二回来，连忙迎着上去，笑嘻嘻地说道：“你在哪儿耽搁住了，怎么到此刻才回？”苏二此时，已下了骡子，同他母亲进去，屋内机声轧轧，他妻子尚在机上织布，听见苏二回来，也走过来问询。苏二道："因为布的事情，同朋友闲谈迟了，所以昨天不曾回来。"万氏道："布怎样的？可是有人向咱们定织布匹？"苏二道："你别提定织了，咱们如果老是织这种布，恐怕连同咱们买的人都没有了。"万氏道："我们的布，要他销路好，总得改良织法，你我久有改良的意思，没有本钱，也是没有法子的。"苏二笑道："我自有办法，你且弄些酒肴来，让我润了喉咙，再细细的和你谈说。"老母在旁说道："他的酒兴又发了。二娘子，你到隔壁打半斤膏粱，把腌肉切一碟出来，给他解解馋。"万氏把酒菜摆好了，苏二一面饮酒，一面把雍子明的话说了一遍。他母亲妻子听了，都很为乐意。当下万氏道："雍子明肯借本钱，这事儿就容易了。我想现在时尚的，不过几种颜色，就如灰色绿色两色最为时行，那灰色又分深灰浅灰，绿色又分深绿墨绿湖绿，就这两色分出来，不下数十种。我们先从两色入手试办，最为妥当。"夫妻母子三人，商量了一夜。

第二天，苏二又到雍子明那里来，恰巧雍子明不在家，苏二心里暗想：要叨教人家的事情，总得请人家吃一顿。主意打定，便到马路上兜了一个大圈子，约有一点多钟，又走到雍子明家里。雍子明已经回来，正要用午膳，苏二一定要拉他去吃馆子，雍子明谦辞了半天，才披了马褂，同苏二到了庆春楼。苏二叫倌官喊一斤白玫瑰，炒了一盘虾仁、一盘腰子、一碗溜丸子，两人对斟对饮。谈起昨天的事情，雍子明便在怀里掏出一张大纸，交给苏二道："昨天我在家里，一面想一面写，记了这许多。大概他那调查簿上所记的，已经被我默了一大半。"苏二是个农家子弟，虽然念过几本千字文百家姓，文字却认得不多（此处可见旧时私塾之未妥）。他接过来一看，只见上面写得花花绿绿，不晓得写些什么，便笑嘻嘻地往怀里一塞，说道："承情承情，我带回去，给我们内人瞧瞧，便知道了。"雍子明说道："原来二嫂子倒认得字，真是难得。"苏二道："她从小念过几本书，比不得我，是两眼漆黑？"雍子明道："你们堂上和嫂子，可赞成这个改织的意思。"苏二道："她们很想改良织法，并且很感谢你帮助本钱的厚意。”便把昨晚家里的议论，对雍子明述了一番。雍子明道：“你们二嫂子的见识，很为不错。就是他们东洋人，也是注重在灰绿两色，还有蓝色一种，也是很为注意。事不宜迟，你今天回去，同二嫂子商量好了，赶快预备各色纱子，先织几匹，到租界上试销。如果销路好，我便备些本钱借你买纱添机，再为续织。停一两天，我想到府奉访，顺便看看布样子。”苏二听了，自是十分感激，随即又叫倌官添了两样菜，烙了两个饼，同雍子明吃了一个既醉且饱，又会了东道，起身走出庆春楼。二人叮嘱了一番，点首而别。

苏二欢欢喜喜地走回村子，他母亲妻子见他回来，都走过来问问今天会见雍子明的情形。苏二嘴里衔了一根旱烟袋，一边吸，一边说道：“这事儿大有可望。大概是咱们应该要发财，今天雍子明把那调查簿子默了一张给我。他停一两日，还到咱们这儿来。大约咱们布的销头好，他定可以帮助咱们的本钱。”说着，顺手在怀里把那张纸拿出来递给万氏道：“你瞧这里面就明白改织的方法了，我是种田的，只晓得大麦黄豆，却认不得它。”万氏带笑接了，只见上面写了一大篇，都是调查布的销路颜色，哪种相宜，哪种不相宜，说得很为详细。万氏看完，对苏二说道：“他们东洋人调查的情形，是很为详细。我想他们纺织这一层，机器织出来的布匹，没有咱们人工织的耐久经用。你不看前年做的那件泰西缎棉袄，现在已经有了破痕，我那两件蓝衣衫儿，还是出嫁那年做的，于今七个年头，还是好好儿的，可见洋货是抵不上本机的布。如果再能照他调查的，把颜色花样渐渐改良，仍用本机纺织，在我愚见看来，销路一定可以发达。”苏二道：“你把颜色开出来，我明天就去配纱子，你同老太太就可动手改织。”他母亲听了，很为得意，便同万氏娘子，把机子收拾得干干净净。第二天，万氏又开一张单儿，叫苏二去买纱。到了晚间，大家吃过夜饭，万氏同老母把苏二买回来的纱子，各到机上分头去纺织新布。那灯影幢幢机声轧轧，苏二在一旁看他妻子老母织机，心里真是无限快乐。她婆媳两人，一连织了三四天，织成好几匹的新布。

这天，苏二没事，拖着鞋，正在村前看风景，只见远远儿来了一匹骡子，再定神一看，那骡子背上坐的，不是别人，正是他好友雍子明。苏二此时，喜得心花儿都开了，连忙迎上去，代他牵了骡子，引导雍子明，一同进村。到着门首，便大声喊道："雍大哥来了！"他老母妻子听见，都到堂屋里来。他们乡间妇女，不避生客，倒也大大方方，不像城里人，扭扭捏捏，装出那规矩样子。雍子明到了里面，同老太太万氏娘子，大家见了礼，一旁坐下。此时万氏又去烧了一壶茶，拿了烟袋儿，送给雍子明。当下苏二又叫万氏买了两斤好酒，杀了一只老母鸡，切了一大盘腌肉，留雍子明吃饭。虽然抵不上他日庆春楼的酒叙，那杀鸡为黍，却饶有田家风味。雍子明吃完酒饭，苏二便叫万氏把这几日所织的新布拿出来，给雍子明瞧，雍子明看那新布，一共是六匹，一匹是银灰色的，一匹是墨灰色的，一匹是铁灰色的，还有三匹都是深蓝色的。那纱路尺寸，都很合宜，每匹足够一件袍料。比往常所织的，果然出色。雍子明心下十分佩服，便对苏二夸赞了一番。苏二道："如果你老哥看得上眼，将来销路定能发达。至于以后借本钱那一层，我定要重重的本利归还。"雍子明道："能够销路好，这也是你们府上创出来的财局。咱们等到扩充的时候，附一些股子罢，怎敢提起利钱来？"当下苏二也留雍子明在村上盘桓了一日。

次日天明，他二人便拿了所织的新布，到天津来兜售。各布商看见了苏二的布，大家都夸赞他的花样新奇，抢着要买，不上一刻工夫那六匹布，都卖完了，有许多布商没买着的，都很懊悔。此时便有好几个布商，向苏二定织，苏二接了各人的定钱，因为在茶楼上不便同雍子明深谈，随即同到雍子明家里，商议扩充的法子。雍子明看见那布的销路很好，慨然借了苏二一百五十两银子。苏二接着银子，对雍子明说道："咱们哥儿俩人熟钱不熟，我回头把田契拿来押在你老哥这里，做个担保。"雍子明哈哈大笑道："哪儿的话。彼此相信，才肯奉借，说什么担保？"苏二道："我的意思，今天回去，约同咱们左邻右舍的妇女们，配好了纱子，叫他们帮同纺织，因为定的货很多，恐怕咱们一家忙不了。”雍子明道：“等这一次货销完，我预备在你们村上，请你寻一个大大的地方，雇些女工。你的尊夫人可以做监工的，专心织这新布。出货既多，我就贩些到各处去卖。这个生意，不是愈做愈广么？”苏二点首称是，坐了一会，顺便又办了许多纱子，带回村上，把今日销售的情形，对他母亲妻子说了。

世界上有钱好做事，苏二叫万氏托邻居的妇女们帮织，现付工价，大家无不乐从。不消几日，便把各布商所定的货，一齐织完，送到天津，自然是银货两交。这次向他定织人，更比前次加多。做过买卖，苏二就同雍子明商量，说他村上，有一个三公祠地方，很为宽大，想在那个里面雇用女工，织这新布。雍子明满口赞成，便同苏二到乡间把三公祠赁定，又租了几十张机子，布置清楚，一面雇用女工，每天工资二毛五分。那个时代，米珠薪桂，贫苦的人家多，妇女们每天有二毛五的工资，自然是来者如归。苏二又请雍子明代他管理账目。从此他新布的生涯，渐渐发达。

人都称那种布叫苏家布，因为是他始创的。雍子明又把这布贩向各省去销卖，那销路真是蒸蒸日上，有些牟利的商家，仿他的法子改织，随后人就统而称之叫作爱国布，但是总没有苏家织的好。苏二既然生涯大好，便弃了他的农业，专心布事。数年以后，居然成了一个布厂的大经理呢！

本篇足启人实业思想，洵小说中上乘，千金之骥，不以牝牡骊黄，尤不得因白话而少之。近顷因颜料腾贵，布业复折阅，而业颜料者，皆利市十倍，因靛青而外，所谓灰色绿色，皆舶来品故也。然吾闻商界中人，咸啧啧称颜料业之获利，不闻有有心人以理化知识自制颜料。何也？语云：经一事长一智，安得有苏二者，闻风而起乎？

原载《小说月报》第7卷第2期，1916年2月

檐　下

瘦鹃（周瘦鹃）

那晴空中的太阳，放着万道焕焕煌煌的明光，射火箭似的射在一条大街上，倒像满地铺着黄金的一般。这街上有一大群的工人，在那里做着工，敲石子的敲石子，铺黄沙的铺黄沙，一个个忙的什么似的。额上攒满着汗珠，时时掉将下来，他们却还不住的做着工，兀是忙个不了。内中有一个三十岁左右的人，在那里铺着黄沙，穿着一件蓝布的短衫，上边七拼八凑的打着无数的补洞，远远瞧去，活像是一件和尚的袈裟，下边一条袴儿也是一样的七补八缀，并且不黄不白的辨不出本来的颜色。论他们的年纪，着实能彀做他们的主人公令郎令嫒的老兄咧。然而衣袴虽很破旧，洗得却非常干净，就那补缀着的所在，也针针平贴，一些儿没有绽裂痕。比了他同伴们那种委委琐琐的模样儿，简直有天壤之别。要是他府上没一个贤内助，怕做不到呢！当下他挥着汗，脸儿上现着一丝笑容，暗暗的想道：此刻已十一点钟咧，阿根娘在家里淘米洗菜，不知道怎样的忙着，一壁又要照顾着那两个孩儿，真亏她呢。一壁想，一壁依旧做他的工，那铲儿划着沙，仿佛画了他老婆无数的面庞，个个带着软笑，向着他，他瞧了老婆的面庞，顿时忘了全身的疲乏，铲儿落地，益发着力，汗儿湿透了布衫，并没有觉得，似乎为了老婆，拼着血汗，也二百四十个情愿的。一会，那海关中的大自鸣钟，已镗镗打了十二下。在他听去，分明一声声地喊着阿根娘，他便笑了一笑，停了铲儿。原来这时已是停工喫饭的时候咧。一时旁的工人们，也都停了工，渐渐散去，他却踅到一条横街上边，直到一堵很高的红墙之下。蓦地里早有一个妇人携着两个筐儿，迎将过来，满面掬着笑容，同着他到那红墙的檐下。这红墙里头，多分是富人之家。瞧那建筑十分壮丽，他们天天总借着那檐下，尺寸之地，做一个餐堂。以前他原回家去喫饭的，只为他老婆怜惜他，说："你做了半天工，已很辛苦，还迢迢三四里的赶回家来喫饭，未免太费事了。横竖我烧好了饭，没有什么事，还是天天送来罢。"他原也怜惜老婆的，兀是说着不打紧，"我们男子家多走几步路，算什么来。"然而到头来也拗不过他老婆，只得应允了。从此以后，每天十一点半钟光景，他老婆总从三里外携筐而来，先在那檐下老等着他。等到他走近时，就掬着那满面蔼如春温的笑容，过来迎接。他见了老婆的笑容，立时把半天中的辛苦全个儿忘了。虽是嚼着粗粝苦菜，也好似上什么大宴会，饱餐那肥鱼大肉咧。那时他同着他老婆到了檐下，便在那阶石的第三级上一块儿坐了下来。他老婆是个二十四五岁的少妇，出落得倒也还带着三分秀气。一头头发，虽不能和富人家小姐们天天涂着香油凡士林的青丝香云比较，只比了那乌鸦的翅膀，却觉得光致黑润得多。两个颊儿甚是瘦削，血色也少。可是一个妇人一天到晚忙着干家事，原也不能像他们坐汽车喫大菜的小姐奶奶们，花脸儿艳生生的带着玫瑰红呢。瞧她身上衣服虽很破旧，只也补得平贴，洗得干净，正和她丈夫穿着的，不相上下。他们夫妇两口子虽然穷苦度日，彼此却非常相爱，女的把她丈夫当作一块无价的宝玉，男的也把他老婆当作一颗无价的明珠。他们的爱情，委实十分浓厚，像胶漆般黏合在一起，一滴水儿都泼不进去。所以他们虽是穷人，其实倒好算得是个大富豪，因为他们心坎中贮着黄金买不到的爱情，直比了富豪金穴中的黄金多上几倍。可是世上爱情这件东西，原在贫家的多，在富家的少，因为穷人的心目之中，既没有虚荣，又没有欲念。夫妇父子之间自然相亲相爱，分外甜蜜。至于富人之家，却万万做不到，那做儿子的当着他老子，嘴儿里一声声喊着亲阿爷，那心儿却正记挂着他亲阿爷袋儿里的金钱，单指望着老头子一死，钱儿便是他的咧。就那做老婆的也是如此，她那一副情脉脉的笑貌，几句甜津津的软话，实是做个骗她丈夫金钱的资本，只消钱儿到手，她便翻转脸儿，花团锦簇的，坐着七宝香车，上戏园子，出风头去了。试想家庭间既被那势利的钱神占据了去，哪里还有余地容那爱神？于是钱神的气焰熏天，爱神的势力扫地，钱儿越多，爱情越少。一家中不但彼此冷漠，临了儿，或者还发生出天大的祸事来。因此上作书的以为家中与其有千百万的黄金，宁可有十分百分的爱情呢。闲话休絮，且说夫妇俩既在那檐下，相对坐定，那妇人就开了筐儿，捧出两碗的菜来，一碗是青菜，一碗是萝卜。接着又开了旁的筐儿，盛了热气蓬勃的黄米饭，直送到她丈夫手中。又取出一双筷子，用力抹了几下，即忙受了过去，一壁含着笑说道："这饭可还热么？我一路赶来，心急得什么似的，可是今天风大，没的吹冷了饭，给冷饭你吃呢。"那工人也笑着答道："你不见它热气蓬勃，倒像刚出得锅儿似的，生怕吃下去，烫痛了肚子。只是难为你急匆匆地赶来，很教人过不去。"他老婆嗤地笑将起来道："怎么叫作过得去过不去？我们做了六七年的夫妻，难道还用客气么？快吃罢！一会儿怕就冷咧。"他答应着，张开了个大口，嚼着那黄米饭，又吃了些儿青菜，倒很津津有味似的。他老婆把两手搁在那饭筐子的柄上，承着个下颔，笑吟吟地瞧着他，接着说道："这青菜怎样？我把那几个菜心全个儿盛了来咧。今天烧这菜，足足花了二十钱的油儿，可是你天天赚几个苦钱，养我们一家，既没得肥鱼大肉吃，多吃些油水，也是好的。"

他咽了一口饭下去，很感激似的说道："你这样一片好心，怎不叫人感激？不但感激，我还觉得一百二十个对不起你。可是，六七年来，你跟着我受尽了苦楚，着的布，吃的素，那里享过一天安乐？不道你总还喜孜孜的从不说一句抱怨的话儿，打落了牙齿，只往肚子里咽，心中虽有痛苦，却半些儿也不放到脸上来，怕给我瞧见了不安似的，像你这种贤德的妇人，世界上哪里找得到第二个？”说到这里，又吃了一大口饭。一面嚼着，一面从饭颗中发声说道：“有时我闷闷不乐，你反千种温存、百般体贴地安慰我，竭力使我快乐，博我欢笑。然而我天天做这牛马生涯，不能使你安安逸逸过日子，我心儿里究竟觉得沉闷，怎能寻什么快乐呢？”这样说着，他嘴儿里嚼着一口饭，几乎一起哇了出来，咽不下去。他老婆忙道：“阿根爷，你别这样不快乐，保重身体，那是最要紧的事。俗语说得好：‘瓦片也有翻身日。’你只克勤克俭，一意向上，将来难道没有飞黄腾达的日子么？”这当儿见她丈夫碗中的饭已喫完了，连忙受了那碗儿去，又盛满了饭。接着放出那种很柔顺很温和的声音，婉婉的说道：“我们立地做人，总须知足，穷的安，穷乡中也自有乐趣，一朝富了，倒反而有种种的苦恼。况且这一个偌大的世界，包括着无数的人类，直好似一张千层饼，一层加上一层，穷的也有，更穷的也有，富的也有，更富的也有。譬如我们好算得穷极无聊的了，只比了那花子们，我们却是富人。只消退一步想，便能心平气和。要是人人不知足时，这世界怕就闹得不成世界咧。”这一番远观明理的话儿，说得她丈夫点了好几十个头。那时他正喫着饭，牙齿儿便在碗边上磕碰个不住。他老婆见这话儿，说得很有效力，于是又兴兴头头的说道：“要知我们虽是穿着破衣服，吃着黄米饭，只我们心中很安乐，委实没有什么悲痛的事。然而他们富人穿着锦绣，吃着膏粱，却尽有愁眉不展的可怜。他们怀着满肚子的痛苦，还没处诉说呢。”

她丈夫停了筷，点着头说道：“你说的着实不错，我明白咧。不过我想我们做了一辈子的人，却一辈子在贫贱中讨生活，毕竟也觉得难堪。”那妇人毅然说道：“这有什么难堪。我们插身世上，原像做一场大梦，贫贱富贵都是些梦境。梦有醒的时候，人也有死的时候，任你生时争权夺利，死了还有什么？黄金千万，可也带不到阴司去呢。所以我们一辈子穷苦，也不打紧，赤条条的进世界，依然赤条条的出世界，只消凭着良心做人，不做那种对不起人家的事。虽然穷了一辈子，也穷得清白，死后便能上得天堂、见得上帝咧！”这时那工人听了他老婆一番伟论，喜得个眉飞色舞，连那饭量也增加了一半，把那半筐子的饭喫得一粒都不剩。他老婆见了，也暗暗欢喜。等他喫罢，就掏出一块半干半湿的手巾来，给他抹了嘴脸。一举一动中，都含着无限的柔情蜜意。他呆瞧着他老婆，感激得什么似的，眼圈儿斗得一红，险些掉出两颗泪珠儿来。当下便哑着声说道：“唉，阿根娘，我得了你这么一个贤妻，一辈吃苦也很情愿。此刻我猛觉得自己已不是个穷人，实是世界上坐第一把交椅的大富豪，任是什么人，没一个比得上我。因为我的财产，比了什么金矿银矿金钻石银宝贵百倍。我的财产是什么？便是一个贤妻，便是你。”他老婆笑着说道：“很好很好，你仅作这么想，我虽当不上这贤妻两字，也须努力向这贤妻的轨道上做去。以后天长地久，年年月月，你不论有什么忧患，不论有什么痛苦，须记着我正立在你的身边，伴着你一块儿消受。霜雪打头，我便助着撇开那霜雪，虎狼入室，我便助着你抵敌那虎狼。你上天，我也上天，你入地，我也入地，你到世界的尽头处，我也到世界的尽头处。不论苦到什么境界，我总百折不回的向着你。我们两心并作一心，两体并作一体，什么比翼鸟咧，连理树咧，都不能形容我们。我们倘化鸟时，须得化作一头鸟儿，你化作那鸟的肉体，我便化作那鸟的灵魂。我们倘化树时，也须化作一棵树儿，你化作那树的干儿，我便化作那树的根儿。这可不是比了那比翼鸟连理树强得多么？至于现在不论什么千磨万劫，我也咬着牙根受去，更提起精神，鼓起勇气，助着你和那世界挑战。一枪放来还他两枪，一刀戳来还他两刀，富人嘲笑我们，我们也嘲笑富人，富人唾骂我们，我们也唾骂富人。任他万恶的恶运之神，临在我们头上，我们也须合伙儿和他决斗。看那最后的胜利，究竟是谁的。”此时那个婴婴宛宛的妇人，倒好似变了个气吞山河的大将，统着千军万马，雄赳赳杀上战场的一般。她丈夫听得呆了，哪里还说得出什么话？只把着他老婆的手儿，一声儿也不响。这样不知道过了好儿分钟，猛听得他们左面一扇百叶窗里斗的起了一片哭骂叫喊之声，又夹着那拍桌顿脚的大声响。两人听了，甚是诧异，忙挨近了那窗口。抬头瞧时，却见一男一女，多分是夫妻似的，已扭作了一团，哭的哭，骂的骂，闹得沸反盈天。一间好好儿的书房，已变作了一片战场，打得个落花流水，不像样儿。一会儿早轰动了街上，行人都立在窗前桥热闹。那两夫妇瞧了，不觉面面相觑了。一会，接着那女的便嫣然一笑，向她丈夫说道："这便是富人家的夫妻。""这便是富人家的夫妻，"她丈夫也笑了一笑，点了点头，于是携带着筐儿，两口子肩并肩头并头的向大街上踅去，一时似乎觉得仙花乱舞，仙乐飘空，他们俩便也像仙人仙女一般在九天白云堆里走着咧。

原载《小说画报》1917 年第 1 期，1917 年 1 月

欧战声中苦力界

企 翁

民国三年十月四号这一天，乃是阴历八月十五的团圆佳节。金风拂面，皓魄当空，个个欢愉，家家快乐。就是那穷愁奇苦的人，也要摒挡杖头钱，购一壶佳酿，拼个醉死，若不知人间有烦恼事者。

此时却有一个先天下之忧而忧的苦力，在上海闸北共和路上行动，从月光中看去，年纪约有五十余岁。他上身穿了一件千缝百补的短袄，下身着一条蓝布裤子，花色倒与短袄不相上下。头上顶着一团乱蓬蓬的头发，脚上穿了一双天然皮鞋。低着头愁眉苦脸地走去，一面却自言自语道："'天有不测风云，人有旦夕祸福'，古人这两句话是不差的。我王老二凭着一身气力，在虹口怡和码头上充当一名脚夫，每天赚三四百钱回家。我那老伴儿倒不能寻出我的错处，和我厮闹。所以我耳朵里倒还是清净。谁知欧洲又闹起什么战事来了，洋行也关门了，海船也停驶了，土货又不能出口，洋货又不能进来，弄得我们这班苦力，抱着满身的气力，却换不来一个钱使用。今天到码头上探听消息，依然是毫无影响。市面比昨天又冷淡了几分，连洋行老板都弄得走投无路，回国去吃粮当兵了。此刻只得回去吃晚饭。咳！

那老伴儿的气，可真是难受呢。”说着向路旁一个矮屋里走去。

忽听见那矮屋里一个妇人嚷道：“你这该杀的，我真当你死在外边呢。昨天一个钱都没有拿回家，这没柴没米的日子，不要把老娘饿死了吗！”王二垂头丧气地坐下说道：“凡事都要商酌商酌吓，也不是我有钱不拿回来，你何必这般生气呢？阿珍女儿将要回来了，还是和她设个法儿，拿一样首饰出来，当几百钱，买几升米，煮一锅粥，大家吃两碗充饥，等到明天再说罢。横竖现在断命外国人打仗，这码头上的生意是做不成了。我还是去干我的旧营生拉东洋车罢。”那妇人道：“呸！你还在这里做梦呢！阿珍那几件首饰，岂肯轻易拿出来的？她是头二十岁姑娘们，你不管她穿衣吃饭，这也罢了。倒反算计她那辛苦挣来的两样首饰了，你可不羞死呢！你想他丝厂里那几个工钱，是容易赚的么？”王二叹口气道：“事已如此，也不能问她肯与不肯了，还是等我来央求她。难道她忍心望着我们活活饿死么？”

那妇人还未答言，猛听得隔壁人家一个少妇呜呜咽咽地哭起来，急忙走过去问道：“方家嫂嫂，今天乃是月半，应该欢天喜地的过个团圆节，为什么这般伤心？就是方大爷，他在外省赚钱的人，也要讨个顺利。难道你这般苦日子还过不够？不想他发财么？”谁知少妇听了这几句话，倒索性放声大哭起来。那一种如怨如慕如泣如诉的声音，直如巫峡猿啼，衡阳雁泪，听之令人魂销肠断。王氏上前在她身旁坐下，挽住她的手说道：“好嫂子，我的心可要被你弄碎了。我们是多年的老邻居，你有什么不能对人说的话，请你告诉我，或者可以替你想个法儿解解闷。快不要一个人把事情闷在心里，自家的身体要紧吓。你家方大爷六月里到河南去的时候，他还说你年纪轻，拜托我们照应你呢。”方氏才止住哭声说道：“王老太，我家住在此地已多年了，我家的家事，你们也该大略知道些儿。我丈夫本来是生意人，每月赚了五块钱，倒也敷衍得过去。自从前年革命党闹过之后，就把我们的饭碗闹掉了。这两年来，全靠将家里的破烂东西，变卖几个钱过活，好容易挨到今年六月里，他叔叔从河南寄来一封信，叫他立刻到河南去，在一条洛潼铁路上当个苦力。他却立意不肯去，还是我对他说道，横竖坐在家里没事，外边市面太坏，料想暂时也谋不到事，不如到河南去走一趟。我在家里再托人替你荐生意，成功就写信给你，如此岂不比在家过这忍死须臾的日子好么？至于我在家里，你可不要管我，凭着十个指头替人家做点针线，总可以勉强糊口的。他才答应前去。我又把我所有的衣服，拿出来当了几块钱，给他做个盘费。不料今天叔叔到我家来说，现在外国人打仗，铁路已停工了，工头早已将个人的工资卷逃而去。我丈夫到了河南一个多月，不但分文未曾拿到手，那柴米账倒欠了五六元。各店听说铁路停工，都纷纷问他讨账，把他逼得走投无路。可怜他就在十一日晚间服毒自尽了。临死的时候，写了一封信，托叔叔给我，说是‘我到河南月余，分文未进，现在工程已停，债务四逼，仅有一死足以了之，惟万万对不起你耳。’王老太，你想我丈夫远死异乡，我又是个女流，要想前去将棺柩运回，无奈道路修阻，旅食艰难，愿与心违，这便如何是好呢？咳！我也只得追随吾夫于地下了。”说着又断断续续的放声大哭起来。

恰巧这个时候走进一个女子来，年纪约有二十余岁，面色微黄，头上梳了个百合分髻髻，额前短发，用红头绳束成两条小辫，盘绕在后面髻上，身上穿了一身虾青色爱国布的夹袄夹裤，一双天足，配着白色线袜玄色缎鞋，倒颇觉玲珑可爱。王氏一见说道：“好了，阿珍回来了。阿珍你来替方家嫂嫂想个主意。监工何先生不是很信任你的吗？你明天和他商酌商酌，看丝厂里可有没有空额，好歹将方家嫂嫂领进去罢。她现在是可怜的人了。”接着又叽叽咕咕的从头至尾将前事和她女儿说了一遍。阿珍不待她说毕，急忙接着说道：“快不要提起这事了。我今天到何先生家去贺节，听说丝厂里为了欧洲战事，经济恐慌，到本月二十就要停工了。我此刻正在这里忧愁呢。何先生又说因为和我要好，才肯把这事告诉我呢。”说完自知失言，那个淡黄脸上，不觉渐渐的露出两块红晕，搭讪着道：“阿妈回去吃晚饭罢，我肚里倒饿得乱叫了。”说着走了出来。王氏也站起身来说道：“方家嫂嫂，你且不必伤心，等我替你慢慢的想个法儿。天爷爷总无绝人之路呢。我现在回去吃晚饭了，你且将门关好，休息一刻儿罢。”

方氏一面答应着，一面起身将门关好，重行坐下，独自低声痛哭起来，直哭到泪竭声嘶，星横月落，方才定神想道：“丈夫在时，一日三餐，尚且朝不保暮，目下只剩我一个人，更有谁来怜惜我呢？我如今才二十几岁的人，这下半世的光阴，又如何过法呢？那工厂里的生活，虽说可以赚三四角钱一天，无奈事事受监工节制。先要柔声下气、花言巧语地将他恭维好了，饭碗方能稳妥。这没廉耻的事，我是万万干不来的。咳，眼看这大千世界上，哪里有我辈女子的生机呢？”说着站起身来，走至窗前，抬头向空中一看，天上现出一种凄惨的鱼白色，隐隐听见鸡犬唱和之声。此时窗前忽起了一阵寒风，将窗上破纸吹得簌簌作响，屋旁老树上的乌鸦被风吹醒，将头从翅下抬起，哇哇地叫了数声。方氏听见，不禁毛发悚然，周身战栗，转身向内就走，一眼看见屋内甑釜生尘、一贫如洗的景象，不觉叹了一口气，陡然起了个轻生主意。走到厨下，将水桶上缚的汲水草绳解下，一手拿了一张椅子，向那屋梁低处走来，两脚站在椅子上，将绳系好，又结成一个活圈，两手拿住，定睛一看，眼眶中不觉又流下泪来，口中低声说道：“吾夫，你妻子害了你了。早知道要起什么欧洲战事，我也绝不至于为着三四元一月的薪水，逼你走这般远路。如今你客死异乡，你妻子也不愿偷生人世。你且慢走一步，和你妻子手搀手儿同赴黄泉罢。”说着牙关一咬，把头伸入活圈，脚下将椅子踢倒，只见她身体动了两动，那三魂七魄就轻轻飞向太虚去了。至于她的尸身，一到天色大亮，自有她叔子前来料理，不必小子在书中赘叙。

且说王老二在家中，见他们母女回家，即忙站起身来说道：“粥已煮好在锅里，你们先吃罢，我还要出去请一份香烛回家祭菩萨呢。”阿珍正色说道：“拿几百钱去，作正经花销也罢了，为什么买这些无用的东西，去供那泥塑木雕的傀儡呢？”王二道：“阿弥陀佛，现在皇帝已经没有了，你看洋鬼子就打得这般天翻地覆，要是再没有菩萨，世界还成个世界吗？况且这是个团圆节，你们小人儿还该多磕几个头，求求菩萨，将来配个美满姻缘呢。”说着独自去了。

她母女二人对面坐下吃粥。二人吃完，王二已回家，胡乱吃过晚饭，大家洗面净手，烧香点烛，磕头行礼，也就算了却过节的一番手续。

王二坐下说道：“阿珍，现在码头上进出口货，是没有了，脚夫这碗饭是吃不成了，你那丝厂又要停工了，战事尚未知何日停止，我们一家三口儿，又是一日不做，一日不活的，我想明天到捷足公司租一辆东洋车拉几天，权且把今年混过去。但是租车子吓，捐照会吓，皆非钱不可，你可有什么法子想一个呢？”阿珍道：“你想拉东洋车么？你真个不识时务了。我对你说罢，东头阿秀的丈夫，也是和你在一处的，前天他见码头上冷淡得狠，租了一辆车子，五更头里鸡叫出去，直到三更多天才回来，统共不过得了四五百钱，连租车费还抵不过去，生意都被电车夺尽了。听说郑家木桥一带，又新添了一种无轨电车，一人花一个铜元，要坐着走四五里路，谁肯出了大价钱，来坐这慢腾腾的人力车呢？这是阿秀对我说的，量也不错，请你息了这个念头罢。而且我也无处设法吓。”王二听了这话，恍如头上浇了一盆冷水，一直凉到脚底，不觉怔了一怔，说道：“这样说来，现在我们这班苦力，简直只有一条死路了。我记得我们中国前年打仗的时候，外国人一船枪炮来，一船银子去，没有一个不发财的。

现在外国打仗，我还以为是我们中国发财的机会到了呢，谁知我们苦力界中的人，倒首先受其影响，摆布得直手直脚的了。”说着，两条腿却好似热锅上蚂蚁一般，只顾在地上乱转。阿珍知道此时可进言了，随即叹了一口气道：“咳！现在这个日子，真真难过吓。丝厂一停工，失业的人，要有整千整万，这整千整万的人家，谁是宽裕富足的呢？谁不想急上加急的找个职业呢？试问这区区一个小上海，如何能够容纳得下？万一从中有一个惹是招非的人煽惑下子，恐怕就要弄出大乱子来呢。还是阿秀见识高，老早的在胡家宅赁了一所房子，吃一碗门户中饭，她老子和娘现在倒不像从前那种穷相了。我昨天会见她，她还对我说，唯有这碗饭容易吃，到处受人欢迎。我想她的话却也不错。试看吾辈年轻妇女们，在商店里买件东西，那一班店伙，谁不满面春风，趋前恐后呢？这此一端，社会上的心里就可想而知了。”说着那两只水汪汪的眼睛，却注到她娘身上去。

王二说道：“话虽如此，但是吃了这碗饭，良心上究竟有些儿过不去呢。”阿珍又接着说道：“事急无君子，谁是出娘胎胞就干这下贱事的呢？无非是为境遇所迫，无可奈何罢了。譬如阿秀家的窘况，与我家目下差不多，若不是走上这条路，恐怕早入枯鱼之肆了。”王二却听得呆了，只顾把两个眼睛盯在阿珍身上。

阿珍又说道：“现在你们二位老人家，也有这么大年纪了，我又没有个哥哥弟弟，过到这般水尽山穷的日子，我要再袖手旁观，不想个法儿谋条生路，还有谁肯设法呢？我现在却有一个主意在此，一则不至于像阿秀出乖露丑，二则你们二位老人家也可以过点安闲日子。”说到此处，忽然不说。王二问道：“是个什么好主意呢？你且说来与我听。”她娘也接口问道：“好姑娘，你有什么好主意，就赶快说出来罢。这愁柴愁米的日子，可不好过呢。”阿珍道：“讲起廉耻来，我是不敢说这句话。问起良心来，我是不忍说这句话，但是看家中这个景象，可也不容我不说这句话呢。总而言之，只要你们二老安逸，我即是得个污名，我也心服情愿。监工何先生为人极好，同厂的人，没有不感激他的。他和我最合脾气，只要晓得我家的窘况，是必定肯周济我们的。他的朋友又多，只要我和他说一声，请他时常到我家来，打打小麻雀，包管你们拿几个头儿钱就受用不尽呢。”

王二道：“好虽好，就是被邻居瞧见了，是不雅观的。”那妇人急忙说道："少要放你娘的屁了，现在是什么时势，难得女儿有这样妙计，还不赶快遵行呢。再开一开口，看我把你赶出大门外，让你喝西北风去。"

王二低首无言，任凭她母女议论。这议案就通过了。小子这篇小说也就从此搁笔。

原载《小说海》第3卷第7号，1917年7月

女工话

亚丹（曹靖华）

亮澄澄的月光，照着地作淡白色，而两旁的树木，被那微风吹动，飕飕地作响。树丛中隐隐地透出一线亮光，走近一看，却是三间茅屋。里面还有讲话的声音，鼓动那沉默的空气。

“……”

“姊姊，你的话，何曾不是？但是鲍家妹妹，被小陈揪住的时候，难道你不听见么？一双乌溜溜的眼睛，盯着人，确实可怕。他执着藤条，揪住那鲍家妹妹的时候，好似牧童打蠢牛的一般。我见了，又惊吓，又伤心，就瑟瑟地抖起来。我万万想不到，那许多姊妹们，见了这种凄惨的光景，好像开心似的，嗤嗤地笑个不住。难道她们都没有心肝儿么？”

“妹妹，你有所不知。那鲍家妹妹，在前月里，撞破了小陈的一桩好事，所以他就怀恨在心。时常拿藤条儿给她吃。在旁的姊妹们，都笑她不善趋奉，应该挨打的。”

“照你这样说来，我们做丝厂生活的女工，都要去趋奉那些管工的先生们吗？这是什么缘故呢？”

“什么缘故，我也不知道。不过会趋奉的女工，事事总觉得便宜些。什么迟进工厂，早放工，做做事体，都不要紧。并且种种的要求，都能够得管工先生们的许可。”

“是，是，我晓得了。怪不得阿金姐，以前和我们一块儿工作的时候，她时常和小陈说说笑笑，有时候竟做那说不出的举动。有一天，她家里过节，有许多肉团子，她就盛好了一碗，放在篮里，到早晨进厂的时候，她暗暗地给小陈当点心吃。那小陈喜欢得什么似的！你不晓得阿金姐到清丝间里面去工作么？这都是小陈替她帮的忙。那边又清爽，又快活，工钱又大；我听说足足有二十多元钱一个月哩！姊姊呀！你何妨也去趋奉趋奉那小陈呢？”

“胡说！你越讲越没根由了。早些歇吧……”

原载上海《民国日报·觉悟》，1920年4月13日

灵魂可以卖吗?

庐　隐

荷姑她是我的邻居张诚的女儿，她从十五岁上，就在城里那所大棉纱工厂里，做一个纺纱的女工，现在已经四年了。

当夏天稀微的晨光，笼罩着万物的时候，那铿锵悠扬地工厂开门的钟声，常常唤醒这城里居民的晓梦，告诉工人们做工的时间到了。那时我推开临街的玻璃窗，向外张望，必定遇见荷姑挐着一个小盒子，里边装着几块烧饼，或者还有两片咸肉——这就是工厂里的午饭；从这里匆匆地走过，我常喜欢看着她，她也时常注视我，所以我们总算是一个相识的朋友呢！

初时我和她遇见的时候，只不过彼此对望着，仅在这两双视线里，打个照会。后来日子长了，我们也更熟悉了，不像从前那种拘束冷淡了，每次遇见的时候，彼此都含着温和地微笑，表示我们无限的情意。

今天我照常推开窗户，向下看去，荷姑推开柴门，匆匆地向这边来了，她来到我的窗下，便停住了，满脸露着很愁闷和怀疑的神气，仰着头，含着乞求的眼神颤巍巍地道："你愿意帮助我吗？"说完俯下头去，静待我的回答。我虽不知道她要我帮助她做什么，但是我的确很愿意尽我的力量帮助她，我更不忍看她那可怜的状态，我竟顾不得思索，急忙地应道："能够！能够！凡是你所要我做的事，我都愿意帮助你！"

"呵！谢上帝！你肯帮助我了！"荷姑极诚恳地这么说着，眼睛里露出欣悦的光彩来，那两颊温和的笑痕，在我的灵魂里，又增了一层更深的印象，甜美，神秘，使人永远不易忘记呢！过了些时，她又对我说："今天下午六点钟的时候，我们再会吧！现在我还须到工厂里去。"我也说道："再会吧！"她便回转身子，匆匆地向工厂的那条路上去了。

荷姑走了！连影子都看不见了！但是我还怔怔地俯在窗子上，回想她那种可怜的神情，不禁使我生出一种神秘微妙的情感，和激昂慷慨的壮气。我觉得世界上可怜的人实在太多，但是像荷姑那种委曲沉痛的可怜，我还是第一次看见呢！她现在要求我帮助她，我的能力大约总有胜过她的，这是上帝给我为善的机会，实在是很难得而可贵的机会！我应当怎样地利用呵！

我决定帮助她了！那么我所帮助她的，必要使她满足，所以我现在应该预备了。她若果和我借钱，我一定尽我所有的帮助她；她若是有一种大需要，我直接不能给她，也要和母亲商量把我下月应得的费用，一齐给她，一定使她满足她所需要的。人们生活在世界上，缺乏金钱，实在是不幸的运命呢！但是能济人之急，才是人类互助的精神，可贵的德性！我有绝大的自尊心，不愿意做个自私自利的动物，我不住地这么想，我豪侠的壮气，也不住地增加，恨不得荷姑立刻就来，我不要她向我乞求，便把我所有的钱，好好地递给她，使她可以少受些疑难和愁虑的苦！

我自从荷姑走后，我心里没有一刻宁贴，那一股勇于为善的壮气，直使我的心容留不下，时时流露在我的行动里，说话的声音特别沉着，走路都不像平日了。今天的我仿佛是古时候的虬髯客，和红拂那一流的人,“气概不可一世”。

今天的日子,过得特别慢,往日那太阳射在棉纱厂的烟筒尖上,是很容易的事情,可是今天,我至少总有十几次,从这窗外看过去,日影总没到那里,现在还差一寸呢!

“呵!那烟筒的尖上,现在不是射着太阳,放出闪烁的光来吗?荷姑就要来了!”我俯在窗子上,不禁喜欢得自言自语起来。

远远地一队工人,从工厂里络绎着出来了;他们有的向南边的大街上去;有的到东边那广场里去,顷刻间便都散尽了。但是荷姑还不见出来,我急切地盼望着,又过了些时,那工厂的大铁门,才又“呀”的一声开了,荷姑忙忙地往我们这条胡同里来,她脸上满了汗珠,好似雨点般滴下来,两颊红得真像胭脂,头筋一根根从皮肤里隐隐地印出来,表示那工厂里恶浊的空气,和疲劳的压迫。

她渐渐地走近了,我们的视线彼此接触上了。她微微地笑着走到我的书房里来,我等不得和她说什么话,我便跑到我的卧室里,把那早已预备好的一包钱,送到荷姑面前很高兴地说:“你拿回去吧!若果还有需用,我更想法子帮助你!”

荷姑起先似乎很不明白地向我凝视着,后来她忽叹了一口气,冷笑道:“世界上应该还有比钱更为需要的东西吧!”

我真不明白,也没有想到,荷姑为什么竟有这种出人意料的情形?但是我不能不后悔,我未曾料到她的需要,就造次把含侮辱人类的金钱,也可以说是万恶的金钱,给她,竟致刺激得她感伤,唉!这真是一种极大的羞耻!我的眼睛不敢抬起来了!羞和急的情绪,激成无数的泪水,从我深邃的心里流出来!

我们彼此各自伤心寂静着,好久好久,荷姑才拭干她的眼泪和我说道:“我现在要告诉你一件小故事,或者可以说是我四年以来的历史,这个就是我要求你帮助的。”我就点头应许她,以下的话,便是她所告诉我的故事了。

“在四年前,我实在是一个天真活泼的小孩子,现在自然是不像了！但是那时候我在中学预科里念书，无论谁不能想象我会有今天这种沉闷呢！”

荷姑说到这里，不禁叹息流下泪来，我看着她那种凄苦憔悴的神气，怎能不陪着她落下许多同情泪呢？等了许久，荷姑才又继续说：

“日子过得极快，好似闪电一般，这个冰雪森严的冬天，早又回去了，那时我离中学预科毕业期，只有半年了，偏偏我的父亲的旧病，因春天到了，便又发作起来，不能到店里去做事，家境十分困难，我不能不丢弃这张将要到手的毕业文凭，回到家里侍奉父亲的病！当然我不能不灰心！但是这还算不得什么，因为慈爱的父母，和弟妹，可以给我许多安慰。不过没有几天，我的叔叔便托人替我荐到那所绝大的棉纱厂里做女工，一个月也有十几块钱的进项。于是我便不能不离开我的父母弟妹，去做工了，幸亏这时我父亲的病差不多快好了，我还不至于十分不放心。

“走到工厂邻近的那条街上，早就听见轧轧、隆隆的声音，这种声音，实含着残忍和使人厌憎的意思，足以给人一种极大不快的刺激，更有那乌黑的煤烟和污腻的油气，更加使人头目昏胀！

“我第一天进这工厂的门，看见四面黯淡的神气，实在忍耐不住，但是这些新奇的境地和庞大的机器，确能使我的思想轮子，不住地转动，细察这些机器的装置和应用，实在不能说没有一点兴趣呢！过了几天，我被编入纺纱的那一队里。那个纺车的装置和转动，我开手学习，也很要用我的脑力，去领会和记忆，所以那时候，我仍不失为一个有活泼思想的人，常常从那油光的大铜片上，映出我两颊微笑的窝痕。

“那一年春天，很随便的过去了！所有鲜红的桃花托上，那时不是托着桃花，是托着嫩绿带毛的小桃子，榆树的残花落了一地，那叶子却长得非常茂盛，遮蔽着那灼人肌肤的太阳，竟是一个天然的凉篷。所有春天的燕子、杜鹃、黄莺儿，也都躲到别处去了，这一切新鲜夏天的景致，本来很容易给人们一种新刺激和新趣味。但是在那工厂里的人，实在得不到这种机会呢！

“我每天早晨，一定的时间到工厂里去，没有别的爽快的事情，和希望，只是每次见你俯在窗子上，微笑着招呼，那便是我一天里最快活的事情了！除了这件，便是那急徐高低永没变更过一次的轧轧隆隆地机器声，充满了我的两耳和心灵，和永远用一定规矩去转动那纺车，这便是我每天的工作了！我的工作实在使我厌烦，有时我看见别的工人打铁，我便有一个极热烈的愿望，就是要想把那铁锤放在我的手中，拿起来试打两下，使那金黄色的火星，格外多些，似乎能使这沉黑的工厂，变光明些。

“有一次我看着刘良站在那铁炉旁边，摸擦那把铁锤子，火星四散，不觉看怔了，竟忘记使纺车转动，忽听见一种严厉的声音道：‘唉！’我吓了一跳，抬头只见管纺纱组的工头板着铁青的面孔，恶狠狠地向我道：‘这个工作便是你唯一的责任，除此以外，你不应该更想什么，因为工厂里用钱雇你们来，不是叫你运用思想，只是运用你的手足，和机器一样，谋得最大的利益，实在是你们的本分！’

“唉！这些话我当时实在不能完全明白，不过我从那天起，我果然不敢更想什么，渐渐成了习惯，除了谋利和得工资以外，也似乎不能更想什么了！便是离开工厂以后，耳朵还是充满着纺车轧轧的声音，和机器隆隆的声音，脑子里也只有纺车怎样动转的影子和努力纺车的念头，别的一切东西，我都觉得仿佛很隔膜的。

“这样过了三四年，我自己也觉得我实在是一副很好的机器，和那纺车似乎没有很大的分别，因为我纺纱不过是手自然的活动，有秩序的旋转，除此更没有别的意义。至于我转动得熟习，可以说是不能再增加了！

“在那年秋天里的一天——八月十号——是工厂开厂的纪念日，放了一天工，我心里觉得十分烦闷，便约了和我同组的一个同伴，到城外去疏散，我们出了城，耳旁顿觉得清静了！天空也是一望无涯的苍碧，不着些微的云雾，只有一阵阵地西风吹着那梧桐叶子，发出一种清脆的音乐来，和那激石潺潺的水声，互相应和。我们来到河边，寂静地站在那里，水里映出两个人影，惊散了无数的游鱼，深深地躲向河底去了。

“我们后来拣到一块白润的石头上坐下了，悄悄地看着水里的树影，上下不住地摇荡，一个乌鸦斜刺里飞过去了。无限幽深的美，充满了我们此刻的灵魂里，细微的思潮，好似游丝般不住地荡漾，许多的往事，久已被工厂里的机器声压没了，现在仿佛大梦初醒，逐件地浮上心头。

“忽一阵尖利的秋风，吹过那残荷的清香来，五年前一个深刻的印象，从我灵魂深处，渐渐地涌现上来，好似电影片一般的明显。在一个乡野的地方，天下的凉云，好似流水般急驰过去，斜阳射在那蜿蜒的荷花池上，照着荷叶上水珠，晶晶发亮，一队活泼的女学生，围绕着那荷花池，唱着歌儿，这个快乐的旅行，实在是我一生最大的幸福呢！今天的荷花香，正是前五年的荷花香，但是现在的我，绝不是前五年的我了！

“我想到我可亲爱的学伴，更想到放在学校标本室的荷瓣，和秋葵，我心里的感动，我真不知道怎样可以形容出来，使你真切的知道！”

荷姑说到这里，喉咙忽咽住了，眼眶里满含着痛泪，望着碧蓝的天空，似乎求上帝帮助她，超拔她似的，其实这实在是她的妄想呵！我这时满心的疑云乃越积越厚，忍不住地问荷姑道：“你要我帮助的到底是什么呢？”

荷姑被我一问，才又往下说她的故事：

“那时我和我的同伴各自默默地沉思着，后来我的同伴忽和我说：‘我想我自从进了工厂以后，我便不是我了！唉！我们的灵魂可以卖吗？’呵！这是何等痛心的疑问！我只觉得一阵心酸，愁苦的情绪，乱了我的心，我一句话也回答不出来！停了半天只是自己问着自己道：‘灵魂可以卖吗？’除此我不能更说别的了！

“我们为了这个痛心的疑问，都呆呆地瞪视那去而不返的流水，不发一言，忽然从芦苇丛中，跑出四五个活泼的水鸭来，在水里自如地游泳着，捕捉那肥美的水虫充饥，水鸭的自由，便使我们生出一种嫉恨的思想——失了灵魂的工人，还不如水鸭呢！——而这一群恼人的水鸭，也似明白我们的失意，对着我们，做出傲慢得意的高吟，不住‘呵，呵！’地叫着，这个我们真不能更忍受了！便急急地离开这境地，回到那尘烟充满的城里去。

“第二天工厂照旧开工，我还是很早地到了工厂里，坐在纺车的旁边，用手不住摇转着，而我目光和思想，却注视在全厂的工人身上，见他们手足的转动，永远是从左向右，他们所站的地方，也永远没有改动分毫，他们工作的熟练，实在是自然极了！当早晨工厂动工钟响的时候，工人便都像机器开了锁，一直不止的工作，等到工厂停工钟响了，他们也像机器上了锁，不再转动了！他们的面色，是黧黑里隐着青黄，眼光都是木强的，便是做了一天的工作，所得的成绩，他们也不见得有什么愉快，只有那发工资的一天，大家脸上是露着凄惨的微笑！

“我渐渐地明白了，我同伴的话实在是不错，这工厂里的工人，实在不只是单卖他们的劳力，他们没有一些思想和出主意的机会，——灵魂应享的权利，他们不是卖了他们的灵魂吗?

“但是我永远不敢相信，我的想头是对的，因为灵魂的可贵，实在是无价之宝，这有限的工资便可以买去?或者工人便甘心卖出吗?……‘灵魂可以卖吗?’这个绝大的难题，谁能用忠诚平正的心，给我们一个圆满的回答呢！”

荷姑说完这段故事，只是低着头，用手摸弄着她的衣襟，脸上露着十分沉痛的样子，我心里只觉得七上八下地乱跳，更不能说出半句话来，过了些时荷姑才又说道：“我所求你帮助我的，就是请你告诉我，灵魂可以卖吗?”

我被她这一问，实在不敢回答，因为这世界上的事情不合理的太多呵！我实在自悔孟浪，为什么不问明白，便应许帮助她呢？现在弄得欲罢不能！我急得眼泪湿透了衣襟，但还是一句话没有，荷姑见我这种为难的情形，不禁叹道："金钱虽是可以帮助无告的穷人，但是失了灵魂的人的苦恼，实在更甚于没有金钱的百倍呢！人们只知道用金钱周济人，而不肯代人赎回比金钱更要紧的灵魂！"

她现在不再说什么了！我更不能说什么了！只有忏悔和羞愧的情绪，激成一种小声浪，责备我道："帮助人呵！用你的勇气回答她呵！灵魂可以卖吗？"

原载《小说月报》第12卷第11期，1921年

两个分工会的代表

张光人（胡风）

他一面走，一面心中盘算能够在家中逗留多少时间，好将他们的粮食预备好。正走间，忽然听见一声“你回来了”，抬头一看，原来已到了自己的门首。这声音就是倚在门旁，毫无生气，灰白的面孔的伊叫出来的。这时，他们的脸上虽然都带着笑容，但心中却都似乎带点颤动而且酸楚的味道。

“都好吧？”他问。

“都好！你可好？”

“也好。鱼儿呢？”

“在后面。”

他们一面说，一面走进他们那间矮小而黑暗的板屋。伊进来之后，就拿一个粗而黑的碗去到屋角的小灶去倒茶；而他却一步也不敢移动。

因为屋内和屋外的光线相差太远了，初进来当然越觉昏暗。伊将茶碗递给他，随手又将一个小凳移近前来让他坐下。他喝了两口茶，鱼儿穿着一件白孔的短褂，已半跑式地从后面进来。

喊了一声“爸爸”，就傍着他妈站着。他喝完了茶，问道：

“这回的米少不少？今天吃了未？”

“不少。吃了。”伊答。

鱼儿迅速地说道：“妈说谎，昨天都没有吃饱，今天吃什么？”

“为什么不借几升？”他皱着眉头说。

“一回的钱买一回的米还不够，倘若再借几升的债，下回怎样办呢？横竖一两餐不吃也没有怎样过不得！”伊答。

他叹了一口气，头慢慢地垂下去，似乎寻思什么。

鱼儿忽对他妈叫道：“妈妈，那封信呢？”

“哦，我几乎忘记了！”伊说着就将背后的一个小柜拉开，取出一封信递给他。“上午邮差送来的。我说请一个人看看，王妈说怕是要紧的信，不如等你自己去看。”他接着走到门旁，拆开看下去：

亲爱的达生兄：

我知道你的车今天转来，所以特地用十二分的热心和希望，将关于我们自己生命的问题，和我们现在所取的计策，和你商量。我们做牛马一样的劳苦的工作，终日臭汗淋漓，不能得到一刻的休息，试问是不是“人”的生活？固然人是应该劳动的，但为什么这个原则只适用于我们呢？而且合乎人道的劳动，未必是和我们现在一样的像牛马一般的？牛马做完了工作，就能得到尽量的草刍，彼等的幼儿，也不愁冻饿；而我们工人，却常常要替家庭担生活问题的忧虑，妻愁儿哭，苦不堪言，所以说我们不如牛马，也不为过！关于这一层，恐怕你也有和我同样的困难！

他看到此处，几乎要落下泪来，但他很快地忍住了，又往下看：

我们固然晓得劳动的神圣，但我们对于现在的不合理的劳动所受的痛苦，实有努力运动减轻之必要。固然我们只须做自己的工作，不必管他们的花天酒地，但他们竟将我们的血汗夺去供他们挥霍，我们确不能平。他们一方面掠夺我们的血汗，一方面又来剥夺我们的自由，这尤其是使我们不肯死心！他们对于我们的一切，我们都未与之相抗，这回剥夺我们的自由，却不能不使我们出此最不经济、最不稳当之一途！我们这回的宗旨是何等正大，而他们偏以强暴的手段来压制。我们做自己的事情，一点不和他们相涉，都要被他们干涉，这样下去，还能生活么？你素来是有感情的人，为什么对于这回事却如此冷淡呢？听说前回你们会里举你为代表，你当时力辞不干，这真出于我们意料之外！

原来会里为着上头不让他们成立总工会，上次曾开会讨论，并举他为代表，到总会去办事。

他不干的原因，一是觉得我们工人去和做官的对抗，是难于得胜的；一是怕和从前闹工潮一样，当代表的人又要被黜。他既有这两个观念，又想到他们家中朝夕等着他的工钱过活的景况，当然不愿意去做冒险的事情。为着这事，会里有些人说他太无用，不能替会里做点有益的事；但也有些人说他老成持重，不做非分的事情。现在他读了这封信的第一段，觉得非常的感动；读了第二段，就觉得上回辞职的态度，也不大好。他想了一时，又往下看：

朋友，人的生活是怎样？我们的生活又是怎样？同是自然母亲的儿子，当然有同过人的生活的权利。他们侵占了我们的人的权利，我们也默然承认他们侵占我们的人的权利，这不但适足以表明我们的低能无用，放弃了权利，而辜负了自然母亲的美意，却适足纵他们的放荡，扰乱社会，使人类进化的速率减慢，或至于停滞，而放弃了小我对于大我所应该负的责任！

即使退一步说，专就我们的生活立论，我觉得也有觉悟之必要。我们工人现在的待遇，除独身不计外，稍有一两个待养的弱者幼者，就非大大地节省自己的穿用不足以维持他们的生活！甚至我们省到无可再省，他们也还免不了冻饿的痛苦！我这次回家，妻子和小女已有两餐未吃，面黄骨瘦，走路和病人一样，你说我怎不心疼？我虽不敢说你家庭的生活和我一样的困难，但至少也可以断定是不充足的。

朋友，一个人扶持一两个弱者幼者，是不是分外的事情？既是分内，则我们终日血汗淋漓，应不应该得到供给他们最低限度的生活费？我们终日所遇到的，都是铁一样的冷和硬的面孔，所希望的只有各人家庭内的些许慰安。连这点慰安都不能保持，我们能不自惭？能不心疼？又能不怨恨吗？

朋友，我们也是人啊！我们也应该过人的生活而不是过分的啊！人不过人的生活是不配做人的，即觍然说自己是个人，也是没有什么意味的！我这里已决议随大会一致行动，并举我赴大会办事。我听说你这回态度太冷淡，所以特地和你说说，并希望你坚决地作奋斗的预备。最后，再郑重地对你说："苟安卑污，机械似的奴隶地生活着，不如坦坦白白地为自由而奋斗，为人道而奋斗地死去！我将这种精神期望所有有思想的青年，和我最敬爱的朋友——你。"

你亲爱的朋友正云敬上

他看完了之后，还是"目不转睛"地望在纸上，不作声也不向旁处看。他心中现在由怨恨而转到兴奋。不过他素来是谨慎的，所以虽然有"应该这样做"的观念和"一定这样做"的决心，但也不能不有一番的思忖。"失败"两个字，此时在他的脑中，时而觉得是最不幸的，又时而觉得是没有什么意义的。过了一时许，忽然将信夹在怀里，向门外走去。伊跟到门外，问道："你到哪里去？"他也不转头，只说了一句："少时就转来。"转一个弯，不见了。

约三四小时，伊傍着门框望见他回来了。此时虽然已近黄昏，但还能看见他负着好多东西。

伊拍着孩子说道："好了，回来了！"说着，牵着孩子向门外走了两步。他走近门前，伊扶进屋内，因为没有灯火，怕他颠仆。进屋后，他将手中的东西放下，又叫伊助着将背上的米袋也慢慢地放下。伊摸着米袋，心中格外欢喜，因为今天比往日多两三倍，伊在背后的柜里摸出一盏小洋灯，随手又在荷包中摸出一支洋火燃着了。伊将灯向地下一照，只见大米袋旁边，有一捆菜和两个小包。他连连喊着"快些做饭吃，孩子是饿不得的！"伊即将灯放在桌子上，来烧火做饭。孩子立时脸上也现出喜气，坐在灶下替他妈烧火。伊一面做饭，一面和他谈话：

"今天的米和菜，为什么比往日多许多？这回另外有进款吗？不然，哪里来的钱？"

"不是。我想米粮总是要多办一点才不至感受痛苦，所以去向王老妈借了四块钱。这样，我出外去才得放心，你们在家里也不愁什么。"他坐在小凳子上，面向着伊。

"但是，你怎样还伊呢？倘若从此拖了债务，我们不更苦了吗？"

"不妨事。我们的工资，或者在这些时就要增加哩！"

"增加么？上头有这个意思了？"

"不，我们要求他们加哩。你不晓得今天那封信么？那是正云写来劝我们罢工要求加资的。我们这里明天也要开会和他们一致进行，我想总能够成功。"

"哎哟！我说是上头的意思，原来你们又要干那罢工的事情！我劝你安分点的好。我们到这处来，一共看见三次罢工，没有一次不是工人上当！你们何必又去做这傻事呢？像我们这样艰难，加点工资也是好的，但是能由你吗？你现在说工资少了，若他们将你除名，恐怕连这样的工资都找不着呢！不说别处，就这一连二三十户人家，就有四五个人找不到工做。万一你除了名，我们连这个半饱都保不住呢！再过一个月，造纸厂开工，鱼儿就进去了，他就有把握了。余下我一个人的伙食，就不必忧虑了。又何必去冒险呢？”

“你的话也有道理。不过这回和往回不同，我们的力量要大得多，总不能失败。我今天多买些米，就是预备多支持几天的。但是鱼儿今年十岁，放他到厂里去，我有些不愿意。”

“十岁不到厂里去？有些孩子八九岁都上厂里哩！但是你说你们的力量这回要大，我总不敢信。工人无论如何是敌不住做官的，你切不可自讨苦吃！”伊这话比较要来得郑重些。

“外面的事，你是不清楚的，怎样办法，等到明天再说。”

他这样地将话锋推开了。这一夜，他们谈话的材料是别的事情，虽说伊有时牵到这个事情——罢工——上来，但他总是支吾过去。

第二天早晨，他向伊说：“今天出去有事，不要等我吃饭，大约晚上可以回。”走的时候，伊又劝他不要冒险，他只答应了一个“晓得”！伊这几天总是祷告他的事做不起来。

晚上，他回来了。夜里伊又劝他不要冒险，但他答应的总是“你不晓得”“不必担心”一类的话。

第三天早晨，他很早地起来了，吩咐伊道：“今天到总会里去，大半三四天可以回来，在家中不要担心。”伊这时觉得说是无法再说的了，只劝他只可随人做事，不可独遭毒手。他答应了一声，匆匆地走了。

伊在家中常常发生“除名”的恐怖的影子，但也有时悬想他们成功的荣幸。一天过去了，一点音信没有！两天过去了，也一点音信没有！三天过去了，依然是一点音信没有！第四天的上午，伊正傍着门框默想他的事情的时候，望见伊丈夫的弟弟来了，伊笑着让他进屋，但他却仓皇失措地说道：“不得了！不……得……了！总工会和兵们打了一仗，大哥打……死……了。”

伊听见这话，顿时向地下倒去，乱哭乱滚。不一时竟聚着三四十人。鱼儿这时也回来了，看见他妈这样，他也不自禁地跳着大哭了！众人有的两个或三个细细谈论，有的说达生好的，也有说他是自讨苦吃的。有几个老妈想去拉住伊，但总不能近伊的身旁。伊忽然站将起来，嚷着向外跑：“我找他去！”众人将伊拦住，问道：“你去找谁？”

“黄正云！他是黄正云劝……入……的！他的命是黄正云送……掉……的啊！我要……拼……命……啊！”

伊虽这样地向外乱闯，但众人总是紧紧地围住。正闹的时候，一个婆婆喊道：“好了！舅爷来了！”果然的，伊的哥哥急急忙忙地来了。伊看见哥哥，越哭得厉害，越用力往外闯。众人向伊哥哥说伊是要去找黄正云的，他向伊大喊道：“你不要糊涂！你想，达生死了，黄正云能逃脱么？我听说他比达生还要死得惨些呢！又听说一个兵在达生身上搜出一封信，说这回风潮是黄正云煽动起来的，他家中都要受累！你还去找谁！……？”

原载《民国日报·觉悟》，1923年3月29—30日

生与死的一行列

王统照

“老魏做了一辈子的好人，却偏偏不拣好日子死……像这样如落棉花瓤子的雪，这样如刀尖似的风，我们却替他出殡。老魏还有这口气，少不得又点头咋舌说‘劳不起驾！哦！劳不起驾！’了！”

这句话是四十多岁鹰钩鼻子的刚二说的。他是老魏的近邻，专门为人扛棺材的行家。他自十六七岁起首同了他的父亲做这等代传的事，已经将二十余年的筋力、肩肉全消耗在死尸的身上。往常老魏总笑他是没出息的，是专与活人作对的——因为刚二听见哪里有了死人，他便向烟酒店中先赊两个铜子的干酒喝。他在这天的雪花飞舞中，他却没曾先向常去的烟酒店中喝这一杯酒。他同了同伴们由棺材铺中扛了一具薄薄的杨木棺踏着街上的雪泥走的时候，并没有说话，只觉得老魏的厚而成为紫黑色的下唇，藏在蓬蓬的短髯中间在巷后的茅檐下喝玉米粥——他那失去了乌色的凝住的眼光不大敢向着阳光启视，在朔风逼冷的十二月的清晨，他低头喝着卖零食的玉米粥仿佛尽自向地上的薄薄霜痕上注射—— 一群乞丐似的杠夫，束了草绳，戴了穿洞的毡帽，上面的红缨毛摇飑着，正从他的身旁经过，大家预备着去到北长街为一个医生抬棺材去。他居然喊着我们喝一碗粥再去，记得还向他说了一句“咦！魏老头儿！回头我要替你剪下胡子了”，他哈哈地笑了。

这都是刚二同了三个同伴由棺材店中出来时走在道中的回忆与感想。天气冷得厉害，街上坐着明亮炫耀的包车的贵妇人的颈部全包在皮大氅的白狐毛的领子里，汽车的轮迹在皑皑的雪上也少了好些。虽然听到午炮放过。然而日影却没曾由灰色布满的天空中露出一点来。

当着快走近了老魏的门首，刚二沉默了一路，却忍不住说出这几句话来，他那三个同伴，正如自用力往前走去，仿佛以先没有听明他的话一般。又走了几步，在前头的小孩子阿毛道：“刚二叔，你不知道魏老爷子不会拣好日子死的，设若他会拣好日子死，他早会拣好日子活着了！他活的日子，全是极坏，依我看来——不，我妈也是这样说呢。他老人家到死也没个老伴，一个养儿子，又病又跛了一条腿，连博利工厂也进不去了，还得他老人家弄饭来给他吃——好日子，是呵，可不是他的……”这几句话似乎使刚二听了有些动心，便用破洞的袖口装了口，咳嗽了几声并没有答话。

他们一同将棺材放在老魏的三间破屋前头，各人脸上不但没有一滴汗珠，反而都冻红了。几个替老魏办丧事的老人、妇女，便喊着小孩子们在墙角上烧了一瓦罐煤渣，让他们围着取暖。

自然是异常省事的，死尸装进了棺材，大家都觉得宽慰了好多。拉车的李顺暂时充当了木匠，将棺材的盖板钉好，……叮，叮……叮，一阵的斧子声中，与土炕上蜷伏着跛足的老魏的养子蒙儿的哀声，与邻人们的嗟叹声，同时并作。

棺殓已毕，一位年老的妈妈便首先提议应该趁着人多手众，赶快送到城外五里墩的义地里去埋葬去。七十八岁的李顺的祖父，便同大家讨论，五六个办丧的人都不约而同地说“应该赶快入土”，独有刚二在煤渣的火边，摸着腮儿没有答应一句。那位好絮叨的妈妈拄着拐杖，一手拭着鼻涕颤声向刚二道：

“你刚二叔今天想酒喝可不成……哼哼！老魏待你也不错，没有良心的小子！”

“我么？……”刚二夷然地苦笑说，却没有续说下去，接着得了残疾的蒙儿又呜呜地哭出声来。

当着棺材还没有抬出门首的时候，大家各人回去午餐之后，重复聚议如何处置蒙儿的问题。因为照例蒙儿应该送他的义父到城外的义地中去，不过他的左足自去年有病，又被汽车轧了一次，万不能有这样的力量走七八里的路程。若是仍教他在土炕上呜呜地哭泣，不但他自己不肯，而李顺的祖父首先不答应，理由是正当而明了的。他在众人的面前，一手捋着全白的胡子，一手用他的铜旱烟管扣着白色的棺木道：“蒙儿的事……你们也有几个晓得的，他是一个疯妇的弃儿，十年以前的事，你们年轻的人算算他那时才几岁？”他说至“几岁”二字，便少停了一会，眼望着围绕他的一群人。

于是五岁、八岁的猜不定的说法一齐嚷了起来，李顺的祖父又将硕大的烟斗向棺木上扣了一下，似乎也要教死尸听得见地说：“我记得那时他正正是七岁呢。”正在这时，在炕上的蒙儿从哽咽的声中应了一声，别人更没有说话的了，李顺的祖父便如背历史似的重复说下去。

“不知哪里来的疯妇，赤着上身，从城外跑来，在大街上被警察赶跑，来到我们这个贫民窟里，他们便不来干涉了。可怜的蒙儿还一前一后地随着他妈转着，走着，小孩子身上哪里是有一丝线，亏得那时还是七月的热天气。那时有些人以为这个疯妇太难看了，也想合伙将她同蒙儿逐出……却终究被我同死的老魏阻止住了。不过三四天疯妇死去，独余下这个可怜的孩子……以后的事，也不用再说了。我活了这大岁数，还是头一次看见这个命运劣败的蒙儿。就他现在说是这样，将来的事谁还能想得定……可是论理他对于老魏的死去，无论如何，焉能不去送到义地看着安葬……”本来大家的心思，也是如此，更加上蒙儿在炕上直声嚷着就算跪着走去，也是不在屋子里的。于是又经过一番乱呶的纷谈之后，遂决定由李顺搀扶着他走，而李顺的祖父，因为同老魏有几十年的老交情，也要穿了破黑羊皮袄随着棺材前去。他是幼年当过镖师的，虽有这等年纪，筋力却还强壮。他的性情又极坚定，所以众人都不敢去阻止他。

正是极平常的事，五六个人扛了一具白木棺材，用打结的麻绳捆缚住，前面有几个穷窘的状况如同棺材的表示一样的贫民先迤逦的走着。大家在沉默中，一步一步的，足印踏在雪后的灰泥大街上，还不如汽车轮子的斜方纹印得深些；还不如载重的马蹄踏得重些；更不如警察们的铁钉的皮靴走在街上有些声响。这穷苦的生与死的一行列，在许多人看来，还不如一辆人力车上的个妓女所带的花绫结更光耀些。自然的他们都是每天每夜被罩在灰色的暗幕之下，即使死后仍然是用白色而不光华的粗木匣装起，或者用粗绳打成的苇席。不但这样，他们的肚腹，只是用坚硬粗糙的食物渣滓磨成的墙壁；他们的皮肤，只是用冻僵的血与冷透的汗编织成的。至于他们的思想是空幻的，只有从黎明时看得见苍白的朝光，到黄昏时走过的暗雾围的网，他们哪里有花绫结的色彩、姿态，与沾染上的肉的香味，与女性之发的奇臭。他们在街上穿行着，在他们没有系统的思想中，自然也会有深深的感触，他们也以为是人类共同有的命运的感触，但他们愚蠢、简单，却没曾知道已被命运逐出于宇宙之外了。

虽是冷的冬天，一到雪停风止的时候，看热闹的人也有了，茶馆里的顾客又重复来临。他们这一行列，一般人看惯了自然再不会有考问的心思。死者是谁？跛足的小孩子是棺材中的死尸的什么人？好好的人为什么死的？这些问题早逐出于消闲的人们的目光与思域之外。他们——消闲的人们，每天在街口上看见开膛的猪，厚而尖锋的刀从茸茸的毛项下插入，血花四射的从后腿间拔出；他们在市口看穿灰衣无领的犯人蒙了白布被流星似的枪弹由十余步外打到脑壳上，滚在地下还微微舞动；他们见小孩子们强力相搏头破血出哭号。这都是消闲的一种方法，也由此可以得到些许的奇异与快乐的愉慰。比较起来，一具白棺材，几个贫民在雪街上走更何足一顾！不过这样冷的天气，一条大街，一个市场玩腻了，更没有什么，所以站在巷口的人，坐在茶肆的人，带了皮帽、穿了花缎的外衣叉手在朱门前的妇人们，也有些将无所定着的眼光向这一行列的生和死者看去。

这一群的行列，死者固然是深深地密密地将他终生的耻辱伏在木匣子内去了，而扛棺的人，刚二、李顺，以及老祖父，也似是生活着被装在匣子以内。他们虽没有不敢的思想，却也以为这是不必要的，无需的——抬起头来似乎也不能更向着暗笑的苍穹将生的耻辱涤尽。所以他们并不顾及还有些看热闹与消闲的人，以他们这一行列为有趣味可供玩赏的，实在他们也理解不到。他们如同被命运支配着往前走，他们走着，并不像那些争命运的人要计算时间，与目的地的。

然而正当他们走过长街待要转向西去出城门的时候，一家门口站住了几个男子，与两三个华服的妇女，还领着一个七八岁的小姑娘，而汽车的轮机，正将停未停地从覆盖的狼皮褥下发出涩粗的鸣声。忽地那位也穿了皮服的小姑娘横搂着一位中年妇人的腿部说："娘，娘，害怕……"那位妇人向汽车看了一眼便抚着小姑娘的额发道："多大了，又不是没见过汽车。这点点响声有什么可怕？"

"不，不是，娘，那街上的棺材，走着的棺材！……"

"乖乖！傻孩子！……"妇人便不在意地笑了。

但是在相离不到七八尺远的街心，这几句话偏在无意中被提了铜杆烟管的老祖父听见了，他也不扬头看去，只是自己嘟囔着道："害怕！……傻孩子！……"说着便追上他那些少年同伴们出城去了。

出城后并不能即刻便到墓田，但冷冽的空气，一望无际的旷野中，他们似乎是从死人的穴中觉醒过来，他们便自然地，不约而同地扬起头来望望天空。三五楂丫的枯树立在土堤上，噪晚的乌鸦群集在枝上喳喳地啼着。有一群羊儿从他们身边一起一伏地走过，后面跟了个执着皮鞭的长发童子，他看见从城中出来这一行列，却不禁愕然地立住了，而且质朴地问道：

“哪儿去？是不是在五里墩的义地？”

“小哥儿，是的，你要进城……这样天气一天的活计很苦！”老祖父代表这一群人郑重地对答。

牧羊的长发童子有点疑惑的神气道：“现在天可不早了，你们还是赶紧走吧，到了晚上城外的路不大方便……”他说到这里又精细地四下里看了看道：“灰色衣的人……要不得呢！”

老祖父独自在后边，听童子说完，不禁从有皱纹的眼角上露出一丝笑容来说：“小哥儿，真是傻孩子，像我们还怕呢！”

童子自己也知道说得不很恰当，便笑了一笑，又转过身去望了望前边送棺材的一群，就吹着口琴往对方而去。

老祖父的脚力，实使这一群人吃惊！他也不用拐杖，走了几步，便追上了棺材，而且他开始同他们谈话。蒙儿黄皮裹了颧骨的面上，已现出红晕的颜色，他的两只犹噙有眼泪的眼，确已表现出疲乏来，就连在一旁用右手扶住他的李顺似乎也很吃累，不过不敢说出来。独有刚二既不害冷，也不见得烦累，只是很自然地交换着肩头在前面横了棺材走路。

老祖父这时从裤袋中装了一烟斗的碎烟，一手笼住破袄的袖口上的败絮，吸着烟气说：

“这便是老魏的福气了，待要安葬的时候，雪也止了，冷点，还怕什么。只要我们不死的，不装在匣子中的先给他收拾好了，我们算是尽过心，对得起人！……”

久不做事的刚二也大声道：“是呵！我早上还说老魏叔死的日子没拣过好的，现在想想这也难得！他老人家开了一辈子的笑口。死后安葬时没雪没风，也可算得称心了！……我今天累死，甚至三年没有酒喝，也要表表心儿，替死人出点力！可是人生能有几次这样？……”他说时平生第一次的泪痕在眼眶内慢慢地滚动，又慢慢地收回去。

老祖父接着叹口气道：“人，早晚还不是这样结果，像我们更不知是在哪一天？老魏我与他自从二十余岁结邻居，他三十多年的光阴，做过挑夫、茶役、卖面条、清道夫，烈日的熏蒸，冷风的逼迫，他哪有一天停住手脚！……有几个钱就同大家喝一壶白烧，几片烧肉，这是这样过活，不但没有家室，就连冬夏的衣服，也没曾穿过一件整齐的。现在很安稳地死去，他一生没有累事倒也没了，不过就是有这个无依靠的蒙儿……咳！咳！我眼见过多少人的死，殡葬，却再也没有他这么平安而又无累无挂地走了。我们还觉得大不了，其实他在暗中还许笑着我们替他忙呢！……”

坚定沉着的刚二急急地说：“我看得棺材里装着死人，一具一具地抬入，一具一具地抬出，总算不了一回事，就是我们吃这碗饭也看惯了，如同泥瓦匠的天天搬运砖料一样。孝子们在白布打成的罩篷下，像回事地低头走着，点了胭脂却穿着白衣如同去赛会的女子们坐在送葬的马车里东望西望，在我们看来，太不足奇！不过……老魏这等不声不响地死，我反而觉得了，自从昨夜晚上心里似乎有点事了！老爹，你说不有点奇怪！……”

冬日的旷野中的黄昏。沉静而带有死气。城外的雪一些也没有融化过，白皜皜地挂遍了寒林、土山、微露麦芽的田地。天空中若有灰翅的云影来回移动，除此外更没有些生动的景象了，他们在一角的陂陀下面的乱坟丛中，各人尽力的用带来的铁锹掘开冰冻的土壤。老祖父蹲在一座小坟头的上面吸着旱烟作监工人，而蒙儿斜靠在已停放下的白木棺材上无聊的用指画木上的细纹。

简单的葬仪就这样完结，在朦胧的黄昏中白木棺材去了麻绳埋入土坑里面，他们一面时时用热气呵着手，一面不倦地工作，直至将棺材用坚硬的土块盖得很严密的时候，便不约而同地嘘了一口气。蒙儿只有呆呆地立着，被冷气的包围直使他不住地抖颤。眼泪早已在眶里冻干了，老祖父还是不住地用大烟斗轻轻地扣打着棺材上面的新土，仿佛在那里想什么心事。刚二却忙得很，他方做完这个工作，便从腰里掏出一卷粗装的烧纸，借了老祖父烟斗的余火燃着起来，力微的火光，不多时便也熄了。而左近的树木上的干枝又被晚风吹动，飒飒唰唰如同呻吟着低语。

他们回路的时候轻松得多了，然而脚步却越发迟缓起来，大家总觉得回时的一行列，不是来时的一行列了！心中都有点茫然，一路上没有一个人能说什么话。但在雪地上的暗影中，他们离此无边的旷野愈远，忽地催晴的北风吹得更厉害了，干枯的碎叶，吹散的雪花，都追迹向他们逐去，仿佛来伴这回路的一行列的沉寂。

原载《小说月报》第15卷第1号，1924年1月

春风沉醉的晚上

郁达夫

一

在沪上闲居了半年，因为失业的结果，我的寓所迁移了三处。最初我住在静安寺路南的一间同鸟笼似的永也没有太阳晒着的自由的监房里。这些自由的监房的住民除了几个同强盗小窃一样的凶恶裁缝之外，都是些可怜的无名文士，我当时所以送了那地方一个 Yellow grub Street 的称号。在这 Grub Street 里住了一个月，房租忽涨了价，我就不得不拖了几本破书，搬上跑马厅附近一家相识的栈房里去。后来在这栈房里又受了种种逼迫，不得不搬了，我便在外白渡桥北岸的邓脱路中间，日新里对面的贫民窟里，寻了一间小小的房间，迁移了过去。

邓脱路的这几排房子，从地上量到屋顶，只有一丈几尺高。我住的楼上的那间房间，更是矮小得不堪。若站在楼板上伸一伸懒腰，两只手就要把灰黑的屋顶穿通的。从前面的弄里踱进了那房子的门，便是房主的住房。在破布洋铁罐玻璃瓶旧铁器堆满的中间，侧着身子，走进两步，就有一张中间有几根横档跌落的梯子靠墙摆在那里。用了这张梯子往上面的黑黝黝的一个二尺宽的洞里一接，即能走上楼去。黑沉沉的这层楼上，本来只有猫额那么大，房主人却把它隔成了两间小房。外面一间是一个N烟公司的女工住在那里，我所租的是梯子口头的那间小房，因为外间的住者要从我的房里出入，所以我的每月的房租要比外间的便宜几角小洋。

我的房主，是一个五十来岁的弯腰老人。他的脸上的青黄色里映射着一层暗黑的油光。两只眼睛是一只大一只小，颧骨很高，额上颊上的几条皱纹里满砌着煤灰，好像每天早晨洗也洗不掉的样子。她日日于八九点钟的时候起来，咳嗽一阵，便挑了一双竹篮出去，到午后的三四点钟仍旧挑了一双空篮回来的，有时挑了满担回来的时候，他的竹篮里便是那些破布破铁器玻璃瓶之类。像这样的晚上他必要去买些酒来喝喝，一个人坐在床沿上瞎骂出许多不可捉摸的话来。

我与间壁的同寓者的第一次相遇，是在搬来的那天午后。春天的急景已经快晚了的五点钟的时候，我点了一支蜡烛，在那里安放几本刚从栈房里搬过来的破书。先把它们叠成了两方堆，一堆小些，一堆大些，然后把两个二尺长的装画的画架覆在大一点的那堆书上。因为我的器具都卖完了，这一堆书和画架白天要当写字台，晚上可当床睡的。摆好了画架的板，我就朝着了这张由书叠成的桌子，坐在小一点的那堆书上吸烟，我的背是朝着梯子的接口的。我一边吸烟，一边在那里呆看放在桌上的蜡烛火，忽而听见梯子口上起了响动。回头一看，我只见了一个自家的扩大的投射影子，此外什么也辨不出来，但我的听觉分明告诉我说：“有人上来了。”我向暗中凝视了几秒钟，一个圆形灰白的面貌，半截纤细的女人的身体，方才映到我的眼帘上来。一见了她的容貌我就知道她是我的间壁的同居者了。因为我来找房子的时候，那房主的老人便告诉我说，这屋里除了他一个人外，楼上只住着一个女工。我一则喜欢房价的便宜，二则喜欢这屋里没有别的女人小孩，所以立刻就租定了的。等她走上了梯子，我才站起来对她点了点头说：

“对不起，我是今朝才搬来的，以后要请你照应。”

她听了我这话，也并不回答，放了一双漆黑的大眼，对我深深的看了一眼，就走上她的门口去开了锁，进房去了。我与她不过这样的见了一面，不晓是什么原因，我只觉得她是一个可怜的女子。她的高高的鼻梁，灰白长圆的面貌，清瘦不高的身体，好像都是表明她是可怜的特征，但是当时正为了生活问题在那里操心的我，也无暇去怜惜这还未曾失业的女工，过了几分钟我又动也不动的坐在那一小堆书上看蜡烛光了。

在这贫民窟里过了一个多礼拜，她每天早晨七点钟去上工和午后六点多钟下工回来，只见我呆呆的对着了蜡烛或油灯坐在那堆书上。大约她的好奇心被我那痴不痴呆不呆的态度挑动了，有一天她下了工走上楼来的时候，我依旧和第一天一样的站起来让她过去。她走到了我的身边，忽而停住了脚，看了我一眼，吞吞吐吐好像怕什么似的问我说：

“你天天在这里看的是什么书？”

（她操的是柔和的苏州音，听了这一种声音以后的感觉，是怎么也写不出来的，所以我只能把她的言语译成普通的白话。）

我听了她的话，反而脸上涨红了。因为我天天呆坐在那里，面前虽则有几本外国书摊着，其实我的脑筋昏乱得很，就是一行一句也看不进去。有时候我只用了想象在书的上一行与下一行中间的空白里，填些奇异的模型进去。有时候我只把书里边的插画翻开来看看，就了那些插画演绎些不近人情的幻想出来。我那时候的身体因为失眠与营养不良的结果，实际上已经成了病的状态了。况且又因为我的唯一的财产的一件棉袍子已经破得不堪，白天不能走出外面去散步，和房里全没有光线进来，不论白天晚上，都要点着油灯或蜡烛的缘故，非但我的全部健康不如常人，就是我的眼睛和脚力，也局部的非常萎缩了。在这样状态下的我，听了她这一问，如何能够不红起脸来呢？所以我只是含含糊糊地回答说：

“我并不在看书，不过什么也不做呆坐在这里，样子一定不好看，所以把这几本书摊放着的。”

她听了这话，又深深地看了我一眼，作了一种不了解的形容，依旧地走到她的房里去了。

那几天里若说我完全什么事情也不去找，什么事情也不曾干，却是假的。有时候，我的脑筋稍微清新一点，也曾译过几首英法的小诗，和几篇不满四千字的德国的短篇小说，于晚上大家睡熟的时候，不声不响的出去投邮，寄投给某某书局。因为我的各方面就职的希望，早已经完全断绝了，只有这一方面，还能靠了我的枯燥的脑筋，想想法子看。万一中了他们编辑先生的意，把我译的东西登了出来，也不难得着几块钱的酬报。所以我自迁移到邓脱路以后，当她第一次同我讲话的时候，这样的译稿已经发出了三四次了。

二

在乱昏昏的上海租界里住着，四季的变迁和日子的过去是不容易觉得的。我搬到了邓脱路的贫民窟之后，只觉得身上穿在那里的那件破棉袍子一天一天的重起来，热起来，所以我心里想：

“大约春光也已经老透了罢！”

但是囊中很羞涩的我，也不能上什么地方去旅行一次，日夜只是在那暗室的灯光下呆坐。在一天大约是午后了，我也是这样地坐在那里，间壁的同住者忽而手里拿了两包用纸包好的物件走了上来。我站起来让她走的时候，她把手里的纸包放了一包在我的书桌上说：

“这一包是葡萄浆的面包请你收藏着，明天好吃的。另外我还有一包香蕉买在这里，请你到我房里来一道吃罢！”

我替她拿住了纸包，她就开了门邀我进她的房里去。共住了这十几天，她好像已经信用我是一个忠厚的人的样子。我见她初见我的时候脸上流露出来的那一种疑惧的形容完全没有了。我进了她的房里，才知道天还未暗，因为她的房里有一扇朝南的窗，太阳反射的光线从窗里射进来，照见了小小的一间房，由二条板铺成的一张床，一张黑漆的半桌，一只板箱，和一条圆凳。床上虽则没有帐子，但堆着有二条洁净的青布被褥。半桌上有一只小洋铁箱摆在那里，大约是她的梳头器具，洋铁箱上已经有许多油污的点子。她一边把堆在圆凳上的几件半旧的洋布棉袄，粗布裤等收在床上，一边让我坐下。我看了她那殷勤待我的样子，心里倒不好意思起来，所以就对她说：

“我们本来住在一处，何必这样的客气。”

“我并不客气，但是你每天当我回来的时候，总要站起来让我，我却觉得对不起得很。”

这样地说着，她就把一包香蕉打开来让我吃。她自家也拿了一只，在床上坐下，一边吃一边问我说：

“你何以只住在家里，不出去找点事情做做？”

“我原是这样想的，但是找来找去总找不着事情。”

“你有朋友么？”

“朋友是有的，但是到了这样的时候，他们都不和我来往了。”

“你进过学堂么？”

“我在外国的学堂里曾经念过几年书。”

“你家在什么地方？何以不回家去？”

她问到了这里，我忽而感觉到我自己的现状了。因为自去年以来，我只是一日一日的萎靡下去，差不多把“我是什么人？”“我现在所处的是怎么一种境遇？”“我的心里还是悲还是喜？”的这些观念都忘掉了。经她这一问，我重新把半年来困苦的情形一层一层地想了出来。所以听她的问话以后，我只是呆呆地看她，半晌说不出话来，她看了我这样子，以为我也是一个无家可归的流浪人，脸上就立时起了一种孤寂的表情，微微地叹着说：

“唉！你也是同我一样的么？”

微微地叹了这一声之后，她就不说话了。我看她的眼圈上有些潮红起来，所以就想了一个另外的问题问她说：

“你在工厂里做的是什么工作？”

“是包纸烟的。”

“一天做几个钟头工？”

“早晨七点钟起，晚上六点钟止，中上休息一个钟头，每天一共要做十个钟头的工。少做一点钟就要扣钱的。”

“扣多少钱？”

“每月九块钱，所以是三块钱十天，三分大洋一个钟头。”

“饭钱多少？”

“四块钱一月。”

“这样算起来，每月一个钟点也不休息，除了饭钱，可省下五块钱来。够你付房钱买衣服的么？”

“哪里够呢！并且并且那管理人又要……啊啊！……我所以非常恨工厂的。你吃烟的么？”

“吃的。”

“我劝你顶好还是不吃，就吃也不要去吃我们工厂的烟。我真恨死它在这里。”

我看看她那一种切齿怨恨的样子，就不愿意再说下去。把手里捏着的半个吃剩的香蕉咬了几口，向四边一看，觉得她的房里也有些灰黑了，我站起来道了谢，回到我自家的房里来。她大约是做工倦了的缘故，每天回来大概是马上入睡的，只有这一晚上，她在房里好像是直到半夜还没有就寝。从这一回之后，她每天回来，总和我说几句话。我从她自家的口里听得，知道她姓陈，名叫二妹，是苏州东乡人，从小系在上海乡下长大的，她父亲也是纸烟工厂的工人，但是去年秋天死了。她本来和她父亲同住在那间房里，每天同上工厂去的，现在只剩了她一个人了。她父亲死后的一个多月，她早晨上工厂去也一路哭了去，晚上回来也一路哭了回来的。她今年十七岁，也无兄弟姊妹，也无近亲的亲戚。她父亲死后的葬殓等事，是他于未死之前把十五块钱交给楼下的老人，托这老人包办的。她说：

“楼下的老人倒是一个好人，对我从来没有起过坏心，所以我得同父亲在日一样的去做工，不过工厂的一个姓李的管理人却坏得很，知道我父亲死了，就天天地想戏弄我。”

她自家和她父亲的身世，我差不多全知道了，但她母亲是如何的一个人？死了呢还是活在哪里？假使还活着，住在什么地方？等等，她从来还没有说及过。

三

天气好像变了。几日来我那独有的世界，黑暗的小房里的腐浊的空气，同蒸笼里的蒸汽一样，蒸得人头昏欲晕。我每年在春夏之交要发的神经衰弱的重症，遇了这样的气候，就要使我变成半狂。所以我这几天来到了晚上，等马路上人静之后，每出去散步去。一个人在马路上从狭隘的深蓝天空里看看群星，慢慢地向前行走，一边做些漫无涯涘的空想，倒是于我的身体很有利益。当这样的无可奈何，春风沉醉的晚上，我每要在各处乱走，走到天将明的时候才回家去。我这样的走倦了回去就睡，一睡直可睡到第二天的日中，有几次竟要睡到二妹下工回来的前后方才起来。睡眠一足，我的健康状态也渐渐的回复起来了。平时只能消化半磅面包的我的胃部，自从我的深夜游行的练习开始之后，进步得几乎能容纳面包一磅了。这事在经济上虽则是一大打击，但我的脑筋，受了这些滋养，似乎比从前稍能统一，我于游行回来之后，就睡之前，做了几篇 Allan Poe 式的短篇小说，自家看看，也不很坏。我改了几次，抄了几次，一一投邮寄出之后，心里虽然起了些微细的希望，但是想想前几回的译稿的绝无消息，过了几天，也便把它们忘了。

邻住者的二妹，这几天来当她早晨出去上工的时候，我总在那里酣睡，只有午后下工回来的时候，有几次有见面的机会。但是不晓是什么原因，我觉得她对我的态度，又回到从前初见面的时候的疑惧状态去了。有时候她深深地看我一眼，她的黑晶晶、水汪汪的眼睛里，满含着责备我规劝我的意思。

我搬到这贫民窟里住后，约莫已经有二十多天的样子，一天午后我正点上蜡烛，在那里看一本从旧书铺里买来的小说，二妹急急忙忙地走上楼来对我说：

“楼下有一个送信的在那里，要你拿了印子去拿信。”

她对我讲这话的时候，她的疑惧我的态度更表示得明显，她好像在那里说：“呵呵！你的事件是发觉了啊！”我对她这种态度心里非常痛恨，所以就气急了一点，回答她说：

“我有什么信？不是我的！”

她听了我这气愤愤的回答，更好像是得了胜利似的，脸上忽涌出了一种冷笑，说：

“你自家去看罢！你的事情，只有你自家知道的！”

同时我听见楼底下门口果真有一个邮差似的人在催着说：

“挂号信！”

我把信取来一看，心里就突突地跳了几跳，原来我前回寄去的一篇德文短篇的译稿，已经在某杂志上发表了，信中寄来的是五圆钱的一张汇票。我的囊里正是将空的时候，有了这五圆钱，非但月底要预付来日的房金可以无忧，并且付过房金以后还可以维持几天食料，当时这五圆钱对我的效用的广大，是谁也能推想得出来的。

第二天午后，我上邮局去取了钱，在太阳晒着的大街上走了一会，忽而觉得身上就淋出了许多汗来。我向我前后左右的行人一看，复向我自家的身上一看，就不知不觉的把头低俯了下去。我颈上头上的汗珠，更同盛夏似的，一颗一颗的钻出来了。因为当我在深夜游行的时候，天上并没有太阳，并且料峭的春寒，于东方微白的残夜，老在静寂的街巷中流着，所以我穿的那件破棉袍子还觉得不十分与节季违异。如今到了阳和的春日晒着的这日中，我还不能自觉，依旧穿了这件夜游的敝袍，在大街上阔步，与前后左右的和节季月时进行的我的同类一比，我哪得不自惭形秽呢？我一时竟忘了几日后不得不付的房金，忘了囊中本来将尽的些微的积聚，便慢慢地走上了闸路的估衣铺去。好久不在天日之下行走的我，看看街上来往的汽车人力车，车中坐着的华美的少年男女和边上绸缎铺金银铺窗里的丰丽的陈设，听听四面的同蜂衙似的嘈杂的人声，脚步声，车铃声，觉得是身到了大罗天上的样子。我忘记了我自家的存在，也想和我的同胞一样的欢歌欣舞起来，我的嘴里便不知不觉的唱起几句久忘了的京调来了。这一时的涅槃幻境，当我想横越过马路，转入闸路去的时候，忽而被一阵铃声惊破了。我抬起头来一看，我的面前正冲来了一乘无轨电车，车头上站着的那肥胖的机器手，伏出了半身，怒目地大声骂我说：

“猪头三！侬（你）艾（眼）睛勿散（生）咯！跌杀时，叫旺（黄）够（狗）来抵侬（你）命噢！”

我呆呆地站住了脚，目送那无轨电车尾后卷起了一道灰尘，向北过去之后，不知是从何处发出来的感情，忽而禁不住哈哈哈哈的笑了几声。等得四面的人注视我的时候，我才红了脸慢慢地走向闸路里去。

我在几家估衣铺里，问了些夹衫的价钱，还了他们一个我所能出的数目，几个估衣铺的店员，好像是一个师父教出的样子，都摆下了脸面，嘲弄着说：

“侬（你）寻萨咯（什么）凯（开）心！马（买）勿起好勿要马（买）咯！”

一直问到五马路边上的一家小铺子里，我看看夹衫是怎么也买不成了，才买定了一件竹布单衫，马上就把它换上。手里拿了一包换下的棉袍子，默默地走回家来。我心里却在打算：

“横竖是不够用了，我索性来痛快地用它一下罢。”同时我又想起了那天二妹送我的面包香蕉等物。不等第二次的回想，我就寻着了一家卖糖食的店，进去买了一块钱巧格力香蕉糖鸡蛋糕等杂食。站在那店里，等店员在那里替我包好来的时候，我忽而想起我有一月多不洗澡了，今天不如顺便也去洗一个澡罢。

洗好了澡，拿了一包棉袍子和一包糖食，回到邓脱路的时候，马路两旁的店家，已经上电灯了。街上来往的行人也很稀少，一阵从黄浦江上吹来的日暮的凉风，吹得我打了几个冷痉。我回到了我的房里，把蜡烛点上。向二妹的房门一照，知道她还没有回来。那时候我腹中虽则饥饿得很，但我刚买来的那包糖食怎么也不愿意打开来。因为我想等二妹回来同她一道吃。我一边拿出书来看，一边口里尽在咽唾液下去。等了许多时候，二妹终不回来，我的疲倦不知什么时候出来战胜了我，就靠在书堆上睡着了。

四

二妹回来的响动把我惊醒的时候，我见我面前的一支十二混司一包的洋蜡烛已经点去了二寸的样子，我问她是什么时候了？她说：

“十点的汽管刚刚放过。”

“你何以今天回来得这样迟？”

“厂里因为销路大了，要我们做夜工。”

“工钱也增加的么？”

“工钱是增加的，不过人太累了。”

“那你可以不去做的。”

“但是工人不够，不做是不行的。”

她讲到这里，忽而滚了两粒眼泪出来，我以为她是做工做得倦了，故而动了伤感，一边心里虽在可怜她，但一边看了她这同小孩似的脾气，却也感着些儿快乐。把糖食包打开，请她吃了几颗之后，我就劝她说：

“初做夜工的时候不惯，所以觉得困倦，做惯了以后，也没有什么的。”

她默默地坐在我的半高的由书叠成的桌上，吃了几个巧格力，对我看了几眼，好像是有话说不出来的样子。我就催她说：

"你有什么话说？"

她又沉默了一会，便断断续续地问我说：

"我……我……早想问你了，这几天晚上，你每晚在外边，可在与坏人做伙友么？"

我听了她这话，倒吃了一惊，她好像在疑我天天晚上在外面与小窃恶棍混在一块。她看我呆了不答，便以为我的行为真的被她看破了，便柔柔和和地连续着说：

"你何苦要吃这样好的东西，要穿这样好的衣服，你可知道这事情是靠不住的。万一被人家捉了去，你还有什么面目做人。过去的事情不必去说它，以后我请你改过了罢……"

我尽是张大眼睛张大了嘴呆呆地在看她，因为她的思想太奇突了，使我无从辩解起。她沉默了数秒钟，又接着说：

"就以你吸的烟而论，每天若戒绝了不吸，岂不可省几个铜子。我早就劝你不要吸烟，尤其是不要吸那我所痛恨的 N 工厂的烟，你总是不听。"

她讲到了这里，又忽而落了几滴眼泪。我知道这是她为怨恨 N 工厂而滴的眼泪，但我的心里，怎么也不许我这样地想，总要我把它们当作因规劝我而洒的。我静静儿地想了一回，等她的神经镇静下之后，就把昨天的那封挂号信的来由说给她听，又把今天的取钱买物的事情说了一遍，最后更将我的神经衰弱症和每晚何以必要出去散步的原因说了。她听了我这一番辩解，就信用了我，等我说完之后，她颊上忽而起了两点红晕，把眼睛低下去看在桌上，好像是怕羞似的说：

"噢，我错怪你了，我错怪你了。请你不要多心，我本来是没有歹意的。因为你的行为太奇怪了，所以我想到了邪路里去。你若能好好地用功，岂不是很好么？你刚才说的那——叫什么的——东西，能够卖五块钱，要是每天能做一个，多么好呢？"

我看了她这种单纯的态度，心里忽而起了一种不可思议的感情，我想把两只手伸出去拥抱她一回，但是我的理性却命令我说：

“你莫再作孽了！你可知道你现在处的是什么境遇，你想把这纯洁的处女毒杀了么？恶魔，恶魔，你现在是没有爱人的资格的呀！”

我当那种感情起来的时候，曾把眼睛闭上了几秒钟，等听了理性的命令以后，我的眼睛又开了开来，我觉得我的周围，忽而比前几秒钟更光明了。对她微微地笑了一笑，我就催她说：

“夜也深了，你该去睡了罢！明天你还要上工去的呢！我从今天起，就答应你把纸烟戒下来罢。”

她听了我这话，就站了起来，很欢喜地回到她的房里去睡了。

她去之后，我又换上了一支洋蜡烛，静静儿的想了许多事情：

“我的劳动的结果，第一次得来的这五块钱已经用去了三块了。连我原有的一块多钱合起来，付房钱之后，只能省下二三角小洋来，如何是好呢！

“就把这破棉袍子去当罢！但是当铺里恐怕不要。

“这女孩子真是可怜，但我现在的境遇，可是还赶她不上，她是不想做工而工作要强迫她做，我是想找一点工作，终于找不到。

“就去做筋肉的劳动罢！啊啊，但是我这一双弱腕，怕吃不下一部黄包车的重力。

“自杀！我有勇气，早就干了。现在还能想到这两个字，足证我的志气还没有完全消磨尽哩！

“哈哈哈哈！今天的那无轨电车的机器手！他骂我什么来？

“黄狗，黄狗倒是一个好名词。

“……

……。”

我想了许多零乱断续的思想，终究没有一个好法子，可以救我出目下的穷状来。听见工厂的汽笛好像在报十二点钟了，我就站了起来，换上了白天那件破棉袍子，仍复吹熄了蜡烛，走出外面去散步去。

贫民窟里的人已经睡眠静了。对面日新里的一排临邓脱路的洋楼里，还有几家点着了红绿的电灯，在那里弹罢拉拉衣加。一声二声清脆的歌音，带着哀调，从静寂的深夜的冷空气里传到我的耳膜上来，这大约是俄国的漂泊的少女，在那里卖钱的歌唱。天上罩满了灰白的薄云，同腐烂的尸体似的沉沉的盖在那里。云层破处也能看得出一点两点星来，但星的近处，黝黝看得出来的天色，好像有无限的哀愁蕴藏着的样子。

一二年七月十五日

原载《创造季刊》第 2 卷第 2 期，1924 年 2 月

薄　奠

郁达夫

上

一天晴朗的春天的午后，我因为天气太好，坐在家里，觉得闷不过，吃过了较迟的午饭，带了几个零用钱，就跑出外面去逛去。北京的晴空，颜色的确与南方的苍穹不同。在南方无论如何晴快的日子，天上总有一缕两缕薄薄的纤云飞着，并且天空的蓝色，总带着一道很淡很淡的白味。北京的晴空却不是如此，天色一碧到底，你站在地上，对天注视一会，身上好像能生出两翼翅膀来，就要一扬一摆地飞上空中去的样子。这可是单指不起风的时候而讲，若一起风，则人在天空下眼睛都睁不开，更说不到晴空的颜色如何了。那一天午后，空气非常澄清，天色真青得可怜，我在街上，夹在那些快乐的北京人士中间，披了一身和暖的阳光，不知不觉，竟走到了前门外最热闹的一条街上。踏进了一家卖灯笼的店里，买了几张奇妙的小画，重新回上大街缓步的时候，我忽而听出了一阵中国戏园特有的那种原始的锣鼓声音来。我的两只脚就受了这声音的牵引，自然而然的踏了进去。听戏听到了第三出，外面忽而起了呜呜的大风，戏园的屋顶也有些儿摇动。戏散之后，推来让去的走出戏园，扑面就来了一阵风沙。我眼睛闭了一忽，走上大街来雇车，车夫都要我七角六角大洋，不肯按照规矩折价。那时候天虽则还没有黑，但因为风沙飞满在空中，所以沉沉的大地上，已经现出了黄昏前的急景。店家的电灯，也都已上火，大街上汽车马车洋车，挤塞在一处。一种车铃声叫唤声，并不知从何处来的许多杂音，尽在那里奏错乱的交响乐。大约是因为夜宴的时刻逼近，车上的男子，定是去赴宴会，奇装的女子，想来是去陪席的。

一则因为大风，二则因为正是一天中间北京人士最繁忙的时刻，所以我雇车竟雇不着，一直的走到了前门大街。为了上举的两种原因，洋车夫强索昂价，原是常有的事情，我因零用钱花完，袋里只有四五十枚铜子，不能应他们的要求，所以就下了决心，想一直走到西单牌楼再雇车回家。走下了正阳桥边的步道，被一辆南行的汽车喷满了一身灰土，我的决心，又动摇起来，含含糊糊地向道旁停着的一辆洋车问了一句，“哎！四十枚拉巡捕厅儿胡同拉不拉？”那车夫竟恭恭敬敬地向我点了点头说：

“坐上吧！先生！”

坐上了车，被他向北的拉去，那么大的风沙，竟打不上我的脸来，我知道那时候起的是南风了。我不坐洋车则已，若坐洋车的时候，总爱和洋车夫谈闲话，想以我的言语来缓和他的劳动之苦，因为平时我们走路，若有一个朋友，和我们闲谈着走，觉得不费力些。我从自己的这种经验着想，老是在实行浅薄的社会主义，一边高踞在车上，一边向前面和牛马一样在奔走的我的同胞攀谈些无头无尾的话。这一天，我本来不想开口的，但看看他的弯曲的背脊，听听他嘿嘿的急喘，终觉得心里难受，所以轻轻地对他说：

“我倒不忙，你慢慢地走吧，你是哪儿的车？”

“我是巡捕厅胡同西口的车。”

“你在哪儿住家吓？”

“就在那南顺城街的北口，巡捕厅胡同的拐角儿上。”

“老天爷不知怎么的，每天刮这么大的风。”

“是啊，我们拉车的也苦，你们坐车的老爷们也不快活，这样的大风天气，真真是招怪吓！”

这样的一路讲，一路被他拉到我寄住的寓舍门口的时候，天已经快黑了。下车之后，我数铜子给他，他却和我说起客气话来。他一边拿出了一条黑黝黝的手巾来擦头上身上的汗，一边笑着说：

“您带着吧！我们是街坊，还拿钱么？”

被他这样的一说，我倒觉得难为情了，所以虽只应该给他四十枚铜子的，而到这时候却不得不把尽我所有的四十八枚铜子都给了他。他道了谢，拉着空车，在灰黑的道上向西边他的家里走去，我呆呆地目送了他一程，心里却在空想他的家庭。——他走回家去，他的女人必定远远的闻声就跑出来接他。把车斗里的铜子拿出，将车交还了车行，他回到自己屋里来打一盆水洗洗手脸，吸几口烟，就可在洋灯下和他的妻子享受很健康的夜膳。若他有兴致，大约还喝一二个铜子白干。喝了微醉，讲些东西南北的废话，他就可以抱了他的女人小孩，钻进被去酣睡。这种酣睡，大约是他们劳动阶级的唯一的享乐。

“啊啊！……”

空想到了此地，我的感伤病又发了。

“啊啊！可怜我两年来没有睡过一个整整的全夜！这倒还可以说是因病所致，但是我的远隔在三千里外的女人小孩，又为了什么，不能和我在一处享乐吃苦呢？难道我们是应该永远隔离的么！难道这也是病么？……总之是我不好，是我没有能力养活妻子，啊啊，你这车夫，你这向我道谢，被我怜悯的车夫，我不如你吓，我不如你！”

我在门口灰暗的空气里呆呆地立了一回，忽而想起了自家的身世，就不知不觉地心酸起来。红润的眼睛，被我所依赖的主人看见，是不大好的，因此我就复从门口走了下来，远远的跟那洋车走了一段。跟它转了弯，看那车夫进了胡同拐角上的一间破旧的矮屋，我又走上平则门大街去跑了一程，等天黑了，才走回家来吃晚饭。

自从这一回后，我和他的洋车，竟有了缘分，接连的坐了它好几次。他和我也渐渐的熟起来了。

中

平则门外，有一道城河。河道虽比不上朝阳门外的运河那么宽，但春秋雨霁，绿水粼粼，也尽够浮着锦帆，乘风南下。两岸的垂杨古道，倒影入河水中间，也大有板渚隋堤的风味。河边隙地，长成一片绿芜，晚来时候，老有闲人，在那里调鹰放马。太阳将落未落之际，站在这城河中间的渡船上，往北望去，看得出西直门的城楼，似烟似雾的，溶化成全碧的颜色，飘扬在两岸垂杨夹着的河水高头。春秋佳日，向晚的时候，你若一个人上城河边上来走走，好像是在看后期印象派的风景画，几乎能使你忘记是身在红尘十丈的北京城外。西山数不尽的诸峰，又如笑如眠，带着紫苍的暮色，静躺在绿荫起伏的春野西边，你若叫它一声，好像是这些远山，都能慢慢的走上你身边来的样子。西直门外又有几处养鹅鸭的庄园，所以每天午后，城河里老有一对一对的白鹅在那里游泳。夕阳最后的残照，从杨柳荫中，透出一条两条光线来，射在这些浮动的白鹅背上时，愈能显得这幅风景的活泼鲜灵，别饶风致。我一个人渺焉一身，寄住在人海的皇城里，衷心郁郁，老感着无聊。无聊之极，不是从城的西北跑往城南，上戏园茶楼、娼寮酒馆，去夹在许多快乐的同类中间，忘却我自家的存在，和他们一样的学习醉生梦死，便独自一个跑出平则门外，去享受这本地的风光。玉泉山的幽静，大觉寺的深邃，并不是对我没有魔力，不过一年有三百五十九日穷的我，断没有余钱，去领略它们的高尚的清景。五月中旬的有一天午后，我又无端感着了一种悲愤，本想上城南的快乐地方，去寻些安慰，但袋里连几个车钱也没有了，所以只好走出平则门外，去坐在杨柳荫中，尽量地呼吸呼吸西山的爽气。我守着西天的颜色，从浓蓝变成了淡紫，一忽儿天的四围又染得深红了。远远的法国教会堂的屋顶和许多绿树梢头，刹那间返射了一阵赤赭的残光，一忽儿空气就变得澄苍静肃，视野内招唤我注意的物体，什么也没有了。四周的物影，渐渐散乱起来，我也感着了一种日暮的悲哀，无意识地滴了几滴眼泪，就慢慢的，真是非常缓慢，好像在梦里游行似的，走回家来。进平则门往南一拐，就是南顺城街，南顺城街路东的第一条胡同便是巡捕厅胡同。我走到胡同的西口，正要进胡同的时候，忽而从角上的一间破屋里，漏出了几声大声来。这声音我觉得熟得很，稍微用了一点心力，回想了一想，我马上就记起那个身材瘦长，脸色黝黑，常拉我上城南去的车夫来。我站住静听了一会，听得他好像在和人拌嘴。我坐过他许多次数的车，他的脾气是很好的，所以听到他在和人拌嘴，心里很觉得奇怪。看他的样子，好像有五十多岁的光景，但他自己说今年只有四十二岁。他平常非常沉默寡言，不过你和他说话的时候，他却总来回答你一句两句。他身材本来很高，但是不晓是因为社会的压迫呢，还是因为他天生的病症，背脊却是弯着，看去好像不十分高。他脸上浮着的一种谨慎的劳动者特有的表情，我怎么也形容不出来。他好像是在默认他的被社会虐待的存在是应该的样子，又好像在这沉默的忍苦中间，表示他的无限的反抗，和不断的挣扎的样子。总之他那一种沉默忍受的态度，使人家见了便能生出无限的感慨来。况且是和他社会的地位相去无几，而受的虐待又比他更甚的我，平常坐他的车，和他谈话的时候，总要感着一种抑郁不平的气，横上心来，而这种抑郁不平之气，他也无处去发泄，我也无处去发泄，只好默默的闷受着，即使闷受不过，最多亦只能向天长啸一声。有一天我在前门外喝醉了酒，往一家相识的人家去和衣睡了半夜，醒来的时候，已经是下弦月上升的时刻了。我从韩家潭雇车雇到西单牌楼，在西单牌楼换车的时候，又遇见了他。半夜酒醒，从灰白死寂，除了一乘两乘汽车飞过，搅起一阵灰来，此外别无动静的长街上，慢慢被拖回家来，这种悲哀的情调，已尽够我消受的了，况又遇着了他，一路上听了他许多不堪再听的话……他说这个年头儿真教人生存不得。他说洋价涨了一个两个铜子，而煤米油盐，都要各涨一倍。他说洋车出租的东家，真会挑剔，一根骨子弯了一点，一个小钉不见了，就要赔许多钱。他说他一天到晚拉车，拉来的几个钱还不够供洋车租主的绞榨，皮带破了，弓子弯了的时候，更不必说了。他说他的女人不会治家，老要白花钱。他说他的大小孩今年八岁，二小孩今年三岁了……我默默地坐在车上，看看天上惨淡的星月，经过了几条灰黑静寂的狭巷，细听着他的一条条地诉说，觉得这些苦楚，都不是他一个人的苦楚。我真想跳下车来，同他抱头痛哭一场，但是我着在身上的一件竹布长衫，和盘在脑里的一堆教育的绳矩，把我的直率的情感缚住了。自从那一晚以后，我心里就存了一种怕与他相见的心思，所以和他不见了半个多月。这一天日暮，我自平则门走回家来，听了他在和人吵闹的声音，心里竟起了一种自责的心思，好像是不应该躲避开这个可怜的朋友至半月之久的样子。我静听了一忽，才知道他吵闹的对手，是他的女人。一时心情被他的悲惨的声音所挑动，我竟不待回思，一脚就踏进了他住的那所破屋。他的住房，只有一间小屋，小屋的一半，却被一个大炕占据了去。在外边天色虽还没有十分暗黑，但在他那矮小的屋内，早已黑影沉沉，辨不出物体来。他一手插在腰里，一手指着炕上缩成一堆，坐在那里的一个妇人，一声两声的在那里数骂。两个小孩，爬在炕的里边。我一进去时，只见他自家一个站着的背影，他的女人和小孩，都看不出来。后来招呼了他，向他手指着的地方看去，才看出了一个女人，又站了一忽，我的眼睛在黑暗里经惯了，重复看出了他的两个小孩。我进去叫了他一声，问他为什么要这样的动气，他就把手一指，指着炕沿上的那女人说：

“这臭东西把我辛辛苦苦积下来的三块多钱，一下子就花了。去买了这些捆尸体的布来……”

说着他用脚一踢，地上果然滚了一包白色的布出来。他一边向我问了些寒暄话，一边就促紧了眉头说：

“我的心思，她们一点儿也不晓得，我要积这几块钱干什么？我不过想自家去买一辆旧车来拉，可以免掉那车行的租钱呀！天气热了，我们穷人，就是光着脊肋儿，也有什么要紧？她却要去买这些白洋布来做衣服。你说可气不可气啊？”

我听了心里虽则也为他难受，但口上只好安慰他说：

“做衣服倒也是要紧的，积几个钱，是很容易的事情，你但须忍耐着，三四块钱是不难再积起来的。”

我说完了话，忽而在沉默的静寂中，从炕沿上听出了几声暗泣的声音来。这时候我若袋里有钱，一定要全部拿出来给他，请他息怒。但是我身边一摸，却摸不着一个铜银的货币。呆呆地站着，心里打算了一会，我觉得终究没有方法好想。正在着恼的时候，我里边小褂袋里唧唧响着的一个银表的针步声，忽而敲动了我的耳膜。我知道若在此时，当面把这银表拿出来给他，他是一定不肯受的。迟疑了一会，我想出了一个主意，乘他不注意的时候，悄悄地把表拿了出来。和他讲着些慰劝他的话，一边我走上前去了一步，顺手把表搁在一张半破的桌上。随后又和他交换了几句言语，我就走出来了。我出到了门外，走进胡同，心里感得一种沉闷，比午后上城外去的时候更甚了。我只恨我自家太无能力，太没有勇气。我仰天看看，在深沉的天空里，只看出了几颗星来。

第二天的早晨，我刚起床，正在那里刷牙的时候，听见门外有人打门。出去一看，就看见他拉着车站在门口。他问了我一声好，手向车斗里一摸，就把那个表拿出来问我说：

“先生，这是你的吧！你昨晚上掉下的吧！”

我听了脸上红了一红，马上就说：

“这不是我的，我并没有掉表。”

他连说了几声奇怪，把那表的来历说了一阵，见我坚不肯认，就也没有方法，收起了表，慢慢地拉着空车向东走去。

下

夏至以后，北京接连下了半个多月的雨。我因为一天晚上，没有盖被睡觉，惹了一场很重的病，直到了二礼拜前，才得起床。起床后第三天的午后，我看看久雨新霁，天气很好，就拿了一根手杖，踏出门去。因为这是病后第一次的出门，所以出了门就走往西边，依旧想到我平时所爱的平则门外的河边去闲行。走过那胡同角上的破屋的时候，我只看见门口立了一群人，在那里看热闹。屋内有人在低声啜泣。我以为那拉车的又在和他的女人吵闹了，所以也就走了过去，去看热闹，一边我心里却暗暗地想着：

“今天若他们再因金钱而争吵，我却可以解决他们的问题。”

因为那时候我家里寄出来为我作医药费的钱还没有用完，皮包里还有几张五块钱的钞票收藏着。我踏近前去一看，破屋里并没有拉车的影子，只有他的女人坐在炕沿上哭，一个小一点的小孩，坐在地上他母亲的脚跟前，也在陪着她哭。看了一会，我终摸不着头脑，不晓得她为什么要哭。和我一块儿站着的人，有的唧唧的在那里叹息，有的也拿出手巾来在擦眼泪说“可怜哪，可怜哪！”我向一个立在我旁边的中年妇人问了一番，才知道她的男人，前几天在南下洼的大水里淹死了。死了之后，她还不晓得，直到第二天的傍晚，由拉车的同伴，认出了他的相貌，才跑回来告诉她。她和她的两个儿子，得了此信，冒雨走上南横街南边的尸场去一看，大哭了一阵，她自己也跳在附近的一个水池里。经她儿子的呼救，附近的居民，费了许多气力，才把她捞救上来。后来由那地方的慈善家，出了钱把她的男人埋葬完毕，且给了她三十斤面票，八十吊铜子，送她回来。回来之后，她白天晚上，只是哭，已经哭了好几天了。我听了这一番消息，看了这一场光景，心里只是难受，同一两个月前头，半夜从前门回来，坐在她男人的车上，听他的诉说时一样，觉得这些光景，决不是她一个人的。我忽而想起了我的可怜的女人，又想起了我的和那在地上哭的小孩一样大的龙儿，也觉得眼睛里热起来，痒起来了。我心里正在难受，忽而从人丛里挤来了一个八九岁的小孩赤足袒胸的跑了进来。他小手里拿了几个铜子蹑手蹑脚的对她说：

“妈，你瞧，这是人家给我的。”

看热闹的人，看了他那小脸上的严肃的表情，和他那小手的滑稽的样子，有几个笑着走了，只有两个以手巾擦着眼泪的老妇人，还站在那里。我看看周围的人数少了，就也踏了进去问她说：

“你还认得我么？”

她举起红肿的眼睛来，对我看了一眼，点了一点头，仍复伏倒头去在哀哀地哭着。我想叫她不哭，但是看看她的情形，觉得是不可能的，所以只好默默地站着，眼睛看见她的瘦削的双肩一起一缩的在抽动。我这样的静立了三五分钟，门外又忽而挤了许多人拢来看我。我觉得被他们看得不耐烦了，就走出了一步对他们说：

“你们看什么热闹？人家死了人在这里哭，你们有什么好看？”

那八岁的孩子，看我心里发了恼，就走上门口，把一扇破门关上了。喀丹一响，屋里忽而暗了起来。他的哭着的母亲，好像也为这变化所惊动，一时止住哭声，擎起眼来看她的孩子和离门不远呆立着的我。我趁此机会，就劝她说：

“看养孩子要紧，你老是哭也不是道理，我若可以帮你的忙，我总没有不为你出力的。”

她听了这话，一边啜泣，一边断断续续地说：

“我……我……别的都不怪，我……只……只怪他何以死得那么快。也……也不知他……他是自家沉河的呢？还是……”

她说了这一句又哭起来了。我没有方法，就从袋里拿出了皮包，取了一张五块钱的钞票递给她说：

“这虽然不多，你拿着用吧！”

她听了这话，又止住了哭，啜泣着对我说：

“我……我们……是不要钱用，只……只是他……他死得……死得太可怜了。……他……他活着的时候，老……老想自己买一辆车，但是……但是这心愿儿终究没有达到……前天我……我到冥衣铺去定一辆纸糊的洋车，想烧给他。那一家掌柜的要我六块多钱，我没有定下来。你……你老爷心好，请你……请你老爷去买一辆好好的纸车来烧给他吧！”

说完她又哭了。我听了这一段话，心里愈觉得难受，呆呆地立了一忽，只好把刚才的那张钞票收起，一边对她说：

“你别哭了吧！他是我的朋友，那纸糊的洋车，我明天一定去买了来，和你一块去烧到他的坟前去。”

又对两个小孩说了几句话，我就打开门走了出来。我从来没有办过丧事，所以寻来寻去，总寻不出一家冥衣铺来定那纸糊的洋车。后来直到四牌楼附近，我定了一家，付了他钱，要他赶紧为我糊一辆车。

二天之后，那纸洋车糊好了，恰巧天气也不下雨，我早早吃了午饭，就雇了四辆洋车，同她及两个小孩一道去上她男人的坟。车过顺治门内大街的时候，因为我前面的一乘人力车上只载着一辆纸糊的很美丽的洋车和两包锭子，大街上来往的红男绿女只是凝目的在看我和我后面车上的那个眼睛哭得红肿，衣服褴褛的中年妇人。我被众人的目光鞭挞不过，心里起了一种不可抑遏的反抗和诅咒的毒念，只想放大了喉咙向着那些红男绿女和汽车马车中的贵人狠命地叫骂着说：

“猪狗！畜生！你们看什么？我的朋友，这可怜的拉车者是为你们所逼死的呀！你们还看什么？”

一九二四年八月十四日作于北京

原载《太平洋》第4卷第9号，1924年12月5日

Dismeryer 先生

彭家煌

反奉战争起后，S市华界的居民，大半因着前次战争所遗留的深刻的印象，对于自己的生命，以及细微的家具，都感觉绝大的危险，稍拥资产的都纷纷向租界移去。因此，城北仁义弄第二十号的房子也在这时空了，只有住在灶披间的两个寒酸学生没搬走。

P和他的妻趁此机会，以较廉的租金赁了这所房子的前楼，初搬进去时，很觉寂静，自从楼下搬进来一位打拳的武士后，才渐渐热闹起来。

灶披间的租金每月只有两元，不到几天，那两位学生不知怎样搬走了，这间小房便入了武士的版图，他不是租来自己住，却以每月六元的租金转赁给一个外国人。

这外国人搬来后，在房门上贴着一张W.A.Dismeryer的名片，窗子上挂起破纱帘，地上铺着旧地毡，小铁床上四散着工业书籍，室内除小柜，衣箱和烹饪的杂具外，壁当中还挂着袒胸赤背的耶稣被钉在十字架上的画图。

P的妻见不惯外国人，这位Dismeryer颇引起她由对普通一般外国人的观察所得来的一种异样的可怕，因为盛气凌人不可一世的外国人也可委曲在这小而卑湿黯淡的灶披间，可断定他是一个旅华的起码货，她于是很不自安地对她丈夫说：

“我们又搬到倒霉的地方来了；楼下呢，住的是一个打拳的，灶披间呢，便住着一个蹩脚外国人，别的不打紧，若是这外国人在这儿贩手枪，造假钞票，一经发觉，可不牵累了我们吗？还有一层，我们白天都要去做工，房门的锁又不坚实，里面的东西说不定有危险呢？”

她发表这高深的见解后，睁着眼睛凝视着她的丈夫，等候一个妥当办法的回答。

P 笑了一笑，不假思索地答道：“打拳的想不会无缘无故给拳头我们吃的，这外国人的举动虽是不能断定，总不会牵累我们罢。至于房里的东西，那怕什么，家里有看家的娘姨。”

她经过这番安慰，虽是有些相信，却仍不放心，时时背着 P 在娘姨面前刺探这危险人物的消息。娘姨不时在她前面报告，说外国人也能说本地话，常在她旁边看她烧菜，有一次看见瓶子里没有酱油，连忙走到房里把自己的一瓶酱油拿出来送给她，她没有受。有时他又拿出胡椒粉或加里粉来要她放在菜里，她怕是毒药，严词拒绝了。厨房里的东西他常常由这边搬到那边，放开自来水尽量地冲洗，罗罗苏苏使她十分生厌！

主妇夸奖她那谨慎的态度，同时又再三地嘱咐道：“小心点，外国人是不好惹的，以后不要理会他好了。”

娘姨守着主妇的命令，从此绝对不睬这外国人，有时他又来管闲事，整理厨房，冲洗家伙，于是厨房里沸腾了诟詈的声浪。这外国人被娘姨斥辱，并不敢抵抗，他只静寂地退到他的小房内。从此，他停止整理厨房的工作，闲着没事做，便每天关着房门躺在床上，低声地念那朝夕不离的工业书籍。他不敢走出门散散闷，开开心，因为出了门，必定要里面有人出来，他才有进门的机会，若是晚上回家稍迟一点，他便会在街头做漫漫长夜的巡游者。

一天早上，P 在厨房提水，发觉这外国人在窗外站着，脸上惨白，眼珠通红，全身似给寒气裹住，战栗地望着 P 微笑。P 会意，连忙开了门让他进来。他谢了 P，渐渐和 P 攀谈。P 从此知道他是三十多岁来华已经两年的德国人，新近被摩托车制造厂辞歇了的劳动者。

P 夫妇移居后，转瞬又是两个月了，这所房子里除了武士和他的徒弟们角力的声音喧闹着外，没有什么危险发生过。娘姨因在 P 家收入太少，藉故走了，这位外国人 Dismeryer 也恢复了他整理厨房的工作，因为他极爱清洁，厨房就在他那房子的隔壁。P 的妻也渐渐对他解严了。

Dismeryer 的房里很少有人进去，只有打拳的武士板起面孔在他的房里坐索房金，有时在他的房门外责骂他，说他假装睡着了，故意不开门。其实就是房门应声而开，难道以武士的威力能够把每月六元的房金在他那瘦削而枯焦的骷髅里榨出来吗？他刚搬来时，每天自己煮一顿两顿吃，两个月后，厨房里连他的足迹都少见了！

一天，好几个邻近的男妇从他的房里出来，那男子脸上满堆着笑容对他的同伴说："这根皮带真便宜，只花了四个铜子。"另一位男子说："这双皮鞋只有八成新，竟花了四毛钱！太贵了一点波？"从这般人得意地走了以后，Dismeryer 的房里才透出稀罕的面包香味来，刀叉重新由尘埃里拿出来在厨房里冲洗。不常在家的 P，这种盛况，以后竟还看过好几次。

从这时起，P 的脑子里似乎受了一种强烈的袭击。他在放工回来时，躺在床上追忆旅京时和几位预备赴法勤工俭学的朋友天天从宣武门外步行到西城翊教寺法文专修馆去上课，飘舞的夹袄贴在身上现出高耸的骨头来，脚跟露在鞋袜外面，和冰冻的泥土直接的摩擦，每天早晨饿着肚皮和砭人肌骨的北风打十几里路的冲锋。以后呢，达到目的地的，能够被逐回国，这算是幸福，留在法国的，多是抱着他们伟大的希望在异域的坟墓里长眠，听说现在只有一位 C 君还活着。Dismeryer 不是横行世界的德意志的国民吗？他在积弱的中华所受的待遇，总可断其比留法的 C 君优越好几倍吧！然而这优越的待遇实在够人萦思缅索呀！

P 的脑中充满着异邦落魄者的悲哀，有一天终于被逼得走到他妻子从前认为危险人物的 Dismeryer 的房里去。那时他正对着打拳的武士枯坐着，死的沉寂给新进来的 P 冲破了。他向 P 微笑，眼睛四周逡巡，似在设法掩饰全室破烂荒凉的痕迹，免得刺激这位新来的贵客。P 和他寒暄了几句，便问道：

"你为何整天在家不去做工呢？"

"No work，找了交关人写介绍信，不行。"他微笑着，英语里夹杂着十分之七八的本地话。

"那末，不想法找工作，这房里的东西也不够你拍卖的。"P 问。

Dismeryer 没回答，仍然微笑着，渐渐低了头。

P 费了一番思量，又问道："你的英文程度想必很好，如果你能教英文或会话，我能替你设法。"

Dismeryer 又微笑着，刚要抬起头来回答，那沉机观变的武士满面带着滑稽的笑容，抢着说道：

"他是德国人，很穷的，德文很好，英文只勉强能说话。你要请他教会话，每月给他三四十元就行了。"接连又指着 Dismeryer 说：

"P 先生瞧着你可怜，要替你找位子，教会话，你得谢谢他。"

Dismeryer 仍然微笑着，没有答话。P 给武士过分的推崇，十分难以为情，心恨这多事的武士把麻烦的重担生生的搁在自己的肩上。虽是自己有意援助他，然而成功与否是不能预卜的，何能一开口就是"每月给他三四十元"呢？更何能就要他向自己申谢呢？ P 对这事不好意思不敷衍，于是对 Dismeryer 说道：

"我到房里拿本英文书给你念念，看你的 Pronunciation 如何。"说完便拿了书来。

Dismeryer 接着书，全部灵魂浸在书面上几个字，看了半天然后展开念起来，一字一顿，长的字便一音组一顿，一页一页慢慢地读下去，头上的热汗涔涔的流，嘴唇发颤，但是他的神情是很镇静的。P已验明他的程度，无须再读下去，便要他停止。他没有听见，精神贯注地仍然读着，似在和强敌决斗，拚命的决斗，全生命都在这孤注一掷了。P心中涌着无限的失望，觉得很难对付这事。这时武士在旁看得很真切，于是他对 Dismeryer 说道：

“P先生有事去，你不必再读了。”

Dismeryer 停止诵读，但眼睛仍注视书上，表示他还有余勇可贾。P在心里打算，这事很为难，武士要外国人向自己申谢的话，邻近男妇在外国人房里出来时得意的笑声和拍卖者的结局，这些思潮在他的脑中一阵一阵的激扬起来。他不能白白地使这异邦落魄者受严格的考试，而且他也没有白白地考试他的权力。他是工人，不是教授；他应该生活，不是应该被侮辱的。但这事究竟怎么办呢？ P想着，的确有些无可奈何了。这时他只好笑着说：

“我现在有事去，过几天回信吧！”

从那天起，Dismeryer 便很专心的到P的房里听回信，渴望着会话教授的聘书的颁赐。他把这可靠的希望应付武士催索两月的房金，他也曾以这意外的生机写信安慰远处的一位很挂念他的穷友。他更欢欣庆幸，梦想着自己还有在S市立足的可能。但是聘书是用不着商量，P早就在心里决议，无法递送的了，没有相当的生徒用得着这位教授了。在 Dismeryer 来听回信时，P常想回避，但是没法回避，而且假慈善家，滑头等的罪名好像都堆在他身上。他心想不如直截了当地回复了他好些，于是等 Dismeryer 又来探回信时，便把早经制造了的几句话回复他道：

“Dismeryer 先生，我的朋友只愿研究文学，不愿学会话，你的意思怎样？”

他没有表示失望的悲哀，仍是低头微笑。他很能原谅P而且对P更加亲密，这是使P心里最觉难过的。就是P的妻也无形中动了妇人们软弱的慈悲，脸上替她丈夫罩了一层抱歉的神色，白眼珠对着P连翻了几翻，似在谴责他太不量力，轻于许诺，把这异邦漂泊者过于奚落，过于玩弄一般。

这晚，晚餐已经热腾腾的摆在桌上了：一碗稀薄的蛋汤，一碗白菜，一碗红烧豆腐，虽不是佳馐，在 P 夫妇看来，比贵人们的鱼翅燕窝还珍重，在 Dismeryer 的眼中，总也算是中华大菜吧！P 的妻在摆筷子时，低声说道：

“怎么样？问问外国人要不要吃吧？”

“自然要吃的。”低微的声音在 P 的喉间半吞半吐着。

就这房里三个人看来，P 夫妇算是贵族。一个有钱的人请外国朋友吃饭，似乎不能这样冒失，P 这时只好带着抱歉而敷衍的口气对外国人说道：

“你没有吃饭吧？在这里吃了去，好吗？”

Dismeryer 测量了桌上陈列的蔬菜和三人肚子的容量，于是努力地答道：

“你们不够吃，我不必吃了。”

这样隆厚的情谊，这样难得的机会，他哪能十分客气呢？经 P 再邀请一次，他便就座了。P 把窗帘放下，深怕这情景给别人知道。这是 P 家款待西宾的第一回。

这样的款待，一次两次，P 是能够效力的，无穷次，确是 P 心余力绌的事，但这是 Dismeryer 想不到的。他在孤寂穷愁中妄想着在这慈善家有人类大同之感的 P 家寄海外落魄之身，在潦倒颓丧，生活绝望的时候，已获得稀罕的无穷的快慰了。他相信忧人之忧，急人之急的 P 夫妇，必会长此以他自己得着慰藉为慰藉的。不是这样设想，他如何好意思常在吃饭之前走到 P 夫妇的房里去，等候他们殷勤的款待呢？不是这样，又有什么办法呢？旧铁床，有钱的买去了，现在睡的是硬土；穿的只剩了身上破旧的一套；住的是武士势力之下万不得已赊来的一间小房；这样的境况，他不就食于 P 家又有什么办法呢？

Dismeryer 常常吃完饭后，觉得不好意思，曾抢着替 P 夫妇买菜，打水，洗碗，但这些于P家没有丝毫的收入，这些他们自己能干得下，无须劳他的驾，P也不愿因为每天两顿饭的损失取偿于他帮同料理杂务上。P的妻很胆小，深怕过于牵累了自己，以为与其自己挨饿，不如不作假慈悲，但她又不敢说真话开销他，只想客客气气的招待他，使他自己怀惭而退，但是Dismeryer毫不体会这异样的情形，他有时不知道把什么东西换点牛肉来做送P夫妇的礼物，有时是一碟小鱼，虽经P璧回过，他还是诚恳地奉赠着，他以为这足够联络感情了。

一天一天的下去，P的妻觉得客气的方法不中用，好像哑巴吃了黄连，她于是怨怼丈夫，和丈夫口角。

“以后不要他再送菜来，送一点点菜，他便可仗着这点情谊更好来骗吃几顿的。我们也是穷光蛋，该天天服侍他吗？”

她怒极时，常说出许多激烈的话，可是一见了外国人却始终不敢开口，只竖着眉毛，板起面孔，故意把房里的东西敲撞着响得很厉害，藉此表示一点怒意，等外国人出了门，便又诅骂起来：

“我们为什么要供养他呢？难道我们中国人还没有受够洋鬼子的糟蹋吗？他们是野兽，南京路，汉口，广州，哪处他们不横暴的作践我们！我们的血是猪血，我们的命是狗命，哪一次奈何他们过！我们为什么还要饲养这种残忍的野兽啊？我真是越讲越恨呀！况且街上讨饭的中国人不知有多少，专就蹩脚的外国人讲，本地也不知有多少，难道你个个去照顾吗？我看明天还是老实告诉他，叫他别再在这儿讨厌了！”

“不要讲这样不近情理的话，野兽的横暴是不分区域的，不论国内国外，处处都有，它们张牙舞爪谁敢去抵抗，Dismeryer比我们中国人的遭遇更悲惨，他和我们一样，立在被作践的地位，我们该援助，该同情，你讲这样的话，不仍然是表彰着你的兽性吗？”

她听着P这番教训，更加愤怒了：“好，你去同情，你去援助，随便你，你要怎样就怎样，反正明天的菜钱米钱，无论如何不能在我的衣服首饰上想法的。”

第二天，P 又和他的妻咕噜咕噜地过了一天，他对那异邦漂泊者的同情敌不过爱护家庭的观念，他不愿为着一个不相干的外国人牺牲自己家庭间的幸福，只得听凭他妻子去摆布。那天，他的妻子便故意把晚餐提早，好使外国人错过机会。她还怕计划失败，外国人进房来难以对付，又预先把房门闩了，夫妻俩胆战心惊的，盗贼般把饭菜匆忙地吞咽着。“这的确是盗贼的行为，这的确是黑心的事？”P 夫妇脑中都充满着这样的幻想。

一会儿，有人敲门了，P 知道是谁，但他好像无力抵抗巡警的捕拿似的，连忙开了门，P 的妻没料到这房门把守不住，一时手足失措，好像没有地方躲避，竟把灯捻灭了，室内便黑暗了，沉寂了，窗外的月儿给浓云遮翳，仅仅街柱的电灯从窗帘的微隙中透入一线的光射在瘦削灰白的 Dismeryer 的脸上，一个僵尸的脸上。P 夫妇很惊恐，很害羞，颈梗上似已被挂了一条冰冷而粗重的铁链，话都说不出来。许久许久，P 才抖擞精神说道：

“哪儿来的风，把灯吹灭了，快点着吧！”

P 说了这敷衍粉饰的话，他的妻才燃灯。Dismeryer 早就领悟这是怎么一回事，他于是低着头，把手里的一碟菜放在桌上，颓丧的，仓促地下了楼，走回他的灶披间去了。

这位可怕的落魄者下去了好一会，P 夫妇俩紧张着的神经才弛缓过来，渐渐恢复了常态，P 愤恨地责备他的妻：

“真笨！你为什么做出这样的丑态，竟把灯都捻灭了！”

“唉！这不知是什么玩意？我们不知犯了什么罪？竟这样的慌急！唉！真好笑！这样的事真不是我们能够做得来的！你还是去把他喊来吃饭罢！”P 的妻说。

P 很不安地下了楼，摸到那黑暗的灶披间说：“Dismeryer 先生，你如何回来这样晚啊？快去吃饭罢！”

“谢谢你们的好意，我是已经吃过了。”Dismeryer 凄惨地回答。

第二天早晨，P由灶披间走过，只见房门洞开，Dismeryer却不见了，而且一天两天，一星期两星期，一个月快过去了，Dismeryer竟没有回来过，只有几件破烂的行李依然冷寂的躺在水门汀上。武士受了灶披间经营失败的影响，不久也搬走了，邻近的男妇们还不时在窗外探望着。

“他是到哪里去了呢？破烂的行李又不一起带去？这穷无依归的Dismeryer究竟到哪里去了呢？”

这是P夫妇在无聊的安静中，不能自已的脑子里时时萦纡着的问题。

原载《晨报副镌》，1926年2月25、27日

在机器房里

钱杏邨

已经是夜晚了，在一个印刷所的机器房里，躺着三部因工作而疲乏的机器，最大的一部这时正预备工作；靠门的一部最小，墨盘圆形，斜斜的居在全机房的最高地位，上面残墨未干；另一部和大的构制的方法完全相同，是普通的印报机，上面堆了几百张待印的瑞典报纸。这房间除机器外，还有一张破烂的方桌，是预备工人们休息和吃饭用的。再向里去，有一个小小的门，望进去，几张两层的木床，每张上面散乱的放着一床被褥，有的床边上，尚有残余的洋烛，有一两个床头，还有印好的成卷的报纸，大约是他们当作枕头使用的。

一盏二十五支光的电灯照在偌大的一个机器房里，加以电力不足，室内只是一片昏黄，几个工人来往忙碌着，将渼希和他的朋友们办的一种刊物的排版，用了半点钟的时间，在机器上配置好了，预备刷印。他们将罩着排版的木板架了上去，几百张纸也被搬来放上了，便都退到方桌旁边的凳子上去休息。

渼希看见工人们在黯淡的灯光下浮动，看见他们对于工作的忠诚，心里起了无名的感想，然而时间已很晚了，饭还没有吃，不能不催促他们工作，很和平地向他们说："朋友们！快点吧！我今天晚上还要赶着分发呢！"这时他伏在瑞典纸的那块木板上，饥饿与倦怠的精神，在他脸上都可以看出。

机器终于展动了，但使的是人力而不是电力，因为这里不是大都会，雇人工作，比雇驴雇马还要贱。一个人取纸放入卷筒，一个人卷动手轮，卷筒走过二周，便印好了，由第三个人接了去。取纸的坐着，接报的站着，但他们都不很用力，最劳苦的，要算靠墙的身子向前一屈一屈的那个展动手轮的了。他是一个乡下人，身体很壮，虽是二三月天气，他已经打着赤膊。影子投在墙上也在晃动，不过总不如实体能看着筋肉的张弛，能看着皮肤的颤动，和脸上表现的精神的凝聚，和额上鼻尖所流出的汗。

那工人的黧黑的肉色，表现了他身体的健壮，谁看见了，都得向他喝一声彩，涘希竟注视得发呆了。其实，他并不是对于工人身体的羡慕，却是被引起了对于工人的最伟大的同情。自机轮响了以后，全室繁躁起来，充满了"达，达，痴——"的声音。三尺的距离，说话都听不清楚，接报的是一个哑子，他最长于展动机轮，每遇胶滚卷坏报纸的时候，他总是大叫，招呼展动机轮的工人住手，同时将右手向前一拂。

涘希看看那展动机轮的工人的筋肉，又看看墙上的影，听听哑子的狂喊，又看看另一工人镇静地坐在那儿递送报纸。他伏在板上，心口正贴着板头，全机都在震动，因板的连接，他的心也震动起来了。他的心似乎不想平静，仿佛是乘风破浪的小舟，专想在潮上驰骋。他一气地看那工人展动了二三百次，还没有换手，筋脉一根根的胀起，脸上仍是显着笑容。这笑容宛如机器的展动声，借着昏黄的灯光又送到了他的深心里；于是他从身上取出笔记本和笔，伏在木板上，一面听着机声，一面望着工人，急急地写了起来。

他想写一首长歌，先用机器的声音"达，达，痴……"起头，然后写出工人血丝的飞洒，写出工人泪丝的飞洒，然后写出资本家血腥的物质生活享受的来源，军阀助长资产阶级来压迫工人的背景；然后结束，说明工人应该在血里去争斗，在泪里去争斗，应该将吮吸他们血肉的资本家和军阀从他们的国土里驱逐掉；然后仍以机器的声音“达，达，痴——”作结。

但他的神经太弛张了，他看看工人的生活的苦闷，写出三行便又毁了，又将眼睛展到那靠墙的工人的黧黑的身躯上去，只默默地想到列伯尔诗的一小节，不住地在机器震动的声音里唱着，大约也只有他自己听得见了：

工作——在这个昏暗无边，枯涩寡欢的工厂，找不出什么阳光，

工作，为丰富别人的享乐，

工作，为他们寻一点开心，

工作，没有希望，没有休息，没有和平。

只有到死的那天才得安静。

——回环地读了许多遍，他好思虑的心又飞扬起来了。他想：为什么劳力的工人这样苦呢？专门做了资本家的狗！离开了他们就不能生活吗？资产阶级为什么只一味的自私，而不替可怜的工人们设想呢！他们穿的，用的，吃的，是谁供给他们的呢？他们的威权不是工人们所给予的么？他们的一切享受，不是工人们所给予的么？工人们为什么拿了手枪给人，要人来残杀自己呢？为什么人类只会叫苦连天而不知道反抗呢？只一味的喊着自身的苦，不知道别人的乐是从什么地方来的呢？工人们怎么这样的愚笨！反抗，反抗，反抗就是真自由的获得的手段，在现代的社会里，要解决一切的问题，除了反抗以外，还有第二条路可走吗？将钱供给资产阶级去教育他们的子弟，养成未来的压迫者，工人们的子弟，连受国民教育的机会都没有，这样的世界还成世界？不反抗何待！不毁灭何待！反抗啊！反抗啊……

正想到这里，排字房里的一个工人来了，墨油积渍的手已经洗干净，短衣外面已加了一件长衫，走进来，招呼了渼希一声，便走到机器旁拿了一张印好的报上上下下地看，脸上显出笑容，自然是愉悦他们工作成绩的表现。看过了又放到原处，然后走到渼希面前：

“渼希先生，你们的报，排版时真费事，我们忙了两天，昨天到夜里三点钟才睡。”

“实在对不起，可是我们发行的日期迫了，没有法想，这只得累你们了。”

“这不要紧，我们做时并很有趣味呢！”

“这——或许是罢，我们至少相信我们的报是无害于工人，而是替工人说话的。不像别的报，要工人日夜忙碌，排印压迫工人本身的文字，或助长军阀和资产阶级的罪恶。”

“唉！我们工人真苦啊！”那工人听了渼希的话，叹了一口气说。

“谁说不是呢——不过我们劳心的工人也和你们一般的苦痛呢！每天的工作也要在十三四点钟上，上午五点钟就得起身，到下午十一二点才能睡，事还觉得做不了。连忙几天以后，脑子往往得作胀。若是自己爱做的，倒也不算什么，只是所做的事都是受生活的逼迫，不得已而工作的！”

“唉！罪真不晓得要受到哪天才得出头，不过，渼希先生，人不能专门做他爱做的事么？”

“怎么不能，只要大家愿意，去将那些吃人的赶掉，将来总有一天各人做他自己所爱做的事，然而这是要我们自己拿血泪去换的。”

“唔——”

在这时，渼希的脑中又出现了一幅电影了，在喧嚷的机器声里，一面看着印报，一面琐琐向那工人说着：“我们劳心的工人怎么苦法呢？我告诉你吧。即以我们的报说，在未送给你们排版之先，许多朋友各人挖着自己的心血，钩心斗角的写文，有的一二小时就可以写成，有的在未下笔之先，要用许多时间去想意思和方法，写成以后，有时还要改正，甚至毁稿重写。各人写好之后，用自己的心血之后，被编辑人收转得来，又要用去一天工夫，顺手时只要半天就够了。先泛看一遍以定去取，去取之后，接着就要整理排列，又要顾字数，又要顾门类，有时还要对来稿加以删改的工作，若缺乏某一项稿件时，又要自己去作，不然出版必致误期。稿送给你们以后，又要用你们几个人两天两夜的工夫，一个字一个字从字架上捻出，拼排成一张；有时工作直到深夜，眼睛睁不开了，还要支撑着去做。经你们工作两天之后，又要轮到校对的了，他先要校对一次小样，有时还要对一次大样，每次都要将所有的作品，无论是自己愿意看的或是不愿意看的，从头一个字到末一个字，连标点符号都在内，细细地检看。校对过了，又要经你们两三次改样的工夫，才得上机器。以后又要由校对人大致看一遍，这才可以看它一张一张的从机器上印出。以后便是发行人的事了，不知经过几番手续，才送到读者的手里。遇着相当的读者时，在劳心劳力的工人们方面或者可以获得一点相当的愉快，有时还要遭辱骂，被排斥。小小的一张报是无数人的心血集成的，但终于不及拿工人们血汗买的资产阶级的汽车，或漂亮的衣衫使人注意。人类，我观察透了，只知道近的、浅的，深的、远的是不愿谈，哪里说得上什么根本改造呢？至于这种反响，究竟能否打掉我们努力的兴趣呢——”

涘希指手画脚，如演说般在喧嚷的机器工作的声里，向着那工人讲说，中间也停顿了几次，看报是否印成，每次看到墙上黑影的晃动，心里总感觉着不安。刚说到这里，又听见一次“达，达，痴——”的声音，慢而且缓，接着是一声“好”的叫号，吓得他一惊，忙回过头来，机器已停了，原先放纸的那工人拿着刀预备裁报，哑子在那里将印好的报一叠一叠的折着，展动机车的，两手叉着腰，望着报纸在喘气。

没有结果的谈话便因此而结束了。涘希看看手表已经很迟，忙安慰了他们几句话，又招呼了那排字的工人几句话，取了报慢慢的踱出印刷局。工人们都很愉快地向他道着晚安，尤其是一个幼小的为他们工作极勤反而极其愉快的，临别时也微微地向他一笑，致痛苦直袭入他的骨髓，低低地从他心坎里道出几句话来：

“血与泪牺牲得已经很多了，还不够么，为什么光明还不来到呢？资产阶级为什么还在工人们的血泪里驰骋生活呢？我们去，我们去，我终不信我们的血泪没有淹没富儿们机车的可能！”

原载《洪水》周年增刊，1926年10月

炭坑里的炸弹

龚冰庐

薄薄的雪花，盖满在河沟和土丘的阴面。雪面上散布着一层尘土与煤屑，构成灰白而惨淡的色调。道上湿泞的泥土，已给昨夜严慄的西北风，刮得异常的坚固。昨天的行人所遗留着的脚印，还深深地留着不平的痕迹。远远的山峰，给厚厚的浓云盖着，好像贪眠的孩子，还在温润的轻褥中未醒。淡漠的天空，躲在浅褐色的朝雾中，世界充满了不可思议的神奇。

当福寿从浓厚的雾气，和工场中的蒸汽中，望见那隐约的遥远的大烟突的时候。早晨的火车，已经从长蛇式的铁轨上蜿蜒而至了。轧轧的机声，突破无涯的旷野，碰击着远山和空间深厚的水汽，而发出郑重的回响。顿时宇宙间布满了混杂的骚扰，却冲散了福寿冗繁的思维。

他走近火车道时，那火车机头正拖拽着极长的车身，从他面前飞越而过。一声惊奇的喘吼，很猛烈地刺激着他的耳膜。他只得站住了，等待它过去。起先，他看见许多空着的运货车，这是拖到矿区去装运煤炭的；在那车身的末了，才是一辆客车。稀少的旅客，都斜倚在椅背上打盹。他好像感觉到一种不自然的疲乏，而开始伸了伸他的脖项和四肢，好似一只被惊醒的猫儿，并且懒懒的眯盖着他的二目。等到他的二眼重新睁开时，火车已经隐藏在浓雾中了。那蜿蜒的铁轨，好像是一条赶骡的长鞭，被人遗弃在荒僻的地上。这时工场里的汽笛，开始大吼起来，突破了深厚的朝雾，而碰击着福寿的耳膜。他知道这是预备换班的时候了，于是赶快走了几步。但是不久，疲乏又使他慢下来了。而且他手里的瓦斯灯，也因水涸而将近熄灭了。满是荆棘的山路，更使他难行。他用尽了气力，从一些小石堆中爬上了山坡的高处。在那里，能从枯树的丛枝中，望见工场中微红的电灯的光芒，如淡云中的疏星，在重浊的水汽中显出异样荒凉的色调。

他随手把瓦斯灯顶上的水门拔开想将筒面上尽留的一点水灌进去。但是水已经冰结了。因为他的瓦斯灯是用花了三个铜元从旧货摊上买来的一只细长的洋铁筒做的，加上一个灯嘴的装置费，一共花了八个铜元。点起来的火光，当然不下二元一角买来的日本货，只是装水不多，和放水孔不很灵。并且没有盖子，水容易冰结罢了——不多时以后，火光完全熄灭了。

福寿在黑暗里彳亍着，山路的难行，于他倒是没有什么。使他感觉得不快的是，似乎他今天来得太晚了些。因为他上工的时候，从来没有碰见过火车。于是在他的经验中，开始回忆起工头的叫骂，和粗大的木棍的威吓。假使工头真的怒了，背上和头上至少也得挨三四下狠狠的打击。所以福寿异常地害怕，今天去得晚了，责骂当然是免不了的，就是挨几下木棍，也就痛了几个钟头完事。他最怕的是去得太晚了，领不着工作证，今天得不着工作。尤其是上月为了罢工风潮，已经恼怒了一些开柜的先生们①，今天若为了细故而把他开除，那才是最糟糕哩。

① 煤炭公司把炭内的炭道，分开包给一些资本家。工资及开采，全操于资本家之手。包工的资本家，俗称之曰开柜的。每一个柜上，至少有二三百工人，多的有一两千。

福寿当的是日班。每天早晨六点钟以前下矿，到晚六点多钟方得重回到地上。平均总得整整地十三个钟头，伏在四百米达深的地下。所以他好久好久没曾看见过太阳了。日子长的时候，也不过见到太阳的西沉，或西山间的一点红光。有时他为了经济的关系，还得打个联班。打联班是工人和资本家都有利益的。因为工人一打联班，就可以减去换班时上坑下坑的一些浪费的时间。这虽则是为数不多，但在雇用着成千百的资本家的算盘上加起来，就有大宗的进款了。工人方面呢？譬如当日班的，那么二天中本来休息着的那一夜，也可以当着一天而取得额外的工资了。所以福寿常常愿意打联班的，假使有一天他的精神特别兴奋，或是喝了半斤白干以后。这样就得在四百米达的地底，伏着三十六小时以上了。

他穿着一件仅有的，从古董摊上买来的破制服—— 一件小学生的学校制服。这制服的深黑的劣等毛呢，绒全已褪尽，将成了一块灰色的麻布，至于破洞，当然是不可数计了。裤子还是单的，但是上面的补丁，已够使他成为夹的，甚至有三层、四层、五层的地方。裤子的本来的颜色，大概连他自已也摸不清了。因为在这上头，夹杂着各色的布片，而且每个布片的材料，也很少相同的。在新破的地方，还显现着皮肉。他全身盖满着深灰的炭屑，和一块一块深黑的泥土。头上紧紧着一方蓝布的头巾，现在快要变成深黑色了。一双粗布的鞋子，却又结实，又齐整，大概他老婆费了好几个整天做成的哩。

严慄的西北风，向着东山间猛烈地吹着，宇宙还是沉埋在不可知里。福寿开始觉得寒冷起来，他抱起二臂，紧紧压着胸脯，二肩耸起，跑起快步来。一布包高粱煎饼，紧挟在腋下，瓦斯灯挂在左手上，和腰部撞击出低微的响声——五分钟之后，他走到了工场的边界。

工场的边界上，围有带尖刺的铁丝网，一到近那里，就能闻到一种强烈的硫黄臭味，和听到不断的机声轧轧。福寿一走到那里，好像给一种不可预知的悲哀所袭击，隐约地在他的心灵的弦上，弹唱起他熟读的语句来：

> 四块石头夹着一块肉，
> 今天脱了裤子不知明天穿不穿！

更使他忧闷的，还有他的老婆的病况。

福寿昨夜一夜没睡。他昨天六点半下了班，回到家中已经七点钟了。他的一个十一岁的儿子，和他一样在矿底下做工。他的儿子是夜班，这时已去上工了。说起来好像是笑话，他们是父子，是同事，又是在一个矿洞内上下的，但是见面的时候简直是没有。

昨夜福寿披着洒满雪花的破制服，提着暗淡的瓦斯灯，走近家门的时候，黑暗已经吞没了全个宇宙。他站在门外，先把身上的雪花抖落，鞋上沾染着的泥土拨尽了，然后推门进去。漆黑的屋子，映着他手提的瓦斯灯，显现一副可怖的死气。雪片拂着纸窗，时时从破缝中飘进一片二片，在窗前的离缝间，积着一小层。

他的妻子，静静地躺在床上。福寿进门虽是竭力提轻了脚步，但他推门时兀自震得芦苇编制的墙壁轧轧地发抖。他的妻子呻吟起来，他的瓦斯灯光，随着他的眼珠落在她的脸上。她的骨骼突出的颊上，泛着些殷红的斑贴，紫涨的双目，鼓起在她淡白的脸上。一副懦怯的绝望的面上，露出一丝痛苦的微笑。她避开了瓦斯灯光的突然的激刺，把眼光注意到福寿的脸上——她的失神的双目，泛滥着二颗泪珠，包藏着无限的苦楚。

福寿慢慢地摸着煤油灯，把瓦斯灯移近去点着。把瓦斯灯挂到壁间去，让它自已熄灭。接着叹了一口深长的气，十三个钟头的疲劳，就是这一声算他调摄的妙剂。

暗淡的煤油灯光，映在福寿的疲乏黄瘦的脸上，盖着深黑的炭末，好像是一只野兽。只有一对白眼球，和二排白齿，闪闪发光，异样地可怕——这时他的小的孩子，兀自睡在麦秆上破棉被中，伏在母亲的温润的乳峰旁扰动。福寿走近一步，伸起他粗糙漆黑的手，想去摸他的头。母亲举起左手，把孩子紧紧搂住，失神而且烧红的眼光，盯注着福寿，止住他粗暴的举动。在这样的挣持之下，小孩儿骚扰起来，并且呱的哭泣了。

——这小子！福寿似乎温润地微笑了一下，说了这三字。他没有话说了，他知道他太莽撞。但他还竭力想使他的笑延长，因为他当一天的疲劳以后，没有能使他恢复愉悦的精神上的娱乐。所以他不自主地，又伸起他的二手，想把孩子抱起来。

——去，给我倒一杯水！你总不给人安静——他的妻子带着无限的痛苦，又止住他。

他并不去倒水，他还是直站着，举着二臂，他渴望着要抱一抱孩子。他也不是不愿给他老婆倒水，他是很和他老婆同情的。但他只是站着，好像有一种势力支配着他。

——给我倒一杯水，你疯了——她很不安地盯着他。

但是他还是不动，只是笑了笑。

——你给我倒杯水去，去！你真的疯了——她发急了。

福寿或者真的疯了，他还是直站着笑了笑，不过把二臂放了下来。

她已经忍了好几点钟的焦渴，福寿又使她发急，烧红的二眼，射着无限的怒火，很艰难地坐了起来，摇拽着哭泣的孩儿，带着恳求的神情，重说道："我求你，不要傻，给我倒杯水。"

不知道福寿是听见还是没有听见，但是他没有声。他一屁股坐到床上，伸起二臂去接抱那孩子。脸上还是带着微笑。

孩子哭泣得更厉害了，她用右手搂起，紧压在她胸前，用左手把她丈夫推了一下。烧红的眼珠，晶溶溶的，一等机会眼泪就会夺眶而出。

不由自主的，不由自主地，福寿确实打了他妻子一下巴掌。

结果，三个人一起哭了一场。这不知道是谁的过错，但至少福寿和他妻子都有些后悔。福寿疲乏了，打了一个呵欠，给他老婆倒了一杯清水。他这时才回复了人性。

——石大夫庙的仙方顶灵验。……——福寿等他老婆喝完了水，接过杯来说。

——要什么仙方？我也好了，你给我再倒一杯水。……香烛黄表的钱呢？

——所以我想打联班，多拿他妈的一吊六百钱，还不够买香烛黄表？——他又倒了一杯水来。

——哎呀！饿死我了，打联班！——

福寿本来很饿了，但他因了刚才的喜剧，已经忘了。他早晨上班时，因为煎饼不够，只带得十张。十点来钟吃了五张，三点来钟吃了五张。是在矿底下的水沟中，用手掬着连泥带炭屑的污水，拼着吃的。至于水里，当然还有便溺的成分，但是也没有法子。

他记起他还饿着，走到那被烟熏火燎已成为黑色的白木箱前，掀起盖来。

——你只留得十四张煎饼，孩子拿了十张去，我只留得四张。还有二张不曾吃，在这里！……

他回身去接他妻子手里的二张煎饼。——他妈的，他拿八张还不够吗？

福寿狼吞虎咽地几口把二张煎饼吞下了肚，喝了一杯清水。然后拿起他早晨用水浸着了的高粱，放到屋角间那架石磨上去磨，他的妻子哼着睡歌，摇拽那孩子去睡。但孩子格外兴奋起来，不想睡。二眼死盯着他那正在推转的一根木棍，围着石磨如老牛似的绕着圈儿的爸爸。并且摆着二手，如驱牛般口里吆呼着。

已经工作了整整一天的福寿，很焦急地想制成煎饼。他病着的妻子的郁闷的心情，与石磨中发出的呻吟声，却成了一种同情的谐和。屋内似乎更形死寂，静澄，唯有格外兴奋的孩提，不与他们安静。

——他妈的，有半斤高粱酒才有意思！——

他的语句，随着旋转得很匀称的石磨的单调声，埋葬在屋内死寂的空气中。“半斤高粱酒”这是他仅有的思想，仅能的愿望。

至于他的老婆，当然和所有中国人的老婆一样。但是有人告诉他说：老婆是丈夫的玩物，他可要不懂了。因为他不是小孩子，能抱着一个洋囝囝玩的。什么是爱情？啊，那除非给他另换一副脑子才懂得。他只知道他老婆有二件用处：在他上工去的时候，老婆可以给他预备吃的和穿的。在他兴奋的晚上，可以发泄一下性欲。但他所以娶妻的缘故，却并非为此目的，因为每个人必得有一个老婆，因为福寿也不能是例外。所以福寿才是真正东方式的虚无主义者哩。他虚无到什么程度，那只有上帝知道。

福寿把高粱磨细了的时候，他的妻儿都已沉沉睡去。他拿起烘煎饼的鏊子，预备烫煎饼时，发见柴草已经用完了。他骂了一声“他妈的”，踌躇了一下，开着门冒着风雪，向高家坟上偷松枝去了。

今天早晨当福寿走进工场边界上铁丝网的时候，正撞着一个矿内守夜的更夫，一把抓住一个偷炭的女人毒打。一堆二斤来重的碎煤，从那妇人的衣兜中散落了满地。福寿在他心底里骂了一句：——他妈的，守街狗！——接着快走了几步，因为他不管闲账。

工场里机械的轧轧声，猛烈地啸吼着，烟突中大声地喘着气，冒出一股一股的白烟。升降机的橹①，很崇高的竖立在雾气中，稍微能辨出那一对大轮轴在来回地旋转。铛铛的铃声，和铁索上下的摩擦声，复杂而急促。福寿知道这正是换班的时候，所以升降机特别地忙着。

杂渣堆②上许多未灭绝的灰烬，在朦胧昏暗里发着一堆一堆的红光。白色的煤烟，弥漫了整个的空间，一股强烈的味道，使行人窒息。一些拾炭的妇女，小孩，瞧着守夜人走远的时候，偷偷的在那里

① 在矿洞的上面，有架极高的铁架，支立在屋顶上，用以转动升降机的铁索。日本名词叫作橹，俗称大架子。不知道中国有否专名？

② 杂渣堆是机器房中倒出来的余烬和炭渣，以及矿下挖出的矿石。往往堆积成很高的小山。

蹲伏着捡拾。

火车道的两旁，堆积着高高的煤山。几辆空车，停在那里装煤。福寿走过那里，二个小工打起架来了。口里吆呼着，二手指天划地在比拟，一刻又扭作一团。漆黑的脸上，眨着一对滚圆的白眼球，冒着真挚的忿火。别的一些工人们，围着他们，喧嚣，骚扰，搅做一团。有的拾起细小的煤块，向他们抛掷。并且发唤，做出怪声，以为娱乐。正在工作的，也弃了职务，加入这热闹的团体。

福寿看见在他身旁正有一堆煤块燃烧着，这是工人们烧来烤手的。他俯身去烘他冻僵了的两手，烘了一刻，急忙又向工场走去。这时成千的矿工们，已经挤满了全个空场。有的在那里领取了电石，在安置瓦斯灯；有的坐在那里聚谈。或则为了一点细故，而群起争闹。工人们的喧嚣扰嚷，杂着机器的奔腾声，响彻了所有的空间。福寿先把瓦斯灯装置妥帖，并在屋檐下沉思。这时早到的，已经上去了。

经了工头的催促，都整起队伍来，一个挨一个站成一长队，向着地狱之入口处拥挤。福寿被挤在中间，无目的地慢慢向前移动。在他后面的工人们，推着，拥着，口里吹着驱牛似的呼声以为取乐。一些孩子们，常常被挤到队伍的外边去，或被踏落了鞋子。

他好似机械似的被拥进了门口，随着他们上了楼。他站在机门旁，呆看那升降机拖拽着一条无尽头的铁案，向四百米达深的地下陷落。

换着他了，他照例低下头，钻进那钢铁铸成的极大的长方匣中。那只匣分四格，可以容四十多个人。铁匣从地下带来的水汽和泥污，如大雨般滴了他满身。他缩着身，站在铁匣的角隅，随着他如飞箭般向地底下降。黑漆的坑洞，在他眼前上升。一分钟过后，他已被带到四百米达深的第四坑道了。他走出了铁匣，这时他虽已稳站在石道上，但仍有些恍荡。在他后面，一盏微红的电灯光下，坐着管理员。福寿走到他们面前，领取今天的工作证，以凭工作后领钱。工头写了一张纸条给他，上边是：“王福寿钱一千”。并且派他打洼子的工作。

打洼子的工人，一伙有八个。由一个工头率领着，向着深长的坑道出发了。福寿跟在他们后面，经过了一段闪耀着微红的电灯光的水门汀的坑道，接着就是无尽的黑而遥远的石洞了。洞内用木棍支着，在木架间，磋砑出黑沉沉的怪石，或则是煤炭的结晶。底下是小石子和煤屑，经多量水分的润湿，并且很不平整。道的中央，二条并排着的轻便铁轨。来去的车马走在一起时，几乎使行人无处躲闪。墨黑的坑道，使你不能看见伸到眼前的手指，只靠手提的瓦斯灯照着身旁的一圈，稍稍能辨出所走的道路。

福寿等走的是一条正支的大道，四边分歧出无数的小坑道来。那条道一直伸长去，有五六里左右。福寿低着头，默默地走着，有时因为腰酸了，偶尔一抬头，就会撞在木架上或石块上。寂寞的坑道好像深山中废墟前的墓道，使人会想起死来。在路上很少能碰见一个行人，偶然有一只牲口，拖拽着好几辆炭车在他旁边啸吼了一声，又向着无尽的黑暗中消逝。车上的御者，蹲在车厢中，高声吆呼着，以防撞翻了行人。一盏暗淡的瓦斯灯，高擎在手中，左右地晃荡，好像一点流星，在中天很快地陨落。唯有车轮轧着铁轨声，御者的唤声，突破这无尽的黑暗，在坑道中有好几分钟遗留。道旁的排水管和小水沟，不断地流着急湍的水声。沉闷恶浊的空气中，使人们的呼吸不畅，尤其是一股一股的霉酸味，熏人欲呕。在路旁的木架上，生着无数霉菌。

福寿觉得燥热起来，把破制服脱在手里抱着。

他们九个人走了一会，正逢一行空车，由一头强横的牲口拖拽着走来。御者使尽了气力，勒住覆绳。那粗暴的动物，踏着脚，从鼻孔中喷着不平的气，兀自不往前跑。工头等它停下，第一个往车厢中一跃，唤了声“打票”。接着他们八个人，一齐跳进了车中。那御者吆呼了几下，鞭了牲口几下，狂暴的动物，这才愤愤地飞奔前去。

煤车在一个转弯处停下了。那里的坑道更狭小更低矮，蹲着身子方能勉强通过。再前去是磋砑着磷殉的怪石，用小木棍支着，人爬下了仅能钻入。里面有三个孩子在挖炭，都是赤裸着全身，睡在煤上，瓦斯灯衔在口内，一只盛炭的竹筐，安置在身旁，用左手拖着。右手执一柄小铁锤，轻轻地向他躺着的胸前的煤块上确击。他们都小心从事，因为一重，煤一大块压下，就得葬在煤堆中长眠，最少也得受一回重伤。他们挖满了一筐，如蜗牛般爬行出来，煤筐拖在后面。在那里挖煤的都是些孩子，最小的在八岁左右，因为大人不能爬进那低矮的小窟。

九个人下了车，又走了一程，才到了目的地。一个工头蹲在那里打盹，被他们惊醒了，他起来把一切家具和炸弹交给他们，然后他下班去了。

带他们来的那工头，驱使他们去工作。他们都掮起开山斧，铁锤，去到坑道的终点。那里从石隙间流下的水滴，像大雨般淋着。炸弹炸下的石片石子，狼藉满地。他们吆呼了一声，举起家伙开凿。铁器碰击着硬石，射出无数的火花。石块崩下的声响，猛烈而且嘈杂。地下的气温很高，使他们流着满身的大汗。

经过了几点钟的工作，挖成了五个很深的石穴。

他们把五个炸弹，分装进五个石穴去，用药线通到外面。他们先把家具搬运到远处，然后用火把药线一一点着，九个人飞奔的向远处躲避，以候这炸弹的爆发。

他们站住在炸力所不及的地方，都相互地痴笑了一阵。一刻，一个炸弹爆发了，响彻了全个坑道。一股强烈的火药味，窒塞着闭塞的矿内的空气，使人难受。接着二个，三个，爆发起来。在坑道内充满了白色的浓烟。石块崩裂声，和石子碰击石壁声，要好几分钟才止。

几分钟过后，还有二个炸弹却无声息了。照时间计算，是不会爆发的了，也许已与别个炸弹同时爆发了。于是他们重又荷着家具去察看。

九个人提着瓦斯灯，默无声息地向强烈的火药烟中冒突而进。将近爆发的地方，碎石子和石片狼藉满地，异常的难行。

——呀，火花！——

走在前头的那工人吆呼起来，回转身拼命飞逃。他们也都随着他奔回去。那先看见火花的工人走在前头，解说着："药线还没灭，正冒着火花。"

福寿当然也随同逃命。但是早就说过：他的自制的瓦斯灯，放水孔不很灵便，灯嘴容易闭塞。这时经他快走的震荡，火光熄灭了。

杂乱的石子，在他脚下绊着他，几次几乎使他翻倒。他只见他的同伴们的灯光，飞快地向前滚动，他就消融在墨漆的黑暗里了。他什么也不见，连他自己的头生在哪里也莫名其妙了。一瞬间，他的同伴们的灯光转了一个弯不见了。他的四圈好像都是无尽的石壁，把他团团围住。他好像觉得没有一点隙缝可以做他的去路。地下的无限的石子，绊着他使他更害怕。

他吆呼起来，他拼命呼号，但是没有一个傻子会救他的。

他还呼唤什么？没有这样的傻子来救他的。他知道了！于是他把瓦斯灯往后一摔，死命向前冲去。他不管冲到什么上，或是石壁，或是石堆，或是木架或是炭车。他只死命往前冲去，用他所有的力。这时他无须想到究竟是会撞在石壁上破裂了脑子，或是炸弹爆发，把他炸成了肉酱片片飞腾。

原载《洪水》第3卷第29期，1927年3月15日

一只手

——献给新时代的小朋友们

麦克昂（郭沫若）

上

在尼尔更达海里面有一个小小的岛子，也名叫尼尔更达，那岛子上已经有像上海这样的繁华的都市了。

都市愈繁华，贫穷的人便愈见加多。这是因为社会上有数的钱财通同集中到少数人手里去了的缘故。在这上海地方你们是可以看见的。你看，那遍街满巷都是穷人，在这穷人堆中坐着汽车纵横往来的有钱人究竟只是少数。上海市上的洋房、商店，也就可谓冠冕堂皇了，但是只要你一出市外，便可看见无数的丑陋不堪的小屋——比有钱人的猪牢也还比不上的小屋。这样的小屋，多半聚集在繁华市镇的周围，尤其是大规模的工厂的周围。

像这样的小屋在那尼尔更达的小岛子上也就不少了。

有一位名叫普罗的盲目老人和一位半身不遂的老妈妈同住在那样

的一座小屋子里面。他们两人已经有五六十岁了，又加以成了残废，不消说是不能够做工的了。但他们在以前是做过很苦很苦的工作来的。男的在烟草工厂内做了二三十年的苦工，他那双眼睛就是因为中了尼可青的毒才成了瞎子的。女的呢也在制铅工厂里做了很久的工，也就因为中了铅毒才成了那样半身不遂的废人。

他们在能够做工的时候，不做工是没有饭吃的。一般的贫苦人都是这样，不仅不做工便没有饭吃，就是一天做工做到晚，也得不到饭吃的都有。他们的血汗就是被有钱的人榨取了去。血汗被人榨取枯了，老了，成了残废了，这时候怎么样呢？怎么样吃饭呢？好在一般的贫穷人都是有穷福的，就是家虽穷而子女多！一般的贫穷人连自己都不能糊口，偏偏要生出许许多多的阿猫阿狗的儿女。这样的缘故，所以可供有钱人榨取的血汗便源源而来。有钱人吃贫苦人的血汗，年老或残废了的贫穷人便吃他的儿女了——不是说硬要把他是儿女煮来吃，是吃他儿女们的血汗所换取来的血汗钱。贫穷人在年富力强的时候要供养儿女，一到年老力衰的时候又不能不靠儿女供养，所以贫穷人是世袭的劳工，世袭的苦力。

这对年老而残废了的老人，现在不消说是不能够工作了。他们的儿女虽然不多，但也还有一个儿子。他们的一个儿子在八九岁的时候就做起苦工，现在已经十五岁了，在一座制钢工厂里做工，他们就全靠这个儿子过活。

他们的这个儿子，一般叫着小普罗，照旧式的道德来说，实在是很孝顺的。不过他要不孝顺，又有什么办法呢？有钱人是只晓得榨取穷人的血汗的，他不会替你养老，也不会替你疗养残废。假使社会上已经有很周到的养老院、残废院，我们实在不愿意，也不忍心有八九岁便要去做童工，把一点点子血汗钱来敬养父母的孝子！不过这十五岁的少年的确是位孝子罢了。他的孝顺是天生成的，因为天生成他是一个穷人。

这位十五岁的小普罗，他每天清早要去上工之前，总要先服侍着他的父母用了早餐，并且还要把中饭预备好了，然后才告辞出门。他在工厂里面也是很勤苦的，但是不勤苦也没有办法：因为要这样便找不到工钱。所以他自从八九岁来便也没有失过一次业。而且每天晚上六七点钟光景一罢工的时候，他也不往哪儿去玩耍，一直便要跑回家。你以为他真个不想游耍吗？他看见有钱人的儿子在野外放风筝，你怕他也不想去放一放吗？他看见有钱人的儿子在草场上抛皮球，你怕他也不想去抛一抛吗？他看见有钱人的儿子坐着小小的汽车，你怕他也不想去坐一坐吗？无如那小小的汽车、皮球、风筝，比他一家人所住的房子还要值价呢！

总之，这位少年是可爱的。他的父母爱他，他同事的工友们爱他，就是工厂的管理人也很爱他。工厂的管理人为什么也很爱他呢？因为他很驯善，很肯卖气力，就跟很驯善的小马儿或者小牛儿不大受它主人的鞭打一样。管理人是爱打人的，他的鞭子是用铁丝扭成，只有这个小孩子还没受过他的鞭打。但是这个小孩子受他的鞭打的时候也快来了。

那是这小普罗不幸的一天，但也可以说是这小岛子上的贫苦人最幸福的一天——在那有一天的下午因为这少年偶尔的不注意，他褴褛的衣袖被切钢板的机轮卷了去，比通草的切断还要容易地，他的右手在那肘拐上完全被机轮切断了。鲜红的血液向四方飞溅，切断了的右手和半死的少年倒在地上。

这样不幸的偶发事件在工厂里本来是很寻常的，不过是落在了这很可爱的少年身上，便把全厂的工友们震动了。工友们大家都把自己手里的工作停了，跑到少年的身边来。厂里面的机器也好像在哀惜这位少年一样，把所有的一切运转都停止了。

这时候工厂的管理人正坐在他的房间里面含着一个很大的烟斗吸烟。他看见报上载着那岛上的政府要筑一道浮海铁道，一直架到邻近的脑惠尔岛去，他就想到钢铁事业的前途定然要一天一天地发展起来。他们工厂的红利也就可望一天一天地只有增加的。他自己的唇边浮着会心的微笑，忘神地看见烟斗上的烟子在空中打着圈儿。但他突然回到了现实来，他感觉得他的工厂完全死灭了一样，一切机器的作业声都听不见了，只听见一片嘈杂的人声。一股狞猛的凶光突然现在他的脸上，就给猎犬嗅着了什么野物的骚味的光景。他把他坐着的沙发旁边的铁丝鞭拿在手里，很凶猛地走出房去。

他走出房来，看见工厂里的作业果然完全停了，工友们就给蚂蚁搬家的一样，只是往切板机轮的方向走去。这把管理人的一腔怒大爆发了。他举起鞭子来劈头劈脑地向着工人们乱打。工人们的头上，横也是一条血梗，纵也是一条血梗，被他打得落花流水地都抱头鼠窜起来，跑回自己的工作场去了。

“你们这些王八羔子！你们要造反了！你们停工一秒钟，工厂里不知道要损失好几百万，你们这些王八羔子要造反了！”

管理人一面打，一面骂。最后他打到了那切板处来了。他把团团围着的工人打开，看见那半死的少年小普罗和他断了的手一同睡在地上。许多工人正在那里救护他。虽然比虎狼还要狞猛的管理人到这时候也把他的鞭子停了。

鲜红的血液溅在四处的机轮上，鲜红的血液流在地上。少年的脸色就给纸一样雪白了。右肘的断口上，鲜红的血仍然在不断地迸涌。工人们大家都束手无策了，有些早看见拿着铁鞭的管理人来了，尤为惊惶了起来。最后是来了一位名叫克培的工人。他一看见这受了伤的少年，连忙把身上穿的一件很肮脏的白色的卫生衣扯了一条布条下来，把少年的臂节紧紧扎着，扎了又扎，看着那不止的血也就停止着了。

少年的血虽然停止了，只因为受伤过重而且出血过多，他的生气一时还不能够恢复转来，而管理人的狞猛性倒早早恢复转来了。他看见团集着的工人一时还不容易散去，而且他看见他最恨的那位克培还在替少年行人工呼吸，他暴怒起来，举起鞭子便在克培的头上，背上乱打。

这位克培对于铁鞭是熬煎惯了的，他却不像别的工人一样，一挨铁鞭便要抱头鼠窜。他是跨在少年的身上的，他挨了好几次铁鞭，看见少年的气息渐渐苏活转来了，才把手停了，把头横过去望着管理人。他的心里实在是满腔的愤怒，我们看他那两个好像要迸出火星一样的眼光，便可以看出。他要发怒是理所当然的，就是因为人多拥挤，一时还不能够退散完的懦弱的工人们，也有多少人在暗暗地摩拳擦掌。他们心里都在这样想：我们不是人吗？我们不过是少了几个臭钱罢了！看看有一个同人便要死了，却不准我们来救他，还拿铁鞭打我们，你这是怎样没有良心的有钱人！没有良心的有钱人的走狗哟！

他们很可以举起拳头来便把那管理人打死的，但是他们又回头一想：这些有钱人，这些有钱人的走狗，是神圣不可侵犯的。不要说你不敢打他，你就冲撞了他几句，那可不得了。他立地要把你开除，并且把你的名字列在“黑表”上，向各处的工厂下你的通牒，你就永远得不到工做。这是比死刑还要厉害的。你一个人得不到工做，你的老人们便要饿死，你的儿女们便要饿死。你敢于泄你一时的愤怒，便被连诛你的九族吗？

这金钱的杀人实在是比刀还要厉害，比枪还要厉害，所以一些工人们平常是敢怒而不敢言，真真正正就给不言的牛马一样，甚至于比牛马还要不如。为什么呢？因为牛马有时候还要任性，有钱人也把它们没可奈何，假使要打死一匹牛马，那是有钱人自己的损失。但是打死你一匹工人是怎样呢？哼！这我们是看惯了的！你看上海的工友们不是时时被工厂管理人打死吗？打死你一个工人实在比打死一条狗，打死一个蚊子还要容易，你敢向他们哼一声吗？打死一个工人，不愁没有第二个工人来代替，这种牛马是不用本钱来买的。

工人们暗暗地摩拳擦掌，只是把眼泪向着肚子里流，只得忍气吞声地自己走自己的路。但是克培呢？克培反过脸来睨着管理人的时候，实在是想把他一口吞下，但是他也渐渐软下来了。不过他的想法又稍为不同。

他是最受管理人忌视的，平常早就把他看成危险人物了。因为他在工人们里面很有信仰，一般的工人都很敬重他，工人们平常有什么些小的要求，都是举他做代表去和管理人交涉的。这对于管理人是一个很大的威胁，大凡有钱人和有钱人的走狗，他们是很明白的，他们知道工人们的力量是很可怕。他们经营一座工厂，动辄便要用整千整百的工人，这在形式上已经把工人们团结了起来，假使他们再有一种精神联络，就给一堆石块砌成了一座炮台一样，那是不可干犯的。所以他们有钱人和有钱人的走狗最提防的是工人们的团结。工人们要组织什么工会，这是他们的不共戴天之仇，他们无论怎么是要尽力给你破坏的。所以他们管理工人特别的严烈，比待牛马还要暴虐，因为牛马是不会组织工会的啦。他们也最怕的是工人们一有知识，工人们有了知识可就不得了，所以他们最反对施行什么工人教育，有的也在工厂里面附设些学校来教养工人，但那是骗人的愚人的牛马教育呀！所以有知识的人要想加入工人里面做工作，那是不很容易的事体。

这位克培，他并不是什么有知识的人，不过他在这工厂里面是最老的工人，他的技术是很巧练的。所以管理人虽然恨他，但也不肯随便就开除，况且他素来也很驯善的。不过他的驯善是有目的的驯善，是有计划的驯善罢了。他虽然是工人出身，他的经验所给他的知识实在比所谓有知识的人的还要丰富得多。他也晓得工人们的力量是很伟大的，资本家们已经把工人们集合了起来，训练了起来，这是支很强大的工人军，只消一有精神上的联系，思想的联系，可以立地便把资本家的社会推翻。资本家们是在自己掘自己的坟墓。资本家们的王宫是建筑在炸弹上面的。工人们的暴动迟早是不能免掉的了，就给一堆火药一样，已经聚集在那儿，只差一把火，只差一个人来点火。这火一点燃，便会有掀天的爆发。不过这种无目的的爆发，无计划的爆发，只有破坏的力量，没有建设的力量；爆发了连工人们自身都是要受损害的。所以像克培这样有经验的人有目的有计划的人，他就不肯轻易来点这把火的。他们要把这火药装在一个手榴弹里面，或者做成炮弹装在大炮里面，要使一切的准备都周到了，他们再来爆发。

这手榴弹，这大炮，这大炮的炮台，就是工人们的有机的组织。

克培早在秘密地着手这样的组织了。他在工厂里已经秘密地组织了一个工会，并且同其他工厂里的工友们已经早有联络，使他们也有同样的组织了。他实际上是那小岛子上的工人军的领袖。他在这种组织期间之内实在是比牛马还要能忍耐。他是绝不肯在全部的组织还未十分周到之前，为一人的私愤而爆发的。所以他是十分驯善，十二万分的驯善。克培的一般秘密的同志都是有这样的精神的，在大业未定之前他们宁肯惨受非刑。决不使他们的敌人——比狗的嗅觉还要灵敏的资本家和资本家的走狗——嗅破他们的秘密的计划。

就因为这样的缘故，克培睨视了那管理人一下，又堆出一脸的笑容来：

“鲍尔爵爷！鲍尔爵爷！请你老不要生气。”

“狗！你还不走吗？你晓得你们息一秒钟的工，工厂里的损失是多么大！”

撇地又是一下铁鞭。

“鲍尔爵爷！我是晓得的，只是请你老可怜这个孩子罢！你老素来是爱惜他的。”

“死了的狗哪个还爱惜他，你还不给我滚罢？”

撇地又是一铁鞭。

但是今天的克培在铁鞭的暴雨之下，仍然不屈地断断续续地说：

“这孩子……今天是死……是活，这是……说不定的……即使他就活起来……也是一个残废人……可怜他家里还有两位残废了的……老人。”

他的眼泪就给管理人的铁鞭一样，一条一条的落下来。

工人们看见他们的领袖在挨打，大家的愤怒愈见不可遏抑了，大家都流着眼泪，愤恨的灼热的眼泪。

“鲍尔爵爷！你老是有钱的人，工厂的东家都是有钱的人，请你们抚恤一下这小孩子罢！他是为工厂牺牲了的，请你老给他点医药费，给他家里一点养膳费罢……”

管理人听了克培这一番话，愈见暴怒起来，这是自有工厂以来，从来没有人敢于要求过的事体。他把他腰间的手枪取了出来，向着克培便要一枪：

“你这胆大的王八蛋！”

但在他开枪的那一刹那，他的右手突然受了一下猛烈的打击，就给铁棒打击一样！他的手枪打掉了，同时子弹也飞在一边去了。只见那位断了手的少年，左手拿着他断了的右手，如像负了伤的狮子一样，拼死命地在向着管理人乱打。原来那少年在克培和管理人对话的时候，他的意识渐渐恢复了转来，他看见管理人向克培开枪，他猛然跳了起来，拿着他的断了的手来做武器，才把克培打救了的。

那少年一面打，一面大吼：

“同志们，同志们起来！起来！我们来打死这条没有良心的走狗！”

只听那工厂里一片都是打声，一切的工友们大家都拿着身旁就近的器具，向管理人打来，有的拿铁锤的，有的拿火钩的，有的拿木棒的，甚至于有的拿扫帚的。

管理人起初还拿起铁鞭来和少年对抗，少年也受了他好几下的铁鞭，但是他看见工人们已经暴动了起来，他知道势火不敌，他赶快混在人丛中偷跑了。

工人们蜂拥着一团，打的声音真是把工场全体都震动了。但他们找不着管理人，工厂里的一些资本家的走狗，早已经骇得魂不附体，通同跑得一个干干净净了。

工厂完全成了工人的天下。

有些暴躁的工人便放出声音大吼：

“我们来捣毁机器罢！”

“我们放火烧工厂罢！”

“杀尽资本家！”

“杀尽资本家的走狗！”

一片喧嚷的应声！一片无政府的状态！

这时候那小普罗爬到一座很高的机器上面，大声叫道：

“同志们！同志们！我们应该听克培的指挥！我们应该听我们的领导者克培的指挥！”

少年的这几声狂叫集中了工人们的注意和同情，只听一片的应声：

“是的！是的！我们应该听克培的指挥！我们应该听我们的领导者的指挥！——克培万岁！——工人领导者万岁！——工人暴动万岁！——小普罗万岁！……”

在这时候他们寻找克培起来，但是，克培也不知道往哪儿去了！

“克培！克培！——克培不见了！——克培万岁！——克培不见了！——捣毁机器哟！——火烧工厂哟！……”

又是一片杂乱的无政府的状态。

少年继续着大声地绝叫：

“工厂是我们的！机器是我们的！我们是一切的创造者！我们是一切的主人！我们应该把工场占领！我们要管理机器！我们不要捣毁我们自己的东西！……”

但是他这一片绝叫，却没有多么大的效力了。工人们失掉了他的领导者，已经暴躁了起来，捣毁机器的声音已经四处开始了！

这时候的工场外部呢？武装警察和兵士已经铁桶一般地包围了起来。原来那管理人一逃走出了工厂，已经用电话通知了那岛上的政府，所以就派了武装警察和兵士来弹压。政府本来是有钱人的管家，一些警察和士兵便是他们平时豢养着的走狗。现在是该他们耀武扬威的时候了。

厂内一片捣毁机器的声音，厂外一片枪声，徒手的工人终竟敌不过他们自己所造出来的武器，看看有不少的工人已经被枪弹打死了。

工厂又失陷了。小普罗和全部没有打死的工人通同成了俘虏。

他们的命运是怎么样？

天色已经渐渐黑暗了下来，一串一串的死囚只得暂时放在监里。

中

在这时候小普罗的父亲和母亲正在家中等他回去。他平常回家是很早的，只要工场一放工，他便要一直跑回家去，这时候是他两位老人最快活的时候。他们的儿子一天到晚在外替人做牛马，只有这时候才是自己的人。一天到晚在比猪牢还不如家里睡着两个残废人，真真正正就给坟墓一样的，只有这时候才好像是人住的地方，才好像是经过了很长久的冬天，突然来了很和暖的春风，并且带了许多小鸟儿的歌声和许多好看的花，一同来了一样。尤其是在那瞎眼的老人。他自从把眼睛瞎了，他的世界是一个永远不见天日的黑夜，但只有这时候——就是每天每天他儿子回家的时候——他的心中才好像突然天亮了的一样。他的手在他儿子头上摩摩，或者他儿子摩摩他的手，那真是最快活的事情。他只有在这时候才可以暂时忘却他自己的痛苦，只有在这时才可以暂时忘却他对于世间的一切的愤懑。

但是今天呢？天都黑透了，他的儿子还不见回来。天虽然黑透了，这在瞎眼的人是不能够明白的，那瞎子老人等他的儿子等不回来，只以为天气搅长了，他对着他的妈妈，也像他自己对着自己的一样说道：

“啊，这天气真长呀！”

他这么叹息着。但那半身不遂的老妈妈呢？她老早就看见天已经黑透了，还不见她的儿子回来，她很在担心了。她听见那瞎子老爹的话回答道：

“哪里哟，天已老早黑透了！”

“啊，已经黑透了吗？”那瞎子老爹说，“他怎么还不见回来呢？”

“我老早就在担心了，”那老妈说了一句，又补足一句道：“怕是在做夜工罢？”

“唉！唉！”那瞎子老爹这么说了好几声。他又自言自语地说：“我们穷人真是可怜！一天到晚替人做牛马，还是衣不能蔽体，饭不能充饥，到了晚来他们工厂里还要逼着你做夜工。你我不是就是夜工做多了做坏了的吗？我成了这样的瞎子，你呢，又成了那样的废人。我们这个可怜的儿子，可怜他将来也还是要同你我一样。”

说着那老人已经感觉着他那洼陷着的眼眶里面，涌出了很热的泉水出来。那残废的老妈妈也在哭了。

“可不是吗？”她说，“我有时候实在希望我的眼睛也同你的一样。你没有看见那孩子的面孔哟。那真是比白菜的叶子还要惨白。头发呢差不多两个月不能剃一次，你不能同他剪，我也不能同他剪，衣裳呢还是他十一二岁的时候穿的衣裳，他今天把你的旧衣裳穿了去了，又长又大，我看见真是流出了眼泪来。啊，你看不见的，真比我好得多呢！”

“我哪里看不见！我心里是很明白的啦！”那瞎子老人很不承认他自己的眼睛瞎。的确的，他虽然瞎了眼睛，但他没有瞎了良心！他在他那寂寞的黑暗的世界里面，所看出来的道理真是比什么哲学家宗教家还要多呢。你看那些哲学家宗教家要想看出什么道理的时候，不是要把眼睛闭着的吗？他们就是要学这瞎子的聪明。但是他们的瞎眼是假的，所以他们看出来的道理也多半是假的。他们的道理只是想怎样去维护有钱人，怎样去拥护他们有钱人的世界，因为他们自己多半是有钱人，多半是有钱人的走狗啦。譬如他们说，世界是平等的，人类是平等的——但是他们这世界是把贫穷人除外了的世界，他们的人类是把贫穷人除外了的人类。……因为贫穷人不是人，只是牛马啦！这些道理，在那瞎了眼睛的老人是看得很明白，他晓得它们完全是欺骗！

那老人又接续着说：“你想瞎眼睛，我倒有时候想率性死呢！死了也可以免得我们的儿子多受些赘累，多受些罪！”

你看这是平等不平等呢？这种思想是不是有钱人的心里可以想得出来的呢？他们盼不得多活一天，多享一天的幸福。自己老了，看看免不掉自然的死了，他们还要叫他们的科学家去发明些什么返老还童的方法呢。哲学家说：生是可贵的，生是可贵的，你要执意着，要使你的生有意义，有价值。宗教家说：自杀是罪恶，自杀是罪恶，你要体谅上天好生之德。这些话对于贫穷人的意义是：你要多活一点呀，多受我们一天的榨取呀！所以贫穷人的生对于有钱人倒真是有意义、有价值的。我们需要知道：一切的价值都是由贫穷人的身上出来，都是贫穷人的力量。假使贫穷人不做工，或者一切的人都不做工，你看世间上还有什么有价值的东西？水可以养人！也要你去挑来。棉花可以暖人，也要你去栽种。没有一种东西是不用人的劳力的——不过这儿所说的人只是贫穷人，有钱的人是从来不做工作的啦。他们还说什么天，还说什么上帝，这只是有钱人的守护神，有钱人的看家狗，说更切实些就好像有钱人的田地里面的稻草人。他把地狱的刑罚来恫吓你，使你不要去干犯有钱人的财产；他把天堂的快乐来诳惑你，使你安心做有钱人的牛马。好，别人要打你的左颊，你把右颊也拿给他打；别人要剥你的外衣，你把衬衫也脱给他；资本家要叫你每天做十二点钟的工，你率性给他做二十四点，你这样就可以进天国，你的财产是积蓄在天国里面的……吓吓，你看他们这些没有良心的话，能够诳得到瞎子不？

“啊！我们受的是怎样的报应哟！”那半身不遂的老妈妈听见那瞎子老爹说出想死的话，她愈见伤心起来，她哭得把喉嗓都哽着了，她说了这一句话，差不多是一个字一个字地说出来的。

但是她这句话，却把那瞎子老爹的一腔怒火激发起来了。这瞎子老爹也和那刚才说过的克培一样，在他的劳苦的工人生活里面，锻炼出了一个比铁还要坚实的道理出来。他晓得一切的资本家都是强盗，他们的财产，他们的钱，都是从贫苦人身上偷去的，都是贫苦人的血，贫苦人的力气。什么因果报应，天堂地狱的话，都是强盗们所用的武器。

他发着气说道：“报应！什么报应呢？哪个王八蛋敢来报应我们？”

那老妈妈一时被他喝止着了。但是她心里还是不悦服的。她年轻的时候也曾听见那瞎子老爹要把工人团结起来，反抗一切的资本家，要把世界造翻转来，让工人来做主的话，但是这话虽然听了好久，世界永远还是没有翻转来。贫穷人永远还是牛马，有钱人永远还是暴君，而他们自己呢？男的瞎了眼睛，女的得了瘫症。所以她才觉得那瞎子老爹说的话是在做梦，就好像吃酒醉了的人说的话一样。所以她虽然忍了一会，但她仍然不服气的说道：

“你虽然爱那样说，但是有钱的人永远有钱，没钱的人永远受罪。我看这些都还是天意，无论怎么，人是不能挽回的。”

“哼，天意！”那瞎子老爹愈见忍耐不住了，“天这样东西假如是存在，这王八蛋的腿子我老早给他打断了！我们有什么罪过应该要受这样的苦楚？我们的罪过只是没有钱！我们的钱都是被强盗们刮去了。那些有钱人的强盗！杀人不见血的强盗！他们偷了我们工人们制造出来的东西拿去做财产，他还要把我们捆着。你晓得吗？那些什么天意，什么报应，什么安分守己的一切鬼话，都是他们所用的捆仙绳啦！就譬如强盗来偷我们，他索性先把我们捆绑了，免得我们还手，眼睁睁地看着他把我们偷得一个精光。你怕我们贫穷人永远都是这样没出息的傻子吗？我们要永远受着捆绑，听他们剥夺吗？哼！这绳子已经朽了！只要我一挣扎便可以弄断它，我们反抗强盗的时候快要来了！那时候上帝老官儿会拿来给我们做垫脚凳。我们的天国就建设在这地上了。那时候我们地上会出现奇迹！我们瞎了的眼睛要睁开，瘫了的身子会起床，瘸子会走路，断了的手脖子会活起来啦。啊，啊！天国快到了！你们看罢！你们看罢！”

瞎子老爹坐在床头，一面说着，一面把他的拳头举起来，向那黑暗的空中乱打。

他的一片牢骚似乎把那老妈妈镇服着了，其实她这时候并没听他的话，她在注意着听一种另外声音。那时候有些脚步声音向他们的小屋子走来。她赶忙问道：

“爹爹，你听，是不是儿子回来了？那脚步的声音！”

那瞎子老爹也好像倾听了一下，但他连连说道：“不是，不是，那不是儿子的脚步声！儿子快回家的时候，他的脚步是很快的，很重的。这脚步的声音虽然很重，但是走得很慢的啦。”

隔不一会果然有一农夫提着一个小小的灯笼，从他们的门前走过。

“他怕不是在做夜工。”那老妈妈又说，“他从来没有丢下过我们两位老人去做过夜工的。”息了一会，她又自言自语地说：“唉，该不是在工厂里面遇到什么危险罢？啊，真使我担心呀！”

危险的观念在这老妈妈的脑中，同时在那瞎眼老人的脑中，接接连连地就给电影一样，表演了出来。

他们想到那工厂里面的比电闪还要快的各种机器，各种车轮，假使人一不注意，一率挂着了它们，那不是断手折臂，便是要使你身首异地的，他们的儿子怕是挂着了什么车轮，受了伤，或者死了。他的鲜红的血液正怕染遍了那机关，和暴雨一样向四方飞溅。

他们想到了霍乱症的患者。他们的儿子怕正在大吐大泻，全身都已经成了枯柴一样了。

他们又想到那横冲直撞的汽车。一位大资本家挟着他的娇妻或者是妓女，坐了一辆很辉煌的汽车从街上飞也似的跑过，他们当然是去赴某处的宴会的了。他们的儿子在前面走着，由于那汽车开得太快，躲避不及，便拦腰把他冲倒了。手脚轧断了，血液迸射出来的光景；脑袋压破了，脑浆四射的光景；肚腹压破了，大小肠突出来了的光景，一一呈显了出来。

这些想象把那老妈妈的心脏几乎要裂开的一样。那瞎子老人呢？他心里也是难过，不过他很安慰那老妈妈，他绝不轻易说出口来。他只是这样说：

“或者怕是和克培们去开会去了罢？我知道克培近来是时常召集工人开会的，就在这样的晚间。因为我们工人开会是只能够秘密的啦。那些有钱的王八蛋们，他深怕死我们团结，深怕死我们说话。这是当然的啦。机器一说话，那机器就要吃人。这是强盗们所最害怕的。”

“啊，啊！你们男子真忍心！你们只是想杀我们的孩子！”那妈妈这样说。

“为什么呢？我们正是为孩子们设想呢。我们不把那些强盗打倒，我们的孩子们永远是做人牛马。”

那妈妈又说：“生成的牛马命有什么办法呢？你们说反抗，反抗，反抗了那么多的年辰，究竟有什么效果？每反抗一次，只是使那些吃人不眨眼的魔鬼们又囫吞了我们无数的孩子。那克培，我正是不高兴他呢！”

“要想成就大业，不牺牲是没有办法的。你听见过那蚂蚁子过河的话过没有？听说有什么地方的蚂蚁子要搬家，路上遇着一条小小的河，那领头的蚂蚁子便跳下河去。一个跳下去，两个跳下去，三个跳下去，接接连连的都跳下去。跳下去的不消说是死了，牺牲了。但是它们的尸首便在小河上浮成一道桥，其余的蚂蚁子便都踏着渡过河去了。我们现在就是要做这些跳河的蚂蚁的啦。”

那老人很热心的向那妇人解说，但是她实在是太关心她的儿子了，她自己就给被人家把翅子打断了的雀鸟一样，落在地下，要想飞怎么也飞不起来。她只是说：

“你把我拿去做蚂蚁子倒好了！别人把人当牛马，你们却把人当成蚂蚁子。”

“我们是已经淹死了的蚂蚁子呢。”那老人接续着说，“我们虽然不是跳下河里去淹死，但是是大水涨起来把我们淹死的。纵横是死，跳下去，我们还有希望在后头。”

那老妈妈不愿意再说话了。因为她听见那老人的声音实在是含得有无穷的眼泪。她自己也晓得他说的话是很有道理的，她也相信蚂蚁子终久总能够渡河，不过是在哪一年哪一天，这是所不能知道的，这在当中要牺牲许许多多的儿子，这在她们做母亲的人实在是不忍心。这种不忍心，她自己觉得是很不好的，或者就是她们女人们的缺点，所以她也时常恨她怎么不生成一个男人。其实她们做母亲的人才是真正能够牺牲的！她们的一辈子差不多只是在替她们的儿女做桥，不过她们是不自觉的罢了。

在这时候那小屋子外面又有许多人的脚步声音来了。万一的希望是这些脚步的声音中有他们儿子的在里面，但是一个一个的过去了，而他们的儿子终不见回来。不消说是不能够回来。他现在还丢在监狱那面，是死是活，我们都还不知道呢。

最后等到半夜的时候，又来了一种脚步声，的确是很快而且很重的，走到小屋子的门前便停止着了。那瘫了的妈妈以为是他的儿子回来了，几乎从床上爬了起来。但是这来的却不是她儿子，只听那来的人说道：

“普罗老爹，我来了。”

“哈哈，克培吗？你快进来。”

原来那来的人就是克培。他一面擦了一根洋火，一面走进去。他在那老妈妈的床头边上找着一截点残了的洋烛，还不到两寸长光景，他把它点燃了。那小屋子里面相对的摆着两张木板床，床上只敷了点子稻草，除此以外差不多可以说什么都没有了。

克培坐在普罗老爹坐着的一张床上，他拿了一包饼干出来，分了一半给普罗，把其余的一半给了那对面床上瘫睡着的妈妈。他说：

“小普罗今晚不能够回来，我想你们是一定没有吃晚饭的。”

那老妈妈接着饼干并不吃，只是问道：“小普罗怎么了？他今晚怎么不能够回来？”

克培才把那工厂里面起的事情向他们说出，但是刚好说到那小普罗被车轮卷了去，把右手割断了，倒在地下，只听那老妈妈在床上大叫了一声：

“啊呀！我痛心的儿呀！”

在害了瘫病的人无论怎么也不能那么猛烈地在床上大动了几下，从此便没有声息了。一方面倒使克培吃了一惊，他赶快要去照拂她，但是老普罗把他拉着。他说：

“不要紧，不要紧，她是素来有这种痰迷症的，停不一会她自己会好起来，最好你不要动她。”

他接着又催着克培把下文说出。

克培说到那少年猛然拿起一只断臂从地上跃起，打了那鲍尔爵爷，工厂已经大暴动了。

瞎子的老普罗听见，虽然他那洼陷着的眼里有不少的眼泪在那儿放光，但是他的面孔确是显出一种很紧张，很兴奋，而且很愉快的神态，他连连叫道：

“啊，痛快！痛快！不愧是我的儿子！我们瞎子是快要睁开眼睛，瘫子是快要起床的时候了！以后怎么样了？以后怎么样了？”

原来那克培看见工厂已经暴动了起来，他晓得是时机到了。他晓得敌人方面一定要派兵来弹压，工厂里的工友们是万分危险，假使不在这时候实行全体工人总暴动，那局部的暴动一定会失败，有不少的工友要牺牲的。所以他便赶快从那工厂里抽身出来，对于全岛上的工友，下了总动员的通令。就在今天晚上乘着夜阴袭击各机关，各工厂，彻底与敌人争斗。

老普罗听见他这些话，真是喜欢得快要发狂的样子。仍只是连连叫道：

“啊啊，我们瞎子会睁开眼睛，瘫子会要爬起床来了！我已经看见我们的红旗已经高擎在空中了，我已经看见我们的无产军已经占领了一切的工场，我已经看见一切的资本家都在发抖，他们的项上的金链子会变成铁链子了。啊啊，我勇敢的小普罗！我勇敢的工友同志！我勇敢的克培！”

克培本来已经知道制铁工场的暴动已经失败，小普罗及其他的男女工友们都已经下了监狱，但他看见老普罗这样的高兴，再不忍把这悲惨的消息向他报告了。他的心里是很忐忑不安的，一方面他要忙着去指挥行动，同时他又悬念着将来的万一的失败。这次假如失败，是一个整个的行为，牺牲的浩大不消说是可以预想的，而且使敌人方面生了戒心，二次的再起不免更要加上无数的困难。所以他把经过的情形及目前的计划简略的向那瞎子老人说明之后，他就起身告辞。他说：

"普罗老爹，我现在不得不走了。假使是成功，那是不用说；万一是失败，那我就不能再和你老人家相见了。"

"好的，好的！"那瞎子回答着说，"不要说那样不吉祥的话，这次是一定成功，一定成功！"

他把克培送出门外去了，一直等到听不见他的脚步声了，他才又摸回到自己的床上。

"妈妈，妈妈，你好些了吗？"

他向着对面的床上问了几声，不消说是没有得到什么回答，这时候他突然得到一种预感，他不觉得便起了一身的寒噤。他心里想：

"啊，该不是死了罢？"

他赶快站起身来，伸手向对面的床上摸去。他摸着那瘫睡着的老妈妈的手了，那手冷得就和冰块一样了。他赶快再摸到她的鼻孔，那鼻孔是什么气息也没有了。他到这时候才晓得那老妈妈是已经死了。

"啊，啊，妈妈，妈妈，你已经死了吗？"

他这么叫了几声，很热的眼泪从他的眼眶里涌出来了。但是他立地又哈哈大笑起来。

"好的，好的！我们瘫子起了床，瞎子也要睁开眼睛了。新的世界里不容有我们这样的残废人存在。新的世界里不容有我们这样的比猪牢不如的茅屋存在。不做工的人不应该有饭吃。一切的人都要住在和天国般的洋房里。我们给这新生的世界祝福，我们为这新生的世界开拓些空地出来，把这旧世界的罪恶，旧世界的残骸，旧世界的污秽，通同消灭干净去罢！啊，火哟！火哟！你是消灭一切的净火。”

他的手摸到那快要燃完的洋烛了。他顺手在床上抓了一把稻草来，很留心地点燃了，他把来投在他自己的床上。

火势熊熊地燃起来了。

床上壁上一片都是火光。

起初还可以看得见那老人在那火光中欢喜着手舞足蹈，不多一刻，除火而外什么都看不见了。只是一片赤光，只是一片红火。

“哈哈哈，瞎子睁开眼睛，瘫子起了床了！”

火光里面好像还有这一片的声音。

下

老普罗的房子烧起来了的时候，突然之间四方八面都起了火灾，四方八面都爆发了起来。火药库的爆发，军器库的爆发，洋油库的爆发，各种各样的爆发接接连连地起来，猛烈的光景，猛烈的声音，比任何剧烈的战争还要厉害。火焰，浓烟，向繁华的都城进攻，几千万道的红舌在那城市上舐来舐去。

这时候资本家的阵营里面突然受了这样一个猛烈的袭击，大家从梦里醒来，拼命地和火决斗。但是那火就给由地底喷出来的一样，这里也是，那里也是，四面八方都是。一城都动乱了起来了。水龙的车轮声，喷水声，救火的钟声，人声，嚷成了一片。街上看看快要成为河流了。河流里面的水看看快要沸腾了。火向天上燃烧，火光的影子投射在水里，上天下地一片都是红光。

啊，痛快！痛快！几千百年来被压伏在胸中的无产阶级的怒火，在这时候尽量的迸发了出来。可怜的是那些平时作威作福的人们了！他们平时住在那天国一样的高大房屋里面，穿的是极奢华的衣裳，出门坐汽车马车的，现在呢？跑得慢的被火烧死，或者被摧折了的屋顶压死，跑得快的有的从窗口上跳出来，不是跌破了脑浆，便是折断了手脚，无数的丑恶的死尸活尸，横陈在快要沸腾的水里，那些裸体兽的跳舞哟！毛毡的跳舞哟！有钱人穿不及衣裳也晓得打着赤膊逃命了。有钱人穿不及鞋子也晓得打着赤足走路了。男的，女的，老的，少的，呼儿唤女的，呼爷唤母的，喊妻子的，喊丈夫的，还有站在屋顶上喊救命的，一街都是。有钱人的天国完全变成了地狱了。

这是尼尔更达岛的末日！在破灭的资产阶级是这样说。

这是尼尔更达岛的新生！在新兴的无产阶级是这样说。

原来那克培的计划是把工人们分成了两部分。一部分埋伏在四处做放火的工作，另外一部分是集中在他住的附近，准备做战斗的工作。他是约定了在夜间两点钟的时候举火为号的，用什么举火呢？就是他点火来烧自己的房子。为什么定要举火为号呢？我们要晓得工人们是没有钟表的啦。当他往老普罗家里去的时候，所有一切的准备都已约略就绪了。他离开老普罗时候还没有到一点钟，他就是要赶回家去，等时间到来点火烧自己的房子的。但等他还没有走到自己的住家，老普罗已经把自己的房子烧了，四方的埋伏者以为时辰已到，所以便一齐爆发了起来。

这时候准备做战斗的一部分工人还没有十分集齐，克培的心里真是十分忧虑，他怕的是这一次的暴动会要完全失败了。但是仅仅是放火的工作便已经收了没大的效果。那资本家的阵营完全弄得一个天翻地覆了。那岛上的政府看见火势不能遏抑，把全部的警察和士兵都化成了临时的消防队。所以当克培率领集齐了战斗士向各处的兵营袭击的时候，那些兵营差不多完全是些空营，几乎是无抵抗地便被工人们占领了。各处的机关也是一样。就这样工人们把资产阶级的武装完全解除，而同时把无产阶级的阵营全盘武装了起来。尼尔更达的政权是已经移到工人手里了。

这政权的转移好像很容易，好像是在事实上不能办到的，但是我们要知道工人们是受了多少年辰的痛苦，就是克培的经营也不知道是费了多少年辰的心血了。夺取政权本来并不是什么难事，我们单从简单的数量来说：资本主义发达的结果，无产阶级是只有一天一天的加多，资产阶级是只有一天一天的减少，而且资本家的经营在它必然的路径上是替我们把无产阶级团结了起来。所以只要我们能够有组织，能够牺牲，能够彻底与敌人反抗，我们人数多，他们人数少，无论怎样那资产阶级的政权是只好拱手奉送于我们。不过我们夺取来了的政权，要看你怎么样才能够把它巩固。

我们为什么要夺取政权？并不是无产阶级受了几千年的压迫，要起来报仇，要起来把那专横的资产阶级压制下去，让我们自己来专横，我们是要为全人类的平等的发展而谋世界的进化的。资本家把世界上的全部财产垄断在自己的手里，使大多数的人类受无穷的迫害，连自己所需要的极小量的生活费都不能满足，大多数的群众只能做肉体劳动，连牛马都不如，那精神上的发展不消说是从来没有梦想到的。这在无形之中不知道阻碍了世界的多少进化。一人的物质的需要是有限量的。一人的精神的发展是无限量的。我们就是要人人能自由地得到这有限量的物质的需要，而能够尽量的发展他们的精神的活动。所以有人说，无产阶级革命是专门为的面包问题，这是误解或者是有意的诬蔑。这种理论我们是要严烈的把它消灭的。我们要巩固我们的政权，然后我们的理想才能够实现。我们知道资本家的反抗是很执拗的，因为他享了几千百年的不劳而食的幸福，你一下替他剥夺了，他是死不甘心，他一定要卷土重来的。而且全世界上的资本家，那是成了一个联合的阵营，你在某一个地方局部地把资本家消灭了，别地方的资本家一定要来环攻你，使你终究要投降到他们的阵营里面。所以我们为压伏这种反动的力量，为抗拒这种执拗的敌人，我们无论如何有巩固我们的政权的必要。其次我们知道，世界上的物质的发展还没有达到尽头，我们要希望每个人能够自由地得到他的物质的需要，一时恐怕还不能够办到，所以我们要赶快有计划的使物质的生产力尽量的发展，以达到我们的精神力的尽量的发展，这是需要有长时间的经营的，所以我们也必需有长时间的巩固的政权。还有我们人类的精神是在私产社会的制度之下受了几千年畸形教育，世界上层积累累的教条，汗牛充栋的理论，都是私产制度的护符，他们要把这些有毒的残骸完全毁掉，把人类的精神引还到自由的天地里面，这也是需要有长时间的训育才能成功，所以我们的政权也需要有长时间的巩固。总之我们无产阶级的夺取政权并不是从快报仇的欲望，我们无产阶级的希图巩固政权也并不是要满足自阶级的支配的欲望。无产阶级的夺取政权是很容易的，但是你要把反对阶级彻底制服，你使要物质的生产力尽量的发展，你要使人类的精神恢复到本然，这却不是容易的事体。要你把这些事情办到了，然后无产阶级的革命才算是真正的成功，自由的社会然后才可以真正的出现。

克培把尼尔更达的政权夺取过来了，“工人暴动万岁！”“无产阶级革命成功万岁！”的呼声震动了全城，这时候放火的工作停止了，放火的人一变而为救火的人，火神受着了这一支生力军的袭击，他的势焰也就渐渐消灭了下来，天也渐渐的黎明了。

旧社会的消防队，警察，兵士，他们在救火的时候，一大半的力量是用在趁火打劫上的，火势渐就熄灭，他们的抢劫还没有停止。这时候工人军已经布满了各街，把全城的秩序维持了起来。一瞬间以前还是有产社会的死敌的，而今成了他们的救世主了。他们也并不是有什么天生的罪恶，他们的罪恶也就在有产！他们只要把产业放弃，和无产阶级者是同一样的人。所以害他们的并不是无产阶级，只是他们自己心中的私产观念。这种病症就给小儿们吃东西过多，在肚里不消化，起了自家中毒的现象一样，只要他们早早吃些泻药，早早施行灌肠的手术，那他们的生命是还可以拯救的。无产阶级的暴动便是他们的泻药，无产阶级革命便是他们的灌肠手术呀！世间上的笨人，你们何苦要仇视你的医生而自己讨死呢？

尼尔更达岛上组织了工人政府了。克培便是这工人政府的委员长。旧社会的支配者有的逃了，有的被工人拘捕着，大约是要听候将来的人民审判的。

那工人政府里面最重要的有三个组织。

一个是军事委员会。他们晓得军事在革命过程中是不可缺少的，对于反革命派的蠢动和外来的资本主义国家的进攻，非有坚实的军备不能使工人的政权巩固。

第二是国民经济委员会。这是规划物质的生产与分配的最高机关，物质的生产与分配要跟着大众的需要的缓急多寡以定其比例，不能够听其陷在无政府状态里面而胡乱产出的。

第三是教育普及委员会。这不仅要教育岛上的人民，还要教育全世界的人类。要全世界的人类知道资本主义的社会是必然的崩坏，而非资本主义的建设才是救济全人类的福音。

他们以迅雷不及掩耳的手段便把这些机关组织起来了，还有那目前应该做的善后问题譬如那难民的整理，居室的分配，灾区的清扫，都是以很完善，很迅速的方法执行起来。尼尔更达城遭了这一次的火灾，大概烧去了三分之二的样子，但是就以那残余的三分之一的建筑，分配与全城的人居住，还恢恢乎其有余，你们可以想见那资本家们平常是占领了多少有用的产业而使它荒废了啦！

全岛的产业都归国有，全岛的工场都归国有，凡未经毁灭的工场立刻由工人政府组织工厂管理委员会，即行开工。已经毁灭的不消说工人政府是要络续建立的，这正是工人政府的重大的使命，他把旧的世界毁灭了，正是要建立一个新的世界出来。

这些详细的施设计划，我们在这儿用不着细说。那教育普及委员会出了不少的社会科学的书籍和富有革命精神的文艺作品，那已分颁到了我们全世界的各个地方，我们至好是去研究研究，赶快也使我们受些教育罢。我们现在最关心的是那丢在监里的小普罗。

那小普罗怎么样了呢？是死？是活？那监狱烧了没有呢？

这些都是我们很关心的问题。

那小普罗所投的监狱是在那岛上最高的地方，火势猛烈的时候是没有延烧到这儿来的，小普罗自从丢在监里以后，他断了的右手一直是握在他的左手里面。别的人都很悲观，在监里只是埋头丧气的不作声息，有的甚至于在那儿啜泣，但是小普罗始终是兴奋着的，他在那监房里走来走去，他的脚步没有停止着过。

他的兴奋不消说是由于他的反抗热情，但是他的身受重伤也是一个重大的原因。他的热度已经渐渐高起来了，他的意识在当时已入了昏蒙的状态，他不住的时常绝叫：

"工友们，我们要占领工场。我们要受克培的领导。我们创造出来的东西是我们的。杀尽资本家。杀尽工人的压迫者。"

很简单，很激昂的语句时时从他们的口里吐出，他自己好像还是在工场里激战着的光景。

克培在把兵营占领了的时候，他随即派了一队武装的工人来劫取监狱，因为那监狱所在地是很高的缘故，所以有许多的敌人都逃避在那儿附近。武装工人上去的时候还不免小小有点冲突，结果是把敌人全部生擒，把小普罗及全部的囚徒都救出了。

小普罗被工友数人抬到克培的面前，那时候那被生擒的残敌里面正有那制铁工场的管理人鲍尔爵爷在里面。鲍尔爵爷与小普罗同到克培的面前，克培抱着了小普罗几乎哭起来，那小普罗还是在叫：

"啊，杀哟！杀哟！杀尽资本家！杀尽资本家的走狗！"

他还是高举着他的断手在那儿指挥作战的光景。回头克培向着鲍尔爵爷说：

"鲍尔爵爷，你现在晓得我们工人的尊严了吗？今天的事情是你激发起来的，我们实在是感谢你。不过我们是饱受了你的铁鞭，我们今天要叫你饱受我们的铁拳。我们也不拿你来枪毙，也不拿你来杀头，我们要拿我们的拳头来把你打死！"

他的话刚好说完，一切的工人都同声叫打。这时候小普罗的神志好像突然清醒了的一样，他瞥见了鲍尔爵爷便大叫道：

"啊，你这恶魔！你这该死的恶魔！"

举起断手一阵的在他头上乱打，那僵硬了的手打下去真是比铁还要沉重。鲍尔爵爷经不住他的一阵乱打，早已断了气倒在他的脚下了。

“哈哈，痛快！我们今天把我们的敌人打倒了……啊，我要回去看我们的父亲，看我们的母亲。”

说着他就跑起来，克培把他拉也拉不住，只得又同几个人把他抬回家去。因为他是这一次暴动的元勋，跟着他走的工人真不知道有多少了。

但是回到家里一看，那儿还有什么呢？只是一团灰还在冒着烟雾。

到这时候大家才知道，昨晚上起的火号才是老普罗这间房子。但是老普罗自己烧了的，还是误事失火呢？谁人也不能知道了。房子是烧了，一位是瘫子，一位是瞎子，不消说都没有逃出火来。他们赶快把那黑灰拨开，才发现了那两人的焦炭一样的尸首。

小普罗看见他父亲母亲的尸首，他踉跄地走去抚摩。

“啊，父亲，母亲，我们胜利了，你儿子回来了。你们睡得好安稳，啊，我已疲倦得不堪，我也睡罢。”

说着就倒在他父母的尸上。

他这一睡同他父母一样便永没有起来。

工人们围在周围很虔诚地沉默了好一会。

最后是克培提议要在这儿替小普罗建一个纪念塔，大家都赞成了。要替小普罗凿一尊大理石的遗像，左手拿着断了的右手在指挥作战的光景，大家都赞成了。还要为小普罗及老普罗夫妇及这次死难的工友们举行国葬，大家也都赞成了。

这几件事体一决议了之后，就给国家的其他的大事一样，很雷厉风行地举办了起来。

举行国葬的一天也就是小普罗的纪念像纪念塔开幕的一天。小普罗的纪念像把它安置在那岛上的公会堂里了。几十万的工人和岛民团集到纪念塔的周围。那塔大概有五十丈高的光景，全身都是用铁铸成。

大家抬起头来了。

开幕的时候，只见塔顶上一个红色的铁拳向天空伸出。

大家都不约而同地把右手握成拳头向天空伸了出来。

大家都不约而同地喊了几声：

——“铁拳万岁！铁拳万岁！铁拳万岁！”

原载《创造月刊》1 卷 9/10/11 期，

1928 年 2 月 1 日，3 月 1 日，5 月 1 日

小　丰

平万（戴平万）

小丰今日起得特别早。他的蒙眬的睡眼还睁不大开的时候，他便自己跑到门前的阶上生火煮粥去了。

等到锅里满溢出一些白沫，湿着火嗞嗞作响的当儿，他的母亲才醒过来，呢喃地道：

“小丰，你起来了么？在弄着什么呀？”

小丰正提着勺子，在锅里捞着热腾腾的发酵似的白沫，脸儿被熊熊的火光映得通红，汗珠从赤色的小额上滚将下来。他的大而活泼的眼睛，凝视着那烟蓬蓬的膨胀的米粒在开水里乱跳着。他的精神完全集中在煮粥的事情了。所以他听到他的母亲的话，只是“唔”的一声回答。

“小丰，你在生火么？仔细着你的手呀！”他的母亲说着也就起身了。

“唔！”

“小丰呀！尚早咧，还多睡一下子罢。”他的父亲因小丰的母亲的起身，也醒过来了。父亲是个铁路工人。满身都是铁的气味。小丰从这种气味中，认识了他的父亲。所以若有人问小丰长大起来要做什么人，他老是答道：

“铁路工人！”

真有趣呀！机轮的旋动，轧轧的车声，正像他的跳动的生命，生命的春之呼唤一样。他喜欢动的东西，就是锅里的米的跳动，他也觉得有相当的趣味。

“今天是什么日子呢？”小丰一手揩着脸上的汗珠，一手拿着勺子，走到床前对他的父亲这样问。

“今天不是六月廿三吗？”父亲的惊奇的眼光，把脸上的睡态驱去了。

“是的。今天对帝国主义的示威巡行，你可忘了吗？”他的眼睛闪着兴奋之光。

“唔唔！”他的父亲也跳起床来。

小丰在沉思着。他呆望着他的父亲，细看他的父亲的脸上摺着的劳苦的皱纹，注视到他的父亲的笨而且粗的大手，然后他才迟疑地说道：

“上海怎样被惨杀呢？”

“惨杀工人和学生！……哼！可恶的洋鬼子！”他的父亲吐了一口痰。

“昨晚，先生也叫我们今天去参加示威大巡行呢。”他说着，贴在学校里墙上的一张图画，闪到他的脑里来。一个狞恶的黑巨人，站在一块圆而大的金镑上面，下面压着的一群人，都在挣扎着。有些人把斧头和镰刀向那黑巨人的身上戳去。而且，在他的想象中，那些人都像在叫喊着似的。他的耳畔恍惚地听到呼喊的声音了。那黑巨人就是帝国主义！——他记得。他又觉得那黑巨人似他的母亲所说的故事里的母夜叉一样，只要杀人和吃吮人家的血肉的，真是我们的仇敌，人类的恶鬼！他想，最好是一只手执斧头，一只手执镰刀，把那黑巨人砍成肉酱！……

他的母亲在门外嚷道：

“小丰，杓子呢？”

他笑着，跳跃到他的母亲的面前，把杓子交给她。

虽然是清晨，赤热的太阳还没有出来。但是室里因炉火的熏蒸，已是十分闷热了。粥才上锅，更热得烫嘴。小丰很辛苦地吃了一碗热粥，口唇亦烫得红起来了。

因为他的心里充满着热情和高兴，很是急切，所以他不再吃第二碗，就走到里边忙着换衣服去了。他再也不理他的母亲在喊道：“乖乖！吃多一点呀！”

他穿着一条黑的短裤，和他的父亲新买给他的一件白衬衣。脚踏着一双破旧的皮鞋。啊，没有袜子。算了罢，天气热得很呢！

他手舞足蹈地走上街来。太阳才在天边，和一团团的像狮如虎的黑云挣扎着，尚未尝放出伟大的炎热的红光。街上的店户，才在开着门。

今天他真的高兴极了。平常的时候，他只是吃了早饭，便机械地跟着他的父亲到工场里去，机械地做了整天的工作。有时，若停了一下，便有一个穿着污满石油的白色的衫和裤连在一起的人，憎恶地睨了他一眼。他的对于机轮旋转的趣味，也就被这一睨勾销了。他想最好是在那个人的脸上击了一拳！可是今天呢，不用领受那可恨的眼波了，而且是自由地走向学校集队去——走向日里不能去的学校里集队巡行去。一切的东西，都在他的面前跳舞着，为着他的自由之快乐而跳舞着。

路旁的两株大榕树，他夜里上学去的时候，最怕打树下经过。好像从那巍峨而且浓黑的树影里，会跳出那个母夜叉般的黑巨人，张牙舞爪地来抓人吮血去似的。但是，今天可不是这样了。他走到树下，只觉得有一阵清凉的晓风，柔和地亲着他的红热的脸儿。叶儿也像上了油漆的一般，在高高的树杪，朝阳的光中，摇曳着而且煽烁着。

“啊！我们要示威了！”他的心这样想着，手也扎着小拳头，胸也挺得高高的，表示着有充分的力量足以反抗的样子。

“小丰！小丰！”阿明在后面，口里乱嚷着他的名字，追着他来了。

“阿明！你这时候才来吗？”小丰看见阿明，也喜叫着。

阿明也是穿得同小丰一样，只是白衬衣的肩上补了一块灰布罢了。皮鞋也是旧的，但是昨天他的父亲才同他补了，没有小丰的那样难看。他的父亲是皮厂里的工人。

“阿明，我今天真高兴，我们要示威了！”他不觉喜跃着。

“示威是什么呢？”阿明年纪比小丰大一岁，但是好像没有小丰那样聪明。就是身材也不比小丰高。

“示威就是表示反抗啊！”小丰照先生昨夜的话答阿明。

“反抗什么呢？”阿明仍不明白。

小丰有点着急了，大声说道：

“反抗帝国主义！”

“帝国主义？”

“是的！反抗那同母夜叉一样的黑巨人帝国主义！它要吮尽我们的血呀！”

“唔。你看他们的皮鞋那么好看呀！发光呢！”阿明看见前面两个小学生，脚上的两只黑皮鞋，随着他们的活泼的足步闪着光，便换转了话头了。

“我去碰他们个翻筋斗！”小丰动了好奇心，便猛奔向前面去。

“小丰！你乱跑做什么？”工人夜学的教员从大学的门口出来，要到大学对面的小饭馆里吃早粥去。

小丰在那教员面前立住了脚，向他行了举手礼。

教员走向饭馆去了。两个小学生也已到小学部去了。小丰却狭着眼睛，伸着舌头，缩着颈子，走进大门里来。

工人夜学是附设在大学北边的两层楼下面，一间课室里。

小丰走进回廊，走入课室里，一切都呈着灿朗的微笑，不同夜里一般，幢幢地闪着许多黑影。他的心花怒放了。

墙上那张黑巨人的图画，也没有夜里那样可怕。真可恶！你这母夜叉般的帝国主义，胆敢在上海杀死我们的同胞么？真可恶！一定要打倒的！他狠狠地用小拳在黑巨人的头上打一下。

“哎呀！”他打得太用力，手指着实痛得难受。

“你疯了吗？”阿明也走进课室来，“你打它做什么？”

“它五月卅日在上海惨杀华人呢！”小丰不觉愤愤然，把痛忘记了。

“上海怎样被惨杀呢？”阿明问。

“惨杀工人和学生！……哼！可恶的洋鬼子！”他学着他的父亲老成的口吻答着，便跳出回廊去了。

工人夜学的队子出发了，到东校场参加群众大会去。一共有八十人左右。好像一队到战场去的小战士。每人手中拿着一支红底黑字的三角小纸旗。小丰的旗子是写着“打倒帝国主义！”，阿明手里的却是写着“全世界被压迫民族联合起来！”还有很多很多的，小丰却看不清楚，也无心去细看了。他的心被红旗子闪得忐忑不已，恨不得立刻就到了东校场了。

东校场黑压压地站满了人。他们从人丛里走将过去，好像穿过狭窄的小巷一般。小丰把手里的旗子乱挥着。挥得不小心，旗子险些打着旁边的人。被那个人的手儿只一扫，旗子离了旗杆，飘飘然落到地上去。小丰手里只执着一条小竹枝。他又气又急，几乎哭了出来。他还听见那扯裂他的旗子的人骂道：

“狂狗一般的野种！”

他立住脚，扎紧拳头，便要向那人示威了。走在后面的阿明两只眼睛东张西望，并没有看路，只是本能地走向前去，却和小丰撞个满怀。于是两个人便互相扭住，打起架来。队伍大乱。队长和两个维持会场的秩序的童子军走过来排解。两个孩子脸子都涨得红红的，各按照秩序走进前去了。小丰口里还在乱骂着。

离演说台三丈多远的地方，他们的队子站住了。

台前挂着一块白布，写着“五卅惨案示威运动群众大会”一行横行的大字。小丰看了这行字，全身都颤抖起来。既不是快乐，也不是愤怒，他只觉得有一种无限的感动力，在他的身心里骚动着。他长长地吁了一口气。

一柄大旗在阳光底下，万人头上招展着，好像全民众的愤怒和反抗的精神，都集中在上面耀武扬威的样子。小丰一见便知道是工人联合会的旗帜。阿明的父亲也站在那儿揩汗呢！

“阿明！看看你的爸爸在那里呀！”他好像把刚才的打架的事情忘却了，很高兴地指着阿明的父亲给阿明看。

“是的。”阿明看见了他的父亲，用锐声叫道：“爸——爸！我——在——这——里，你——看——见我——吗？”

如投小石子在腾沸的大海里一般，一点声浪也没有，阿明的父亲听不着。唯有喧哗的声音，和热腾的人气，在空中旋转，飘荡。各色的小旗子在人丛的隙处，像蝴蝶一般地飞舞着。

看去好像一大群白鹭一样的是学生联合会的团体。白的学生制服，在炎烈的日光里，白得发光，炫着人们的眼睛。一群日炙的皮色的乡下人，也站在人群里，执着旗子。还有一行整齐的武装队子，看来好像一行篱笆似的。阿明对小丰道：

“那可是兵么？”

“学生军呢。”小丰听见旁边的一个穿白短衣服的人这样说，便假作聪明地大声答道：

“不是兵，是学生军呢！”

忽然全场寂静起来。只余一两阵吱嗟的声音而已。

台上出现了一个长发瘦脸的人。他用嘶破的壮声演说着：

“五月卅日的惨杀，是我们，中华民族，受帝国主义，蹂躏得最可怜，顶无理，极悲痛的惨剧。是我们，中华民族，莫大耻辱的污点！……”

往下说的是什么，被一阵杂沓的人声扰乱了。

“捉住！捉住他！”

“真是岂有此理！”

“会场也有人来当扒手！”

“送警区去！”

“才十六七岁呢，真大胆！”

“捉住了没有？”

“喂喂！童子军！请维护会场的秩序呀。”

“捉到了扒手了！呜哗！”小丰锐声叫着。站离小丰不远的童子军，拖着木棍，走过来干涉：

“不要乱嚷呀！不然的话，就要逐你出会场去！”

小丰没趣地掉转了头。心里着实愤恨。也做个童子军去罢！因为他的愤激，他也没再注意到台上的演说了。

“一个女子！你看！她是女学生呢！”阿明向小丰耳语。

小丰看见台上有一个涨红着脸儿，白衣裙的年轻的女学生在演说着。字音辨别不清，只是像鸟叫的一般，锐利地啼着。小丰也同其他的人一样，觉得很有趣地注意着她。

女工人退去，接着就是穿中山装的工人领袖走上台来。台下鼓起一阵如雷的掌声。他用的男性的高音演说着。不知是因为他说了什么话，群众又都鼓起掌来。小丰也跟着人家鼓掌。

“打倒帝国主义！”在怒气如狂潮的呼唤声中，小丰捉住了这句话，也就狂呼起来。他觉得心头骤然起了一阵热气，升到脸上，把脸皮都烧红了。

群众愤怒地呼号，把手里的旗子都向头顶的空中乱挥着。“头颅之原野”展成“旗子之林”了。在“旗子之林”中，那一棵最高最大的工人联合会的大红旗，巍巍地在半空招展着，好像一切的旗子的领袖。在“头颅之原野”上，旋卷着一阵怒狮似的吼声，声浪震得“旗子之林”索索作响。

铜乐队奏着悲壮的歌声。“头颅之原野”，像地震一般地移动了。

群众示威的大队，如长蛇一般，向街上匍匐着去。

小丰带着一双鼓得红热了的手儿，在阿明的前面，跟着大队走着。没有旗子，不能挥舞，他只得把头东转西斜地张望着。童子军在大队之旁维持秩序。步道上，站着许多闲人在观看。

沉沉地，可以听到一阵“引它南逊拿尔”的歌声，杂着呼口号的叫唤。

“世界被压迫民族联合起来！”一个粗而重的男子的高声呼着。

这高声跌入小丰的耳鼓，尖锐的回响，从他的口里喷了出来：

“世界被压迫民族联合起来！”

“这小鬼子也跟着嚷，懂得什么呢？”

那是一个站在路旁观看着的老妇人的口气。

“我不懂么？你这老不死的才不懂呢！我们学校里的墙上，黑巨人就是帝国主义，压在下面的就是被压迫的人们呢。先生也是这样说。你这老妖精！我真不懂么？”小丰心里这样想着。他鄙弃地睥了那老妇人一眼，便傲然走向前去了。

真的，帝国主义似母夜叉，要吮吃人的血肉，小丰懂得这个。但是若有人问他道：

“上海怎样被惨杀呢？”

他一定又是学着他的父亲的老调子：

“惨杀工人和学生！……可恶的洋鬼子！”

炎热而高碧的天空，不知从哪里飞来一团团的浓云，把金光灿朗、炎威慓慓的太阳遮住，作弄着雨意。示威的群众的大队，在浓云的队影里前进着。江上吹来一阵阵凉风，吹干了忙碌而且愤激的群众的额上的汗珠。

几个小学生围着摆在步道上叫卖者的担子吃冰激凌。童子军也没来干涉。因为中暑的人太多，童子军都去干救伤的事情了。

“小王八蛋！这样扰乱秩序都行吗？要是我做了童子军，给他们几下巴掌！”眼光光地看着人家吃得好开心，小丰觉得喉里痒痒的；他这样地想着。他咽不下这点不平之气。

“小孩子，凉快吗？好在一点太阳也没有了！”一个穿着学生制服的青年，背着红十字的药袋，走到小丰的身边来，用手轻轻地抚摩着他的汗湿的头。“你的帽子呢？”

小丰觉得在他的头上抚摩着的手，好像一片烘得半熔的铁板一般，烙得他的脑袋烦乱了。他把头只一溜，就板着脸，撮翘了口唇，泛着愤怒的眼光，嫌恶地睨着那青年。他的没有吃冰激凌的一股怨气，好像要找这青年人来发作似的。

那青年笑着脸，转向阿明问道：

“你的喉干吗？可要吃两粒人丹？”

“请你把两粒给我罢。”阿明笑着红热的脸儿，乞求地答道。

小丰转过头来，又睨了阿明和那青年一眼。

那青年用他的小丰所嫌恶的手，从药袋里拿出一盒人丹，倾出几粒朱红的，圆溜溜的人丹，在阿明的小手掌里。阿明把手往口里送，人丹都滚将进去了。一下子，舌尖生了一条幽幽的凉气，直透到喉头去。阿明的烘干了似的口里，滋润着清凉的唾液。人丹比冰激凌好，不像吃了冰激凌之后，喉里更热得难受！

小丰从眼角看得明明白白。人丹怎样可爱的在阿明的手里滚着。阿明怎样贪馋地吞下四五粒人丹，小丰一切都知道。而且，他连人丹在口里的滋味，也想象得清清楚楚呢。其他的小孩子争着向那青年要人丹。小丰心里也起了两次要求的欲望。他不要把自己示弱，所以没有说出来。但是他第三次决定向那青年要的时候，已经来不及了。

“喂，老陈！快来呀！又有一个女学生发昏了！”同那青年一样装束而年岁更轻点的另一个人在呼唤着。

“啊，来了！就来了！孩子们！算了罢！”他不搭理很多伸得高高的急切的小手，却把人丹盒子再藏入药袋里自去了。他口里还咕噜道："女子毕竟是弱者！"

小丰虽听不清那句话的意思，但是觉得刺耳。他的怨气又转向那句话去了。

大队已转了弯，沿着河流走去。河里的午潮初落，小舟的篷窗却与河岸齐平。"蛋家"的儿女站在船头看热闹。群众的集合的激昂的愤气，被江风卷起，真冲上黑云乍布的天空去。群众的分开的团体，却被凉风吹得疏松快意，向前走着等均分的足步。铜乐队也奏着更加悲壮而且激昂的声调。

小丰的怨气，也随着风儿，杂在天空的集合的愤气里。他的心儿里的血潮，也跟着铜乐的声音，激昂地奔腾起来。那壁上的画图，也在小丰的脑里活动着。黑巨人会压迫，我们却会反抗！我们示威运动呢！他又用那早上在榕树下的高傲的威风，挺着胸，向前走。

"同胞们！大家严庄一点，整齐一点！我们的大队要从沙基的前面经过了。不要给那外国人笑话呀！"一个血气颇盛，态度好像很忙的中年人，挥着手儿，涨着颈上的血管，用破铜锅似的声音喊着。真是叫喊得急切而且真挚啊！他且叫且走，人也几乎被他闯翻了！

小丰看见那人的像失羁的疯狂的瞎马一般的态度，大着嗓子笑了起来。其他的人也笑了。但是，大多数的人都因那拼命地叫喊，才注意到自己在队里的行伍的位置呢。小丰自然不是在大多数中，因为自己已经先时就这样做了。

一阵阵热烈的，激昂的民族自觉的呼声，谁听了都会起了同情之念，谁听了都会动了真挚的心。小丰的队里的每个孩子，都打着声音的最高点呼着"打倒帝国主义""取消不平等的条约"等等的口号。每个声音，都从天真的、纯洁的、红热的小心儿里震喷出来。他们的身体里的每一条血管都膨胀了。他们的小生命，都有反抗的精神潜在着。他们的坚实而尖锐的呼喊声，杂在群众的广大的声中，一些儿也不减轻它的力量。

但是，在呼叫声中，黑巨人帝国主义，却从小丰的脑里，真的活动起来，而且走到它强横地占据了的对岸的沙面岛上去。在沿岸预先排布好了的沙包后面，它闪着狞恶的眼光，切着锐利的牙齿，好像发怒的野兽一般。它命令它的走狗瞄准那要争得自由的，反抗压迫的民族之示威运动的队伍开枪。那是天真的小丰所没有想到的。其实，就是激昂的大人们也是想不到的。

“啪！啪！”

“谁放枪呢？”在问着话的人的身旁，那个同伴胸部流着血地倒下去了。他的低音的叹声，简直连自己都听不着。

“啪！啪啪！”

“不好了！洋人放枪呢！”一个被子弹中伤着耳朵的农人，手掩着耳朵，落荒逃走。

“洋人放枪！”

“赶快些跑呀！还了得！”

“啪！啪！啪啪！啪啪！”

惊慌而逃走的群众，应着枪声而倒。热血四溅，污染了道路，喷洒着近旁的人们的衣服。

嘈杂，号叫，孩子和女人的锐利的哭声，无情的，奸恶的，猛烈的枪声。一切的恐怖的声音，罩住了河岸。

“同志们！没枪的跑入街里躲避去！有枪的跟着我同他们死战罢！”一个粗厉而勇敢的唤声，在喧哗里飘荡着，旋又消失了。一个学生军倒下去了，肩上污着鲜血。其他的学生军都伏在地上，列成一横行，对着沙面开火。他们的头，就是他们的保障的营垒了。

“啪啪！啪啪！啪啪啪！啪啪……”

“哎呀！”

“唉——唉！”阿明在小丰的身旁也倒下去了。

“阿明！”小丰看见阿明的背上流着红热的血，在地上搐搦着。他的四肢打战得厉害，一点支持的力量也没有了。一阵黑暗的恐怖的影子，直透入他的全身。脑的机器也停止旋转了。他跌倒在惨死的阿明的身上。

忽然下起大雨来。失措的群众像土堤溃决了一般，在大雨里互相践踏，互相枕藉。吓昏了的小丰，被葬在枕藉的死人和活人的堆里。汗臭的“人身之壁”把他的小身体紧紧地压住。大颗的雨点从“人身之壁”的漏隙处，打湿了他的身子。

滂沱的大雨声，血红的流潦入河里的冲击声，湿水的、惨白的死尸，弱小民族的可怜的灵魂。河岸满着悲惨的、痛心的景象。

那个黑巨人呢？大约还藏在戒备森严的对岸的沙包后面，在狞笑着罢？谁知道得真切呢？小丰却已经失了知觉了。

夜里小丰卧在家里的床上。日里红热的脸儿，已变得苍白了。兴奋的眼光，也闭在薄薄的眼睫里。他的胸部被压伤了，在胸骨里微微地作痛。但是那是微伤，不大要紧。不过他觉得全身的骨节好像分散了一般，不大愿意动着；而皮肤里的每个细胞，又被疲乏所占据着了。所以他觉得躺着较好。

他的母亲坐在床沿，静听着雨后的，在天畔隐隐的雷声。她的忧愁而且呆滞的眼睛，注视着静卧着的小丰。烦恼的黑云罩住她的慈爱的心儿了。

那是一个恐怖而且骚动的夜。阴晴不定的天气，这时候雨已经停止了，黑云在天边浮动着，雷声在云里怒号，助威风的电光，时在云的后面，闪视着阴湿而且惨淡的天空，照耀着血迹未干的沙基河岸。

日里的惨杀，也似电火一般，闪过静卧着的小丰的脑里。锐利的枪……群众的拥挤……鲜红的热血……阿明的死尸……

阿明的可怖的流血的尸身，又令他的神经颤抖。他张开着他的惊恐的眼睛，望着他的母亲，颤声地说：

“妈——妈！我……怕！”

“乖乖。不要紧，妈妈在这里！”她把她的慈爱的手，抚摩着她的儿子的身体。

小丰身上的血痕斑驳的、湿的白衣，已被他的母亲同他换去。看来不像刚才的同那躺在河岸的死尸一样可怜而绝望的样子了。仍是夜里睡在床上的小丰，虽然他的神态恐怖而且倦乏。

他闪视了装满油灯的黄光的房里一周，于是问道：

“爸爸呢？”

“爸爸背你回来，同我救醒了你，才吃了晚饭，工会里的人就催他开会去了。”他的母亲用她日常讲故事的声音说。

“开什么会呢？”小丰也像日常听故事听到不清楚的地方，便插问他的母亲的样子。

“对于帝国主义的惨杀，他们要商量出一种较好的反抗法子。”

“我的学校里可有来叫我开会吗？”小丰迟疑地问道。

“没有。”

“不！你诓我呢！我也开会去！”小丰从床上跳起来。

“乖乖，睡着养神罢！你病呢！”他的母亲急切地把他抱入怀里去。

“哪里病呢？我要开会去！”小丰在母亲怀里挣扎着，啼叫着。

“怎么哭起来呢？胸膛痛么？”父亲回来了，他的庄严而急切的声音，把小丰吓住了。

“他闹着要去开会呢。”他的母亲叹了一口气。

“开什么会？”他的父亲泛着疑问的眼光。

“他听我说你开会去，所以他也要到夜校里开会呀。”她的母亲微笑地摇一摇头，向伏在她的怀里的小丰轻打了一下，说道，“好大性儿的孩子！”

“别胡闹。小孩子，也开会么？”他的父亲也笑着。

他听了这话，一声不响地从他的母亲的怀里脱开，背向里面地自睡在床上。

小丰虽是年轻，但是那惨无人道的惨杀，帝国主义的强横，被压迫民族的痛苦，这一切都深印在他的脑里，扰动他的天真的心儿，助长了他的反抗的精神了。而他的父亲不知道他，反说他是胡闹。他觉得真是可气！

愤恨的小丰，也不打理他的父母亲的谈话，却自己打算着。

“明天一早，早点我也不吃早饭，便瞒过爸爸和妈妈，走到学校里去，召集开会……提议……通过……散传单……演讲……我一定要把那黑巨人帝国主义的强横，阿明的惨死，向他们报告；鼓励他们一同联合起来，把那个黑巨人斫作肉酱！……”

他想得入神时，阿明的可怖的死尸，不会来搅扰他，让他沉沉地睡去。

他的父亲正向母亲在说着刚才怎样开会，怎样议决通电全国，请求政府交涉，大罢外国人的工，和组织纠察队等的议案。他看见小丰睡觉去了，微笑向小丰的母亲说道：

“这孩子也可以做打倒帝国主义的后备队呢！”

她没有回答，只是愁锁着眉头。

天畔的雷声，电影，隐隐地还在哄闹着，闪烁着，却与小丰的鼾息声遥相应和。这时候若有人来问道：

“小丰，上海怎样惨杀呢？”不知小丰怎样回答。或者他说：

“惨杀么？明天我一定同你说罢！”

原载《太阳月刊》1928 年第 5 期

失业之后

刘一梦

一

S纱厂里的罢工，沉闷着直到现在一天快要过去了。在这一天里，便永没听到厂里的汽笛的叫声，高耸像纪念塔一般直竖着的烟囱，浓密的黑烟也灭绝了，满厂里的机器都静默得哑起来，显得冷凄死沉，充满着荒凉的空虚。

然而，在早晨曙光刚露的时候，还见到有少数上早工的工人，懒散的聚拢着上工厂里走，但是有几次，都被几个从远处跑来的工人阻住了。并且用手挥着，凑近这些来上工的人们的身前，诚实地说，“厂里罢工了！你们不晓得么？”于是，他们站着面觑了一会，领悟似的把头点了几点，打起精神一齐说了一声“好！”转过身来走散了。

其实，S纱厂这次罢工的发生并非是一件匆促而突然的事。自从厂里大批地开除了二十几个工人以后，这事件便无日不在暗地里酝酿着。厂方的眼耳究竟是众多而灵锐，无论工人的行动是怎样的秘密和细心，事前的两三天已经被他们察觉了。这影响，不特使几个工头和监门的终日似乎竖直了耳朵，眼睛也睁得分外的凶恶而阔大，即素来闲静的一位肥胖的账房先生，也忽然慌得搔头和皱起眉来了。虽然如此，但S纱厂里的工人终于就在这种严重监视之下罢下来。

在S纱厂的墙壁上，满贴着些白纸条，但不知什么时候已经被人撕烂了，只还显然留着了痕迹，人可以看出来，这大概都是工人们所贴的些标语。并且，工厂的附近几家肮脏的那被煤烟熏得灰黑了的墙上，也还的确稳固地存留着几张完全的，上面写着几个歪斜而且无墨色的字迹："恢复被开除工友们的工作！"

太阳的光线已经缩短了，慢慢地向西偏下去，工厂里放工的时候还没到，但茶馆里早就挤满了人。从黑烟弥漫的前门头上，不住地涌出了里面那种沉迫的嘈杂的声音来，里面坐定的尽是些穿蓝色短衣的人，混乱地围着几张油腻污秽的桌。

这多是S工厂里罢了工的工人们，他们都有所期待地吃着茶。

正在这时候，忽然有个身材细长的青年工人，从对过的马路上匆忙地越过来，随便把眼光对着茶馆迅速一瞥，重复又低下头来往前走。

"喂！老朱，——阿顺，站住！"突然的一声，一种急促的声音从一家茶馆里发出来。

正走着的这个青年工人蓦地站住了，惊愣似的仰起了他的头。

"上哪里去？"随着声音从茶馆里就跳出了一个中年人，一副灰黄的面孔，看来好像积了几天垢秽没洗去，口里含着了烟卷，从鼻孔里幽幽地正冒出两缕细烟来。随后接着又拥出了四五个，聚拢着一齐凑上来。

"上厂里看看去。"朱阿顺凑了几步说。

"你不进来吃点茶么？——可是，消息怎样了？"他们热心地一齐问。

"不吃茶。消息？没听着。不过，赵元成一定要去的——去交涉……我这就是去打听……"朱阿顺把头摇了几摇继而又点动着说。

“不妙！”一齐惊疑地道，“赵元成不是把条件早就送去了吗？为什么还没有答复？不妙！他妈的，资本家又捣他妈的鬼！好，这样……就给他个一直罢下去！”

“条件还是厂里先向我们要的呢。——前三天的早晨，我上厂里去，一进门，管门的就马上把门关起了，张国范——我们的总工头，那小子就是我们恨透了的一个大走狗！——拿着一捆铁链向我面前一摔，狠狠地向我的头上一指说：‘你要死吗？想罢工？马上就带你上司令部里去吃官司！……’”

朱阿顺做着手势话还没说完，那个中年工人马上就怒恨得瞪直了眼，把口里的烟蒂往地下猛力一掷，赶忙说：

“老朱，你怎末样来？怕么？最末呢？”

“哼！怕？害怕的是猪猡！”朱阿顺的两眼闪灼着。

“好小子！”齐声称赞了他一句。

“最末，我说：‘谁说要罢工？我是不晓得！’这时管理员也出来了，对我说：‘你们为什么要罢工？你们有条件尽管提出来，有话好商量。’你听，‘……好商量’，他妈的这话多好听！……”朱阿顺的神气完全是冷峭着。

“你又怎么说来？”

“我说：‘管理先生，这是大家的事情，也得去问问大家看！’一会，我就出来了，张国范那小子还指着我骂了一句‘你这不知死的猪猡！’呢。晚上，工会里开委员会就议决了：一面送条件，一面还罢工！——这大概你们已经都知道了。第二天，赵元成就把条件送了去，交给了管理先生，管理先生接去了并没说什么，只是向他瞪了几瞪眼，随后他出来，被管门的背后骂了一句，‘仔细防备着你的脑袋！’……”

“管理那东西你还尽称他先生呢，他也是厂里的一条狗！”中年工人气哼哼地似乎把鼻子都胀高了，不服气地这样说。

“我晓得！”朱阿顺冷然地笑了。

“可是，我到底不明白罢工的事情为什么早就被厂里晓得的？”中年工人歪着他的头，喘着粗气问。

“这有什么奇怪？——当然，是因为厂里的走狗多……”朱阿顺说着把眼向四周一睄，接着又道，“这回罢工若再失败了，我知道，工友们更吃苦，资本家开除我们，三十四十也说不定，我和老赵当然是免不了……”

“唔……”大家都瞪起眼睛沉默着。

“老实说，我不怕，我做了四年工已经被开除过三次了！”站在朱阿顺左边的一个工人拍着胸脯忽然说。

“是的，谁都不害怕……不过，我是说这回我们更得齐心才好呵……”

“那当然！——谁卖我们，我们就打死他！和走狗一样地来对付！”一齐踊跃地，激昂低微说。

“当心点！”朱阿顺的眼光向四周又打了一个旋，接着把头向他们一点，“好，我去了。”

“你真不吃茶吗？——我们马上也要去。”

于是，朱阿顺离开他们去了，他们也慢慢又走进了茶馆里。

二

太阳的光辉落在了工厂里的屋顶上的红瓦上，显得这停工后的工厂有些冷淡的严肃。邻近的几座工厂，里边的机器还在急促的震动着，从几个烟囱里喷出的黑烟，汹涌的直冒，有时被风一吹，便布满了天空，笼罩着下面工厂附近的泥塘和墓地……

朱阿顺一个人匆促地向S纱厂里走去，默然地低着头，在他脚底下所触起的尘土，和路旁泥塘里反映在水中的烟影，都随着他的脚步在他眼底下消失了。

“不准进去！”铁栅的大门现在他的面前，一声喝叱使他把脚步停止住。他吃了一惊，猛一抬头，见两个监门的木桩似的直挺挺地站着，沉着那副带横肉的面孔，眼睛睁得圆而且大。他又对铁栅仔细一看，两扇铁栅已经合起来。

“为什么？”他把两条眉毛真的竖直了。

“滚开！——不准！”监门的上来用力向他推了一把。

他踉跄了几步，站住了。他定了定神，隐约的听见从厂里发出了一片迫切的喧嚷声，他竖起耳朵想用心地仔细听一听，终于也听不清楚一句话。但他心内很明白，他想，这大概是正在交涉了……他心里的烦躁焦急随着就陡然而起，想鼓鼓勇气向守门的用强硬的手段冲进去，但终于还是稳站着，只是不住地向守门的身上瞪白眼。

路上又陆陆续续的走来了好多人，使他赶紧地迎上去。

“老朱，你为什么不进去？”来的人们问。

“那两块死东西不让进去，门也合上了。厂里正交涉……在外面听得见。赶快我们冲进去！”

“好！打进去，他妈的！”一齐愤跃地拥着上来。

当两个守门的倒在地时，他们潮一般的进去了。厂里的院子里已经聚集了一丛人，在一种紧张的空气中，人们都热狂地仰着头，从吵嚷的声音里，杂着些咒骂的话。院子里的人们忽然看见他们进来了，每个人的精神，仿佛更加振兴起来，一齐大声狂喊着——

“快给我们一个答复！我们实在站得不耐了！猪猡！”

不多久，有三个工人从里面屋里走出来，现着恼怒颓丧的神色，用手向大众挥舞着，激昂地高声说——

“工友们！交涉完了！他们的答复是：一条也不准！”

“不成！不成！不圆满的答应我们，我们就永远不上工！谁上工是猪猡！”厂里充满了愤激的喊声。

“打倒资本家！”有几个十几岁的童工喊着跳起来，把石头掷向正面房子上的玻璃窗，啪的一声，玻璃随着哗啦碎下来。

“真的反了吗？”从屋里跳出了一个穿西装的人物来。

“不成！不成！赶快答复我们！”

“你们上回已经罢过一次工，还罢工，为什么？厂里开除人，这是厂的规矩，应当的！你们管得着吗？……”穿西装的沉下脸来向大众讲演式地说。

“我们工人不是你们养的一条狗呵！”

“我们要和经理说话，你是什么？——管理员！滚你妈的！走狗！”有很多的手仰起来指着发狂地叫。

“你们故意来捣乱，究竟是什么意思？你们要知道，领头闹罢工的就是××党，××党是要杀头的！”管理员的整个的面孔都气得红涨了。

这威吓，却使着工人们呆着静默了一少会，但马上就又听到——

“放你妈的屁！——难道说我们工人被你们压迫的连气也不许喘一喘？”几个工人从人丛中突然跳出来。

“是呀！”一齐附和的声音更激烈。

究竟是人多势众，使得这位管理员也只好红涨着面孔翻白眼。在他前面站着的是三个刚交涉完出来的工人，他们把头仰高，对着管理员逼紧地问——

“究竟怎么办？”

“赵元成！把他抓过来！”后面人丛中站着的朱阿顺，用手揩了一把正出油的脸，脸上就被落上的烟灰画了几条黑道子，他的身子在人丛里向上耸了几耸，不耐烦地大声向前面说。

管理员随着退后了两三步，从鼻子里发出哼哼的声音站着，喘气也有些急促了。忽然，从厂外飞也似的跑进了几个人，喘吁吁地说——

“你们这些不知死的猪猡不用闹，军队快来了，马上带你们去吃官司！”

这时管理员也似乎勇敢了，用手指挥着——

“快……快把他们抓起几个来！”

工人们都愕然似的瞪着眼，一种突来的恐慌仿佛钻进了人们的心窍里。

“打！打！打张国范！——他是一条大走狗！”这是朱阿顺的声音，他吩咐着众人去动手，自己也就跳出了人丛中。

霎时，满厂里就起了一片混乱不清的喊声，夹杂着一阵阵的乱响，显然是玻璃和木板一类的东西被击碎了！……

不多会的工夫，一切声音停止了，工人们便从厂里一齐拥出来，面孔都高傲的，奋愤的紧张着，激昂的空气还依然充满在群众里。

“打倒资本家！”

“打倒走狗！”

“恢复被开除工友们的工作！”

“……”

在太阳残照下的工人们，散乱在一条马路上，悲壮的喊声，震遍了这荒凉和死沉的工厂区域中。

三

S纱厂里的罢工接续的沉闷着又是两天过去了。厂里依然是无烟无火的冷凄死沉着，所有些异样处，只是形势上增了几分严重：厂门外又多加添了两个人，而且每人身上都带上了一支枪！

工人们的情绪虽然很高涨，但因为厂方的态度坚决而强硬，却使着工人们似乎骤起了一层踌躇在心里，有时就有些工人向着朱阿顺这样问：“……怎样成个了局？”“我们只有齐起心来干下去！”朱阿顺严肃的这样简单地来回答，工人们也就低头不语了。

诚然，这次罢工后去办交涉的棘手也不只有许多工人感觉到，即在朱阿顺，也同是预测不出这次罢工的结果来。但他却很肯定的明了：工人们所有的那一线希望也只有走这条路。他在每天里所看到的被开除的那些工友的愁苦，饥饿，难以生存的恐慌……一切惨淡的景象，都深刺在他的脑子里。而且，已经有几个工友的家里有两天灭绝了灶里的烟火了，当孩子们哭嚷着喊饿的时候，他看到不禁就凄凉的润湿了他的眼圈。但他在这种现象之下，他不能去安慰，更无法来救济——工会里工友们所捐助的钱已经没有了。他唯一的希望，就是这一次的罢工，这一次罢工胜利之后……

然而，不幸的事就终于来到了。

是在一天的早晨，他走向赵元成的家里去。当他走到了一座杂乱的居宅时，就听到从里面发出了一种女人抽搐的悲凄的哭泣声，他熟悉的听得很清楚，他知道那哭泣的女人分明就是赵元成的妻，并且从哭声里断续地迸出一种尖利的叫喊来：

“……你……你干……干得好呵！我……我已经……说……说过两次了！……你，你哪里信一句？……可是，现……现在怎样了？……我……我们就……就跟着你饿死么？要是，你……你能够，可怜我们，那你也不至于……你，你就自己想想看！……”

“……我总归还能找出工来做！唉！你们女人家……”这是赵元成的声音。

接着女人的声音更迫促了：

“可是，今……今天呢……你说！”

朱阿顺的心胸不禁陡然一停，惊疑的发怔了。“吵闹什么事？……”他自忖着想；赶紧上前去拍门。当赵元成把门开了时，朱阿顺于是一步跨进去。赵元成的面孔完全苦相着；坐在屋里的他的女人，默默地低着蓬松的头抽搐的哭声一阵阵地更加紧，两个孩子呆呆地围靠在她的身旁边。

“吵什么事？”朱阿顺迎面就问赵元成。

“你来正好。——我，我已经被开除了！”赵元成眼睛里闪出失望的光看着他。

“开除了？”朱阿顺虽然对开除已经感到并非是一件预料以外的事，但此刻他的神色却很慌张。“一共呢？”

“一共又是二十五。你，你也在内呵！并且，你还要当心呢！……”赵元成丧然地说。

“唔。哼！……”他叹了一口很长的气。低头思索了一会，于是又问：“厂里上工了么？”“还没有。不过，有很多的已经要准备进去了！”

朱阿顺用手乱抓着头，赵元成惨然地直站着。突然，屋里的女人从默默的呜泣中又发出了叫喊来：

“你，你不打算打算吗？今……今天呢？今天怎样过得去！……”她抬起了红润的眼睛，一条条的泪丝在脸上向下流，映着朝阳发出晶莹的闪。

赵元成沉默着不作声。忽然一个不到五岁的孩子从屋里跑出来，走向他的身前扯着他的衣衿说——

“阿爹，阿爹，早饭我们不吃吗？”

“唔。”赵元成顺手摸着孩子的头顶低微的应了一声。

“半个月的工钱厂里发给你了没有？”朱阿顺神气惨淡地向他问。

“没有。但是，我现在已经得不到了！听说，厂里预备着，见我们到厂里去就要打断腿！因为是，我们的工会他们已经完全都晓得！”

女人的声音同时又起了：

“你干……干得好呵！我们……你……你就算不关心，……你……你自己……连性命都不关心了么？……”

赵元成听到她那刚才的话，霎时气愤了，舍弃了手下的孩子，跑到屋里去大声说——

“我的性命是我自己的，你也问得着么？”

“妈！妈！”孩子害起怕来了，赶紧跑到她的怀里去，向她喊着不住地怔怔的看着赵元成。她漠然的绝不睬，使孩子也哭了。

朱阿顺忙着赶上去，一把把赵元成扯回来，停了一会，他慢慢从腰里掏出了两块钱，对赵元成诚挚地说——

“老赵，我知道你没钱了，我只还有四块，你就拿两块去吧。”

赵元成就叹了一口气接过来。

“老赵，你万不要灰了心！开除，这是平常事，你要知道我们工人是不应当向资本家投降的，那就得这样干！”朱阿顺郑重而悲哀地说。这是安慰他么？……

“你放心！……”赵元成拍着前胸慨然道。

最后，朱阿顺从他的这个充满着愁惨的家庭中别去了。

四

在一种臭恶的环境中的一间黝黯的亭子间，这便是朱阿顺的家。和他同住的有一个憔悴的，病态的，梳着发辫的小姑娘——她就是他的老婆吧？

她在外观上看来的确是有着病：一层灰气罩满了她那灰黄的脸，眼眶凹得更可怜，只有一对流利的眼球在内活动着。在以前朱阿顺做工的时候，每日放工回家，总先抱着慰问她一番，但从罢工以来，朱阿顺的精神仿佛有些异样了，有时她贴着他的脸问话，他多半都是懒懒的“唔”一声，沉默着，常是沉默着，完全沉默在沉思里……

朱阿顺从赵元成的家里出来后，茫然的走回了自己的家。他一踏进亭子间的门，低头叹了一口气。

“怎样了？什么事？告诉我——阿哥，告诉我呢。”她看着朱阿顺的神色，很快的从床上就站起来，怔了一会，于是凑上去拉着他的手，对着脸惊疑的不住地问。

“我被厂里开除了！——一共又是二十五……”停了一会，他走近床前坐下了，低微地对她说。

“怎么？开除了？”她听着之后，并不显得怎样的惊奇，紧紧握着了他的手，仔细看着他的脸庞说，“别的工厂里也一样的做……不是么？”

他把指尖咬在嘴里不发言，一会，他抬起头来，向她说——

“淑真呵，若是你……”他刚吐出这两个字来就呷住了。

“什么？什么？哥呵，你说……”淑真焦急地追问着。

“若是，你此刻在厂里，那我们也就不发愁……你看，赵元成也开除了，他手里一钱也没有，他还有一大家人口呢……我身上此刻也只有两块钱，这两块钱，你说……”他终于断续地说出来了。

淑真的面色霎时变得很愁窘，低下头来，慢慢地说——

“等我病好了马上去做工，阿哥，好罢？唉！我这病……我真急死了！病了一个月……我此刻在工厂真是受不住，阿哥，你不是还说么：这病就是因为工厂里龌龊得来的……”

“我并不是叫你马上去做工，不过……”

他在家里坐了一少会，于是出去了，把腰里所仅有的两块钱掏出来绝望似的放在桌子上。

他现在的确也感到是失望了，层层的悲哀在他心底里暗藏着，但在他的精神上，还是如以前的倔强，愤勇，高涨……

他出去又到工友们的聚会的地方去了。在孤苦无告的一伙悲惨的群众中，仍然干他们那不安分的事……

五

日子又是两天过去了。在这工厂区域中，忽然被一种意外的恐怖布满了，在S纱厂附近的泥塘里，发现了几条尸，而且，S纱厂里的工头张国范的一只臂膊和他的尸身离开了！

这使着朱阿顺的精神更兴奋，得意的神采常在他的面庞上浮现着，但是，使他不能生存的问题逼紧的就来到。……

当黄昏的时候，他走进了自己的家，淑真对他惨淡地说——

“今晚米没了，我没有烧饭……房东还问我，‘你们还不烧饭么？’他看看我发笑……”

“今早的饭还有吧？”他紧皱着眉头问。

“不多了。”

淑真懒懒揭开了锅，锅里剩的还不到两碗吃，她于是用水泡开，分成了两碗，他们就默默地吃起来。下面房东洗碗的声音，傲慢的一阵阵地响，他的心也就随着声音跳起来。他珍重的吃着这碗残余的冷饭，仿佛这碗饭就预示着他将来的恐慌……

在这工厂区里的深夜，人声早寂静了，只有厂里做夜工的汽笛尖锐地响，突然一声，使人就能从梦中惊醒来；烟囱里那种扑扑的冒烟声，急促不停，这些动作，都是支配着工厂区里一切人们的生命！

朱阿顺睡在床上，被极大的寂静包围着，他觉得很不安，淑真的鼾声在他的肩下低微地发出来，这鼾声，更加重了他那纷乱的心。他这时似乎希望着深夜永长地度过去，对于明天的到来，他慌窘了。他在百无办法中，于是想到最后的回家来，但又万分的踌躇，他立刻就触起了以前的事。

以前他因为罢工被开除了后，他回到了自己的家，他父亲一见就生了气，把他抓过来就毫不留情的打。开始他还忍受着，哀求着，他父亲并不怜惜，以至于打得他遍体青伤。他实在不能再忍受了，于是突然站起，向他父亲猛力一拳，他父亲随着倒下了，他也就从家里跑出去。以后，他对他的家庭便永远脱离了。

然而，他此刻对他的家庭又重忆起了。他想，昨天有人告诉他说他母亲有了病，整天念着他，哭泣着想见他。他又想起了明天来，不禁就涌出了回家的念。

他在混乱的冥想中，一瞥在他肩下熟睡着的淑真时，忽然，他的一切的思想都停住了。

终于，使他不自觉得哭起来。他把头伏在枕头上哭着，很冷的泪珠一个个的往下流，他没注意，落在了淑真那条枯瘦的臂腕上，淑真似乎警觉了，在梦中幽微的发了一声呻，把臂膊搭在他的肩头上，紧紧地向他拥抱着……

黑夜奔驶着迅速地度过去，明天终于来到了。他起来后，和淑真对着把整个的早晨完全消失在沉默里。蓦然，他声音很颤抖地对淑真说——

“淑真！”

“什么？”她瞪起两只瘦眼向着他。

他的神色很沮惨，眼圈似乎是有些红肿了，他停了一停，终于抬起含泪的眼睛说——

“淑真，我——不爱你了！”

淑真吃惊似的看着他，泪也就流下来——

“阿哥，我做工。”这声音低微得更可怜。

“我——不能爱你了！因为，……”他在呜泣中声音不清楚地说。

淑真只是低着头，一声也不响。

他呼了口气站起来，把床下的两只破箱慢慢地移出来，仔细检查着他的旧衣服。这分明是他想拿着去当了，但结果使他很失望，除了一件长衫外，也再没有一件较新的……

他检查着，一件一件的往下检查着，忽然，在衣服里发现了一张半身像，他看着后，马上拿起来，珍重的捧着，用泪眼不住地细细地看。这张照片虽然印得不清楚，但庄严的姿态却很能看出来，像下边有一行英文字：“N——L——”

他似乎对这张相片很熟识，并且很晓得，一切都晓得，有几十个工友们每人都是有一张。

他此刻拿着相片低头默想着，他心里就随着触起了一种莫名的忏悔来，他对于家庭，淑真……一切的烦念，立刻冰化了。他很决然地想：这又算了些什么呢？……

一九二八，四，十四。

原载《太阳月刊》1928 年第 5 期

橄　榄

蒋光慈

在 C 城东南隅一小街上，有一座矮小的房屋，其中住着一对年轻的劳动的夫妻。夫不过二十四五岁，姓周名德发，因为不是文明先生，也不是富宦子弟，所以别号是没有的；职业为一水手，自从“五卅”事起，香港罢工之后，即编入罢工纠察队。妻娘家姓吴，乳名喜姑，也是二十多岁的年纪，虽然穿着粗衣布履，但是丰韵天然，具着一种朴素的美貌。夫妻间和睦异常，爱情甚笃，几乎没有争吵的时候；就是一般邻居看了，都也异常敬慕，为之称道不置。说起来，这一对年轻的，幸福的，劳动的夫妻，倒有一段令人可以记载的历史：

那是十年前的事了。江苏 T 城乡下有一个农民，一日进城卖菜，实指望将卖菜的钱换一点油盐及一些零用的东西回家，又谁知这时发生了战事，他一到城里，还未将菜担卸下，即被几个穿灰衣的人拉走了，说是要为他们担子弹。可怜的，一个很老实的农民，哪里有反抗的力量！农民的家里有一个老婆和一个十四五岁的儿子，他们只在家等他将菜换些东西回来，又谁知他早晨进的城，而到吃中饭的时候，而到太阳西下，而到天黑了，总不见回来。……后来战事息了，一天，二天，三天，被拉去的他总没有一点儿消息！后来隐隐约约地传说道，他在战线上被打死了。……他的在家的老婆在悲痛的结果，一病在床，不到一月，就追随着她的丈夫去了！剩下来一个孤苦伶仃十四五岁的孩子周德发，无所依靠，被他的母舅吴俊贵接到自己家里照应。俊贵家当然也不是一个富户，一家人全靠着在T城纱厂里做工吃饭。一家共四口人——俊贵的妻，一男十八九岁，一女十三四岁，及俊贵自己。可是俊贵的儿子于几月前跑到上海去了，莫明其妙地干些什么，也不寄钱来家，也不寄信来家；因之家中只剩下三口人了，而俊贵的妻又因病的原故，什么事也不能做，当然是赚不到钱的。俊贵不得已，与自己的一个幼女喜姑一块儿在纱厂里做工，借以勉强地维持生活。现在德发虽然名义上住在俊贵的家里，受着俊贵的照应，但是在事实上，俊贵没有令他读书或供养他的可能，他一定也要自己开始混饭吃。于是德发也就变成T城纱厂的小工人了。

德发与喜姑是表兄妹，自从德发加入纱厂做工后，他俩每日一块儿上工，一块儿下工，渐渐地亲密起来，成为一对不可分离的伴侣。两小心中的爱苗，自然而然地生长起来，相互默默地都承认将来的共同的命运。有时手携手儿行走，有时偎倚着蜜语，宛然一对天真的小鸳鸯，俊贵夫妻也不之问。问他俩干什么呢？德发与喜姑是表兄妹，他俩既然这般要好，将来难道还不让他俩成为夫妻？成为一对？表兄妹作亲是当然的。况且德发这孩子虽然年纪轻，却很聪明，很老成，实在是一个好孩子，配喜姑是可以配得上的。……俊贵夫妻俩也就这么样地承认他俩为未来的一对适合的夫妻了。

时间是这么样地快！一方面T城纱厂的厂主何庆三因营业发达大发其财，而一方面喜姑因年龄大了的关系，日见生得标致，人皆称之为女工中的皇后。真的！喜姑的确可以当得这个称呼！喜姑虽然不擦粉，然面白嫩得可爱；喜姑虽然不抹胭脂，然唇红如朱似的；弯弯的双眉，清莹的俊眼，温柔的态度，……总之，喜姑的确可以当得一个美人的称呼！德发真是高兴得极了！真是幸福得极了！有这么样美丽的表妹，而且她是我的，她是爱我的，……呵呵！这不值得高兴，还有什么值得高兴？这不算得幸福，还有什么算得幸福？幸福！高兴！同厂的男女工人多半也暗暗地或明明地为着德发高兴，欣羡德发的幸福真是不浅！然而德发暂且莫要太抱乐观了！不错，喜姑真是美丽，喜姑真是可爱，喜姑是应当属于德发的！可是觊觎喜姑而想夺取她的大有人在，而且这个人有势力，有夺取喜姑的威权，使喜姑终为他的所有物。……

T城纱厂的厂主何庆三系前清举人出身，入民国后夤缘时会，做了一任道尹，充过督军署的顾问。在做道尹的期中，他敛聚了几十万的家财。后来他看透了开纱厂是个发财的门径，于是辞官不做，而从事于资本家的企业了。他的为人甚是狡狯能干，不数年间果然把纱厂弄得发达起来。在未开纱厂以前，他已娶了两个小老婆。她们皆是妓女出身的，其中一个后来跟人跑了。及到开了纱厂之后，女工中不乏有点姿色的，我们这位何庆三又前后挑选了两个入自己的小老婆的队伍；其余未被挑选为正式的小老婆，而被何庆三玷污过的，也不知有多少！可怜的女工们不但在体力上要为厂主老爷做马牛，做生利的工具，并且要做厂主老爷的泄精器，屈服于他的兽欲之下！这又有什么办法呢？简直没有办法！纱厂是厂主老爷开的，他有的是钱，他有的是势力，尝试了几个女工算得什么！倘若你不愿意，你不承受厂主老爷的意旨，那末就请你从工厂里滚蛋，就请你没有饭吃！但是有几个不愿意吃饭的人呢？可怜的女工们！只得，只得忍受着厂主老爷的侮弄！在这些不幸的，被侮弄的女工中，我们的美丽的喜姑就是一个。喜姑初进厂的一两年中，因为年龄还不很大，我们的这位多情的何庆三对之未加以注意；可是后来喜姑日见其大了，她的美丽随她的年龄增长起来，无论如何，当然是逃不了厂主老爷的青睐。何庆三觊觎喜姑的心思与日俱增：这一块好肉我不吃，谁吃？家中所有的几个货色已经弄得厌烦了，应当再换一换口味。……喜姑比她们都生得强，我一定要把她得到手里。……何庆三这样地想着，于是就进行这种愿望的实现。

一日，何庆三将一个女工头张三妈唤到面前，向她说明自己的心思。他说他家中虽然有了几房姨太太，但都不能生育，为着延续宗祀起见，不得不再娶一房姨太太。他说，喜姑生得很有福相，倘若能做厂主老爷的姨太太，将来一定是很好的；倘若喜姑的父母愿意，他不但不收他们的房钱，而且从此可以不做工了，他一定要提拔他们；若是不愿意，那他就要驱逐他们。……他又说，倘若张三妈能够将此事办妥，他是一定要重谢她的。这位半老徐娘，曾受过厂主老爷几次恩宠的张三妈，听了这一番话如得了重宝似的，即时笑眯眯地连忙答应，说道：

“我一定替老爷办到，请老爷放心！我想那吴俊贵没有不答应的道理。自己的女儿做了厂主老爷的姨太太，这是多么体面的事情！况且他吴俊贵一家受老爷的庇护，老爷愿意怎样做，他有胆子敢违拗吗？请老爷千万放心！我敢担当这件事情能够成功。”说到此地，张三妈四面望一望没有人，脸一红继续媚着说道：“可是老爷娶了这位标致的新姨太太，那时只顾同她……恐怕要把我完全忘记了。……”

当何庆三与张三妈谈话的时候，即是德发与喜姑从工厂里歇了工出来，一块儿回家，在路上且走且谈的时候。可怜的德发！他还不晓得这位同行的，亲爱的喜姑要为他人所占有了！他还不晓得人家正在那里计划怎样夺取他的爱人！可怜的喜姑！她还不晓得她就要做一位四十多岁，胡须多长，一脸横肉的人的第五个小老婆！她还不晓得将要做自己的丈夫的，不是这位亲爱的表兄，不是这位同行的德发哥哥，而是那位讨厌的，凶残的何庆三！可怜的一对小儿女的命运！当何庆三未与张三妈谈这番话以前，谁个能说这两个不是一对合适的鸳鸯？谁个能说这两个不是一对幸福的伴侣？但是到了何庆三与张三妈说了这番话之后，一切的情形都变了，完了，……这位牵线的月老张三妈得了这一桩报效厂主老爷的差使喜得眉开眼笑，几乎忘了形。第二天早晨，德发与喜姑还未来得及上工，张三妈即跑到吴俊贵的家里来，刚一进门，即大声喊道：

“老吴！老吴！我来替你报喜呀！”

这一喊可是把吴俊贵的全家弄得莫名其妙。报喜？有什么喜事可报？既然没得着一坛银子，二者喜姑还未出嫁，还没有生出外孙来，其他还有什么喜事可报呢？报喜，这简直是穷开心！

“什么？报喜？有什么喜可报，张三妈？”俊贵很惊异地问。

“张三妈，你疯了？我们有什么喜可报呢？”俊贵的病的老婆笑着这样问。

“张三妈真会穷开心！”喜姑笑着这样说。

“你们别要不相信！听我说了，看是不是喜事？”

于是张三妈坐下喘一喘气，喘了气之后，一五一十地将何庆三的意思述说一遍。这一述说，俊贵夫妻听了还不打紧，德发和喜姑听了，简直如同半空中打了一声霹雳，弄得目瞪口呆！两个人你望望我，我望望你，只是对望，不晓得说什么话才好。这真是一声霹雳！德发梦想也没有梦想得到！德发从未允许自己的脑子想过亲爱的喜姑有属于第二个人的可能。但是现在，现在忽然来了这么一回事。……喜姑听了这个消息，一颗可怜的处女的心震动得不堪言状！怎么啦？当姨太太？当那可怕的何庆三的姨太太？姨太太是人当的吗？不能！不能！绝对地不能！……喜姑不禁哭起来了。俊贵夫妻一时也打不定主意：答应的好？还是不答应的好？若是不答应罢，那末即刻就要搬家，即刻就没有饭吃。若是答应罢，好处固然很多，——住房子不出钱，又不需要做工了，并且，……但是做姨太太总是不好，喜姑能够愿意么？……张三妈见着俊贵夫妻迟疑不决，于是很严重地说道：

“你俩别要糊涂！做姨太太有什么不好？有吃，有喝，有穿的，这岂不是前世的造化吗？若是你俩不答应，那时何老爷发了气可不是弄得玩的！那时后悔也来不及！……”

俊贵夫妻听了这话，想道：张三妈的话也不错，有吃，有喝，有穿的，其外还要什么呢！真的！若是何老爷发了气可不是玩的，……好，答应他了罢，横竖是不能不答应的！

“既然如此，那么就请张三妈费心对何老爷说，我们答应就是了。……”

“好哇！你俩真是明白人！”

张三妈见俊贵夫妻答应了，真是乐不可言！这一桩差使办妥了，何老爷一定是要重赏的，而且往后也好要求何老爷多照顾自己一下，……呵呵！真是其乐也融融！这桩事不乐，还有什么可乐的事呢！张三妈转眼一看，喜姑在那伏着桌子哭，于是走过来抚一抚她的头说：“好孩子！你哭什么呢？做了何老爷的姨太太，还不是造化吗？有吃，有喝，有穿的，有福享不尽，你还应当谢谢我呢！”张三妈说完了这几句话，很高兴地就告辞走了。这时德发呆站着在门边不动，一声不响，面色变为灰白。张三妈经过他的身旁时并不曾注意到他……

喜姑起初总是哭，总是执意不肯，后来经父母的苦劝，也就渐渐软化了。有什么办法呢？德发哥哥固然好，姨太太固然不可做，但是父母的意志怎么好违抗呢？倘若何老爷真正地动怒起来，将全家驱逐掉，那时倒怎么办呢？岂不要连累父母吗？连累父母岂不是大大的不孝？喜姑想到此地，也就顾不得德发了。但是德发总归是爱喜姑的，而喜姑也总归是爱德发的，难道说就此就算了吗？难道说就此就两下分开，毫无联系？不能！不能！绝对地不能！……在喜姑要出嫁到何府上当姨太太的前一夜，喜姑与德发在江边的一块草地上，相抱着足足地哭了两三个钟头！怎么能不哭呢？真的！这桩事情不哭，还有什么事情可哭呢？喜姑呜咽地告诉德发，自己不得已的苦衷，要求德发原谅她，并说，她将永远忘不了德发，她将永远把德发放在心里，就使海枯石烂，她也不会将自己对德发的爱情抛弃。她并说了许多安慰德发的话。但是德发一句话也不说。是的，的确没有话可说！说什么话好呢？后来德发忽然冒出一句话：

"妹妹！我俩亲一亲嘴罢！"

这时在静寂的草地上，在寒澈的月光下，一对不幸的人儿紧紧地搂着，吻着。江水萧萧地流着悲声，似乎为他俩奏着生离不如死别的哀曲。……

第二日喜姑就开始了姨太太的生活。在起初，喜姑总是暗地避着人哭：这里虽然有的是山珍海味，这里虽然有的是绫罗绸缎，这里虽然应有尽有，为喜姑所从未享受过的，但是喜姑总觉着不舒服，总觉着这富丽的大厦，不如自己曾居过的破屋。可怜的德发哥哥！他现在怎样了？也许为着我在痛苦得不堪？……姨太太终不是人当的！倘若我能与德发哥哥成亲，那么将来是如何的快乐？讨厌的何庆三！一脸横肉的何庆三！德发哥哥也不知比他好得多少倍！……哎哟！我的德发哥哥呵！请你原谅我罢！我也是没有法子呵！我的心终归是属于你的！……喜姑越想越难过，越想越觉得好哭！

但是环境是转移人心的魔王！任你的意志是如何的坚强，倘若环境这位魔王力量用得到时，你大半是要降服于他的。喜姑在初期的确是思念德发不置的，的确是觉着过姨太太的生活是不应当的。但是时间久了，一颗坚强的心不觉得渐渐地为富丽奢华的物质生活所消化了。又加之何庆三体贴备至，要什么东西，就有什么东西，简直将喜姑奉如神圣一样！何庆三完全将其他几个小老婆置之度外，全在喜姑的身上用力，这时的喜姑真是"三千宠爱在一身，六宫粉黛无颜色"了！好幸福的喜姑！今日喜姑所过的生活，若与当年在工厂做工时的生活比一比，那简直有天壤之别！喜姑渐渐地觉着自己有造化，渐渐地觉着姨太太的生活也还不错。讨厌的，一脸横肉的何庆三，喜姑也渐渐地觉着他也还不错，或者有时竟暗暗地感激他对于自己的宠爱。至于从前的可爱的德发哥哥呢？奇怪得很！喜姑不自主地渐渐地将他忘却了。有时喜姑想道：德发哥哥固然爱我，但是他是一个穷光蛋，他是一个工人，倘若我同他成了亲，还不是永远要吃苦吗？可是我现在有吃，有喝，有穿的，要什么就有什么，家中有佣人伺候，出门有车夫拉着，可以说如神仙一般，其他还要什么呢？呵！想起来我有今日，张三妈倒是应当感谢的呢！……有时喜姑偶一念及德发，或者平常地过去，或者起一种怜悯他的心理，但是不再感觉还爱他了。江边草地的夜哭，海枯石烂的誓语，以及往时的一切影像渐渐从喜姑的记忆中消沉下去。

喜姑的父母俊贵夫妻，自从喜姑嫁出之后，果然生活宽裕些，而俊贵也停止做工了。夫妻俩有时很庆幸自己老年的命运，很庆幸自己生了这么一个好女儿。倘若没有喜姑，老夫妻到晚年也不知要如何受罪呢！现在不但住房子不要钱，而且时受何老爷的恩惠，真是走老运。不料不到半年，他两老人家，也不知是因为没有命享福还是怎样的，双双地死去了。

至于德发呢？可怜的德发！他从未一日忘却过喜姑！喜姑虽然已为何庆三的姨太太，虽然已为他人的所有物，但是德发总是痴情，总是还把喜姑当为自己的爱人。当喜姑在何府享受荣华的时候，还是德发继续在工厂做苦工的时候。不过从前做工时，有可爱的喜姑，有亲密的伴侣，一块儿上工，一块儿下工，只觉着快乐无疆，不觉着一点儿寂寞。但是现在呢，工厂的工作还如昔，与喜姑所同走的一条道路还如昔，甚至于太阳，月光，屋宇……都还如昔，但是，喜姑没有了！顾影自怜，德发的伤心难以言状！有时半夜三更，德发跑到江边的草地，即与喜姑最后的纪念地，放声痛哭，甚至于想投身江水。当德发在江边草地放声痛哭，或欲投江自尽的时候，即是何庆三搂着喜姑的嫩白的身体，沉沉地酣睡的时候。……

可怜的德发！德发总未将喜姑忘却过片时。他想道，就是每天，或两天，三天，能见喜姑一次面也是好的！可怜的喜姑！她本来是爱我的，可是因为何庆三，唉！该死的何庆三的强迫，不得已做了他的姨太太。她现在也许在为着我痛苦呢。……德发想来想去，还是多与喜姑见几次面的好，于是他辞工不做了，改过黄包车夫的生活，天天将黄包车放在何公馆的门口，借此可得多睹喜姑面的机会。喜姑自有包车坐，每次出门的时候，起初见着德发的模样，心里实在觉着有点难过：唉！可怜的德发呵！现在弄成这么样子，多苦呵！……但是后来也就习以为常了，见着了就如没见着了一样。姨太太的事情很多，——打麻雀，逛花园，吃酒，到绸缎店置衣料，到银楼去打首饰，……事情多着呢，喜姑没有工夫再问德发的闲事了。

光阴真是快得很，喜姑姨太太的生活已经过了一年多了。在头半年多之内，何庆三对于喜姑的殷勤可谓无所不至，可是光阴一天一天地过去，而何庆三对于喜姑的态度也就一天一天地变了。我们这位何庆三老爷生来是娶小老婆的专家，一个不够，再娶一个，这个弄厌烦了，再换换别一个。这又有什么要紧呢？反正有的是钱，就是娶一百个女人也不要紧，何况现在离十个还差得远！真的，何庆三渐渐地厌烦喜姑了，喜姑如一块肉一样，已被何庆三吃饱了，再吃下去似觉没有什么大味道。真的，应当再换一换口味，应当再买来一块肉，一块未曾尝试的新鲜的肉！于是何庆三又看中了一个女工了，将她娶为第六房小老婆。新的既然来了，旧的当然要抛在脑后。喜姑初进何府时，前几个姨太太当然下了台；现在新姨太太来了，喜姑当然也脱不了秋扇的命运。到这时，喜姑虽然还是有吃，有喝，有穿的，但是已不如从前的适意——喜姑沦落到被弃的地位了。

曾几何时，境遇的变迁如是之速！得意的喜姑，内宫专宠的喜姑，自庆有好造化的喜姑，现在不料成为被弃的人，眼睁睁看着这位新姨太太夺取了自己的位置。抚今思昔，喜姑不禁伤心起来，不禁深深地悲叹自身的命运，实只望何庆三能够宠爱到底，能够好好地快乐一生，又谁知现在，唉！现在完了，……喜姑越想越伤心，越想越憎恨。当喜姑得意的时候，几乎把过去的事和德发完全忘了。但是现在呢，过去的一切——与德发的偎倚，德发对于她的恩爱，张三妈的说媒，江边草地的痛哭，海枯石烂的誓语，以及德发的现状，一切一切，——如江水也似的，都涌进喜姑忆海来。喜姑想道：为什么我不能同德发成亲？为什么我要做何庆三的姨太太？为什么我现在被弃了？唉！这都是何庆三这个没有良心的东西所害的！他硬强迫我的父亲把我嫁与他做小老婆，现在又把我丢了，将来谁个晓得他又要害多少人！唉！没有良心的东西！禽兽不如的东西！倘若我能与德发成亲，他能这样半途把我丢了吗？不会的！绝对不会的！虽然他很穷，但是穷人反而有良心。何庆三这个没良心的东西，只仗着有几个臭钱，随便害人，唉！真是可恨极了！好混账的东西！活活把我们女人不当人，要的时候，就千方百计把我弄到，不要的时候，就把我如破草鞋一样地丢了。……喜姑越想越把何庆三恨得入骨，恨不得即时把何庆三打死，好雪一雪自身的耻辱。喜姑本是何庆三用权势逼迫弄得的，现在喜姑想到这一层，深深地起了一种复仇的心理。喜姑从前对于自己以上的几位姨太太，常常地轻视她们，讨厌她们，但是现在，喜姑却可怜她们了。她们也如喜姑一样，是被侮辱的人，是被弃的弱者，喜姑自伤身世，也不得不为她们洒一洒同情的苦泪。至于这位新娶的姨太太呢，她把喜姑的位置占有了，照理喜姑是要嫉恨她的了，但是喜姑不但不嫉恨她，而且觉着她可怜，或者比自己还可怜些。喜姑虽然可怜，但是喜姑已经觉悟了自己的命运，已经认识了何庆三是什么东西，而这位新姨太太却还在瓮中坐着，不知老之将至；也许如喜姑当年想过，以为自己真是有好造化，而不知自身是被侮辱者，是何庆三的临时的玩物；倘若被何庆三玩弄得厌烦了，还不是也同破草鞋一样，滚你娘的蛋吗？喜姑想想人家，想想自己，想想过去，想想现在，于是决定等候复仇的机会。

德发还是继续着过黄包车夫的生活，还是时常在何公馆前后等着见喜姑的面，还是很诚挚地爱喜姑。喜姑所乘的包车现在改为新姨太太所享受了，所以喜姑现在出门的时候，不得不雇黄包车坐了。一日喜姑刚走出大门，恰巧遇见德发拖着黄包车走来，喜姑一言不发即坐到他的车上，指着他拉到城外去。这时谁能想象到德发的心理是什么样子？喜姑从未坐过德发的车，现在忽然坐了他的车，这到底是什么意思？德发此时弄得心中忐忑不定，不知道起了一种什么情绪。德发拖着喜姑走，只想回头看看喜姑，但是总不敢看，生怕一回头就闯出什么大祸也似的。已经走了很多的路了，忽然听见在车上坐着的喜姑说了一句话：

“拖到江边草地那里去。”

德发真是奇怪极了！拖到江边草地那里去？这是什么意思？难道说她想看一看我们前年夜哭的纪念地？她似觉已经把我忘却了，现在难道说想同我……德发一面拖着车，一面总是猜不透喜姑的意思。德发本来想问一声，“为什么呢？”但是有点胆怯：她是一个尊荣的姨太太，我是一个黄包车夫，虽然我俩从前爱过，虽然她向我海誓山盟过，但是人心是容易变的，我现在如何好唐突她呢？德发因此想问而不敢问。不觉已经到了前年夜哭的地方了。

“歇下罢，我的德发哥哥！”

德发听了这一句话，将车放下，转过脸只是瞪着两眼向喜姑望，一点儿也不响。德发不知说什么话是好。“德发哥哥？”难道说她现在还愿意这样称呼我？我能承受这个称呼不能够？……喂！难道说今天是做梦？我怎么会把她拉到此地来？……德发狐疑不定，简直就同入了梦境似的。喜姑下了车，一把将德发粗而黑的手握着，向着德发说道：

“我的德发哥哥！你现在还记得我吗？”

“记得！”德发点一点头。

“你现在还爱我吗？”

德发忽然鼻子一酸，两眼一热，哭将起来了。他此时觉着有无限的伤心，无限的苦楚。“还爱不爱你？”我不爱你为什么要拉黄包车？我不爱你为什么我现在憔悴得这样？没有一刻不爱你，没有一刻不想你！唉！我想得好苦呵！……德发说不出话来，只好用眼泪来回答喜姑这一句问话。于是喜姑也就呜咽地哭了。两人向草地坐下，喜姑一下倒在德发的怀里，德发用双手将她紧紧地搂着，似觉恐怕再有人把喜姑夺去也似的。……这时幸而没有人看见他俩的模样，不然，一定要惊异为什么一个衣服艳丽的美女子与一个衣服褴褛的黄包车夫相拥抱呢？怪事！怪事！真是绝大的怪事！但是互相拥抱的喜姑与德发并未想到这些。这时已经是仲春的天气了，芳草青青，似觉充满着生意，江水还是如从前一样地流，但似觉改奏了别的调子。……

喜姑吩咐德发此后每天夜晚在何公馆门口等候她，无论她出来与否，德发都不可离开何公馆的前后。喜姑已安排了复仇和逃走的计划，但并未将计划告诉德发。德发只好听着喜姑吩咐。一天晚上，何庆三不知为什么高兴要宿在喜姑的房里。喜姑想道复仇的时机已至，于是向何庆三百般献媚，弄得何庆三为之魂摇魄荡起来。她久已预备了一大瓶好酒，极力劝何庆三吃酒，而且说出许多温柔的，也可以说是肉麻的话，使何庆三不得不为之颠倒。真的，何庆三饮得醉了，躺在床上沉沉地睡去。时已至十点多钟的光景，喜姑看屋内已无人动静，于是从箱子内拿出一把锋利的，半尺多长的小刀来（这是她自己上街买的），决定从心窝一下子将何庆三刺死。但是杀人真是一件不容易的事情！喜姑试几试，终未敢下手。最后喜姑想道，仇终归是要报的，我为什么要这样胆小？真是没有用处！……无论如何，我今天一定要杀死他！唉！他该害死了多少人呵！……喜姑越想越恨，越恨越胆壮，于是噗嗤一声，何庆三就安归乐土了。也是因为何庆三饮得太醉了，从心窝一刀下去，几乎没有什么动静，并没有大声音出来。喜姑欣幸目的已达，于是将平素所积蓄的几个钱拿着，其他什么东西都不要，静悄悄地出了大门，跳上德发的黄包车，就叫他拉到火车站去。二人乘了夜车，第二日清早即到了上海，但是上海非久居之地，于是他俩又乘船到广东去，听说广东那里是比较好的地方。

时间真是快呵！这件事情的发生已经有几年了。现在有谁知C城东南隅的一小街上，那一座矮小房屋中的一个水手的女人，一个朴素而美丽的少妇，即是当年刺死T城纱厂厂主的姨太太呢！……

1926年10月10日于牯岭

原载蒋光慈，《鸭绿江上》，亚东图书馆，第1版，1927年1月

秋之汐

李守章

一

扬子江的奔流，从群山万壑的 S 省淌了下来，一直到 H 省的 W 埠，便骤然地改换了包围着它的环境。在它上段的风物，大都是些崇山峻岭，或是些古堡荒村——因此，在那儿听到的只有古木中的猿啼，或是青芜中的狗吠；可是在这儿，却是高耸的烟囱，比栉的楼房，喧阒的市声和嚣怒而沉闷的机器声响。

江流像猛兽一样，对新鲜的环境似乎发生了好奇的注视，当它波折地流到这三面都市的巨埠中间，它注意地瞪视着两岸的景物，郑重地，纡缓地，含着薄怒似的驶向前去。当它奔驶到 W 埠城墙向东四五里的那个南岸，突然有个极大的工厂在那里矗立着。工厂里面伸出许多大的小的铁筒，筒口从江滩上通过江水的面上，吸进了很多的江水——很像一个吸血的魔鬼在吸取人的血液一般；然而它们吐给大江的却是白气，恐怖的白气。

这似乎使大江非常愤怒，它的波浪一经过那儿，便举起它那花白的头去碰那石砌的滩壁。这种碰壁是没有休止的时候的，除非是要等那工厂的基础也随着那江滩的石壁一同坍倒了下来才歇。

这工厂的名字叫作振世纱厂。

蜿蜒在纱厂前面的是一条污秽的街道，道旁的房屋都是破陋不堪，那儿所做的营业也都是非常下贱，从这些营业里是可以看出他们那些褴褛的顾客们的。这条街上仅有的大建筑是天主教堂——这也是工厂里重要设备的一部分：因为当厂主向工人们“要背心的时候”，工人们便会自动地“连大氅都脱给他”的。可是有一个时期，当那些无知识的工人们很嚣张的时候，曾经将这教堂改成了什么工会办事处。但现在是天下太平了，一切都恢复了旧观——肥胖而臃肿的洋婆子，和那些满下巴胡子的洋人，又在那儿宣道了；他们的中国话是讲得很好的。

那是九月中旬的一个下午吧，秋风正严肃地刮着街道上的黄灰，并卷着些枯叶在应和似的呼啸着。这时候，天主教堂里的铃声响后，门里便拥出了许多男女工人，杂了些老年的游民并一些老婆子之类；出门以后，便依着直街的方向分开，背对背地散走开了。

在这些褴褛的工人当中，有一个中年的极瘦弱的人，他本来是预备转向西边走回到家里去的；然而他却踌躇地停了一霎，便扭转身子向东走去了。这时候，宣教师有一句话燃烧着他，他正在计划着一件非常的事情。那宣教师说：“体上帝的意思，我们要救别人；救了别人，我们自己便最先得救。”这一句话使他联想到了一幕活剧，这活剧发生于昨天的深夜，而且是在他自己的家里——

工头张学才，昨晚上又到他家里去抽鸦片，他的老婆兴高采烈地伴他吹了半夜——自从她骂丈夫养不活堂客，将秘密烟灯做了职业以后，张学才是她最亲昵的顾客了——到了夜深，他的侄女凤英已爬到那烧大烟熏黑了的帐子后面的那张小榻上去睡了；他同样也是异常的困倦。他的责务本来是在招呼他的老婆和顾客们的茶水，然而这时候他老婆不需要他了。她说：“看你这老瞌睡虫的样子，你替我滚出去睡罢！”他说：“你们还要茶吗？”“不！茶我自己会倒的！”于是，他便爬到那门角落的破床上去睡了。

他原是很困倦的，然而他老婆对他的粗声狠气，使他微微地有了些愤怒；这愤怒赶走了他的睡神了，他无论怎样只是不能入梦。没多时，他老婆的淫荡的笑声和灌迷汤的柔语益发放纵起来了；但他却不敢怎样，只好窒息地装出鼾呼的样子来。因此，那两个人的肉麻的对话，便尖脆地刺进他的耳朵里来了：

——喂！醋瓶！喂！醋罐子！床背后的那一位，你容我什么时候下手？——这是男子的声音。

经过了一阵由摸抚而发出的淫笑以后，那女的却喘着气说：“你这负心的东西真不知足！她又不关我的事，看你的本事好了！你几时吊上手，你几时就可以和她来一套。我老实告诉你说，别人倒没有我这样好惹，别人家是讲过自由，当过工会的委员来的。你看她那时候多么威风！你那时候看见了她恐怕也要发抖哩！”

——笑话！还要说什么自由啦，委员啦，你不看见枪毙了以后，衣服剥光了，这东西里头还要塞很粗的木棍子进去么？——

“总是这样动手动脚地”——女的在咽了一口唾沫以后说。

“吓！不是我，那一位还不是一样的吗？她裸体游行虽没有出席，裸体示众倒大有资格哩！她虽然是工人，比那毙掉了的两个女学生还好看些；我想她那个东西的味儿一定也不坏的——哈哈哈！……”

“你以为你保护了她，你就可以一定得到她了么？那恐怕不容易罢！我们这些三十四五岁的人，原没有什么稀奇；二十一二岁的黄昏（望婚）女儿，那东西倒不容易送给别人的咧……”

“呵呵！那还不是一样？！那时候自由解放，共产公妻，那东西还不是给很多的人公过了的。”

“低些！”女的忽然用了极低的声音说，“你晓得吗？她是有了主顾的，有一个人在爱她，她似乎也很爱他咧。”

“吓！我还不知道吗！那还不是清花间里的黄钧生吗！——我的

耳目比谁都多！这小鬼头子！我从前因为没有看他在工会里跳，所以放松了他。现在我常时听说他鬼鬼祟祟地毫不安分；他能有几个脑壳？！还像没头的苍蝇在下乱碰！好！居然碰到我头上来了！难道他还想在老虎嘴里讨天鹅肉吃么！真笑话——”

“是倒是的。可是凤英爱上了他，我看你有什么狠气！”这是女子挑拨的口吻。

“这……个……年头儿办事还不容易？！我只要到司令部里开一次口，包他吃一颗花生米！”男的也低声地说着，“我也老实告诉你罢，什么都预备好了，不过三五天……”

“你们这样害人，将来要受报应的咧。”女的媚声地说。

“那些鬼头子才应该受报应哩！有穷有富，这是古时来一定不易的正道。我们还不是一样靠资本家吃饭吗？如果资本家工厂不办了，这些穷人到那里去活命呢？那些鬼头子太不知足，靠着人多，闹着什么解放嚷着自由平等。假如真正的自由平等了，那世界上便不会有穷人了——哪来这些巧事？”这一套话他说得很庄严，很激昂慷慨，女的也就沉默下去了。

……

这一位孱弱的丈夫窃听了多时，他对于自己的女人和别人的浪言淫语，除薄怒以外倒也没有感觉到什么；但以后听工头谈到了他的侄女凤英时，他想起了他苦命的亡兄亡嫂，他觉得内愧，他觉得有了深一步的羞辱——他很想流些眼泪，可是眼睛里却依然是干枯得挤不出水来。末后，他又听到工头了要害黄钧生的时候，他几于要从床上跳了起来了；但是他却命令自己必须镇定，依旧是装着打鼾睡着的样子。

对于张学才末了的一段话，他觉得有些道理，但他在心里却满在反对他们杀人的不正当。他回忆起许多违反天道的男女青年工人，却着了迷似的一队队的被牵去枪决了的情形。那些青年工人之中，有许多是他熟识的；他想起那些人的样子一点也不特别，也并不使人怎样感觉到讨厌，或是可怕——可是他们都犯了罪，都被枪决成了鬼物了！

在这些幻想之中，他简直把那位尚在活着的黄钧生也拉了进去。他想起那一位可爱的青年工友的声容笑貌，真是可以和凤英配一对的。然而这已经是完了：钧生已经成了过去的人了，他的侄女便只好配着这尖嘴猴腮，满面奸容的鸦片鬼张学才了……

那时候，他的脑袋里装满着鬼。从工头走后一直到第二天的早晨，他是没有合过一次眼的。等到午后，他走进了教堂。但他心里老是排除不掉一个黄钧生的幻象。可是到他听清楚了宣教师的那句话时，他的思绪才有了出路，他自己决断地说："我应当救他！叫他逃走！"然而，不知道什么缘故，黄钧生的幻象每使他害怕起来。他觉得接近了他便无异于将他自己送给了"危险"。并且，万一这"通风"的事情给耳目很多的张学才知道了，那他这条老命便留活不成！因此，他又不得不迟疑着——

然而他一出教堂门的时候，却猛然地发生了一个强烈的冲动（大概是鬼在宰制着他罢！），他觉得非勇敢地去通知黄钧生不可；因此，他的脚步便拐向街东的那排工房里去了。

秋风用力地掀开了他那件破敝夹袍的衣脚，孱弱的他更缩成了弯弯的一团；但他心里很高兴，他觉得自己是在替上帝行道。

二

工人的"天命"似乎和监狱有什么特别的关系似的，工人的寄宿舍真无异于一座监狱。一排排构造得很简单的屋子，每两排的房门互相向着，当中只夹着一条狭隘的石路。草屑和灰泥，在那狭路上掩盖着；污臭的阴沟，在路边上流滞着。一家工人，只有一间长方形的房屋（无论你老少几口，堆在一块儿是同样的），那些木门日里是开着的，但晚上就得关起——每家木门上都有一个圆洞，这洞本来是为了流通空气而设的，因此禁止工人用纸头或布匹将它遮糊。可是这圆洞在目前却另有一种用处，就是极便于警察的探视。这些房屋的两端是有两个总门的，警察便在这总门的内外逡巡着——亮光光的刺刀，在他背上所背的快枪之上闪耀着。

工房里也有些特征是监狱里所没有的——譬如那石路顶上满晒着男女的衣裤和些小孩子的尿布之类；以及三五岁的儿童在那臭水里打滚；女人的尖脆的恶声在咒骂着儿女；工人们的经常吵架；等等。

在东边的工房原有"对我生财"四个字号，黄钧生住的是最末一排，是"财"字房。当这瘦弱的中年人走近了那里的时候，他最先发现的便是警察背上的快枪和那与落日相辉映的刺刀。他真恐惧极了，腿子便自然地发起软来，皮肤上既起了粟粒，上下的牙齿也有些不稳。但他既到了这里，只有硬着头皮跑进去了，他于是命令着自己："应当装着和从前来此一样的样子呀！姑作它一样呀！"同时他又想："我已经是很久没到此地来了。"

他果然被警察拦住了。他瞪视着他，他心里便扑通扑通地跳起来。

——慢着！你这人的面孔我不熟，你住在财字房里第几号？——那个北方口音的警察说。

——我……我不住在这里……

——不住在这里？那你干什么来的？

——我，我找一个朋友。

——找谁？

他几于呆住了。但他没法，只好沙声地说："黄钧生。"

——黄钧生？！你找他干嘛？

这一个大声地反诘使他吓了一跳，可是他却急出智慧来了。他说：

"他少我的钱，我向他要一笔账。"

警察把他上下打量了一下，看他那可怜的样儿，也就释然了。他改用了嘲笑的口吻说：

"我看你……这笔账还是早些讨回来的好。进去吧！"

经过了这道赦旨，他便踏了进去。可是他玩味了警察的那种嘲笑，却又猛然觉悟了，“啊呀！黄钧生已受了监视啦！”他想。

黄钧生是一个人住一间房子的，房内本应该非常宽空，但他的杂碎零星，都是东抛西散地乱放在那里，所以竟塞满了一间屋子。他把床铺搁在房子当中，他那厚黑而多补丁的蚊帐却将这间房子分成了两部分。他便在里一进的屋子里招待了他的来宾。

“林二叔！你今天跑来一定有些事体。”黄钧生得了预感似的说着。

“是的。钧生！——凤英现在待你还好吗？”

“哦！我现在不常见她了。她在筒子间里做日工，我已经调到清花间里做夜工了——我们很难碰着。这倒奇怪！凤英待我好不好，难道你做叔父的倒反不知道吗？”

“那是她的心事！我原不大管束她。譬如那时候，她要怎样便怎样，我哪里说得进一句话？其实，世界上的事情哪里是勉强得来的！其后若没有张工头，那她也不是早就化成了灰了吗？唉！现在反弄得那个工头儿天天——”

“哦！林二叔！那张学才天天到你家里去的吗？”

“嗯！”

“他每天到什么时候才回去呢？”

“每夜都得弄得两三点钟。”

“他还住在城脚跟下的城河街吗？”

“是的。你问这些做什么？”

“没有什么，我问问罢了。”

“我说，钧生！你离开这里，避避他罢！他对你很不怀好意。”

“哦！有这种事吗？”钧生讲这句话时，眉毛动也没动；显然的，他没有为这事惊奇，他似乎已经知道了这回事似的。

“但是，不出三五天——”

“三五天？”

“是的。你恐怕有性命的危险！”

“这事我原料到的，不过没有想到这样快。”

“而且，那警察已在监视你了。”他说时到门口去探了一探。

“这是我已经知道了的。”

“钧生！你无论怎样，这一两天要找些盘费动身！你年纪轻轻的，随便什么地方不少你的饭吃。你要当心你自己，我实在不愿意看我喜欢的人，给人家捉去砍脑壳！唉……”

他底下似乎还想说些什么，然而被酸泪咽住了。他这时候却流了眼泪。

“林二叔！”钧生很受感动的诚挚地叫了一声，他心里含着无限的感谢，他说，“你老人家的好意，我应当长久记住。你放心罢！我自己存了些钱，盘费尽有，我大概明天就可以走——本来，我老早就预备走了。”

“钧生！你到别处，危险的事千万莫做！”他又鬼头鬼脑地向外看了一看，“这个世界不平等，我自己经历过，我也是晓得的。但是世界上的事不是勉强得来的，人总是靠天过日子，人的穷富是命中注定的。像那时候，大家都闹平等平等，现在还不是不平等吗！反而送去了许多青年人的性命！可见人总不可以和‘天命’为难，你说对不对？”

钧生唯唯地答应着，表面上依旧是恳挚的样儿。在这些地方，他实在难于对他表示忠诚。

然而林二叔已经是满足了，他骄傲着他的哲学受了别人的尊敬，他又加上两句：“我自己便是这样的，我平时不做一件对不起别人的事。人头上总有一个天，一个上帝。”

“不过，”黄钧生别有感觉似的，“你老人家在家里总要拿些家主的样子出来才好。别人家骂你双尾巴——”

“是的，别人家骂我双尾巴老王八，”林二叔坦然地说，“不过骂人总是犯罪的事。骂由别人家去写，谁晓得我有我的苦衷哩！”

“我原不该拿别人骂你老人家的话来刺你的心，”钧生惨然地，“但是，林二叔！我爱凤英你是知道的，我受不起别人这般的侮辱！”

“这正是因为你年纪还轻，少年人总是这样的。我二三十岁的时候，还不是一样的吗？其实，我如今也不过四十岁才出脚，那里算老？然而我从十一二岁做工起，已做了三十年的工啦。把我自己做得残废了到这步田地！（你看！哪个上四十岁的人像我这样老？！）我的老婆不过比我小六岁，但她还显得很年轻——唉唉！不过自从她大烟上了瘾后，她的脸上便焦黄起来了。”

“我说，林二叔，”钧生薄怒似的，“你老人家别要太纵容她了！她便年纪显得更轻些，对你有什么好处呢？”

“钧生，你别要这样说！”他责备着他，“她原也爱我的。只是我残废了，养不活她；大家搁着手，怎么办呢？她就是和张学才来往，也不过混他几个钱，得些方便。譬如凤英的事，不就是得了那工头很多的帮助吗？”

钧生本来很想骂张学才几句，但他在这可怜的瘦弱的人的面前，实在不忍再说些什么，同时也不能再说些什么。他沉默了一些时候，把他计划了很久的，准备做的事前后想了一遍，在他幻想里忽然开了一朵幸福的花，他便用恳求的声气向林二叔说：

“林二叔！你是一个慈和的好人，我是忘不了你的。我极愿意听你老人家的告诫，于这一两天离开此地。我只要保全得一条性命，总有一天我可以安全地跑回来的；不过在我没走以前，我还想见凤英一面——能畅叙半个钟头，总算她和我相爱了一场！林二叔！你看我这样凄惨的境遇，你是不会反对我们再见一面的！我请你，林二叔！请你老人家回去的时候，偷偷地告诉她，教她在明天早晨上工以前，到张大姑那里去等我，我和她只说几句话。”

站在林二叔自己方面说，这有些使他为难。然而他为着这一对凄惨的命运感动了，他几于又为他们下泪。他原是一个懦弱的忠厚长者，并且料想他们也不至于有什么意外的，他便满口地应承了。

没多久，他离开了那里。当他走到门口的时候，他装作失意地告诉那警察，“我讨了许久，他一文钱也没给我。”然而他一路上却噙满了眼泪，只觉得与黄钧生是永诀了似的。

三

自从政治上发生了一些变化，政府下令矫正民众运动以后，振世纱厂的机声，在一天二十四小时之内，只有四个钟头是静止的。做日工和做夜工的人们，就在这四个之中钟头替换他们的生活。这四个钟头的时间是——上午的四时至六时和下午的四时至六时。中间隔着的十小时，便是工人们工作的时间。据那里的厂主说，这种十小时的工作制是最便宜那些工人不过的；即使教那些东西再加上两个钟头，也远补偿不了他在上半年里所受的损失。

第二天的早晨，黄钧生挤在这些不大像人的动物之中，从那迷宫似的窄门里钻了出来；在微薄的电灯光下，他的身边经过了一次检查。他在厂门以外，环视着他附近的一群，侦察着没有他心目里的所谓流氓时，他便将脚步向西移去——这和他的归路正成了相反的方向。

一切和平时没有两样，天色依旧在黑暗和光明斗争的漩涡里，东方还没有完全发白。他这时在夹的短衣以外，罩着一套褪青的短小衣裤，棉纱的花丝像蛛网似的紧贴在上面。晨空里的清气，涤除了厂里面所有的烦躁；而约会的期待，灭杀了他隔宿的疲倦。他悠然地斜戴着他的鸭舌帽；俊健的微笑，在他苍白的两颊上发光；他粗壮的两手插在裤袋里，藉以避开那秋晨薄寒的侵袭。

他迈开健捷的脚步，穿过了几堆三五成群的童工和女工，他便发现了自己在所有出厂的工人们的前面了。他也经过了凤英的家门口，但那单扇的木门依旧是关着的；他再向前约略半里路的光景，便走进了一个贫民窟里——张大姑在那里住着。

这里住的同样是各工厂里的小工，但他们是连那污浊的工房也不能住的工人；他们的墙壁是泥土，而掩覆着的是破败的芦席。这里所有的色调，都是和他们的衣履谐和着的——那是褴褛，褴褛，褴褛。

钧生推开张大姑的板门的时候，她已经是炊熟了她的早饭了。一间漆黑的小屋，掩映在微弱的灯光之下；灯盏是一个半尺多长的竹簿，而用的是灯芯棉油。当她招呼钧生时，她那方才梳掠过了的头发上的菜油气息，便和着灯油的气息一起钻进了钧生的鼻腔。钧生坐倒在大姑的床上，环视着这室内的一切；虽然什么都是破败和褴褛，然而这里的空气是平和的，温暖的。

这里也尽足以挑起钧生的一种青春的冲动来，他流氓地向着张大姑微笑，他说，

——大姑！你此地留个把男子睡觉不好吗？

——对了。就少像你这般的俊男子。

对方面一种挑逗的紧进，反而使他默然。

——我倒不想留男人。恐怕有人想借此地留女子吧？——大姑俏皮似的笑着。

——何以见得？

——做什么鬼呢？大概约好了凤英了吧？

——呃！你猜得不错。

——老把戏呦，我还猜不到吗？

她取笑地将指头刮了一刮鼻子：

——我原说呢！你怎么会记着来看我？

——我也爱你的呀！——钧生游戏地。

——你爱我吗？她格格地笑着，——她说，——恐怕纸烟屁股比我还可爱些吧！

——这，哪里会这样？！——钧生也笑了。

的确，张大姑有些地方是可爱的。如果将“徐娘半老，风韵犹存”八个字来形容她，那是最巧不过的了。可是，她最使人爱的还不是她的容貌，而是她的性格。她聪明，她很能辨别人的好坏，但她

不轻于表现出来。她对人总是谦和的，快乐的；然而她有她自己的苦痛，自己的悲哀。她很知道工人自己的使命，也颇能在行动上策励她自己；可是她是慎重的，她对敌人有极好的交际手腕。

在很多敬爱黄钧生的女工之中，张大姑是其中之一。她爱钧生，然而她自己对钧生并不抱若何的希望。她是极不高兴钧生和凤英的恋爱的，但她这种不高兴不是简单的吃醋关系。在她的心目之中，林凤英是一个机会主义者，是一个妥洽派。（自然，这些名词的意义她是不懂的，她只知道这两个名词是“不好”的一种象征，再加了些她的直感，便自然地成了她攻击凤英的资料了。）

大姑很爱钧生，这是钧生所知道的；但他的理智不容许他有爱大姑的些微表现，因此他只好装着不知。然而大姑的问题又来了：

——你和凤英的交情，究竟到了什么地步了？——大姑在吃饭的时候，停着她的双箸问。

——除去没有睡觉以外，什么都玩过。——这是钧生勇敢的答复。

——你俩真没有睡过觉？我不相信。

——这是真的，我敢赌咒！

——如果是真的，你恐怕不会成功。

——为什么呢？

——因为别人家要做工头太太了。

——我想，凤英或许不会堕落到这样！——钧生冷冷地。显然的，他的自尊心受了打击。

——他们都是这样说，所以我也这般想。你或许以为我是妒忌凤英，那绝对不会的。难道你不知道秘密工会里开除凤英的理由吗？

——那我当然知道的。因为大家对她怀疑，所以这样做了！实在，这是冤枉了她；我对她始终是谅解的，但我牺牲了我的意见。

——那么，她现在对你是不是还像先前那样热？

——我最近忙着我的事，很少和她碰头了。这一点，我自己也没有把握。

——呃！对了。你的梦或许要醒了。

——嗯？——他又沉默下去。

同样的，大姑低着头扒她的饭。

在实际的情形上说，大姑完全是对的，而钧生错了。钧生对任何事件都很聪明，可是在爱情方面，也许他是太过沉迷了，倒反有些朦胧。他最近被工会决定离开工作地点，一方面是为了他在这里的地位很危险，每天都有被捕的可能；可是另一方面，却防止他的恋爱问题影响了他的努力。但他自己在离开这里以前，心里也有了一个新的决定，便是计划着和凤英偕逃——这固然大部分是为了他自己幸福的梦幻；同时亦未尝不是想救出凤英这矛盾的处境，使她离开这黑暗的家庭，离开这杀人不见血的张学才，而回到革命的路线上去。

在凤英方面，她虽然没有完全忘掉了钧生，但确是冷淡了。她过去的热爱钧生，有两种重要的原动力：一方面是政变以后，工会各方面受了打击，那时她不仅不能出头露面地做事，连平日讲话也得留心。因了这种苦闷的结果，她的欲望便偏向于异性的要求和满足。同时，黄钧生在政变以后开始做些秘密工作，他壮健的身体，修美的容貌，做事的敏捷和讲话的蕴藉，都使得一般女子对他特别地敬爱，觉得他是工人中一个杰出的人才。因此，凤英能抓住了他的爱便可以炫耀其他的女工，她的虚荣心有了出路。唯其如此，所以她不但不能做女工的领袖，而且是一般女工嫉恨和蔑视唯一的对象，她们甚至于说她以前之所以能当工会委员，是在男子面前卖弄风流的结果。

当她和钧生经过了一个简单的恋爱过程以后，她满望着他俩肉体的结合，但他却没有符合她的希望。他平时忙碌于他的工作，加之因了张学才的关系，他不能时常到她家里去——因此，这冲动的热潮过去了，她便感觉到轻微的失望，以后钧生调做了夜工，这失望又扩大起来。从此她每到夜里，她的叔母和张学才肉麻的言语行动，更深深地刺戟了她，她觉得无所依傍，她甚至于对张学才发生了幻想——虽然有些时候，她的理智是禁止这种幻想的。

她的环境在事实上是和前进的工人们隔离了，她的意识也便渐次模糊，渐次麻木；结果，她已失掉了辨别人的好坏的标准！如她从前恨到入骨的张学才，现在她也渐渐地忘掉了他的坏处。何况张学才对她的叔母是荒诞淫荡，而对她却是这般地忠实可靠呢！

这种意识的分野，极明显的，不是黄钧生的幸福。

张大姑的早饭算是吃完了，可是她依旧在忙着，她将锅底的米饭盛进了饭篮里，另外用一个青花粗瓷碗贮了些咸菜，她于是又洗碗，抹桌子……总之，她忙着她的一切。这时候，沉默占据了这里所有的空间。

突然，门缝里透进来一线亮光，钧生一颗期待的心便立时颤动了，他渴望的眼光注视到门外；等到板门再关上的时候，凤英却已像飞鸟似的投在这屋子里的灯影下面了。

——你来了呵！——钧生手足失措似的。

——呃！——她活泼地。但她马上和大姑打招呼。大姑也便嬉笑地抱住了她的肩胛说：

——等煞了别人啦。

凤英马上向钧生投了一瞥，她好像疏阔了似的只等钧生说话。

将这样一个女子放在许多不像人的苦工之中，当然是一个出色的美人了。她有流丽而娇媚的两个瞳仁，也有飘散在鬓角上的柔软的黑发——尤其是，红白分明的两颊上添了两个风流的笑窝，还加上胸前填起的两个极动人肉感的乳部。这些美点是没有夸张的，我们单由振世纱厂里面从工头以至工人对她都在疯狂似的爱慕的这一点看来，便可以保证她的姿态之美了。

她的风度完全像女学生，因为“那时候”，她是常常和一般女学生平肩并坐的，何况她和政府里的女要人还同过会场的哩！她在目前虽然是失意了，但并没有减杀了她过去传染过来的文雅风度。实在的，我们看她手里提着的洋瓷饭罐，和胁下挟着的厂里面挡花丝的罩衣，不是很不合她的身份吗？

在爱的威权之下，将这深沉勇决的黄钧生也扭捏化了，他瞪着白痴似的眸子，瞅了凤英许久，才嗫嚅地说：

“我很早就想和你谈次话，然而到今天才有工夫。可是今天，我是要走的了！”

“你非走不可吗？”她难受似的，“为了我们的交情，我不希望你走；但你在这里的处境是很危险的哩！你早些走也好——”

“但是，我离开了你们，我的前途是很凄凉，很乏味的……”

“哎！”凤英深思了。她的东西已经放在桌上，她自己便斜倚在桌边上。

“如果我妨害你们谈话的时候，我便先去上工去，你俩在这里谈谈。要走的时候，记着替我锁门就对了。”张大姑插进来说。

钧生默然。

“不！”凤英用求援的眼光恳着大姑，“你稍微等一下！我马上便也要上工去了，你等我一起！”

她分明是害怕他，在提防着他了。这无异于剜了他的心，他颓丧地说：

“大姑！你等一等！我们再讲几句便完了。”

好奇心的冲动使张大姑留住。

钧生心里对凤英起了莫大的反感，他觉得再无转弯抹角之必要，他只好直率地说了：

“英！我这一两天便离开这里！因为我以前有和你同走之约，我不得不通知你一下！我也知道，我要求你同走是自私的——因为我虽然有开辟生活的两手，然而生活的前途确是很渺茫的！可是从你方面着想，你常时说处在这种下贱的生活里很痛苦，而且张学才那东西对你的垂涎，你说早离开家里早好——所以，这里是一个机会——完成了我的自私，也完成了你的志愿。我现在什么都预备好了！如果你容许我，我以后当牺牲一切，供献我全个的爱给你！我总不教你单独地吃了苦！”

这问题的决绝紧迫，真使她为难了！她因了生活前途的太没捉摸，她实在没有立时走掉的勇气。但她心的底层，确有不少矛盾的思想在交战着，她痛苦极了，便埋着头哭了起来。她抽噎地说：

“唉！钧生！唉，你教我怎样好答复你呢？我……我为了自己，是离开这地狱好！但是我……我真对不起你，我负你了！我实在不忍离开我那可怜的叔叔！我那婶母，她虽然不周正，可是她待我真不错！自小……唉！你知道的，他们没有儿女。如果我……我的叔叔是活不成了的……”

这一点也不是她不走的理由，那是钧生知道的。所以这种娇媚的哭诉所引起的钧生的同情，远不及他所感觉到的这哭泣的无聊，讨厌来得多。但他仍旧是进一步地：

“可是，英！你要知道你目前只有两条道路：如果你还想为工友们尽些力，你必得离开这里——因为你在这里的处境是什么也不能做；如果你没有勇气离开这里，那你的前途是不堪设想的——你非倒到敌人方面去不可！”

“你也是这般不了解我！”她不哭了。她的言辞间杂了一些愤激：“在这里，因了我过去干得很久，加以又包围在张学才的监视之中，我委实不能同大家去干；可是我的主张依旧是一致的，是不会变动的！如果我同意了敌人的主张，那我还能算人？！钧生！你不应该这样蔑视我！”

“那你留在这里干些什么呢？”

“我想……总还有一个时机的。”

“哦！你还想‘那个时候’再来吗？”钧生冷笑了。

“那个时候是会再来的！”

“那是永不会再来的了！纵使是再来，对我们工人有什么益处呢？”

“那个时候工人是被重视的呀！”

“对了！你在那时候是出过风头的，在你的心里有种光荣的过去，你自然是喜欢那个时代的。你也许以为你在那时候替工人做了很多事，你有莫大的功绩！但这种功绩在现在是等于零；值不得骄傲的。老实说，我是极不喜欢那个时代的——”

“哦！”连大姑也觉得钧生的话的奇特。

“所以，那时候有许多工友还把我当作反动派，说我是厂主的走狗。笑话！那个时代有什么意思呢？那些小白脸的学生大爷，涂着满脸的雪花膏，抹着粉，手里挟着亮光光的黑漆皮包，跑到工厂里来，满嘴嚷着‘我们无产阶级！’‘我们无产阶级！’，什么‘工人应当团结呀！’‘全世界无产阶级万岁呀！’叫得震天价响。还有那些党员，也满嘴是‘工人是国民革命的先锋呀！’‘工人应些参加革命呀！’然而他们吊他们的膀子，说他们的恋爱，上他们的菜馆！如果我们革命的领袖是这些东西，那么，我们工人是永不会出头的了！”

“但是，”凤英不服地说，“我们那时候常常有十几万人的群众大会！别人铜元恐慌了，可是工人不断地有铜元用；别人粮食恐慌了，可是工人有便宜的米吃！那总不算坏吧？”

“那是不错的。”钧生的措辞渐趋于激越了：“可是，你不要忘掉了那时候全国还没统一，他们为了需要北方工人替他们拚命，他们便不得不用我们做广告！自然，他们那时候还要用我们，就得给我们一些利益。那时候的所谓群众大会，真是滑稽。反正工资是照给的，政府有通告叫我们全体去参加，大家自然是落得去玩一玩了；什么宣传，组织，都是奉了政府的懿旨的。假使政府下来的宣传大纲，说你们工人应当互相的打几个嘴巴，那么，我们为了忠于革命起见，便会相互地自己打嘴巴了——只要工资照给！我请问——只要大家肯讲句良心话——在那时候十几万人的群众大会之中，有哪一个会感觉到有些工人斗争的情绪在里面？有哪一个在大会之中，提出了工人自己的要求过？一切奉旨罢了！那些工会委员们，对工人的教训气十足，他们像是工人们的恩公，又像是工人们的长辈。那时候的小工和苦工，依旧是在被打被骂之中——也许他们是太渺小，太不重要了；因此，那些革命家的眼睛是看不到的！”

神经过敏的凤英，觉得钧生的这些牢骚，都是为她而发的；但同时发现了他的话里有些至理。可是她为了时间的匆遽，想打断他的话头，她说：

“你这些见解是对的。然而事既过去了，还说它干什么呢？”

“没有过去便没有现在。”这是钧生的尾音，“因为过去是这样，所以到了现在，别人家不要我们了，我们的要求使别人家发怒了，于是我们便无抵抗地遭了屠杀！固然那个时代是不会再来了；便是再来，难道我们再去上当吗？往后另一个时代是要到来的，一样的有十几万甚至于几百万的群众大会，可是不是‘那个时代’了。这时代不是别人家给东西予我们，而是我们从困难的斗争里自己取到东西——这斗争的开始便是‘现在’，而地域是‘什么地方都可以’，只看我们工作的效果和便利而定！总之，我们是用不着等待了！我们还等待什么呢？”

钧生的话完了。凤英的“等待”已被攻击得体无完肤，她觉得她的“饰非”已无辞可借。但她又不肯勇敢地说一句“我不爱你”就完事，于是她吞吞吐吐地说，她唯一的武器——眼泪——似乎又将滴下来：

“钧生！我很惭愧！我对家庭的感情不容许我跟你走！唉唉！我的封建思想是这般厉害呀！钧生！我始终是敬爱你的，我希望你本着你特出的能力，不顾一切地向前努力；我俩的友谊是永久存在的！然而呀，我太没出息了，我没有勇气！我够不上爱你，我没资格同你讲恋爱呀……”

——什么都完了！钧生悲哀地想着。他原也知道问题只在这一点：她能不能牺牲一切去爱他。其余什么革命，什么家庭，都是空口说白话！他在这里，恋爱上受了拒绝并不使他太过于难受；然而他的自信力受了挫辱是使他伤心的！他这时候偷看着张大姑的表情，可是她的态度是严肃的，好像故意控制她自己使她没有讥笑的流露。他再看着凤英，那俏丽的头是俯着的，娇媚的眸子含满了愁意，脸庞真红得可爱。

——无聊！——他在空虚的心里深深地叹了一口气。

他既觉得在这问题上无可增加，她也觉得无可表白；在那上工前的短时间里，光阴是埋在张大姑的闲话中了。可是这些闲话，他们俩没有听进去一句。他俩各有各的心事。

钧生若有所失地离开了那里。再说一句，他是若有所失地离开了那里。

他回去经过了教堂门口；那里有两棵老大的榉树，忽地由一阵凄紧的秋风吹堕了很多的落叶，适巧有一片掉落在他的头上——这才把他的灵魂叫了转来。他把方才的情景温习了一下，他哑然地嘲笑着自己说：

——我这般狂了似的爱她，和林二叔的爱他的老婆，究竟有什么区别呢？……

这时候，那稀薄的日光已照临在秋树的梢头上了。

四

就在钧生和凤英谈话的这一天，张学才照例的在林二叔家里混了半晚上——而且有林凤英陪伴着。以后，一直到她们困倦了的时候，他才起身回去。

凡是到过振世纱厂的人，都会记得厂的西边有一块广大的草坪，这坪的面积有一方里多地，那里没有居民，也没有树木；仅有的是些土堡，壕沟，和些零碎的泥堆之类——这是士兵们练习野战时候留下的成绩。

草坪的位置是靠着江边的，如果在那里朝向西北，就可以眺望着对江H埠的立体的建筑；但是是遥远的，模糊的。

这是由纱厂往W城去的必经之路，也是张学才回去的必经之路——他的足迹印在这里，无论宵夜，每天是至少两次以上。

他这深夜的旅行，正在他鸦片过好了瘾以后，他的脚步跑得非常起劲。这时候，月亮已经上得很高，江水的夜汐正泛着，浪潮在猛扑着沿岸的江滩。这夜咽的波声，混合了飒飒的秋风，成了一种像是静肃又像喧闹的“交响乐”。

这工头儿虽然是一个刁滑而俗气的流氓，可是在这种境地里，他耳朵里听着江涛和厂里的机声；眼睛看着江心里的月色和对岸如练的灯光；心里在想着娇媚多姿的林凤英；他同样的也感觉到一种说不出的味道。这时候，他的黑影投在他的面前，秋月的凉夜清澈了他的肺腑，他的心境被大自然界净化了不少。

他才发现了自己有些忏悔的情绪，恐怖便粗暴地闯进了他的心里；他在这空旷无人的草坪里，所怕的不是路劫，也不是谋杀，而是那最不可捉摸的鬼。实在的，许多活泼泼的工人，因了他简单的告密而变成了鬼物，他们的父母妻子成了孤寡，成了饿殍——他的罪是不可恕的。难道那些冤鬼不会向他索命吗?

这种恐怖是经常的，他每天走夜路的时候都是如此。但他平时有一种恐怖的消散剂，便是努力将他的思绪移到凤英的声容笑貌上去，或者是移到林二婶的肉上去。这消散剂是有效的——他想起了凤英最近对他的更其驯服，更其亲近，他心里便飘过一阵幸福的迷醉。

然而，不行！他的后面似乎簌簌地有些步声，但夹在簌簌的风声里不十分明晰。他怀疑，恐惧，可是不愿回转头来看一看。然而，真不行！在他脚面前自己的黑影旁边，蓦然地堆了一大块的黑影——他怔了一怔，心里便纷乱地跳了起来。他的头刚巧要转过去，他的手已经是被紧紧地捉住；他的眼睛上面有一种闪亮的白光晃了一晃，一个人已站在他的面前了。

——莫叫喊！喊了一声便送你的命！

真的，一把雪白的短刀，已搁在他的脖子上了。

他透过一口气来，心里稍微镇定了一下，才慢慢地，战战地，将目光向这猛然扑来的匪徒们看了一看。他们一共是三个，并没有一个是鬼：左边的是一个短黑衣裤的工人，身材短小而精悍，他记得是在厂里见过的，但叫不出他的名字；右边的是一个穿黑色夹袍的大汉，看上去像个学生，他是没有见过的；他面前的这一个，面孔是熟透了的，而且是他日夜所涉想到的一位突如其来的黄钧生！他仍然穿着一套青色短衣裤，俊健的脸庞上含了一种像是骄傲又像是激怒的神情，一把雪白的匕首在他的手里，看去宛如戏台上一个武生。

——这一下可糟了。——他心里茫然地想着，如在梦中似的。他想挣脱，但这是不可能的；像这样三个如狼以虎的匪徒，制着他这么一个鸦片鬼，他想反抗便无异于是螳臂当车。他无可奈何，只好以恳求的目光温和地对钧生说：

“我和你们无仇无怨呀！”

“仇怨也许是有些罢！但你不必害怕，我们问你几句话便完了！”钧生冷冷地说，他脸颊上的肉在颤动着。

“此地谈话不方便；我们到江滩上去谈谈罢！”那一个黑长衣的大汉说。

张学才没有抵抗，他们一同到了江滩的脚下。他们立的地方离江只有二三尺远，浪花的白沫有时溅着他们的鞋袜。这时候，除风浪和机声外都是静悄悄的，江心里没有一个船只，银色的月影爬在江坡上面，街灯在对岸闪着眼。

“钧生！我和你别的冤仇是没有的，除去为了那凤英。”工头很谨慎地说，“可是这一点，大家用不着拼命！如果你真爱她，我可以退让，并且可以帮助你早些成功……你们各位对我有什么条件，尽管提出就对了！”

“妈的 × ！你还打什么官腔！我们公事公办，管你什么凤英不凤英？！条件不条件！？”那黑衣的工人吆喝着。

“就拿林凤英来说罢，”钧生制住了自己的盛怒，“她是一个人，不是件东西，为什么你要退让便退让？可见蔑视妇女，奸淫女工——甚至于强奸霸占，都是你们工头儿玩的老把戏！我问你，你拿什么东西去爱凤英呢？你有什么资格！”

这问句的意义张学才是不大明白的，然而钧生盛怒的目光在等待他的回答，他只好谦恭而卑声地说：

“你知道吧……我有些钱。女人是喜欢钱的呀！”

“对了！你有钱！你的钱买到了她们的人格！但是，你的钱从什么地方来的？”钧生紧逼着。

“当工头的薪水呀！”

“吓！恐怕不止罢！工头的薪水那里够你抽鸦片，嫖女工呢？”那大汉说。

“……”

“吓！张学才！我知道你有张嘴，你的嘴是值钱的！你秘密卖嘴的钱就使得人家秘密卖 ×，你们真是好同行生意！”那大汉嘲笑似的。

“张学才！”钧生愤怒地，“你知道吗？我是用了我的爱去爱林凤英的！我的生活是靠着我粗壮的两手！世界上只有用他的手来求生活是高尚的——卖嘴的已经是下等；如果秘密卖嘴，那简直是最下流了！而你，你将我们工人们的血，的性命，拿去换钱用；讨了厂主的犒赏，又讨了 ×× 司令部的犒赏，你自然是够有钱了，你的钱污辱了我对林凤英的爱！所以你不但和我有公仇，而且有私仇！你准备好了吗？不出三五天，我的性命是在你的手上了，是不是？”

“没有……”张学才预感着他的末日到了。

“和他还讲那些废话干吗，这般斯斯文文地？”那一位短小精悍的工人忍不住了：“喂！张学才！你这条恶狗！你平日耀武扬威，无恶不作！你今天到我们手里了——你老老实实的供罢！你在 ×× 司令部领多少津贴一个月？你们有多少同行？你手上害了几个工友？如果有一点虚情，白刀子进去，红刀子出来！喂！你听清楚了没有？”

“张先生！你只好说了罢！这个东西是不讲情面的。”钧生扬了一扬匕首。

张学才事前一点忏悔的情绪，这时候完全没有了；阶级的恶感在他心里燃烧着，愤怒占有了他全个的灵魂。他这时心里想杀尽了那些东西，然而他嘴里仍然是乞怜的。他咬着牙根说：

“天呀！真冤枉煞了我，我那会做出这些事情来？我们当工头的，同样是受资本家的压迫，我的主张和工友们是一致的！我那时候想加入工会是诚意的，可是大家不容纳我，然而我是不会反革命的呀！”

“你哪会反革命？我们才是反革命呢！不然，也不劳你送到××司令部去砍头了！”钧生说。

“真有本领！到了这个时候，还油腔滑调的在老子们面前玩老把戏！”大汉说。

“不敢……”

“笑话！送掉了几条命还说不敢，你太谦恭了！要是你再勇敢些的时候，工人都被杀完了。喂！钧生！他不吃些苦是不肯招的！他的耳目多，先问他借只耳朵罢！”黑长衫大汉示威了。

“张先生！招了罢！在这时候还想抵赖吗？你今天落到我们手里算你背时，你还有什么狠气呢？说了的时候少吃苦。不说的时候去耳朵；喊了的时候割喉咙。”

“人总是怕吃苦的！”工头幽幽地说，“如果我有这些事，我情愿招；但我实在是冤枉！唉！我哪里会做出这些事来呢？……”

“真不识时务！”钧生愤怒了，他一手将匕首晃了一晃，另一只手便去捉住工头的耳朵，“招不招？”

“真是冤枉！冤……”他看见钧生的匕首接近了的时候，他的两手本能地挣扎了。他挣扎之后，两腕便像铁箍似的更其勒紧了——同时他又不敢出声喊救。嗣后只觉得冷冷地一抹，一阵剧痛使他晕厥了，鲜红的热血便像檐溜水一般地流了下来。

他那右边的耳壳已被钧生丢下了江水。并且，钧生用两手合拢，在江里掏了些冷水，三五次地灌在他的头顶里，于是他清醒了，被割的地方便更痛！

这种剧痛是难以言说的，只有在幻想里的自杀而未死的痛苦可以比拟。他呻吟了，他心里空飘飘地；死的恐惧没有了，然而怕痛的恐惧滋长着。

“还说不说呢？”

“那边的一只耳朵！”

可怜的张学才，他极明显地知道：如果他再不招认的时候，割掉另一只耳朵是可能的。而且目前，他无论怎样是没救的了。他决意舍掉自己——而对这些工人的仇恨便更其痛切！他想，如果他招出同行来，这不堪的一幕便会重复地演着，而替他报仇的人是没有了；他于是承认招供，他决意将一切过犯放在他自己身上。他说他和××司令部的侦缉队长是亲戚，这个暗探的工作是他亲戚介绍的。他每月有三百元的进款——司令部一百元，厂主二百元；除去他自己花掉了的，其余都存在××钱庄里。他说在死难的工人之中，除去有些是散传单贴标语自己被捕的，其余黎紫金的死是他的告密，玛生和王梅姑的死也是他告的密，工人们计划好了的罢工也是遭了他的破坏……

“你的罪状是成立了。你的同行呢？”

这一个追询使他愤怒极了！他觉得他们无餍足的可厌！但他依旧是和缓地说：

“或许司令部里还用了有人，厂主说他也用了些人，大家都是攒在工人里面做密探的工作的——甚至于你们工会里也有。可是我们互相是不接头的，互相也不知道；各人做各人的事，事情做得多的另外有赏。大家不接头的原因，是恐怕风声一漏，大家都吃亏——”

“算了，谁也不信你的鬼话！”那大汉说着，同时他在衣袋里摸出一大卷红纸，从月光里看去，上面有些字迹，他对钧生说，

——笔呢？

钧生在袋里摸出一支铅笔。

“现在也不要你招别人了。你自己既然供出，就烦你签个字

罢——每一张纸上签一个。”大汉把纸交给钧生，钧生将纸铺开。大汉将工头的手放开了，而捉紧了他的上腕；钧生于是将铅笔塞在张学才的手里。

“这有什么用处呢？”工头迟疑了。

“明天和你到公堂上去对质呀！”大汉笑着。

工头觉得有些滑稽，然而他是莫名其妙，他颓丧地说：“好罢！我就签押。”

钧生指明了张学才名字的处所，工头儿就在那里画了押，一共画了十几张，完了。

“审判委员长！请你也签押！”大汉仍笑着。

于是钧生同样地签了一遍。

“可以不要他讲话了吗？”钧生指着工头问那大汉。

“堵住了他的嘴罢！”那大汉说。

工头知道是完结了，于是他立刻叫喊；但钧生敏捷地将张学才的衣角一捞，他手上的匕首早已裂了一块破布。

他们掩住了他的嘴，将他按在地下，用力地将破布塞进了他的嘴里。

再扶起来的时候，他已经是瘫软了。

“张学才！你知道我们要你签字的理由吗？”钧生愤怒地说，“谁也知道，杀了人是要抵命的！我们工人为了自己的生活奋斗，不算是犯罪；然而法律是你们的！我们正当的要求还没到手，然而人给你们杀了。你杀了那么多的工人，你没有抵命，倒反发了财啦！国家的法律，好像是单为了厂主们而设的。可是，我们也有我们的法律！你签字的那张罪状，比你平时所犯的罪要轻得多，是没有冤枉你的！现在，你听着罢！”

钧生由月光底下，看清了那些字迹，高声地朗读着——

“布告第 ×× 号：

振世纱厂工头张学才，平日压迫工友，奸污女工，无恶不作！近复勾结军阀，联络厂主，甘为走狗，阴纳贿赂！罢工既遭其破坏，工友遂被其谋杀！如此罪大恶极，若不加以惩处，工人将无瞧类！今已审讯属实，且由该工贼自己签押；理应立予判决，处以最后处分，解决其生命。恐各工友未能周知，特此露布。

××× 总工会振世纱厂 ××

审判委员长黄钧生押

被处决人张学才押”

“绳子！”在钧生读完了以后，那大汉叫着。

那位短小精悍的工人，好像在解裤带似的，然而解下来的是细长而坚韧的一根麻绳。

在几分钟以后，张学才身上被缚着，而且受了几刀，尸首是被丢在江心里了。

人去了。月亮已升到中天，江上的夜汐愈形高泛！它的波浪萧肃地涤去了沙滩上的血痕，泯掉了一切的足迹。但它并没有因张学才的埋葬而满意，它依旧是举起它那花白的头，无涯地去碰着那顽固的滩壁……

一九二九年五月，脱稿于上海。

原载《奔流》第2卷第3期，1929年

十姑的悲愁

华汉（阳翰笙）

一

榨榨榨……

一片机器的震动声，从德威织袜厂的厂房中传出来，飘荡在四围的低空中，应和着离这里不远的拍岸的惊涛，把这海湾内的寂静都惊碎了。从白天到夜晚，又从夜晚到白天，这一片“榨榨榨”的机声，不仅停息的时间很少，而且，在近两月来，它的喧骚的音波，更仿佛狂风一般的奔驰，骤雨一般的密响，加劲儿地就像要把什么东西都要榨尽榨绝！

榨榨榨……

这喧叫的声音，只要能够多延长一分钟，这工厂的兴隆，便能够多得到十分的保障，所以，它怎么肯停呢！只要有人去动它，它当然就毫不客气的“榨榨榨”地震动起来了。

然而，在两年半前，这工厂却大大的遭了一次空前的打击，被它榨取着的女工们竟大大的罢了一次工，它虽然“榨榨榨”的继续榨下去，但是，被榨取的工人们都跑空了，它又怎么能够再榨起来呢！而且，这次罢工时间之长，恐怕全世界没有哪一处的罢工能够比得上。从罢工那天起，到开工这天止，不多不少整整的硬有两年。这难道不能算是世界上一件顶珍奇的事么？在那整整的两个年头中间，这织袜工厂里的大部分机器，不仅未曾高高兴兴的喧叫过一分一秒钟，而且连那最细微的引线的尖头上都添上了几分赭红的锈色了！厂房的四壁到处都有长溜溜的扬尘。地面上至少有一寸多厚的积灰。全工厂的各处，都像披上一层死灰色的轻纱，仿佛只要有人一敲丧钟，即使没有人去焚化它，它也要自动的解体了！——然而偏偏它的死期未到，偏偏有那样仁慈的救命王菩萨来搭救它。死去了整整两年的它，突然，在半年前复活了。

死去又还魂的，自然是精力大枯，唯一需要的是大补而特补，这剂十全大补的人参汤，当然只有吸吮工人们的精血来配制了，所以那“榨榨榨”的喧骚，从白天到夜晚从夜晚到白天都不肯稍停，随时随刻都得如狂风一般地奔驰，如骤雨一般地密响了。

今天同昨天一样，全厂都表现出动的气象，没有哪一个地方是在象征着死的。女工们也没有什么异样的变迁，脸儿照例是一层营养不足的惨白或灰黄色；四肢也照例是无力的瘦削；肺呼吸也照例的是十分不调畅。就是手脚，也照例的是在机器上机械地去摇动，扭拨，拧转，要说有什么两样的话，那只有今天厂里的空气了。真的，今天厂里面的空气却大大的不同，突然比往天格外地紧张起来了！从早晨起，工厂门口便有二十几个武装的外国巡警一来一往的逡巡，一个个手里都拿着四五尺长一根皮鞭的工头们，也一齐都跨进厂房中东瞟西睇的不轻易离开厂房一步，电炬也似的眼光不住地在女工们的身上溜转，他们东一蹿来西一蹿的不骂这个就骂那个。女工们不仅没有交头接耳的自由，连大便小便都要受人监视了！

这究竟是怎么一回事呢？

又要捉赤党了吗？但是这一个不大不小的女工厂，在这半年以来已经捉得不少了。赤党的传布似乎不像雌鱼的产卵，哪里有这么快这么多呢！什么“示威日”又要到了吗？这种佳日似乎一月至多只有一两回，不是四天以前厂主洋大人的狗威已经示过了吗？为什么竟又这么快！而且过去洋大人照例只带猎犬般的工头，是不带一卒一兵的，而今天又为什么竟来这么多洋丘八！这究竟是怎么一回事呢？被忧郁、病苦、疲劳所困窘着的女工们，大都惶惶然猜测不出一个所以然，虽说她们也大都知道那批狗家伙之来对她们只有一个大大的不利！

空气是一刻比一刻紧张，猎犬似的工头们的威风，也正和紧张的空气成正比例的激涨，他们的鞭丝不时都在无情的声色俱厉地向着女工们的肩臂乱抽，今天他们似乎掌握得有生杀自由的大权。女工们越发在惶惑中陷入惊怖的深渊里去了。

黄昏快近了。

女工们好像苦囚得着大赦令似的，心里突然松弛了一头，人人的心中都希望暗夜的黑幕早点来临。

呜呜呜的放工的汽笛尖脆地惊叫起来了。女工们都很惊喜，然而也很惊疑：到放工时间还有点多钟为什么就放工了呢！？

“大家不许走，不许走，好好听我说：今天厂监要训话，赶快到空坪里去集合！听见了吗？不准嘈杂！不准拥挤！”

站在厂房中的一只凳上高高的挥动双手在那里传达命令的是工头赵华九，是女工们心里最憎恨的赵大狗！

谁敢不服从命令呢！一个个只好朝着赵大狗所指示的地点不慌不忙地走去。接着各间厂房里的女工们都如幽灵一般的断断续续地被工头们赶到厂侧的空坪里去了。

厂监李浦是一个英国人，他来中国经商已经有十余年了，他的中国话说得很好。他挺着胸脯站在空坪中的桌台上，两只沉蓝的鹰眼望着环绕着他的女工们，用手搔一搔他那半秃了的头上的几根黄毛，向女工们说道：

“听说你们又想组织工会了，是吗？哼，工会！谁想组织？除了是赤党谁敢组织？！你们大概上赤党的当还没有够吧！赤党叫你们罢工，你们就罢工，叫你们坚持两年，你们也就坚持两年，那时你们的威风真大，不仅把我们的厂逼迫来关门了，而且把全港所有的工厂都逼迫得来不能不关门了，不仅把全港的工厂逼来关了门，而且把我们这个在全世界数一数二的繁华热闹的良港都弄成一座冷落凄凉的荒岛去了。你们的本领真大，我真佩服！我真佩服！但是结果怎样呢？杀的杀头了！腰的腰斩了！枪的枪毙了！剩下来那些杀不完斩不尽枪毙不绝的，一个个又哭哭啼啼地走回这荒岛上来，哈哈哈，你们的本领真大！真大！但是大就要大到底才好呀！”

李浦的八字胡翘了几翘，阴险的眼瞳里散射出嘲骂的冷光，向四围扫视，他突然将话声停住了。正在这刹那间，他的耳边仿佛飘来了一阵刺耳的细声：

“王八蛋！你凶什么呀！当心你的秃脑袋！王八蛋！……”

仿佛有一根芒刺刺着他的心窝，突然他愤愤然地向着他左侧方的一群女工骂道：

“谁在那里谈话？是你？你叫什么名字？”

他的蓝眼睛突了出来，硬挺挺伸着一个指头指着一个女工，就像要一口把她咬来吃掉的样子。

赵大狗早就飞也似的跑到那女工面前，高高地举起他手中的鞭子，想劈头劈脑地打将下去，但他像突然被一种东西挡着了，他竟不敢打下来，他只斜眯着半只眼睛，斜抖着半边络腮胡把她痴望着，鞭子悄悄地垂下来了！可他又不能不敷衍，于是，他便赶快高高地换一只手向她的嫩腮上一下——其实是轻轻地一摸！——半骂半笑的说道：

“是你吗？十姑！当心点！当心点！”

一朵红云飞上了十姑的脸上，她的头低垂下去了。愤火不住地冲上她的喉头，她默默然地只好将恶气朝肚里吞下去。

“我在谈话的时候，不准哪个乱开腔！你们要晓得：那些赤党，真是扰乱全世界的和平的大怪物，你们跟着他们跑有什么益处呀！你们看：我们这个港依然是全世界数一数二的大商港。这个荒凉了一时的大岛依然又变成了一个繁华热闹的大商场。跑空了的四十万工人依然又招收足了四十万。赤党究竟打击着我们没有呢？所以你们应该清醒了！清醒了！假如你们不醒的话，我们也要叫你们不敢不醒！你们好生记着：谁在这里面提倡组织工会我就要逮捕谁！谁在这里面秘密活动，我就要开除谁！谁敢怠工迟到多言多嘴我也就要责罚谁！你们都听到了吧！这几天来你们的表现都不好，但我不愿和你们多说，今后我只好拿事实来答复你们！今天提前一点钟放工，今晚的夜工也暂时停了，明天你们准时早点到工厂里来！”

封建主似的厂监李浦对他的奴隶们训诫了一番后，一步跳下台来，一摇一摆地走着绅士式的台步回厂去了。

一阵愤骂的细声又突然在女工中鼓噪起来。过了一会，女工们终于被工头们的皮鞭驱散了，一个个终于在激愤惊疑中被猎犬般的工头们驱散了。

二

暗影在四围弥漫起来了。女工们大都从东边的一条大道上散去，只有十姑的家是在离这里有一里之遥的西边，所以她的同伴是很少很少的，她一个人在暮色苍茫的归途中，冷凄凄地踏着曲曲折折的僻径，想起适才那些令人憎愤的事，对岸阴森的山影和港内高标着的帆樯投射到她的眼中来，她都仿佛变成一个色盲者去了。她的内心只被积郁着的怒火燃烧着，深深地映在她眼瞳中的，只有那闪着怒光的厂监的蓝眼睛！只有那半眯半笑的赵大狗那淫狡可怕的大眼睛！她的耳中，她的腮旁，也仿佛还有那叱责声噪响着，还有那粗手烙印的痕迹在燃烧着，她的全心灵都被愤激的情绪占据着了。

她一步快似一步地向前走走走，驰过她眼前的一切景物，她仿佛都没有看到，她恨不能纵身一飞，一飞便飞回她的家中去了！

“呀，十姑！慢点儿走呀！”

突然，一只毛大的粗手从十姑的背后伸到她的胸前来，她吓得来大大地打了一个寒噤，接着心脏便突突地狂跳起来，她几乎向后一扬倒跌下去了！

“你害怕吗？哈哈哈，是我呀！”

在惊怖中的十姑掉转头来一看，才是满口络腮钢须飘洒胸前的那只怪东西！那只长而又大的赵大狗！这时假如有钢刀在手，她一定一刀把这蠢材的脑袋给他砍了下来！

“你一个人走着不寂寞吗？十姑！”

一点一滴的涎沫飞落在他的络腮胡上，他一步跨上前去紧挨着十姑的肩头。色火不住的从他的大眼中向外迸射。

“我寂寞不寂寞关你屁事！这样宽的路你挤紧我干什么！？”

十姑的心仍然在不住地狂跳，她知道这只狗不是善类，愤愤然的骂起他来。

“哈哈哈，你看你就转眼不认人了！平素间我对你是怎样的好呀！就拿今天来说吧，若是别人我的鞭子早都在她的身上抽了，但我今天怎样对你呢？哈哈哈，你就转眼不认人了！”

一条条淫纵的笑纹深深地划在他的额角与眉尖，赵大狗飘飘然的仿佛就要做醉仙了！

“我不懂你说的是什么屁话！”

“你不懂我的屁话吗？我的屁话不妨再向你重说一遍吧：我说我平素待你那样好，今天又待你这样好，你为什么竟转眼不认人，开口就骂我！”

“我骂你！我骂的是那无耻的流氓！那洋大人的走狗！”

“你骂我是走狗吗？你要晓得我这只走狗对你是多少有用处的呀！谁都知道，你是中国政府遣送回来的，你是常在工厂里秘密活动的，但我从没有在厂监面前说过你一句坏话，有旁的工头去告发你，我只有为你掩护，你难道还不晓得吗？厂里一半多被送回来的工人什么自由都没有了，但你在我管属之下总算还有谈话的自由，大小便的自由吧，可你一转眼就什么都忘记了！”

“谢谢你，你别在路上和我纠缠好么？”

“你怕你的丈夫等得你心慌吗？”

“我不高兴听你的屁话！”

“关于你丈夫的屁话你总高兴听吧！有一件事是我听来的。”

“什么事？”

“哈哈哈，你看关于你丈夫的事你就要听了呀！”

“你这流氓！你这走狗！谁高兴听你的屁话！”

十姑愤然地向前一冲，跑在十步之外去了，赵大狗一面叫一面又向她追赶过去。

“十姑！十姑！真的是关于你丈夫的事体呀！你跑什么？”

十姑依然拼命地朝前跑，赵大狗也拼命地向前追，十姑的脚终于不及赵大狗的腿长，不一会儿就追上了。

“十姑！十姑！一点儿也不是和你开玩笑的呀！”

“什么事？你赶快说！”

十姑心里虽然又在狂跳，虽然知道赵大狗是一个好酒好色的流氓，虽然晓得今天他的言动于她都不妙，然而听说是她丈夫的事，她只好将脚步放慢些，好听一个究竟。

“你丈夫不是在对岸的造船厂做工吗？”

他用手指着对岸在暮色苍茫中隐约可见的一片高大建筑，运动他高大的躯体，一纵又挤来挨紧着十姑，十姑却毫不客气地沉下脸来说道：

“你就隔远一点我也听得到呀！你挤近来干什么？！”

“那我就退两步吧，你听我说：对岸造船厂里有一个工头是我的朋友，他前几天向我说，你的丈夫有赤党嫌疑，你要叫他当心！赤党不是好玩的，证实了就要砍头！”

他的手向胸前一挥做了一个杀人的姿势。

“他有什么事使人嫌疑？”

“听说他在里面提倡组织工会，鼓动工人要求加薪，难道这还没有嫌疑吗？”

“照这样说来，凡是出来说几句大家要说的话，做几件大家应做的事，都是赤党了，都有赤党嫌疑了，照这样，还有什么说头！”

“别人是这样说呀！你也怪不得我。”

十姑沉默着不答话，拔起脚依然朝前面急走，赵大狗心里却着急起来了！他皱了一阵眉头，呕了一阵心血，才又嬉皮笑脸的说：

“十姑！你说我们厂里哪个最漂亮？”

“你妈最漂亮！你这流氓！……”

一股股的恶气冲上她的心来，她的背上突起了一阵寒战，这流氓丑恶的原形摆在她的面前来了。

“那你就是我妈呀！我的妈！我的妈呀！”

赵大狗抢前两步，掉转他一口络腮胡的嘴巴去挨近十姑那白嫩的腮侧，他那颗淫纵的心也跳动得厉害，仿佛马上就要从他口中直跳出来！

“我要骂你的老祖宗呀！你这狗王八蛋！你这洋大人的走狗！”

十姑再也不能忍受了，啪的一声一个耳光打到赵大狗的颈项上来，毕竟大狗的狗力大，他两只手已经紧紧地将十姑搂抱着，他的钢针一般的络腮胡很快地从她的唇边掠过，才几秒钟她的腮边唇角就印上了他几个蛮大的湿吻了。

“赵大狗！你这狗王八蛋放不放手？”

十姑心里又羞又急，几乎急得流出眼泪来。

“要我放你吗？除非你……”

十姑用力将身子一纵，拖着尖长凄颤的声音，惨厉的惊叫了起来：

“有人抢人啊！救命呀！救命呀！”

“丢那妈！谁抢你！你这娼妇再喊，再喊老子就抛你下海去！”

凄厉的惊叫声划破了长空的寂静，苍茫曲折的小道上只见两个模糊的人影在那里推来推去地扭打。

突然远远的过路人的咳呛声传过来了，赵大狗知事不妙，一松手便向浓暗的地方飞也似的奔去，十姑的围解了！

三

横遭了凌辱的十姑，眼泪如飞泉般地倾泻了下来，她一个人哽哽咽咽的一直啼泣到她家的门口，她的泪流都还没有停止。她的家到了，但她心里却踌躇起来，适才这一件羞人欲死的伤心事究竟应不应该告诉她的丈夫听呢？告诉他吗？他一定要愧愤，要大感不安。不告诉他吗？她又觉得她满腔的积愤无处宣泄，她将更感到忧郁，而且将这样一段羞耻的伤心事情隐秘在心，她总觉得她没有面目来对她这穷途中的唯一的知己。结果她决定把今天所有的一切都坦坦白白地向她的丈夫诉说一个痛快。

微淡的灯影从低矮的茅板屋里漏射出来，她才想收着热泪去掀门，然而门已经不待她掀而大开了，含笑地迎出门来的是她那壮健沉毅的丈夫冯忠和她那心爱的四岁男孩子阿宝，她还来不及开腔，那衣服褴褛的孩子却先很亲昵地摇动着她的双手，“妈呀妈”的便想从他父亲的怀中倾扑过来，她奔过去一手接着他，不知怎的，心里好像有什么东西在猛刺她似的，一阵心酸强吞着的热泪又长淌下来了。她将她的头偏去挨着那孩子的嫩脸，昏昏然地呆立在门前竟不知道移动。

在微淡的灯影和稀薄的星光扫射之下，冯忠突然发现了他妻的腮边上晶莹的泪痕了！他很惊愕，但他总猜测不出一个原因出来，他惊诧地上前几步，用他有力的臂腕去将她环抚着，口里不住颤声地问道：

“怎么啦？十姑！”

“妈妈！你今天为什么不给我买糖回来呀？你昨晚上不是说要给

我买吗？”

十姑还没有说话，阿宝的头偏了几偏，“嗯呀嗯”地便在她的怀中先嚷起来了。在悲哽中的十姑一听到她丈夫那柔和的慰问声和她爱子的无邪的娇痴语，适才的一切又兜上她的心来，她在沉默中眼泪越发淌的多了。

十姑被她那温情的丈夫扶进破朽了的茅板屋中去了。丈夫虽然是一个粗壮的工人，但他对于他的妻子却是体贴入微，他一再殷殷勤勤地问她究竟为的什么，他要她详详细细地说出来他才好和她解慰。冯忠对他的妻子表示得越殷勤，十姑的心里越发感觉难过。十姑表示得越难过，冯忠也就越发表示得殷勤，因之十姑简直变成一个泪人儿去了！过了好一会，十姑才把今天所有一切的经过毫不隐瞒的通统说出来。

“啊啊，赵华九这王八蛋竟这样的胆大妄为吗？我总有一天要打死这王八蛋，我心里这口恶气才能够出呀！”

沉毅的冯忠听到他妻子悲悲切切的泣诉后，羞愤的烈焰烧得他心里难过，他突地立身起来在茅屋内一往一来地冲，咬牙切齿的这样愤愤然地顿脚大骂。

“是的，只有打死这狗王八蛋我们心里这口恶气才能出！”

十姑拭干了眼泪愤然地说。她满腔的悲愁仿佛真被她丈夫担去一半了。她的心里顿觉轻松了一头，她紧紧地吻着阿宝的小脸儿去了。

“妈妈为什么不给我买糖来呢？”

“妈妈忘记了，明天一定给你买。”

“嗯呀嗯”的阿宝又撒起娇来了，她紧紧地亲昵着他，轻声轻气骗好了他后，又才向着她的丈夫惊问道：

“我一直到现刻都还不明白：今天为什么厂里竟提前一点钟放工呢？今晚上为什么竟连夜工都不开了？”

“你还不晓得吗？全港都是这样的呀！就是我们厂里还不是一样。”

冯忠收着了脚，脸上现着深思的表情，对他的妻说。

“全港都是这样的吗？！究竟是为什么事呀？”

“啊啊，你还不知道吗？全港的资本家不论中外的今天都在预备欢迎他们的救命恩人呀！”

“谁是他们的救命恩人呀？你的话越说越难懂了。”

“你想吧，他们整整的死了两年是谁把它们救活的！？”

深思着的冯忠，面部的表情越发表现得沉着，深刻，和严肃。他的精神仿佛集中在一处在查察什么东西似的，适才那冲动的愤焰就像被他吞在肚子里去了。

“啊啊啊，我想起了，我想起了，难道他们欢迎的是我们国内的高将军吗？”

“当然只有高将军才有被欢迎的资格呀！”

“那么，今天工厂门前为什么又派武装外巡来监视我们呢？为什么又提前放工和停做晚工呢？”

“谁都知道高将军把全港的资本家一齐救活转来，完全是靠他采取毒辣手段，把战斗了两年以上的四十万工人的领袖组织罢工委员会解散了，把杀剩的押送来港的工人的血泪榨成了药剂，然后才成功了的。现在他竟公然地来联欢来了，难道这里的工友们竟都把他忘掉了吗？所以全港的中外资本家都怕我们今天有什么反抗示威的举动，从早到晚就派兵来监视着我们。但他为什么又不怕牺牲竟连夜工都停了呢？这正因为我们多在工厂一分钟他们就多一分钟的隐忧，所以他们索性提前放工连夜工也都不做，想把我们早点赶出厂来，免得我们在厂里闹乱子。”

“难道放我们出来我们就不能闹不敢闹了吗？”

“闹？啊啊，我刚才回来的时候看见，他们五步一岗十步一警地把全港都警戒起了，就使你要去闹你又能从哪里闹起呢！”

“啊，啊啊！”

一口愤恨的恶气从十姑的口里深长地嘘了出来，她充血的双眼越发红得可怕，仿佛有一星星的烈火就要迸射出来，她紧紧地抚着她的孩子，转入憎愤的沉默中去了。

冯忠望着他这被人凌辱惨白得可怜的妻，想着今天的一切，沉着的木然的脸上，也被深忧的皱纹纵横的划着，似乎有千斤的重担压上了他的肩头，他虽然还没有被压到窒息那步田地，但他快要用尽了他一身的精力，看看就要不能撑持了。他忧郁着，沉思着，默默然转视着肃然的四壁做出极不安适的样子。

“妈妈！爸爸！哈哈哈，妈妈眼睛红红的，爸爸脸上黑黑的……”

四围都被沉默支配着了。只有那天真活泼的孩子还在那里拍手动脚地又说又笑。

四

突然，轰轰轰的几声大炮声响了起来，仿佛天崩地裂一般，连他们的茅板屋都震动得打抖，这把十姑惊吓住了！

“啊！这是什么事呀？”

十姑惊颤了起来，很惊惶地问。

“一定是他们的救命恩人到了。他妈的真是好一个救命恩人！救命恩人！”

冯忠听着这突鸣的炮声并不惊慌，他愤愤然地答应了这几句后，依然沉默着忧郁着，脸上的皱纹划得多而又深了。

“说是什么炮呀？”

“外国兵舰上的大炮。”

“为什么要放炮呢？”

“说是鸣炮表示欢迎，其实是那些胜利了的狗王八们向我们示威！”

轰轰轰的大炮声又响起来了，好奇心逼着十姑几步跨出了他们的茅板门，在茅屋前的空地上呆立着，冯忠也赶出门来把阿宝从他的妻子手中接过来，也伴着十姑在那里呆立着。

西码头灿烂辉煌的五彩灯光，火树一般的照得半空雪亮，从十姑们站着的空地前看去，大约在半里路远的地方，可以看见一层连接一层的高楼，楼上闪烁的电灯光，灯上高飘着的外国旗。再向左前的低下方看，可以看见明光闪亮的一只大比一只的泊在港湾内的兵舰，帆樯高擎着的商船，波动着的蓝靛似的海水。今晚上这些景物都有一些异样，都像含着轻蔑的敌意在向他们做出冷酷的狞笑。

炮声狂鸣中雄壮的军乐也腾奏起来，人涛的喧吼声也可模糊地听到，繁华热闹的 E 港，仿佛都跳动起来了，活跃起来了，沸腾起来了。

炮声响了三十二次突然停止了，然而雄壮的军乐声和人涛的喧吼声却一刻比一刻地大起来，有时还杂着一阵如狂的掌声乱响乱拍，仿佛全 E 港都要在这军乐声中被那人声掌声吼碎！

十姑听得发恼，血红的双眼恼得几乎流出热泪来！她颤声地问她的丈夫：

“是些什么王八蛋的吼声呀？那么大！”

“自然是那些资本家啊！他们的救命恩人到了，他们当然应该牛跳马滚的狂叫狂喊呀！”

“那军乐奏得那么起劲，恐怕欢迎的人也有不少的外国兵吧？”

“岂止外国兵！外国的总督都一齐亲身去欢迎他去了！”

“啊啊啊，中国的资本家，外国的资本家，中国的将军，外国的总督，他们，他们，谁说他们不是一伙儿的呀！”

被恼愤搅扰得浑身发抖的十姑，突然，灵感般的紧紧地捏着拳头，半似自言半似领悟地对着星光微淡的苍空长叹起来，她的神经似乎震愤到极点了！

她从港湾里望过对岸去，一座阴森的山影下的一片东一点西一点的灯光反映到她眼中来，她知道那便是由这 E 港直达中国境内的一条铁路的火车站，她怔着了！那东一点西一点的乍明乍灭的灯光，竟在她的心里映照出一段往事来。

是两年半前的事了。

那时正是浅夏，野兽似的英国帝国主义，正在中国各地架起机关枪和大炮到处屠杀中国人，侨居E港的中国工人为了争取被压迫民族和被压迫阶级的生存，四十万工人齐齐心心地给了E港的英帝国主义一个总同盟大罢工的答复。英帝国主义在东亚的一个金库，不到一月便变成一座荒岛去了！那时十姑也在德威织袜厂做工，全港的中国工人都罢工了，她们厂里的女工当然也不能例外，她记得在罢工后的第二天她就与几百同厂的女工坐着火车到中国的D城，到了D城的第三天，D城的劳苦群众便很热烈地开了一个欢迎罢工工友的大会。

开欢迎会那天是很晴丽的一天，刚刚到午后一点钟的时候，D城全城里的民众都活跃，沸腾起来了。铜鼓的声音，喇叭的声音，杂着口号的声音，在一队又一队的人群中悠扬雄壮的喧腾着，叫喊着，欢呼着。红色的，蓝色的，青色的，各色各样的旗帜在半空中招展着，如雪片般的欢迎传单飞满了全街，工人、市民、学生、妇女、军队、童子团……一个个都生龙活虎似的整齐着队伍如潮水般地向开会地点汹涌过去，几十万群众，不到一两个钟头就齐集在一个广大的空场中去了。

工农商学兵分成了四五座讲演的欢迎台，一跨进那广大的空场，只瞥见蔽天的旗帜在半空中飘飞，只看见如潮一般的人涛在空场中波动。

欢迎会开幕了，军乐雄浑的奏了起来，几十位罢工的工人代表在庄严璀璨的空气中，在几十万群众的鼓掌欢迎声中，跃登上了欢迎台，那时欢迎者和被欢迎者的心中，是何等的欢欣！何等的严肃！而又何等的悲愤啊！

十姑那时侧身在被欢迎的工人群众中，那时她的心情确是严肃、欢欣，而又悲愤极了！她记得，一直到两年半后的今天她还记得：有一个致欢迎词的工会代表的话几乎感动得她流出热泪来。

她记得他的话中最感动她的那一段是这样的：

“为民族解放而战的罢工工友们！为工人阶级解放而战的罢工工友们！你们数十万工友这样英勇的和大英帝国主义者战斗，我们的话真是不能表达出我们心中万分之一的欢迎的赤忱啊！ E港是英帝国主义在东亚的一座宝藏，它每月的贸易在十二万万以上，这港口仿佛一个飞扑在海面上的大怪物似的，它伸长它奇长的大颈，张开大嘴死死地噙着我们的咽喉，把我们一切劳苦贫民的血，一口一口的毫不停息地朝肚子里吞，我们是一个一个地枯瘦而死了，这怪物却一天比一天的肥壮起来了呀！你们这次的罢工，正是一刀把这大怪物的长颈割断了！从今后，这大怪物就要身首异处的死亡而我们全中国的几万万垂死的劳苦贫民，看看也就要一天比一天的壮健起来了呀！亲爱的工友们！你们这次伟大的功绩，在历史上是不能磨灭的啊！……”

十姑听到这里，她的双掌拍痛了她都还不觉得，她的心里，真是被一种说不出来的情绪充溢着，她想：她们这次大罢工的意义确是非常的伟大，大到她的心里都想象不出来。她又想：能够得到几十万群众这样热烈地来欢迎他们，不说小小的牺牲三四角吃不饱而又饿不死的工钱他们不后悔，就是牺牲了他们最可贵的生命他们也毫不后悔呀！她还想：工农商学兵不分阶级的这样多人，既已亲亲爱爱地捏做一团，他们总不会再像奴隶牛马一样的去过那种非人生活了。她想到这里她的眼前突然透露出一片光明的霞彩来了，她虽然不知道这霞彩是从何而来的，但她却深深地相信：从今后她在这霞彩辉映中她总可以多过一些快快乐乐的时日。

光明的霞彩闪耀在她的眼前，她的心情真是欢欣极了！畅快极了！……

“妈妈呀！你在望什么东西呀！”

十姑正在回忆这段畅心快意的往事，却被阿宝扑在她的肩头上把她呼唤醒了！

她掉转头来一看，她的丈夫正在望着西码头那火树一般的灯光出神，微淡的星光之下，可以看见他的脸被深思烦感惊扰得十分怕人。

那孩子呢，他一半在他父亲的怀中，一半却斜扑到她的肩臂上来，唇动嘴张的不知在说些什么。她一面回味着那段往事，一面又目睹着这种情形，她这时的心情真正是万感交集啊！

远远的军乐的余音和欢迎者的欢呼声，还在一阵又一阵地传进她的耳中来，她不听到这刺人心魂的声音还罢了，她一听到，猛烈的愤火又冲上她的心来，她浑身气得战慄着，拳头又紧紧地捏着了，充血的双眼不住地迸射出怒火来，她今天受的凌辱、欺侮、压榨、嘲骂，一切的一切，都一齐兜进她的心头，真是火上浇油，不由她不悲愤到了极度，她真恨不能一刀一刀地把她心中的敌人杀一个干净！

“啊啊，你知道吗？那个吃人精髓的大怪物的长颈又生拢来了呀！”

她痴痴地望着她的丈夫，突如其来地这样说。

“你说的什么呀！十姑！”

在沉默的忧思中的冯忠惊怔着了！他瞥见他妻子面部的表情有些异样，连忙用一只腕臂去抚着她。

“我说的是那吃人精髓的大怪物！我平素不是向你说过的吗？E港正是一个吃我们中国劳苦贫民血髓的大怪物呀！”

“啊啊啊，我明白了！我明白了！不过十姑！你别要急躁吧！相信我们自己：总有一天我们还要再把那个大怪物的长颈砍成两段呀！这不是怎样难的事，只要我们相信我们自己的力量！”

冯忠那凝思着的眉峰突然舒展开来，现出一对炯炯慑人的眼睛，很坚定地这样说。他的表情是异常的沉着和诚挚，仿佛他在长时间中的烦思，便得到这样一个确切不移的结论，他把这结论来劝慰他的妻子，也把这结论来警惕他自己。

“对啊！我们还应该努力把那个怪物的长颈再一刀砍成两段！”

冯忠坚定确信的表情感动了十姑，她的心头仿佛一松，她不知不觉地竟纵身到他的胸怀前来了，她的手抚着他的半边肩，望着他那对坚定有神的眼睛，在激愤中淌了一滴感激——或者说欢欣吧——的热泪出来。她浑身地战慄渐渐的停止了。

天真活泼的阿宝又“妈妈呀！爸爸呀！”地欢叫起来，夜风挟着轻沙把他们送进破旧了的茅屋中去了。

1929 年 1 月 15 日晚脱稿

原载华汉，《十姑的悲愁》，上海现代书局，第 1 版，1929 年 6 月 20 日
选自阳翰笙，《阳翰笙选集第 1 卷》，
四川人民出版社，第 1 版，1982 年 7 月

马桶间

华汉（阳翰笙）

惊怯怯的大阿妹，扶着战战兢兢的陈妈妈走进了马桶间的窄门，就像被人追逼着的小偷样地掉头向后面望了一望，心里还在一上一下的不住的打战！

——快坐上马桶去吧！妈妈！

——是……是……是，我，我，我很感谢你啊！大，大，大阿妹！

像在哽咽样的，陈妈妈嘶涩的枯喉里，吐出了一片颤抖的微音，她在大阿妹扶助之下，颓然地坐上了没有盖的马桶。

一片机轮的奔动声，一阵又一阵地从前面工厂中传过来，五支柱的电灯光照着的半明半暗的四壁也都震动得来发颤。仿佛得地震似的全世界都像要在这一片雷鸣怒吼的惊震声中沉陷下去了。

一股股的奇臭从那一个个没有盖子的马桶中直冲上来，流荡在那四面不通风的粪纸狼藉的小房间中，那是多么的难闻，多么的腥臭！可是大阿妹和陈妈妈都像不觉得，她们没有捏紧鼻子，也没有倒肚翻肠，她们蹲坐着半身，依然在凄怯的对视中，倾吐她们的积郁。

——妈妈！你今晚上很不舒服吗？你的脸色是那样的难看！

——啊啊，大阿妹！我，我，我刚才在细纱机的旁边，差点，差……差……差点就昏死去了啦！好得你，好得你聪明，才把我扶进这里来松一口气。……

陈妈妈口吃得厉害，枯瘦的四肢，依然在无力的打抖，她白雪般的满身棉尘都抖落在地面上去了。她的年纪恐怕快要满六十了吧！她的眼深陷入眼眶，牙齿都已经落来没有剩几只了。扁缩的嘴衬着她满脸的皱纹，枯白的发再蒙上一层霜雪般的棉屑，越发把她衰枯的老态渲染成垂死的病容去了。她喘着气不能多说，吃吃地谈了两句，呼吸又吁喘起来不能续说下去。

——是啦，我刚才看见妈妈在那里喘气。喘气的样子，真把我吓了一跳！

被棉尘堆成了雪人似的大阿妹，她这时的心绪依然全被惊怖的情绪支配着，她惊疑的目光紧盯在老人的身上，她无邪的灿烂的心思全为这老人的惨状困窘着。

——啊，阿妹！要是我，我，我真的一口气死了倒好啦！偏偏我又不死，留在这，……留在这世上受活罪唉！……

——不！你是不会死的，妈妈，你别要谈这样不吉利的话！

——不会死的！唉唉，阿妹！你，你，你看我这个样子还能够过今晚上吗？

不，不，不！妈妈，你绝不会的！你大概是白天的觉睡少了，所以，你今晚才这样的支持不住！

——啊啊，阿妹！你还年轻，你还没有吃尽做人的苦头啦！像我，我，我这样苦，苦，苦命的人活着有什么用处啊！

豆大的一滴眼泪从妈妈的老眼里长淌下来了。她的扁唇不住地发战，枯涩微弱的嘶声抖得越发厉害了，一生的痛苦所凝划成的满脸的皱纹，也顿然添了一层死灰色的暗光，她在悲痛中像若有所思样地抬头去望着昏朦的电灯，气喘得愈急，泪也流得愈多了。

大阿妹瞥见这种情形，还以为陈妈妈真的快要临终了，一种不祥的预感掠过她的心中，她心惊胆战的吓得发抖！

大阿妹同陈妈妈本来既不是乡亲也不是旧戚，她们之相识，还不过是最近两三月来的事，但自从她们相识以后，母女般的爱感，便在她们的心中油然而生了。她爱陈妈妈的慈和，陈妈妈也爱她的活泼，她幼年的孤苦引起了陈妈妈的爱怜，陈妈妈的凄凉晚景也很能博得她的同感。她知道陈妈妈是一个无儿无女全靠自己一架老骨头的挣扎来维持生活的孤人，陈妈妈也知道她是一个没娘没老子由她的舅母从乡间带来厂里谋生的弱女，因此，她们之间便很自然的相互依靠着，扶助着，爱护着，俨然是相依为命的两母女了。

在一点钟前，陈妈妈因为受不了她饥肠的煎迫，遂将带进厂来的一盒枪弹般硬的冷糙米饭拿了出来，坐在棉尘四溅机声嘈杂的棉渣堆中，一口又一口地慢咀慢嚼，咀嚼了好一阵才将这一盒咀嚼不烂的冷饭硬吞了下去。硬饭吞完了后，她已经都有些气喘了，但她生怕机上的牙子出病拆断了线头，于是慌慌忙忙地又跑回机旁去工作，大概是因她疲劳过度了的关系吧，还不到一刻钟，她的呼吸又咆哮起来，她全身发战，遍体酸楚，战战兢兢的仿佛就要昏倒下去了。她战慄虽然尽管战慄，但她因为怕女工头的毒骂，就是死她也不愿离开机旁去休息片刻。她愈颤抖，愈不敢休息，越得不到休息，越是不住的颤抖，她的意识窘迫来有些模糊了。她昏昏沉沉地望着四围朦胧的灯影，听着狂鸣怒吼的机轮的奔动，她昏昏然地觉得这四围的景色都有些变了：她眼前那一排排的机车，都像幻变成了一架架榨人血汗的利器，那些做夜工的同伴，也都像被那机器横压在地下，一个个鲜血淋淋的在那锋锐的机齿的啃嚼下，不住地挣扎，打滚，呼叫！她吓地发昏了，“啊啊啊”的不住地惊叫了起来，这把站在她前面的大阿妹惊吓着了，连忙跳过来搀扶着她，才把她扶进了马桶间去。

马桶间的马桶盖子都是揭开了的，这是为什么呢？难道装粪水的马桶揭去了盖子要特别香点吗？要特别美观点吗？不，不，不！这正是毒辣的资本家用来防阻工人偷懒的可恶的办法啊！然而大阿妹为了要救陈妈妈，为了要使陈妈妈松一口气来救救老命，她冒了一次大险，大着胆儿把陈妈妈扶进了马桶间来坐起，她也假装得大便似的，褪下裤腰骑坐在没盖子的马桶上。

她起初还以为休息一刻陈妈妈就可以好了，谁知陈妈妈越坐越气喘，越说脸色越难看，她恐怕她马上就要死了去，于是把她大大地惊吓了一跳！

——妈妈，你别要这样的难过，你还是休息一下吧。你的话别要说了！话说多了只有伤你的精神啦！

她很关切地安慰陈妈妈，要她少说些伤神的话。但是陈妈妈仿佛没有注意她的话似的，她越发兴奋起来了。

——谢谢你，阿妹！你要我别要多说话这是你，你，你的好意，但是我，我，我今晚上有许多话却不能不对你说啊！

——你还是以后说吧，妈妈！我们不是夜夜都要会面的吗？

——不，不，不！我，我，我们以后却不容易见面了啦！我要说，我要说，我，我，我要说……啦！

她像快要临终了的人样的，她的生命力已经只有点点儿残余了，但她却不让她这生命的微火熄灭，她还要挣扎，还要将她凄楚痛绝的遗嘱吐出来，所以，陈妈妈的脸色虽然呈出了可怕的死灰色，她的呼吸虽然还在不住地吁喘和咆哮，她还是要说，还是要将她数十年的惨苦生活所凝成的积郁，藉这一刹那的时机，倾吐一个痛快。

——你千万别要说话吧！你千万别要说话吧！妈妈！难道你身体都不顾了么？

——不，不，不！阿妹，你，你，你听我说，我不是一个孤人呀！我是有儿有女的，我是有儿有女的，啊啊，我的儿女们啊！你们到哪儿去了啊！？……

——妈妈，你千万别要说话呀！你看你的神经是多么的错乱啊！

不，阿妹！我的神经并没有错乱，我从前和你说的都是假话，现在听我，我，我来告诉你一些真实的事情呀！

——那末妈妈就歇一会儿来再说吧！

——不，我不歇气，我，我，我不歇气……

——那妈妈就慢慢儿地说吧，千万别要那么样的着急啊！

于是陈妈妈在疲困的颤抖中，上气不接下气的，从她嘶涩的枯喉里，诉出了她凄凉悲惨的半生的遭遇：

——好，好，好阿妹！那你也好好儿的听我说吧：十四年前，那时我刚满过四十，我的老板就死了，他是一个工人，他没有一分半厘的家产留给我，留给我的却是几个还未十分成人的孩子啊！那时我大的个孩子阿大才不过十三岁，第二个阿二也还不过十岁，至于我那个女儿却更小了，她那时还仅仅只有七八岁啦。家中一贫如洗的我，拖着这一群儿女怎样可以过活呢？没法子可想，只好把我那阿大也拖进棉纱工厂，我们一家人的生活也就这样吃不饱饿不死的过下去了。这样的苦生活整整地过了十年，我的儿女们虽说一个个都长大成人了，但是，阿妹！我的牙齿都快脱落尽了，我的头发也快白完了，我，我，我身瘦体枯，眼膛也深深地陷落进去了呀！

——啊啊，妈妈！你有这么多的儿女，为什么不早对我说啦？

大阿妹瞥见她的心气平和得多了，心里才微微的轻松一头，但她一听到她这一段话后，又半疑半信的惊异起来，陈妈妈的话是假是真？陈妈妈的神志清醒不清醒？她都有些茫然，捉摸不着头脑了。

——从前我是不敢对你说，现在却不能不对你说了。

——为什么呢？

——你，你，你听我说吧，听，听，听我说吧！

陈妈妈的口又忽然吃起来了，神色也有些大变，阿妹心里吃了一惊，连忙说句话来把她劝劝：

——妈妈！你慢慢儿说，慢慢儿说，为什么心里又着急啦！

——好，好，好，我，我，我是在慢慢儿地说呀！从那时起，我的儿女都一齐进了工厂，我这老朽了的身体也得到一时的休息，我的儿女们都不准我去做工，我每天的工作便是安坐在家中和他们烧烧饭菜，阿妹！你想想这是多么轻便的事体呀！这样一天又一天地过活下去，不知不觉的我竟安安然然地过了两年，谁料自这两年以后，我，我，我的老命是那样的多魔，我的儿子，我的女儿，竟一个个的都被人家杀，杀，杀死完了呀！

说到这里，陈妈妈深陷进去了的眼睛，突然睁了出来，她的浑身战慄着，牙关咬得紧紧的，衰枯了的老眼里的火光都像要迸射出来了。憎愤而又悲楚的情绪支配着她，她摇摇不定的仿佛马桶上都不能坐稳了。

——天啦！……是谁那样的残酷啊！？

阿妹吓得惊叫了一声，她心中的疑云顿时消散了。涌上她心头来的是一片同情的酸悲，是一片童稚的无邪的惊怖。

——是谁吗？就是那专门保护资本家的什么政府呀！

——天啦！究竟是为了什么事呢！

——说起来那却话长呀！两年以前，我的阿大，我的阿二，和我的女儿，他们都同在一家纱厂里做工，他们都是一些勇敢有为的人，他们不怕资本家的开除，不怕工头走狗的痛斥，他们肯为工友牺牲，在罢工的时候，常常都代表各工友去和资本家争论。北伐军快要到这里来的时候，他们却更活动了，我的阿大当了工会里的执行委员，阿二也在纠察队里做了什么分队长，我的女儿呢，她勤谨努力，也俨然成了许多女工的领袖了。他们每晚回到家来，几兄妹就像发了狂样的，在谈笑中，他们不骂帝国主义，就骂资本家，不骂资本家，就骂资本家的走狗。他们有时说得狂笑，有时谈得愤吼，我当时看见这种情形，还拼命地骂他们不安分和太浮暴呢！我每骂他们一回，他们几兄妹都笑嘻嘻的齐来向我解说，他们的话虽说谈的很近情理，可是我做母亲的人，为了怕他们要受意外的灾祸，我还常常都在把他们责骂，果然，到了后来，他们一个一个都被，被，被人陷，陷，陷害了啊！

——最先被人打死的是我的阿二，他是在纠察队缴械的时候被人枪毙的，他的哥哥和他的妹妹得着这消息，虽说悲愤得长淌眼泪，可是他们还是忍心的瞒着我，不让我晓得一些儿消息，但在第三天晚上，我却什么都知道了。我，我，我哭得死去活来，我要他们好好的在家陪伴我，不要他们再出去活动，他们口头虽然答应，心头哪里肯依呢，他们在家中拍脚打掌的愤骂，号啕痛哭地要去和他们的兄弟报仇，去和他们的许多工友雪恨，他们背着我，骗着我，瞒着我，时常偷偷的又跑了出去。

——有一天晚上，夜已经很深了，他们兄妹俩都还不见回来，真急得我流泪，气得我发抖，我一个人在家里等了又等，一直等到半夜，我的女儿虽然回来了，但是他的哥哥，我，我，我那可爱的阿大呀！却又被人捕，捕，捕去了！她一进门来就在我怀中痛哭，我也哭昏死去了几次，差点把气都和我哭断了啊！

——从那夜以后，我的女儿，无论她怎样说我都不放她出去了，我要她陪伴我快要完了的老身，我靠她娱乐我这可怜的晚景，她也像很能体贴我的心，在那几天内，她确实是少有跨出门外去，我还以为我这个女儿总可靠了，天啦！哪晓得在一天的清早，她，她，她在家中却又被一群侦探抓，抓，抓起去了啊！那时，我吓得发昏也气得发狂，我，我，我顾不得什么了，我一把扯着一个拿着手枪的侦探，我责问她为什么要拘捕我的女儿，我要把我这条老命和她拼一个死活，我拿头去撞他，脚去踢他，我又悲号又痛骂，不知几时我竟昏死去了。待我醒转来的时候，天啦！我的女儿呢?！我的女儿呢?！我发狂了，我不知这天高地厚的地冲出了门，不分东南西北的，一面惊呼一面号哭的只知向着前面冲去。我不知跑了几远的地方，只知道我走到一池清水的旁边，不知怎的一纵身我就跳了下去。

——待我醒来的时候，我才知我被人救回了家中，但是，那时的家中呀！却只得孤凄凄的我一个老人了！就在那天后的第三天午后，啊啊，我，我，我那阿大和我，我，我那女儿被人枪，枪，枪毙了的消息却传到我的耳中来了呀！那时，我不知哭昏死去了好多次，也不知萌了好多次数求死的念头，偏偏我的命运捉弄我，我，我竟自没有死，还要留在人世间来受这几年的活活活罪呀！

——啊啊妈妈！你说得太吃力了，停一会儿吧！

被惊怖而又同情的情绪支配着的阿妹，瞥见陈妈妈脸上的死灰色愈渐加浓，她的呼吸越发气喘，眉边鬓角的皱纹也划得愈深，她生怕她的情绪过于紧张致变生意外，连忙劝阻她，想把她的谈锋扭向别方面去。

——我，我，我并不吃力呀，阿妹！你还是听我说吧：自从我的儿女们被人杀尽杀绝了以后，我受不了穷苦生活的煎熬，提着我的破饭篮，又重新走进了我几年不见面了的工厂。本来，十余年来的劳苦，我的血汗，我的精力，都通通被资本家喝尽吃绝了，我已经枯萎得如干枝，衰老得如秋草了，谁知我这干枝秋草似的将残的老命，还要去受那资本家的压榨又压榨，吸吮又吸吮呢！啊啊阿妹！假使我，我，我的儿女们不死，假使他，他，他们真能够打出一个世界，阿妹呀！像我这样五六十岁的老太婆，那还会被人敲精吸髓啊！

——我，我，我如死人样的在工厂里又混过了两年了，天啦，这短短的两年，我受尽了我十余年来未曾受过的耻辱，我尝遍了我十余年来未曾尝过的辛苦，我，我，我的血汗是已经干枯了，我我我的精力是已经耗尽了，阿，阿，阿妹呀！我，我，我是不能过今晚上的了！……

突然，陈妈妈的喉咙里咆哮了起来，虽然是在寒冬，她的皱额上都像渗出了一片微汗，她是那样的无力，那样的枯萎，她似风前的残烛，也似寒霜下的枯草，她生命的残焰看看就像要熄灭了。

这把惊怖中的阿妹吓得来不住的发战！

——啊啊妈妈！……

阿妹的话她像没有听着样的，她双睛凸了出来，在吃力地挣扎中续说了下去：

——阿妹！我是一个不中用的人了，假如我的血汗未枯，我的精力未尽，阿妹呀！我，我，我要奋斗！我一定要团结起我们工友起来奋斗！我，我，我那死去了的儿女们说得好：不起来和我们的敌人斗争，那只有永远，永远，永远做敌人脚下的奴隶呀！啊啊阿妹！你，你，你如果只知道俯首帖耳地做一个安分守己的好人，看吧，我，我，我的好姑娘！我就是你，你，你的一个缩影啊！你，你，你的一个很好的缩，缩，缩影啊！阿妹！你，你，你还不起来反，反，反！……

她的情绪紧张到了极度，脉络棱棱的枯手捏得紧紧的，喉里咆哮得特别厉害，牙关也都死死地咬紧了！阿妹心里着急，吓得连气都吐不出来，她才想过去搀扶她，突然，轰的一声马桶间的门被掀开了！

——你们这两个烂污货！不赶快去做工，在这样叽里咕噜地说些什么？

跳进门来的是怒容满面的赵女工头。

——说些什么！难道我……我……我们说话的自……自……自由都没有了吗？！

憎愤的烈火燃烧着陈妈妈的心头，她颤抖着的手怒指着她，她恨不得立身起来一脚踏死这只狠毒的走狗。

——自由！谁说要自由？！好混蛋的老东西！你们分明是在这里撒假屎，骂公司，你还说什么自由不自由！

女工头拍着吃得肥肥的屁股大骂起来了，她气愤愤地向陈妈妈的面前，跳近了两步。

——啊啊，难道我……我……我们做了工人，竟连撒……撒……拉屎撒尿的自……自……自由都没有了吗？

——没有！没有！绝对没有！

——你这走狗！我……我……我要和你拼……拼……拼！……

愤焰把她将残的生命焚化成灰烬去了，她才想立身起来，却又很无力的偏倒了下去。她的眼前倏起倏灭地迸射着金花，她还仿佛在和她的一切敌人抗斗，最后，那迸射着的金光忽然遁逝，她那可怜的枯萎了的生命力也就完了——她极可怕的倒死在那狼藉腥臭肮脏不堪的粪水中！

——你望着我干什么呀？小娼妇！你赶快把她扶起来！快！快！快！

——啊啊，你这该杀的走狗呀！……

被悲愤的烈火猛攻着的阿妹，突然，极凄厉的惊叫了一声，扎紧裤腰，如猛兽般快的一纵身就擒着女工头的领襟，两拳便把她打滚在地下去了。

昏朦暗淡的光影下，只见两个人影在臭水淋滴的地面上推滚，扭打，和死斗。

远远有西北风的怒号声，薄淡的曙光开始在大地上展放开来，天快要明了。

原载《拓荒者》第1卷第3期，1930年3月10日

盐　场

建南（楼适夷）

一

残冬午夜，天空中挂着几点寒星，在黑色的云隙中，射出微弱的光芒。隐约地看见一带长堤和堤外吼号着的海浪。西北风呼呼地吹啸，使枯丫的堤树作出凄厉的乐曲。人类已在黑暗之中沉默了，只有远处村落中闪出一星两星的灯光。

堤上杂乱地满堆了许多汲海水的木桶和晒盐的盐板，这些东西因为久已停止它的工作，都带些干裂的样子，寂寞的倒着。但是海堤，除了防海潮和晒盐板，它还有重要的任务，从东到西蜿蜒二三十里的长度的宽高的堤路，同时也作了一条通行的驿道。

现在一个黑影慢慢地从一边走来，他没带一个灯火，只藉着疏星的微光，摸着空隙走，有时黑云把星光掩住，那他便借用海中反映上来的水光。其实他现在已与环境相隔绝了，他叫老定，脑子正被那边镇上方寡妇小酒店里高粱烧酒浸得有点糊里糊涂，世界于这时候的他已成为狭小的一隅，只是保留着一点模糊的意识，摸着黑暗的路归家去。他坐在一群哄闹着高笑着的酒客中，默然地一杯，又是一杯地吞他的老烧酒，这时他便想起他的家，那个低得像一个牛舍，又满壁堆着没人要的盐包，使这牛舍又阴湿得同地窖一样的家。那儿的一群鬼影一般的家人，花白发的老妻，死也退不了她那层面上的愁苦的网。今年十七岁的一个女儿，还是终日蓬着头发默然得像一个哑子一样，拖着鼻涕的小孩子，也只挂着眼泪叫肚子饿，于是他把一只空了的铁皮酒筒，咚咚地敲着：

"老板娘，再弄四两！"同时把眼睛凝视着桌面，伸着四只手指去帮助自己模糊的话。

"要死喽，还要？"长脸孔高腿膀的方寡妇一边把空筒接了去，一边骂着。她自然不怕她的客人喝得太醉的，不过近来岩账实在多得太厉害了，虽然开酒店的本钱是公仓里的龙头袁老板的，他说过：

"你如果知道他家里有十块盐板，你就把酒赊给他好了！"

可是自己在经手的事情，总不很愿意看本钱一点点地放下去，而收入却老是减的，因此她骂了一句，又把四两的老烧酒沽了出来了。

他经济地一口一口地喝着，他要延长他在酒店里的时间，然而酒终于又完了，而且满场的酒客，都渐渐走散了，有的跑到楼上的牌九摊上去打宝了，有的躲在对街小菜花家里去抽大烟。

"喂，我要关排门了。"方寡妇急着把酒场方面的事结束，去帮他姘头牛柱头去料理牌九摊。于是每夜照例的逐客令便下来了。

"娘的，我不要回去！"虽然沉醉中也浮上悲哀的影子了。

"好好儿的，回去，明天再来，你又不会打牌，不会抽大烟，这样大的年纪，自然也不要花老了，回去。"方寡妇把他从座位拉起了，他便也毫无抵抗地点点头，立了起来，一手扶着桌子，回头说：

"对不起，今天，今天又……"

"好，知道了，你去！"

方寡妇两手搓在腰上，看着他拐出门去，便仰着头笑了一笑，去到水板上记他的账。

风吹着树枝，又吹着他的两只耳朵，他的身子像龟一般的紧缩在他破棉袄的硬壳中，寒冷使他不住地战慄，红热的鼻子不住地吸着流注下来的鼻水，脸是辣刺得发痛。脚步摇晃着，渐渐地看见六灶的灯光了，他爬下了堤，折入小路，摸向不愿去而终而要去的自己的家了。

门照例是虚掩着，虽然盗风在四周是如此盛炽，但是没有人会偷盐包的，在这儿这东西是满地都是。他推了进去，低俯着的头，从潮湿的盐包堆边，摸进自己的床边去。照例妻儿们是早已熬着肚饿钻进破被里睡了。

“门不要闩了，成和还没有回来。”老妻听见了他急喘的声音，便从床头伸出头来关照他。成和是他的今年二十三岁的长子，自从公仓里贴出了停止收盐的通告，他不必再上海滩去劳动，但是一家人的肚子却不因公仓的停业而停止消化，于是他混进了一群平时以为非法的私贩窠里，偷偷地担一些盐到五十里外的县城那边去私贩。公仓说是盐太多了贩不出去，其实县城里的人正快要闹盐荒，公仓把盐藏在仓里，希望把已飞涨了的价格再飞涨上去，而他们却几乎胃里淡得发酸，于是偷偷的想法买私盐，私贩子的营业便也很发展了。只是这个营业太危险，五十里路程满布着缉私营的盐缉，他们瞄准着毛瑟，只眼巴巴地等私贩子来上钩，于是私贩们便也不能不作种种的防备，挑着一担两三百斤重的盐，总是抄小路，爬山越岭地走，这样五十里的路变了八九十里，而路上还不免遇到巡哨，而打了起来，那边的是毛瑟枪和短刺刀，他们则是一条青毛竹的扁担，然而他们都是拼着命的，而且人多，于是也艰苦地支持了他们的生涯。成和自从参加了这一项营生，老母的脸上即使偶得不饿也更加厚悲愁的网，只要成和一出门去，她便冥想着那些毛瑟枪和短刺刀而感得坐立不安了，但是她一点也没有阻止的意思，因为每个人都悬望着从他的青布包里挖出一点钱来。在镇上场主开的酒店、赌摊、烟馆和妓寮，是允许做赊账的，可是那米店，平时还弄些和着一半石屑一半青糠的米赊给盐民，由每天挑上仓去的盐价去扣除，自从公仓宣告了停收以后，米店已把盛米的藤箩倒覆着，碾米的机器也不再扰扰作声，他们说，谷船没有到，除了你拿现钱去，或者你的债务还没有板款那么高，或者也许可以得到一些。但是盐民除了公仓里领到一点，谁会有现款，而且板（晒盐用的工具，他们是属于场主们的，盐民得付了巨大的押款向场主去租的）款也大抵是已经吃光了的，于是有许多人到海堤也去掘些野菜根，再没法买一些喂猪的糠屑，和在一起煮了当食物。这新发明的食物渐渐的普遍开了，在冬时的荒凉的堤边，也快要掘不到了野菜根了。而公仓足足停止了两个月，场主们觉得盐的市场还欠高，至今也没有开仓收盐的消息泄露出来。

“又进城去了么？”虽然醉得这样厉害的他，想起儿子的进城，也会心悸的。今天他还在酒场听人说，场主发觉城中的私盐流行很盛，不必说都是从这儿偷运出去的，盐局长发了怒，现在又由袁龙头出了三千块钱，加鬻了一队兵来，他们准备把整个的盐场都防守住。因此他担心地添加了一句：“说是近几天很严呢！”

“是的，守得更凶了。所以好几天没进城，才是晚上由前村里马老宝的儿子阿俊叫了去的，不知什么事，到此刻还不回来。”

“不要跟他们作对才好，他们闹不出什么事来的！”他喃喃地怨了一声，倒在床上呼呼地睡去了。

他的妻看着他的醉脸，心中很不舒服，别人饭都饿着，自己却天天喝酒，不久会把几块盐板都喝光了，儿子拼着命给一家人去谋衣食，他还埋怨不是。她这样想着，真恨不得捶他的脸，但是这个想念又离开了她，她注意着门有没有声响。但是她只听见风在屋顶上呼呼作吼，邻家的孩子在床上饿醒了喊饭吃，更没有别的声音了。

对于成和到马老宝家去的近来的行径，实在比进城去更使她担心。她虽然不知他们到底忙些什么？但马老宝，全个四十里广阔的盐民都知道他的名字。他做的是沙船生意，本来自己辖着好几只专门走海洋的沙船，自从几年前公仓自己有了船再不用他的船装盐米以来，他的船便一只一只的属于袁龙头和高龙头两个场主的财产了。他便去当了一位水上警察长，捉过许多海盗，然而终于不知甚样一来，他的地位失去了，只多了一批本来是他手下而现在成为私贩的一般人，他们有生意的时候自己去干，没生意的时候便作马老宝的食客。大家都叫他“狭搭（我们）先生！”只要马老宝说一句话，要死都不管的都会去干的。

大家知道马老宝的枪不会比袁高两家的少，只是他藏在什么地方是谁也找不到的。盐民背地叫他马老宝，当面都恭恭敬敬的尊他一声“马先生”，他们对他都多少怀着一点好感，尤其是阿俊——小马先生，他像一个小小的英雄，老对贫苦的盐民拍着胸脯说：“狭搭要劫富救贫。”这句话许多盐民都觉得听了适耳。因此场主的袁龙头高龙头两个，便把姓马的恨得切齿，他以廉价收买了马老宝的船和沙地以来，他越觉得让马老宝留在这儿，总不是好事，然而马老宝虽然失了船，失了地，失了水上警察长的位置，却因为多了一批叫“狭搭先生”的人，他还是大树一般的屹立着不动，和两个龙头成为鼎足而三的形势，连公仓里出了钱雇来的武装的缉私营长，也不得不时常请他过去喝酒。

“他们现在忙些什么呢？”这哑谜老妇人的她不会懂，就是全盐场上现在没有盐可晒的几万盐民大部分也不会懂。他们只看见依旧一样的海水，依旧一样的太阳，但是公仓的门关着，他们的家中堆满了盐包，而他们又不能把盐当作饭去喂自己的肚子，是他们最伤心的事。

同时，高龙头又新进了五百亩沙地，袁龙头的新房子造好了，这样的消息，从镇上传到村上，使他想着老天为什么不给他们一个一样的好命。

“公仓为什么不要盐呢？”最后还是这迫切的问题捉住了全体的盐民，年老的人都记得以前也曾有过这样的几次，后来有一二万的人捧着长香去跪在场主的家门口，结果被赶了出来，于是又有几千人进城去同样捧了香去跪在县公署门口，也同样的被驱了，于是又公举了几十个人到省城去跪，也同样被驱了出来。这样人经过了四五个月，公仓才自动地开了门，而盐民已饿死了几百。——所以他们知道，除非场主自己愿意公仓的门是没法开的，而看现在的样子，场主还不会开仓。为什么他不愿意呢，盐是并不会臭会烂的东西，终竟可以卖出去的，钱，他们又不是没有，而人却都快饿死了，许多人都张望着那扇紧闭的门，只要场主点一点头，门便可以开，而他又可以挑着盐去换钱，不致眼看着让自己的妻儿们饿死。然而场主的头却是山一般的竖着，一动也不动。

“会闹出什么事来的。”她虽然不懂这哑谜，但知道成和这样地忙着，定会弄出什么事来的，也和老头有他“他们闹不出什么来”的观念一样，她担心着深夜不归的成和……

二

大家喁喁地盼望着开仓，其实开了仓甚样呢，他们每个人都不会忘记，除非在现在这样停收的时候：

一担一担的海水，一天一天的太阳，好容易看看渐凝成白雪一般的盐了，这时候大都已疲劳得再没一点气力，但成功的欢喜终于还使他强支了自己的肩膀，把一担两三百斤重的盐担挑回家去，过了秤是两百五十斤，一粒也不给丢失了的，等明天挑到公仓里去。

公仓的露天里已挤满了人和盐担，不知等了多少时候，才得把自己的盐担挤进里边去。秤手眼也不关一关地把秤一架，头向着天喊了：

“两百十，除包一百八十斤！”

“喂，先生你把秤称得仔细一点，我自己过了秤足足是两百五十的呢！”话还没有说完，劈面就是一个耳光来了：

“死鬼，滚出去，谁要诈你的盐！”秤手说着便用脚踢地上的盐包，叫着后面的第二人的盐去了。

“喂，先生……”他知道自己的盐如果公仓不收，便只好烂到屋子里去的，于是哭丧着脸去拉秤手的手。秤手把身子一撤，睁着眼骂了：

“滚出去，仓里并不少你的一担盐，你去卖你的二百五！”直到他自己承认了错，以及别人都替他讨了饶，于是一张票子才到手了。到那边的柜头上去领钱，钱大概是一笔账，他们把这数目在他们米店，酒店的账上扣了，这样他便可以挑着空担回来，再到镇上赊他的米吃。如果是现款，那又得足足几小时的麻烦，先是计价，城中官府的时价一角五，这儿却是大洋三分，“好，三分，一三,三八二十四,五块五角钱，便宜了你，没有另头，五块钱拿去。”于是他满足地捧到了五块亮晶晶的钱；原来照章程，这儿的现银，是一块当一块一角的，他还算运气，没有零数，否则便得打去呢。

走出了公仓的大门，把钱裹在青布包里，便往镇市上去，他本来想去买一些米和柴再到家里烧饭吃，但是鼻子管里吹来了一阵酒香，抬起头来，看见挂在店门口的招旗和红热的鸡鸭，今天酒馆里特别热闹。使他想起他劳苦了这多天应该稍稍的奖励一下自己，脚步便不知不觉地跨进去了。

方寡妇的脸特别红，她会伸着指头连珠似的报出许多菜名来，她知道今天是现款，因之厨房里的货也配得特别足。

酒客们坐满了一堂，又说又笑，楼上的牌九摊平时要到夜才兴旺，今天特别在白天就开场了，镇上的警察不但可以抽到十分之一的头，而且他们的雇主——公仓是告诉过他们在收盐的一天特别准许他们劳苦者高兴一下的。

同时大烟馆中喷出来的烟雾特别浓，妓寮里的歌声也特别响亮。

场主一方面收入他们的副业的盈余，一方面皱着眉头骂：

“这些家伙都是没出息的东西！”而仰着头笑了。他想起城中学生们出的一张小报上：《改革盐民生活》那篇文章了。但他的笑声立刻就收敛住，他记起了底下人的报告，近来时常有些不三不四的外人，到这儿出入，鬼鬼祟祟的不知干些什么事，总之这不会于自己有什么利益的。“但是这般家伙，他们所要的是老烧酒、大烟、牌九、女人，他们不会更要别的东西！”

于是他又仰起头来高笑，笑的项颈上的肥肉，不住地牵动。

盐民的确像场主所说是没出息的东西，等到他们发见青布包中的钱，已经完了的时候，他便只好嗒然的走到柴米店里又作一次赊账。在牌九上输去了的，则热心着想翻本，赌场的隔壁便有一条小小的暗巷，这暗巷中有几家专门出借银钱的店铺，你只要证明你的板款还有余剩在场主那儿，便可以用每块钱每日一分钱的利息借到你的赌本，直到你的板花光了为止。

于是你便再没有盐可晒，滚出本场或是饿死，他们给两条路给你走，而大多数的是自己找出一条路来，就是做日给劳动者到盐场里去工作，或是混进马老宝那边的窝里去。

然而大多数是“老定”样的，一方面勤勤苦苦的劳动着，让盐卤腌干了他的两手，一方面就用酒精腌自己的肺脏，使耳光和一切的贫苦都不会扰乱他的感情。

老定生长在这个咸气冲天的盐场里，足足已快要六十个的年头，生了他的父亲，也是一个盐民，不知甚样地有一次被暗巷里的债主迫急了，便吞了盐卤自杀，这青年时代的老定，终于还勤勤恳恳地弄了几块盐板，和一个老婆，而在盐场上立住足了，他把自己养成一个模范的盐民，让太阳烧他的头，让盐卤炙他的手，让秤手和公仓的职员们打他的耳光，他还是一个龙头们的顺民。今天的盐斤被秤手扣刻得太多了，明天的担子便加得重一点。他不像其他有些人似的，和些沙粒在盐里边，使斤量可以秤得起些。他以为这是要害人的。

其实他没有加沙，公仓的人却也代他加了。他们用一半石屑一半砂粒，用船装到县城去，用船装到省城去，标上了“上白官盐”的牌子，叫那些城市的人民，花最高的价钱去把石屑和砂粒调在自己的菜汤里，把牙齿都轧破了。因此大家都热望着又便宜又好的私盐，但买到私盐是这样的困难，满城的警察伸着他的长鼻子到处的嗅，盐缉们背着老毛瑟日夜策动。今天看见一个挑着盐的私贩子，满头打出了鲜血，被警察押着在街上走过，明天又听见盐局里捉到了一只装私盐的船，拦腰截断了。

好容易在夜半做得了买卖，不到天明说不定警察便冲进你的屋子里来搜查。

“吃盐是犯法的”，还有什么话可说呢，政府要把盐馀去抵借外款以用来互相打架，资本家垄断了天然的海水与太阳，发他的财，于是盐民便鬼一样的在潮湿的盐地爬动着叫号着，谁也不会听闻。

轧坏了牙齿的人大家都叫喊了。

“晒盐是不行，要好得买烧盐！”于是一部分的盐民从宽阔的海岸爬进火焰地狱一般的盐场里。

沿堤一带布满了盐灶，这里工作着的盐民是每天支给一定的工资的，从早晨到黑夜，一部分的人爬过堤去汲取海水，倒入大锅子里，一部分的人便在灶口的大火门前工作，无论是寒冷的冬天或炎暑的夏期，火焰永远是如此的燃炽着，一群盐工们永远赤着流汗的膊，红的火在他们身体上反映着光烂，在那儿烧烤。

所谓大锅子，并不是铁做的东西，它是用了芦叶编织成而又涂了泥土，上面是水，下面是火的互相交迫，水使这些芦叶濡润，火又使这些芦叶焦灼，于是受着热火烧燃的涂在下面的泥，便要不住的剥落，而使水往下漏。这儿管火门的人又是一种无论谁也想不到的苦工，除非他曾见过。

管火门的人要永远目不旁瞬地望在火中燃烧的锅底的，他看见一处有水漏下来了，他便一手抓了一把身边预备着的湿泥，一个突进，上半身钻进火中，把湿土向漏处一括。他的头上是包着一块湿布，全身是精光着的，而且流满了汗，动作是几乎继续不到一秒钟那么的迅疾。然而这工作，要最上等的熟练工人才能做，即使是熟练的也常常发生焦头烂额，或一个头脸而倒在火中丧命的事的。

所以他得到特别的优待：

每天五毛钱的工资，

丧了命可得十块钱的抚恤！

癞头阿元便是这样的烧去了他的头皮，包在他头上的一块湿布突然松下，他的头发都烧了起来了，幸一只左手还攀在外面，他才能急急的退出，倒身在火门外的地上，没伤了命。但他的头皮足足烂了五个月，也因为命是活着，因此十块钱的抚恤也拿不到手，他满头包着破布，哭丧着脸向场里要一点医伤费，结果是被轰了出来，而且也因此，直到五个月后，头变了光光的一个的时候，场里再也不要他做工了。

他现在住在保塘庵里，每天给驻扎那儿缉私营的老爷们当小差使，让人家高兴的时候，用两只手指弹西瓜一般的弹他的光头，或是弄一些剩下来的冷饭给他去，他永远只是吱吱的笑。

盐民们是乐天安命的，他们正有古圣贤“万事作退一步想”的风度，晒着盐的人去想烧盐的人，普通烧盐的人去想管火门的人，管火门的人，便想烧烂了头的人，烧烂了头的又去想那送了命的，而送了命的却已不会再想，所以他们完全是幸福的。

然而这幸福不能永远统治他们饥饿的肚子，几年来，显然的空气中吹来了一种不可见的微菌，这微菌使他们从“幸福”中骚动了起来。

三

成和回到家来的时候，漫漫的冬夜已经启露了曙光。虽然在床上而睁着眼睛在怅候的老母，还没有睡过，她听见门被推动的声音：

“成和么？”

“是我！”重浊的一声回答，在寂寂的暗室中反射过来了。

“啊哟，天也快亮了呢，你为什么才回来。”母亲口里虽如此责问儿子，心头却已经安慰了许多，知道儿子的无恙回来。

“……”黑暗中没有回音，成和沉默地摸到自己的床上睡倒了，他的身上已经这样疲倦，而精神还被长夜的会谈所兴奋，再也不能睡去。

“你们到底在忙着些什么呢？”母亲还是不放心地问，而成和终于是默然，他的心中想：

“你何必要知道呢？马上就可以见到了。”

事情的确隔不了多久，起先是镇上传着：

“北军又败了，北军又败了！”的消息，报在盐场中的确没有几张，而近城的四野有官兵来拉夫，保塘庵里的缉私兵也走了不少，这是大家都知道的。而且这一会与以前的不同，来的军队将于贫苦的人们有好处，也是大家有一点模糊的观念的。自然空气最紧张的是两处：

袁龙头的家里来了许多人，盐场的场知事，缉私营的营长，高龙头和别的公仓公厂里的经理先生都到齐了。

他们知道这一回事对于他们有很大的关系，于是他们很起劲。袁龙头打算亲身到县里去走一遭，一方面顺便到县公署去探探前方的确报，一方面准备后日的地步，大家对于这个主张同意了。

而更起劲的是马老宝的家里，有许多食客像步哨一般的在他家的四周防守着。一个从县里来的学生样子的青年已经在他家里住了好几天，他整天的躲在房子里在写什么东西，一到晚上便有许多人来整夜的会议，而且从县里一班一班的有人送了消息来。

“马君：病笃，速来！”这一个电报从镇上的电局送到马如宝的家里，是晚上了，又隔了一二个钟头，一只小船在河岸边到来，船中钻出一个青年的人，在夜色中走向马如宝的家去。

到了午夜，天是同平常一样的黑，四周同平常一样的安静。海堤边的小路上，突然出现了黑色的一群，他们不掌一盏灯火，也没有一点声息，迅疾地潜行着，走向保塘庵的缉私营部去了。

忽然一声枪声，立刻是明晃的长刀，保塘庵被包围住了。

“缴枪！缴枪！”只听见这样的呵斥，营兵从梦中醒来，一个个的四散奔窜。

夜色中，马老宝骑着一匹高头大马，手中擎着一柄木壳匣子炮。

立刻保塘庵空了，一群黑影连夜向城中疾去。

“马老宝缴了缉私营的枪，到城里捉住了县官，现在天下在党部手里了。”这样的消息传遍全镇的时候，恰巧是袁龙头嗒然丧气的坐着小船由县城回来。

他第一步计划去往访县官，哪知县官已经坐了牢；于是他便立刻实行第二步计划，去会见县署隔壁一群新兴的人物。他认识一个主持人曾经在县立小学当教员的陆士尧，他觉得自己很有把握：

“我是一个老同盟会员。”他先用这个资格向那些毛头小伙子一压，然后又举出新任省主席而尚未就职的一位富甲一乡的富豪，他们公廒里的大股东的一个，要求关于盐场一边的盐民运动完全由他来负责。

陆士尧晃了晃长条的身干，把眼睛睐了一睐：

“袁先生，盐场方面的盐民协会，早就由省里派去了人，我们这儿管不到，否则如果得到先生样的人，是再好也没有了！”

“省里已派去了人！”他感得一阵心头的阴郁，“我为什么不知道，在盐民中，我算是一个主脑，至少也不该丢开了我做事。”

“哈哈，袁先生！”陆士尧把眼睛睐得很厉害，“现在这新兴的规矩，所谓盐民是只算用手做着工的人才算数的！”

“那么，我是连做一个会员的资格都没有的吗？这还说是自由平等。”袁龙头自然不会这样不知时务，但他的计划终于失败了，他便立起身来要走，正看见马老宝的高影子从门外晃了进来，他满面是笑容：

“啊哟，想不到袁老板也来了！”他微微地点了一点头。

“袁先生，盐民协会的事，你问他最熟悉，他现在是县党部的纠察队总队长。”

袁龙头认为不幸之中还算大幸，因为盐场中再没有马老宝的足迹了，别的小伙子他容易对付……

他的船一靠岸，便看见保塘庵的旗杆上已插起了一张盐民协会的大旗，两个穿着破棉袄背着老毛瑟的人站在庵门口，有许多人在门口进出。他把牙齿紧紧的咬了一咬，好像背上立地有许多眼睛的光线射来，他只好跄跄踉踉地跑回高墙头的自己的家去。

时势的确变得厉害，连老定也不上酒馆去了，他刚听了一个省里来的学生样的人演说，回到了家里还流着眼泪，默默地出神。

这可把老太婆吓呆了，急着问他什么事。

“成和搭娘，吴搭（你们）女人头晓得啥？省城里来了一个小伙子，他晓得狭搭的苦处比狭搭自家还清楚……”他神往地传述给他的老伴听：“做龙头做柱头的原来并不是轧搭（他们）的命生得好，轧搭是抽浓刮血地吃老百姓的汗血才吃胖了的。”

话自然还有不少，总之弄得许多人都第一次想着自家的命运而流泪了；于是立刻大家答应把自家的名字上在盐民协会的簿子里，而对场主的条件也立刻提出去了；马老宝的儿子阿俊站在高台上朗朗地宣读：

“第一条：场主须承认省盐民协会安东市分会为代表安东全体七万盐民的团体！……这一条大家赞成吗？”他念着便向台前一群黑压压的大众问。

“赞成！赞成！”混乱的声浪雷一般的吼起来了。

“赞成，那末通过。第二条：场主须立刻开仓收盐！这一条……”他的话还没有说完，台下已轰起了欢呼：

“赞成，赞成！”又有人撮着嘴唇打呛哨。

“好，第三条：不准克扣盐斤！”

又是一阵欢呼。

“还有第四条，盐价须照市价增涨！”

“好！”现在是来了齐声的呐喊。

“第五条，增加烧盐工资……”

“对啦！对啦！”大众喜形于色地欢跃起来，好似一切都已实现了的。

“还有最重要的第六条：场主须将囤积米石，开放平粜！”

又是一阵欢呼……以后第七第八……一直到第二十四条条件都通过了。

“大家到袁龙头的家里去呀！大家到袁龙头的家里去呀！”矗立着的群众，如潮一样的波动起来了。

当头的是阿俊和成和他们几个，连癞头阿元也兴气冲冲的打了头阵，后面是一条长蛇阵，从保塘庵门前的广场上出发，把远处一带又高又大的墙头当了目标，风一般卷了过去。

“叫袁公庭出来说话！”到了袁家门前的广场，大家都这样怒吼了起来，平时对于场主的敬畏之念已完全消失了，大家都不再叫他袁老板而直呼小名了。而袁家的门是深深的闭着，阿俊上前去叫打了好一会，才慢慢地开了半扇，探出一个仆人的头来：

“对不起，老板到省城去了！”

“娘的，他一定躲在里面，冲进去，冲进去！”后面的群众这样地叫呼着。省里来的青年觉得这儿需要一个镇定，他便低下头来和阿俊们商量了一会，便站起身子提高着声音对群众说：

“我们先派代表进去查问，不要乱来！”

“赞成，赞成！祝先生（省里来的青年）！小马先生！成和！”大家七嘴八舌的推举了十二个人，走进大门去了。大众静静地在外面等着。

“他一定逃走了，我们打他的房子！”

“不肯答应，一定不肯答应！”互相这样地纷纷议论。

不多一会，十二个代表出来了：

“真的，袁公庭没有在家，我们还是找高阿泰说话去！”

“赞成！赞成！”大家疾风似的拥向高龙头的家里去了。

高阿泰早得了风声，急得不知什么才好，警察长和缉私营长都早已跑掉，家里几十个保镖的人，看来也不济事，没奈何只好硬着头皮软做。他从代表们的手里接了条件：

“诸位的意见，我阿泰本身是完全赞成的，只是袁公老没有在家，我一个人做不得主，这一点不能不请原谅，只好请诸位暂时耐心等一等。”

“放屁！狭搭要饿死了！”

“立刻开仓收盐！不能等！”

“你要狭搭等，便给狭搭饭吃！”

“袁公庭做了倒路鬼，便永世不开仓么？”

后面的群众怒潮一般吼了起来，代表们要阻止也不能阻止！高阿泰早已吓得脸都发了青白，不知甚样才好。忽然门后边闪出一个四五十岁的老妇人来，她是高阿泰的大老婆，有名的泼辣货，她躲在后面听消息，看见自己的丈夫受了这样从未受过的窘辱，再也不能忍耐了：

“喂，你们是什么东西，有话得好好的说，这样子简直是强盗，还说什么狗屁的革命党。”她气吼吼地说着便一冲冲进群众的队伍，把执在一个手中的旗子夺来撕破了。

“打啊！”吼声像雷一般的突然飞起，祝先生要阻止已无法阻止，大家围着那老妇人打了。阿俊一个跳步，捉住了高阿泰的领襟：

“不要打女人，不要打女人，把高阿泰捉去再说。”

于是大家才放了老妇人，赶过来把高阿泰围住。七手八脚的绑了起来：

“打倒高阿泰！”欢呼着笑了！

这时候连老定样的老人，也挤在后边笑了，他只想这班年轻的正是英雄，现在他们翻身之日到了，决不去想：这会发生什么祸事。

而事情的确是热闹，高阿泰被绑起来了，有许多人高喊着：

“马上把他枪毙，马上把他枪毙！”有的还主张一人一口把他咬死，终于祝先生硬出头把他保护住了，送到盐民协会里去。一方面群众又打向袁公庭的家去，把他的大门都打烂了。祝先生完全失了统制群众的能力，阿俊和成和一般主张激烈的人，便做了群众拥护的中心。

祝先生急得比什么还急，到了晚上盐民协会执行委员会的会议上，他扳起省指导委员的命令，给委员们一顿长篇的批评，说这事件是犯了“左倾幼稚病”，这个新鲜的名词他们都不懂，结果是由祝先生的提议，决定把高阿泰送县处置。

四

陆士尧先生现在是一县中的红人，连县长也得听他的命令，虽然他身上还是小学教员时代的那件青布棉袍，但是为了时常要去赴官厅和商界的宴会，外面也加上了厚呢的大衣了，手中也执起司的克来，他对于同部那些管理工人农人运动的同事们有些觉得不满，也和他们对于他有些不满一样。他新近接到了一位从前是师范里同过学，现在做了省执行委员的朋友来信，信中说了近来各地党务工作人员的最大的错误，一切行动都过火，要知现在是一个各阶级的联合战线，绝对不能太得罪了某一阶级。对于这封信他大大的感动了，他把来在会议上提出，主张作一次全城绅士的招待会，因为是省里的意见，便通过而执行了。

这执行的结果，使躲在家里不敢出门，在担心着自己有没“劣”

和“土”的资格的人们，都开始在街头出现了。大家都说：

“士尧的确是不错，坏就坏在那般外来的小伙子！”

某一天的深夜，县党部的门房送见了一张名片，商会会长求见陆常务。常务室的房门关了好多时候，人家便看见陆常务同商会会长一起急匆匆的出去了。

从省里回来的袁公庭，便在商会会长的私室里等候着他们俩。三个人微笑着点了一点头，他们便讲省城的形势，革命军的进展，然后谈到总司令马上要回省来，省主席不久也可到任。然后，又……话音渐渐的低了起来，陆常务起先觉得有些羞耻，后来又踌躇了一会，他想见了自己那般同事们灼灼的眼，他又想起自己投身入党时候的那种英勇的气概，他便打算立刻跳起来发怒，但是这怒没有发成，他回头对商会会长说：

“你知道，对于这件事，完全是由于底下的误会而起，我是绝对主张和平了事的，不赞成那种激烈的行为。不过我们，决不……”

这深夜会话的结果，在第二天的会议席上，大家议论纷纷地讨论高阿泰的问题时，主席的陆常务突然发言：

“总之，光是空谈讨论，也讨论不出一个办法来的，我以为最好派一个人去全权负责进行，就比较简单而易举了。”

“赞成，赞成！”一个大胖子的监察委员立起来附议。

“大家的意见甚样？”主席追问了一句，大众还互相沉默着。

“我想已经没有什么异议，我便推举陆常务全权办理。”

其实有几人是知道的，即使不推举陆常务，一切事也由陆常务在全体办理的，开会，不过是做商量，而且连常会期都没一定，要看常务高兴才召集，乐得应应人情伸了手了。另外的一部分人因为这问题已经讨论得太久，自己还有许多关于工农运动的重要提案，乐得早早把它解决好提出自己负责的案子，于是也伸了手了。

接着发生的事，是高阿泰被释放了。陆常务向同事们解释这一回事，是归咎于盐民们不来进禀单告状，弄得闯下了大祸，无法收拾，要定他的罪，又无罪可定：

“我们只要把盐民运动组织得好，放了个把土豪劣绅是并不足惧的。”他这样的说了后，便交卸了全权的任务，背起一杆气枪，借着打鸟为名，到女学校去找他的爱人去了。

没隔了几天，盐民协会的门口突然来了几个凶暴的人，昂着头要冲进大门里去。

“站住！”站岗的人呵喝了，但是他们不管，“我们要见委员长”这样地喊，站岗的人把他拉住，两下发生了纷扰时，来人们一声呼哨，从墙角里又突然冲出了武装的流氓样的一大群人来：

“缴枪！缴枪！”喊着便夺门岗手中的枪，一个被执住了，另外的一个，把枪头的刺刀作了防护，冲出了重围，摘下挂在腰间的警笛狂吹起来。几十个新组织的盐民自卫军，有的拿着长的马刀，有的只有一杆木棒，拿枪的只有五六个，因为大部分的武器都到县里去保护县党部了。但是来势却是异常的凶猛，四五十个人，一律是快枪。巷战在保塘庵门口发生起来，它来的是这样的突兀，这样的匆忙，以致防守的一方面什么预备也没有。

枪声，吼号，勉强的支持了一小时之后，大门终于被冲进了，自卫军的枪械完全被缴，来不及逃奔的也成为俘虏。会中的职员，有的听见门外巨声时，早就越了墙逃走，有的也被执住。会旗和党旗，全被撕得粉碎，做着礼堂的装饰的党领袖的肖像，也被一个人用脚踏破了。许多人拥进办事室里，把全部的文件都抄收了起来。

这时候三个骑着马的人来了，袁公庭，高阿泰，还有一个曾经在马老宝的手下吃败过一次而仍不失却他的威名的海洋大盗黄春孝，看着剧战后的保塘庵门前的广场，得意地跨下马来，走进大厅里去。

就在事情发生的三小时以后，县党部里来了大批狼狈仓皇的人，逃了命的盐民协会的职员，由马阿俊率领着，作这次被难的报告：

“……几天前我们已有了些风闻，说高阿泰和袁公庭一同回来了，而且还说高阿泰气得暴跳如雷，立刻拿出五千块现洋，托袁公庭无论如何要给他设法报仇。袁公庭当然也有他的切肤之痛，他下了海去找到了黄春孝，把高阿泰的钱完全送给他，自然黄春孝是答应了……但是当初我们并不以为确实的事，在现在的时候，土豪劣绅总不至于有这样大胆吧！而事实却终于发生了……”

陆常务招待这一大批的难民吃饭：

“好，你们也该饿了，我们吃了饭再讨论。”他听了消息自然也心惊，立刻发条子召集紧急会议。

这场会议足足延长了四五小时之久，其中只有一个人立起来责问：常务当初为什么把高阿泰放了。而大胖子的监察委员则以为现在形势已经紧急，我们还是讨论目前的问题，而这问题终于以派大胖子进省请兵，剿灭土豪而解决了。

于是难民们一天一天地在县党部里吃饭，常务忙着交际绅士，跑商会，跑女学校，市面上已经发现了：

“打倒县党部！”的标语，还有一种盐民协会的传单，说前盐民协会强奸民意，主张共产公妻，踩躏民众，现在已经经全体民众驱逐，组织了真正代表民意的盐民协会了。一批在县党部闹得没事可做的盐民协会职员，急得如热锅上的蚂蚁一般，消息是这样的传来。

“马老宝的房子已经被人打坏了。”

“盐民协会的会员都在按着名单搜捕，一个一个由黄春孝拷问着。”传消息的人故意形容，一个老头子甚样的被倒悬着用石头压在背上，一个少妇甚样的被黄春孝的手下轮奸死了。

大胖子急匆匆地坐着火车回来了，他一边喘气一边向会议席报告：

“省城，省城混乱的不得了，主席马上要倒，街上贴出了拒绝的标语，工人纠察队和警察冲突，天天在街上互相开枪，要调兵，一个也没有。省部的丹委员说，这事情以和平解决为好。”

“和平解决。”陆常务听了这消息不住的点头，他主张设法和袁公庭他们去讲和，盐民协会仍旧是要的，有什么激烈分子当然可以开除，而且他又担任了这事情由自己去办。

于是立刻就通过了；大家觉得这事件太麻烦了。

英勇的常务，抱着为七万盐民请命的精神，带了四五名武装的卫队，浩浩荡荡的坐着轿子下乡去了。他很有把握，袁公庭一定会听从他的，这样乱来大家没有好处。

然而到了这一天的深夜，有一个卫队狼狈地回来了：

“常务被黄春孝扣留！”这消息自然又是一个紧急会议，又是一番纷纷地讨论。马老宝跳了起来，好久以来他就忍不住了：

“好，让兄弟去和老袁说话，我手底下还有五六十管老毛瑟，黄春孝算什么东西！”

“打！打！”年轻的人兴高采烈地附和。

现在是大胖子的监察委员立了起来：

“马队长的提议，兄弟完全赞成，不过这是最后的办法，事情还可贯彻和平的初旨，我们是不主张用武力，兄弟，现在，”他一边一字一字地说，一边留意四周的空气，终于毅然说出来了，“主张请杨商会长去下乡一行，他和袁公庭很有交情，如果肯答应就好办了。”

于是这样决定了。商会长义形于色的允许这笔差使，坐着双桨的脚划船，急急地去了。

一方面马老宝在他的部队那边，仍然进行他们的军事会议，他们觉得如果没有一次战争，那些盐民协会的人永远是无家可归了。

农人部的白委员更起劲，他答应去请邻县的农民自卫军来帮忙。马老宝底下的一批兄弟，更是骚动起来了。

“要狭搭作什么用，让自己故乡的老百姓吃苦么？”又是一个个的在摩拳擦掌。

一方面杨会长通行无阻地经过几道防线，直到袁公庭的家中，袁公庭自然很高兴地把他招待了。

“老袁，你可闹得太厉害了一点，天下眼看得是他们的了！”

“哈——哈——哈——哈！”袁公庭仰着头笑了几声，便把一只手在杨会长的肩上一搭：“老杨，你可弄错，马上仍旧是我们的。”

接着他便告诉了一番政局的趋势，新近从省城来的报告。后来才谈到扣留陆常务的问题，商会长说了：

“不过呢，我现在是为了那姓陆的事来的，他还不致同那些小疯狗一样，神气比较清楚，你也要稍微留一点面子才好啰。”

“哈——哈——我对他很客气，一点也没难为了他。只请他稍稍的在敝舍休息几天，近来他忙得瘦了许多了。老杨，你忘了那天晚上的事吗？”

“那末你打算什么样呢？”老杨点着头笑了一笑。

“什么样，你这一次来意我已经懂，难道叫老兄白跑一趟么，况且我也不打算好酒好肉养他一世的。……喂，把厢房那边的锁去开了，请陆先生来！”他回头向下人吩咐。

五

仅仅是十余天的间隔，这巨大的变故对于每一个盐场上的住民影响得太大了，他们的口永远不能停止住，起先是呼号——群众大会中的热烈的欢呼，结束还是欢呼——黄春孝的威刑之下的痛苦的悲呼；起先是泪——觉得自己地位的突然高涨而欢喜得迸出了眼泪，——结束仍是泪——受不住酷虐的拷问而流下了痛泪。搜捕日夜不休吵扰着每个村子，保塘庵后边的小山脚下里，泥土一天天的高起来，中间埋满了受不住酷刑或被砍去脑袋而死的贫苦的盐民的尸体。黄春孝露出又黄又长的牙齿，狞笑着问还要不要自由和平等，对他面前那些辗侧垂毙的俘虏。

老定和他的妻儿们枯守在阴暗的家中，相对着默默无语，人家说成和还没有离开盐场，黄春孝的部下已经来搜查过三四次，结果是并无所得，只捉去了两三只过年时留下来的鸡鸭。

镇上一次一次的传报了消息，今天有三十个人被打得断了气，明天又有十几个人被砍了头，后来是公仓和盐场里的职员，拿了簿子挨户的抄名字，每家每月要出两毛小洋，做新盐民协会的会费，谁要是不肯出钱不入会，便会被捉到保塘庵里去。

老定觉得朝代又换了一个，龙头毕竟还是做他的龙头，他又去喝老烧去醉他的心肺。他的老婆眉头皱得特别紧，因为成和没有下落，她知道许多人都到城里去了，然而成和并没有，那一天的深夜，他满头流着血，到家里来过一次，又匆匆地出去了。

“成和，你赶快还是避风头呀！”老母追出去叮咛，成和的身影已经不见了。

接着又过了几天，二塘头的土地庙里，聚集了许多人，时候是深夜，一点星月也没有，这许多人鬼一般的在黑暗中潜入了进来，灯火也不张一个。有几个人在庙口守望着，大部分都跑进庙的大殿里，悄悄地席地坐成一大圈。

一个人在这圈中站起来，把大殿的门紧紧地关好，几乎弄得谁也看不出谁的脑。

“现在，我们都得准备好了，城里的纠察队马上可以到来了，而且还有邻县的农民军，只要枪声在前边一响，我们都得在保塘庵后面的小山背后会集，枪虽然没有，刀还是不少的，那时候他们一定上前边去拒敌，我们便冲出去把保塘庵占住，往他们的背后夹攻上去。”这说话的声音，虽然是这样的低，大家都知道是成和的声音，他是盐民协会的重要人物，然而他还敢在这重围之中潜伏着活动，这使到会的人们加了一股勇气，马上都把这命令接受了。

“那边到底有多少人马来呢，今天他们又装到了一船新枪呢。”

“不要怕，至少来的有两三百人，而且都有枪，好些人都打过仗，黄春孝算得什么呢？只要我们的内应做得好，仍旧是什么也不怕的。”成和的声音又低低地说着。

这时候，大门被轻轻的打了两下，一个人走了进来：

“我们看见有两只狗向这儿来了。”他急呼呼地报告。

“好，我们散了吧。”有的人这样主张。

“不，如果走来了，散已经来不及，两只，是不是，好，可以对付，先示一示威也好！”成和现在已不像一个憨愿的乡下人，他从腰间拔出一把短短的匕首，白的光芒在黑暗中闪了一闪，“跟我来！”他首先蹑着脚向门外走去，后面跟上了五六个青年。

第二天保塘庵里起了极大的骚动，两个部下的尸体在土地庙面前的古井中发现，同时县党部的纠察队和邻县的农民自卫军长驱而来的消息也报到了。

他们再没有工夫去侦察杀人的凶手了，急急地调拨了部队往前方防御。

从海边起一直向南的二十里中，一共有六条堤塘，因为海滩渐渐的往北涨，海堤也便一条一条的向北筑去。这堤塘对于战事是天然的壁垒，可是等到黄春孝的部队开到三塘头，南边的一条堤塘已经被城里来的军队占住了，两方相距只有三四里路，战事便在这中间发生了，第一排是纠察队的冲锋，第二排是农民自卫军的冲锋，满空布满了枪声，来势异常凶猛，黄春孝的部队由二塘退向三塘时，突然四塘上已布满了盐民的武装，成了腹背受敌的形势，于是只能依靠着一个古庙和小山作了防御，预备反攻的计划。

盐场的方面，盐民的盐民协会又举行盛大的集会，袁公庭和高阿泰的房子被捣毁，盐民们又开始了活跃，增加了比前更高的声势。

“这一回一定是靠得住了！”大家都喜形于色的互相告语，因为现在的天下是流了许多血，用自己的赤手空拳打出来的。

但是维持不到两天的工夫，突然又发生了变故，对方的纠察队和自卫军，忽然得到县里的紧急命令，在一夜间退走了。原因因为省里已经历了一次政变，以前所有的人物都捉进了牢监里去，被拒绝的省主席，由军队保护着到任了，向各县方面的军队也立刻出发，原来的旗子仍旧插着，只是这旗子下面的人物，却忽然由要人而变为罪人，由罪人而变为要人，纠察队和农民自卫军已下了一律解散的省令，就是党部本身也发生了动摇。

黄春孝和两个龙头立刻就明白了一切，他们知道前方已可无虑，便以全力向后方冲去，不必说，扬着长刀和土枪的盐民是全部覆灭了，一切又恢复了旧来的主人，只是杀戮和搜捕更有雷厉风行的进展……

这事件从开始到结束，一共经过了三四月。去了残冬又去了暮春了。

现在，海仍旧日夜的号吼着，卷推着白色的浪海向堤壁冲击，堤壁是俨然的不动，然而浪涛还是无尽无休的冲击，冲击，好似总有一天，定要把这坚固的堤壁冲倒了才肯罢休。

公仓是开了，因为省内的战局已经终结，交通恢复，各方面有大量的盐的需要，盐价已经涨到从来所无的高度。于是堆藏在老定家里的盐包，都一担担地挑向仓里去，大家又在海滩上和春天的虫一般的活动起来了。老定夹在许多人中，弓着背，汗流满面的一担一担地汲着海水，倾到盐板上去晒。

盐场里的大火门也融融地燃起火来，盐工们赤着亮晶晶的身，在火光中烧烤着工作。

好像一层什么空气，罩住了满个的盐场，大家都是默默无言，连眼睛也很少作一次相互的对视。他们知道说话将令遭甚样大的祸事，反正所知道的事大家都是一样知道了的，不必再说。

保塘庵上仍然高挑着那张旗子，迎着风霍霍地响，盐民协会的招牌也挂着，然而除了：

“会长黄春孝！

会费每月两角！”

此外与盐民再没有关系。马老宝的屋子打坏了后，那些破碎的砖瓦还堆在那原地上，大家都说马老宝已上南山落了草，这消息确实与否，也不知道，反正属于这个名字的一切有关的人，都已不见面了。

县城的方面，现在是换了一批人物了，那些人都不再是毛头小伙子，而是嘴上多少带一点毛，穿了方袖马褂走路脚踏四角的老成持重的先生们了，他们也到盐场里来，但并不是立在保塘庵门前的广场上声泪俱下的对群众演说，而是在龙头家里，眉呵眼笑地喝老酒和抽大烟了。

那些小伙子鬼也不知道他们到哪儿去了。

“如果狭搭看见他，一定把他咬死，他害得狭搭好厉害。”年老的人偶尔也这样地说。年轻的人则玄想着：

“轧搭是好人，一定有一天会回来的。”

日子一天一天的过，和往年并没有两样，有人说祝先生在邻县被人咬死了；有人说不是咬死，是官府捉了去用洋炮轰杀的。总之，是死了，此外再没有别人的消息，偶尔传闻些近处有“请财神”（绑票）的事发生，而且居然有人说，那一定是阿俊做的，可也没有人知道底细。

日子，照常的过去。一切都好似电光般地闪过了。

六

现在是在一个大都市里，这里离开盐场大约有六百里路，这里的三百万住民，大概都是吃那里装来的盐，但是很少有人知道海的那边，有一群污秽褴褛的人民，为了他们的滋养和调味，天天在饥饿中劳作。如果他们有时偶然想到世界上最悲惨的人，他们一定是会记起那些正在造马路掘阴沟的苦力，因为眼中只见这些。

那边的一条马路正在翻造，电车路线只有一条可以通行，弄得经过的车不能不在这儿逗留好久，去等候对方的来车。一辆电车在这儿停住了，头等厢里的乘客，有好些耐不住等候的便在这里跳了下来。这时候，人丛中有一对青年的男女，互相挽着手，跳过在修理着的马路，想走到对面的人行道的水门汀上去。

“陆先生！”突然背后起了一个呼声，青年吃惊地回过头来，发见叫他的是一个正在拿着鹤嘴斧把石块打进泥地上去的工人。

“陆先生一定是忘记了吧，可是我还认得你，虽然你换了西装……”那个龌龊的工人，说着露出牙齿嗤嗤地笑。

陪着一个漂亮的女人，忽然有一个苦力来和自己说话，陆先生感到受了侮辱了。

“我不认识你，你是谁？”

“你自然忘记了，我换了现在这样子。你一定会记得盐民协会，我便是会里的成和。”

“啊！什么？”他才想起来了，但是觉得那桩事情已经完结了，他和他已经没有谈话的必要，这样问了一声，便想走了，但是成和还要问，他记得以前那些青年人，是完全把自己这班穷人当好朋友的，现在一定还一样：

“报纸上近来有没有什么消息，我们几时一块儿回去呢？”

“回去？”陆先生没有把这想到，因为他不久就要到省城去就教育厅科员的职，由着一位同乡要人的帮忙，党籍早已恢复了。“啊，现在说话不便，你住在什么地方，我来找你！”

成和把地址告诉了他，他听也不待听清楚的扶着女人就急忙忙地逃跑了。

“妈的，真倒霉！”他偷偷地告诉那个好久已经惊讶了的女人，陆先生并不隐瞒，因为这是他生命史上光荣的一段。

成和把满染泥土的手掌向额上掠了一掠披下来的长发，还是抬起眼轻蔑地望着他俩的背影，直到监工的从旁边走来了，才提起鹤嘴斧来，重新一下一下地打石头。他觉得他不在打石头，而是在打袁龙头的脑袋，心中便异常的高兴，几乎想撮着嘴唇吹哨啰了。

一九二九，一二，二〇，于东京。

原载《拓荒者》第1卷第2期，1930年2月10日

路工手记

孟　超

二月二日，晴。

今天，——开始了！

那时候，我随着二六八号上行列车，正在上午七点半的光景，刚从 × 埠开出，向着 × × 集奔驶着。

一切都和平时一样。

车外的风嗖嗖的向里吹，车的机轮转动着，不住声的，昔昔搭，昔昔搭，昔昔搭……

机器间里，沉闷着，只有我和福胜老头儿二个人。

黑烟迷迷蒙蒙的，臭气向着鼻子里冲，炭灰也特别的呛人，虽然这种味道是尝惯了的，可是在干燥的初春，喉咙里容易发哑的时候，自然也有些辣刺刺的。

——咯！咯！咯！

我扶着添煤的铲把，带着忧郁的，口里不住声地发咳嗽。

福胜老头儿却忘记不了的两手玩弄着他那碳铁锅子怀表。

突然，喜保从后边车厢里走过来。

——他妈的！准备着吧！一出 × 埠就决定好了，到了 × × 集马上就要打住的！

我们两个像在暴雨里听到了沉雷一般，精神立刻振起来了。

我站在旁边握着拳头，没有什么话可说，但是这几天郁积的闷气登时消散干净，全身的热流都集中到脑际了。

老头儿从我手里把铲把拿过去，使劲的向车板上一碎。

——候着吧！给你们点颜色看看！

车厢，没有头等，没有二等，没有三等，只是挂着十几个载牛载马的货车。

里边和装货一样拥拥挤挤的载满了好几百猪猡般龌龊的兵士们，他们都是运往宰割场屠杀的畜生。

上车的时候，我从机器间的窗子里看了个仔细，一个个都是面黄肌瘦，拖着一杆枪无精打采地走上来。有几个留着小胡子的下级军官，有的挟着一包一包的大饼，有的还提着一个装满了高粱的大肚子酒瓶。他们虽然也有官阶的分别，实际上，可都是些可怜的家伙。

他们是被开发到前线上去，防堵 S 军的北上的，因为他们军阀的混战，又快要到爆发的时候了。

这次的罢工，就是为了这个缘故，因为这个缘故才促成了。

我想他们一点不会料到的，大约那时有的还在打瞌睡，有的还在嚼大饼，有的更已经醉成烂泥了吧！

事情是这样的：

因为时局的紧张，政治上的两个头脑已经握起拳头，挣起眼睛，准备着火拼了，所以打仗的声浪，便一天一天的高涨起来。其初，也似乎只是造造空气罢了，可是这几天来，你运兵，我调队，渐渐地成了事实。

一讲到打仗，是谁都头痛的。物价的腾高，金融的恐慌，市民的惊悸，都是使社会秩序紊乱的，同时，为着军饷，发行军票，也会一直深入到农村里，使他们鸡犬不宁了。

可是直接先受着影响的，便是我们工人——尤其是我们终日里托在轮子上跑的铁路工人！

我们这好几天来，客车已经停止，车厢，车头，被双方分别着扣住。在军轨上跑来跑去，都是为了装载穿灰色衣服的兵士们，都是为了他们军阀的战争！

这是多末痛心的事！没早没夜，没有一定的工作时间，只有蛮横，只有不讲理，只有大帅，军长，司令……的命令，却没有我们半点的宽容！

昨晚两点多钟，又拿着大令，逼着立刻开车。并没谁个反抗，只是比较迟一点罢了，车站就被包围了，凶暴的军官，便指挥着如狼似虎的兵士们用枪把子打起来，打伤了许多的同伴，打得头破血流的，并且还拘捕了两个司机。

军官们拍着胸脯扬言着说，被拘的人，是押在司令部里，拷打的已经不成人样子了，并且已经判了一个“抗拒军令”的罪名，不久就要枪毙的。

这样，我们再不能忍耐了！

工会紧急会议今晨开了。

准备聚集在 ×× 集，车到的时候，便要抗拒。

车停在这里。

红的旗子，绿的旗子，都失了他的作用。

放气的吼声不响了。

任管你军令怎样，凶恶，皮鞭子，枪把子是怎样厉害……

车，再也打不动的！

三日，天气阴沉沉的。

火车依然是和一条死的长蛇一般，毫无生气地躺在那里。

想起昨天这样的时候——

吼着巨声，喷着乌烟，像活龙飞舞着的东西，是怎样的风驰电掣地疾奔在轨道上边。

同时那路旁边，秃着枝子的树木，荒凉颓败的土堡，才开冻不久的小河，土馒头般起伏不平的山巅……，一切的景物，又都是怎样的生动活泼的向后飞跑，飞跑，继续不断地飞跑。可是现在什么都停止了，一切的都在静的死的世界上站住了。

有人说机器的力量真大呵，能以操纵着这个世界的生死。

然而，你们很要明白的知道，机器还操持在我们的手里，我们的力量是超过死的机器以上呵！

我们不动，火车总是不会动。

车停下之后，秩序当然是紊乱了。

其初，那车厢里载满了的那些可怜而又似乎使人讨厌的小灰色物件们，还像嗑了事后药一般，不顾命地咆哮着，乱闹着。等到我们把这个道理讲给他们听了，他们也突然地从梦里醒来了。

他们有的气得涨红了面皮，有的感动得哭了。

他们都是生命的出卖者，他们的低廉的价钱，只是一卷一卷的空头支票呵！

喜保告诉我一些零零碎碎的话，是他亲自从那些兵士们的队子里听来的。

他说——

那些小兵们，有的才十一二岁，还没有脱孩子皮，便被他们强拿着向棺材里填，向阎王口里送。打过一仗，死多少人，伤多少人……结果总没有人去计算。

他们有的自从入伍，还没有领过一次饷，而且饭都吃不饱！

他们的来历，大约都是乡下的农民；他们受了兵和打仗的苦楚，他们受了捐和税的厉害；但是没有办法，结果还是只有走这条路。

每次打仗的结果，他们说，只听见军长当了司令，司令得了地盘，政治的变化换了换汤水，可是他们呵，死，是应该，不死，是例外。

当兵只是如此。

……

……

我们谁个不是农民出身呵！

我才知道，东打，西打，打来打去，打仗对于我们的好处，就是这样。

不是把我们运到战场上，和子弹一样，当了堵炮口的家伙，便是逼成赤条条的一根，替机器当奴隶的东西！

同时，还有村子里边的少年老头儿，小孩子，因为火车站在那里不动了，一群一群的不住地跑来看。

他们是我们的候补者，我们愿意同他们很亲热的。

我们告诉他们这件事体的原因，和我们平常的苦处，他们都叹气。

一个二十几岁的壮丁，气愤愤地说道：

——将来我们逼到这一天的时候，到外国人工厂里去做工，也不到火车里来的！

哼！外国人呵！

鹞子是比苍鹰还厉害呵！

上午村子里的人，送来了许多馒头，红薯，茶包子，大头菜，给我们。

晚上工会里还要开紧急会议。因为司令部派人来说，要我们先开车，他们便放人。

这又是玩惯了的骗人的法子。

鬼家伙！

谁信他的。

四日。

罢工还坚持着。

今天事体太多，忙的不得了，实在顾不得记下去了。

从报纸上剪下关于这件事体的两种不同的消息，贴在下面。

一段是能替劳苦的人们讲话的实话报上的；一段是北方著名的大报——×× 报上的。

一，实话报上的记载

铁路工人大罢工

军阀的末运到了！

工人都起来了！

军阀混战的局面日见紧张，首先受着痛苦的是铁路工人，这几天，交通已经断绝，火车已经成了军阀的御用品，因此工人的压迫也更加厉害。前晚二时左右，× 埠又因军队强逼开车，殴打工人，包围车站，逮捕工人领袖……，便惹起全体工人的愤怒；今晨七时，车行至 ×× 集，突然停止，全体工人实行罢工。同时，× 埠路工人也集中车站，作一致的行动。工人情绪，异常紧张，预料此次罢工，将从改良待遇斗争，转变到反军阀混战的斗争，而给双方军阀以重大的打击。

二，× × 报的记载

× × 路工人扰乱后方的反动行为

今晨七时半，× × 路二六〇号上行车内载南开兵工一团，行至 × × 集，忽有工人数人罢工，在此军事迫急中间，显系反动分子从中利用，希嗣扰乱后方，闻司令部已将严加惩办云。

数人吗？我们分明是全体。

反动分子，……扰乱后方，……严加惩办……

他妈的！

放屁！

五日。阴，清晨有雨。

今天真是争斗剧烈的一天，从晨到晚我们和他们相持着，像波浪一样，一回儿高涨起来，一回又似乎和缓些，可是结果呵，因为我们群众的力量异常的雄厚，终于把他们屈服下来了。

从今天始，才真的使我们实验了群众的力量的效果，也只有用群众的力量才能冲破一切呵！

早晨八点多钟，工会突然被包围了！

当然，因为这次罢工，在军阀的战争上，是起了很大的阻碍的，军队是不能敏捷的运到前方了；停顿在 × × 的这一部分人，又正当着前进和后退的咽喉，没有方法能够避免过一条必经的路径的。

对方军队增调愈是急了，使他们更想赶快来解决了这罢工的问题，不然的话，他们一定就会马上失败下来的。

其初，还派副官派参谋来到车站上，召集训话，他妈的！什么训话，还不是骗骗我们吗？

他们拍我们的马屁，说我们应该爱护国家，应该帮助他们消灭反动势力，所以为体贴政府的苦衷，应该立刻就开车的，可是一讲到被捕的人，他便说车开了，马上就放的。

我们谁听这种骗小孩子的话！大家“嗤”了一阵，一哄散了。

软的手段用不巧妙，那凶恶的狐狸尾巴马上便露出来了。

他们从就近的地方调来了许多的马队，步队，大刀队，连上困在火车上的，共总不下四五百人，统统都开到车站的附近，我们的工会已经在包围中了。

同时，在我们方面，也已经得到了 × 埠的消息，知道从 × 埠派出的代表，向着下行各站里报告的结果，是很圆满的。

我们是用了连索法的传递的报告的，从这站传到那站，从那站又传到另外那一站，这样一站一站的向前传递过去，所以不到一天的工夫，下行的各站，都已经罢下来了。

× × 集是一个集中地方，而且又是他们军队驻扎的中心，我们很明白的知道，他们是一定先向着 × × 集打击的，因向我们的计划，为雄厚我们的力量，也是要集中到这里来。

我们一点都不胆怯的，即使外面包围得水泄不通，可是我们整个的力量是渐渐的大起来了。

军队冲进来了。

把我们驱逐出去，赶到工会门口的一个广场里。

现在一句好话也不讲了，因为他们知道讲好话也是没有用处的。

枪直指着，皮鞭子扬在半空里，马队远远的围绕着。

——开车！开车！马上开车！

我们大家气愤愤地站着，不说什么话，更是一动也不动的！

——开呀！赶快！妈那巴子！你们群鸟东西也想造反！

一个凸着大肚皮的军官，露出十二分的凶信来，这样地说。

我们实在容忍不住了，但是找不出什么话答复他。

喜保到底是年青的人，他跑在群众的队子里，鼓动这个，指指那个，很低声的：

——喊口号呵！喊口号呵！

——打倒军阀！

——打倒军阀！

——反对军阀战争！

……

……

轰的声涌起了好几百人的呼喊。

皮鞭子，枪把子，雨点一般地下了，下在我们的身上，更打起我们的愤怒和怨恨来，往上冲着，往上冲着，一点并不少退的！

——开枪！

军官的命令下了。

——乓！乓！

可是当兵的手里的枪口是向着天放呵！他们的子弹也不听军官的命令了。

军官们都气急了，亲自带着护兵们来拖人，一个，二个，陈小顺，刘阿典，福胜老头儿，统统被他们拖去了。

然而，我们依然是不退，再往上冲，再往上冲，冲破他们的包围，从那虎狼般的手里，把他们夺回来了！

这样相持着，待了一刻多钟。

后来，从 × 埠以及附近各站来的我们的同伴渐多，渐多了，在他们的包围之外，又加了我们的包围了。

当军官的也都是很聪明的家伙，制服不了我们，他们也不愿在这里尽着纠缠，使劲地突出围去。

他们被我们冲退了，他们去了！

当他们走出之后，我们才仔细的看的出来，那些被困在车上的兵们，在乱洋洋的时候，不是在打我们，而是都在打他们自已的军官！

还有许多的从别地方开来的兵们，临走的时候，不住的回过头来看我们。

更向着我们把胸膛一扳，大拇指头伸出来朝着我们晃了两晃。

——好家伙！真带种呵！

晚上，当地的学生会派了两个代表来慰问我们。

两个二十几岁的青年，穿着藏青色的学生装，在他们的一举一动当中，都充满了喷发的熟情，尤其是对于我们这次的事件，更在他们的谈话中间，有一种说不出的同情心流露着。

我们把这次的经过详详细细地告诉他们，他们其初长叹，后来更气愤起来。

趁着大众没有散的机会，他们两个更在那广场上作了一个小小的演讲。

他说，学生，工人，农人，和兵士都是一样的，都是受着压迫的；将来的世界的创造是只有大家联合起来。

最后，那一个更年青的，在他的说话中并且替我们指出了一个唯一的出路来。

他说：

——你们现在必须要从反对无理压迫的斗争中，转变成一个整个的反对军阀混战的大罢工，因为军阀的混战一天不消除，你们的待遇，总是不会改变的，所以必须要彻底地对他一个总的反抗，然后才是大家的出路。不过，这种扩大的斗争，不是哪一部分单独夺斗所能够完成的，不是这样零零碎碎的局部的罢工所能建立的，我们，我们——工人，农人，兵士，学生，必须大家作一个总的同盟。……

是的，他们的话，的确是唯一的道路；在几天中，我们已经得到一个明日的试金石了。

困在火车的兵士，住在村子里的农民，远远地跑了来慰问我们的学生，他们对于我们都是有无限的同情，他们都是一致地对着这可厌恶的军阀混战不住声地咒骂，事实已经说明这总的反抗的时候到了，这时候，是已经显出了走向总的同盟的局面。

工人，农民，兵士，学生，大家起来呵！

我们的时候到来了！

我们保护着他们两个，一直送的走出了车站，到了将要分别的时候，他们更诚恳地嘱咐了我们一句：

——你们不要以为他们被你们打退了，提防着吧！他们一定还有别的花样呵！

六日，天气还和昨天那样阴晦。

罢工已经五天了。

明天有一个伟大的纪念节。

在 × 年以前，× × 路曾有一次震动全国的路工大罢工，那是中国第一次开始的工人斗争，虽然，当时会被那强暴的军阀用武力镇压下去了，虽然在屠杀中牺牲了不少的战士，可是这一页开篇史，是值得我们永远纪念的。

在那时候，那个轰轰烈烈杀人不眨眼的军阀，现在已经成了过去的，消沉的，困在穷途的东西了。

但是，我们工人的势力，现在呵！却一天一天的高涨起来，而且踏上有组织有团结的大路了。

在 × 年后，纪念日的前一天的今天，谁想又正逢着我们这扩大的斗争的时候。这更怎样的可以鼓舞我们的情绪的事呵！

过去的军阀，过去了。

现在来屠杀来压迫我们的家伙，你们估量估量你们的狗命吧！

我们从今天开始，开始准备我们的纪念。

一点多钟，从 × 埠传来的消息，知道全国的几条重要铁路的路工们，也都开始行动了。

尤其是在南方的，和在北洋军阀站在对立方向那边，也有我们同伴的斗争了，这都是可以致他们的死命的，和我们一样，两方面的力是更容易促成他们两边军阀同时的下场的。

他们自然是为了援助我们。

但也是为了纪念 ××，更是为了一致的反对军阀的混战。

我们被捕去两个人，忽然的都释放出来了。

我们一点不奇怪，我们很知道这并不是他们待我们的恩惠，只不过是要缓和缓空气罢了！

我们作了一个盛大的欢迎会，而且有农民，有兵士，有学生来参加。

他们的精神都很好。

虽然遭了一些毒打，吃了一些苦头，铁炼的变成钢了。

果然，又有新的把戏出来了。

听说，他们在明天也有个大示威，预备着雇东洋人和吕宋人来开车。

到底福胜老头儿有点老经验，他说了。

——你们不要发慌，我们把车上的螺丝钉，和重要的机器拆去一些，他妈的，让他们来好了。

吕宋人，是专和我们工人捣乱的，在他自己国里，被工人们逼出来的东西，又到中国来狗仗人势。

有一天，总有一天，使他们在中国也站不住，逼得他逃的没有地方逃的时候。

东洋人——帝国主义

他妈的！军阀的爸爸！

晚上，开会筹备明天的纪念。

明天是准备着工人农民兵士学生一个总的大示威。

在开会的时候，讲到他们要雇用东洋人吕宋人的事，一个学生告诉我们说。

——在反对军阀混战的斗争中，我们不要忽略了帝国主义。

明天——

纪念 ××，

今年的纪念，是我们总同盟的开始。

原载《拓荒者》第1卷第3期，1930年3月10日

突　变

冯　铿

这是圣诞节的前夜。给几天来那衬映出残年急景的冻云紧紧压住的空间，虽然没有洒下些点缀这盛节所应有的雪片，但那由北方吹来的隆冬的夜风，却把这大都会附近的一所荒野似的小村落里的几间小泥屋，刮得呼呼地有些震撼起来！

女工阿娥把晚饭吃完，把她那发了几天热的孩子哄得睡觉了后，便赶忙把这仅可容身的斗室修理着。她的这半间小泥屋自然也和邻居别的泥屋般有着一副填满了稻草的卧具，一方长方形的横挂在壁上当桌子用的木板，和一些乱七八糟的破衣，什物；但它所与众特异的是木板上面还黏有一幅圣母和她怀中抱着的基督的画像，五彩精印的。这圣像虽然已失却了它本来的色泽，但居高临下地，它的似庄严，似慈爱……的潜在的神力，却紧密地支配着它下面的一切，洋溢于这小小的空间；再从它那纤尘不染的纸面上看来，我们便知道它是给这室里的主人翁怎样的崇奉着，宝爱着哩！

因为明天是圣诞节，是一年里阿娥最感到快慰和兴奋的日子——能够恢复她像儿时过新年那样有兴趣的日子！她把室里什乱的东西检理了一番，看看这本来就很晦暗的天空已经完全黑魆魆的了！她摸摸索索地把放工回时买来的一束快要枯萎的花儿插养在一支香烟罐子里，把来供在圣像下面，点上了一盏小小的煤油灯，洗干净了手，她站在木板前幽幽地向它们观玩着。由泥壁的裂缝外透进来的缕缕的风丝，把微弱的灯光吹得摇晃不定，灯光里那几朵黄白相间的不知名的花儿露出了一种幽冷的惹人怜的可爱！她很想就在这个时候跪下去深深的祈祷，找寻她幻想里的幸福。但病了几天的儿子不能不给他向她所认得的唯一的黄牧师娘乞些施济穷人的药品，今晚上的比较隆重的祈祷会她也得到那里参加去。她静听外面怒吼着的风声，冷的预感立即袭上心头，无抵抗地她起了一阵寒战！

“我应该去了，莫过了晚祷会的时间！……”阿娥这样自语着，立刻鼓起勇气，披上她唯一的破外棉袄，俯视一会那紧裹在破棉絮里沉沉睡去的儿子，按一按他灼热的额角，熄灭了灯，便走出外室来。

“三妈！你睡觉了吧？”阿娥站在同居着的王三妈床前。

“阿大还没回来呢！不晓得今天的小车子又推到哪儿去了！……我哪里睡得着？”年老的三妈由棉絮里透出来的声音，微弱得几乎听不清楚！

“是啦，阿大哥还不回！……三妈，谢谢你替我关照一下小囡，我要到离这儿很远的牧师娘家里赴晚祷会去，总要两三点钟后才赶得回来。好三妈，阿囡醒的时候，谢谢你替我哄一哄他，说娘到外面买东西给他吃好啦！……”

“呵唷！天这样黑了还到外面去吗？外面的北风多厉害呵！……”

“冷我是不怕的！明天是圣诞节啦，三妈！……阿大哥怕快要回来了，在路上碰到他，我会喊他赶快些回来！……谢谢你，三妈！我去了……”阿娥把那单扇门拉开了，外面的狂风找到了一处可以再给它膨胀的罅隙，很猛烈地吹打进去！惹得三妈拼命地卷紧了棉絮战了一阵！

全身的衣服好像立刻变成坚冷的铁质般，连心窝里的暖意都消失去了！密针似的狂风向脸上扑来，紧紧躲在袖筒里的十只指头就像掉在冰窖里般发痛！阿娥在那黑得瞧不见路道的小径上走了几十步后，才跑到那条清冷得只有几盏街灯点缀着的马路上去。街灯虽然是那样的昏黄，凄冷，但那好像一朵朵的火炬般把她的勇气添上，寒威也退减了许多。

“感谢上帝！呵，请您赐给我热力！”阿娥把两条冻得快要僵硬的腿加快地跑着，刚才完全给寒威冻麻了的脑袋开始在描想着牧师娘家里那陈设得十分讲究的厅堂——壁炉里燃着熊熊红炭的和暖的小会所，美丽高贵的各种挂在壁上的圣像，……接着是开会时牧师们演讲着的虽然不十分听得懂但会使人信服的教理，神话，姑娘们的仙音也似的赞美歌声和音乐……血开始在她周身急激的循环，冷的战慄渐渐地弛缓了！

阿娥她是个诚朴且简陋的典型的中年女工，也是个虔信的基督教徒。她的丈夫死掉了，她没有戚好，只有个七岁的儿子和幻想里的基督。她的半生虽然已经受尽了世上多种多样的痛苦，悲凉，和惨酷的待遇，但她还是那么的勤苦，忍受！她在丈夫死后便信奉了比她高贵，幸福，智慧的牧师娘的说教，信仰了梦幻里的天国。她没有愤慨，不敢怨尤，只有很屈辱地，谦卑地接受着一切外来的压迫，欺诈和凌辱！她的脑筋和腰骨因了整天过于劳苦的工作而感到疼痛，她的工资因了工头们的吞噬和延搁而使她和儿子老也得不到一餐温饱，更因了不能抚养儿子，整天把他掉在那荒野的室外或小泥屋里而使营养不良的儿子三天病了两趟，病了便没有看护没有医药的只让他静倒在那堆稻草上！……这些，这些只使她悲苦地流泪，流着泪悄悄地祷告！有时她虽会怀疑着自己所信仰的慰安是过于渺茫，幻想里的天国是那末遥远！但这怀疑总得不到明白的解答，她的哀心也不想把它明白地解答出来！她是那样的不识不知，她找不到真正的别的出路——可以解救眼前身受的痛苦和为前途奋发的目标！她只好信仰着冥冥中的神祇，希求着描想里的天国，她只有忍受，忍受！她的泪越惯流便越容易流，她的祷告的次数还比流泪的多了几倍！她是黄牧师娘认为值得怜悯的忠顺的奴婢，同伙们认为可以模范的刻苦的工人，她是生活在现实的地狱里而痴望着空虚的天国的可怜的妇人！

转过了弯角，阿娥跑到有车马行人的 × 路来。这儿是 × 路电车的终点，两旁都有大小不等的商店或弄堂，狂猛的风势给它们遮杀了许多。一辆电车刚好停在身旁就要开行，她很想跳上那最后的拖车厢里去舒适一下，但她晓得袋里所仅有的几只铜板是要留下来买点糖果或玩具带给儿子的。儿子终年都没有吃过或玩过一次价值几十文钱的东西，明天是圣诞节了，牧师娘去年不是说：做父母的莫论怎样穷也要给孩子的赠品吗？何况他又在病中？！……她一面想一面再看着车窗，里面的搭客们都像装在只玻璃匣子里般很舒适地谈笑着，有些却贪玩地张望外面的景物。她想起从这儿起要跑完很长很长的 × 路，要跑过外滩，此外还要有三分之一的路线才到达目的地，全身不觉懒惰起来！她今天已做了十二个钟头的劳工，在那丝毫不容你有别的意念或休息的喧闹的机器面前已把一天的精力销蚀净尽，加之跑了几里早出晚归的路途，此刻本应是倒下去睡觉的了，现在却在彻骨的寒风里再要跑完长远的路线，她感到腰部有些酸溜溜起来！她前走了几步又退后两步的想跳上车去，她在踌躇，但车掌已把拖车装上了车身，车里也塞满了搭客，电车又负着它另一次的使命前进了，她只好茫然地跟在它后面跑着。

阿娥跑了一阵，跑到每天跑惯的到工厂里去的路口上。下意识地几乎把身子跟习惯向左转下去时，她才猛然记起一件事情来，这把天国的幻想立即中断了！

“今晚恰是工友们召集开会的时间哩！就在这儿附近的阿金家里。……他们又是在讨论着对付那残虐不仁的厂主的方法吧！向他要求医治阿二嫂和赔偿她的损失吧！这一次的事情真太令人伤悼，悲苦呵！……唉，唉，可他们反抗也不见得便有效果呀！我是决定不参加他们胡闹去的……唉！阿二嫂怕没有活的希望了！……”倒卧在溅满鲜血，还照旧转动着的机器下面，渐渐浸浴在从自己身上喷射出来的血泊里的阿二嫂的映像，很清晰地在阿娥脑里涌现着！她不禁战慄了一下，眼前也昏花了一阵！她看过工友们不幸给机器辗伤或惨死的已不只一两次了，但几天前阿二嫂这一幕却特别给她以深刻的印象！

“工会里的工友们老在叫我们要反抗压迫，要解除痛苦……这，这如何做得到呢？这不是违反了上帝的意旨么？他叫我们要和平，要忍受……不过，我们所忍受的痛苦委实太难于忍受了！自己，譬如自己也像阿二嫂般……不，不，上帝总跟着我存在的吧？上帝不是终要降福给我们吃苦茹辛的善人吗？……阿二嫂人那么的温和，那么贞节的拒绝了工头儿赵大爷的诱惑，威迫……那不是个好人吗？但，但是上帝终要降福给我们的，迟早总有一天！我要为她祈祷，为她祝福，像她这样的好人定会被延进天堂里去吧？天堂，唉……多遥远的天堂……！”阿娥一面跑一面断续地自语着；她已跑到外滩，江头狂猛的寒风起劲地向她打来，上下床牙齿相碰的声音她都听得出来，今晚上的寒威真够人忍受呵！

跑，跑，跑！紧紧缩着身子的向前跑去，到头阿娥跑进那握着这大都会的总枢纽的 ×× 路来。凭你胸中已占有怎样坚定的意念，但从那深渊似的小村落里一转进这儿来时，你的眼睛会不由地睁大起来，你的脑里会骤袭上一层出乎意外的映像！阿娥她也自然不在例外，她刚好转进这步道上的时候就像走进个和早间绝对不同的环境里！蓦地使她睁开眼睛和张着紧闭的口儿的是眼前那金碧辉煌，纷扰模糊的景物，和拥进耳朵的各种不同而混合着的音响！接着她看清了两条形成长蛇般的灿烂的电灯，在完全瞧不见的夜空中曲线似的伸展着，终于交叉的汇成一点。这长蛇点缀着它们身后的建筑物，使人感到像画图里那连绵的城堡般庞大和魁梧！把视线收拢了来，从身旁擦过的是香艳娇美的小姐，太太，高贵风流的绅士，少爷，五光十色，令人目眩神迷的是大商店陈列在玻璃窗里的物件——特别是这些物件，它像伸出几只手儿来拉她般，她不知不觉地把步伐放慢，把身子靠近它去！这些物件毫无遮隔地摆在自己的眼前，完全透明的大玻璃窗映着灯光就像失去它本身的存在，使她几次驻足凝视的时候会不觉地把自己的额角碰着它，心头痒溜溜地老以为只消伸手便可把它拿到！她开始凝视着一些光可鉴人的西洋乐器和有画图做封面的书籍，但这些不会引起她的情绪，她不晓得它们是什么东西，只略略看一下便跑开了！在一些古玩和玉器之类的窗前站住，那雕镂得玲珑精巧的小牙象或别的形象都使她感到人工的可惊叹，在一处挂着好看的什用东西的窗前又使她勾留了几分钟……她虽然曾经在这儿跑过了儿多次，但那都是白天匆忙的时间；只有今晚，她觉得这儿的晚上处处惹人的眼睛，怪特别的！她想起这样东瞧西玩会延去多量的时间，她只好决心地拽开大步，让纷华可爱的物件由眼角恍惚地溜去！

阿娥渐渐感到眼前的一切越前进越是光明，等她把视线由身旁投射向前面去时，那恍如白昼，闪烁耀眼的儿座庞大的完全像火星装成的大公司已涌现在眼前了！这使她的心头跳动起来，她仰望这天国似的闪烁着的高耸在黑空中的圆或尖的塔，忽红忽绿的火炬，她呆视了一会！等她把头低下的时候，她急把身子挤进有无数男女围观着的大窗饰前面去。

“呵！多好看的玩具呵！……”阿娥夹在人丛里忘形地赞叹着！窗里面装着一座比去年牧师娘家里壮大得多的圣诞树，绿的松针里挂着各种华贵、精美的孩童恩物，有穿着真的绸绉制成衣服的西洋囡囡，有斑斓的小野兽，有不知名的许多可爱的玩具……树上还缠绕有闪眼的金银的链子，很精巧的小灯，小铃……五色的电灯映照在这上面，由那不同的光波里令人感到不同样的爱玩。这些，她晓得这些都是特为圣诞节陈设的儿童赠品。她想起她的阿囡来！她忘怀一切地把做母亲的意念打算着从这些里面给他拣买一件带回去。她细细地玩看着这一件又是那一件，这些都各有它可爱之点，都适合做她给阿囡的赠品，她不能够定夺，她有些茫然了！

“呃！……”从完全没有注意只感到耳际充满着观众们的啧啧赞

羡声中，忽然浮上一阵争执似的语调，突地一声孩子的哭喊声把注意力集中的观众们都转换了目标，阿娥也猛然地回过头去！她看见一个比她穿着得好的妇人拉着个五六岁大的孩子想退出这围阵，孩子像因母亲不给他买这些玩具反而挨了耳光般，尽哭喊着不愿离开！

这把阿娥的意识弄得清醒起来！她觉悟到自己袋里所仅有的铜板，她以为这样好看高贵的东西最少也要三四只角子的代价才买得到的。还有，她自到上海来，这几年也没机会进过一次这样的大公司，作算她有了角子，她又怎敢穿着这样褴褛的衣裳，跑到里面交易去呢？这最少也会给那满脸凶光的守门巡捕赶打出来的！她想到这里，两条腿不由地跑了开来。她仍旧是那样懦弱，愚蠢！她以为自己这样的穷苦，卑贱而希冀着她所得不到的东西是过于奢望，过于不安分了！

跑过这公司的大门，瞥眼里她看见里面正有许多华贵的士女们买这样，购那样的憧憧来往。但大门的两旁正站着两个可怕的巡捕，她不敢多看一眼地连忙拽过去。

阿娥跑了十几步又不自觉一连地跑向一面大玻璃窗前去。起初她不想挤进人丛里，只在步道的边沿上站着。这窗里的东西又自不同，一堆堆圆或六角或……的像白雪制成的块体上面都搁有红的玫瑰和绿的叶儿，或者是别种的花朵。这些都做得美妙，鲜丽，使她以为那是什么活花缀成的玩品！但由观众们的论调中听来时，才晓得它们都是糖这一类制成的食品。她跑近去细看时还看见这儿也搁有去年牧师娘家里有着的圣诞糕！不过那就没有这么大，这么好看！

“这也是给他们有钱的圣诞节吃用的食品呵！……”阿娥没有吃过这些东西，她此刻尽揣想也揣想不出它的滋味来！但直觉会告诉她那是又香又甜。

“我的一生定没有吃这好东西的一天吧？！……”阿娥的肚里像感到饥饿。馋涎在舌上不住的汹涌着，眼光里不自觉地发射出贪欲的光线来！

“这么大人了还贪吃么？……”她自己轻轻的笑着，想把这笑来缓和那虫般侵蚀着的欲念，但她的眼睛依旧没有离开那上面！

“他们吃了好的饭菜还要吃这样值钱的饼食，我们呢，却连三餐的大饼稀饭也吃不够饱！他们整天闲暇，我们终年辛苦！为什么呢？上帝不也是说，人类都属平等吗？……”这在平时会以为是妄念的疑问此刻在阿娥脑里膨胀着，赶赴晚祷会的热情早已给她忘却，她的神经正为这些诱惑所刺激而突奋，同时也感被彻骨的寒风透进那酸溜溜的腰部，一阵阵不住地抽痛起来！但她沉醉在跟前的憧憬里，她再恋恋不舍地转向那挂着衣饰的窗前去。

抬起头来瞻望时就使阿娥几乎吓得一跳！那高可丈许的玻璃窗里正站着一位天仙也似的外国小姐！她嫩红的面颊衬着金黄的柔发，微微地侧着头部在斜睨观众。她的两只臂膀和胸部完全裸露，这上面绕着浑圆的珠粒。披在她身上的是一袭轻纱也似的灿烂夺目的红裳，她的纤手正提起裙端的一角，姿态满有风情地娇媚的样子！……

“呵哟！这可不是活的外国小姐啦！……又是蜡制成的大玩具吧？！……”阿娥把鼻头贴住玻璃窗地凝视了许久，许久，小姐的眼睛丝毫没有溜动，姿态也完全呆定，这才使她恍然大悟起来！

“这真和活的外国小姐一点不差呵！……”阿娥的惊叹的声音弄得前后左右的观众们都哄笑着。她不好意思地把眼光慢慢溜开，身子也退缩出来。她的那对已经燃着欲念的眼睛立刻给右边那窗皮货吸收了去，这些毛茸茸的兽皮使她越看越感身上的寒冷！一个野念袭上她的心头，她希冀着把自己这时冰冷的手掌伸进去躲在那雪白的长毛里，抚摩着它，一阵温柔和暖的软意便会由指尖立刻流进自己的全身来！她那样的痴想着，两只手儿竟下意识地由袖筒里伸出来！完全没有触觉的指尖碰到坚硬的玻璃是一阵针似的刺痛，心头也跟着跳了一下！她眼看着当前的毛茸茸的一堆，但这一堆好像有无形的几千百层铁壁给它遮住。你明明是看得见，甚至几乎是闻得着，可是你终于碰不到它，也拿它不到手。它就是顽皮的孩子般特地把香甜好看的糖食炫示你，假意说要送给你，一等你心里痒得煞不住而伸手近他的时候，他便会给你一个耻笑而把糖食带走了！

一种毒菌般的欲念，像白纸上给洒下墨水而滋开着般，在阿娥脑里繁殖起来！

“为什么呢？……为什么他们少数人穿了这样温暖的皮衣而高坐在密不透风的汽车里，在烧着壁炉的厅堂里；我们呢，我们却一辈子只穿着这破烂的棉袄在寒风里战抖！我们没有衣服穿的人多着呢！还有许多失业的工友，乞丐，他们，小姐们穿着那样高贵华美的衣裳，但我们呢，我，唉，我自己年青的时候也不曾穿过一件那红格子的花布衣衫！唉，年青时一直苦到现在！”蓦然地，那几幕幼年时曾挨着饿跟姊姊在雪地里向人家讨饭吃，年青时给丈夫——凶狠的丈夫——打骂后，在深夜里一面啜泣着一面摇着纺织机，以及丈夫死后所历过的更为惨刻的印象，都在脑上闪过来！她越追忆过去越炽热着眼前的欲求！她偷眼看看身旁的观众，他们有比她高贵许多的人物，也有和她一样或比她更加不如的褴褛者。从他们的眼光中她会了解到他们胸里正有着和她同样的欲念——特别是一位叫卖着一小木盆削了皮的荸荠的女孩子，她像忘记了自身的使命般只一面战慄着一面眼不转睛地注视那窗里站着的外国小姐！

“为什么呢？为什么这许多的群众们都想得这些来御寒而不可得，公司的老板们却尽紧紧地把这些占住，把它留下来供少数的贵客们兴之所至的享用呢？……这女孩，她怕只有十二三岁的年纪吧？她离那渺茫的天国更比我们遥远了！她要挨的痛苦，要忍受的压榨还比我们更多更长呵！而且，我的阿囡呢？他，他……！我们在地上所忍受的苦厄太多了，太多了！我们的天国在那里呢？那怕不是比我们高贵，比我们有钱的牧师娘所编造出来的吗？……我给骗了，给他们欺骗了！我，我们已经忍受的痛苦委实太多了，我们要找求现实的地上的平等慈爱……我们要吃得饱，穿得暖！……”那些毒菌尽腐蚀了阿娥那故陋的脑袋，她体验到未尝像这样燃烧着的欲念的可怕了！她的梦幻里的天国正似已给惊醒来的噩梦般已经越是模糊，越是遥远，轻烟似的完全飘散了，消失了！她只执着地要满足眼前的欲念，燃烧般的欲念！

“同伴们呀！不要懦怯，不要游移！勇敢地，尽死力地向前进去吧！……一切都是我们的，我们劳力得来的！向他们安坐而得者手里夺回来吧，抢夺回来吧！……”像天启般的，这些平时所不大经意的工友们的呼喊忽然在脑里复苏，在耳际浮现了！这把她那近于麻木的灵魂震撼着，火般的欲念更加猛烈起来！

“呼呼！……”一阵尖锐刺耳的汽车声在阿娥的身旁怪叫起来！这狠狠地像把她从梦魇里给惊醒转来般，把她那兴奋得有些迷惑的脑袋猛刺了一下！同时身子也给缩拢来的观众们拥挤着，向后倒退了两步！汽车恰在这儿停住，两道耀眼的车灯光很猖獗地向观众们直射着。车门已经打开，一团像家庭模样的中年男女和两个小孩子由拉开了的公司门里嬉笑地踱将出来便走进汽车里，跟在后面的两个捧着大包小包的人员也把这堆东西送进了去。阿娥的两眼狠狠地由车窗外注视着那堆东西，她瞧不见包扎在里面的究竟是什么，但她晓得那定是这些她所希求着的东西！汽车从屁股后放出了一阵着臭味的蓝色轻烟便又怪叫地驶去了。

阿娥的燃烧着的欲念渐渐变成了愤懑的毒意！她妒恨这个家庭，那美丽的母亲，活泼的孩子！她忽而连这些想得到手的东西，热切地想自己享用着的东西都厌恨起来！……一个变态的异感突入她沸腾着的脑海，内心的怒吼快要从唇间溜出，她想迸力地大声疾呼，喊这些涎脸痴望的观众们攘出了他们的拳头，鼓起人们的野念，向若有若无的玻璃窗猛碰，撞破了它，把它击得粉碎，把里面的一切都抢夺出来，把来掉在路上让车轮碾坏，让人足践踏……！

“滚开去，猪猡！在这里鬼鬼祟祟地阻碍人家的进出，滚开去！猪猡！……”雪白的枪刀在阿娥的眼前一闪，那个守门巡捕由门里伸出上半身来向观众们怒骂后又闪进了去。他的光亮的枪刀在背上闪了几闪，把阿娥从热狂里清醒了一些！

“这，这是不行呵！……”阿娥感到自己这样的意念是太于浅薄了，会马上遭失败的！“这些东西都是我们工人的汗血制成的，毁坏它做什么呢？我们要得到它，要把它全数的夺回来！……可是这要怎样做法呢？我……我们……”阿娥的意识有些模糊，有些彷徨，有些失望起来！

“对了，对了！我应该参加进工友们的集团，和他们取一致的行动！他们能够指示我们怎样反抗，能够帮助我减轻自己的痛苦！我们，工友们通通联结起来便能够把压榨反抗了，把他们占据着的东西抢夺回来！我要找求世上现实的天国！……呀！我得赶快去跑到阿金家里参加他们的会议，到阿金家里，到阿金家里找寻我们的幸福！……”阿娥的心房重新跳动起来！她的全身有了新的生命力，她把握到真理的臂膀！她丝毫不感到冻冷地在寒风里向原路跑回，她跟着脑里那线光明的希望前奔！

一九二九，十二，二四——上海。

原载《拓荒者》第1卷4—5期，1930年4月10日

豆腐阿姐

文君（杨之华）

一

——呵……弟弟乖，宝宝乖，不要哭，妈妈回来给你吃。——阿姊上身屈倒在床上，一只手拍着弟弟，一只手在枕头下摸索香糕。她一面口里叫着，一面心里焦急着：香糕已经吃完了，怎么今天吃得这样快，昨天爸爸放工时候才买回来的，莫非他只买了两个铜板的糕吗？

天已经暗下来了，房间里已经充满着灰色而模糊的微光，静悄悄地浮动着。一阵阵的西北风从门窗里吹进来，盖在草棚上面的草簌簌地响着，飞动着。一位十岁的小姑娘坐在床门前，冷得手都冻肿了，脚底下的火缸还是早上妈妈出门去的时候放好了火的，现在已经像死人一样的没有热气了。房间里放着一张桌子，一只跷脚的长凳和一张床，床上的破旧的帐子，像在酱油里煮过一样的颜色了，盖在小弟弟身上的一块破的棉花，还是她亲生姆妈的嫁妆棉被，底下填着的是外婆家里送来的草。在桌子底下的马桶已经有三天没有倒了，臭气不断的被风吹过来，一阵阵地送进了她的鼻子里，东也一堆尿布，西也一堆破布，挂在窗口的一只饭篮在摇荡着。小姑娘肚子饿了，今天妈妈放在桌上的两碗冷饭，上面放着一条咸鱼，一把咸菜，早已吃完了。直到现在，没有吃过别的东西。她想走到门口去，望望妈妈回来了没有？她在桌子上摸着洋火想点灯，但是，灯里的洋油又没有了。只好慢慢的手扶着壁，很小心的一步一步走出去。看见邻舍家里，都上了灯，烟囱里一股股的烟飞了出来，好像间壁的夜饭已经烧焦了，香气一阵阵地飞出来，小姑娘闻着，自己嘴里的口涎却在一口一口的咽下去。她问着邻舍的王家婆婆：

——你们王家妈妈回来了没有？为什么今天我的妈妈还没有回来呢？

——听说今天厂里要发工钱，她们都还没有回来呢，你的小弟弟睡了吗？你真乖，领得弟弟很好，再等一下她会回来的，你去看弟弟罢。妈回来的时候，你对她说，我经手的一笔当头，要她去取出来还给六娘舅，因为他过新年要穿的。你说不明白的，她回来，就叫她到我这里来一趟。——王家婆婆这样说。

她回转身来，弟弟又在哭了，她跑进房门去，在门坎里绊了一下，跌在地上，她冻得爬也爬不起来，正在急得要命的时候，听见了破院子的大门响了，脚步声进来了。

她现在的妈妈是一个不长不短廿二岁的丝厂女工，虽然不是十分漂亮，但是五官长得很端正的，从小就在厂里，已经有十年光景，厂里都叫她豆腐阿姐，为的她的皮肤很白嫩，男工们常常喜欢同她“打绷”“吃豆腐”的，尤其在铜匠间里的阿明，是她最爱同他搭腔的。她在厂里有为难的事情总要阿明去帮忙，尤其要争工钱的时候，总叫阿明到账房里去说情的，因为账房先生还同阿明有点远亲关系，他的生意也是那位账房先生介绍进去的。可是，自从他俩在前年结婚以后，他就不大肯听老板和账房先生的话了。阿明的性情变得格外躁急了，说话的时候总带着不好的脸孔，一来就要生气，做工也不像从前那样的勤快，从前做好了工还帮着去收拾账房间，现在，放工时候还没有到，他就把袖子一卷，帽子一戴，走到自来水龙头那边去洗手了，有时候，还偷着时间看闲书。因此，他的亲戚——账房先生，不像从前那样喜欢他，而且时时要提他的错处，想法子来开除他。前天不是为了他的老婆的事情，又叫他到账房里去骂了一顿吗？因此，更惹起了他的恨。他的心绪很坏，虽然只有卅二岁的人，可是，有时候他的脑经常常会发呆的。他自己感觉得不像前几年单身生活的时候那样的灵敏和活泼了。忍耐心一点也没有了。

阿明时常想到在厂里要受气，要吃工头和账房先生的埋怨，朋友也比较以前少了，恨不得明天就跳出厂去不做工了，换一个地方去，也许会比较好些罢？但是，另外一个念头是：现在失业的这样多，找生意是十分困难；又没有其他的朋友亲戚可以介绍他。尤其是家庭的负担一天重一天，从前的老婆，死过以后剩下一个女儿已经十岁了，现在的又生了一个小孩，都在眼前。每天等着吃的有七个嘴巴，母亲同小兄弟们那里，每月要带去七块洋钱，还要每月抽出七块钱来还债，讨老婆的债，本来讨老婆买的一些东西可以拿去变卖，又被火烧掉了。自己的工钱，每月有二十块，老婆的也有十五块，合算起来也并不少了，可是总不够用。这样一间草屋，也要出四块钱一月的租，真是要命。这样，又不能离开这个厂，这个断命厂。命里注成要忍耐，要在此地受气，要在此地挨骂，要在此地受湿气，要一天做十二小时以上的工作，要跑来跑去修理那些像吃人一样的机器，要听见使人烦恼的机器声，要闻着那种使人反胃的油气和臭气，走到生火间热得要穿单衣，走到另外一间又冷得要穿棉衣，满屋子充满着蒸汽，觉得全身的不舒服，在厂里又没有像家里那样自由，可以随便脱衣穿衣，只好冷的时候熬冷，热的时候熬热，有时从这扇门跑进那扇门常常要刮着可怕的冷风。

他从厂里放工出来，一路的想……同前面走来的一位年青姑娘重重的碰了一下。一声“杀千刀”把他惊了一跳，打断了他的思想。他笑了一下又继续的想起了一桩事：

总算现在唯一的安慰——有了豆腐阿姐，费了很多的心力，经过几年的相思，有时候晚上总翻来覆去的睡不着，觉得孤独，觉得冷静，一方面又担心着她会被别个年青的先生（职员）“吃了豆腐”去。还记得她有一天曾经过生火间门口的时候，被几个男工拉了进来，调戏她，我那时候虽然笑着，在心头上实在恨死了他们。大家都想捏她的“药水铃”，——她在那时候穿的又单薄，胸前突出很丰满的处女的奶峰，引诱着所有“馋痨鬼”。那一次是我做了好人，把她放了出去。那时候，我才第一次手上触着了又暖和又柔软而带着弹性的……她的……我从此更爱她，更妒忌别人了，哈哈……现在她是我的了，我们有了小宝宝，会笑的小宝宝了。可惜她太辛苦，她在产后没有得到调养，生育过十天就去进厂了。现在她比以前瘦了些，幸而她的身体本来还健康。……他提着饭篮，在放工出来的路上，一面走，一面想着这些一件一件的可恨可喜的事情，低着头一步一步的离开那条光明的马路，穿进一条又暗又狭的高高低低的泥路，跑回家来。

他走进门来，就听见小的在床上哭，哭得喉咙都发着哑声，一口气拖到很长，几乎哭不转来。大的在地上，门坎里面呜哩呜哩地叫着。“唁！你怎么躺在地上呢？”他一面抱起了女儿阿毛，一面快快跑过去抱起小宝宝。“呵……弟弟要吃了。弟弟真可怜，怎么一个人在床上哭，没有人来理会？呵……弟弟乖，我的宝宝要吃了。”他似乎以为小宝会懂得的这样叫喊似的说着，一面把吹得冰冷的嘴去亲着小宝宝的嘴唇。小宝宝的嘴旋来旋去的要想吃，碰着了冷得可怕的嘴唇，他亦当作奶头拼命地啜，虽然四个月的小孩该知这并不是真的奶头了。他每天从早晨四点钟吃奶之后，直到上午十点钟的时候，对面一位沈家嫂嫂来喂他一次，以后他要吃的时候，总是他的姊姊嚼了香糕来喂。他刚生出来的时候，长得非常之大的，现在瘦了些。他很像他的母亲，两只眼睛很大，眉毛亦很秀丽，鼻梁高高的，笑起来两边都有酒窝儿。

——阿毛，把灯点起来，——他对女儿说。

——没有洋油了，我老早就想点的了——阿毛回答他。

正在这时候，豆腐阿姐一只手提了小饭篮，一只手拿了一瓶洋油，在臂膀底下夹了两包吃食，慌慌张张地走来，把门推开，在黑暗中已经听到阿明在家说话的声音。虽然她今天受了满肚子的气，但是一听到他的声音，她总觉得有意外的安慰，说不出的好过。她很快地把手里的东西一放就把小孩从父亲的怀里抱过去了。

——你快把灯点着，饭烧起来，我的肚子饿得发叫了。外边真冷呀！——她一边说一边坐在床边弯上了右脚，解开了衣襟，把涨得又痛又硬的奶放在小宝宝的嘴里。大家沉默了一会，只听得小宝宝的喉咙里咕嘟咕嘟……不断地咽着。突然间他咳嗽了，在小喉咙里咽得来不及，放出了奶头，奶都洒了出来。他母亲的白色内衣上已经干了的一片奶水像刮过浆似的硬。

——阿明，我真气死，你想，今天发工钱的时候，这个月的赏工不给，反而还扣了工钱，说我在前几个月里迟到的几次，都要现在补扣，今天我只拿到五块六角。他妈的，还说生意不好要关厂。今天一位工会里的人，同着什么叫蛇喂局里的人一路来的，对工友讲“东洋鬼子要闹事，要我们静心做工，每天多做些，不要管闲事，这样才是爱国。”他妈的，你晓得那只烂污货收了我们的会费，现在穿得多漂亮，她跟着蛇喂局的人一路来的呢，你看见吗？

——你且不要管她，她会有好结果么！？自己的钱拿少了是真的。——他拿过灯来放在桌上，顺便把灯来照了一照在母亲怀里的小宝宝，伸过右手去抖着小宝宝的嘴角，小宝宝笑了，在喉咙底里呵出“可……可……”的声音，他要想讲话似的。大家都笑起来了，笑他的面上鼻子上都堆着嚼过的香糕，再看看阿毛的脸，鼻子底下拖着两条鼻涕，眼屎都堆满了眼角，干枯得发黄的头发乱蓬蓬的盖在头顶上。看过去真是一个可怜的孩子。父亲一边笑，一边想着她的可怜。

豆腐阿姐放下小孩，就同着阿明去烧饭。她看一看房间里的零乱的杂务，使她发愁。像豆那样大的火光，仅仅照得出大家的面孔。要想洗尿布，没有自来水；要想补衣服，又没有线了。马桶满得不成样子了，还是先去倒马桶罢。她倒了转来，看见王家婆婆坐在她房间里，愁着眉头，脸上堆着许多皱纹，一见她进来，就叹着气说：

——六娘舅来过两次，一定要你们赎当头，他虽然在纱厂里做工头，可是，生意也不好，东洋老板凶得很，今年过年预备不发存工呢。他还说明天一定要的。要过年了，大家都是难关到了，人家买鱼买肉，我们大家怎么样呢？唉，老有老的苦，小有小的苦，大家都有说不出的心事呵！

——不要说起，——说起真要上吊，明天他来，只好再恳求他，实在没有钱赎当头，今天只拿到五块六角，还受了不少的气才领到的，要把这钱去赎当头，大家就只好饿死。老婆婆，你真是好人，没有你替我们说情，我们真是苦死了。——豆腐阿姐弯着腰替小宝宝换尿布，说得真可怜。

老婆婆很为难的，慢慢地从里面走出去，还自言自语的咭哩咕噜地说着：

——你不能赎也是真情，不过他要来逼着我老太婆。……这里暗得看不出。唉！这样的苦命，也是乌黑大暗的命呵，为什么不早点死？！

——妈妈，肚子饿了！要吃饭，妈妈要吃……阿毛像一只饿瘪了肚子的花猫似的，缠住在妈妈的后面不断地叫着。

——真会烦，就有得吃了，快把桌子移开来，凳子摆好。

一碗青菜，一碗豆腐，三碗白饭，都盛得满满的搁在桌子上，热气一股一股地向上冲着。总算一天之中吃着这一顿热饭。大家都并不作声地吃着，嚼着。在静悄悄地黄昏里，半明半暗的房间充满着三张嘴里发出的哈呼哈呼的声音，混杂着碗筷的叮当声。在板壁那边，挂着手巾的竹竿的上面，印着三个拖长了的黑影，歪歪斜斜地浮动着，再少许低一点的地方，竖起两只长耳朵，像兔子似的一踵一跳的忽低忽高地移来移去。一下子一个高长的黑影站了起来。突然间听得阿啾一个喷嚏，满桌子散开了许多饭籽，——小姑娘的两条鼻涕拖得很长。母亲用筷子顺便的向着阿毛头上重重地敲了一下。阿毛的两只圆兜兜的眼睛，充满了亮晶晶的水分，呆呆地望着母亲，熬住了眼泪，畏缩缩地放下筷子，走到板壁旁边站着。

——讨气的小鬼，还不来拾干净，白饭哪里来的呀！爹娘的血换来的呢。你要遭到天雷打杀。——她带着不好看的脸色咭哩咕噜个不了。

床上的小宝宝又在哭起来了。虽然她还没有吃完饭，但是，即刻转身去抱起他，一只手拍着，一只手解开衣服塞进奶头到小宝宝的嘴里。她疲倦得腰痛脚酸，只想在床上躺下来了。但是房里摊得乱七八糟，垃圾堆得满地都是，碗筷还没有洗，头发几天没有梳过，房间里到处都是灰尘；再看看自己的手瘦了许多，一条条的筋都突出来了，心头上忽然把许多事情都想起来了：扣工钱，存工不发，米贴取消，阿明的工钱还没有拿到，六娘舅那里的当头，沈家嫂嫂那里还要给每月一块钱，——她真是好人，每天来喂小宝宝奶吃的，做产时候还欠着一笔收生费。年节又到了，自己不过年倒不要紧，但是，老舅妈那里的一笔年礼不得不送的，不然明年春茧上市的时候会吃她的苦呢，去打一次花会罢，失败怎么样呢，外边的风实在大，明天要一早起来，不愿意收拾了，还是早点睡觉。可是想来想去又觉得睡不着了，摸摸自己的脸像火烧似的发着烫，继续又想起来了这许多的债。回忆到没有出嫁以前虽然爹娘早死，弟兄间并不和睦，但是每月收入除出一半分给兄弟，其余的够自己吃用也勉强的可以过去，现在呢，欠了这许多。看看小宝宝也瘦了。

——阿毛爹，唅，阿毛爹，总得想一个办法，小宝宝这样瘦下去，我自己的奶子涨得发痛。你明天进厂去的时候同账房先生再去商量一下，可不可以上工去的时候把小宝宝带进厂去？——她一厢情愿地要他去办。

——我真不愿同他去讲话，他摆出账房的架子，已经拒绝过我多次的要求了，他恨死了我，我也恨死了他。从前本来可以带进去的，后来因为喂奶就要偷懒，所以现在不准了。小孩子在家要受饿，可是带进厂去，在机器间里也不是好事。不是从前天通庵的恒裕和虹口的大伦丝厂里，在机器底下压死了几个吗？他们睡在机器旁边，或者机器底下，总是十分危险的。最好穷人不要生小孩，让有钱的去多子多孙！穷人生了都是讨债的。

——那末你为什么要讨我来，要生这个讨债的小鬼？一个不够两个呢？痛不痛在你身上，你这个糊涂鬼！——她不知不觉的心在收缩着，喉咙口里又作起祟来了，两大点眼泪突然的从眼眶里流下来落到了小宝宝的额角上，小宝宝的手脚同时跳了一下，头旋了几旋便睡熟了。她看着小宝宝，又继续地说下去：——生进去的时候快活，生出来是讨厌的了！明天你去弄死他好了，只要不给我看见，你拿去杀死了我也不管……她抽搐着，愈哭愈悲伤了。

——这又不是我的不好，恨我做什么？好睡了，碗筷我都洗好了，明天来得及早上再烧一餐，来不及不烧也不要紧，冷饭多着呢！总算我说错了，你不要哭罢。——他安慰她说。

大家不作声了，床底下的老鼠咬着板壁脚，"格粒……粒……"咬个不了。外边的风吹着草棚背后的树林，从树林里发出一种可怕的声音。阿明看大家都睡着了，在房间里的打鼾声同着老鼠的走路声相互的呼应着。他翻来覆去的睡不着，预备明天怎样去要求账房，应该怎样说法才妥当。他还想去借一笔钱来过年，应该买一点她欢喜的东西送给她。天气这样冷，她还没有帽子，明天吃中饭的时候偷偷跑出去买一顶罢。什么颜色的好呢——紫酱色的罢。想到这里，他就伸出手来摸着挂在帐钩上的一件短棉袄的袋，还有一块二角。够的，听沈家嫂嫂说只要八角大洋就好买的了。明天还是要她去买，女人知道女人的心呢。从远处送过了一阵拖长的汽笛声，接着克隆……克隆……的笨重的震天动地地响着，汽笛忽然的停止了，又重新叫了两声，呵，夜班车到了，在这时候他忽然想到火车头的力量，他自已会修理机器的，假使有人来请他去修火车，那末他要比在丝厂里舒服些了：他爬上火车嘟……嘟……同着火车里的朋友们去游杭州、苏州、南京，还可以去看看吴淞口的海岸，……大轮船，洋鬼子，海鸟……“我要做只鸟，自由自在的可以去飞……飞……飞到高的天空，一切一切看……不……见……了。”

二

微微的白光从窗口里送了进来，工厂里的汽笛声一次两次了，讨厌的声音几时可以不听见它呢？他俩急忙地从暖和的被窝里起来，穿上衣服，看起来，时候不早了，只好把昨天的冷饭拿去，早饭到厂里再说罢，夫妇俩脸也来不及洗便动身去了。阿明忽然记起一桩事：

——你先走一步罢，我要到沈家去走一走去，托她替你买顶帽子去。

豆腐阿姐一步并作两步的走，走出家门经过一条小路，向着青云路顾家湾那里一路走去。从远远的地方望过去，厂门已经开了，一个一个黑的影儿在厂门里面移动着，门口站着两位岗警，手里拿着棍子，腰边还挂着手枪。她走近了厂门，那位麻皮岗警问她：

——唫，你夹着的一大包是什么？又拿衣服来洗了，幸亏你这张“照会”长得还不错，不然把这包东西来没收呢。唫，放工来谈谈罢。为什么皱着眉头，眼睛这样红肿？阿明欺侮了你，我会帮你的……

——杀千刀！人家忙死，你还这样高兴，狗东西！

她走进大门经过账房，顺便的装出笑脸对工头招呼了一下，听见机器已经开动了，就把饭篮一挂，开始工作。车间里的人声和机器很混乱的使人忍耐不住的轰动着，大轮盘上的皮带不断的循环的滚过去，上面黑色的油点子一闪一闪的闪过去，觉得头在发晕。她想或者因为肚子饿了的缘故，她偷偷的拿着刚才门口买来的大饼一口口咬着，左手还是把一根一根的丝接到铜钩子上面去。她正在做得起劲的时候，从机器声里面带出了小宝宝的啼哭声，她发愁，她回忆，她想到了昨夜的悲伤忧虑现在的生活，和将来的命运。整个屋子里充满着白色的蒸汽，像人放在蒸笼里面烧，烧得满身都是潮湿，由汽变成的水，在周围的墙壁里门窗里屋顶上都在一点一滴的落下来，好像它对着人哀哭着。但是哪一个都不能来了解，来安慰，像她昨天的泪珠儿落在小宝宝的额上一样的没有得着任何的回答。她抬起头来看看周围的工友："她们不都是和我一样吗！"

时候很快的过去，已经放了吃中饭的汽笛声。豆腐阿姐很急忙的偷偷的从机器底下拿出一大包尿布和脏了的衣服，跑出门去，向着自来水龙头那边走，把铅筒拖过来，把龙头一旋，水像很愤怒似的喷了出来。她担心着这样响的水声会被工头听见，运气还好，鬼都没有一个走过来。她用尽了力气洗着，还没有洗完，后面的骂声已经从远处愈送愈近了。

——你又忘记了，吃饭时候来洗衣，上工时候来吃饭，你跨进厂，时候已经不是你的了。自来水，是老板出钱买的，用多了，不是我们做工头的要受骂吗？你总是要来破坏厂规，快滚开！一位四十多岁的工头紧了牙齿恶狠狠地骂着。

——好人，不要骂了，让我洗完，快了，我饭可以不吃的，上工时候一定不吃饭，让我洗完罢。她这样求着洗着。

——不吃饭，不吃饭……自来水就应该给你用的吗？你不听，倒要做点规矩给你看。——他不管三七廿一的就把洗好的一半拿去了，拿到生火间里去了。豆腐阿姐一面追着一面哀求：

——老伯伯，我们是苦恼人，求你不要拿到账房间，还我罢。

她跟着他追进生火间去，看见衣服和尿布已经塞进去了，那炉子里正在喷出飞红的火星。她吓得不会作声，对着火光呆看。炉灶旁边捧着饭碗的生火间的工友们，看看豆腐阿姐又看看工头。有的皱着眉头，有的放下碗筷，碗里还留着小半碗白饭，重重地从心的深处叹出一口大气，大家都听着灶肚里面的噼啪噼啪的声音，只有工头的脸上表示着复仇的高兴。

豆腐阿姐慢慢地回转身来走出生火间，碰着了王家嫂嫂。王家嫂嫂拿着碗筷走过来对她说，阿明在账房里闹着，不知为了什么事情，你去看看，要他忍耐些罢。——她跑到账房那里，看见账房先生的脸很凶地对着阿明苦笑着。而阿明两手叉着腰，气得脸都涨红了。

——你想，阿明自从同你做亲以来，一天没有好过，忽儿要这样，忽儿要那样。今天又说硬要把小孩带到厂里来。这是破坏厂规的事，你们要想叫我吃不成饭。要知道，我吃不成，你们恐怕也要饿死呢！——账房先生对着豆腐阿姐说。

——好了，他要求得不好！不过你要知道我的小孩在家里饿肚子，天天哭得气都转不过来，难道我们是应该断子绝孙的吗？——她回答说。

——吃公家饭，做公家事，不能因为你的孩子饿肚子就来破坏厂规。那末其他几千几万的工人都没有孩子的吗？难道都死完了吗？年纪轻轻，要懂些世故人情！

讨厌的机器又开动了，大家都去上工了，豆腐阿姐似乎像喝醉了酒一样的冲过去，阿明更气得像个木人儿一样的笔直地站在壁角里。

从远处传来了嘟……嘟……的声音，发亮的蓝色光漆的汽车已经开进了大门，岗警们竖起了右手，对着汽车致敬礼。汽车轧……轧……的响了几声，便停止了，里面走出一位穿着黑色西装，外面披着狐皮大衣的老爷，圆脸尖鼻子，在鼻梁上面掮着一副闪光的克洛克。他的肚子像女人怀着六个月的胎一样的突出着，在大衣的外面显了不平均的样子。看过去，他是一个会打算的会办事的很敏捷的有钱人。在他的旁边还有两位高大的穿着黑色袍子的保镖。他很快乐地走进了账房，似乎他有十分急要的事情要来干的样子。

账房先生连忙起来点着脱了发顶的头，笑眯眯的恭恭敬敬地招呼他：

——今天怎么来得这样早，行里已经去过了吗？

——是的，……现在职员们都吃饭去了，我有很要紧的事情来的，行里已经得到消息，——东洋人要在今明两天起事呢。你这里还有多少现款？工钱已经发了一半，还有一半我看可以慢慢发。我想或者我顺路把这里的款子带了出去。你可以不必把这件事告诉金家少爷和其他的人。你在我这里已经做了多年了，从前老太爷也是为此很信任你的，你为我出力，当然是知道的——他轻轻地说着，右手摸出一只白金表来看了一下，——快要两点钟了，我……我要回家去吃饭，我看明天还是停工的好。……

阿明偷听得很起劲，刚才所受的气不知道飞到什么地方去了，但是，心中扰乱着，发生着许多新的疑问。他偷偷地走了进去继续做他的工。

那位账房先生走到里间去转了一下，拿出一只小箱子亲自送到汽车上面。一下子汽车开动了，嘟……嘟……嘟从大门里面走出，向着西面闪了过去。

账房先生回到账房，很慌忙地整理抽斗和账簿，还有许多张的钞票，都放进了自己的袋里，很不自然的样子对着朱先生说：

——今天提早一点钟放工，请通知总管车，还要写一张布告，通知总工友，厂里货少暂停几天，快把通告写好，在放工以前贴出去。

到了五点钟总管车抽了汽笛，很响地叫了起来，各工友听着了以后，一下子在各间里的人声和脚步声，代替了机器声音，大家似乎有了意外的快活，叽叽喳喳地吵得乱七八糟，一堆一堆的黑影儿从各间里出来，争先恐后的要挤出短木栅去，岗警的棍子在空中挥着，小姑娘的叫哭不断地从人堆里发出来。豆腐阿姐的一切感觉都和平日不同了，似乎觉得空虚得不得了，又似乎觉得呼吸都闭住了。她挤在人堆里，觉得自己已经没有存在的一样。附近她周围的人群都对她看着，大家都在议论纷纷，大家都替她难过。一传两两传三，没有一个不知道她今天所发生的事情，大家以为今天所以提早放工是为了她，怕厂里闹出事来。

阿明就在门口等着老婆，把刚才老板来过的事告诉了她，在他俩的前后还有许多其他的工友，他也告诉了他们。大家都很惊奇似的，可是谁也没有完全了解这件事情，因此他们并没有议论这桩事，而在议论着账房先生的不好，豆腐阿姐的触霉头。

青云路上的电灯，点得闪亮的，三五成群的男工和女工，大大小小地走着说着，一批一批地闪过去。在路旁的流氓都在叫出惊人的声音，调笑年青的女工们，卖吃食的小贩，很起劲地兜揽着生意。女工们摸着袋角，但是，并没有看见拿出一个铜子来。阿明夫妇也是一样的舍不得摸出来，他们渐渐的由热闹的闪亮的大街跑进了冷静而黑暗的小路了。

阿明夫妇走着，远远的就看见草棚东边的树木在黑暗里摇动着。王家的一只黄狗竖起了尾巴汪……汪……地对着人叫。但是看见了王家的嫂嫂，它却改变了样子，摇头挥尾巴的高兴起来，很亲热地在她的裙子边钻来钻去。阿毛同王家的小弟弟在大门里面演着文明戏，阿毛的头上缚着许多破烂的碎布条，跳跳蹦蹦地转来转去，手里捧着一个碎布做成的小人儿，嘴里还唱着自己杜造出来的调子。一个亦七岁光景的小弟弟，脸上画着一块白一块黑的花脸，一张红纸贴在鼻子上面，像猴子似的跳来跳去，手里还拿着一个有眼的铜脚炉的盖头，铛……铛……的敲着，嘴里呼出呵……呵……的声音。他俩在两面房间里照出来的微光底下跳动着，玩得正在出神的时候，阿明夫妇跑进家门口就对着阿毛发气：

——你的弟弟在房里哭，你不去管他，自己在这里做什么？莫要讨打。阿明在阿毛背上重重地打了一下。豆腐阿姐像飞似的跑进房门，抱起小宝宝来，嘴对嘴的吻了一下，便坐在床上喂着奶。她的眼泪一点点的不断地落到衣襟，落到小宝宝的耳朵和面孔上面。

她只觉得心头痛一阵，四肢冷一阵，想起了工头的凶狠，想起了账房的威逼，……她伸起右手扭着鼻子，把两条鼻涕向着地板上一挥。阿明听得从地下发出的声音，急忙地放下手里的木柴跑了过来，站在她的面前，呆呆的面对面地看着。一向很有勇气的阿明现出了苍白色的脸皮，蹙紧了眉头，眼眶里亮晶晶的水突然的滚了下来，跟着不断的像潮水似的涌了出来。但是，他脸上的肌肉抖动着，握紧了拳头，豆腐阿姐仿佛听见他在狠狠地咬着牙齿。惨淡的灯光底下充满着悲哀和愤怒。在这沉默之中各自回忆着十多年来血汗的生活：疲劳、饥饿、恐怖、一件件的闪过，什么希望也都毁灭到干干净净，他们像滚在瀑布似的浪花中间，像已经沉没在海的深处，像躺在荒野上的墓地里，——已经腐烂了吗，已经没有生气了吗！？阿明喘出一口气来，觉得自己还会动，还有呼吸，这真比活埋还要痛苦。上有多病的老母，下有妻子儿女，呵……不能……不能这样活下去……

阿毛看得发呆，头上扎着的五颜六色的碎布条还在飘荡着。她似乎要想解开爷娘的莫名其妙的苦闷，轻轻地走到桌子边，把摆在桌子上面的纸包一拖，就拿了过来，很小心地拿给阿明，然后向后面退了几步。

——这是沈家妈妈要我给你的——阿毛说。

阿明把它解开一看，原来这是他送给老婆的礼物，他亲亲热热地跑过去，把帽子套在她的头上叫着：

——好姐姐！……

虽然豆腐阿姐还在流泪，但是她的心事已经被这柔软的叫声溶化了一大半，羞答答地说了一声：

——人也活不成，还要什么帽子呢！

——死？……这样讨人喜欢的小宝宝，他在看着你呢，我在这里呢，你哪能死！好姐姐，心宽着罢，我去烧饭给你吃，阿毛也一定饿了的。

王家婆婆又跑来了，她很慌忙很着急地说：

——六娘舅又来过了，他一定要的……他并说：日本纱厂里面的东洋人，今天下午在厂里鬼鬼祟祟的在一间空房子里，秘密开会，究竟商量了些什么，并没有能够知道。不过拿进去的手枪很多，厂门口在早几天已经放好了机关枪。外边谣言很多，风声是不好。六娘舅的以前的中国纱厂里的老板，也住在曹家渡那边，听说今天下午用三四部装货车把贵重东西和家眷都搬到法租界去了，到了他的丈人家里。那开车的阿二，是六娘舅的堂哥哥，所以六娘舅会知道。并且六娘舅自己的家也搬进租界了，搬的人还不只他们。没有事还好，一有事我们怎么办呢？——可怜的老太婆对着阿明嫂嫂这样说了一大堆。

——是的，有钱的还有地方逃，没钱的是办不到。你想厂里的老板这样凶，本来今天应该发的一半工钱都不发，反而拿回去了。阿明的工钱没有拿到手。你想拿什么去赎当头呢？怎么说得到逃难？这样的生活，还是早死的好！——豆腐阿姐说到这里，她的眼眶里又流出眼泪了。

王家小弟弟来叫祖母睡觉，这个老太婆叹着气走出去了，一面说着："明天再见，过来玩玩。"

阿明吃过夜饭之后，感觉胸部非常气闷，跑到外面去走走，顺便想去打听打听外面的消息。走出大门就听见到处有狗"汪汪汪"的叫着，沿着铁路那边叫得更厉害，而且轰隆轰隆的火车，来来往往特别的多，火车站那里的汽笛声长长短短的不停止地叫着。他一个人在小路上走得有点害怕，他刮着洋火吸起烟来。有些狗就特别对他叫得厉害。他身上的衣服很单薄，风吹得更加冷起来了。眼睛的周围也被风刮得发痛。于是他停止前进，回到家里来。黑夜里的星光在远处高房子上面的电灯都在闪着，而这里是恐怖的黑暗。到处送来的声音都带着愤怒的烦躁的情调，又惹起了他的不好的感触来了。他觉得身上重得不得了，好像背了几百斤重的担子一样，身子也直不起来，压在他胸部的怪物，使他的呼吸非常之困难。他联想到他的前途不也是在恐怖的黑暗之中吗？他走近了草棚，看见自己房门外面有个黑影儿在那里浮动，突然的听见了声音：

——阿明，我怕……怕你出去不来了……这样冷，跑去做什么？

害我怕得不敢走进门来，也不敢走出门去。我烧好了开水，等你喝茶，小孩们都睡好了。

——我因为听王家婆婆说外面风声不好，所以出去看看的，外面没有什么动静，不过火车声今天特别的多。

他俩关好了门，一个坐在床边，一个坐在长凳子上，阿明的两只手放在茶壶两边烘着。他俩冷得说话的声调都有点发着抖动。

——冷呵！喝点热茶罢。阿明喝了几口放下碗来对豆腐阿姐说：

——万一有事发生，我们怎么办？商量一下罢。当票要拿好的，别人的东西总应该要还的，衣服是随身，只有小孩们怎样办呢？逃到什么地方去呢？我想在这里离开火车站不远，总是不好的，还是到江湾母亲那里去。不过恐怕他们那里的米也已经吃完了，这里也吃不到两天的了。他很认真地对她说。

——逃也死，不逃也死，预备什么呢！饿死倒不如打死的痛快。——她虽然这样说，但是看了阿明的面色苍白得可怕，似乎危险已经摆在眼前，说话时候有点断断续续的接不着气似的，在喉咙里有抖动的声浪。她停了一忽儿，脸上也现出了一块青一块红的颜色，拿过阿明手上的茶碗喝了几口已经冷了的茶。

——或者不很要紧，中国政府不会同日本人打仗的，像北边张学良那样，并不抵抗，就把东三省奉送给日本了。还是不要逃罢，不过大家做亡国奴也是不好！

——怎么叫做亡国奴？她问。

——像马路上的工厂门口站着的红头阿三，就是亡国奴，国家灭掉了的百姓就是亡国奴。

——东洋小鬼这样坏，要想灭掉中国，我想不成功的罢。

——如果中国人个个像张学良一样，就可以成功。中国做官的带兵的，都是混蛋。不是报纸上这几天里都登什么禁止反日抵货的运动吗？在南京上海枪毙了许多反日的学生和工人吗？为的是他们反对不抵抗。现在是不讲理的世界，在打仗的时候，哪一个枪炮多，就是哪一个胜利，打架也是一样的，如果像昨天你洗衣服的时候，你的力气比他大就打死那个狗东西。

——时候不早了，睡罢，商量是商量不出什么来的。做亡国奴也是天命，现在我们的生活哪里比红头阿三好呀！已经一样了。——她说着解开衣服，脱了鞋子爬到床里去了。

三

房间里又静下来了，有胡子的老鼠先生又上了市，它们在静悄悄地黄昏里很自由地找寻吃食，一只大老鼠爬上了阿毛的竹床。阿毛身上盖着的一条蓝布的棉被已经到处露出发了黑的棉花，老鼠在她的四周围兜着圈子，它像人一样的饥饿，咬着阿毛的一件破棉袄的袋子。可怜的阿毛不知道有了多少天没有洗过手脸了，她的手指缝里嵌满了黑泥，脸上就更脏得不得了，堆积在嘴角里的残余食物发出腥膻的臭气。饥饿的老鼠就在她的嘴角上啃起来了，阿毛从梦里痛醒过来，叫着：

——啊呀……啊呀！爸爸，老鼠咬我，啊呀，血流出来了！

大家都惊醒了，小宝宝也开始哭起来了。母亲在懵里懵懂之中很快地把奶头塞进小宝宝的嘴里，哭声立刻就停止了。阿明在梦中似乎听得各种各样的杂乱的声音。灯里的火油快要完了，半明半暗的一粒火光从已经煤黑黑的灯罩里透出来，现着一个可怕世界。阿毛一面叫，一面看见从帐门里钻出一个闭了眼睛的黑头，头上面竖起了硬而蓬松的毛毛。她吓坏了，她掩着棉被罩在头上，过了一忽灯就熄灭了。

阿明以为自己是在做梦，很疲倦的又睡着去了，不料那个阿毛又叫了起来，甚至连邻居也都从梦里惊醒了。

阿明也醒了，细细一听，才明白并不是做梦，房里阿毛哭着，房外听得了另外一种可怕的爆竹声和大大小小的“噼……啪轰……隆”的声音，呵，这是有钱人请菩萨了。他妈的，钱这样多，炮仗放不完似的。唅，不是的？怎么上面像有飞机声呢？难道打仗吗？他钻出头来，叫着阿毛：

——做什么？做了怕梦？乖些，不要紧的，莫怕。

——血流得真多呢！爸爸！

阿明想，难道飞机丢进炸弹来了吗？怎样她还能这样清楚地说话呢？我也并没有受着什么伤，奇怪。他伸手去摸摸小宝宝和他的老婆的鼻子，都很好，都有呼吸的。再摸摸自己的脚也没有什么痛。“唅！阿毛，你究竟痛些什么？”他就披了衣服起床来看阿毛了。这才看清楚，阿毛嘴上被老鼠咬破了一块皮。他从袋里拿出一块脏得发黑的手帕替她揩了一揩，要阿毛睡下去，把她被盖好，走开了。

他走近窗门，从一条像手指那样粗的窗缝里望出去。飞红的天，天上似乎还有黑烟，一股股地冲上去，从红光里又有白色亮光的火星飞动着。“噼啪噼啪”的声音愈听愈近了。忽然又“嘶……嘶……”一声，从草棚上飞过去一条亮光。他轻轻地开出房门，走向房门对面的人家，在门边听了一下，里面也在轻轻地说话带着抖动的声调。他唯恐惊扰人家不敢问他们，仍就回进了自己的房里，移开帐子扯了一下棉被。豆腐阿姐也早就听见外面的声音，只吓得不敢作声。她侧转了上半身，伸出手来捏着阿明的左手，捏得紧紧的。冰冷的汗从手心里出来。帐子里面要比房间里还要暗些，他俩面对面的相互闪着发出亮光的眼睛。

窗外的微微白光透了进来，步枪声听得更清楚了，上面的飞机也更多了。

——大约在车站那里打罢，你起来，穿好衣服，你多穿一件衣服上去，会冷的。我要走到王家去问问，同他们大家商量商量看。

白色的亮光壮了他的胆量。他自己觉得比初初听见的时候要好得多。他从自己的房里出去，一直地跑到王家，轻轻地叫了几声，门立刻就开了。

——真的打仗了呢，你听到吗？——王家嫂嫂这样对他说。

——阿福哥昨天回来了没有？他在外面跑总知道一些情形的。

——回来了，他的胆子大得很，还躺在床上的呢。

阿福打了个呵欠，伸了一伸腰，捏起两只拳头笔直地坐了起来，一面穿着衣服，一面离开了床，笑嘻嘻地说：

——勿要急，急也没有用了。——他的手扶着门，把脚上拖着的鞋子穿好，就把房门一开，再回转身来在桌上拿着自己的一顶灰色呢帽，很快地跑出去了。他的老婆从里面追了出来。

——小弟的爹，小弟的爹，不要出去呀！

可是已经来不及了，他已经走得老远。阿福的老婆急得哭个不了。她的婆婆正在点着了一对小小的红烛三支香，供在神堂底下的一张方桌子上，口里念着“急救经”，双膝跪在地下，两只瘦得露骨的手合并得整整齐，一心一意地拜着，驼着背叩着头，头一直低到地上。

过了不多时候，阿福很急忙地跑回来，把帽一脱放在桌上，从袋里摸出一支香烟含在嘴唇上，刮着一根洋火点着烟，他坐在床边的一只方凳子上。他的眉毛粗黑得像板刷一样，三角形的眼睛，团团的脸，胡子长得很旺，在一堆黑胡子中间露出了发着紫色的嘴唇。他的身上穿着一件已经旧了的黑布袍子。他的身体很长大，两只粗而有毛的手放在脚膝上，喷出一口很浓的烟，稍稍闭了一闭眼睛对阿明这样说：

——我已经去看过，外边乱得个不得了，门户都关闭着，逃的人还是很多。刚才出去的时候，四周都有枪声，听说这里附近的车站——天通庵车站已经被日本兵占领了去，所以这里的枪声倒比我出去以前稀少了些。不过有人说，在北火车站，宝山路，横浜桥那边，打得很厉害。宝山路上的火烧得很旺，在这里附近也有几间房子烧着，满天都是黑烟，真是糟到极点。出去当然是很危险，不过不出去更加要危险。我想再不出去是没有时候可以出去了。我是没有地方可以去逃难，自从失业到如今，朋友那里个个都有债，不能见他们的面。我想你的母亲住在江湾，暂时去避一避再说。只有向着这一个方向比较容易过去，避开车站，从田埂里绕过去，东西当然不能带的了。

——唅，你们听，上面的飞机轧轧轧轧的……——阿明的老婆也急忙忙地跑过来。

在这个时候，小人和女人都哭起来。每个人的脸色都发着青，有的躲在角落里，有的躲在床底下。那老太婆吓得像死人一样，不过口里还在念着佛。只有阿福和阿明比较镇定些，互相商量着。

——他妈的，死也是命，横竖总有一死，何必怕呢？我看还是照阿福哥的意思，大家一起走出去，到母亲那里去，小孩子我们两个来领。——他的手指着豆腐阿姐要她去抱起小宝宝来。

大家各归各的草草收集了一下。老太婆也慢慢的爬了起来，一起走出去。周围的声音又是咯……咯……咯……的不断的增加起来，其中混杂着轰……轰……又是噼噼啪啪地在空中浮动着。这些声音好像完全在草棚的四周围，邻舍都没有声音，大概都已经逃了出去。到处都冒着黑烟，白天好像变作黄昏了。树林里的鸟窝里不会飞的小鸟儿很惊慌地叽叽叽地叫着，似乎它们也在哀哭。没有人拉的黄包车在冷静和恐怖的街上停着，有的已经翻倒了，在旁边躺着正在流血的死人。在弄堂口有些像穿着制服的兵士，歪歪斜斜地倒在地上。还有黑色的警察制服很狼狈的丢在十字街头和垃圾桶的旁边，旁边还横着长杆子的步枪。背着包裹抱着小孩的男男女女：有的在街的两边靠着店屋排门很惊慌地奔着，有的像老鼠一样的缩着头，团紧着身体躲在弄堂口，有的突出着眼睛，张开着手在十字街头乱冲。在十字街头已经堆着许多沙包，穿着灰色制服的兵士都手忙脚乱的在沙包里面轻轻的商量，有的已经躺在沙包上瞄准了枪头。来来去去的弹子在空中飞着，阿明一家四口同着王家的老小，也从小路里出来在枪弹底下冲过了大街，向着荒野里逃去。不料走到火车站附近的时候，王家老太婆，脸发了白张开了口呵……呵呵的气从喉咙底里喘出来，已经蜷在地上不能走了。离开他们不远的地方，有一大堆人群正在那里叫，很雄壮地叫“杀……！”望得见这些人向着车站那一边冲过去。阿福提过小弟给他的老婆，自己背起老太婆就逃。从右边又穿出一队兵士追上去。在这个时候，大家都冲散了，阿福和阿明夫妇走得最快还在一起，阿毛，小弟和阿福的老婆落在后面，不知道到哪里去了。这正是打得很紧张的一忽儿。中国兵和日本兵正在交锋着，上面的飞机正在对准着中国兵投炸弹。阿福和阿明没有办法可以回转去找寻了，也不能停留在这里不逃，只好沿着田埂逃进江湾路，在江湾路上的人，没有一个不慌忙，一堆一堆的奔着。将近江湾的时候，有些人走过来探听消息，他们七张八嘴地问着逃难的难民。一位年青的店员对着阿福说：

——在你的背上的老太太已经不像个样子了呢，她已经……前面究竟打得怎样了？

阿福的身体弯到地下，一只手扶住母亲，慢慢地转过身来一看，吓了一跳，这是怎么一回事？连忙“姆妈，姆妈”的叫她，而她并不答应了。勇敢的阿福到了这个时候，眼泪也直奔的下来，对着阿明说：

——现在怎么办呢？后面的老婆儿子……

——事情已经这样了，回转去是危险的，以后再想法。这里离开跑马场不远了，我的家就在跑马场的西南边，还是快点背她到我的家去。——阿明抱着小宝宝这样说，他也洒了几点同情泪。

走近了家门，阿明先敲门进去，里面一个又瘦又病的老太婆躺在床上流着泪。两个小弟在旁边坐着劝她。她一看见阿明夫妇和小宝宝，脸上立刻放出光彩，现出希微的笑容，但是惊喜的眼泪还是直奔的流下来。

——我……我……怕……你们逃不出来了，总算老天保佑，还能够见着你们一面。那边怎样了？阿……毛呢？

——那边不得了，阿毛在路上失散了，同着王家嫂嫂和小弟一同失散的，还该去找呢。阿福哥和他的妈妈同我们一路来的，他妈已经吓死了。现在外边，在外边。——他又回转身走出去了。

阿福站在门外面，旁边躺着一个闭了眼睛的母亲。他的双手捧着头在那里很悲哀地哭着，阿明呆呆地望着他，不断地流下泪来，大家都抽搐起来了。阿福抬起了头，眼睛已经红肿了。

——我不能够忘记你，你是个好人，你去拿点草来盖在我妈身上，我现在去找老婆和儿子，死活没有一定的。如果找不着，我也不再回来了，我已经决心要去当兵了，死也死得痛快些。失业到如今，哪一天不是过着地狱的生活。大家却以为我是一个坏人，这难道是我自己要坏的吗？不得已才欠债的，被压迫就要反抗。我当然还是要干的。我不是吹牛，这点儿志气是有的。现在时机到了，还要逃什么命呢？我已经新认识了几个朋友，在十九路军当小兵的。你如果要找我，我可以留个地址给你。——他就拿出铅笔来写了个地址交给阿明，同阿明握了一握手就跑走了。阿明感动着，呆呆地站在门口看着他的后影在江湾路上渐渐的模糊下去。

阿福已经走了大半天，总是绕不过去：不是逃难的人说得吓死人的阻挡他往前去，就是碰见兵，不等他开口就把赶着往后跑。最后，他才绕到了一条小路。可是，天已晚了，太阳早就没有了。暗淡白色的黄昏里，一切都是模糊的，荒野里的坟山，高高低低的堆着，两边的树林似乎会走路一样的向后面移过去。离开马路不远的地方有一大堆的房屋，屋上面的烟囱已经像死人一样的不会呼吸了。到处看不见火光，草地里有窸窸窣窣的声音，前面咯咯咯……咯咯咯的响。在西边的天空中，火光烧得很旺。东边远远的黑暗地里，爬出了一个巨大的笨重的，像塌车似的东西。它向前直冲，发出可怕的震动的声音。这个东西的后面，似乎还有许多人，拿着长杆子，伏着身子往这边跑。阿福有点害怕，——“这是日本兵来了”——他很小心地避到路边的一个竹园里面去，——预备等他们经过之后再向前去。可是，他觉得饿，觉得冷，他举起头来一看，原来这就是做地皮生意的朱家。这所房子还造得不久，他想有钱的人早已逃走了的，为什么不爬进去偷点东西吃吃呢？他向来有点本领，虽然身体很长大，可是很灵敏的。他就用力的抓住靠近火墙的一支粗竹竿，两手往上一拉，像猫似的溜上去了，再向前一冲，已经拉着墙角，爬上了屋顶，听得里面没有人声，他就大着胆把灶屋上的天窗玻璃敲碎了。再听一听，没有什么人，他就用力地把一枝横在天窗中间的木头拉断，两只脚先宕下去，一跳下去了，把袋里的洋火刮着，找到了电灯开关。这是他的世界了。把橱门一开，不但有鱼有肉，而且有年糕蛋糕，还有他从来所没有看见过的吃食。他不管三七廿一吃饱了再说。这样一来，他不但不饿，而且也不冷了。他吸着香烟在天井里独自兜圈子。天上白色的星光在红云里面闪着，炮声枪声野狗的叫声，不断地不断地送进他的耳朵。他已经听得疲倦了，走进灶间在稻草堆里一躺，立刻就睡着了。

天亮了。在院子里的雄鸡啼个不住。他一醒过来就把肚子吃饱，到处找寻利器，他急忙的拿起一把发着亮光的菜刀，塞到年糕的包里，把很多的吃食都带了出去。经过后门和竹园向西边直奔，今天这里已碰不见逃难的了。他走进火车路，想找寻着已经失散的三个人，但是连影子都没有。前面有许多兵士正在掘着战壕，他怕他们会赶他走，就立刻走上前去，很亲热地招呼着兵士们，而且解开纸包，拿出年糕和其他的食物分送给他们吃，嘴里说着：

——你们真勇敢，真辛苦，我愿意同你们一块儿死。你们是十九路军吗？听说政府不要抵抗要镇静，怎么现在十九路军和日本人打起来了呢？

兵士们看他很好，大家都分到了一小块年糕，吃得很有味的。其中一个脸带黄色的说：

——丢那妈，哪里是长官要打！我们弟兄们天天闹，再不抵抗我们要……我们不愿做亡国奴的，不肯卖国的。你老百姓来帮助我们，再好没有了。我们在江西剿匪，吃了不少次的败仗，就是老百姓不帮忙，没有一个，没有半个……他们都对 × 军好，帮 × 军。

——× 军就是老百姓，老百姓就是 × 军，你这……这个笨家伙，要老百姓打老百姓，当然是不肯的。现在不同了，现在我们打的是日本帝国主义。——另外一个歪斜地戴着他的帽子，——有“青天白日”徽章的军帽，——嘴里嚼着年糕，斜过身来对着那黄脸的一个弟兄说：

——我的全家，失散的失散了，死的死了，现在我决意要同你们在一起，去打日本帝国主义。是的，我们大家都是老百姓，不肯打自己的人。我同着许多人都是从工厂里开除出来的，——还不久呢，——为了我们在两个月前参加了反日的示威，老板通知公安局市党部说我们是不良分子，还捉到监牢里坐了几天。你们想，同是中国人，却有两个不同的世界。我不但自己来帮你，还可以去多叫几个来帮忙。

到了第二天阿福就领着五个失业工人一起来了，大家都起劲地帮他们掘战壕，帮他们烧饭。其中有两个，还带两杆发锈的驳壳，可是只有两排子弹，打完了就要兵士们想办法。

——你们这些傻家伙，那地上死兵身边还有长枪，不会拿吗？子弹，我们这里分一点去好了。

这样，阿福就算“当兵”了。

阿明自从阿福离开之后，没有一刻不在惊吓之中记挂着他，而且回忆他一向是个热心朋友，很好的好人，同他共事十多年了，他总是情愿自己吃苦，喜欢帮助别人的。就是太爱“干”。那年北伐军要到上海的时候，也是阿福带他去“造反”的；他们失业也是为了这个缘故；我的阿毛，他的老婆和儿子，几天都不见回来，一定遇着了不幸呢；况且在这里天天饿肚子，一天烧一顿，一顿吃一碗，上面的飞机到处丢炸弹，炮声枪声一点点逼近来了，到处火烧着，再不出去，真是死路一条；为着朋友为着自己一家的饥饿，只好再逃到租界上去，找碗饭吃，拉车子也好，当兵去也好。他把这个意思告诉了母亲和老婆。

豆腐阿姐看看大家。饥饿和惊吓决定了一切。她只是发抖，没有说“是”也没有说“不是”，当然主意是没有了。不过听得阿明要出去，当然自己和小宝宝也要跟了去，她说：

——你……去，我……我和小宝宝也同去。

母亲和大家都哭起来了，但是为了在这里要饿死，当然也不阻拦儿子出去。不过她心里害怕：母子也许不会再见的了，虽然阿明答应找到生意马上就送钱回来。她心里只转着一个念头：命里注定没有儿孙送终，死……死……。她闭着眼睛念了几声“阿弥陀佛，阿弥陀佛”……

他们三个就在当天动身了，走得不到半里路程，就看见了穿着黄色衣服的日本兵，还有一两个便衣队。他们看见阿明鬼鬼祟祟地想走过去，就拦阻他们。日本兵之中的一个，似乎是一位军官，嘴动了几下，日本兵就上去一把抓住，解开衣服来检查，当时就在阿明的袋里摸出一张纸条。一个会讲中国话的便衣队，问他这张纸条上的地址是什么用的，阿明不肯回答，他脸上背上挨着了好几下，打得他更加发狠不讲话了，——他始终不肯说出来。又看见一位军官嘴里动了几下，立刻拔出枪来对准阿明的脑袋，就是啪的一声，——阿明像鸡似的倒在地下。

——不好了！我的阿明！我的老天！啊呀！不好了！豆腐阿姐跪倒在地上狂叫狂哭。在她怀里的小宝宝也号哭起来。

一位日本军官抬起手来指着豆腐阿姐，一个日本兵就抓住了她，打了几个耳光。看小孩子还是号哭，就拿起刺刀，亮晶晶的闪了一下，小孩子已经落在地下，再加上两三刀，小孩子的头和身体已经分开，有了鲜血的刀子还在小孩的衣服上揩了几下。他的母亲突出了眼睛竖起两只手来扑在地下的血堆里晕过去。过一忽儿她醒了过来，张开眼睛一看，又晕了过去，到了第三次醒过来，她简直是疯狂了，她叫：——阿明呀……阿明呀……小宝！我的心肝！你俩怎么不会答应了呢？啊唷！我的老天！……她跪在血堆里，双手紧紧地扯住了胸口的衣襟，头向着天狂叫狂哭。正在这个时候又走来了一批日本兵，看她还年青，就捉了她去了。她已经不会开口，只觉得昏昏沉沉的……

蒙蒙的小雨，地上已经湿了，堆着的死人也已经数不清了，血同水溶化成一起，炸坏了的房屋像庞大的垃圾堆，……一切一切都不完全了。

天渐渐的发黑了，除出有日本兵的房屋之外一点亮光都不见了。江湾汪家的祠堂做了日本的司令部，附近司令部的房屋都驻扎了日本的炮兵步兵。阿明的老婆就在步兵驻扎的一所高大的房子里。她在一间点着红灯的客堂楼上，身上的衣服剥得干干净净，绑在一张有弹性的钢丝床上。换班下来的日本兵，像发狂似的喝着俄国的烧酒，唱着东洋的单调的爱国歌和淫浪的小曲，跳着西洋式的舞蹈，大家轮流的奸淫豆腐阿姐，还有其他的年青的中国女子。竖在高房子上面的白天红日旗随风飘荡着。

饿得肚子已经瘪了的野狗，到处找寻着吃食，血肉模糊的死人大大小小地躺在田埂里和马路上。一只黄狗低着头，走来走去用它的长而发着亮光的鼻子闻着尸体的周围，它想挑选一块比较好的人肉来吃。

早晨七点钟的时候，日光从东边照来，忽然豆腐阿姐看见了一个雪白胡子的道士，手上拿着一个桃子要送给豆腐阿姐吃，并且告诉她，如果要看见阿明和小宝，就一定要吃这个桃子。她吃完之后，真的阿明走来了，他还抱着小宝宝，而那个道士，已经看不见了。她高兴得不得了，她跑上前去抱过小宝宝来，阿明同她吻着，像结婚后第一夜的接吻一样的亲热。她忽然觉得从阿明的鼻子里面喘出两股热气，她张开眼睛一看，哪知道并没有阿明，也没有小宝宝，而只有一只黄狗，狗咬着一个躺在她旁边的小孩子的腿。

——呵！我为什么在这里？不是我到过家，到过大洋房。同着阿明逃难，现在阿明呢？到哪里去了？忽然听得在那边马路上有嘟嘟……嘟的声音。在太阳之下飘扬着一面红十字的旗子，像飞似的过来了。她立刻本能的撑持着坐起来：

——救命……救命呀……

穿着白色衣服的看护，叫开车的停下来，可是已经闪过豆腐阿姐的前面去了。她就用了一切力量站起来，——她并不觉得身上是一丝不挂，她只想赶紧逃，赶紧离开那只黄狗，赶紧追上阿明和小宝宝——她追上前去，但是走了三步又倒在地下。看护们就走下来把她抬上了车，她又晕了过去。

等到她醒过来已经躺在病房里面的床上了。她觉得嘴里异常的干燥，肚里非常之空虚，她看见有人从她面前走过，她就抓住了她。

——我要吃……要吃你的人。

一位看护吓得脸都发了红，后来，好容易扳开了她的手，给她打了两针。然后，有人拿了一碗稀饭来给她吃。她吃了几口就不要了，似乎现在要比来的时候清醒了一些。不过她的神经还不时的错乱，一忽儿哭，一忽儿叫，“阿明，阿明”的叫声，充满了整个难民收容所的所谓病房。

这样，她在难民收容所里面住了二十多天，医生们忙得医外伤的难民，对于这位无名氏，除出每天给点儿药之外，并没有特别的来看护。当然年青的临时看护的小姐，也有点害怕走近她。她没有亲戚来看，很孤独地很冷静地躺在一间亭子间里，哭着闹着，自言自语地说着。难民收容所的男女是分开两处住的，男的在爱文义路某某里，女的就在对面的弄堂内，医生和看护并不多，所以跑来跑去的就这几个。

有一天一位李医生跑去看一位受了弹伤的某男子。他来此已经有了一个多星期了，他常常问起：“你们在江湾看见一个穿蓝布棉袍江北口音的阿明没有？他有卅二岁，不长不短。”差不多在每一天他都要问起几次。李医生回答他：这里的难民固然都是江湾附近救来的，可是并没有这样的一个男人，不过在女的难民收容所里面倒有一个每天叫着“阿明”的疯婆儿。他就把怎样救了来的经过告诉了他。

这位男子突然的想起：不要是阿明的老婆呢？他要求医生去看她，并且告诉了他自己同阿明的关系，以及他受伤的经过。医生认为他的伤口已经好些了，所以并不阻止他，而且医生认为没有亲戚朋友的难民，在收容所结束的时候都要成问题的。况且这个疯婆儿，人人都讨厌她得要命，她有了熟人，就容易交代了。

到了第二天，二月廿九日下午，这个受了伤的男子，很忧虑地走出自己的难民收容所，穿过一条马路走进了上面挂着一块白布黑字的门里面去，同着看护走到那间狭小的病房里面。他一看：果然是阿明的老婆，不过她瘦了许多，他轻轻地叫着她：

——阿明嫂嫂，你怎样？

阿明的老婆从梦里惊醒过来，觉得这是很熟的声音。她张开了两只大眼睛盯住了他，两只手慢慢的从被窝里伸出来，撑起了上半身，非常奇怪的看着，突然间她叫了出来：

——阿明！你是我的阿明！……

——我不是阿明，我是你们的朋友，你们的邻舍，我是阿福。

她一把抓住了他，像疯狗似的跳了起来。

——你是阿明，我认识的，你是阿明，是我的阿明。我要回去看我的小宝宝，要喂奶给他吃，他哭得不得了，我的丈夫，我的亲人！……

她拿起一件旧的又破烂又龌龊的骆驼绒的袍子穿上去，这还是难民收容所里捐来给她的，她穿好了之后，低着头尽是看，似乎嫌那旗袍太脏了，立刻又脱了下来，把它反穿在身上。头上扎了做绷带用的纱布。她突然的从楼上一直冲出了大门，冲出了里口，沿着爱文义路向东面乱跑，转转弯弯地乱跑。阿福在后面追着。看见对面来了电车，她似乎害怕得要命就回转身来，又往西跑，嘴里叫着骂着，后面跟了许多野小孩子和看热闹的人。野小孩子向她调笑叫骂，后面阿福追得气都喘不过来。他的脚上受了伤的伤口还没有完全的收口，他走起来还是跷着脚的。疯婆儿一路逢人就问阿明的下落："你看见我的阿明没有？"人家就问她：

——阿明是你的什么人？

——是丈夫，被东洋杀千刀杀死了，还杀了我的儿子——她用非常之大的声音说着。

阿福在后面听见了"被东洋杀千刀杀死"……的声音，突然的震动了他全身的血管，他的四肢都发抖了，他跷着脚追上前去还想问个清楚，忽然又听见前面有人询问她的姓名住址。她也在回答别人：

——江湾人，同着丈夫和四个月的儿子一同逃难出来，在路上就被杀千刀的东洋人杀死了，小宝宝哭一声，就是一刀切成两段。……阿明，阿明——我回来了呀！——她说到这里又大叫起来：——啊唷！我的阿明，啊唷，我的小宝宝，啊唷！我的心痛得……我的丈夫呢？我的小宝宝呢？好乖的小宝宝，讨人喜欢的小宝宝，……他们都到哪里去了？阿明回来罢，她叫到这里倒在地下晕了过去。

马路上来来往往的人，都忙得各管自己的事情。汽车上的洋大人笑眯眯地看着车窗外面的"景致"。吃得肚子大大的洋行买办工厂老板，坐在汽车里，抱着穿得花花绿绿的姨太太的腰。还有那些党国大人们的小姐太太，穿着高跟皮鞋，咭咕咭咕走进戏场跳舞场的门去。外国巡捕拿着棍子赶着看热闹的小孩子们。黄包车夫的脚底嗒嗒……嗒嗒敲着柏油马路。难民们在收容所里哀哭得要命。而这里，在黑暗的马路旁边，靠近发着臭气的垃圾桶，躺着一个直僵僵的疯婆子，她已经没有了呼吸。阿福坐在她的旁边，呆呆地望着，他的眼睛里放射着悲惨的愤怒的火星，……也许绅士们要说：这就是凶恶的"杀人放火"的眼光！

一九三二，四，十五。

原载《北斗》第2卷第2期，1932年

右第二章

茅 盾

一

到四点钟以后，枪声炮声都沉静下去了。李先生慢慢儿从地板上爬起来，反转右手在自己背脊上轻轻地捶了几下，摸着一张椅子就坐了，侧着头出神。

七岁的大儿子学着父亲的样，屁股一耸，也就站了起来，刚开得一步，就绊着他妹妹的肥腿，扑地跌倒了，就哇的一声哭得很响，把李先生和李夫人都吓了一跳。

“咳！乌黑黑的！——这忽儿开一下电灯想来不要紧罢？”

李先生自言自语的，也没征求夫人的同意，就开亮了电灯。

因为突然一亮，半睡半醒的五岁女孩子把两个肥厚的手背到眼上去揉，也嚷了起来了。李夫人看一看睡在她怀中的三岁小儿子，又抽出左手来拍着那女孩子，轻声唱道：

“妹妹，不要哭，东洋兵来啦！挡挡东洋人……”

那男孩子已经走到父亲跟前，就想照老规矩骑上父亲的膝头，但一看父亲板起了脸不理睬，只好懒懒地靠在父亲身旁，又学着父亲的样，侧着头。

父亲和母亲却小声儿交谈起来了，是母亲先开口：

“这一会儿倒不听得了。是打完了罢？”

“谁知道呢！我想出去看看。”

“不要出去！噢？”

“出去看一看，也不要紧。我不走远去！”

“告诉你不要出去哟！你这人，就是不听我。白天里大家都逃了，租界里铁门也关了，老妈子也吵着要走，我急得什么似的，等到你公司里放工回来，你倒写写意意说：包你身上没有事。老妈子要走，你又让她走。你——”

“老妈子在这里，难道就不怕东洋兵？”

“哎，人家着急，你倒说皮话！三个小东西，总得人抱了走呀！老妈子在这里，多少也抱一个。可是东西就带不了走——”

“哦，你又想到要逃难了！”

“你就只想去看看？去看了来干什么呢？”

李夫人有点生气了，身体一震，怀中的三岁孩子就叫了一声。李夫人赶快拍着那孩子，又哼着“小宝贝，小宝贝，妈妈在哩”，她的眼睛忧愁地望着她的丈夫。

李先生低下头去，把一只手掌在大腿上一来一回的摩擦，过一会儿，他皱着眉头说：

“真糟糕！不逃呢，不放心；逃呢，多花钱。我总以为打不起来的，谁知道——”

“我也是怕花钱，白天里这才听了你不走。总算幸气，没有吃流弹。”

李夫人看见丈夫发愁，就后悔自己刚才的话太生硬了一点儿。她想了一想，勉强做出点笑容来，又说：

“好半天没有响声了，看来不会闹出大乱子。阿大的爷，你去睡罢。明天你还得上公司里办事。”

李先生望到他的夫人，也勉强笑了一笑，跟着又打一个呵欠。他觉得夫人的话很对。日本兵是蛮凶的，他们在沈阳北大营并没遇着抵抗，据说也是机关枪大炮乱轰了一阵。说不定刚才那枪炮声就是北大营的老文章，那么，明天大概还是一切照旧，不会出大乱子。公司里仍得办事，他仍旧得去。不去就白白丢了二元五角的大洋，何苦！

“那么，我去躺一会儿再说。”

李先生征得了李夫人的同意，就拍拍大腿走上楼去。那七岁的大儿子也想跟了去，可是李夫人唤住了他，叫他靠在自己身上，给他盖上了一条毯子。

李先生走到楼梯顶，忽然又不放心了。从他现在站着的地方再上去一个矮小的梯子，就是晒台，他忽然想到晒台上去眺望一下，到底外面是闹到怎样一个地步。

刚开了晒台门，就听得砰，砰两声。李先生的身子立刻缩回。他从门缝里张望：满天的冻云中间夹着几点寒星，有风直冲那门缝吹来，冷得很。邻家的晒台上似乎也有人在那里瞭望。李先生胆壮一些了，把头上的罗宋绒帽拉下来，罩满了整个的面孔和颈脖，只露出一对眼睛，——这么准备好了，然后侧着身体，贴着墙，慢慢地把身子移到晒台上，赶快蹲下了身体，尖起耳朵听。

只远远地传来了呼号的声音，但也许是风。天空也没有什么红光或黑烟。正像一个平常的腊月尽头的半夜三更。李先生慢慢地把身体挺直了，走到那晒台的水泥栏杆旁，想看得仔细点儿。

“李先生，也来看看么？刚才打这只角里望过去，看得见一道一道的红光，想来就是东洋人开炮呢，他妈的！”

猛不防有人招呼，李先生愕然转脸对声音来的地方注视，直到听完了那人的话，李先生这才认出那说话的就是住在隔邻亭子间里的阿祥，是公司里铅印部的一个工人，和李先生算是“同事”。

“哦——你看了半天么？”

李先生随口说，一面却皱紧了眉毛，瞪大了眼睛，向四下里张望，看还有没有红光之类。虽然和阿祥同在一个公司而且又是邻舍，但因为他们的身份不同，一个是编辑先生，一个是厂里的做手，他们两个平日很少来往，见面时也不过用眼睛看一下代替呼名唤姓的招呼，所以李先生这时还只是随便应酬了一句。然而阿祥却例外，很高兴地又说道：

“东洋兵打败了！”

李先生浑身一震。什么？倒是东洋兵打败了么？有点难以相信！他转脸对着阿祥看。他看见阿祥露出一排很大的白牙齿，捏起拳头做了一个手势。

“东洋兵打败了！都逃回虹口去了！”

这回是听得很真的了，李光生不能不追问：

“你怎么会知道？”

“里门口站岗的警察这么说。我还看见——”

“你去看了么？你看见什么？”

“我看见许多许多十九路军朝北走。听说是到天通庵车站帮助那边的兵把守。日本兵也打宝山路口，也打败了，都逃到福生路，躲在那里。”

“哦？哎——”

李先生半信又半疑。他这才明白了为什么刚才他急急忙忙和老婆儿女跑到楼下客堂里平躺在地板上的时候，那枪炮声就像从四面八方打来，一条活路也没有。原来他的住址正夹在两条火线中间呢！他定一定神，不由得叹一口气说：

“这事就闹大了！东洋人一定不肯罢手——”

“那就打他妈的！”

阿祥这话刚出口，突然砰砰的两响破空飞来，接着又是砰砰砰几响，像是回礼。李先生惊得呆了，身子蹲了下去，腿直发抖。他听得阿祥自个儿喝道：

“哈！又开火了！死不完的东洋人！打，打！”

然而那几响过了以后，便又是沉寂，李先生觉得那沉寂也就像一块大铁板，压得他心痛。他蹲着挪一挪他的腿，心里想，还是赶快下去和老婆商量明天怎样逃难罢，猛的在他脸上刮过一阵风，他闷着嗓子喊一声，又蹲了下去。而就在这时候，一片嗒嗒嗒的机关枪声从北面来，虽然李先生的耳朵是藏在厚毛绒的罗宋暖帽里，也还是像要震聋了似的，那一定是很近，而这晒台却偏偏又是朝北的。李先生急出一身冷汗，蹲在地上，不敢动，又觉得不动也是等死。嗒嗒嗒嗒嗒！咚！咚！李先生突然抱着头直跳起来，但随即像一块木头似的倒了下去，连爬带滚，到了晒台门边，又从那小扶梯上滚了下去，他只喊得一声，便好像失了知觉。

“阿大爷！阿大爷！呜呜，哇——”

李先生的神经被楼梯下这哭唤声一刺激，居然立刻又清醒过来。嗒嗒嗒的声音现在又没有了，只是散散落落还有几声砰砰。李先生摸一摸头，觉得还是好好的，就又连滚带跌地跑下那扶梯，在扶梯脚边，李夫人扑过来了一个身子和一串哽咽住了的悲啼，李先生接住了，便坐在那扶梯的最末一级。

“阿大爷，阿大爷！怎么的，伤在哪里？伤在哪里？”

“没有！”

李先生颤着声音回答，心里头臭虫似的钉着那个问题：明天怎么逃得出去？

二

快天亮的时候，七岁和五岁的孩子都缩在毡子底下睡着了。三岁的那个却在母亲怀里咿咿呀呀唱起来，显然那特别的大地铺，使他高兴。

天井里那只预备过年用的雄鸡也喔喔地高声儿啼。

李先生仰面躺着，睁大了他那一夜没睡的红眼睛，皱紧了眉头，不作声。

大门外脚步声腾腾腾地不曾停过一秒钟，李先生他们睡在地板上的头也觉得有些儿震。嘈杂的人声滚到大门前，又滚了过去。

李夫人抱着三岁的孩子坐了起来，没有心绪去应酬那孩子的咿咿呀呀，就把身体来回地摇着。摇了一回儿，她望着李先生那边问道：

“阿大爷，想好了没有呢！”

“等天亮了去打听打听，总该还有一条路可以逃出去。”

李先生哑着声音回答，叹一口气。他翻一个身，脸就对着夫人那一边了，他苦笑了一下，又说：

“这又是一个钟头没有听得响声了。也许今天就讲和，——英国或是美国领事出来调停，不打了，也是很可能的。”

“昨天你不是老说不打不打么？晚上就打了起来了！”

“那么，等天亮足，我们一准逃到租界里住几天罢！”

李先生顺着夫人的意思说，心里便计算到租界里住旅馆，一天得花多少钱，两大三小，只住块把钱的小房间就行了，吃饭大概也得一块钱，他身边还有六十多块，十天八天还混得过去。只是在上海这个华洋杂处，中外观瞻的地方，难道他们就打了十天八天么？李先生想来太难以相信。可是他也不说出来。昨天的话已经失了信用。现在他只把这“新希望”藏在肚子里自己宽慰自己。

是这么想的，李先生倒又心定了些，一夜没睡，精神也委实来勿得了，他就蒙眬地闭上了眼睛。

然而不到十分钟，他就从蒙眬中跳醒来。里内人声乱麻麻地，又夹着一种沉浊的像是非常有力的大声音，胡胡地只近在头顶。李先生和李夫人惊惶地对看了一眼，不知道又是什么大祸事。有几个人的声音却在大门外嚷着跑过去：

“东洋飞机来掷炸弹了！躲到家里去！”

“躲炸弹！躲炸弹！许多人哄在一堆是要吃炸弹的！”

于是就听得前前后后都是慌乱的脚步声，接着又是近在耳边的几声砰砰——是左右的人家碰上了大门或后门，然而在这时候，李先生夫妇俩就误以为炮声或炸弹，吓得脸都青了。

飞机声却也愈来愈近，轧轧轧轧轧！好像就在他们头顶。全个里就同死去了一般，只有那空中轧轧轧轧的声音，忽远忽近。李先生和夫人背靠背地坐在那地铺上，三岁的孩子惊异地睁大了眼睛，伸长了脖子：他也在听。那两个大些的孩子依然缩在毡子下面睡得很熟。一家儿都在眼前，都在一堆。李先生忽然想到这个时候倘有一颗大炸弹掷下来，那就——

他全身的血都冰住了，他不敢再想。

这时候，天已大亮，可没有太阳光，原来昨夜又落过了雨，天空像张着一幅淡灰色的幕。飞机似乎去得远了，只隐隐还听得胡胡的声音。再过了一会儿，连这胡胡的声音也没有了。李先生松一口气，尖起了耳朵再听，昨夜把他吓得要命的机关枪和大炮的声音也没有！嘈杂的人声却又在前前后后浮起来，大门外又有了人们来往的脚步音。

“怎么办呢？不知道路上好不好走？”

李夫人自言自语的，看看手抱里的孩子，又看看睡在毡子下面那两个。

“总得出去看一看。守在家里，不会有人来告诉你！”

李先生说着就站了起来，对他的夫人看了一眼，似乎征求同意，拍拍身上那件老羊皮袍，就打算走。李夫人想来也没有别的办法，也就不说什么，只叹了一口气，眼睛一闭，忍住了两滴眼泪。

李先生也不敢走远去，只在里内徘徊。同里的人家，昨天也和李先生一样不预备逃的，此时就有很多批抱了孩子拿着小包裹纷纷出去。据说是太阳庙那一路还可以通行。李先生心放宽了一半。他走到里门口。那大铁门已经关了，只留那大铁门上的小门，外边是警察站着双岗，不时仰起脸望着天空。出去的人不少，进来的却几乎没有。马路上三三两两的走过人，光景都是逃难的。

李先生隔着铁门跟那站岗的警察打听消息。

来。他的妹子在后追。李先生瞥眼一看，那些黑东西是纸灰！他立刻明白了！他的心直跳！东洋人砸了他的饭碗，东洋人砸了几千人的饭碗，东洋人破坏了中国最大的出版机关文化机关了！李先生突然狞笑了一下，脸色转为青中带紫，发狂似的喊道：

“东洋人太不讲理了！”

什么炸弹的危险，他整个儿忘了。饭碗已经打破，危险还怕什么！李先生一面狂喊，一面就跑出大门去。跑出去干什么，他自己也不知道，也不曾想。

“你不要出去！你去干什么？”

李夫人带哭嚷着追出去。可是那三个孩子在后面一齐哭起来，又把李夫人拉回。

李先生一口气跑到里门口，就看见他的邻人阿祥和一个同伴进来。李先生好像遇见了亲人，一把拉住阿祥问道：

“厂里烧得怎样了？”

“几十个火头！”

阿祥气愤愤回答，口沫直喷到李先生脸上。阿祥是穿了厂里消防队的制服，水湿了一半，满脸通红，头上是黄澄澄的铜帽子。他拿起手背来抹一下嘴唇，又气愤愤地说：

“东洋飞机的炸弹就像落雨，炸开了就是火！厂里哪一样不是引火的！我们厂里的消防队顾了这里，就顾不到那里！听说东洋人不许租界上的救火车过来！他妈的东洋人！老子一定要跟他们拼命！”

“就剩一个第五厂，可是东洋飞机迟早要去炸的！”

阿祥的同伴说。李先生知道他也是厂里的“做手”，可不知道他的姓名。李先生的心扑扑地在跳，他觉得心好像跳一跳就涨大了一些。站在这两个威风凛凛的人面前，李先生自己也好像变做另一个人了，他咬着牙齿说：

“东洋飞机都停在虹口公园里。打到了虹口公园里，就好了！”

“一定要打的！十九路军今天要打得东洋人都逃上船去！”

阿祥很确信似的，露出他的大牙齿笑了一笑。阿祥的同伴也说：

“十九路军打东洋人，不要怕兵少！我们都情愿去当兵！总厂是烧了，我们没有工作，我们是不逃的，我们去打东洋人！”

李先生觉得他那跳着的心又涨大了一些，血奔到他脸上来了。但是那边来了他的夫人，一手拖着一个孩子，阿祥的老婆帮忙抱了那最小的一个。李先生眉头一皱，就叹一口气，他看着阿祥和他同伴的一身筋骨，又看自己的一双手，那是相差得多么远呀！“致身各有其道”——李先生忽然想出这一句来，心里便减少了几分惶愧。

怎样走中山路抄曹家渡大宽转的问题于是又在李先生脑子里颠来倒去地忖量。飞机的声音还是忽远忽近在他们头顶上响。

三

东洋兵第二次第三次的进攻都失败了。然而阿祥所确信的赶他们上船去，却一天一天见得决不会实现了。中国兵只守住了中国界。在夜里进攻失败了的东洋兵很从容地在虹口整理，等待他们本国的救兵。

白天，东洋飞机在闸北掷炸弹，宝山路一带十几个火头，傍晚时照得半边天通红。这一次，阿祥的愤恨，比上次烧商务总厂的时候还要加几倍。他和他的同伴春生发狂似的想用空手去扑灭那些火。他们没有龙头，没有皮带，没有邦浦，也没有水。火蔓延了宝山路的最热闹的一段。火又烧到工人区域的贫民窟。这里的住户都没有逃到租界去避难的资格！无数的难民在火烧场边露天过夜。东洋飞机的炸弹拣人多处乱掷。闸北成了一片瓦砾场，闸北成了恐怖世界！

阿祥住的地方没有烧。可是水也没有了，电灯也不亮了，米也吃光。这一切，阿祥都不放在心上，他和春生两个每天忙着替十九路军搬运子弹，搬运一大车一大车的慰劳物品。他简直忘记了还有一个老婆不能饿着肚子的。

东洋大兵开到上海的消息，每天总听得好几次，可是这方面的兵队并没有增加，死了一个，就少一个，阿祥他们气得几乎发狂。他们现在知道，什么赶东洋人上船，只是他们自己的梦想罢了，现在是能够死守闸北也就算是了不得。

可是他们不灰心，他们半饿半饱地出死力。

停战四小时那一天的早晨，阿祥满脸坚决的神气，跑去对春生说：

“我把老婆送出去了！”

“送出去饿死！你这光棍！你送她出去，让人家卖她做婊子！”

“我托一个同乡人带她回老家！”

阿祥暴躁地回答，吐了一口唾沫。春生不作声了，仰脸看天。他们是坐在一座烧剩一半的破房子的墙边。啵，啵，啵！一辆装货汽车满载了家具什物从他们面前驶过，那是有资格逃在租界里避难的人们回来搬运物件。阿祥又吐了一口唾沫。

“你老家里还有什么？”

忽然一个从前线调下来休息的兵，一面啃着大饼，一面走过来问了。

“什么也没有。”

“哈！那你不是叫你的媳妇儿去跟人么？”

“随她爱怎么办就怎么办。闸北地方全烧光了，老百姓死了几万，谁不是爹娘养的！这个时光，还顾得到老婆么？我是恨死了东洋人。不是我死，就是东洋人死！”

那兵很严肃地点了一下头。

“喂，老总，你看我们两个到队伍里行么？我们一块儿打东洋人！”

阿祥把他想了好多天的心事说出来了。他和春生商量过好几次，他们也曾对那个管领伙子的老大说过，老大回答说，这可不能那么随便你爱进去就得进去。他们又到那上海市义勇军的一个支队里去要求过，但也被拒绝，为的他们俩突然而来，没有什么厂什么店什么工会的介绍，来历不明不白。可是阿祥他们也不很高兴进那义勇军，为的义勇军他们不上火线。阿祥他们真想不到情愿拼了性命去打东洋人也有那么多的麻烦，而且也要门路的。

“你们扛过枪杆子么？”

那兵想了一想问阿祥他们两个。

“扛过几个月，民国十六年，也是这个时候。我们跟张宗昌的兵打过一仗的。”

春生抢先回答，异常兴奋了。阿祥在旁边也得意地微笑。

“回头我跟我们的排长给你们说说看。”

那兵也就答应了。

这天下午，阿祥他们跟几十个伙伴就到庙行镇去了。他们是派在那里掘战壕。阿祥觉得这一项工作还不够煞火似的，可是他也上劲地干。他一气掘了十几铲，揩了揩额上的汗，指着天空，对春生说道：

“你看！那是东洋飞机呢，还是我们的？”

胡，胡，胡，胡——四个五个黑点盘旋着来了，渐渐儿低了，那银灰色的机翼上两个红圆圈儿也看得明白了。不是东洋飞机是什么？五架的一队只在那几十人的头顶盘旋。这几十个人朝上看了一眼，继续掘他们的战壕。

阿祥一气又铲了十几铲，觉得热了，把铲柄横在膝头，伸开两个手掌来，扑地吐上一口唾沫，就合拢了两个手掌摩擦着，一面自个儿说：

“他妈的！等他们兵调齐了，这才来这里掘壕沟和他们打么？”

“打得他们不敢再来呀！”

旁边一个伙伴忽然接口说，嘻开一张大嘴，对阿祥挤眼睛。

“念九那天要是一气打进虹口，赶他们上船，那不是省了多少手脚！闸北的房子也不会烧光，老百姓也不会死了几万！”

春生也夹进来说，他说一句，就铲起一铲土来很生气似的往上抛。

“现在是烧也烧光了，人也死上几万，不是东洋人死，就是我们死！”

阿祥咬着牙齿，又提起那柄铲来。忽然壕沟上面来了一声严厉的吆喝：

“你们说什么！”

那是监工的，手里拿着一根青竹梢，代替皮鞭。朝下面看了几秒钟，就又走过去了。阿祥他们继续地铲，铲，铲，汗从他们额上滴下，渗进那灰黄的泥块里，他们还是不停手地铲。

天快黑时，东洋飞机又来他们几十个人的头上盘旋。这次只有一架，可是飞得很低。掘战壕的几十个人只顾掘，一声儿也不响。忽然那东洋飞机的尾巴一翅，就又腾空去了。同时有许多纸片纷纷扬扬落下来。阿祥身边也落了几张。他拾起来一看，有许多中国字夹着东洋字，看不懂意思，也就随手扔开。可是他们都笑起来了。东洋人也干这玩意儿！

后来阿祥听一个伙伴说起那传单是东洋人骂他们自己的军阀和资本家，他们东洋小兵也一样是穷人，做工的，种田的，他们不愿意杀中国的穷人，他们要反抗他们的军阀。并且从另一个伙伴那里，阿祥又知道上海北四川路的东洋兵有二百多人不肯和中国兵打，还宣传他们这主张，被兵官知道了，就杀了一半，押回东洋去一半。

原来东洋人也有好的，就是他们的军阀资本家可恶，——阿祥心里这样想，可是那样的思想只在脑子里一闪，雷也似怒吼的炮声从对方战线后面放出来，十几只飞机在天空掷炸弹，阿祥就又觉得东洋人——即使是小兵，也还是可恶的。

庙行镇大战时，阿祥和春生都有机会上火线了。可不是叫他们去放枪，却是去抬伤兵。炮弹在他们头上呼呼地飞过，嗒嗒嗒嗒——机关枪的火光也似乎看见，他们一次又一次的把伤兵抬往后方，装上了汽车。

“阿祥，你说！就这么一颗炮弹送了命，算什么？”

“只要打败了东洋人，不让他们过来，就算是有你的！”

他们两个在炮火下一边工作，一边这样说。阿祥和兵士们混熟了，知道他们绝不肯退，他们不怕死，东洋人打不过来。他倒很安心，就连不让他去扛枪的愤愤也减少了一些了。

接连几天的恶战，东洋兵的炮火把一个庙行镇几乎轰成了平地，但是中国兵守住了阵线。中国兵的战壕就像铁铸的一般。因为那战壕的开掘时也有了他们的汗，所以阿祥和春生觉得很高兴，他们不曾白费了力。而且他们另外还有应该兴奋的道理：死伤是一天一天多了，战壕里的行列渐渐稀薄，那么，补充上去的，不就是他们么？

他们两个在梦里看见东洋兵的坦克车杀来，而他们呢，跳出战壕去，啪！啪！啪！一阵手榴弹把坦克车炸坏了，动不得，他们从梦里笑醒来。

可是庙行这一线的战火却又渐渐缓和下来。东洋兵进攻失败，牺牲太多，又改变了战略了。阿祥他们很快活，却又有点失望，因为他们那掷手榴弹冲锋的好梦暂时又不能实现。然而突地他们又被派到八字桥去了。那边吃紧，需要大批的佚子。阿祥他们的工作又是扛子弹，扛食物。

战事是一天比一天猛烈起来。听说东洋派来了大将白川，带三师团兵，十几条兵舰。各方面的战线都受了攻击。重炮的巨弹像雨一般落到中国兵的阵线里来。中国兵死守住战壕，死伤的数目一小时一小时的增加。阿祥他们也是几夜不曾睡觉，运了子弹上前线去，又运了伤兵回来。他们连转转念头的工夫也没有了，他们只是机器一般走着做着，他们只有一个思想：死完了也不退！而且他们相信一定不得退！

那一天晚上，阿祥他们这一队五六十个佚子，扛了许多炮弹枪弹跟着他们的队长走。他们跑得很快。天上的月亮像一只钩，有几点星，和一块一块灰色的云。那路高低不平，很难走。可是他们跟着队长跑，和往常一样，机器似的。可是渐渐儿觉得有点异样了。雷吼似的炮声却越走越远，很要用点力尖起了耳朵这才隐隐可以听得。

阿祥觉得了这异样，心里纳闷，再走了一会儿，他忍不住了，用手膀碰一下旁边的春生，轻声儿问道：

“怎么的？走错了路罢？听不到炮声！”

“可不是！我也诧异了好半天啦！倒像是朝后走，不是上前。”

“一定是派我们到别条战线去呀！”

在阿祥背后的一个伙伴也插进来说。阿祥半信半疑地嘴里响了一声，还没说话，蓦地听得前面的一个伙伴笑了一声，随即回过头来说：

“你们见什么鬼！我是听了一些儿来，可不知道真假。东洋兵势头凶，这一道战线守不住了，退到第二道去呀！”

阿祥怔住了。春生就抢着问道：

“第二道线？在哪里呀！”

“说远可不远，说近就不近：昆山！我是听说。”

“吓！——”

阿祥只喊了这一声，就说不出来，脸全青了，眼睛红得像要滴下血来。恰就在这时候，一队骑马的，光景有七八个，从后面来，从阿祥他们身边跑过去了，接着就是轧轧轧的炮车，接着就是密麻也似的步兵。阿祥知道再不是假了，猛的把肩上的挑儿掼在一边，他们那一行人就突然停住了。阿祥圆睁着眼睛喊道：

“退么？都烧光了，闸北，江湾，吴淞，都烧光了，那不是给东洋人白烧的！不能退。死也不退！我们去打东洋人，我们不退！”

他一跳，就向那退兵的行列大喊着冲过去。春生想拦也拦不住，也就大喊着跟在后面。可是他没有走得几步，他的队长横冲过来，一把抓起他就往地上一摔，骂了一句：

“活得不耐烦么？”

春生刚翻得身，头上就吃着了沉重的一击。他的两只耳朵一齐嗡嗡地叫起来，眼前是一片昏黑，他只听得远处一哄闹，又是清脆的几声砰！砰！他就完全失了知觉。

四

上海周围二十公里内没有中国兵，也就没有战事了！停战撤兵的会议开了又开，终于草约签定了。闸北是一片瓦砾。复兴上海的呼声，紧一句松一句在喊。中国方面的损失，一大篇一大篇的在报纸上登载出来。单是商务印书馆，损失一千多万！

然而这样一个大公司，出版事业，文化机构，不能不筹备复业。启事在报纸上登出来了：公司对于旧有职员工人一律解雇，复业后新雇职员，另订办法，旧职工应得的退职金，公司因为国难而牺牲，不能按照原定办法付给了。

避难在法租界一个小公寓的李先生，现在是开始感到失业的烦闷了。他离开他的职务，已经四个月了。他手头略有一点儿积蓄，但逃难时一家的损失，日常的费用，把这些少的储蓄，都花费光了。公司所登的启事，虽说将来复业时，尽先录用旧有职员，但是公司要到几时才能复业，复业后他是不是立即便被录用？现在公寓的房间钱是要付的，一家五张嘴也得吃，而钱袋早已干瘪！怎能等候得这么久？现在李先生是为这些问题困恼着，“东洋兵”“十九路军”“致身各有其道”那些问题却已不在他的心上了。

但是常言道：“天无绝人之路。”过了几天，公司又登了启事，宣布定于即日在四川路办事处发给退职金，贮款以待。李先生看了这报纸上的启事，心头放了一道光明。他的退职金，虽然不能照平常办法领取，而且数目也不多，但是至少可以救一时的眉急。于是他看完了报，寂寞地笑了一笑，拿起那全家仅存的两毛钱，就走出去了。

从四川路办事处出来的时候，他的衣袋里装了一百多元的钞票，他一手按在那衣袋外面，扬扬地走着，腰板也挺得直些了。这时他方才看明白，四川路上依旧是花花绿绿，繁花满眼。

“还我的阿祥来！你晓得的！”

突然一个惨厉的声音追在李先生背后叫了来。

李先生不由的站住了回过头去。是一个妇人，满头的乱发，上身是单衣，下身还穿着棉裤，脸是土青色，两只眼睛往上翻，全露着眼白。李先生认得是逃难前的旧邻舍阿祥的老婆，于是二十八日深夜和二十九日清早那些恐怖的经验立刻从回忆中逆流了过来。那妇人看着李先生厉声叫道：

"还我的阿祥来！阿祥，他哪里去了，你是晓得的！"

"我不晓得——"

那妇人露出牙齿笑了。这笑是可怕的。李先生心一跳。突然那妇人瞪直了眼睛，像受伤的野兽似的又叫起来：

"你晓得的！你也是打伙儿谋害阿祥的！你也有份，你不要赖！你晓得的！哈，哈，我晓得的！——阿祥！人家都和东洋人要好，你做死冤家干么！你是白死的！哈，哈！我知道你们打伙儿谋害他！你不要赖！你也有份！我今天找到你们了！你不要赖！"

李先生打了个冷噤，心是扑扑地跳，抽身急走，再不敢回头看一看。

"你们打伙儿谋害他！你不要赖！……"

一九三二年九月八日作完

原载《东方杂志》第29卷第4—5期，1932年

煤 坑

巴 金

“下去的时候你要把那铁棍子捏紧点，下面是那样深，恐怕你站不牢，第一次下窑的人都会害怕的。”老张这样对他说。

“怕什么？”他昂头回答说，身子挺直地跟着老张走进了吊笼，挤在几个新认识的同伴中间，一只手提着安全灯，一只手轻轻抓住铁棍，让蒸汽水滴在他底那只手上，他并不去注意它。他底眼睛望着前面，他要看那吊笼怎样会落到地底下去。

机器动了，吊笼开始往下落，他的半个身子已经陷在地里了。忽然他本能地闭起眼睛来。等他再把眼睛睁开时，他已经看不见地上的一切了。一个黑的吊笼关闭着他和另外四个污秽的人，还有一点黯淡的灯光，此外再也没有什么。

吊笼不住地往下落，而且愈过愈快，但周围依旧是黑暗，没有一线光明，除了那安全灯底黯淡的光外。他开始有点惶恐了。他觉得身子只是往下面沉，他一点也不能作主。他的心开始猛烈地跳动起来。他真个捏紧了吊笼上面的铁棍，他怕会松了手跌到外面去。其实外面是很充实的，没有一点空的地位。

“这么深！”他开始不能忍耐地叫起来。

“我不是和你说过吗？有一百多丈深！”老张带笑地拍他的肩膀说，“你如果害怕，你就把眼睛闭住，等吊笼落了地时，我来叫醒你。”

“害怕！”他愤愤地大声说，好像受了侮辱，“谁害怕就不算人！”

“好！”旁边的几个人都笑了。

吊笼终于落在地面上了。

“好了！”老张在他的肩上拍了一下就先走了出来，他也跟着出来了。

他向周围一看，他有了一种奇异的威觉。几盏电灯照耀着潮湿的土地，几根木柱挺直地立在地上，似乎被上面的石块压迫着，显了支持不住的样子。两个中年工人微笑地站在吊笼旁边，看那蒸汽水从铁架子上流下来。几辆装煤的铁车凌乱地放在地上，两条小铁轨交叉地在地面上伸出去，然后合成了一条伸向那不可知的黑暗里。

老张们和那两个工人招呼了一声就沿着轨道走了。他也只得跟着他们走，虽则他知道那一条黑暗的路走起来并不容易，而且后面的光明和那中年工人底笑脸究竟多少有点可爱。

“当心点，不要碰着了头。”老张回过头来嘱咐他。

“我知道。”他回答着，就借着那安全灯底黯淡的光把四周看了一下。但他依旧看不清楚周围究竟有些什么东西，好像两边都是石壁。只有脚下的铁轨可以看得见，但也只有在眼前的一块地方。他很小心地下着脚步，因为路开始有点滑了。

“走快点”老张从他底脚步声知道他已经落后了，便掉过头来催他，然后又说道：“这条路你走起来是不容易的呀！……我们是不要紧的。我们已经走熟了。就是闭了眼睛，我也可以走得很好。”老张说着，脸上浮出了得意的笑容。

“闭了眼睛怎么能够走呢？”他惊异地想道，于是他的嘴唇上也浮出了茫然的微笑。一面大胆地把脚步放大些。他想他不久也会走惯的，像他们那样。

“当心点，把背弯下来，”老张又回过头来嘱咐他。

他抬起头一看，前面的洞果然比较低了许多，在前面走着的几个人都把背弯着，好像在爬行。他伸手往上面一摸，正摸着横架着的木条。他也把背弯下来。眼睛仍注意地望着湿地。

渐渐后面起了脚步声，并不很远。他知道后面也有人来了。在他的前后都有着人的脚步声，这就是这黑洞中的唯一的声音，偶尔还听见人底咳嗽或吐痰。在这黑洞里，在这地底下一百多丈深的地方，居然有许多人在活动，老张告诉他说每一个窑里每一班一共有两百多人，他们彼此看不见，但可以听见声音。

忽然他底耳边起了水溅的声音，好像有谁把脚放在水里面走，使得水泥溅起来。“什么地方来的水？”他惊奇地自语着。他便把安全灯向前面一照，他看见前面是一片带泥的水。几乎把铁道淹没了。他的脚正在水里走着，不过他穿着下窑工人穿的那种胶皮底的鞋子，倒也没有什么大妨碍。

“这里的沟坏了，所以水流不出去都漫了上来。再走一段就好了。”老张安慰似的对他说。

他正要答应一声，却无意间把头伸了起来，刚巧就碰在一根横架着的木条上。幸好他底头上戴着软的便帽，所以只感到些微的疼痛。他伸手在头上摸了一下又弯着腰向前面走了。

路好像没有尽头似的那样长，他们已经走过四道门了。现在又逼近了第五道门，那门是掩着的，但被前面的人推开了。他进了这第五道门依旧小心地走着，他知道路不远，老张说过一共有十六道门呢！他开始不能够忍耐了。路只走了三分之一，就费了这些时间，前面不知道还有什么花样。他底心渐渐不安宁了，也许还有点莫名的恐怖。

忽然他惊奇地发见了有人在从容地低声谈话。这谈话的人在什么地方，他看不见，而且他想在这条地底下的狭长的黑巷里决不能够有从容谈话的地方。他奇怪地用眼光四处去寻找。他觉得声音是从左边来的。他一面走，一面用安全灯去照，他看见了两个黄黑的瘦面孔。这两个推车的小工坐在路旁的石头上，身子紧紧靠着石壁。这不像两个人，都像两个鬼魂。

“这里面倒可以吃烟！”他觉得有趣地说。

“吃烟，你不要你的命了！这里面任是谁都不许吃烟，便是股长下窑来也不敢吸烟。……前半个月老王的一支香烟送掉了三十五条性命，连他自己的命也没有了。到那里面一点引火的东西也不能够带，你刮一根火柴马上就会看见煤气爆发，不是把你活埋在里面就是把你炸死、烧死、闷死。老王这家伙也是活该，他常常偷着带香烟下窑，我劝他，他总是不肯听。他说他的资格很老，他知道窑里什么地方可以吸烟，不会闯祸。他从来没有出过事。可是这一次到底送了命。他的老婆得着局里一百五十块钱的恤金。一百五十块钱一条命，卖得太贱了。不过这还算是局里的厚道呢！听说在唐山开滦那些煤坑里一条命只值五六十块钱，并且更容易送命。那里的饭更不容易吃……”老张说到这里忽然闭了口，回头把他往旁边石壁上一推，一面说：“让开，车来了。”他连忙往旁边一让，把身子贴紧在石壁上，两只脚却陷在水泥里面。他把安全灯提起来，往前面一照，他看见一个小工推了一车煤过去了，样子很是费力。接着又是一车煤，然后是一车石子。

车子和它们底隆隆的声音在后面消失了。他们又走过了几道门，转了几个弯。他不知道路还有多少远，他只觉得他们是愈进愈深了。同时空气渐渐变得闷人了，他底呼吸也变得急促起来，他不能够畅快地吸一口气。然而那种好像在刮着人心的难闻的煤气还是不断地往他底鼻里送。他底心上好像压着一块沉重的东西。他底心开始烦躁起来，他底头也渐渐地加重了。这时候他想起了地面上的阳光和自由空气，心里愈觉得难受。他甚至有点失悔，不该来这里了。他想男儿干事的地方应该是光明正大的，干的也应该是痛痛快快的事。如今他却躲在这黑暗的巷子里躬着身子走路，像爬狗洞一般，连一点自由的空气也呼吸不到。未免太气闷了。

“他妈的，谁高兴干这下贱的事！”他暗暗在心里骂起来，他很想把安全灯丢了往回头的路上走去，然而第十几道门又在他底后面关闭了。在他底前面老张好像知道了他底心思一般，便叹息地对他说：“吃这一碗饭的确是不容易，我们真正是拿性命来拼的，在最深的地方最危险，就是不要引火的东西，有时候煤气也会自己爆发的。不过虽然这样说，我们还是情愿干这件事。我们好像把性命看得不算什么一回事了。你在这里多干些时候，也会像我一样。你们广德县来这里的人不是很多很多的吗？每年都有来的。有的人还把正当的事情丢了不干，想到这煤山上来发财。发财？……发财！自然有人存下了几文钱不过……”

他觉得老张底话说得很不错。不管这里这样的危险，人们还是陆续不绝地跑来工作，大家都争着到窑里来，想在窑里面挖着一个金罗汉。他自己也是具着这样的心思跑来的。他听见那些在煤山找了几个钱，讨了妻子回来的人说，煤山是怎样好的地方，在那里差不多到处都是金子，只要能够耐苦而且知道勤俭的人一定可以发财，会有一个很好的前程的。这样的传说占据了他底老年的母亲底心，于是又说服了他，使他也做着这黄金的梦。起初他还没有到煤山去的决心，后来环境逼迫着他不能够在那被土匪与洪水蹂躏了的农村里生活下去了。他便变卖了他仅有的东西，送他底母亲到城里去给人家帮佣，自己便只身跑到煤山来想靠着自己底这一点青年人底气力和勤俭，在这到处都是黄金的煤山上来发一笔财，再回到家乡去和母亲过些安闲日子，讨一个顺心的老婆。为了这个希望，他便和许多别的人一样，虽然是拿性命来冒险他也是甘愿的。但是别人说的黄金究竟在什么地方呢？他所看见的只是这一个黑暗的矮巷子，这别人以前并不会对他说过。他现在开始疑惑起来了。

“怎么样？你就走不动了？”老张惊异地问他，“马上就要到了，走快一点。不要再耽搁时间。”

听了老张底话，他吃了一惊好像从梦中醒来一般。他并不答话，也不再思想，就注意地跟着老张走。

又走了一些时候，老张忽然不跟着前面的人走了，却独自转了弯就在路旁解了裤子小便，叫他在旁边等着。再走十几步路他们两个就在一个煤洞里面了。那里有一盏安全灯挂在一根横架着的木条上。一个小工坐在地上放着的一根未用过的木条上面掷小石子玩。

“你来了”那青年的小工带笑地对老张招呼了一声，又用好奇的眼光把他底脸上身上打量了一番，好像在问：“这个新来的？”

“你看，这是我的新同伴。他叫作小陈。今天第一回下窑。包工头叫我照料他。我还不晓得他的气力怎样。他年纪还很青，想来气力是有的。这几天局长追煤追得很厉害。限定每天要出六百吨煤，局长追股长，股长追包工头，包工头又追我们窑工。真要命！但愿我这个新同伴气力大一点，我们多出一点煤就好了。”老张絮絮地对那个小工说，然后又招呼他道：“小陈，我们动手罢。”

老张在地上拾起了一把鹤嘴锄递给他，自己也拿了一把。老张把那煤层指给他看。他现在才看清楚前面是什么东西了。那乌黑的发亮的东西连接成了一片，上上下下都是，一块一块地似乎看得出界限，但又黏合得那样紧。他明白这就是那般窑工心目中的黄金了。

“你看，我先抛给你看。”老张说着，便吐了些唾液在两只手上，把两手一擦，拿起鹤嘴锄向着那略略凹进的地方打下去，然后又马上把锄收了回来，又打第二下。打了两下后就看见煤块松动了，再打两三下就有大的煤块和煤屑落下来。

“这里已经挖出了眼，很容易抛的，你就在这里抛罢。前几天这里却很不容易抛，下了许多锄，它动也不动一动，好像没有一点儿事情。现在不要紧了。我到那面去抛。你不要偷懒呀！挖出的煤太少了，不但得的钱少，还要吃包工头的骂。他这几天追得很厉害，局里也在追他。局里只想每天出煤越多越好，最好能够出到一千吨煤，我们的死活他们是不管的。他妈的，只要你们肯出钱，我老张也就不爱惜这一条命！”老张说了这些话就在另一个角里去抛了。

“看来这也要不着多大的气力”他看见老张抛得那样容易，似乎不费一点力，不禁在心里这样想着。他于是举起锄向着一个大的煤块上轻轻地打下去。然而那煤块没有一点松动，他底手倒反而震动了一下。他几乎吃了一惊。他知道这并不是十分容易的事。他便拿出精神来，用力地抛着。这一次果然有了效力。煤块陆续地落下来了。

看见这些煤块就好像看见了金子一样，他感到一种异样的喜悦。他明白这是他底第一次工作底成绩，也就是他底前程开始。他想要是煤块就像这样容易地继续落下来，一车，十车，一百车，甚至山一样地高，那么他底黄金的好梦就会实现了。黄金，这乌黑发亮的煤块，就是黄金呵，可以使他和母亲在一起过安闲日子，使他娶妻生子的黄金呵。他贪婪地望着前面的乌黑发亮的一片，他恨不得一下锄就把它挖个空。

挖呵，挖呵，抛呵，抛呵，一种欲望在他底胸膛里叫起来。他觉得他的全个身子都在活动了。他底头脑发着热。他忘记了周围的一切。他底眼睛只是注意地望着前面下锄的地方。他抛得全身出了汗，他把衣服脱了，只剩下一件蓝布汗衫，然而汗衫也被汗水湿透了。他还是不顾性命地抛着。他的脚边已堆了不少的煤块了。

“小陈，歇歇罢，你挖了多少？”老张在那边叫他。

他于是停了锄，掉头去看老张。老张正赤露着那瘦得见骨头的上身向着他走来。他便把锄丢在地上，搓搓手，在一根木条上坐下来休息。

“你还算得有气力，已经挖了这些！第一回下窑就挖出这么多，也算难得！”老张看见那一堆煤块，不禁赞了两三句，然后唾了一口痰，就在他底旁边坐了。

“你这样年纪就跑到这里来。你也是来发财的吗？”老张带笑问他。

他含笑地点头。

“好，你只要勤俭耐苦，说不定会存几个钱。不过我劝你千万不要去赌钱，去押宝。你会把你的工钱通统输在那上面。这个煤山上现在有七个井，几千个工人。可是存了钱的人并没有几个。大家都把钱输在宝摊上了，有的就去嫖姑娘。每个月一到发工钱的那几天，每个人都有了十多二十块钱，就下了山跑进城里去，等到钱花光了才回来，又一声不响地低着头去挖煤。所以每逢发工钱的那几天出煤最少，过后出煤就多起来了。我自己在这里干了两年多，没有存一个钱，一来我家里人口多，二来我又常常生病。我是没有别的办法。我的身体常常不好。如果我有别的办法，我是不肯下窑的。你倒好，你比我强。你年纪轻，又没有嗜好。你说不定会存几个钱。不过你要记着我的话：不要去赌钱，不要去嫖姑娘。不然，你在这里挖一辈子，也只有越挖越穷的。不要说闲话了，我们再来动手罢。”老张说了这许多话，又站起来走去工作了。

过了许久。老张又在那边唤道：“小陈，歇歇吧，现在是吃饭的时候了，把你的大饼拿出来吃罢。”

于是两人又停了工作坐在一根木条上，慢慢地吃着大饼。

老张底头上忽然落了一些煤屑下来。老张抬起头往上面看，便自语似的说道：“过几天又得加上一根木条了。这一根已经压弯了。”

“过些时候不会大块地落下来吗？”他也抬起头去看，便惊异地问道，他开始感到一种恐怖。

“不会的，除非煤气爆发。要是这样，我们就会被活埋在这里面了。”老张说到活埋两个字并没有悲哀或惊惧的样子，好像把活埋的事看得很平常。

“活埋？你一点也不害怕吗？”他惊惧地问，他底恐怖加大了。

“这有什么可怕呢？在这里活埋的事是常常有的。我告诉你还有人情愿活埋呢？这里从前有个老陈就是这样的。他已经有五十岁了。他有老婆又有儿有女，一家人就靠他一个人供养。他每天出的煤太少，包工头几次要开除他，他拼命哀告，算没有把他开除。他常常对我说，年纪太大了，身体又劳动不得，迟早就要死的，死了以后妻室儿女就没有人抚养，他又没有存下一文钱，所以他很情愿早一天死在窑里，他的老婆倒可以去领一百五十块钱的恤金。他还说他想自己放火，却又怕连累害了别的人。后来他果然被活埋在窑里死了。他的老婆领到了一百五十块钱，回到家乡去了。我不知道那一次是不是他放的火。总之有十五个人死掉就是了。……”

“这太可怜了，我想无论如何活着总比惨死好些。”他插口说。

“我想就是这种惨死也没有什么不好。老实告诉你，我也情愿得着这种死法，让我的老婆好去领恤金。我的年纪也不小了，我迟早也会死的，那时候我的老婆拿什么来安葬我呢？她们拿什么来过活呢？还不如由我早些择了这种死法，倒有点好处。”

“你在和我开玩笑罢？”他赔笑地说，他止不住他的心跳。

“开玩笑？我说的是真话咧，”老张兴奋地说，“你想我除了这个外还有什么好办法。俗话说得好：挖煤挖煤，挖死在煤坑里。这倒是一个好结局。还剩了钱给妻室儿女回家乡去。我说，有一天说不定我也会放火的，只要吃一支香烟就够了。我不管别的什么，只要我能够使自己死在煤坑就是了。”

“然而别的人呢？”他恐怖地问，他的身子颤抖起来，他仿佛觉得老张真的要放火了。

“别人？还管他做什么？只要我能够死就是了。不要再问了，我们动手抛罢。我们要出两车多煤才行呢！”

“然而你说你要放火呢？”他用颤动的声音说，他觉得他底黄金的梦都被这一把火烧光了。

“那不过说说罢了。你就相信！”老张粗声回答着，就迳自己去工作了。

他无力地站了起来，去拾了鹤嘴锄，却觉得手有些软。他又回过头去看老张。老张正赤露着上身在那里专心地抛锄。

“老张你真的要那样干吗？”他担心地问。

“干什么?”

“放火，你刚才说的，”他迟疑地回答。

“你这笨家伙，不要响，”老张带笑地骂道，“别人听见了，可不是好玩的。”

“然而我和你并没有什么仇恨——”他固执地解释说，他觉得老张是决心那样干了，因为那样干对于老张是很有利的。当然老张再不会顾到他的性命了。于是煤气爆发，他和老张同时被活埋着死在这里面。老张的妻子领到一百五十块钱的恤金。一百五十块钱并不是一个小数目，什么人会来领他的恤金呢?他在这里一个亲人也没有。而且他刚刚才下窑，恐怕根本就没有恤金罢。

“谁和你说话?你真是笨家伙。说着玩的你也肯相信!”老张说了就只顾去抛锄不再理他了。

他这时才略略安了心，他不敢再问了。然而他底心情已经改变了。先前的那种热心已经消失了。一方面身体的疲倦，一方面老陈的故事和老张底话语把他的兴趣完全剥夺了。不管老张是否在和他开玩笑，老张本人就是一个例子。他发了财吗?他掘出了金罗汉吗?一点也没有。在两三年劳苦地工作了以后，结果还是等着机会拿自己的性命去换那一百五十块钱的恤金。难道他将来也会得着老张那样的结局吗?谁能够说不会。几千个工人到这里来，结果只有几个人存了一点钱回去。这存钱的希望太少了，倒是惨死的希望多一些。他这样年青。还有他的给人家帮佣的母亲。那可怕的死，不是血肉横飞，就是活活闷死。

他想到这里愈觉得心内摇摇无主。悲哀与恐怖占据了他底头脑。他勉强抛着锄，也有煤块跟着锄落下来，但比较先前的成绩差了许多。他已经不能够把精神专门用在抛锄的事情上面了。他却不得不去思想。他愈想愈觉得前面充满了危险。那一片乌黑发亮的煤坑在他的眼里不复是黄金，却成了一堆火药。他正拿着锄去碰火药，时时刻刻都在那致死的危险中。他现在才明白了。

头上依旧聚满了汗珠，他底头脑更加昏乱了。只有几个大字在他底脑子里转："煤坑——坟墓——去，——爆发——活埋——逃——"他本是识字的。

他依旧挖着，挖着，抛着，抛着，并不管落下来的煤块比先前少了许多。他已经没有精神注意到那件事情上面了。他甚至不知道停歇，还是老张告诉他到了停工的时候。他已经没有一点气力了。老张又照料着小工把煤车运出去，领了记数的牌子。

他让老张把他拖着走，拖上了吊笼，吊到一百多丈高的地面上来。他已经被埋在地下过了整整八个钟头。这时是夜里十点钟。晚班的窑工排列在井口等候着替换。

被夜里的凉风一吹，他底头脑渐渐清醒了。他的第一句问话依旧是："你真要那样干吗？"

这一次老张却不发怒了。他温和地嘲笑说："你真是说不通，我不过说说罢了。老实告诉你，我们挖煤的地方并不算很危险。危险的地方是在那上面，就是向我们的左边一直走去，那里没有路，要从一个斜洞爬上去，那两百多人都在上面做工。那上面真是危险得很。新的工人去不得。一去必定会闯祸。我在那里去过的。你放心罢。我们这里和那里比较起来真正算不得危险。"

他茫然地一笑，这笑使他的心宽松了一点，但他还有些惧怕，他自己也不知道是为了什么缘故。他不答老张的话。他埋着头慢慢儿走。在他的旁边走着那些从地底下出来的工人，人数并不少，却没有什么声音，没有人大声说话或者笑。夜是静寂的，只有那吊笼升降的声音，虽然大，但是很单调，有些儿使人毛骨悚然。

"不要担心，不要怕，过一些日子你就会习惯的"老张温和地拍着他的肩头说，"你跟着我去洗澡罢。洗了澡，我们再去吃饭。你们年青人，胆子应该大一点才行。"

"好，"他含糊应了一声，却站住回过头看那井边。那里还站了几排工人，都垂着头提着灯着脏的窑衣，没有声音，没有活动，恰像一些影子，一些鬼魂。

这时候老张却挟着他的左膀，把他拉走了。

没有月亮，是一个黑暗的夜，天空中却有许多颗星子在闪眼。

原载《东方杂志》第30卷第1期，1933年1月

法　网

丁　玲

一

挨黑的时候散了工，大伙的人从一个铁门里涌出来，像潮水似的，在一个溃了的堤口边。顾美泉推着前面的人，又被后面的人推着，也从这里挤出来了。到了街的中心，才吐出了一口气。认明了方向，于是又从人里面倒拐了过来，朝左边不远的一个弄口走去。鹅卵石的路上，经年是湿润润的，又常有些烂泥，黏在那上面。弄口有点黑，矮矮的，他刚走到那里，便从斜刺里挨上了一个人来，他偏头去看，看见在他老婆阿翠的脸上，含蓄着好些高兴的微笑。他问道：

"烧好了饭？"

"噎，烧好了，有一条鲫鱼。"

弄里的房子，像鸽子笼似的密密的排着，一小间一小间的，他们走过了好些排，有人碰着他们，喊道：

"老顾！回家么？"

美泉笑着点点头，常常挂在额上的头发摇了一下。于是问的人看一下跟在他身边的老婆，便做一个鬼脸走开了。

走到第七排房子，他们转了弯，于是阿翠又凑上那高兴的脸，低声说道：

“隔壁楼上搬了一家人来呢。”

他望了一下她，便从裤子口袋里掏出一根香烟燃着，走进了屋子。

老婆殷勤地围着他，脱了污脏的工人衣，在一个木盆里把手脚也洗了。喝过了水，衔着未完的香烟头，伸脚躺在木椅上，那整天都为工作弄麻木了的四肢，开始觉得了疲倦，于是他哼着家乡的小曲，轻轻地摇着自己。

后楼上的一个小孩，三岁大，听见了他的声音，便从又陡又窄摇摇欲坠的楼梯上摸了下来。阿翠在梯口学着湖南话快乐地说道：

“狗牙崽，吃饭没？伯伯回来了，伯伯买得有糖，快点去。”

“没吃，等爹爹，爹没回来。”狗牙崽伶俐地回答着，便轻轻地摸到他们的房里了。

这时房里已经黑了下来，狗牙崽摸到了他身边，他把他坐在自己身上，他学着狗牙崽唱：“红鸟儿，绿尾巴……”

饭搬来的时候，小美孚灯也点上了。狗牙崽坐在他们的旁边，看他们吃饭，手里拿一块萝卜。

后楼上也在烧饭，一阵阵的辣椒味喷了过来，阿翠连连打着喷嚏。狗牙崽不怕，他已经能够吃一点辣了。

“湖南人讨厌，欢喜吃辣椒。”阿翠一边用袖子揩眼泪鼻涕，一边望着小孩说。

“湖南人讨厌。”狗牙崽学着说。

阿翠又笑了，却又转过脸来说道：

“隔壁搬来的是同乡呢。”

狗牙崽的爹爹也回来了，从后门进来，伸进一个头望了望他们吃过了酒，红红的脸，阿翠忙让着说：

“张大哥，吃过了饭么，进来坐坐，他在家闲着呢。”

帽子斜斜挂在后脑壳上的张宗荣，带着一股恶劣的酒气，便跨进来了。狗牙崽看见爹爹那样子，声也不做，便从凳子上溜了下来，向后楼上去。

“小王八蛋，狗婆养的，事不会做，吃是会吃的，前面小李杂种又问我要糖钱……”

失业了半个多月，把生活全靠在在香烟厂做工的老婆身上的张宗荣，近来又染上了酒癖，常常偷着衣服在外边换酒吃，回家来骂人。比起不愁伙食，刚刚讨了年轻老婆的顾美泉来，脾气自然丑劣得多，但是正因为这一对夫妻很和气，所以倒常常慰藉了这同居的一家，而且更因为阿翠非常喜欢小孩，所以狗牙崽在他妈一上了厂，大半就和着阿翠在一块儿混着的。

顾美泉知道张宗荣又要骂人了，便又掏出一根香烟来，往他口上一塞，说道：

“牙俐，不要愁，唱一只山歌吧！”

“不高兴。”张宗荣用力吸了一口烟，把帽子拿了下来。

可是顾美泉把饭碗一推开，却逗着他唱道：

“姐儿生得白又白。

郎哥生得黑又黑……”

于是张宗荣不觉得把身子也侧过来，用醉眼瞅着这快乐朋友也唱起来了：

“黑墨写在白纸上，

你看合色不合色？”

阿翠一边收着碗盏，一边含着微笑。而顾美泉却推着张宗荣上楼去了。

衖里是弥漫着煤烟，柴烟，小孩们叫着，哭着，女人们大着嗓子骂着，打着，尤其是本地女人，纵是在平日讲着话的时候，也像是发气似的，这汉口女人的声音。

顾美泉又燃着香烟，靠着，看阿翠在小房里来来往往做着一些零碎的事，阿翠又说道：

“隔壁搬来的，好像还是新嫁娘呢，年轻得很，手上有一颗戒指呢。”

他听着，望着她但是不答她，于是她又说：

“我真开心得很，有一个同乡在隔壁真好，说话懂得，脾味也懂得，谈谈家乡，白相白相好多了，这些湖南湖北人，都油腔滑调，凶末凶得来，人虽说好，总不合味……”

她发现了他并没有很注意听她的，有点恼似的又说道：“啥格事，不理我末？”

“听着的，说下去呀！”他又悠然地吸了一口烟。

后楼上的狗牙崽哭起来了。他妈骂着，也带了哭的声音。于是阿翠又说道：

“他们真可怜，他娘告诉我，她们小的时候，在湖南乡下种田，很过得呢，但是后来一天天穷了下来。一年旱，一年水，存身不住，才跑到汉口来的，做了好久的码头工人，因为太苦了，后来才又到肥皂厂去，她也进了香烟厂，两家头辛辛苦苦只想挣两个钱回去，谁知钱没有挣得，人却累死了，她张大哥把生意一歇下，倒靠在她一人身上，做了厂里的事，家里就弄不过来，我有时看不过，便也替她洗洗衣服，看看狗牙崽，她倒也常常谢谢我的。她张大哥就找不到一点事做做么？”

“找事做，不容易呢。前面王老七不就有三个月没有工做么？他老婆天天到街上去讨吃，可是讨吃的又太多了，想把钱的人也就不把了。今年的水涨得太大，逃荒的人太多。冬里还不知道怎样呢？”

阿翠这时却想到家里了，好久没有接到家里的信，不知道家里的水怎末样，自己是嫁把顾美泉跟来汉口了，衣食倒勉强可以过去，不愁什么，可是家里呢，说到上海去的，也不知怎末样了……

顾美泉呢，虽然说到大水，说到找工做不容易，可是却反而意味着眼前自己比较过得去的生活。因为在他一生之中，从做学徒起，每天每夜都在鞭挞里拖出来，做了长时间的不拿工钱的伙计，好容易才挣得现在每月二十五元的铁匠的位置，又讨了老婆，阿翠性子好，样子也好，而且……她好像是有了身孕了。

二

吵吵吵吵的，又夹着泼泼的水声，阿翠同隔壁的王婆婆在后门口洗衣服，棕板刷子用力地在一些脏布片上擦着，一些灰色的，蓝色的，黑色的衣服，在皂角的泡沫里，便稍稍变得干净了一点。这时衖里只有一些小的小孩挂着鼻涕蹲蹰着。大半的男人和女人都上厂去了。似乎已安静了好多，阿翠看见王婆婆的两只抖战着的手臂，而且她常常把水弄了出来，把地下弄得交湿。她的大孙女又一趟两趟地用洋铁罐在街上舀一些井水回来，沿路也泼上一些水，阿翠只好说道：

"你这样老了，手没定向，也没有力，怎末洗得干净？我看你少洗点吧，一天到晚手都泡在水里，皮都白了，这几个钱不赚得太作孽，你两个儿子还不该养活你吗？三个铜板一件，有什么洗场，我们无锡城里听说是要几分呢。"

"小嫂子，你哪里懂得，过几天天气冷了，衣服就少了我眼睛花，不是也可以找点缝补，纳纳鞋底。两个儿子中什么用，他们自己还难饱呢，媳妇不死也好点，孙女儿两三个，除非我闭了眼，两脚一伸，就只好不管了，活着几根老骨头总不想累他们，洗衣服虽便宜，但是好在他们也不很计较干净，可以马马虎虎，兵大爷们有些时候就这么很好说话，一天有十来件，二十件，粮食不就在里面了吗？"

阿翠觉得她话很有道理，心里计算了一下，假使一天三十件，三三得九,九百钱，五天便有一块钱，一月也就是六块了。自己年纪轻，趁眼前弄两个钱留着等生小孩的时候，也可以多买点东西。于是她便又问道：

"王婆婆！你几时也帮我弄一点来好不好，我也想接点来洗洗呢。”

“好的。你也做这个苦差事吗？我看还不如找点针线来做，我以后替你留意好了，只是近来找针线也难了。有些人家针线不肯拿出来做了啥，街上缝穷的婆子又多，都是乡下逃水荒来的，她们只要有半碗臭稀饭就肯坐半天替别人补补连连，把我们平日的生意都抢走了。”

听到水荒，阿翠又想到家里，于是又说道：

“我只以为我们家里厢涨水，怕人，哪里晓得到处都一样，昨天他告诉我，说江那边又到了几万，还杀了好些，说他们不安分，闹了乱子。王婆婆！你们湖北同我们家乡真不同，我们那里没有听说过乱杀人的。这里汉口成天砍头，年纪轻轻的学生子，也就那末抓去砍了，真怕人……”

“世界是这末一天一天的变了啥，比长毛时代还不如，一定还要大乱的，不是不会安静。这些穷人子，饿死到临头了，怎末得不造反，我假如年轻些，说一句笑话，我还要不安分呢。……”

“妈妈！糖糖！”狗牙崽这时从衖口转到了这里，满手都是黑泥，举着一颗黑红色和了姜汁的糖。

“好，小家伙，什么时候你摸到外边去了，小李这杂种，等下你爹爹回来又要打你了，你这时倒快活！王婆婆！他爹也是混蛋，找不到工作，怪老婆儿子吗，成天灌黄汤，我若有这末一个男人，我只好上吊了……”

“怪不得他，到了那一天就没话说得了，肚皮逼着人，又不能抢，一肚子怨气，只好找老婆出。就可怜我们女人家，哪个一生不是在委屈里拖过来的。我不是一样，年轻的时候，挨男人的打，那个老家伙真不是人，到底他死在我前面；现在这两个杂种也不是好东西，动不动就找我出气，骂起来像骂狗一样，遭雷打的一些家伙，可是，唉，自己的儿子，想想他们也没有享过福，也没有沾过做娘老子的光，还不是让让他们算了，穷人子们讲什么孝道礼节……”

阿翠听了这些话，有点觉得凄惨。她的娘也是常常眼泪挂在脸上的，而且现在还不知到底流落在什么地方。

正在这个时候，那个新搬来的年青女人，便从楼上走下来了，她用一口上海话问道：

“老婆婆！啥格胡堂有水卖，家里厢冷水也呒没，不方便来呢！”

王婆婆不懂她的话，笑着望她，摇了摇头。

阿翠看见她的花格子布短衫，黑洋布裤，裤筒有点大，灰色的鞋子，和梳得光光的头，她觉得非常满意，她笑着说道：

“阿姐，王婆婆不懂你的话的，我刚刚来的时候，也是一样，难过煞了，你是无锡人吧，我是东乡的。”

小玉子意外的得了一个年轻的同乡，涂了下等雪花膏的脸上，也露出大的笑容了。她高兴得有点叫起来似的说：

“你是东乡的吗？我是南门外的，你来这里多久了？你住在隔壁？哈，快活杀哉，你天天来白相啊！”

“噎，好的，你过这边来白相啊，我们住在楼下，我昨天就看见你的。你要冷水吧，我水缸里还有，开水外边水铺里有卖，要买河水也有，站在衖口等着，有挑着过身的，我好陪你去。阿姐！你从无锡来吗？”

“我是从上海来的，我妈送我来的，她明天就转去，我正愁得很呢，汉口我没来过，唉，有一个同乡真好呢。你男人是汉口人么？”

“不是的，也是东乡的，做铁匠，你从上海来，不晓得上海好不好，我妈听说要到上海去的，那里找饭吃容易吧。她还是第一次去呢，我妹妹也跟着她。”

“上海末……”许多困苦的回忆便来在小玉子的眼前了。她是一个绣花边的女工，和着她妈一块，她们两个生活得还马马虎虎的，虽说勤苦，却过得去，也常常做一件新衣，也到过大世界，城隍庙，因为就只两个人吃饭，倒也积下了一点儿钱，所以她这年春天嫁把于阿小的时候，连聘金也没有要他的，图着他也有事。可是水灾来了，上海虽没有淹着，花边铺却倒了，另外的花边铺，又不肯添新工。米也贵了，油也贵了，什么东西都贵了，两娘女四处都找不到工做，积的一点末，就在愁眉苦脸里用完了。写了几封信给阿小，好容易阿小才回信要她来，但是又只要她一人，不愿意养丈母娘，所以她妈还要回上海去，娘舅在上海一家公馆里拉包车，要是她妈能找到娘姨做也是好的。

她讲了许多困苦给阿翠听，这些话成了一个大的不放心在阿翠心上。唉，上海找事那样难，她妈和妹子怎么得了呢，家乡又耽不住，房子和田都没有了，哥哥当兵去了，父亲做长工只能图自己一个饱……唉，妈和妹子……

小玉子又告诉她，许多难民在上海，住在一些会馆里，脏得要命，还是没有吃的，饿死去的也有，瘟疫死去的也有。

唉，这些，也许阿翠的妈就在这里边，妹子……

同王婆婆谈谈话，是这末一套愁人的话，同刚来的看起来是穿着得齐整的同乡谈谈话，也还是没有愉快的话，不过因为大家都是受苦的人，倒也觉得安慰。阿翠洗好了衣服。陪着小玉子买了开水和冷水，又到她家里坐了半天，她妈也是一个很会亲热人的。狗牙崽也跟着她跑到隔壁去玩。她又拜托了她妈，请她转上海去了在同乡里边留留心打听一下她妈和她妹子的消息。

顾美泉放工回来的时候，她于是又赶忙告诉他隔壁的一些事，又高兴，又琐碎，可是顾美泉一点也不奇怪，他说道：

“知道了，上工去的时候就知道了，我当是谁，原来是阿小，铜匠间里的，今年春天他请了假到上海去过的。厂里厢，无锡人通通只有七八个，怎么会不认得。嘿，这小子前几天还盯别人的梢呢，老婆来了，大约可以安分了。我怎会不晓得。”

阿翠又想告诉他，她要接一点衣服来家里洗，或者找一点针线，但是她又不说了，因为她想私下积几个钱，几时寄到家里去，给她妈同妹妹，这个不必告诉他的，她怕他反对。

三

小玉子的妈走了。她在汉口是生地方，她就只同阿翠搅得好，她们两个常常在一块。当两个男人上工去后，不是她在她家里，就是她在她家里，狗牙崽总跟着她们。她们两个一块洗衣裳，一块买菜，一块唱“无锡景”，“孟姜女哭长城”。王婆婆的孙女儿也喜欢学着她们唱，衖里面的一些人都叫她们做俩姊妹，于阿小虽说比顾美泉小些，可是小玉子还比阿翠大一岁。两个男人放工后，也常常跑过来跑过去，抽一根香烟谈谈天，谈谈厂里的事，哪个工头是好人，哪个是坏蛋，哪个吃豆腐挨了耳光，哪个同女工去开小旅馆。又互相说一点过去，在困苦的历史上也要吹一点牛，譬如顾美泉小时候做学徒，成天挨耳光鞭子，喊也不敢喊，然而他却说道：

“哼！那王八蛋的，打人真凶，可是咱老子不怕。老子知道他的丑事，他要打了老子，老子就四处去讲，一条街就都晓得了。那婆娘，丑末丑，可是真怕人呢，一个汉子不够，姘上伙计，有时还要来摸摸老子呢，老子装不懂，不理她。她恨死了，嘿，世界上少见！”

于阿小年纪轻一点，什么事都没有顾美泉老练和内行，也就没有他那末会吹牛屁，他听的时候，比说的时候多，而且常常请顾美泉上茶馆。顾美泉虽说经练多，什么人都见过，什么事都见过，可是待阿小也很好。他是待什么人都很好的。

阿翠催过王婆婆几次，请她找一点活来做。找点衣服来洗洗也好，因为她很挂念她妈的，只想挣几个钱得便寄去。可是王婆婆总说没有，阿翠有一天买菜回来时，看见街头上一家米店里新驻扎了一群兵，她踌躇了半天，后来还是鼓起勇气去问了：

“我是一个洗衣的，大爷们有要洗的么？洗得干净，又便宜。”兵在她年轻的脸上看了看，笑着大声说：

“老张，来呀，有个女人要找衣服洗呢，拿脏衣服来呀，嘿，一个好雏儿呢。”

“好，去拿去，脏衣服你嫂子洗了，这脏身子呢，也得劳你嫂子的驾。多少钱一件衣裳，多少钱洗洗这身子呢？”

阿翠胆怯怯的说：

“四个铜板一件……”

“不贵，好的，明天早些来吧。弟兄们的衣服多呢。”

于是她抱了一包脏衣服回来了。而且每天总有十来件。她开始觉得有点吃力，因为要省肥皂，所以只好用力擦。那些衣服又脏得很，有时小玉子也帮帮她舀水。后来就惯些了。有一天，当她送衣服去的时候，那斜对过的驻扎在油盐店里的几个兵，一下喊住了她：

“你为什么不给咱们洗衣服呢。看不起？这标致堂客天天走这里过身，和那头的小子搅上了，没有那末好的事，到底多少钱一件？偏叫你替咱们也洗洗！”

阿翠觉得做这一点小生意真怄气得很，他们口里都不干净，每次还要防备那不干净的手，给钱也要给半天，噜噜苏苏，但是想到妈和妹妹就又忍着了。她被他们喊住了，心有点怕，却又有点高兴，她说道：

“只要有衣服洗，不是一样吗，四个铜板。”

“哈，别人三个你怎要四个，你不同些？”

“四个就四个。可得天天来坐坐啊！”

于是这天她抱了两包脏衣服回来了。

洗了一整天。人已累得要命，躺在自己床上，想歇一歇，这时小玉子却闪过来了，她悄悄说道：

“王婆婆在骂你呢，我起先听不懂，后来才知道，她说你抢了她的生意，她告诉后面的那个麻皮去了。”

她陡然听得，很觉得奇怪，忽的一下也就明白了：

“啊！我忘记了，我忘记对过的衣裳原来是包把她了的，我告诉她去，我还把她就是。”

她们两个走了出来了，在后门口就听见王婆的声音：

“现在的世道不同了，女人都涎着脸孔去抢钱，唉，那末要钱，不要脸，干脆卖屄去不还好些……”

阿翠本来已经忍了好久的气，一听王婆这样的骂她，就不觉得也骂起来了。

“要衣服洗好说话，怎么这样糟蹋人……”眼泪忽然从眼里爬出来了。

王婆也从麻皮家里跑出来，满是皱纹的脸上，瞪着两颗老眼，缺了牙齿的嘴张着，枯了的嘴唇抖战着：

“骂了你怎么样，你这娼妇，你这婊子养的，卖屄的狗子，你抢老娘的饭根子，我要看你有下场的……”

“你才是娼妇，婊子，又不是我找来的，他们要赖给我洗……”

“他们怎么不赖给你洗呢，你是那末浪劲，臊死你这婊子……”

麻皮也从家里跑出来了，她拖着王婆说道：

“不要气了，气死了儿子买不到棺材呢。我老早说过，下江人没有好的，都是些下贱货，你看租界上那些堂班，就都是下江人，管它呢。以后有笑话听的，这一条街都会搅臭呢。……”

阿翠压不住心上的悲哀，眼泪乱流，她跳起来，一股怨气，只想抓着那些妇人来打，她浑身发抖，她抓着小玉子，骂不出一句话来，小玉子也气不过，她帮着骂道：

“你们欺侮外帮人吗？你们才是烂污货……”

“都不是好东西，一流贱坯。搽雪花膏，臭死了，妖精，……”

王婆的孙女儿也做怪样子给她们看，狗牙崽却骇得哭起来了。街里围了好些人来。阿翠同小玉子躲进房里去了。王婆恨着告诉许多人，也有些人帮着骂她们。阿翠只想大哭，又不甘心哭，脸都白了。小玉子也气不过，陪着她低声的骂。她晚饭也不烧，一直睡在被窝里哭。

四

第二天的早晨，于阿小正预备上工厂去，顾美泉却在街口赶上了他。平日很快乐的脸上，罩上了一重严肃的悲哀，他说道：

“老婆好像发癫了夜晚上时时哭，肚子疼得厉害，她有了两个月的身孕，儿子大约是留不住的。她那样子，就像马上会死去的……唉，阿小，我想陪她一天，你替我到账房间关照一声吧……”

阿小想安慰他一两句话，他却又掉头跑回家去了。

阿翠两手按在肚子上，扭在一团，心里还怄着昨天的气，不敢告诉美泉，预感到要小产了，肚子里的小孩，大半怕留不住，于是更觉得伤心，又担心美泉会骂她，美泉口里虽不说，心里是喜欢有一个儿子的。只想装得镇静一点，却不能够，眼泪还是要流出来。美泉纵是没有上工去，而脸上的颜色是很难看。到小玉子过来的时候，她才又抓着她的手哭了起来。

到过午，才算落下了许多血块，大家心里都明白，都不愿意说什么，顾美泉心里焦躁得很，看见他老婆更凄惨的脸，便也隐忍住了，而阿翠又躲在被窝里悄悄地哭，周身发着烧，小玉子不懂得怎样劝解，到晚半天也就回去了。

麻皮跑到王婆婆的后门边，两个大声的说，说这是报应，她不应该抢一个老婆婆的生意的，天究竟有眼。这些声音都传到了阿翠的床上。王婆的孙女儿也走到她的门边来瞧，并不是同情的眼色。

她的小产传到一个衖里，也只是很平常的消息，并没有人送来一句作为慰藉的话。

顾美泉忍着对命运的愤怒和对阿翠的怨恨，因为他认为完全是阿翠不好，无缘故的哭泣以至才会小产的。烧了自己吃的饭，还得为阿翠烧稀饭，阿翠又不肯吃，只肯吃开水，烧又不见退，他不能发气，还只好哄着她快乐。

一晚上又过去了，一个长的凄凉的夜。天又亮了起来，而顾美泉却不能不上工厂了。他摸摸他老婆的额，还是烫热得很，他踌躇了半天，然而他还是得走，他只好说道：

“不要愁吧，安心的躺躺，晚边头我替你请一个医生来吃两帖药好了。等下阿小老婆过来，你留她多坐坐，陪陪你，日后我买点东西谢她就是。好，我走了！”

顾美泉休息了一天，却更感觉得疲倦，一点神气也没有，无精无彩的踱出了衖口，街上来往的人很多，都是蓬着头发，惺忪着眼皮一些上工去的人。一些女工，缠了足的，歪着髻子。龙钟的老太婆，十二三岁的小姑娘，也在这里边挤着往前走。顾美泉走到他做了两年工的香烟厂，铁门还大大的开着，占大多数的女工正忙忙地奔波着。他偏着身子，从门边闪了进去，正在这时，却送来了一句喊声：

“顾美泉！关照你到账房间去。”

他看见那看门巡捕正望着他。

“什么事？”

“不知道，去了就会明白的。”

虽说没有什么错处，也怀着鬼胎似的，非常不安心地走到了账房间。账房骨碌了几下眼睛，在镜子底下望了望他，便递过一包东西来！

“十二元五角，半个月的工钱，还差两天半个月，并没有扣，你数一数。以后你不必来了！”

这一串话像陡然的霹雳，把站在柜台前的顾美泉吓痴了，半天才说出话来：

“不能够的，为什么开除我，我又没有犯规，没有道理……”

“什么道理！你以为这厂你自己开的，高兴就来，不高兴就在家里睡觉，大家要都像你一样，厂只好关门，哼，还要讲道理……”。

“那是冤枉，昨天老婆小产了，烧得厉害，我只好陪她一天，我要于阿小来请了假的，难道不准请假，从前没有听见过的！”

“放屁，冤枉了你，于阿小的鬼来过。你找他去吧？要陪老婆，哼……”

顾美泉听说阿小没有来过，气得几乎跳了起来但又忍住了，赔了一个笑脸，说道：

“老婆的确病得很厉害，阿小没有来，怪不得我，我请了他的，你开一次恩吧，我怎么能够歇生意呢，家里没有钱，老婆病在床上，现在找工做难得很……”

“不要噜苏了吧，又不是我不用你，是外国东家，你同我说不中用，谁叫你昨天不来！……”

“我请了于阿小那杂种的，就是那杂种没有来关照，一天没有来也不应该就开除呀！……”

“妈的个屄，你吵些什么，钱拿了，滚！有什么说头！”

“这是不应该的……”

“你不滚我喊人抓你！”

“狗不死的，赶快走呀，留在这里讨打么？”账房里另外的人也跟着骂了起来。

“滚，我滚到什么地方去，我到这里做了两年工，没有错处，为什么要赶我，我偏要在这里！”顾美泉心一横便也凶了起来。

“叫人来！”账房又在眼镜底下望了望他，不屑地便把头扭开了。

他跳了开来，要发狂似的，只想打人，院子里还有几个后到的工人，围住了他。他就大声地申诉。他只想找着那东家来打一场，他又冲到铜匠间去找阿小，但是两个巡捕却走来了，两只大手抓住了他。

“出去！以后再看见了你进来闹事，就得给牢给你坐坐，狗肏的！”

他们抓着他，推着他，提出了大门，还在屁股上踢了一大脚。

他站在街当心，头有点发晕，一大片黑暗压了下来。他能够向什么地方走去呢。他是不能离开工厂的，他的生命，他的老婆都靠在这上面，两年来了，他刚刚可以生活下去，以后……找工做……有什么希望呢……十二元半……

那账房，混账东西……于阿小这杂种他怎么能不替我去请假呢，哼！还是同乡！我看他就不见我了！

千百根无头的思绪，都来到脑中，没有解决，更加了愤恨。厂里无理的开除，阿小的昧良，失业的恐慌，揉成了一片，揉成了巨大的苦痛，吞着他的肉体。怎么能够有一个铁拳，打碎了这突来的遭遇，时间在这时，成了残酷的东西了。他站了半天眼望着厂里。街上过往的人都看他。有一条无家的狗，也跑来在他的脏的裤上嗅着。一个警察也走了过来，骂了他，他看了看举着的警棍，他才惶惶的，无目的地走开去了。

“喂！老弟！厂里回来么？”

张宗荣踉跄着跳在他面前，手搭在他肩上，嘻着嘴，望着他笑。他忽然一下心酸，几乎掉下眼泪来，他一把抓着他，哽着说：

“张大哥！”

张宗荣更笑着推他走，边说：

“没见你，男子汉，老婆小产了，有什么稀奇，睡几天就好了。儿子这么去了，还好些，一些冤鬼，养不大呢，半路上卖给别人，不如这么不成器，就死去，你有好些家产，也来望后？就愁得这末似的……”

“张大哥……”

张宗荣不理他，把他拉到一个茶馆去。不三不四地瞎扯着。

茶馆里也有好些人，街坊上的流氓，也有一些是失业，找不到地方，花两个铜子来坐半天的。他们都你一句我一句东扯西拉，顾美泉也就气愤愤地告诉了他的不幸。

“哼，这阿小不是东西，做死他，都是他害了你，怎么会忘记关照账房呢？你们还是同乡，两个老婆好得姐妹似的，下江人就是这末不重义气！做死他吧，只要你动手，我总帮忙，看那小子怎么样……”

张宗荣好像比顾美泉还气愤不过，红着脸，喷着吐沫，把顾美泉也说动了。也捶着桌子说：

“好的，打这杂种一顿也好的，出一口鸟气，不是他，我总不会歇生意……散工的时候，我们就在这里等着他吧。”

决定了计划，心倒松了些，家也不回去，在外边东荡西游了一天。

五

刚点上煤油灯，一点点亮光，房子里显得有点凄凉，阿翠还靠在床上，已经觉得好多了。小玉子也还陪着她。衖里忽然传来一阵大的哄闹，接着好些人就朝着她家拥来了。好些人同时在大声说话，听不清楚，而且跟着几个人拥着顾美泉走进来了，从头上有一股鲜血流了下来。他一看见小玉子，就又凶横地扑了过来，骂道：

“什么婊子！不准在这边！老子喊你滚，㞗那娘……”

小玉子骇得连躲。

“关她女人什么事……”有人把他按住了。

“还不回去，你老公也打伤了……”又不知什么人这样大声说。

于是小玉子飞也似的跑走了。

“唉……”阿翠骇得这末叫着。

房子里挤满了都是人。顾美泉完全失去了理性，失去了平日的安静，有点病似的夹七夹八地骂着：

“这杂种没良心，我非做死他不可。忘记了？哼，我看他就拿得牢这碗饭，我放过了他不是好汉……”

“现在找个事儿多难，阿小真不是人……”有人附和着。

“不是有心的，悔也悔不过来了，饶了他算了。大家和和气气，百事都是命……”也有人这样劝解。

“怪阿小？为什么不怪东家，又不是阿小开除的……”

“唉，他老婆刚小产。怎么得了，找工做的太多了……”

阿翠躺在床上，虽不说话，也明白了大半。她又悄悄地流着泪，她看见丈夫气的那样子，从来不是那末的，她骇怕得很，又不知应该怎样安慰他。

“还不止住血，找点灰按上吧！”有女人这样叫着。

有人烧了些稻草灰来。

顾美泉把血用冷水洗了，衣服脱下，英雄似的又骂起来。

新挤进来了一些人，好奇地望着。又有人从这边退到间壁楼梯口去瞧看。有些女人在喊着人回家吃晚饭。慢慢也就走光了，只剩下几个小孩时时跑来瞄一下。

衖里弥漫着煤烟，柴烟，劣等的油味。浮着嚣闹。房里是弱小的灯光，灰色黯淡的。女人孱弱地蜷在脏的床里。顾美泉一人坐着。肚子里饿起来了，空虚。

阿翠又发着烧，不止地哭着，顾美泉讨厌起这女人来了，但是他还是忍耐着安慰了她：

“不要急吧，也许找得到事的，天下那里有饿死的人，汉口纵不行，我和你到上海去。师兄师弟都在那儿呢。”

所以第二天他倒又英勇般的出去了。

小玉子没有再过来。

王婆婆又成天的在后门口洗衣服，那曾经是她洗着的一些衣服，棕板刷，擦在脏布片上，水被搅着，这些声音都只变成了一些难堪。没有人来理过她。狗牙崽没有人管，像无家的小狗，不知道在些什么地方玩去了，很少走到她房里来。有时来了，看看她，便又走了。她留也没有留住。

顾美泉没有找到工作。他又跑到过厂里一次，要事做，不准，又要剩下的半个月工钱，因为他是按月算的，却挨了打，被赶出来了。

没有事做，日子太长，家里简直耽不住，于是他和着张宗荣，和着另外几个失了业的，成天游荡，而且也开始了吃酒。天黑了，才回到了家里，望老婆，一点生气也没有，于是就发气了，想想不是她小产，他这碗饭也就不会掉了，现在还要来养她，成天摊在床上，死又不死，他起始是骂她，接着就打，一动惯了手，有时也就很厉害地打起来了。

阿翠一点抵抗的能力也没有，只有哭，但是哭又只能更触怒了他，于是又只好忍着。浑身还是发热，酸痛得很，却只好也起身了，操劳着，丈夫成了暴君，家里又不知怎么样了。日用伙食成了问题，自己也无从找事来做。每个思想都成了鞭子，日夜地挞着她已经枯瘦了的皮肉。

十二元半很快的就用光了。把积下的八元也花了，而那洗衣服的二元三角也交把了他，他问也不问这钱从什么地方来的就拿走了。天气又冷了起来。他还是找不到事做。她也问了几个地方，也没有地方要女工。又跑了几处荐头行，那里做的人又太多了。钱用完了，只好又拿着衣服出去，都是单衣，又旧了，值不了几个钱，于是又完了。

顾美泉同于阿小又打了架。他向他借路费回家乡去，他不肯。于阿小被打在家里睡了一天。倒是小玉子趁两个男人不在家时，跑过来了。

两个人好久没有说过话，见面时倒又伤心了，埋在心里的互相怨恨，也就消了大半。阿翠颤着声说道：

“阿小没有良心，害得我们这样，你不该都不过来看看我……”

“怪不得他，他是失错。你们老顾像只疯狗，见不得他，腿还没有全好，昨天睡了一天……”

“唉，他近来的脾气是坏了起来了，我……狗牙崽的娘比我也好些，我有时想，能够死也好……”

眼泪又挂在阿翠脸上了。小玉子也觉得非常难过。

“是不是他常常打你，王婆婆告诉我的，王婆婆她说她也可怜你，她不恨你了……”

“嗡嗡嗡……”阿翠哭了起来：“他怎么能不打我呢？我们是这样无路可走，吃尽，当光，求人，等短工，没有用，饿死就在眼前了，一晌来我都不敢吃饱……他自然不耐烦啊！他只好找我出气。我怕他，我恨他，但是我也懂得他，他从前并不是这样，我也只想打人呢，我找不到出气的地方，我只好一个人哭了……”

小玉子看见她伏在桌子上，两手抱着头，不住的抽咽，手臂已经瘦了好些，人是那末显得软弱，同秋天的枯叶一样。她也觉得非常难过，生活真凄惨，她半天不知应该怎样说，直到手又触到了口袋里的东西，才掏出两块钱来，放在桌子上说：

“你们的日子不好过，我也晓得。我在上海，歇了生意时候，还不是凄惶得很。也许慢慢还是可以找到事的，不要急。你们想到上海去吗？我看去了也不见就找得到事，那里找事的人更多呢。老顾要阿小凑一个十块二十来块钱给他，阿小实在没有，我一来，我妈一去，已经拉了许多亏空，手边头真的没有，不是不借给他，他不信，就动手，这家伙真蛮得怕人。不过我们原来是好姐妹，现在你没有饭吃了，苦得要死，我就没有钱，我心里也总是过不去的。所以我……这是我妈走的时候悄悄给我的两块光洋，我因为它是新的，舍不得用，就老收着，也没有告诉阿小。这个我给你，我们姐妹一场，你收着好了。”

阿翠从手膀上投过眼睛去，对洋钱望了一望，又哭了起来：

“我不要，我不要，你还是拿走好了……”

小玉子又安慰了她一回才走并没有收回那洋钱，而且留下许多温暖在这可怜女人的心上。

这两只洋她已把它换了一些粮食了。顾美泉看见有吃的也并不作声。还是常常同着张宗荣在外边喝茶喝酒。狗牙崽也还是常伴着她。狗牙崽的娘待她是非常亲切的。她回来后总要先到她房里看看她的。她也偶尔去看一看小玉子，王婆婆也同她谈话了。她刚刚过得好一点，然而又发生了意外。

六

这天顾美泉又走到厂门口去，他想看看有短工做没有，不管什么事，打包也好，搬运也好。因为他虽不说，他是已经知道家里的米又只剩一点点了。他和一些人站了半天，得来的仍是失望的时候，他正预备走了，而他旁边一个缺了嘴的小伙子却扳了他一下，闪着眼睛说道：

“你的事，我晓得，唉，你被别人卖了。你知道么，补上了，补上你的那个缺的，就是阿小老表……”

“真的么？”他用力抓着他。

缺了的嘴，连连吐着不清晰的音波：

“是真的，已经一个礼拜了。我看见他们在一块走……”

“你若骗了我，我要打死你的……”顾美泉为这突来的负义的，被欺的新闻所震惊了。满脸泛着激怒的绯红，便跳开了。

他四处打听着。有人摇摇头说不知道，有人说是的，老早就进厂了的。也有人说，那与阿小有什么相关，别人自己找的门路，他工钱一个月少了五块钱……

他在晚边头又找到张宗荣那酒鬼了。两个人把阿小臭骂了一顿。弄到夜深才回去。

劣等的烧酒在肚子里作怪。他浑身醉得摇摆不定。头昏得很，阿翠便扶着他躺下，于是他又骂起于阿小来了。这个东西简直是阴谋陷害他，他假若不报这一个仇，真枉生人世了。他又跑到厨房里去找菜刀吼着要杀人。阿翠吓得要死，拼命地吊住他，推着他，他跌下去了，她才又慢慢把他拖回房里来。他躺上了床，就又睡熟去了。

阿翠不敢睡，守着他。看看天就又亮了起来。弄里有了声音，倒马桶的车推进来了。她就走去倒马桶。

顾美泉糊糊涂涂也就醒了过来，好些记忆模模糊糊的显出来了。于阿小，他卖了他，饥饿，枯瘦了的老婆，眼泪，死，复仇……但是他难道真的杀死了他么？杀人抵命……于是他又踌躇起来了。然而仇愤却咬着他，他就饶了他么？不行，人都会笑顾美泉是孱头，饿死也活该……然而……他想吓吓他也是好的，硬逼着拿出几十只洋来，他就远走高飞，到上海去吧……他以为这样很好，他就得意地笑着。

阿翠这时正走进房来，看见他的脸色苍白，凶狠地露着狞笑。她心里又打了一个抖战，她想他一定又在转那怕人的念头了。

“呀，他一定要惹出大祸来的……”

她茫茫的又走了出来。支配着她全身的只有一个意念，就是害怕。她在后门口站了一站，心里也就又明白了一点，于是便冲进间壁家去了。急急忙忙地踏上楼梯，一下就推开了于阿小的房门。

小玉子眼还睡惺忪地蜷在被窝里，阿小刚刚跳下了床在披一件短棉袄。她冒冒失失地说道：

“阿小！你赶快走吧！躲一躲，我们那疯子他又要来找你打架了……”

她一说完，便赶紧又跑了回去。

“打架？我怕他？他今天要来，我就做他，这王八也太凶了！”

但是小玉子却恳求了他。他也就脸也没洗地走了。

阿翠在后门里看见他走了出去，才放下了这颗心。

小玉子把丈夫送走了。自己也不安心，心里想假若这样闹下去总不是事，她想最好搬一个家也好……她慢慢的，有点焦愁的从被窝里坐了起来，正伸手去拿衣裳，却从门边伸进一颗脑袋来把她吓痴了。

顾美泉挟了一把菜刀，连老婆的视线也躲过，偷到他们的房里来了。满想惩治于阿小，吓出几十块钱来。他一冲就冲到了他们的床前。

然而于阿小没有在。

他有好久没有剃头了，蓬着乱发。脸苍白得怕人，青的筋暴出在那上面，一下一下地跳着。瘦了下去的大眼，带着淡红，瞪着，放出凶狠的光。而菜刀擎在他手里……

小玉子看见了，看见摆在眼前面的凶兆，猛的又回复了知觉，她做了一个极怕人的姿势，便开始大叫了起来。但是她还没有叫得出声，那菜刀便砍在她咽喉上了。她不能叫，却还望着他，痉挛着。于是第二刀又中在额上，而她的眼便不得不闭下了。而第三刀，第四刀……就连续在她身上划着。

顾美泉并不是受意志的支配，像在梦中似的，糊里糊涂的砍了半天，却也一下从疯狂中惊醒了。本能叫醒了他，“逃吧！”于是他扔下刀，擦了擦手跑了。

小玉子晕过去了好久，却又慢慢为苦痛醒了来，只有一丝的气，好些处伤口的血却流得不止。她拼命挣着，把自己移到窗口处。她伸了头出去，用力地打着窗门。

首先看见的是一个小孩，他骇得叫起来了。这个披散着头发，流满了红色的血的，挂在窗户上的头。于是好些人都看见了。都潮涌似的拥到她房里来。都为这奇异的事吓着。而一下，全个衖里都知道了。有人把于阿小推着跑回来了，有人跑去告警察了。翻了天似的，这衖里惊人的沸腾着。

于阿小一看见了老婆那样子，心里就明白了大半。把她那血染了的身子抱了过来，小玉子已经要咽气了，翻着眼望了望他，嘴里用力的咕哝着：

“顾……美……泉……”

警察也已来到了。好些人就又拥到间壁去。只把阿翠捉了过来。阿翠低着头，无一句话好说。眼里不断地流着泪。

尸首放在房子中不动，等检验官来。斑斑点点，全是血迹。

人心都紧缩在一团，不知应该怎么样才好。有些人互相争先地报告着。也有些人说不出一句话来。这悲惨烙在他们的心上了。

于阿小伤心痛哭着，他咬着牙，顿着脚发誓，他一定要报这个仇的。他要顾美泉抵命。他告下他了。他愿出赏格，尽他的所有，尽他一生的苦力做报酬，也要把顾美泉捉到。

上工的一些人虽说已经上工去了，衖里的人却不愿离开这房子。在街上过身的一些人，一些小贩，也都要挤进来看。

验尸的验过了一趟，在簿子记了一些什么就走了。

于阿小没有上工去，而工厂里大半都晓得这事了。

下午才买了一口白木薄棺材，抬在义地上葬下了。

阿翠被捉到牢里去。

第三天衙门里把于阿小，王婆婆，张宗荣传审了一次，又从土里把棺木掀开验了一次，但是凶犯没有到，没有结果。于阿小几个人放了回去。阿翠仍旧关在牢里。

七

顾美泉同恐怖斗争，同饥饿斗争，同自己的犯罪的苦痛斗争，也辗转逃到了上海，找到他的一个师兄了。师兄是在闸北一个铁铺里当伙计，看见顾美泉那个比乞儿还不如的，褴褛样子，也只好将他留下了。只是顾美泉虽说有住处，却仍旧找不到工做，有时跟着师兄到他铺子里帮忙，做了一天的事。并不拿工钿，只图吃饭，也还不能得老板欢心。他心里又挂欠他所犯的事，又挂欠老婆，不晓得事情弄得怎样了。只觉得后悔，常常恨自己。睡觉也睡不好，忍不住时时常叹气。人是一天比一天不像人样了。成天不是看见阿翠，泪眼婆娑的，就是看见小玉子的那副怕人的样子。再不是就是于阿小了。他不懂得自己怎么会把那女人砍了的。他是从来就没有仇恨过她。他想那时一定是有鬼在捉弄他。唉，她为什么骇得那样子，她为什么叫起来了的呢？他有时怪自己，有时又怪别人，有时怕有人来捉他，有时又怕小玉子的魂来追他，他总是不宁得很。他师兄先前没有疑惑他，后来也觉得奇怪了，他问过他几次，他不说，但是有一次他却忍不住，而把什么都说出来了，他觉得这样心里可以好过一点。师兄并没有因为这事就赶走他，反答应为他托人有到汉口去的，顺便可以为他打听一下这件事。没有好久回信就来了。他晓得的是于阿小已告了他，文书还来到了上海。阿翠已经关在牢里了。王婆婆去看过一次，说病得快死了。王婆婆她们都说，要把她丈夫捉住，她才能放，否则，她的命没有救了。他听了这些话，心像被刀戳着。他老婆确是没有罪，然而却因为他在吃苦了。他只想能从牢里把阿翠救出来，她是那末可怜，那末无辜，但是他却没有勇气自己去投案，他想了许多方法，都行不通，后来才决意给阿小去了一封信，那信是那末写着：

阿小！算我对你不起，过去我是太糊涂了。不过我也不是有心的。我原来是只想去吓吓你的。不晓得怎么却真的动手了。我后悔也悔不来了。你恨我，也是应该的。你若把我捉去，要我抵命我也没有话说。只是这个到底关我老婆什么事呢？听说她在牢里病得很厉害，我又不能去看她，汉口又没有一个亲人。我们相熟一场，她同你老婆又那末要好的，我求你开恩说一句话，把她放走吧。她无锡还有一个老子，她或许可以活下去的。你救了她，她会感你的恩的。我也感恩的。我总记得你的好处，我要报答你的……

顾美泉

信去了好久，也没有什么消息。顾美泉仍是找不到事做，常常饿着，天气又冷，衣服又单薄，心里又有事，日夜不安，而这时却也认识了几个上海失业的铁匠了，才晓得上海要找事更是难上加难，不特贪图新工便宜，任意的开除老工人，简直是大批的开除，遣散，好些厂就关门了。几千的工人就彷徨于街头。百物都昂贵，然而厂里还要扣工资，加班，延长做工时间。上海的失业工人，就有好几十万。顾美泉常同他们在一块，跟着跑了许多地方，虽说人仍是饥饿，然而却仿佛又清白些了。从前还只是因为犯罪。觉得自己是一个杀人犯而恐惧。纵有时后悔，却只是后悔因为一时的仇愤而反陷害了自己。现在呢，是根本连对阿小的仇恨也没有了。关阿小什么事呢？他哪里有权力来开除他，来陷害他，这个完全是那些剥削他们的有钱有势的人呀！他和阿小原来是兄弟，是站在一块的，是应该一块去打敌人的，然而他不懂，却去把阿小当作敌人了。他明白了这些，就又更难过起来了，他又给阿小去了一信：

阿小！你一定还在恨我吧，想吃我的肉，可是我对你一点仇恨也没有了。我不知道你近来怎么样，我真是可怜你得很，你的老婆是被人砍死了，你一定伤心得很。我很后悔。然而我也明白了。所以我不恨你了。你也不必恨我。因为杀你的老婆的不是我，同使我失业的不是你一样。你虽说忘记了替我请假，但是开除我的是剥削我们的老板。杀死你老婆的虽说是顾美泉，但是顾美泉是因为失了业，找不到饭吃才失错干出来的。我错恨了你，才干出那糊涂的事来，我现在一想起这些，我就更恨起了那个使我们这样悲惨的势力！你一定还不明白这些，还是恨我。我是希望你不要一眼只认定我是你的仇人，我们原来是弟兄，都是贫苦的弟兄啊！

我的老婆怎末样了？死了没有？她真是冤枉。你能救她就救救她吧。这样冬天，把她关在牢里，于你有什么用呢？

顾美泉

信去了，也仍然没有回信来，他虽说还是不安得很，却也慢慢忘记些了。并且上海打起仗来了，他们住的地方是战区，在第一个晚上就被炮轰完了。接着是火烧残杀，日本兵来了。他和着师兄逃了出来，因为无处可走，在闸北的一队义勇军里他们投了进去。成天在火线上救护伤兵，飞机在头顶上飞。机关枪、迫击炮、小钢炮、步枪，不停止的在耳边像年三十的炮仗，炸弹，大炮就在邻近的地方轰炸。“呜”的一声，一颗子弹从耳边飞走了。他开始是有点怕，但是，那些英勇的士兵，违背了命令，抵死地拦住那要踏过来的唐克车，那到处烧杀淫虐的日本帝国主义，为的什么呢，为的是这些劳苦无救的民众呀！他们使他胆壮了。还有他看见了那些战区的难民被抓去，被刺了，被剜了，却不死去，小孩从母亲怀里用刺刀戮死了。而母亲在几十个日本兵的奸淫之下也死去了。顾美泉从来没有遭遇过这样大的事变，从来没有思索过，现在也为这些而奋昂起来了。他的那些同伴，那些在一个队中的义勇军们，那些指挥者们，那些从租界跑来的慰劳队们，那些热烈拥护抗日士兵的老幼百姓，那些几十万工人的罢工，整个的反对帝国主义的大的吓人的情绪，给顾美泉卷在里面去了。他和他的师兄都成天忙碌着。全身都破烂得不堪，肮脏得不堪，比在厂里做工的时候还缺乏休息，可是他倒渐渐快乐起来了，充实起来了。终竟把那杀人的事，犯罪的事也忘去了。

八

于阿小呢。却因了老婆的事，有几次没有到厂里去，也忘记了请假，而被开除了。他每天四处的寻访，只想找到顾美泉，也没有找到。自己的衣食也成了问题了。于是他不得不又四处找工做。凡是同乡的地方都去过，同乡不是不愿意帮忙，实在也找不到事，只好借几角钱给他走好了。无锡会馆也去过，那里看门的竟把他赶走。他有时整天的跑着，找不到一点事，有时为几个铜板替街上几家相熟的铺子去跑腿。想去拖黄包车，汉口的路又不熟，而且车行要押金。几家小铜匠铺，也去问了，都用不起新工。他房子也租不起了，就在王婆婆家的楼梯下，和王婆婆的地铺排在一起睡了。王婆婆看见他可怜，也就留下他，并不要他一个钱。而衙门里的侦缉队员，常常还要勒索他，他也只好请请他们喝茶。有时为这些勒索是反而讨厌起这“官事”来了的。他到底也把顾美泉忘记些了，从前只想抓着他，吃他的肉，现在也把这事看淡了好些，纵是把顾美泉杀死了，于自己有什么好处呢！但是他总也还是想能够报仇也是好的，因为他现在的失业，无家可归，老婆那末的惨死，都是他，顾美泉一手造成的啊！

阿翠也带过几次信出来，问问她丈夫的下落。她常常因为自己的吃苦，而恨他，却并不想会把他抓到，因为，那是偿命的事啊！然而她想想自己的一生，都得在暗无天日，蚤虫丛集的牢狱中老去，死去，吃的是比糠不如的粗粝，睡的是冰冷的土地，要挨看守人的鞭打，还要忍受一些恼人的轻薄，她现在才十九岁，十年，二十年，知道有多少时日，就将在这里去度过呀！她一想起来就怕。她怀念她的家怀念所有相熟的人，怀念一线阳光，一口新鲜空气。她有时也想假若把顾美泉捉到，她也许就可以放出牢笼了吧，但是，……那他得偿命的呀！他死了，那她呢，……于是她瘦了，病了。王婆婆来看过一次，狗牙崽的娘带起狗牙崽也来过一次。她看见她们更忍不住伤心。她们所能给她的，也只有几颗女人的眼泪。天气冷了，牢里虽说没有风和雪，可是却有当不住的冷气，于是她病更厉害了。

第一封信收到了。弄里好些人都跑来要看着。这是新闻呀，那个顾美泉却自己写信来了。于阿小刚接到时，却更生气，引起他许多仇恨，但是王婆婆却说道：

"这是真的呀！同他老婆有什么关系呢，她若还不出来，她一定得死在牢里的……"

阿小也想到那天早晨阿翠跑来叫他躲开，阿翠还是同他们很要好的……

也有别人说：

"顾美泉说的也是老实话，他未必立心要杀你老婆，他自然也晓得自己是错了，可是现在出不得头了啥。衙门里有案子，一出头就得死啥。只害了他老婆。他老婆又没有犯罪。我看阿小你去求求情，把那女人放出来算了。"

附和的人很多，都说不应该把那女人活活关死。

阿小就照着好些人的意见，同衙门里的人说了一点，可是衙门里的人却骂起他来了。骂他不懂事，犯人也好随便进出的么？除非把凶犯捉到，审判过，的确这女人无罪，才能放。说病，病的人多得很。他还说犯人就爱装病的。

大家都觉得这女人无辜受罪，然而大家没有能力，只有怨恨这无理的法律。王婆婆于是又带了一件破棉袄去了一次。告诉顾美泉来过信，于阿小救过她。她就又哭了一场。

顾美泉还是没有捉到，而阿小却更难生活了。也混在好些失业的群里。酒鬼张宗荣也在他们一块。他现在已很少吃酒了。大家都找不到事做，大家的肚皮都逼着他们。但是因为在一块的人多，也就想出一些办法了。他们大家一伙，谁也不准跑开，大家跑到一些社会局，市党部，要求安置，要求米贴，起先是用一些警察把他们骇跑了。但是他们第二次的又来，人更多，警察已经没有用。于是也只好骗着他们，给一点儿东西，但是欺骗是不久的，于是又来了……于是于阿小也明白一些了，而对于顾美泉的行踪也就不关心了。

可是顾美泉的第二封信又来了。这封信写得很明白，于阿小觉得很懂得。他把这朋友是完全原谅了。他同好些人谈过，他们也劝他把这“官司”撤销算了。何必要他老婆关死，而他自己一生也不能出头。于阿小觉得也有道理。纵是顾美泉对不住他，他也饶了他吧，于是请了人又在衙门里上了呈子，愿意取消。但是衙门的回示却不准，因为是杀人重犯，不能轻易撤销。阿翠仍旧不能释放。于阿小只有后悔不该“告”他的了。

事实既然完全证明他们是无一点力量。于阿小也只好把这事丢开。也许顾美泉不会捉到，也许阿翠可以慢慢好起来……他倒热心同着那一伙人成天商量着一大伙人的生计办法去了。

九

这件事，他们虽说忘去，虽说不愿意想到，然而却有人不愿忘去。上海的侦缉处从接到通告后便留下心来了。又因为奉了令要防止反日的活动，解散了一些义勇军，又怕这些队员们虽说被解散了，却还暗中活动，便更加紧的暗地监视着，因为对被解散的义勇军的侦察，而顾美泉却被他们打听清楚了。在一个晚上，十几个人的枪头恐吓之下，捆着抓去了。像抓一个大强盗似的。而且因为案情的重大，决定就在上海开审，而且火速要把于阿小，阿翠，王婆婆等都提来。

阿翠很伤心。她想到可以看见丈夫了，而丈夫说不定要偿命了。她本来病得很厉害，心一焦急就更病倒了。王婆婆不愿来上海，就躲起来了。于阿小也想躲过，却被抓着了，被押到上海来。在开审的那天，就和仇人顾美泉见了面。

两个人都瘦了许多，肮脏了许多。都互相望着，有许多话要说。但是不准说。

小玉子的娘也来到了，她一看见阿小就哭了起来。她是恨着这凶犯的。

顾美泉一切都照实的供了。旁听的人有些也不免摇着头，判不决他的是非。

法官又问于阿小。他也照实说了。并且最后他补足说：

“我想收回我的状子。我不愿顾美泉抵命，我想饶了他算了。他犯了罪，他却不能完全来负这个责任的。我很后悔来打这场‘官事’的。我自己一点好处也没有的。”

法官听了他的话，一点表示也没有，只说一切自有法律来解决的。

第二天这判决便宣布了。

顾美泉被押到曹河泾枪决。

阿翠也正在这几天之中病死在汉口的牢里。

而于阿小却被侦缉队告下了。因为他答应出的赏格。却一个也拿不出来。而侦缉队员并没有替他捉人的义务，于是他也被抓去了。关在牢里，不知什么时候才得释放。

一九三二年六月

原载丁玲《夜会》，上海现代书局，第 1 版，1933 年 6 月

一件寻常事

张天翼

爸爸揪住妈妈的头发使劲摇着，咬着牙齿叫：

“你干么不死，你干么不死，你干么不死！……”

嗓子是嗄的。

阿全躲在角落里缩成一团，腿子直抖索着。他脸埋在自己两条腿中间，把水渌渌的眼睛搁在膝髁上偷着望出去：爸爸揪起睡在床上的妈妈。她上半身给提了起来。她可不能强一强。她的脑袋就像挂在爸爸左手下面似的两边晃。

爸爸简直发了疯。打着赤膊，没穿袜子，只着上那双破了三四个洞的胶底鞋。蓝色裤子上全是泥。他喘着气：酒味儿直喷。

“偏偏你不死！你不……你不你不……！”

酱油色的膀子尽往妈妈身上送：揍着、拧着、掐着。满身的栗子肉在一突一突的。

妈妈尖叫着。可是声音不大。嗓子也不像是妈妈嗓子。

“你揍死我……你杀死我……我愿意……我……”

“还不死！……叫我活受罪！……你害我活受罪！”——咚的一

拳。“活受罪！活受罪！”——咚，咚！

“我要……我要……我活不……”

她气喘得说不上来，她躺在床上有了个把月，脸黄得发光，眼眶子一圈青色，嘴唇白得像石灰。

妈妈这回准得给爸爸揍死……

阿全就哇的一声哭了起来。

干么妈妈让爸爸打？干么爸爸从前跟妈妈那么好，现在天天到外面去喝了酒回来打妈妈？

爸爸这坏蛋！——现在不上工，天天在家里打人。

外面雨下得发疯似的，哗啦哗啦叫着。屋子里到处漏着，泥水就从顶上直泻下来。墙上也淌着水，浸透阿全那件衣。他脊背就仿佛放在冰块上面。可是他不敢动一动。

屋子里黑得像晚上，叫人透不过气来。霉味、酒味、腥味，还有什么臭味。

阿全的哭声给埋在哗啦哗啦的雨声和爸爸的叫声里。听不明白爸喊些什么：那声音仿佛是从老远老远的地方发出来的。

像有什么东西紧紧压住了阿全叫他难受：他自己也不明白是因为肚子饿了还是因为害怕。

爸爸那只揪着妈妈的手摇得更用力，似乎想把她头发连根拔下来。爸爸眼珠子上全是红丝，脸子铁青。这么拼命地揪着摇着，忽然把手一摔。

妈妈的头就倒到了枕头上。

她闭着眼。张开一半嘴，性急地呼吸着。脸上抽着痉：抽呀抽的突然咳的一声——吐出一口血。

灰色的枕头上一堆鲜红的鲜红的。

阿全哭得更响起来。

“滚，小鬼！”

一脚踢在阿全大腿上。

“再哭！……还不住嘴！……你再哼一声！……勒死你这小鬼！……闭嘴！”他用劲地挥着拳头，膀子就像弹簧似的抖着。“别人死孩子，我的偏不死！你们娘儿俩……你们娘儿俩……你们……”

他没命地咬着牙，腮巴边隆起一块肉。

雨像泼水似的直往地下打。现在全世界总不会有别的地方下雨的，因为全世界的雨全给聚到这儿来了。

哗啦哗啦哗啦！

漏着的地方像开了自来水龙头。妈妈盖着的灰黑色被絮，那脚头让水注着，谁也不去动一动它。那条板凳上稀里哗啦滴着水，水星四面八方乱溅着。

“妈的，屋子塌下来大家死了可多好！……”

把板凳一拖，他一屁股坐了下去，有水也不去抹一下。

“偏偏不死！……老子……老子……你们要是死了——老子什么生意歇了也不怕！……妈的偏偏不死，偏偏！……”

那突出的胸脯在很快地一起一落一起一落。

阿全不敢哭，只抽着气。偷偷地摩着给爸爸踢了的地方——一块疙瘩，直痛到心窝里。脸上的眼泪和泥土糊成一片，只有那双眼睛分得出黑白。他瞧瞧爸，又瞧瞧妈。

她一直闭着眼。她有气没力地呼吸着。她脸上……

忽然她脸子全皱了起来：眉眼和鼻子什么的都紧挤着结在一堆。她全身那么一抽动，又呕出一大口血。

蜡黄色下巴上沾满着朱红色的泡沫。枕头上和棉絮上沾着的，可就颜色黯了点儿。

爸爸一震，把铁青着的脸抬起来：

“怎么你……！”

没答。

“弟弟，弟弟”他喊她，声音打颤。

只有哗哗的雨声。

他胸脯起伏得更高。两手紧抓着拳站了起来。突然他把那双满是红丝的眼睛向阿全瞪着：

“死在那儿干么！……打水！”

阿全腿子发麻。

“快！”

可是阿全捧着那个脏盆子还没拐到床边，手可没了劲儿。他身上发冷，却淌着汗。他想一口气走到爸爸跟前。可是在半路上——手一滑：拍喇！盆子给摔下了地。

“妈的！”——爸爸很重地给他一下嘴巴，阿全退到了门边。

妈妈张着嘴出气，牙齿是红的。她静静仰着脸让爸爸揩那些血。

“弟弟，弟弟”他拼命要把声音压低，就有点气促。

那个张开小半眼睛瞧着他。

他把手巾扔到盆子里，脸靠近她的脸。

“弟弟”他喘了会儿气，“弟弟，我对不起你。”

沉默。

“我对不起你。你是不是……你是不是……我对不起你……”

妈妈把瞧着爸爸的眼睛移开了一点。

“弟弟，我对不起你……”他轻轻地抽了一口长气。“可是我有什么法子。……我找不着工做。大家马上得饿死。……不知道怎么岔心里老是怪别扭的。我老是要喝酒，不喝就得疯似的。我老是想杀人。……没点儿法子。找不到工做：只听说歇生意，倒工厂，没招工的……咱们三口子……咱们这一家……”

停了好一会。

“我老想着你跟我……老想着咱们还是死了好点儿……挨饿可受不了。……我准得会疯。……不知道什么毛病老打你。你不知道我打着你的时候我自己多难受。……”

抓着她的手。她的手只有骨头没有肌肉。

“弟弟，你怪不怪我，你怨不怨……你能……你能……弟弟，你不……”

妈妈眼一闭，眼泪给挤了出来：从眼角淌下去，流到了鬓边。

他用粗大的手掌抹她的眼泪。

“你怪不怪我？……我心里真别扭，老是……老是……”

“我知道”她声音小得听不见。“你只是……你不过有……我知道你，我不怪。”

那双粗大的手发起抖来，他老眨着眼。

“往后我不喝酒了。……咱们总得活下去：我得叫永林去托托他那亲戚。老陈也能给我去跟他们拿摩温说说。……咱们总得……”

可是这全是些废话：他已经说上了十来天可没点儿影子。他只是拿来安安她的心的。

她没力气瞧他一眼，又盖上眼皮：

“老三我累了你。……”

那个睁大着眼睛，注意地瞧着她那张抽着痉似的脸。他嘴张一张要说话，可给她岔开了：

“我活着也受罪。我快点死了就……”

“瞎说！”他费劲地笑着，可一点也不像是笑。说话的嗓子仿佛是风跟前的烛火那么摇摇的。“才活到二十八就想死么。……”

爸爸和妈妈又要好起来了。哼，可是不到明天又得……

阿全把全身靠着门，两手反到后面撑在潮湿的门闩上。门缝里像箭似的射进水来，阿全可没理会到。他总觉得怪难受：不像是头昏也不是像肚子疼。他在想象得有好几碗红汤饭，有一篮子烧饼油条。他相信他现在——就是五百块烧饼他也吃得了。

还有馍馍……

他秘密地抽一口长气，瞪爸爸一眼。

爸爸坐到了床沿上。右手撑在床板上，把右边肩胛上的肉扭成一团。左手还抓住妈妈的。这只手刚才揪过妈妈的头发！

“弟弟……”

他顿了一会。

“你病不碍事。咱们总……你瞧，咱们还……”

又那么怪难看地笑着。

这么着哼儿地说了好一会。他叫她别生气。他告诉她日子总得过去的，不会一家三口子都饿死。

“总得有法子，你别那么……”

傍晚的时候他跑了出去。他把油布衣披上身，到了门口回头轻轻地说一句：

“我就回来。我去借点儿……”

门一开一关，雨就洒了满地。

外面爸爸那油布衣淋着雨，沙沙地响着——越响越远。

突然阿全一下子扑到妈妈身上，哇地大哭起来。

“爸爸是坏蛋。爸爸是……爸爸是……”

妈妈要去捏住他的手，可是没力气，他就把自己的手凑过去。她微笑着：

“你干么怪他。妈妈可不怪他。”

“他打妈妈。他……他他……我不让他打。我要帮妈妈，我要……我要……我不让他打你。……”

“爸爸爱你呀”她声音很小，可是她是在用劲地说着的。“爸爸很苦。爸爸找不到工做。他其实……他其实……”

她喘了会儿。

“爸爸爱妈妈，也爱你。爸爸很……”

“我不要爸爸爱我，我不要爸爸爱我！……我只要妈妈……只要……”

阿全把脸偎着妈妈的手。

妈妈瞧着他：

“妈妈会死。”

“不会死，不会死不会死。妈妈干什么要……干么……”

"妈妈受罪。妈妈累得爸爸也受罪。要是……"

他跳着嚷着，不许妈妈往下说。他不准妈妈死。他不要爸爸爱他。从前他爱爸爸：从前爸爸不打妈妈。现在他可恨着爸爸。

屋子里更黑了下来：黑夜也像雨似的向他们愈逼愈紧。什么也瞧不见，只有妈妈脸上的眼泪发了一点亮。

"妈妈，别死……妈妈肯不肯：别死了罢。……妈妈，妈妈……死——一点儿不好玩呀，一点也……干么要……妈妈我帮你。……"

她霎一霎眼：泪水顺着淌过的地方淌下来。

有许多话跟阿全说不明白：他小了不懂事。他当然怪着他爸。可是她自己懂得他爸爸：干么老要喝酒，干么老是使性子打人。他一揍她，她就本能地觉得受了委屈，只要他一歇手——她就再不记在心上。她知道他比她还苦。

要是她死了，他也许可以到别处去找点儿工做做。现在她可眼巴巴地瞧着一家子挨饿，瞧着阿全的爸难受得发疯。有时候她觉得挨他的打是该的。他受着她的累不小。

可是阿全理会不了这些个。

"妈妈病了。妈妈打不过爸爸了，爸爸就打起妈妈来了。"

天天这么着：发一会脾气，又讨一回好。

可不是，第二天爸爸把棉袄棉裤上当铺当了三十个铜子，喝了十来个铜子烧酒，回家又使性子。

"死了多干脆，可是偏不死！"

訇！——板凳给一脚踢翻了。

"叫老子怎么办！叫老子怎么办！……妈的，今天老子磕了头才当了这几个子儿，可是……可是……"

他在屋子里四面走着，不知道要怎么着才好。

"干么你不去跟别人，跟老子来过这些个……这些个……阿全，滚出来！……缩在那儿干么！……妈的！"狠命地给了阿全一拳。"好生不生，生给我做儿子！……揍死你！揍死你！”——在阿全背上搥了两下。

还是下着雨。地上全是泥浆，他走一步就吱喳一声响。

突然他右手在那张歪歪倒倒的桌子一扫，饭碗茶壶什么的就摔到了地上：哗啦！茶壶可没摔破。

他眼珠比昨天更红。青筋突出得可以用手去拿下来。嘴唇也像妈妈似的发白。他露出了牙，四面瞧着，仿佛在找着一个死仇。

阿全想到妈床边去。可是给爸爸挡着路不敢那个。可是爸爸自己一脚跨到了妈妈床边。

“他又得去揍妈妈，去打……”阿全靠住墙缩了下来。

爸爸一把揪住妈妈的衣襟，咬着牙嚷着，声音像是从缸子里发出来的：

“我可受不了！我可受不了！……弟弟！弟弟！……弟弟呀！……”

两手使劲地乱扯乱揉着。

阿全连哭都不敢哭，只是怕冷似的抖着。不知道怎么岔他老觉得有了不起的大祸水就得发生。

“我真受不了，我真受不了！”爸爸尖声叫，“公司开不了门，连人也找不着……跑了整天没落子。……我真……我真……！”

妈妈颤着手向他头上伸去，到半路上没了力气，就搁在他手背上。她轻轻抚摩着他。可是把脸掉向墙壁那边不瞧着他。

“弟弟，咱们一伙儿死了罢。……我难受！……我得早点儿死，我得……这么下去怎么办！……我……我……”

一下子他站了起来退一步：一脚踹在饭碗的碎片上。

“妈的！”——把碎片踢了开去。

他抓住什么东西似的曲着所有的指节，手臂上的肌肉就东一堆西一堆地突出着。鼻孔里很响地出着气：呼，呼，呼！

“阿全！……滚出来！……”

可是那个不敢出来。

“叫你出来！……你！你你！”

冲到阿全跟前，拿包袱似的把阿全提起来，拼命往地上一摔。

“老三，干么呀！……老三！……”

妈妈挣扎着这么叫了出来，可是已经来不及：阿全给摔到泥地里在哭了。

“老三你干么要……干么把阿全……”

“老子要摔死了他！……弄死这小鬼让他到有饭吃的人家去投胎！……你还不死，还不死！……”

“孩子一点也……孩子他……阿全，到妈妈这儿来。”

阿全满身满脸的泥，慢慢爬到妈床跟前。

爸爸揪着自己的头发，瞪着眼，嘴角上挂着些白沫。忽然他嗄得不成声音地叫：

“好罢，你们活，你们活！老子……”

一转身把门猛地拉开，关也不带关一下就往外面冲了出去。

雨横扫到屋子里。

“老三！……老三！”妈妈想爬起来可是起不来，两只手就在床上抓着。“老三！……去赶爸爸！阿全，去赶爸爸！到……到到……”

阿全可没工夫再恨爸爸，只是一口气往门外跑。他乱踏着水荡，踏着烂泥，踏着石子。他不敢慢一步。他用尽气力喊着，用力得全身都发抖。

“爸——爸——！……爸——爸——！……”

喊声给埋在雨里面。

“爸——爸——！……爸——爸——！……”

满天的灰色。一带的矮屋子也是灰色。稍微远一点儿的地方就烟雾雾地什么也瞧不见。

跑着。喊着。哭着。

前面隐隐约约地一个人影子在晃着。

“爸——爸——！……爸爸！……爸爸！爸爸！”

赶上了爸爸。

“爸爸！爸爸爸爸！”

“滚！”

可是阿全拖住爸爸的腿子：

“爸爸！爸爸！妈妈……妈妈……爸爸！妈妈叫……妈妈叫……”

阿全倒到了地下，可是还不放手。

爸爸站住了，他满身的水，脑顶上冒热气。他把阿全扶起来，紧瞧着那孩子的脸：一脸的黑泥渐渐给雨冲洗掉。

“你要怎么着？”

“妈妈要爸爸回去。”

他不瞧着爸爸。他全身用着劲准备着给爸爸打。

爸爸不打，只愣着。突然——把手靠到阿全头顶上。他很响地抽了一口气，声调变成怪温和地说：

“爸爸怎么死得了……总得等妈妈死了再……”

把阿全一把抱了起来，他轻轻地拍着阿全的背。

“我当然……爸爸当然不能死：爸爸死了妈妈怎么办……爸爸总得等妈妈……等她……”

阿全多久多久没跟爸爸亲热过，没给爸爸这么抱着拍着过。爸爸只是一天到晚发着疯使着性子。往日他待妈妈挺好的，可是也打起妈妈来。阿全只来得及怕他。现在他这一下对阿全……

像一个梦：以前爸爸跟阿全那种亲热劲儿是个梦，近来爸爸动不动就揍阿全的这些情景也是个梦。

忽然阿全抱住爸爸的脖子伤心地哭了起来。

爸爸满脸流着水。

“干么生到爸爸家里来，这孩子！……爸爸毁了阿全……爸爸是坏蛋，是不是。……阿全恨不恨爸爸，阿全？”

“我……我……我……”抽咽着说不出来。

爸爸抱着他往家里走。雨点像冰雹似的打在身上竟有点疼。

“阿全干么要做爸爸的儿子？生到别人家里……给别人做儿子……你瞧陈伯伯的东家多有钱：他家孩子吃得饱饱的，不挨打，病了马上请大夫瞧……他家爸爸妈妈都不用找生意就有银子钱使，他家孩子也有钱使……咱们阿全挨着饿，爸爸还使性子……常使性子……阿全你可……阿全。”

一进门，就踹了一脚的水：雨打门外扫进来，屋子里成了池子。

妈妈又呕过血。

阿全突然记起了什么似的，回复了先前的感觉：有个了不起的祸水得发生。他发一阵冷。一连好几天他都这么着。妈妈只要咳一下，他就给一震。爸爸一出门，他就老跟在他后面，走老远一段路才一个人回来。

爸爸还是使一阵性子好一阵。永林伯伯常来劝劝他，对妈妈说了些好话。有时候永林伯伯问可要钱，十几二十个铜子地拿给爸爸，还教训爸爸别喝酒。

“可是我有什么法子呢”爸爸抓着自己的头发说，“我瞧着弟弟受罪，可是我……可是我……永林你得知道我心里怪别扭的。我自个儿也不知道干么老使性子。……”

“干着急有鸟用！”

“可不是。……可是我真……我真……”

“得了罢”永林伯伯绷着脸。“只是不许喝酒。你拿这些子儿去喝酒可不行，知道吧……往常你们两口多好……这年头谁都不容易过活：你心里别扭干么拿弟弟出气——她病得这模样！”

永林伯伯四面瞧瞧，就把眼睛停到妈妈脸上：

“你别着急。我们拿摩温说老三等几天得有生意。”

这些话也是常说的。接着他说爸爸要是找到了工，得请大夫给妈妈瞧瞧。

“你的病不碍事。别尽滴溜着，知道吧。”

老是教训别人似的，“知道吧”“知道吧”这么着永林伯伯就走了：他睡得挺早的，他四点钟就得起床。

“永林”爸爸追到门外，小声儿说“有法子没？”

那个不言语，抽了一口气。

爸爸在黑地里愣着。

这几天没下雨，可是黑云还那么密密的一颗星也瞧不见。地上一直没干过。那两个大人踏着烂泥往前面走，叽咕着一些话。

阿全偷偷地跟着，一直到永林伯伯家。

漆黑的路。

“弟弟比我苦，倒还是死了免得她受活罪。……可是我舍不得她死。……我真受不了。……我总得……我总得……我可不能比她先死。永林你想想……”

爸爸的声音颤得几乎听不明白，说几句就顿一会。

“阿全得给他找个地方：叫他上哪儿去学徒，让他自个儿去混。……我等弟弟……我等她……”

“怎么啦，你！”永林伯伯气急地嚷起来，“那么年纪轻轻的就说死！什么毛病，这是！”

“这么着受得了！”

“怎么也得活着，知道吧。怎么也得活着。”

停了那么不大一会，永林伯伯又把这句话说了一遍。

“怎么也得活着”他发脾气似的。“你瞧我：那么多嘴跟我要吃的喝的，那么一大串逼着我累着我，可是我……唔，我得活着。谁也得活着。……干么晕头似的——怎么，想死！……”

永林伯伯就骂人似的哇啦哇啦说上一大篇。

爸爸似乎在想着永林伯伯那些话——什么死呀不死的。他这晚老是愣着，一直到第二天早晨没开一句口。

下着细雨。

“我准能找到落子”爸爸轻轻地对妈妈说，费劲地笑着：要是你仔细一点你还瞧得出他两个腮巴子在颤动。“永林他们拿摩温已经答允了我。……你病好了也可以……也得……我去想点儿法子让你瞧瞧大夫，我去弄点儿……我去……那些用不着的东西拿去那个，拿去……”

她摇头。泪颗子不断地滚下来。

“让我死罢，老三。……我不能叫你……叫你……”

“怎么你……”他平心静气地。可是嗓子里像给什么东西梗住了似的声音。“你埋怨着我，是不是……弟弟，弟弟。你埋怨我是不是。我对不起你，叫你……”

她伏在他手上抽咽着。

“让我……让我……你们爷儿俩……”

还是那么一句话：她一死，他们爷儿俩就能往别处去找活做。

“永林昨晚不是说了么：他们拿摩温能给我……”

“可是我……”

“别别，别那么着……别……弟弟，弟弟。”他的脸靠着她的头。

“我去当点儿东西，当什么块把钱。……你去瞧瞧大夫。……”

爸爸把他那床被絮和夹衣裤捆成一大束，用油布衣盖着：要是给雨打湿了当店里可不要的。

“阿全，别乱跑，看着妈妈。”

可是爸爸很久很久还没回来。

“爸爸还不回来。妈妈今天不能去瞧大夫了。”

也许爸爸带了药回家，还得带点儿吃的。爸爸真的爱妈妈么。往日他可真是在爱她。

“爸爸是不是好人？”阿全伏在妈耳朵边。

“你说？”

“从前好。现在……现在……现在我不知道。……妈恨不恨他？”

妈摇头。

屋漏的地方滴着水，像五六个石匠敲着石子的声音。地上给滴成一个个的荡。

阿全想象着爸爸走在路上：一身的雨，头发里冒着热气。他还挟着些东西——阿全可想不出那是些什么，总而言之那是挺要紧的东西，那些东西一到家，仿佛什么都有了办法，什么都得好起来。

他觉得爸爸已经走近快到家了，他就开开门瞧着。

瞧一个空。

妈妈哼了起来，脸上的肉抽着痉。

“阿全……阿全……”

阿全着了慌：

“疼么？……疼么？……”

他伸过手去，可是妈把他手轻轻推开。她吃力地哼着。手抓着拳又松开，接着又抓着拳。她挣扎了老半天才翻转身仆着。

“妈妈！妈妈！……”

没答。只是哼得更急。两只手在床上抓着扒着。

忽然她身子打寒噤似的一震，哇的一声呕出了许多血。她赶快把头移向床沿对地上吐，可是床上沾了一大块，连被絮上也染着许多。本来的血迹融成了黄色，新的一加上去，就浓浓淡淡的乱成一气。

又呕第二口。

阿全跳了起来。他想给她揩，又想倒点开水给她，又觉得要找一点儿什么。他腿子发软，身子似乎化成了水。他瞧瞧妈妈那张抽痉的脸，瞧瞧床上地上的血，瞧瞧那张歪歪倒倒的桌子，瞧瞧断了一截嘴子的茶壶，瞧瞧流着水的墙，瞧瞧……

屋子里没一点办法！

他用力拉开门往外跑，乱窜着，发慌地哭着，他想找近处的人来一下。可是谁也没在家，只有小虎子他们在沟旁边玩水。

怎么办呢，怎么办呢，爸爸还不回来！

衣裳淋着雨都湿透了，贴在身上冰冷的。

他望着巷子前面。过会又回头瞧瞧。他两头瞧瞧，两头跑跑。

也许爸爸已经回到了家里……

赶快跑进门：一个空。妈妈在小声哼着。

“妈妈。”

没答。

阿全拿袖子在自己脸子揩一下，眼泪鼻涕就糊成一片。

“妈妈”他小心地揩着床上的血。“爸爸就回来。爸爸回来妈妈就好了：妈妈瞧大夫。……妈妈。”

她脸子全皱了起来。手紧抓住棉絮，咬着牙。

干么还不回家，出去那么大一会了，瞧这爸爸！

爸爸回来的时候是下午两三点钟。一脚把门踢开，摇头晃脑地走了进来。

一股酒味！

红眼睛，青筋，白嘴唇，灰色脸，急促的呼吸。

“滚！尽瞅着我干么！”

阿全几天来觉到的那了不起的祸事仿佛就到了眼前。这时候要是有一把刀，他得把爸爸斫掉的。他上半天跟妈妈说上那么些好话干什么？他干么拿他那床破被絮和夹衣去上当铺的？他不是说去当什么一块两块的给妈妈去瞧大夫？他那么老等着，那么性急地盼爸爸早点回。可是——你瞧瞧！

妈妈上了爸爸这家伙的当。他自己上了爸爸这家伙的当。

他像护卫妈妈似的抱着妈妈哭着。

爸爸多坏呀。他怎么也不能原谅爸爸。他要是知道爸爸那么急着跑了一个上午的当铺，还会不会怪爸爸？

上当铺的人一口气跑了十几家。他跟弟弟说可以当什么块把钱，他自己知道只能有五六毛。可是当铺里的先生站在高柜台把那些随便翻一下，满不在乎地问：

“你要当多少？”

“一块钱。”

柜台上那个脑袋摇那么三四下，就跟他同伙的拉上了闲天。

“先生，你能出几个钱？”

“一角大洋。”

他一把拿下那卷东西就跑。于是第二家，第三家。一直跑了十几家。顶高的出到一毛五分钱。

好罢，就一毛五！

想着明天让弟弟上医院去瞧大夫的话，想着明天一家子吃的。

“完啦！”他叫。

他在街上走着，穿过一条路又是一条路。不知怎么岔他不愿回家去。他在药店门口溜着，瞧着那些小抽屉。粮食店门口他来回地踱着，听着那些伙计们量着唱着。于是往前走。走过那些什么大药房的时候他总得愣一会。他不走人行道。他让针似的雨点洒着。

“完啦”他紧咬着牙齿，咬得腮巴子发酸。

瞧着那些店家的玻璃柜，他想把自脑袋撞上去。他恨不得把这条路能一脚顿得粉碎。他希望两旁的店房着火倒下来，压住他自己。他想打人。他想扔个大炸弹炸毁些什么，连自己，连弟弟，连阿全，都给炸碎。

一想到弟弟，他五脏都像给谁挖空了似的。

忽然觉得街道打起旋来。他靠着墙站了会儿。

“只有一个法子：叫她死。”

他和弟弟从前的事怎么也想不上来，仿佛是前好几辈子的事。他不能叫弟弟病着挨苦。他不能叫弟弟瞧着一家子这么个饥荒劲儿。他得叫弟弟早点瞧不见，听不见。……

抽起腿子又慢慢走起来。巡捕们老是结结实实瞧他几眼。

可是他不敢回家去。哼，家：一进门就是灰白色的弟弟，缩成一团的阿全，两张嘴张得大大的，等着吃的喝的，等着药来诊病。

他的嘴呀鼻子的都像给火漆封住了似的透不过气来。心脏在发胀。他拼命镇定着自己：要不然他真得去跳江，去跳烟囱，去拿一把刀乱砍着，然后砍弟弟，砍阿全，砍他自己。……

这么着他又去喝了三十几铜子的烧酒，喝茶似的直灌着。

“反正……反正……”

于是歪歪倒倒地回了家。他发狂似的愤怒：可不知道到底是发谁的脾气。只要触到了一件事他就得使性子：在路上有个家伙无意地撞了他一下他就跟那家伙打起来。一块破砖像也侮辱了他，他狠狠地把它摔到沟里，黑泥水溅得好几尺高。自己家里的门不叫他进去似的关得紧紧的，他就狠命地一脚踢开它。弟弟在她自己是死了干净：应当死，可以死，可是不死。阿全仿佛当他是个仇人似的抱着妈妈哭。这些都跟他做对头。

阿全可不能懂得爸爸。他满肚子怨气着。

“滚！”爸爸尖叫。“还不滚开！”

所有的愤怒都给移到了她娘儿俩身上。他扳开阿全那抱着妈妈的手，往外一拖，那孩子倒到了地下。

他知道她又呕过了血。他觉得这是对他的一种恶毒的咒骂。他不知要怎么着才好。他吸了一口气屏着，把脸涨得发红。嗓子里嗯嗯的叫着。

“呕血！呕血！……干么不呕死！……”

酱油色的膀子在那条裹着妈妈的棉絮上乱揍着：捶一下，嗓子里就嗯一声。身上的栗子肉就跟着膀子的上下动着。

“还不死！还不死！……叫我……叫我……”

把两个手临着空，没命地颤着。

“干么不死，干么不死！”他一把揪住她的头发把她拖起来一点，对着她的脸，像要她回答似的。“活受罪干么不死！……活着配么，活着配么！……”

揪着她头发摇着。

“我不能死在你先……干么不死，干么不死！死了我才可以……才可以……我不能让你瞧着一家子挨……一家子……”

她嘴里冒出血来。

他像没瞧见。他还使劲摇了几下才放手：让她的头倒到枕上。

他手上也沾着了血。

“妈的！妈的！”他突地转过了身。

阿全很快地爬开，可是给爸爸在屁股上兜了一脚。

爸爸嗓子不知榨出了些什么话。他乱窜着。他乱蹦着。他在屋子中央打旋。他冲到墙边，把脑袋拼命地往墙上撞着。

“爸爸！爸爸！”阿全尖叫。

可是爸爸坐了下来。嘴角上堆着白沫。发狠地在嗓子里——“嗯！嗯——！”

妈妈又呕几口血。她很急地出着气。

“老三我难受，我……拿剪子绞死我罢，绞死我……老三，老三，……你……你……快点拿……快点拿……老三，老三，我太……我太……”

停了不大一会：

“我太……我简直……老三，老三……”

爸爸把两只手的指节都弯着，忽然在自己胸脯上搔起来。短衫的扣子掉下了两三颗，十个手指就抓在胸脯的皮肉上。扒破了皮：肋子骨上画着一条条红色的槽。

他还是抓着搔着。黑指甲里有了红色。

阿全觉得肚子里发烫。他忘记了先前对爸爸的那恨劲儿。他只想去拖住爸爸的手不叫他再那么抓，可是……

“老三你怎么……老三你怎么……”

妈妈着了慌想爬起来，可是她那双蜡黄的手臂怎么也撑不起她的身子。

忽然爸爸一跳起身，把红眼睛瞪得怪大地四面瞧着找着。

那双眼落到了桌子下面。

他一弯腰，从泥地上拿起一把菜刀——锈得不成样子还缺了一个口的。

他手抖索得几乎拿不住。

阿全像猫捉耗子似的扑了过去，一把抱住爸爸。一下子想不出话来，就一个劲儿嚷着：

“爸爸，爸爸！……爸爸！……爸爸，爸爸，爸爸！……爸！——”

爸爸推开他，他可又抱过来。他怎么也不放。

“干么呀你，”爸爸喘着气。“你要干么？”

“我不许爸爸……我不许你……不许你……”

锵得！——菜刀掉到了地上。

爸爸推阿全。可是阿全哭着不肯放手。

“放开！”

“爸爸别……爸爸别……”

一会。

“放啊”，爸爸声音小了点儿。“打水来！”

妈妈抽动着肩膀哭着：

“干么不让我死，干么不让我……不让我……”

她又呕了血。她这天呕得顶多。她哼着，抽痉似的动着，有时候拿手到处乱抓着。一直到晚上她才闭上眼渐渐睡着了觉。

这晚阿全又偷偷地跟在爸爸后面，到永林伯伯家。

他俩似乎在吵嘴。永林伯伯叽里咕噜埋怨似的说上了一大堆，说了十五六个“知道吧”“知道吧。”

爸爸说他知道。

“我知道，我知道”爸爸沉重地说。“可是我并没发愁，我没淌眼泪，我只是老要使性子，我只是恨着。”

“干么要恨她娘儿俩？”

“没恨她娘儿俩。我没恨她们。我疼着她们，可是……”

永林伯伯瞧着爸爸等他往下说。闭了一会嘴。

“永林你知道我简直……到乡下去也得挨饿：乡下要有点儿吃的，我们压根不会到这儿来……哪儿也没招工的。往别处吧，可又——我走了弟弟怎么办……阿全又……”

他们谈到了阿全：有个地方可以送他去做小徒弟。可是这不能让弟弟知道：她准舍不得叫阿全去的。

“不能让弟弟知道。她要是听说……你别告诉她，知道吧。”

爸爸的脸子皱了起来：

“我想想我对不起弟弟，对孩子也对不起。不知道怎么回事。心里一气愤，老是使性子打人。”

他闭了会儿嘴，就自言自语地：

“他们娘儿俩并没害着我，我知道的。我怪疼他们的，可是……可是……真可别扭……他俩比谁都苦。这年头谁都苦。……大家全走到死路里……”

“又来啦！干么老是死呀死的……咱们谁也得活着：死路里得找出一条活路来，知道吧。”

“唔，死路里得找出活路来。”

阿全可老在滴溜着他们得送他去做小徒弟的事。他在家里帮不了妈妈，只能瞧着爸爸喝醉了酒使性子打她揪她。可是他觉得他要是一离了家，妈妈就没人保护似的。妈妈也许得更苦，挨爸爸的打也许更厉害。爸爸或者会真的去……

他也不放心爸爸。

爸爸相信了永林伯伯的话：“怎么也得活着，知道吧。”爸爸也说过：总得活着，那么年轻的一个男子汉想去死——那可真不是个劲儿。爸爸不谈死。爸爸想活。可是说不定他一下子又别扭起来——灌些烧酒回来闹脾气，又去拿那一把缺了口的锈菜刀。

阿全全身的皮肉缩了一下。

可是爸爸这几天很平静。他还是天天出去，可没喝酒。他像安排好了一些什么事似的。

雨停了。风刮着云往东北角儿上飞。太阳一会儿出来一会儿进去，地上的影子就一会儿清楚一会儿模糊。路上冒着水汽。

“阿全，来！”爸爸绷着脸喊他。

他跟着到了门外。

“阿全，明后天你得……你得……”两只手搭在阿全肩膀上。

“明后天你得离开这儿，永林伯伯带你到……”

那孩子哭了起来。

“别哭，”爸爸俯瞧着他。“好孩子不哭的。晕头才哭哩：咱们阿全别做晕头……阿全，你恨不恨爸爸？”

“我爱爸爸。”

爸爸长长地嘘了口气，可是轻轻地，不叫阿全听见。

“爸爸是疼着你的。爸爸也疼着妈妈……妈妈病好不了，她活一天受一天罪……阿全，咱们怎么也得活着。妈妈可……妈妈可……”

阿全哇的一声，哭得更响。

“我不准妈妈死，我不准妈妈……”

“别嚷！”

爸爸停了会儿，嘴唇颤着。

“你乖乖地跟永林伯伯去。爸爸一个人……爸爸等她……爸爸等妈妈……你不许告诉妈妈。别让她知道你去学徒，阿全，唔？”

“唔。”

阿全觉得心里紧紧的。没了妈，没了爸，是怎么样一种日子呢？——他想都想不上。

妈妈准得死去么？……

可是爸爸跟妈妈说的又是一回事：他叫妈妈宽心。

“弟弟，别着急，弟弟……全德说他有种药：吃了就不疼，不吐血。我明天去拿点儿来。我是……我是……咱们总得活下去，咱们还年轻，咱们还有……咱们有的是力气。弟弟你别惦念着我，我有……我有……”

“我累着你，我累着你”妈妈抽咽着。

这晚爸爸一晚没睡。自己一个人唧哝着。踱着。手撑在下巴上坐着。这么一晚。

一大早爸爸就出了门，没多大一会回了家。一句话不说。嘴唇闭得铁紧。又踱着。又用手撑着下巴上。坐着喘瞧气。瞧着妈妈：她扭着脸在看。

阿全像浸在冰水里似的感觉。他靠在妈妈的床边，眼睛溜过去偷偷地瞅住爸爸。

可是爸爸又走了出去。

这回爸爸回来的时候带着一包红粉子。还是不言语：他好几次到妈妈床边张一张嘴都没说出一句话来。他嘴唇在抽痉。他脸发青。他手像没地方放似的——一会儿抓抓自己的头发，一会儿抓抓自己的衣襟。他脚也像没地方放似的——坐下又站起，站起又坐下，跨到这儿又跨到那儿。这么着来乱了好一会，他可又开开门跨了出去。

阿全站到门口瞧着。阿全不知道要发生一件什么事。

爸爸在发傻。在路上两头来回地踱着。又站住发愣。又走着。又站住。他的腿仿佛怪重的。

什么毛病，这爸爸?

这爸爸站了那么分把来钟，忽然很快地往前面走了起来：走呀走的就走远了，瞧不见了。

妈妈又呕血。

“妈妈，妈妈！……”

阿全记起爸爸带回来的那包红粉——不知道是不是给妈妈带的药。爸爸说也不说一声地就走了出去。阿全没了主意。阿全可不敢拿那包红粉给妈妈吃。

太阳爬出了云堆，照到门缝里，屋子里地上就有两三条光。可是不到三秒钟这几条光又渐渐模糊了去，模糊下去，一直到没有。

屋子里霉味儿比雨天更厉害，还夹杂着腥味，跟别的什么臭味。

“妈妈，等爸爸回来，等爸爸……他给你药吃。……”

爸爸回来可又带了酒味儿。

可是爸爸没使性子。他左手放在自己的额上，右手轻轻推开门。他像站不住似的。他愣着瞧着妈妈。他又是那么走着又坐着，坐着又走着。

突然他到了妈床边。他并不推开阿全。他把脸俯着。

“弟弟，吃点药罢。”

“我不能再……不能再……”

“弟弟……”

还想要说些什么似的，是没说。他走到桌边，把那包红粉全放到饭碗里，倒上一些开水调着。

他胸脯在很急地一高一低，一高一低。嘴唇发白，脸更青，他瞧阿全一眼，和气地说，声音很尖：

“阿全你走开。”

阿全走开。

可是爸爸还瞧着他。

“阿全你出去。”

阿全出去。

爸爸关上门。阿全不知道怎么心狂跳起来。怎么回事呀，这是！干么要他出去？

他踮着脚走到门边，挨着一条缝往里面张着。

爸爸拿那个饭碗到妈床跟前。手尽抖索着，差点儿没把碗摔下地。饭碗里的水不安地在摇动，还给泼出了一点。

“弟弟”他颤得不成声音，“喝药”。

左手托着妈妈的后脑勺，把她扶起尺把高。右手怪小心地把那碗药送到她嘴边。

他慢慢地把自己那双眼可怕地瞪大。用劲似的咬紧了牙。他脸子由青色变成了灰色。妈妈喝着药，他掉转了脸子不瞧她。

忽然——爸爸脸子紧紧地扭了起来，眼泪直往下淌。

爸爸在哭！

眼泪越淌越多。胸脯像浪似的，不规则地很急地在起伏。

妈妈一喝完，他就把饭碗放到地上，一倒就伏在那条裹着妈妈的棉絮上。

“弟弟，弟弟！……弟弟！……”

他那副粗大的酱油色肩膀没命地抽动起来……

到晚上——妈妈死了。

妈妈滚着，嚷着，手乱抓着，呕着血。爸爸又拼命抓着扒着自己的胸脯。妈慢慢静下去，静下去，就没了一点声音。过会儿她又哼起来，全身抽动着。

“老三我累了你……”

她落了气。

妈死了！她眼睛只闭了一半：眼珠是灰色的。

爸爸抽咽着，嗄声说：

“你不会再受罪了……弟弟，弟弟，弟弟……我不能让你再受罪，我不能叫你……叫你……我疼你……静静儿睡着，静静儿……你不再熬着……熬着……弟弟，弟弟……”

阿全跳着哭着，他不知道没了妈妈怎么能过日子。

爸爸把妈妈的上眼皮抹下来叫她闭着眼。

“静静儿睡着，弟弟，好好儿……好好儿……我们爷儿俩……爷儿俩……弟弟，我们爷儿总得活着……我不能叫你再受活罪……弟弟，弟弟，弟弟……”

他们爷儿俩搂抱起来。爸爸抱着阿全打盹到天亮。

“阿全，妈妈不受罪了……妈妈还是死了好：活着太……活着太……”

“爸爸别哭，爸爸别哭。好孩子不哭的。”

可是阿全自己哇的一声哭起来。

第三天爸爸让阿全给永林伯伯带走。爸爸自己打着包袱也打算出门。

“阿全，让永林伯伯带你到你师傅那儿去……”

“爸爸，爸爸！……”

阿全想要跟爸爸说许多话，可是一句也说不出。

“爸爸，爸爸到哪儿去？爸爸不……不……”

“爸爸往别处找活。”

忽然爸爸一把抱起阿全来。

“阿全，爸爸去了。阿全好好儿在……好好儿在……阿全你记着：怎么也得活着……永林伯伯说的：‘死路里找活路。’……什么也别发愁，别哭——哭的不是男子汉……阿全，阿全……”

停停：

“谁欺侮你你就揍他，你可别哭。你得活着……往后爸爸写信给你，爸爸来瞧你。你记着爸爸的话……爸爸去了……永林伯伯很疼你，他得常来瞧你……”

两双眼相对瞧着。

爸爸把阿全抱得高点儿，把自己的脑袋偎到阿全怀里揉着。阿全小时候爸爸老这么逗他玩的。阿全怕痒地笑起来。笑呀笑的可又抱着爸爸的头哭了。

“阿全别哭呀：好孩子是不哭的。”

可是爸爸眼红着，眼眶子里有水。

“爸爸也哭哩，爸爸……”

“胡说八道！”爸爸掉转脸去揉着眼睛。

爸爸抱着阿全走来走去，拍着阿全的背：爸爸像把阿全当作三岁的小娃娃。

“阿全，记着爸爸的话：怎么也得活着。这么着妈妈才睡得着觉……妈妈瞧我们活着她就乐了……”

“爸爸呢？”

“爸爸也——怎么也得活着……阿全你记着：什么事也别发愁，别哭……爸爸去了……你的东西爸爸已经给拾掇好了，在永林伯伯那儿。那件油布衣爸爸给了你，你得……你得……”

阿全又哭起来。

“再哭爸爸就不疼你啦……得了，爸爸得……阿全，说再会，说一声再会……说呀，阿全。”

“再——会——”

“爸爸跟你说了些什么？”

“别哭……要活着……妈妈睡得着觉……”

爸爸费力笑一下，眼水滴到了阿全脸上——和阿全的汇到了一块儿。

这么着爸爸和阿全分了手。

“阿全，记住我的话。”

“唔。”

“别哭，阿全……别那么缩头缩脑地走！把胸脯挺起来，阿全！……”

原载《文学（上海 1933）》第 1 卷第 2 期，1933 年 7 月

倾　跌

草　明

“体贴点咯太太，就五块钱吧，是的，把工夫弄清楚了，我可回家里睡觉的……”我跟那少奶奶讲好了，就和荐头跨出了女主人的门口。在荐人馆的时候，我提出荐头银太贵了。

“照例是六角呀。”他冷冷地说。我不做一声地拿六角钱给他。

我在闲着的三个月里，不绝地生出许多希望和美丽的幻影来，可是都一个个地跟大海里触着暗礁的船一样地沉到那阴森而苍郁的魔窟样的海底里。这次总算成功了，半路遇着那浅水或是沙滩那样小的事情，还觉得麻烦而不去忍受么？

屈群英，苏七跟我三个人，一样地同另外许多女工被乡里的丝厂挤了出来。我们不能进厂去，身体像得了瘫症，只晓得吃。后来倒是阿屈做主意，把眉毛一竖，黑漆的眼睛跟住向里一缩地说：

“我们跑到城里去吧，工厂那么多，耐心点儿，还愁找不到我们的门路么？”

我们三个就携着手跑到城里来了。我们跟洛师奶租了一个小房间。我和苏七占了一副板床，阿屈睡在对面那贵妃床样的炕上面，两铺床中间放了一张小长方桌，这三件的唯一家具，一排儿挨身站着，从屋顶望下去，恰巧构成了一个不大齐整的凹字。本来三个人睡做一床，便可以腾多点地方来转动，可是阿屈却要独自睡觉。

“这世里你不要男人陪的吗？”苏七取笑她说，我觉得苏七除谈男人那件事之外，不曾再讲什么。

“谁敢跟她一块儿睡觉呢，只给她那双蓝黑色海样的眼望望，就算小偷也觉胆怯起来。”我却凑趣着说。

当我回到我的房子，她俩跳起来围住我，想把我挤到什么地方去，眼睛像旱了六个月，祈望着下雨样的钉住我。我分不清楚她们底饥渴的杂乱的询问，只简单地答复了两句，就躺下床来。

她们骚动一会，随即静下来。对生活焦急着的表情，缀在她们的脸上。苏七张着嘴，羡慕而又无力地望着我；阿屈那坏货，居然拿起木鱼书唱起来，装着毫不介意的样儿。可是，我知道嫉妒之虫在咬着她底心窝。我看见她们那模样，有点自骄起来，我烦躁地提高嗓音，带着轻视意味讥讽地说：

“阿屈，什么火把你的心烧得灼痛么？看你唱得多躁急！”我的声音，使自己兴奋起来，更起劲地继续说，“唔，你再说一次啊——我一定能够找着我的门路！”

她底不被扰乱的歌唱声，反像烧红的铁，狠狠地把我的心灼一下，我从骄傲而变为愤怒了。她为什么这样奚落我？可是，她那坏脾气的家伙，怎能甘受我的讽刺呢，她底冷落自然是一件很适当的酬答，我又恼什么？当我忆起她讲她那句老调的时候那个坚决而有把握的微笑时，我反觉得自己卑鄙而讨厌！

第二天特别早起来，跑到新主人那里，听着女主人的迅速而多样的指挥，烧过早饭给男主人吃了回他的办事处，跟着烧水，替两个小孩子洗澡，怎样洗衣服才少用些肥皂，甚至买菜时怎样才便宜，怎样才弄得好吃……一大堆“怎样”，我底脑袋简直载不下，而我底可诅咒的手脚，很不和那些家务打惯交道，这样累了我整天要挨骂。

从前缫丝的时候，身体上运动的部分很少，现在却全身都要“风车”样无定地转动起来，肌肉比以往时坚实了点。每到夜里，我一睡倒床上来，就马上昏沉沉地像醉鬼样，不到天亮不会醒的。那喜欢谈男人的，常被性欲燃烧到眼睛变了金黄色的苏七，骂我是贪睡的猪，“看你的眼睛，像半世没有睡过！”可是谁像她那样整天坐着没事，尽想着那件事？

有一晚，那五枝火的电灯，一样地发着黯淡的黄光，很不愿意瞧房里的人底动作似的，张着半闭的眼，我们也不高兴瞧它那衰颓的样儿，索性把它拧熄了。窗眼透进一条喇叭筒那样的月亮来，恰巧照着苏七底被一种什么力压抑成苍白了的脸上，眼睛两道金黄色的光，对着帐子闪烁着。我知道了她底心事，悄悄地转过身去不敢望她，也不敢碰着她。可是，半夜里当我睡熟的时候，终于给她弄醒了，我埋怨似的说：

“哟，为什么不好好地在家里守着哥儿，却跑走了，夜里对我不规矩起来！”

“为什么不呢？谁愿意做猪母，困在家里只晓得赖着吃，给孩子喂奶！……难道搂搂你不可以吗？”她像给睡魔啮着她底灵魂似的，含混地说。

我上工不够半个月，母亲就写信来要钱了，说她早上天没亮就起来，采了几个钟头的桑，回来泡点冷饭充着饥，又拣茧去了，这样整天地做活也赚不够十个铜板，却花了五个铜板买膏药贴腰骨。丝厂时常停闭一月半月，复工的时候工钱可要减一半，资本小的简直被大厂把生意夺了去，站不住脚就停闭下来，在厂门口钻的女工更一日挤拥过一日了。我记得在乡里的时候，每担桑还可以卖四五角钱，现在母亲信里说两角钱也卖不到，种桑的人，有些简直把桑拔起来丢了，宁愿种着蔬菜供给自己食用，那烟桥头的远六叔，有一次人家替他采好了桑，他却用拳头椎着胸说：“哼，不卖了，我宁愿丢了工钱！”就把几担桑推下塘去，给鱼吃掉了。据母亲说还是宁愿碰着远六叔这种人，不是的话，连几个铜板也没有了。

我们起劲地，摇摆着脑袋谈论故乡里新带来的消息。

“幸亏我们跑了出来！”我说。

“是你碰着好运气罢了，看，闲了四个月了，手也生锈了呵！”

像一个闷气弹在房里爆炸样，人们都窒息了。可是我们不能够尽让自己老闷着，我安慰似的，低沉着声音说：

“呆对着丝厂，就可以弄出饭菜吃了么？东家的肚子饱得要命啊！城里比乡里强，我们或者可以寻到头绪。”

“我想，很多人不知道肚子饿的苦楚呀。”苏七说了，可是阿屈立刻就反驳着：

“你们的家里，我的家里，跟心如，芸仙，七婶，还有我底表姐家里，唔，真是数之不尽了，我们这堆人谁个不知道这种滋味呢——”

“不过，没有人替我们想办法罢了。”我接着说。

“我们时运不够罢了吧！”苏七感慨地说。她说话用不着什么思索的脸孔老是急躁而浮动地像在期待着什么。

“我不相信我们的命运比不上人家，天没有那样偏心的，只要我们用心思，唔，是的，我想一定能够找着我的门路。”阿屈嘴里这样说，眼睛却更深陷地望着远远的地方，像寻她的路。

夜里回来听到的是她们的叹息和翻身的声音。大家皱着眉说着房东催租，小商店催账的麻烦，我们想不出主意的时候，就乱想乱谈起来。阿屈说要做小偷，苏七嚷着当私娼去。有一次我买了两角钱铺票，希望得万块的头彩。

阿屈底表哥介绍她到一间化妆品制造公司的装潢部做工了。除了她的膳费，剩出来的工银，比我那五块更少得多。

“阿屈，这次你可找着了路了么？”我说了之后，觉得太像有意为难她了。可是她并没有注意我的话，没有作声。

苏七起了像沙漠上的孤鸟底寂寞而贫乏的悲哀，嚷着要回乡去，说宁愿回去做饿鬼。可是，给她底从妹刚从乡里跑了出来的一番谈话打消了。她喘气未过，摇动着给太阳晒红了的脸说：

“万万不要回去呀，就是饿鬼也不许你做呵。人没有坐着等饿死的呢，两餐总得弄来吃，就算抢吧，偷吧，做坏人也得在城里……”

我从她底兴奋的叙述，更知道了我们以产丝著名而全县人都靠丝业过活的顺德，衰败和混乱到什么程度！

有一个晚上，阿屈特别保持了整个钟头的沉默像在呆想什么，忽然很严肃地问我：

“是不是有些人在难为着我们呢，我们是不是有很多对头呢？”

“唔，对呀！”我跟苏七齐声应着。

“而且那些对头都是我们在求她给饭我们吃的，为什么呢？”

“就是他们给饭我们吃，才难为我们，这不是很明白么？”苏七像很敏捷地说了。

“我是问，为什么我们的饭碗在人家手里，为什么人家不向我们请求？”

在我们还未想透，阿屈像早已预备着我们不回答似的跟着谈她厂里的女管工，怎样地露出了两排无耻的镶金的牙尽笑着奉承上手，对她们却闭起咀来，拉长着像个倒置的干莲蓬，攒着毒蛇样的眼睛，暴躁地两边跳着斥责着，谩骂着她们。她说她最看不起这种人，她最憎恶这——“铜牙老鼠”。

为着生活跳跃了几个月的苏七，现在不跳了，也不嚷回乡去了，她十足像一个给饥饿困到将死的人，给一碗冷饭把她的生命拉回来。

她虽然把各项欠账清算了，食用有时比往日增加了一点，穿的衣服也比往时漂亮得多了，可是，我没有一点尊敬她，我觉得她太卑鄙了，她很多时夜里不回来了，不吵我睡觉了，但我一点也不觉得比往时舒服。什么一种力把我心头压得作痛！当我轻蔑地瞟她一眼的时候，她就羞怯地低下头，有一次她凄然地像求什么宽恕似的嗫嚅着说：

“你教我怎样活下去呢？不这样干，你叫我怎样活下去！”她底颤栗的声音，像粗鲁而悲戚的音乐。“什么人要我们向这黑暗的甬道走呀！”

我心房的颤震加速着，变成愤怒了，我觉得有什么人欺负了苏七，欺负了我。什么人欺负了我们！

日子平凡而呆板地消逝，人们的生活也平凡而机械地过去。我一样地忍受着主人家的屈辱，一毫不变地照着他们底命令做活；阿屈碰着管工的时候也只好翻翻眼，吐吐口沫；苏七也再不羞怯怯地对待人了，脂粉一层层地敷上去，眼睛也再不放着金光，却时常带着永恒的疲倦和哀怨。我们日里拼命地做活的时候，她正拼命地睡觉，等到我们跌入黑夜里找安慰的时候，她不知站在哪一个街头，或是给人拖去玩弄去了。我们跟她见面的时候实在很少。

有一次半夜里我给苏七呜呜地哭醒了，我转过身去抚摸她，问她干么哭起来。她一手推开我，如果没有那小桌子挡着我，恰要跌在那小路里了。我没有生她的气，我完全同情她，过一会儿，她像疯狗样紧紧地抱着我，嘶着声音说：

“谁把我的灵魂撕碎了？谁把我的血肉吃掉了？谁呀！告诉我，我定要把他生生地吞掉，告诉我——”

我使力地把她按住，掩着她的口，总想不出一句有效的安慰她的话来，我已经像给一团煮熔了的铁，把喉咙塞住了。她身上发出了的帮助肉底诱惑的香水残余味儿，几乎使我窒息了。

有时候，生活真令人不平凡起来：从前活跳跳的苏七，总是为着两顿饭，变得忧郁，过了又变成羞怯，现在却变成暴躁起来，整天嚷着，叫嚣着，想找寻什么来吞噬的样子。阿屈也深思地摇起脑袋来，她对她像有更深切的了解。

“人总该活着，这是对的——”阿屈那倔强的性质，变得亲热而兴奋了点，“为什么呢，我们愿意拿双手来劳动，却没有人给我们饭吃！谁抢了我们的饭？”她的漆黑的眼睛躲在眼眶里，盯在远远的地方，我知道她又在找什么了。

缫丝的时候，天色没有亮得透就赶到厂里去，到黄昏的时候有了同样的天色才抢着跑回家里，在暑天，身体虽然静静地坐着，手频频地搅动着，汗就不停地向下流，人头活像雨后的西瓜，披了一条条的水，身子弱点的人往往晕了倒下地来——还要给工头扣工钱呢！我们现在总算离开了这种生活了，可是我又给洗衣，烧饭，主人的责骂，孩子底叫嚷，把头也弄昏花了。阿屈愁着脸诉她的苦，苏七也在生着什么羞耻的病了。……唉，为什么到处都有我们的仇人？

阿屈带着不幸的脸色，用愤懑的声调，挺着胸脯告诉我们：她给老板开除了。我为她的失业恐慌而焦急到忘记了她的难过，责备而惋惜地说着：

“你的性子真要歛敛才行，工头也可跟他吵嘴的么？”

“我没有观音样的性子，谁忍得住呢？迟到十五分钟就扣了半天工钱！扣一半工钱实在是整天只给我一顿饭吃罢了。”

“你现在连一顿饭也没有得吃那样就行么？我想，你应该更有好的办法……”

“你说呀，有什么办法呢？”

她这一问可把我困住了，我那里想得通呢？若是给我想到了，我的对头不是要在我脚底下躺着喘气了么？

阿屈对于自己的职业，比我更不关切，这有点使我气愤。我也索性不管这许多了。她在失业后的短时期内，很镇静的把自己安排着：她跟苏七一样地装饰起来。我心里暗骂着：她这样的性子怎可以给男人开心呢？

在找不到雇主的时候，她们半夜里跑了回来。苏七尽瞪着眼睛呆想。往日的活泼不知跑到哪儿去。有一次阿屈从风雨的夜里跑了回来，带进了一股凄凉而顽固的冷气。那时跟她亲热而依恋着她的只有那套被雨湿透的衣服。她的脸色变得更倔强了，严肃得可怕。我心里暗暗地称赞她，——这位永不让悲哀压低了头的姑娘。

那儿有一件可笑的事。女主人因为丈夫有一晚不回家睡觉，说他不要她了，就吵闹起来，几乎打架。唉，城里的太太多愚蠢呀！我想起乡里的聪明朋友来了。如珍为着怕做母猪，宁愿赔了百五两银子给丈夫再娶；大妹开罪了父母也不肯嫁；甚至那被人讥讽做野猪母的桂英，虽然偷了不少的汉子，也是聪明的，不愿做猪母的人多聪明呀！

为了马上要寄钱给母亲请医生看病，并且把仁和膏药寄回去，我做完了工就忙着跑回家里拿包裹去“寄渡”，可是给阿屈的旧工友留住了脚，她说她等了很久：并且昨晚也曾来过一次。

我跟她谈着阿屈的不幸的生活和现在她们厂里的情形。

“跟阿屈一样被开除的女工，有再进厂去的么？”

她镇静地笑着说：

“哪里有这样好事体，老板特意藉故开除工人，好让他再招新的，工钱就可以便宜了；你看，能够做得长久的有几个？”她有点愤激，一会儿又平静下来了，“……现在我们就想找阿屈跟一班被开除的旧工友联合起来，然后，然后再跟东家讲道理，唔，这样才……”

我把她止住，告诉她我现在有紧要事要在渡船开行之前赶到西濠口。我应允她一定把这件事告诉阿屈。

“或许在路上碰着阿屈的吧，我希望她没有接到生意了。”我坐在交通车上这样想着，车发脚狂奔，傍海那边的行人路上的那些把手放在后边，闲游着吊膀子的男人们，跟男人挨挨挤挤兜生意的蛋妇们，一个个地从车底窗眼闪过，我没有多大精神理会他们，车，一会儿也就驶到西濠口了。

回来的时候，我没有坐公共汽车，特意提起精神来注视那给电灯照得光闪闪的大新公司，亚洲酒店一带的人行路。

阿屈的脸孔在一家旅馆门口出现了。在她后边的还有一群打扮得很标致的姑娘，苏七也夹在那里，她们给一队带着轻薄的笑容的警察和鼓着腮的警长前后拥着向靖海分局去了。我晓得是什么事情发生，可是我并不着慌，她们坐着有得吃不好么？路上的行人们只望了望她们，一样地当作一件很寻常的事情，有些人冷笑两声，有些担忧政府哪有许多地方容纳她们，最好笑的有些男人像从来没有跟女人睡过，趁着机会伸手摸她们的奶。她们都像佛一样善良地一声儿也不响，背着手向前走着。

苏七脸孔带着疲倦之后受了惊的神态，不得已地望一望我。阿屈那倔强的脸孔，老是冷冷的不知在忍受着什么，眼睛远远地盯着无限的天际。

原载《文艺（上海1933）》第1卷第2期，1933年11月

没有了牙齿的

草　明

在太阳还没把它底火盆烧得炽热的七月暑天的早晨里，我跟着老主妇和她底媳妇，三个人沿着刚筑好的海珠铁桥，从一排排的七八层楼的商店的河北底繁盛的街道，搬家到这像刚开辟的河南来，老主妇像兔子一样跑动着在布置她的卧具，口里咕噜着：

“河北比河南好得多了，唔，只隔了这一条三二十丈宽的河吧了。这次不是为着大弟跑过这边来办事，我们怎会搬到这里来，看呀，她们楼下的房子多肮脏……”在匆促的动作里的老女人，嘴里评论着，身子跳着来发泄她内心底兴奋的情绪。

“主都替我们安排好了的，无论哪一个地方，我们都在上帝底庇佑之下活着呀！”媳妇这样答应着，像其余的虔诚的教徒一样。

不过，河南跟河北对于我是一样的，什么地方对于我不是一样的么？不知从哪一个时候起，我父母把我送到老主人这里来，我熟悉的地方只是礼拜堂，菜场；我接近的人，只是老主妇跟她底儿子，媳妇吧了。

“耶稣几时再来呢？”在各样家具都弄好了的时候，我直挺挺地站着，迫切地问老主妇。

“快了，你预备吧，做善良的人呀，耶稣是要审判罪人的。”她愉快地答。

“不，我希望他改改这世界，我老是死板板地活着呀！”是的，我每天规律地做着活，到夜里倒上床来，疲劳将扯拢了我底眼皮的时候，我常常这样想：

“今天又一样地过去了。”

生活像一个永不移动的烟罩，老把我紧紧地罩着，它不用剑锋干脆地把我刺伤，只软绵绵地包围着我。我继续活着，我将希望什么？唔，我是怎样地活着呀？

我们楼下的同居是几个有老有少的女人。她们都是工人，日里静静的，只有一个年纪很老的，只会张开空洞的嘴笑的老婆婆看管房子。我没见过一个人跟她讲话，她自己常常口里喃喃地像主人们祈祷一样；夜里，她给一班年轻的女人们底笑声淹没了，谁也没有给她一回注意。如果她是我主人底教会里的有钱的太太，她会得着儿孙跟教友们客气的尊敬；牧师跟传道者也常常张着虚伪的笑口跑来探问她了。

当老主妇碰着她的时候，她会握着嘴闪避那给生活重压得佝偻了的，龌龊的老妇人，用怜悯的音调说：

“你看那肮脏的老家伙，她是不是很穷呢？”

有时她模仿着上帝底仁慈命令我：

“这些东西你不吃了，拿给她吃吧！”

老婆婆得着我那些两次吃剩的东西，笑口更张大点儿，把东西慢慢地吞咽着，给我讲起她底故事来：

“啊哈”她用一种习惯的怪笑开始了，“命运，是的，我底丈夫，我底女儿，他们有着一样的命运……他们每天辛苦而且谨慎地捧起人家底饭碗来，他们这样地生活着，一直到他们再用不着活下去的时候。啊哈……”她说着，没有牙齿的，含糊的，喉咙夹着一种古怪而多余的嘶声的语音，完成了这老人还要活下去的理由：

“我底侄女，阿兰，她进布厂做工做了七年了，我底女儿死掉的时候，我告诉她我还要活。她把我叫到这里来。阿兰不像我底女儿，她不像我女儿那般和顺，她做人横蛮得很呢，受一点委屈都要叫喊，可是，人是很能干的。”

她一串一串地说着，比传教的还要累赘，可是，她是一个有趣的老人。我自信地觉得有一种烈火潜在她底心里燃烧着，热度蔓延过我这边来。

我开始注意楼下的同居者，那高大而瘦削的，不大说话的阿兰，面孔比其余的人冷酷。她们没拘束的说笑，她们底粗野的跳动，惹起了我底憎恶和妒忌。

有一晚，我早就把事情做完了，带着一半探求和一半好奇的心情跑下来，混进这些活跃着，高声谈着的人堆里。

经过一阵因欢迎跟客气而引起骚动的短时间，我仍然呆呆地在人堆里沉淀了。那肥胖身材的芷芫，刚好买了一些橄榄跳进来，她们合拢着抢吃。

我没有作声，她们也许会以为我只有着那双想穿进人心窝的眼睛和主人教给我而成了习惯的笑口和直挺挺的身子的吧。可是，我自己知道我没有一刻停止过我底话语，不过，它们躲在喉咙里罢了。

“你们吃什么？给我一点儿也好呀，啊哈……”躺在床上的老婆婆努力发出含混的声音来。

“橄榄呀，不要吃吧，馋嘴的，没牙齿的老太婆。”那个强壮的，眼睛很仁慈而举动粗暴的马亚群摇着手臂说。

“你是信教的么？你们都很斯文，不像我们这些没天遮。”阿兰静下来转向我说，我对这些话感到困惑了。她羡慕呢还是讥笑我？

“我底主人都是信教的，不过，我也看过圣经，进教堂……不知道为什么，有很多事情我不明白，不明白的事我不相信的，所以……”波涛样的情绪把我底话语赶出来，想换取些什么，可是我立刻悔恨着自己的躁急。这时候，她们围着我讨论起耶稣来，我禁止着她们高声谈话和狂笑：

“当心呀，给我底主人听到了，她说你们是撒旦，下次就不许我找你们了。”我谨慎地小声说，她们都点头。

“是不是耶稣教人，如果左脸给人吐了口沫，就要递右脸过去，好等人家吐个痛快？”被人喊作“纸鸢”的女人问。

“对的，我听过的。”我点首说。

“啊呀，那么在街上碰到男人摸我们底奶的时候，我们不是要脱下裤子来让他……”那年纪最小的阿贞狂叫起来。阿兰立刻掩住她底嘴巴说：

“忘记了吗，当心呀！”

“我说耶稣才是撒旦！他比撒旦还笨呀！”马亚群像跟耶稣有世仇似的沉痛地说。

大约是阿兰怕我难过，跟我谈了许多不相干的话才让我上楼去。

渐渐地，我跟她们熟悉了。她们底粗野，在我眼里已经成了习惯，她们对我没有一点恶意，她们是对什么人都没有恶意的。然而她们终日在痛恨着，诅咒着那强有力的，跟她们有深切的仇恨的一种什么东西。

我一天天地活着，无聊的沉闷的日子，像比耶稣降生以来的年代还要长久。有许多得不着解答的问题，在我心里凝固起来，它像火样燃烧着我；我整天带着给人家罩住了嘴的疯狗那样的心情在生活圈里颠簸着。我是怎样地活着呀？

老主妇一天告诉我，像圣经里的预言者：

“阿燕，提防魔鬼煽惑你。你试想，那些没教化的，粗野的女人，晓得什么？可是，上帝是爱人类的，只要我们是善良的；上帝常常佑护我们，信赖他呀！”

唔，上帝爱着全人类么？他也爱那老妇人么？他爱那老妇人底丈夫和女儿么？

“上帝不会安排我；为什么我很无力地活着呢？”在老主人晚祷过了，我服侍她睡在床上的时候，我这样问她。她迅速地翻起身来坐着，严肃地对我说：

“可怜的孩子，愿上帝宽恕你……你想，不是仁慈的天父保佑你，你会比街头的乞丐还苦。”

我知道了，上帝底力量，不会比我底大，他一样地不能使我逃出了寂寞的痛苦。圣经没有安慰过我。

一种强烈的求知的渴望驱使着我，想找点什么书看看，我留意着屋子里的每一本书籍，然而它们都给我以失望，它们不是我看不懂的就是我讨厌的。

“多看圣书呀。”女主人常常吩咐我，可是当我手上拿着一本无论什么书的时候，她就叫我做旁的工作去了。

我可以说，那龌龊的掉光了牙齿的老妇人，是我那镜样平静而无趣味的一世里的最好的朋友。她常把她那在我听来完全是新鲜的经验告诉我。每一件事她有她底特别的意见，然而她底自信的态度，很容易惹起人家的讨厌。

“她们那些娼妇，什么都不怕，什么都不尊敬，她们骂我，不理会我，啊哈，可是她们哪一个比得上我，我知道了这世界……”她用着已失了威风的英雄底姿势，摇颤着斑白了的头发咕噜着，“她们伸着手掌拿人家的钱，口里骂着人家；她们都没骨气的，拿钱就不要骂了，骂了人家又为什么要拿钱呢？……可是，我那可怜的女儿，就是为着拿钱而忍着气，这样丢了性命的。啊哈！”

有一晚大约是她们支了工钱回来，几个女人在楼下互相埋怨着，大声骂着：

“是你这贪睡鬼，连日都起迟了，累我给小老虎扣了工钱！”

“小老虎要吃人，什么都可以赖；关我什么事呢？”

“让他吃吧，看他吃得多久！他就要知道我们的厉害，等着呀！”这是阿兰的声音。

“谁难为了你们，你们把他吞掉好了，一句道理都不要讲，这世界是没有公平的道理的，空骂着有什么用处！”老妇人那敲着爆裂的瓦锅样的声音叫着。

这老婆婆真有点异常，她对什么人都骂，说人家都比不上她晓得那么多事情；可是有时，她又极力称赞着人家，爱着人家，有一次，我诚恳地对她说：

“你这样子，难怪人家说你发疯，不理会你的。”

“唔，对呀，”她兴奋地叫着，“我告诉你吧，比如一只疯狗，谁都要鄙弃它。它一定是给主人毒打过，或是他们吃掉了它的小狗，它才发狂的呀，主人的威势，是吓服惯了它的，它能反抗他们些什么呢？那只有向其他的人乱咬来发泄它底愤怒罢了。可是终有一天，疯狗的心胸藏不下那堆积的愤恨的时候，它会反口要主人底命的。啊哈，你又以为我说疯话了吧，你们晓得什么？”

只要我空着手没事做，这老人家就一把拉着我，脸孔像孩子样的表情说：

“好姑娘，这里坐呀，不要让我的嘴闭得发臭。”

我随便的跟她谈着。有一次，谈起上帝来，她默默地像追忆着一件很严重的事情。眼睛阴森地展望着她那永不能磨灭的过去，口角两道深深的皱纹，显明地表现了这老人的永恒的悲哀与愤恨，她忽然努力使身子挺直地站起来，沉重着声音说：

“上帝，这洋菩萨我的丈夫就是把性命献给他了的。”老婆婆又讲起故事来，“他在一家西洋人底饮食馆子里做活，他每天夜里三点钟，带着几乎合拢了的眼睛，脑袋歪斜地靠在手上，一颠一拐地跑回家来，第二天十点以前就得跑回去工作；一次病了，起来迟了，他勉强拖着生病的身子跑回工作场。大约是他受不起西洋东家的恶骂吧，回了他两句，就给他们踢得一身伤痕回来。我跑到那馆子坐着，如果他们不给我医药费，我是不走的，可是上帝晓得，我到底给他们推了出来。

“上帝会可怜你那不尽忠主人的丈夫的，叫他祈祷吧。”他们这样说了。给了我两块钱。

“过了几天，他死了，我又跑到那里坐着，这回可真不动了，他们塞了二十块钱在我手里，警察也做好做歹地劝我走，说跟我到了警察署也许一个铜钱都赖不着。我是赖钱么？我把那些银角子一个个地照他们底脸掷去……”她太兴奋了，喉咙里古怪的声音一堆一堆地滚出来。她静默了一会儿，恢复了原来的脸孔说：

“西洋菩萨只保护西洋儿子罢了！”

我觉得我底女同居们是自由，才是幸福，她们可以骂她们底对头，可以掷她们底仇人。唔，我呢，谁把着我底肘子？

我渐渐地明白了凡是穷苦的人，都被困在痛苦的，不自由的烟罩里消磨着他们底生命，肌肉被榨取干了，生命也完了。

太阳每天静悄悄地穿过了我们底房子，没有人惊扰过他，可是这几天却不同了。楼下加增许多女人的声响，连那老妇人也叫嚣起来：

“对呀，你们干得好！阿兰，你比你底姊姊强得多了。穷苦人原是要这样的。”

“什么一回事？”我悄悄地跑到楼下问那在想着什么的马亚群。她很高兴地拍拍我的肩膊说：

“告诉你呀，我们底大老虎，小老虎简直不把我们当作人了。前两个月已经减了五角钱工钱，这次说他亏了本，又要减低一块；他削到我们的骨头来了，光是吃饭也不够呀，还有租房子，穿衣服呢？”她得着我面上同情的表示。更加起劲地说，“我们每一个新工人进厂的时候，先交十五块保证金，白替老板做了三个月工夫，然后才正式发工钱。可是十五块钱的保证金，在工头——这小老虎底手上，东罚西扣就完了。这也不说，我们刚刚到可以拿工钱的时候，他们就想法子把我们开除，好待他们又请一帮白替他赚钱的学徒……”

“我们难道还怕谁？我们罢工抵制他就是了”阿贞打断她底话头说。

屋子仍然嘈闹着，她们底工友们一进一出的更多了。许多人都像在静静地商量些什么。我没有跟她们讲话甚至没有打招呼，碰着她们，只用眼睛老远地盯着她们。我身体起了一种轻微的不安，我想我可以帮助她们些什么的，然而我没有对她们讲一句话。老人家在人堆里钻着，听听这些人讲讲，自己也讲讲，可是没有人拦阻她，也没人注意她。她碰着我，就这样地说：

“你看这班没天遮也干出好事来！人原是低不得头的。忍得气的人有什么出色呢！”

我听了，我捧着那给长针刺伤了的心跑回我底卧房，我什么也不动手去干了，我不睬主人底呼唤了。我底力量在哪里呀?

这夜我整整地呆在天台上面没有好好地睡。我越是运用脑筋，越是想不出什么。我的问题没有想好，却病倒了。

“可怜的丫头，亲近上帝呀……看你现在变成那样子，我老早就叫你不要同魔鬼接近的了。你再不听我说，后悔无穷呢……”

我在黑暗的小房间，昏迷地过了几天。我不晓得外面的世界变得怎样了。到我可以走动的时候，我底身子还有着极度紧张后的疲劳和刺激过甚的麻木。我安静起来了，我下床来试做着轻微的工作。当我走下楼去的时候，几个女人仍旧无聊地坐着，像期待什么的到来；几天没有见面的老妇人一看见我，迅速地走近我身边来，拉着我的袖子，张大着嘴，把脸上每条皱纹都掀动着，发出不清楚的声音叫着：

“你可好了么?你看阿兰，前天给人家打伤了，就要死了，她同我的丈夫和女儿一样地就要死了。要是我见着这凶手，我一定把这条老命去拼的。”

像受了侮辱，我努力支持着因激怒而战栗的摇摇不稳的身子跑回楼上。

我静静地躺在床上的时候，还听见老妇人疯狂似的叫喊。

日子一天天地过去了，我底精神也复原了；可厌的生活一样地伴着我，我对于包围着我的一切东西的憎恨心，一日强烈过一日。

楼下的女人们仍是一进一出地纷扰着，环境却变得不调和起来。坚忍和紧张的空气占有了这屋子。只有那老妇人嘴里不住地急躁地骂着。

我每每呆望着我对面那个像刚从山林里出来给困在铁笼里的老了的猛兽样的，颤震着脑袋的女人，心里想：

“这世界里，怎样地会养成这样的一匹咆哮的家伙呢！”

阿兰扶着拐杖走动的时候，老妇人已经躺在床上病了。她蜷缩着身子在客厅一角的肮脏的床铺上面，无力的眼睛失神地呆望着在她旁边经过的每一个人，没有了牙齿的口张着像预备伺机来吞噬什么。我悄悄地坐在那些女人们中间，瞧着那反常的、现在一句话不说的病人。

老怪物死了。初春底含着暖意的冷风，把我们那在薄薄的棺材里躺得直直的老太婆送上山头去。

白天里，太阳温暖地静悄悄地揩过那肮脏的客厅底幽暗的，常常留住我底视线的角落，溜走了。

礼拜那天，吃过了中饭，主人们照例进教堂礼拜去了。我独个儿在楼下的客厅里徘徊了许久之后，便伏在床上忆想那老妇人，耳朵给她底依稀遗留的牢骚而勇敢的话语绕着了。

“感谢上帝！你祈祷了？”主妇回来的时候，这样问我。

我给老主人底呼喊惊觉了，才突然意识到自己的存在。我顺便点点头。

“对呀，可是，你给谁祈祷呢？”她攒着权威者似的眼睛说。

“为死了的老妇人祈祷。”我坐在床沿，注视着地面说。

“这个野蛮的，罪恶的女人，上帝是不饶恕她的呀；不听上帝的安排，整天咒骂着的人，是一定进地狱的……哼，你替她祈祷么？过了二十岁的女孩子也这样不懂道理！”她突然地严厉起来，两手不住地摆动，做着牧师讲道的姿势。

“在地狱里生活着的人，难道不可以咒诅命运么？”我替我那死去的老人抱着不平，率直地说。她被触怒了，咆哮着，而且大叫起来。

“你，阿燕，你可知道你说些什么话么？上帝不赦你呀，就是我宽恕了你，上帝也会责罚我；阿燕，凡是为了正义的人，都得替主执行权力的呀。我为了仁慈的上帝，一定要设法处置你的，你赶快跪下来向主请罪悔改呀，你还不跪下来？……”

儿子和媳妇都走来了，口里说着虔诚的教徒的话把老主妇劝住。

我没有替他们烧晚饭，爬上床就睡了，第二天起来，我比往常勤谨十倍地做着活，在他们的暗暗得意的笑容底下又过了三天。

春天的刚起来的太阳底温柔的光亮照着一早就开始劳动的人们底健康的身躯，我提着一个小藤箱，经过这许多自然而活泼的脸相，走进一只将要驶到一个我依稀记得的乡下的轮渡的统舱里去。

勇敢的自觉底喜悦搏击着我底心房，我把那没有了牙齿的老怪物和那些虔诚的基督信徒抛在后面了。

原载《文学》1934 年第 3 卷第 1 号

达生篇

万迪鹤

左第一章　估计一个人的价值

那是一种很可靠的估计：他存在的价值是用屁股来承受刷亮的皮鞋尖，狼狈得叫大家吃过饭后发一回笑。

虽然长一有过很多的希望，想过很多的计划，可是这些，都不曾在他面前实现过，他的命运好像一块锈铁样，从来就没有发过光彩。

他是一个粗人，不曾吃过夹肉面包，不曾做过细致的工作，也不曾读过书。他的两条臂膀异常坚实，就靠了这个吃饭，养家；面孔很长，那轮廓看去，仿佛是一个马脸；鼻孔里鼻毛有的伸在外面；眉毛浓厚而不规则，正像用来擦过皮鞋油的烂毛刷子。当他的年龄正在二十四岁的时候，他就有了一个老婆；老婆的年龄看起来比他的还要大一点，她的姿态上的第一个特点就是臀部突出，翘得很高，第二个特点就是有一个吹火筒嘴，常常欢喜叽叽咕咕地讲话，要是被他捶了一顿，她的那张嘴就立刻闭了，两角下垂，就像因子分解里常常用到的一个括弧线。她每天的工作就是替工厂里没有家眷的小职员们洗洗衣服，有多时间，她便挽了一个篮子，篮子里面放一个小凳，放一些白色青蓝色的布头布角，到街上去替一些巡丁老总们补补袜子和衬衣；一些老总们围拢来的时候，有的要伸手来在她那肥臀上拧一把，她就不免要叫一句“喔哟”坐下来，便有许许多多的生意好做。

长一老早就在工厂里替职员们烧饭，他是伙夫，他的工作就是烧火，淘米，铲锅巴，洗锅。在铁锅米袋干柴箩筐中间，消磨了他七年的岁月。

整整的七个年头了，他并没有对于自己这样的生活喊过不平，好像一切都是必然如此，不得不如此，而且很合理一样。

他不吃酒，也不吸烟，就只喜欢约几个人，赌一点子博，这个事情，在他，很难得说是一种高尚的消遣，也不能算作是落后的嗜好，说他想去弄旁人的几个钱大约是很对的。不过事实上每次总是他把钱送得光光的才回来。

有的时候，他很欢喜和自己的女人打架。不，——实际上是他打女人，女人挨他的打。这原因，追究起来并不是他怪女人被人家拧过了，失掉女人所应守的本分，也不是憎恶女人的腰像吊桶样一点也不妖娆。他用那酱萝卜般的手指，卷握成拳头去打自己的女人，多半那是钱给旁人赢去之后。

有一次，他在厂里的庶务处领来一块四毛钱的赏号，他一领了来就放在荷包里，但是他觉得这几个钱所能够做的事情太少了，所以在荷包里还没有放热，就又去清清楚楚地送到另外一些人手里去了。于是他暴出满头满额的青筋，从人堆里钻了出来。

“他八代祖先的！”他心里想。

他原是想赢旁人几个来充实一充实自己的荷包，可是这样一来是他的钱叫旁人弄去充实“自己”的荷包去了。在回到家里去的路上，他很懊丧；不过当他钻进自己房屋里的时候，落在心里的那种懊丧的成分，都化为乌有。这就是说，他对于自己所做了的什么事，他不愿意去老是追悔；这是他那样的一个汉子应有的而且必不可少的性格。他拉了一条板凳靠了桌子坐下来，用那粗硬的指头，敲在桌子上：

“在里面做年饭？——快一点！”

他的女人从房里将饭菜捧了出来，放在他的前面。

“米缸里还只剩得半升米！”她说，似乎对他粗里粗气的举动还有点抗议的味道。

女的说了这一句，刚扭过身来预备走动。

可是好像他的计划是预定了样，他没有去管女人讲些什么，只是用鼻子去嗅嗅那碗里的饭，看找不找得出什么“由头”。

“怎么？饭烧焦了！”

想到这是出气的好机会，便自然而然地抖起一股精神，将自己的右腿提起来了。

“烧的好饭！你糟蹋老子的米！”他一面喊一面捶桌子助威，并且顺便照女人的臀部一脚踢去；没有踢得准，那只脚所使的气力都落在女人的那只大腿上去了。

用脚来踢自己的女人，他还是第一次。

他从没有忘记过在厂里有一回，他也是烧焦了饭，有人喊他上去骂了一阵；他正在挨骂的那当儿，另外却有一只腿，一个擦得刷亮的皮鞋尖，很有力地踢在他的屁股上。他看那脚上雪白的袜子，正是他女人洗的。那种羞辱鞭打了他，使他张皇失措，无可抵抗地捧着那被踢的臀部，溜到后面厨房里去了。他叫人踢得顶门发炎，心头冒火，可是他不敢回半句话，只是到了再烧饭的时候，一心一意地，再也不去想赌博赢钱的事。

可是今天他采用了同样的方法，想来制服女人，却没有收到良好的效果。这个并不纯善的女人，开始大叫不平了，不独大叫不平，并且指在他面前大骂：

“你这臭杂种！死王八！钱赌输了就回来打人，老娘的这条命不要了，老娘和你拼命！”喊着，便一头撞了去。

这样一来他满肚皮里的火都跑上来了，他顺手掣起一根桑树面棍，对准老婆劈头就打。

“你这——”

不知道是他用力过猛，还是女人的头生得太欠结实，这一下打去，可被他在那前额上打出一个洞，那鲜红的血涌出来，就好像一个破皮球灌了水之后让人挤了一下。

“啊哟！”女人这样喊了一声。

他心里晓得闯了祸，赶紧丢下面棍，跑到她那里去想替她按住那伤口。但是女的以为他再跑拢来是再要下毒手了，于是拔脚就往外跑。

“救命啰！打死人了！”女的一面跑一面大声地喊。

这个事情使得他突然不大好过，可是他想不出一个挽救的办法来，他望着那碗并不怎样焦的饭怔了一会，末了，安慰自己似的喃喃地说道：

“老子输了钱，你还要来犯老子。”

他这样说了一句，觉得自己这一方面的理由十分充足，于是捧起那碗饭来便吃。

头破了的女人站在外面，一会工夫，便围上了许许多多的男男女女，有的在咒骂，有的在叹息，有人把这当作很严重的事，跑去喊了巡捕。巡捕来了之后，他的饭也没有吃成功，便被带出去了。在行里坐了三天。事情过了以后，女人额角上添了一块大疤印，他被扣了三天的工薪，还赔了两吊多钱的药钱。

从此以后，用在女人前面的威风便无形地减杀了许多；因为这件事情的说明，使他明白了用面棍打自己的女人，并不算是一件聪明事。

像这样的一对男女，由一个高等人，——不，就是一个身上略略沾有一点高等气氛的，如像工厂职员之类的人来看，他的存在的价值，仅仅是用屁股来承受刷亮的皮鞋尖，狼狈得让大家发一回笑。

左第二章　有了孩子以后

许多有价值的学说，都以为向上爬的意识，是小资产阶级的。可是我在这里却要证实一下：向上爬的意识，并不是单独属于小资产阶级的。

长一的住宅和许多工人的住宅连在一起，这地方，是又有山又有水的形势：他房屋的坐落后面是山，前面临了一条小河。

当都市里的小菜场收过市，那马匹拉着笨大的木斗车，悠然地踏着懒散的步子，在荒僻的马路上踱过。那弄堂垃圾箱里的秽物和小菜场里的渣滓堆，便借这笨大的木斗车一车车地装了来卸在此地。这里面，有莴苣头，有白菜叶、鸡肠、破布、肉皮、煤屑……一天复一天的堆起来，便形成一座位置在长一屋后面的小山。他屋子前面的河，河床有两丈来阔，它的深度，谁也没有去量过，黑色的水面，飘浮着泡沫，沸腾了似的，翻着臭气。篙撑下去，软软的探不到底。长一家里的门一开开来的时候，便要看见三两只粪船，静静地弯着，在那水涸泥深的河沟里。

这地方，顶适宜于病菌的生存与繁殖，可是对于长一，这个算些什么呢？他老是那样：有阔的胸脯，粗的臂膊，他是一个铁样的汉子。

对于这样的住所，他也像对于工作的态度一样，从不会发生过厌弃的感觉，好像这也是安排好了的：必然如此，不得不如此，而且很合理一样。他呼吸这里的空气，生活着，很起劲地，就如同一个勇敢的战士一般，在人生的道上前进。

自从女的替他养了一个孩子，他这才感到女的这个东西的好处，不仅仅是在烧烧饭挨一顿打，有了孩子以后，他不独不曾去用面棍打自己的女人，就是可以使他和女人之间发生龃龉的赌博，也戒掉了。他虽然不能像一切很有教养很有身份的丈夫样，和自己的女人做出特别要好的神气，可是比起他的先前来，他对待女人的态度，已经是客气得多了。

他的孩子有四岁的那年，他正是三十一岁。他面上的胡髭都透过棕色的腮帮子长了出来，就同一个板刷一样刺人的眼睛。可是这正是他行时的年份，他从烧饭的伙夫被调到工厂的煤房里去了。他离开了米箩饭锅的生活，每天环绕着他的是疏炉钩，圆锹，黑亮的煤。

在两丈多宽的煤房里，在悬崖绝壁一样的锅炉旁边，他们在这里工作的同伴一共是四个：老通，姓张的，他，还有一个矮子。他们交替地工作着，坐在窄而脏的木板凳上，抽一袋烟，讲两句粗话，摸摸铁壁上的螺旋钉，汗浸在身上，手上，头面上，再扑上一层煤灰，人便和垃圾一样龌龊，发出鲍鱼的臭气来，用圆锹去铲煤，用铁钩去爬炉齿，用当伙夫两倍的气力。可是当别人问他怎样的时候，他总是点点头带一股劲地说：

“还不差。”

或者是用点点头来表示这个干得。

对这样的工作很抱好感的缘故，当然不是因为汗流得多，流汗的事，只能够使他疲劳，其所以叫他有了那种表示，那是受了另外一种力量的支配。这种力量，不独支配了他的观念，并且在推动他使他工作得十分卖力。这个力量就是报酬比以前丰富了。那熊熊的火光，正燃烧着他的希望：从那火光里给他看见的是袁世凯的头，孙中山的头，圆的，亮晶晶地闪着光。还有他的孩子，从火光里，他看见他的孩子在逐渐地长成，长成一个和他的地位完全两样的人物，一个很出色的姿态；他仿佛看见孩子长大了也能够坐在写字台跟前，穿的是擦得刷亮的皮鞋，而这穿皮鞋的脚，能够为了要表示自己的尊严，也会踢在另一种蠢人的屁股上。虽然在他的心里，多少有些憎恨用脚踢过他的人们，可是这正是地位的优越啦！如其是自己的儿子也能大大方方地那样去做，他还有什么不欢喜的呢？

每在他陷进这样的一些想象里去的当儿，他便全身更要有劲，即使坐在条凳上，也会擦擦自己的拳头。同时他望望这些朋友们，拣着年纪最大的老通叫起他的注意来问道：

“喂！老通，你有几个？”

可是老通咬着牙龈发气骂人的时候是有的，讲到身世的时候，老是摇摇头不谈那个。这几个人当中，对于现状还感到兴致的，只有他长一。

换班的时候一临到了，他便牛脱了轭头似的全身轻快。从壁上取了自己的上衣和腰带，和头和脑地擦了一把汗，笼上外衣，扎紧了腰带，从那水门汀的门框里随着一堆人拥出去，拖着几分疲乏的身躯，赶回到自己的家里，看见了孩子，便一把抱到手里，迎起来，用那板刷样的面孔亲着。

孩子的脸被胡子刺得痛，便呱的一声叫起来了。于是他就用两只膀臂将孩子扬过头又落下来：

“这样，—— 一！”他把孩子撑上去。

“这样，—— 二！”他又把那孩子落下来。

就那样一二一二地，那孩子就不哭了。

“替老子长得快些啰！”

他又将那孩子撑得高高地，高过自己的头脑。

在他的思想里，真有那么样的一个恳切的希望，希望这孩子长得快一点，长大了为他争一口气。对这又一代的人，他时时刻刻在那里将自己的命运和他比较着；他记得自己小的时候是没有父亲的孩子，母亲告诉过他父亲是一个穷秀才，很早就死去了，父亲一死过，家里是穷得连一床破絮也没有了，她便用一块蓝布把他兜在背上，逃到这大都会里来求乞，他的命根很牢，受得磨折，不到多少年他便是一个很有气力的后生了。母亲死过之后，他正在军队里当过“长夫”，流浪了几年，窜回到这大都市里来，直到现在，他是十六块钱一月的工人了。他的不幸是缺了一个父亲来培植他，对于自己的这个孩子，他可要尽一尽做父亲的责任。

“只要我有气力，我一定不让他学我”他这样说。

这话的意思，就是说：他要努力使得自己的孩子不要陷进自己同一的命运里去，说得更具体些，就是，他的屁股翘给人家踢，而自己的孩子长大了，不要学他一样也翘给别人踢。像长一这样的一个希望，是反映着一段生命里极悲哀的一个记忆的呀！所以，人类如其是愿意来理解他的时候，也能够说他是满意于自己的生活么？每当有什么人来逗玩着这孩子，他老是不惮烦地重复这句：

“我一定不叫他学我！”

老实说，他这个意见并不是一个很平常的意见，许多“茅屋出公卿”的传奇，便是一个好例子。他预算过他的世界，十五年之后，他们会大大地翻一个身，这种关键全落在自己和又一代人的身上。

悲哀的记忆和坚强的固执，交织成这样的一种信念，他将这个握得非常之紧，他用来第一个就克服了朋友的非难和嘲笑。

左第三章　知与行

知与行能否合一，许多的学者们都把这当一个问题在讨论，这里并没有另立一说的企图，单是说明了一下王阳明知行合一的学说，在这里有点不适。

从前——提起从前来，长一总应该有点人情冷暖那一类的感觉的吧：那个当伙夫的年代，那是多暗淡的一种岁月！八块钱一月，锅巴可以拿一点回来，机会好可以偷得一点米，一些人谁都不把他瞧在眼里似的，撞进了连招呼也不打一个。现在可不同了：他是一个正式的工人，在一道工作的人们，固然是和他来往得很亲密，就是在别一部分工作的人们，也有很多和他做了朋友。在这些朋友们之中他顶佩服的那要算王得。

王得懂得的道理真多！在长一看来，王得真是一个博学多能的人物，凡是长一所解答不了的问题，他都给他以解答。凡是长一平时所不注意的事物，他都提起他的注意。最要紧的是王得使他知道这个世界有两种人的存在。王得使他知道，一种人就和自己一样，要一天到晚卖气力，弄得筋疲力尽，弄得一身的臭汗，仍旧养不活一个老婆，有的时候，自己还不免要被人家一脚踢得发火，而自己却只能够泰然地让屁股去承受着。除了这一种人，还有另一种人，另一种人是怎样呢？他虽然没有去和这另一种人往来借以观察一下他们的形态，可是，经过王得的解释，他现在也知道，那是很有权威的人类，他们能够坐着不动，而世界上一切都是属于他们的。他们什么都不做，便有最阔气的享受，这种享受，都是出汁在就和自己一样满身汗臭的人们身上。因为王得的解释，他还知道那些头梳得光光的皮鞋擦得刷亮的先生和挂了手枪拿了警棍的巡捕，都是被另一种人请了来的。他还知道他们所做的工作，就是叫这些流着满身臭汗的人们吃了亏不要叫屈，不要想别的心思。王得又告诉过他，如果世界大大地变一下：他们永远只能够出最大的气力，得最小的报酬，他们的老婆只有永远提了篮子替人家补袜子去，而自己的脚后跟却露在外面让北风吹出裂口来。王得还握着拳头很坚决地喊过：

“要找出路就只有这样。”

这样是怎样呢？虽然王得还没有使他了解得十分透彻，可是他至少也猜得出一个八成：大约总是要叫他妈的一些压在自己头上太快活了的人吃点苦。

可是王得的伟大还不只这：

他还记得那一次小三子为了一双破鞋和撑粪船的阿二打了一架，小三子的气力到底来得小，他给阿二把脸打肿了，鼻子打歪了，这种事本算不得什么，可是给王得捉住了便说了一大套的理由，他给小三子包好了伤，还送他一双鞋。那一番话，说得句句都在道理，谁听了也点点头，小三子本人追悔得几乎掉了眼泪，就是撑粪船的阿二那样倔强的汉子，也低了头觉得惭愧。

不仅是这，王得还能医病，他是学过医的，在这里，谁有了病总是由他来充当医生的职务，可是从来没有得到什么报酬。他的体格比一般人强健，身材很高，脸上有几点红斑。他没有父母，也没有女人，就是光人一个，在这工人住的区域里，对他几乎没有一个人不尊敬。

距离长一的家有二十多码的光景，越过一个垃圾堆成的山，越过一个火场，便是王得的住所。每天，有了闲空的时候，王得便跑到他家里来谈天。谈天，那是些怎样的内容呢？那当然不会是股票的涨跌，或主义上学术上的争论；也不会是今年文学奖金属于谁，或者明星小姐华贵的臀部和曲线。他们住在这里的人，根本就没有那样漂亮的生活和感觉。所以讨论的只是一些卑小的粗俗的事件，属于他们自己生活范围以内的，像柴的贵贱，米的涨跌，盐的市价，怎样才可以叫一家人把肚子装饱，怎样才能够把落雪的天气度过。说得了当些，就是他们还有一口气在，他们要争取生存，他们要得到一个人所应有的权利。如其一个人生活着是免不了斗争的时候，那他们所谈的一些就是对谁的问题和如何的方法了。这些劳动者们，好像在娘肚皮里就安下了这样的一个坏胎子样：他们不愿意又要流汗又要硬着头皮去饿死。但是像这样最平常不过的一些话，在又一些人却把这当作危险和犯罪，所以有头梳得顶光皮鞋擦得刷亮的职员们的监视和欺骗，有警棍和手枪的威吓，不过，在他们这里谈谈又有什么关系呢？这里没有富人的财产和资本，这里的天下是太平的，看不见武装巡捕凶狠的面容，也没有包打听的黑袍背影，他们这样的一些家常话，满可以放心大胆地谈着。

长一他本是有自己做人的哲学和主张的人，就是交坏了这些朋友，常常就那么样谈啦谈的，好像谈上了瘾一样，弄得他有点摇摇不定似的，不能十分把握得住自己原有的主张。老实说一句：他受了王得的蛊惑，因此近来他也感到这个世界太不公道了，他觉得也非来它一个什么不可，每当他们谈这些话他听得上了劲的时光，有的人便要攀着他的肩膀问道：

“你说，——可对？”

“怎么不对？我们都该那样！”他这样回答，一面拍着自己的大腿，张开那大而厚的嘴巴，显得很有激昂的情绪。他似乎已经知道他们做人的哲学，是应该抱怎样的一种精神才有出路。他这种回声总要惹得朋友们都跷起大拇指来恭维他一阵。

但是在口头表示得很激昂的人，在行动上常常是表示得不激昂，长一自然不应该就来破这个例。所以当有所行为的时候，他就把平时说话的那种坚决的态度藏了起来，他不干，他只站在一旁观望，好像天特意生下他那样一副性格：他很害怕，他害怕圆光的警棍和乌亮的手枪。

他的态度是错的么？不错呀，有一次便给事实证明了：

×月间的那一天，住在他隔壁的小三子忽然失了踪，小三子的妈把一对眼睛哭得像两个烂了的桃子样，看不见走路。王得出进的时候，用白布捆了头。对于这事，他有点诧异了。为什么一个好好的人要失踪呢？为什么一个好好的人要用白布捆头呢？白布捆了头，这当然不会是为了爱俏。他问过王得，王得只是含糊地说是头痛，到最后，他在李老头儿那里才听出这样的话：

“什么示威、示威呀，把自己人弄得抓的抓去了，打的打伤了！”

“是什么事情？”他很关心地跑拢去问。

“什么事情！年轻的人总喜欢一股劲地闹，现在好，闹得出了凶险！做工的人不好好地做自己的工，要罢什么工，示什么威，好！弄得抓的抓去了！打的打伤了！”

他原来就在这一方面猜想，这个消息，和他心里猜想的完全一致。他把舌头一伸，像做了一件很得意的事样，大声地说道：

“去不得，我就不去！”他一面说，一面摸摸自己的头回家去吃晚饭。

左第四章　英雄和时势

环境太好的人是不会去奋斗的，可是环境太不好对于一个奋斗的人也很不相宜。所以有抱负的人，常常感到缚手缚脚，而世界上很多有价值的理想不能实现。

在长一住的这个区域里，虽然也是划归这个大都会的界线以内，可是都会的繁荣却并不因为它的存在而减色。因此，这黑暗的一面，就被那关心着市面的健全的人们所忽略了；它却有个机会一天一天地向黑暗的深渊里沉落下去；那些胼手胝足游泳在黑暗的深渊里的奴隶们，挣扎着，呼号着，为了建设繁荣康健的都会。都会便繁荣了，更多的人便压在繁荣的底下：挣扎，呼号，流血！

黑暗，不也是应该被歌颂的黑暗么？

在长一住的这个区域里，这里的一些孩子们，虽然没有谁去做一个统计的工作，可是他们的死亡率，每年总要占一个可观的数目。这里的一些孩子，一到了六七岁的年龄，便提了一个破烂的篮子，在那垃圾堆成的假洞里打洞，拣破布，拾煤屑；大一点的便跑到乡下去拣柴，在都市的交通灯底下卖报。他们之间，互相骂着粗野的话语，你喷我一泡唾液，我捺你一手鼻涕，当作游戏。或者是放一个屁用手捉住伸到旁的孩子们前面叫他们吃。他们以无知和恍惚来忘掉自己存在的悲苦，来度过童年的一些时日。一到了虎列拉或别的病症盛行的时候，他们就死去一批。抵抗素来很强的孩子们，便依然继续那种无知的生存，因为贫穷的普遍和繁殖的容易，这里，每年有许多的孩子被人忘掉了，而每年仍旧有许多孩子在那里继续着那种无知的生存。

一子在这个环境，已经度过了四整年了。

河沟里的黑水静止着。弯在门前的粪船，空空地躺在那里，播送着腐木和陈粪的恶气息。垃圾堆的附近，有一群孩子在那里抢一个洋铁烟罐。太阳从对面的屋顶上斜射过来，照在孩子的身上。太阳也射进长一的屋子里。长一坐在骑门的条凳上，看着在门口玩石子的一子出神。

“一子今年四岁了。”

“四岁了。”在屋子里有这样的一个回声，这是他女人的声音，她正在房间里做面片，跟着他说的意思，是四岁了，再长大一点可以放出去寻钱。

可是男人的眼光究竟看得远大些，长一的想法就完全不走这一条路：他所想的是要把一子和这些拾煤球的孩子隔开，让他脱掉一个穷人的粗野气息，他要使这孩子读书识字，他要把这孩子打下一个靠得住的基础。

他的这种想法当然是对的：养儿防老，积谷防饿，何况在他看来一子的相貌并不平凡，将来总还有些发展；所以，就是吃苦也得把这孩子造成一个大器的想法，确是很有道理。

以为不对么？即令退一步说，将来孩子的运气不到家，不能够轰轰烈烈高升起来，长大了，帮他抓钱进来总是不可否认的事，那时候——

他心里在盘算那时候了：“那时候就不是这时候：那时候一家三口，没有闲人。”

这样的一些想头通过了他的脑子，会使得他的心像熨斗熨平了一样，他的神态忽而舒展起来了：未来对于他并不坏呀！

“人望高，水往低。多做些工，多积些钱再说吧！”

他这样想，摸摸自己粗硬的臂膀，望望在屋子里面顽健的女人。对于这样的一些想头，女人是不能够理解他的抱负的。而就是朋友之中样样精通的王得，也一样不能理解他的这种抱负。他近来和王得他们有些地方合不上来，也就是这个缘故，他以为王得这个人有的地方好，有的地方不大行。用他的话来说，就是，有的地方不大够朋友。

长一自从说过几次“我们都该那样”的话之后，一些人常常要约他去做一点都该那样去做的事情。如像去要求改良待遇啦，请发什么米贴啦之类的事情。火样的五月，把一些下等人们的血烧得沸腾了似的，到处，整个世界上的劳动者们，都在发狂地纪念着。长一周围的人们，也都着了魔似的高叫着：

“五月呵！”

“我们的面包！”

“我的孩子是饿死了的吓！”

许多人听了会不开心的一种声音，是一种危险的声音啊。于是漆黑的警棒，乌亮的手枪，一齐出动了。有的给投进牢狱里用电刑和残酷的拷打，有的头打破了，睡在床上说梦话。

这些对于他长一到底有什么意义呢？老实说，他有点寒胆，他只是一天到晚在想办法，看如何逃避。

但是这天，朋友们又故意地将他寻出来了。

“喂，你今天又没有到啦！”

有的是指着他很责难似的说。

“咿，你这个人！”

他无话可说，望着他们，窘迫而又老实地翻了一会眼球。但这样的情形并不长久，因为忽然他的心窍里好像打通了一个壅塞了的关节似的，他要运用他的智慧了，他吞了一包口水，润润被气噎阻塞住了的喉咙，装作一副极凄苦的脸相来，说道：

“唉！做人真不容易！你不晓得，一子病了，她又不能起来做事。”

他很费劲地说了一大堆谎话。被人逼得说谎，那实在是一件很痛苦的事情，尤其是不习惯于说谎的长一；在这里他真希望有一个埋人的深坑，就把这两个讨厌的家伙活埋了进去；或者自己钻了进去躲些时也好，否则，至少为了出气，就一拳头打在他们的鼻子上，也很痛快。可是他并没有那样直觉地表现出什么不客气的举动，只是当他们一转过背的时候，他便换了一副形态，对付敌人似的睁着一对大眼睛，憎恨地瞧着他们的背影。

本来有很多的人和他的情形是两样的呀！譬如王得就不同，他赤手空拳，光人一个，他自然可以去干，干翻了，怕什么：他一个人吃饱了他一家人吃饱了。而他长一，把头打破了算哪个的账呢？打破了头还是小事，走回把布一包自然会好，要是抓去了，那好！他未必要把孩子用糨糊贴在鼓皮上？

"未必我就把老婆装一个把拿去丢！"他自己就这么样想。

长一自然不能把老婆拿去丢的。就是打破头的事他也决不希望它有时临到自己的头上。所以他是不舒服极了，这时候，他肚皮里所装载着的不是酸楚，也不是愤慨，只是一种类似苦闷一样的东西，渐渐地在他心头堆砌起来，叫他难受：他，好好地做一世人，好好地对待朋友，从来没有用自己做人的哲学去阻止朋友走别的道路，然而这些朋友，却硬要将他扯上自己所走的那一条道路上去，而这一条路所能给他的东西并没有看见啦！他只看了破了的头，漆黑的警棍，乌亮的手枪，小三子的妈哭瞎了的眼睛。他想想这些不如意的事，忽然愤慨地叫喊：

"× 他八代祖先的才要和他们住在一道！"

但是命运却要把他们安排在一道。当他和一子还不曾实现他十五年计划的时候，他不能算是发迹了，他还得勉强地在这里住下去。

左第五章　优生学与优境学

长一的意见，以为只要有一个很健全的孩子传宗接代就很好，他养不活多的孩子，所以他不要老婆再生育，这种意见，在优生学与优境学上很有价值。

长一的女人那个肚皮在衣服里渐渐地隆起，渐渐地膨胀得很现形，那就像一个河豚鱼样，腹部向前凸出。这是一种预告：将要有第二个一子来了。

可是长一并不怎样希望有第二个一子跑来，他老早就警告过他的女人，叫她不要再生。

她前面挺着那么样的一个肚皮，后面坠着那么样的一张屁股，“疙里气鼓”地在长一的眼前摇来晃去，他看不顺眼，非常讨厌她。但是你要去分析他这种讨厌的心理，那和女人的这种模样的好丑，毫无关系，那是因为这河豚鱼样的肚皮，常常给予他在生活上很大的威胁。

一子的面上总没有好的气色，他早想把这孩子养得好一点的。可是事实上不允许：因为他没有多的钱剩。现在是不独没有钱剩，就是连原来的状况也不能维持了：老婆不能够出去做生活寻钱，生活的担子落在长一一个人肩上，这事使他非常烦躁，所以他常常独自发愁。

他坐在房门口，尽瞧着自己的女人，她正在做事：做了两下针线，又折了几件替人家洗了的衣服。看她似乎坐不住了，歪歪荡荡地走到床跟前去，呕了一阵，吐了一些白水，便随身往床上一倒，口里哼了一声，像从她身上脱下一个百多斤的背包似的。

这在长一看来就有点近于故意做作。

可是女的还要向他喊道：

“唉！请把那茶壶打点开水！”

其实她是肚里饿了。不过她晓得她在这个时候所讨得到口的只有开水。

“哎哟我的腰痛！我的眼睛花了！……我心慌！我心里发慌，要吃口开水！唉！……”

她高一声低一声接二连三地呻唤。

呻唤，长一就会给她一点好过的安慰吗？不，长一觉得自己比她更是难受，所以给她的只是很粗暴的一句：

“贱货！”

就像打发一条讨厌的母狗样，有时还要挥起那粗大的拳头来威吓。

像这样的一个女人自然要算是一个“贱货”：她一点也不照长一

所想的路数来：养不活她偏要生；就像一个工厂老板娘太太样，生下来不关自己的事似的。这当然怪不上长一的老脾气发作，所以实在是气闷不过的时候，说不定就又将她抓过来落落实实地给她几拳几脚教她受用。

别人会以为长一是粗暴，但长一的苦处只有长一理解得最为清楚：他虽然有时候去打自己的女人，可是他那时候所受的苦痛的鞭挞就更是厉害，在这种境况里，生活所给予长一的就只有愤怒与疲劳。

一天，他上夜工之前，这一天不知道又是去赌输了几个钱，还是他心里有什么不快意的事触犯了他，由一点小事忽然触犯了他的心事，他觉得前途很坏。装了一肚皮的愤火，想找机会发作，他在房间里站了一会，一回头看见女人，她却还是平静无事地躺在床上，在他要发气的时候，女人却有这样舒展自若的神情，该多可恶？这样的事长一要再能忍受那还是人！所以他一走拢去就捉住女的臂膀叫道：

“我的话你怎么老是不听！”

女的正在做梦，他去抓她的时候这才醒过来，他这话只被她听见半句。长一知道她没有听见，接着又叫道：

“我的话你怎么老是不听！你怎样你？”

“我几时呀？”女的有气没力地回答。

“你几时依了我的话？”

“我——”

“我教你不要生！”

“唉——”

“你只要答应我，你说，你为什么！”

女的知道他的脾气：这时候回他的话，即是十分谦虚，也于事无济，总得挨他几下才肯放手的：她只是将两眼钉在墙壁上没有作声。

“你为什么不作声呀？”

“你叫我说些……”

“我叫你答应我：你不要再生！”

“我答应！”

“这是什么！”长一指着女人隆起的腹部吼道：“你答应：你替我消掉它！替我出去赶生活！一子的病不要钱用？消掉它！你！你！你！”

他好像要将女人臂膀上的肌肉撕烂才痛快似的，使劲地抓住，而且往墙里边的壁上撞去。

“你说：你替我把肚子消掉去赶生活！你快些说！你要我的命：你要一子活不成？”

“唉我——”

“你说！你为什么？”

他将女人摔在墙角里，摔到摔不动了，他开始用自己粗大的拳头擂在女的身上，像逼口供似的。

“你，你，你，你为什么？你——说话呀！”

“不晓得！”女的爽性这样回答。

“不晓得？哼！我今天要叫你晓得：叫你晓得老子的厉害！你又不是猪婆？你又不是母狗，你为什么要生？你不说？你不说！你不！你！你！”

砰！砰！砰！拳头碰在女的身上的响声。

砰砰砰砰砰……

女的开了眼睛，缩做一团，紧咬着牙关，忍受着他那拳头所给与她的痛苦，她并不挣扎。

她的屈服似乎给与长一几分满足，他打了阵便住手了，女人这时候由低泣变成号哭：

“唉！唉！你率性就把我打死了吧！……我不愿再这样活了！……我到你家里来，吃没有吃，穿没有穿！……”

女人在床上哭，一子就倒在地上哭，这孩子哭了很久，等长一去抱他的时候，他已经是双手冰冷，嘴唇发白。

长一这时候就有点像胜利以后的英雄样，微微感到寂寞。他看看抱在手上的孩子，望望躺在那里哭诉的女人，心里实在有些凄惨，他不知如何是好地想道："我做什么的呀！我到底做些什么事的呀！"他非常痛苦，适才的那个所谓满足，只是增加了他此刻更多的痛苦，他很想找句把合适的话去安慰自己的女人，他一面骗着这孩子，叫他不哭。他把一子抱去，放在床上，然后伸手去摇摇自己的女人，他非常难过，也很想哭，可是他是一个汉子，他哭不出来。

"我也难过！"他讷讷地说，"你想我养得活么？我只要养得活。一子总是病，我要一子好。你，……你不是欢喜一子的？……"

底下再要说几句什么的，可是又到了上工的时候。他要走去上工。

到工厂里长一机械地回答了同伴的招呼，便兀坐在炉边的条凳上，独自发闷，其实，他从来就没有想到自己的女人和自己有什么仇恨，拳头伸过去的时候，不过想发泄发泄自己的闷气罢了。然而这样的事情是无从发泄的呀：把女人打得半死以后，还是丝毫不能减少他的痛苦。

"真他妈的！——"他叹了一口气。

他觉得：——像他这样的穷人们，有得个把儿子传宗接代就很够的，两个本不算多，可是养不活就叫他长一太为难了，他长一唯一的要求就是：要一子长得好一点，不要常常害病。在他的脑子里总有这样一个健全的观念在那里徘徊：一粒胡椒只要辣。

"一粒胡椒只要辣！"他想。

他想，他深深地焦虑着，默不作声，好像他有很多的胡椒，而这些胡椒却一粒也不辣。同伴的老通正当着火的正面，咬着牙齿工作了很久，火的炎威逼得他淌汗，铁青的面孔上放光，口里喘气，是轮到长一来的时候了。

可是长一正同一个更不幸的思想在那里奋斗：他想到如其是这回生了一个女儿，他应该怎样呢？女儿，一个没有用的赔钱货，如果真是那样，那他是更要糟糕：他一个月的钱只那么多，还有一子的病，他有什么办法？那就是通他八代祖先也没有用处。

“他妈的！饿死！饿死！”

他叫了这一句，下决心不再去想。站起来，把老通挤在一边，接过老通手里的东西，和谁赌气似的使劲把炉门拨开。……

可是长一是凭空地担了一回心事，因为事情就没有照他所想的那样去进行：正是这夜间，在平时操劳过度而又在傍晚挨了他一顿饱揍的女人，把一个快要成型的孩子丢掉了，当长一一清早回到家的时候，女人正在痛苦地呻吟，他知道了这回事，心里反而松快异常，抱了一子提了铅桶到老虎灶上去打开水的长一，满心里只在一粒胡椒只要辣的事上。

“一粒胡椒只要辣”长一想：“我就只要一子长大，天大的事我也不用去管：不管王得也好，瘪得也好，我一概不来。我只要！……咳！……她再有得十天就又可以帮忙捞钱了！只要！咳！一粒胡椒只要辣！”

他提着铅桶回来，破铅桶里的开水从桶底漏下去；一线穿珠似的紧跟了长一的两腿；他却望着在肩头用牙齿和手拉着半截油条的一子，心里有点怡然。

“一粒……”长一想。

左第六章　医学昌明的时代

人类文明，日趋进步，医学昌明，这是必然的现象。这里由医生的证明，晓得一子是患了一种缺乏滋养料的病，而并不是由于命根不牢。

做丈夫的长一是粗暴的，可是做父亲的长一却分外的仔细，当一子看见那些垃圾堆里的孩子自己也要跑去的时候，长一便把他牵了过来，告诉他：说那地方他不可以去，说那些孩子是一些没有爸爸和妈妈的野孩子，如果一子也去那里，他们会把一子捉去也变成一个没有爸爸和妈妈的野孩。长一的意思也就是那样：他不愿意一子变成一个野孩子，他要一子和这些孩子隔绝，将来长成一个有出息的人物。一子没有伴侣，就老是守在屋子的角落里，玩那纸做的皮老虎和香烟盒子。

流到他们这里的空气是秽浊的，阳光也涂上暗淡的色调，一子是瘦弱的，这样的环境早就无形地损蚀着他生命的健康。

一子穿的衣裳，是一套呢布的中山式的儿童服，长一花了一块钱从旧货店里买来的。那套衣服，和一子的体态毫不相称：手管有很长一段露在外面。脚颈有很长的一节露在外面。一个灰面人般的小脸，皮不着肉；满身苍黄，那皮肤附着在几根嫩瘦的骨架上；头部现出那骨骼的结构来，叫人看了联想到一个小的骷髅；毛发稀稀落落地粘在头上，好像负重的骆驼背上受过摩擦的地方，这个使人看了不大发生好感的头脑壳，装在那细长的颈子上，有点疲倦似的，迟慢地晃动，正像那个颈子是一个具有伸缩性的弹簧。

可是孩子也有一个生命哩，是一个泡沫一样的生命！一天一天地下去，好像放在火炉前的黄蜡样一点一点地消融。

女人老早就在担着孩子的心，今天她替一子换衣服，她一触上那衣服里包着的几根骨头，她心里就沉沉地好像给什么东西压住了样。

"这是怎么了呵！瘦得这样，你看！"

她说着，一面把一子的手臂提起来，叫长一看：那一只手臂，就好像凉秋九月里残留在水荡里的一些芦梗。

长一吊起屁股坐在板凳上，不动，他的眼睛正向着河沟里。他正在看些什么想些什么，这个旁人很难知道，或者就是在计算自己如何发迹的事吧。他听见女人的话，便回过头来望望女人，再望望那柔顺得像乳猫般的一子，没有作声。

"一子又快过生日了，……算过命，都说我们星宿不好，要不是我们的星宿不好，六岁的孩子！——"

女人一面替孩子穿衣服，一面唠叨着：

"命里注就了的都是星宿不好。就叫一子拜寄把别人好养些！"

"要是——咳！"

长一咳了一声，说得两个字，就又顿住了。他不知道底下究竟说一句什么好。

女人好像不得到长一的回话不放心似的，又继续说道：

“去年算命先生就那样讲过，我还半信半不信，要不是星宿不好，我们都是那样！快六岁了，就不如叫一子过寄把王伯吧。”

说过这话，她望着长一在等回话。

将一子过寄把别人，那倒是一件容易办到的事。只怕还有其他的原因，长一就这么怀疑过：“那有什么用处！”他想。

实际上他这种怀疑是对的：这些人都是命运不济事，都是星宿不好，不过要是有钱总会好些。长一知道是一个真理，所以摸摸自己的脑袋说道：

“我要是有钱——”

长一以带有感伤的情绪从喉咙里挤出这几个字来，他觉得他要是有钱的时候，他是不怕什么星宿不星宿的。苦的就是他没有钱！一个人过于贫穷的时候，是会怀疑自己的力量的，长一也是这样：他那种在生活途径上肯定的态度，和那种做人的哲学基础，在这里都有点动摇了：“怀疑”的这个东西第一次捉住了他，他很有点不舒服。在那静穆的晚空里，只闷闷地抽了两口气。

一子老是那样慢慢拖拖地摇晃着，把他那阴暗的生命延下去，一天比一天萎顿，站起来好像要萎下去似的，每天随他们吃得一点东西，便悄然地离开了桌子，当他们喊他多吃一点的时候，他就慢吞吞地回过身来，摇动一下他那装在弹簧颈上的脑袋，算是已经很够了的答复。这孩子，正像一个对于生活感觉厌倦的人们一样，他把任何事件都看得很淡泊，凡是一个孩子所应该感到兴趣的事件，他并不发生多大的兴趣，有的时候，被人带到闹市里去玩，他也很欢喜，看看市面上的一切：如像玻璃橱窗里的广告画，西洋点心，玲珑玩具，小马车，从幼稚园里出来的儿童他们华美的装束和书包。这些都能够叫他去留连一会，可是他看过了就算了，并不用一种浓厚的感情来恋栈，他好像很明了自己的地位一样，有的时候回到家里来，在屋子的阴暗的角落里，他也变把戏似的将一张纸壳子穿了线索，斜挂在自己的肩头，当作上学去的书包。但是玩不到一刻工夫，又厌倦了，他便化石一般地坐在那凳上不动。

女人看见和一些孩子不同的一子，便要拿出预备哭的脸相，对着长一咕噜着：说是算命先生的话是不错的，说是星宿不好应该让一子过寄把别的人才好养些。长一却老是那么皱眉皱眼地摸自己的脑袋。

永远是那么样的没有变异：太阳从东边起来，向西边落下去；河沟里的水臭着；人老是皱眉皱眼地摸脑袋。

像这样的生活也太长了：

秋天过了又是春天，春天一天天地过去，春季又悄悄地离开了人间；长一这里的一些人们，老是那么样地——工作，喘息，流汗，挣扎，叫号。在工人住的区域里，看不到春来，也看不到春去。

一子还是在这个人间呼吸着，只是更显得瘦了，生命好像系在身上的一个重担子样，看看他就要拖不下去，留在他身上的只有一个衰弱的影子和一口气。

长一守着这样的孩子，也想不出一个较好的办法来，只是摸着自己的脑袋皱眉皱眼地说道：

“一定哪是有什么病，我看一定是有病！”

“我们都是星宿不好”女人说。

“要是——”长一说，“咳！要是有什么病，哪里有钱来诊？老子死得成：老子穷人们！”

他一面将孩子叉了起来，扬在空际，被他叉起来的孩子，轻得好像一把茅草扎成的人，到这时候，长一也有幻灭那一类的感觉了：

“怕不是有什么病？轻得不到二十斤！”

当朋友偶然跑来玩的时候，他也只是抱了一子问道：

“你看可是有病？”

可是所有的人都看不出这孩子有什么病。

过了几天他把一子背到慈善医院里去花了十多个铜板挂了号，等了半天，轮到他的时候，他赶忙把一子牵了进去。那医生敲了一下，听了一下，按了一下一子的肚皮，摇摇头。

“可是有病，先生？”

“没有病。”

那医生很简截地回了一句，准备去看第二个。

听说没有病，长一心里很快活，他想：“咳，要没有病就好。”可是他再一想，觉得不对，于是连忙跟在那医生屁股后面，不得救不放手似的吊住他：

“先生，他不吃饭！”

“怎么好好的他不吃饭！”

那医生望也不望一眼地向他吼了一句，像十分讨厌这种噜苏似的。

但是长一还是不走。过了一会，那医生掉过头来，挤了一下眉毛，从金丝框子的眼镜片里透视过来，向他上下打量了一眼，像挽救适才对这汉子太简慢了似的，补充道：

“弄好的把他吃，懂不懂？有阳光和空气调养得好一点，他会好的。要多吃滋养料：这是缺了滋养料的病！懂不懂？”

听了这话，长一连忙点点头，表示他懂。

左第七章　和肚皮斗争

肚里饿了要吃饭，这是一个真理，不吃饭就可以省钱，这也是一个真理。长一为了自己的理想，便走了后面的一条路，他用一种力量来屈服自己的肚皮。这真是要算是一个伟大的斗争。

一子对于生活不起劲的那种态度，在长一生活的希望上，是一个最残酷的打击。他搬了指头算起来：实现他原有计划的时间一天天地缩短了，而实现那种希望的可能性，却一天天地减衰。他仿佛是一个熟练的驾驶者，驾了一艘旧船驶到江心发现了一个破洞一般：虽然有再好的本领，而终于摸不着边岸。

在这样坏的一个境况里生活着，他老是在揪耳抓腮皱眉皱眼的，或者是摸摸自己的脑袋，那医生的话，时常在他耳朵里响，他相信那完全是对的：滋养料那东西会决定孩子的生命和他前途的成败，命运的事在他看来是绝对不可靠。

在街市上一些商店门口，近来常常有长一的足迹，那些灿烂辉煌的门市部，那些亮晶晶的橱窗里，红的，绿的，种种色色的广告，用来宣传，用来叫起人们的欲望与美感。这些：象征派立体主义直线式的广告术，好像对于长一也有很大的作用似的：他每每给那些东西吸引住了，停在那里鉴赏；特别是在那些食品罐头店的门口，他要停了下来；那些食品，叠连叠地浮在他的眼前，使他自然而然地看得会高兴起来。他心里满想着：那些东西如其是真能和广告画上那样，真长着翅膀能够飞一些到他家里去，该是多好的事。或者就是没有那厚厚的一层玻璃隔着，也很好；没有那一层隔着，他一定就要去伸一只手摸它两罐，扎在裤腰里跑回去。他一想到这些东西能够养好一子的光景，这些东西就在向他招手微笑。他徘徊着，想一些心事，已经不是一天了。有一次，他伸了手真想去试试那一块玻璃的厚薄。可是他长一就缺乏这种经验和本领，当他的手一触到那冷冰冰的玻璃的时候，那黑漆的棍棒和乌亮的手枪，便一同溜进他脑子里来了。立刻，他便要形色仓皇地离开他所站的场所。

“钱！钱！”

这样的声音不断地在他耳畔响着，并且跟在他后面，好似一个锥子在刺他。于是他便在向家里去的路上，踱着没精打采的步子。

“要是我有钱！”他想。

但这个想法对于他一点帮助也没有。

在自己休息的一些时间里，他想尽了方法去找可以换钱的工作做，他也催促女人到外面去多寻几个钱回来，可是有多大的效果呢？只是肚皮的容量变大了，精神和体力都累得有点吃不住，而孩子仍旧如放在火炉跟前的黄蜡似的，慢慢地消融。

可是长一并不灰心：

许多办法之中终于又被他想出最好的一个来了，那就是：他要做一回减食运动。他对女人说：

“我们能够减省的就简省些。我们的食量太大了！省下几个钱来吧！我们吃得半饱就够了。”

女人当然没有反对的理由。

这个减食运动弄得长一非常之狼狈，肚皮里老在咕咕咕地叫屈，好像在反抗长一的这种办法似的。不过长一对付的办法也很多：当肚皮里对他的减食运动有反抗的举动，他便将裤带勒得紧紧的，还要按上两拳头，以表示振作。这个方法很有效果：用这方法，可以克服恐慌的局面，得以度过较长的时间。在这个时间里，他又可以去做一点换钱的工作。

用这个方法，他们也省下来很有几个钱。挨到工厂里发工资的那天，他好像酬愿似的跑到食品店里去搬了许多东西回来，摆在桌子上：

牛奶，饼干，糖果，鱼肝油……

超过他一星期的工资。

长一对摆在桌子上的东西，不自禁地微笑着。女人和孩子望望那些东西，也不自禁地微笑着。长一对那些食品鉴赏了一会，便走去拿了一个牛奶罐头，就开始工作了：他找了一个斧头和一个钉子，将罐头打了两个窟窿，倒了一些在碗里，用开水一冲，就将一子拉过去开始滋补。但是牛奶刚灌进去，一子便淌起鼻血来了：红殷殷的血，从那豌豆大的鼻孔里，不疾不徐地流了出来，沾着那萎黄的面庞，往下面滴落。他满以为一补就会将孩子补壮，所以补出病来了的这个事，他从来没有料到的呀！他有点发急了，而且夹着愤怒：难道那医生欺了他么？

“嗨！要是——”

他这样说，像被人家抢去了一个什么宝贵的东西一般。要是有个什么医生这当儿立在他的前面，他准会挨长一的揍。

用了种种人工的方法，一子的鼻血渐渐地停止了。长一只是闷沉沉地在那里呆着，他有点茫然，他想道：“流鼻血，这是没有料到的呀！”

夕阳沉落在黄昏里，有无限衰落凄凉的暮意，象征着人类生命最后的回光；接着，恐怖得和死一般的夜的暗影，向人间袭来；长一正是被包围在这样的一个阴静寂灭的境况里。这时候，他望着那躺在床上奄奄一息的一子，一种不吉利的思想，一种毁灭得无可挽救的预感，捉住了他，把他推到一种绝望尽头的感情里去。他很难过，忽然他将那粗大的拳头敲在那歪歪斜斜的床架上，表示自己心内的不平。

他想：——他，一个身昂力健的汉子，卖尽了气力，吃尽了苦头，还要活活地看见自己的孩子养不大，这样的事，是太没有公道了！而长一，他就老是在追求这种公道的。到这时，他好像蒙了莫大的冤屈似的，感伤地在那里号叫：

“嗨！我想不到！”

那从来不大讲话的孩子向他望了一眼，像有什么话要讲似的，扯了几口气。可是长一一点也没有去注意那孩子，只顾很激昂地叫道：

“嗨！我造他八代的祖先的！”

一子将放在他膝头上的手收回去了，嘴角微微地牵动了一下，随即叫了一句“妈妈”长一这才注意到一子，他伸了那个粗硬得好似破皮鞋般的巴掌，去摸摸那孩子的头额。

“你要什么呢？”长一说“只要我有，只要我办得到。”

那孩子很费劲地摇动了一下头，表示他什么都不要，只是慢吞吞地说道：

“妈妈，……你说爸爸是穷人……爸爸为什么是穷人呢？……有时候，这世界上……有穷人住一个屋，……太阳跑不进，风也跑不进，雨也跑不进，住的屋，也有吧？……”

停了一会，他又慢吞吞地说道：

“妈妈，……你说爸爸是工人。工人也有小宝宝能也是吃饱了饭上学去，……也有吧？要是那样也能够，妈妈……我一定不拣柴，不拣破布，……我要像一个学生样，……我要买一个书包……黄的书包，……把书和大饼都放在书包里，……我也这样，——往肩膀上吊下来，……妈妈，……要有那样的时候……我们也住一个不破的屋……妈妈我们要几时有？……”

一子继续无力地问他们的话，张开那失神的眼睛，天真无邪的眼睛，望望他，望望女人。这样的问话，就几乎把长一弄得哭起来了：他也就和自己的孩子一样，希望自己一家人常常吃得饱饱的，希望自己一家不要住在飘风透雨漏太阳的屋子里，希望自己的孩子也能够穿了新衣服背了书包到学堂里去，然而这样的一些，几时才能够实现呢？可不可以实现呢？这问题，他自己也是茫然的。如其是他不被生活折磨了这许多年，他也许还有回答这问题的自信，可是现在这种自信早就被现实的生活所磨损了，他正像喉管里被什么东西堵塞住了样，闷闷沉沉地作不出声来。

女的没有顾虑到这些似的，连忙对孩子说：

“啊！那个时候是有的：只要宝宝的病快些好了就好了！我上街去做生活，爸爸上工厂去做工，我们将来有了钱还替你买书包，买糖果，让你背了黄书包上学去，你将来长大了，赚洋钱，赚元宝，就自己做新屋住，只要宝宝不害病就好了！”

这些话，正是一家人的希望：孩子，女人和长一，特别是长一，永远在那里盘算着，白天和黑夜。这种希望，是诱导他们向前摸索的路灯，可是今天长一听了这话，好像这是在嘲笑他似的，他有点不大开心。他不作声，望望女人，望望一子，披了一件衣服跑到外面去了。

如果长一就这样灰了心，那就什么都完了，可是他并不灰心，他披了一件衣服走到外面来在夜风里吐了一口气，心里就平静得多，他独自想道：

“总是有什么病缠住了，还是多集几个钱把病弄好了再说！要想个法子才好，难弄的就是钱！”

接着他又摸摸自己的肚皮。忽然浮上一个新的意识到他脑子里来，他想道：“一个人要是能够又做工又不吃饭就好。”

左第八章　三段论法以外

“凡人都是要死的，一子是人，所以一子也是要死的。”三段论法早就这样规定了的，所以一子的死证明了形式逻辑是一种不可侮的真理。不过本章的要目还是在说明幻灭的悲哀与希望成正比例。

长一的伟大就在他有一种特殊的“执着力”。他做人的精神，永远是一贯的，他从不采用悲观的态度；一直到现在，他还是继续着那种勇往迈进，努力向前，绝不退却的毅力。现在装在他脑子里有一个唯一的信念：哪怕孩子再衰弱些，他总要想办法，他总不会没有办法。

世界上的事只要有钱就有办法，这差不多是一个至死不变的真理，长一近来就捉住了这样的一个真理，在这个真理底下，他和自己的女人用人类最大的气力挣扎着。

他们挣扎着，过着这样的生活，已经不是一天。

某一天的夜间，女人从自己衣袋里摸出一块白布小包来，她解开外面缠的麻索，抖开布包交给长一，那里面是三只光洋，长一接了过来，用另一只手拍拍自己的腰带，说道：

“我这里是四块半。”

随即他伸了两个指头去掏了一会，立刻变把戏似的躺在他手心里的是六只光洋，九只双角。

这七块多钱，是他们许多时来节省与工作的成绩。

房间里的一切都是破旧的：旧的床架，破的衣被，旧的桌椅，破的碗罐，破裂开来的墙壁，破旧的灯罩，一切都发出破旧的气息：他破短衫上的汗臭和女人陈旧的头巾。在这个陈旧不堪的环境中，在那惨淡的灯光底下，只有躺在他掌心里的六只光洋九只双角，发出耀目的光辉，清新悦耳的声响。

女人和长一，一共四只眼睛都盯在那放光亮的洋钱上，似乎那上面幸运的袁世凯在向他们微笑。

为了这样的几个钱，他们的肚皮里忍住饥饿，他们的身体上负着疲劳，饥饿与疲劳，咬着他们的灵魂和肉体，然而那又有什么要紧呢？这是为了自己的孩子和自己的前途，他长一早就知道同命运奋斗并不是一件轻快的事体，既然知道如此，那又有什么不可忍受呢？

他将手里摸得发热的几块钱，考究它的成色似的翻了一会，又重新扎上自己的腰带里，他带着有几分舒畅的神情，对女人做了一个手势，说道：

“再加起来就是一个整数，就是这些！”

接着他又伸出那破皮鞋底似的巴掌在一子头上摸了一下说道：

“那总是有什么病缠住了，过几天再去看一个好一点的医生，看一子到底要吃些什么才对劲。”

他向女人讲过这话，但是女人翻到床里边去了，没有作声。夜是寂静的，一切都是寂静的，只有孩子轻微地呼吸着，好像在和这种呼吸挣扎似的。

第二天的下午，长一正在工厂煤房当锅炉的旁边，那熊熊的火光，在和长一的生命对抗，他流汗，喘息，火呼隆呼隆地烧得响；在这熊熊的火光里，依旧有他的孩子在那里长成；从那火光里，他看见孩子长大了之后，一家人的生活变得和他天天所梦想的一个样。他在微笑。

他照平时一样地努力工作，不使自己疲劳，希望和工作的气力，结果成为一种无尽藏的力量在那里活动。

“嗨呀，火里！”

长一张开鲇鱼一般的口，喊得非常响亮，两只臂膀十分卖力地铲他前面的那一堆煤，往火里送。

这时候长一的女人，也照了老例规，提了篮子，出去赶生活了，留在破旧屋子里的就只有一子一个。

当太阳斜挂到西边去的时候，从西面飘来团团的两黑云朵，移到中天，雨滴便由那云朵上落了下来，这一阵雨使她坐在屋檐脚下，把这一天的工作略略延迟了一些。

雨阵子被那团云朵带来，又带走了，太阳斜射过来，天色晴朗，她顺着原来的路，回到自己家里来，刚一进门她便叫：

“一子！”

“宝宝！”

她听不见一子的呻唤了。

“宝宝！”

“一子！一子！”

她连叫了好几声，可是没有回响，她赶紧丢下自己的篮子，急急忙忙地跑到床面前去，摸摸一子的前额，按按一子的胃口。

“宝宝，宝……宝！宝宝呀！”

她疯狂了似的喊着。

一子被她喊醒了，慢慢地将那闭着的眼睛皮揭开了一点，露着一条缝，好像睡着了被人搬开来似的，一个不动的黑眼球，浮在白眼球里；立刻，又耐不住疲倦一般闭上，不再动了。她马上明白了这一回事；伏在一子的身上，用那尖锐的声音，母狼一样的，嗥破了斜阳残照里这工人区里特有的寂静。

长一正在努力工作，流汗，喘息。摇动的火光，将他的影子模糊地画在墙壁上，他克制着自己的疲劳，仿佛有一种无尽藏的力量在那里支使他活动，他看见很多的希望，他看见了一子。

“嗨呀，火里！”

他张开鲇鱼一般的口，喊得非常响亮，两只臂膀格外卖力地铲他前面的那一堆煤，往火里送。

天空，从西边射过来的夕照，在云层里，正像火一般地燃烧着。

换班的时候到了：长一还是照平时一样用腰带和头和脑地擦了一把汗，穿上衣服，从人堆里分出来，好像一匹卸了轭头的牛样，感到全身轻快。他在路上看看街市里的一切，做梦似的移动着自己的身体。这时候，藏在他长一心底的一种情绪，是怎样的一种形态呢？是疲倦或者是兴奋？他对于生活，并不像老通样完全只有憎恶的感情，在他身上所有的，正和一个高贵的，或者更高贵的，如像坐在汽车里摸着明星的屁股的那种灵魂没有两样；他有希望，他有猜疑和顾虑，有憎和爱，混合着藏在他心底的这一些感情，偶尔触动就浮上来或者潜伏下去。

他口里随意唱着，信步走到靠近了自己的家，突然，有一种声音打破了他那种思绪的常态。

又有人在哭了。

“咳又是——”

长一口里咕噜着，他听到又有人在哭了，觉得自己时代里的堂客们真能把哭当生活的时候，他有点不耐烦去听的意味了。

可是当他再走近了一些，他确定了这是自己的老婆在哭，心里便不能自主地发慌。几个大步抢进自己的屋子里去，正哭得起劲的女人，前俯后仰地把两手拍在床上。

“宝宝怎么？过了！”

他说了这一句，还不相信自己这一句话是对的样，再走拢去一望，那直挺挺躺在床上的正是一子。

正同一个碰炸弹从五里距离的高空里落在他的头上一样，是没有一点挽救的方法可想。他哭了：他的气力，他的劳作，他的血汗和希望，都在这一瞬间里化灰了。整个世纪里的悲愁，这时刻，是压在长一一个人身上一般，他只有号叫：

“一子，呵呵呵！可怜你这穷人的儿，我养你——我还算一个人：一直就拖到现在！”

他狂号着，像一个落在陷阱里受了伤的老虎。

“养你不活，早就应该，——我早就猜得出的：哪有什么病，早点，……早些死还少受些苦，一直就拖！”

满身血管紧张得快要爆烈，要向谁报复似的，紧握着粗大的拳头，向空中猛力挥击，然而这力量，没有收到一丝回响。

夕阳的余晖像血一样燃烧在天际，落在晚空里的那女人的哭声，显得分外的凄哀。他呆呆地站在女人和孩子的中间，仔细审视这死去的孩子的颜面。

这是一个恶梦样的呀！

左第九章　一种人的天性

> 不守本分的人，据说大都是天才和叛逆，如果也用这话来解释长一，那就错了，他的行为，那分明只能说明那是劳动者的一种天性。

长一的故事快要完了，因为一子死了的缘故。

一子死，留给长一的是一个不可磨灭的痛苦。

有的时候，他也这样想过：那是在一个很短的瞬间里，在那一刻，他的脑子里会浮上许许多多的记忆，他依次追寻线索地将这些记忆排列起来，一些生活上的事实，在告诉他，工人们并不是有什么例外的，他所见到的一些孩子们，谁都是在抄袭着前一代人的命运，或者就是给死亡带走了。

人们都是这样的：当事到临头的时候，就会作退一步的想法，长一也是如此，不过他退一步想了之后也还是没有丝毫用处。像这样一种想法，能给他多少安慰呢？他的痛苦依旧是不可磨灭的呀，摆在心上这个事情是太大了！何况长一早就感到一种冤屈，世界是那样那样的大，而长一所要得到的却是这般微末；然而他终竟连这微末的也得不到手，命运对于他不算是十分无理和残酷么？他实在不能够用退一步着想的方法排遣，他只有忍受。

在家里，什么都和以前一样：一子虽然死了，可是桌子上还放着他花掉一星期以上的工钱所买来的东西：牛奶，鱼肝油，饼干罐。屋子……空着的那角落里，全是一子的东西：皮老虎，假书包，香烟盒子，和几只积满了尘垢的破鞋。什么都和以前一样！女人，好像要用哭来了结这一世般，没有去洗衣服，也不出去赶生活，老是坐在那里将哭肿了的一对眼睛，埋在那双肥秃的手掌里，即使在做点什么事，泪珠也要一粒粒的沿着鼻沟往下流。在这种境况里，若是她不咬了牙巴骨在那里忍住，她也得哭几声，不过长一也看清楚了这一点：老是哭会哭得一个什么出来呢？而且一个人如果不打算立刻就死的时候，就得硬着颈脖去做自己的事。

对于女人的这种不休不止的哭，他想用什么方法去阻止她，他觉得像这样下去有些不好：这样哭下去是不会有什么结果的。他常常用一种极缓和的态度来劝阻她，好像在这种态度之中，还蓄着对于过去待她太粗暴的追悔样。可是受他劝慰的女人，反而更加感伤地哭起来了。每在他劝阻无效的时候，他也并不加苛责，仅是说一句：

“咳！女人家！”

或者是一句：

“咳！堂客们真无办法！”

于是他披上衣服便到工厂里去了。

然而工厂的味道也并不见得比家里的味道好，或者还要坏些：脚一踏进工厂室里，那一堆湿煤叫他一看见就感到头脑发火，墙壁也板起威胁的面孔耸立着，钢板，螺旋钉，铁锹，通条，煤筐，竹杠……一切熟识的东西，都变得生疏而冷酷了。他勉强扯下自己的上衣，挂在墙壁上，唾了一包口水在手心里，搓了一把，抓住那铁锹，一声不响地工作，再也看不见长一张开鲇鱼般的口，再也听不见“嗨呀，火里”的那种响亮的呼声了。可是炉里的火还是呼隆呼隆地烧着，把长一活动的影子画在墙壁上，从那熊熊的火光里，他再也看不见一子长大了变成又一种人，很有威严地坐在写字台前面了。他的眼睛，只看见那里面燃烧着血，燃烧着愤怒的火。但是他还得工作，他闷沉沉地铲那一堆煤，袒着胸，躬着背，头上和身上的汗，便从毛孔里渗出来，连成点结成珠，往下面滴。他焦躁地将流在面孔上的汗，一把一把地撒在地上。

“造他八代祖先的！”

他骂。心里塞满了一种莫可名状的愤怒。

坐在他跟前的老通，老是那么样地拿了一个水烟袋抽抽丝烟，秃了顶的头，呆板板的眼睛，绷硬的脸上没有一点表情，那额上和面上，刻着许多的皱纹，这是说明一个奴隶辛苦地挣扎了大半生的记号。一个劳动者，到了他这样上了四十多岁的年纪，前面期待着他的，除了疾病和死亡之外，再没有更好的什么。

“我说，”老通忽然对长一说。“一年三百六十天，我们就让黄豆大的汗往底下掉！——你家的一子死了么？”

长一向老通瞪了一眼突然叫道：

“我还算一个人啦！他八代的祖先的！——我做了什么？一子不就那样，后来拖得！”

长一叙述着一子病了的情形：他说他们是如何的努力而挽回不了这种厄运，他说他们如果是有钱的时候，这孩子的病是会慢慢地好起来的。他又叙述着一子死的情形：他说一子死了摊在床上的时候只剩几根骨头，他们看见这景象心境是如何的悲切。他说一子一死他们对于生活的趣味和希望完全破灭了。长一好像抱了冤屈似的叙述着，仿佛这种叙述，可以减少他的悲苦，或是老通能来救解他一般。他讲得十分悲愤的时候，就硬着颈脖大声地说道：

“我的意思，我说，我也算一个人啦！他八代的祖先的！”

通过了长一的感情，这种叙述，有十分的沉痛和激昂的意味，可是听了这一番话的老通，像听了一个极平凡的故事样，毫不动情，老通自己的命运，较之长一就有十倍的糟糕：一共养了七个儿子的他，到现在就只剩下他一个孤人了，他告诉长一，说他有的孩子长到十六岁死去了，十六岁，是可以将气力换钱的时候，可是他还是死了。到现在连一个老婆也离开了他死了。

讲过自己遭遇的老通，也不去看长一一眼，还是那么样一个没有表情的脸。

“我们就这样！咳，我们！他八代的祖先的！我做了什么！”

他在老通面前叫着，发了狂似的，将那一根铁通条使劲地往煤堆里插，好像他长一有一个仇人就躲在那个煤堆里。

“他八代的祖先的！”最后，他又这么地喊了一句。

从此以后，他再没有在旁人面前叫什么不平了，他知道这些人的遭遇都是相差有限的，和自己比较起来，有的也许更坏。

以前，长一的生活是打女人，赌钱，望一子长大，努力做工。现在这些都不是的，他只是沉默、忧郁和愤怒。要是有什么朋友提到以前的话，他老是避了过去，不谈那些，近来长一的态度变得有点和老通相像了。周围的人们都说这是为了一子的死，为了希望的毁灭。这实际上，长一除了这种痛苦，在他的内心里还蕴藏着一种不愿告人的隐恨：过去他那种欺骗朋友憎恨朋友的态度，他偶然回忆起来，连自己都要觉得可鄙，这样的感情常常处罚长一。当他偶然在路上撞见王得和别的朋友，他们互相打一个招呼就过去了，这时候，长一就要感到自己丢弃自己的一种孤独。那是叫人难受的一种味道。他屡次想在他们面前惩治自己一番，以表示自己对自己的憎恶。可是他没有这样做的机会：朋友们大都在同情他那不幸的遭遇。在这种同情底下生活着的长一，只是更加感到自己的渺小和不光明。死了孩子的那种强烈的痛苦是过去了的，而且那可以归之于命运，只有这种痛苦，对于他这样的汉子，是更为切实而不能忍受，这样的情形中，他只有沉默，忧郁，和不可名状的愤恨。

一天又一天地过去，躺在屋角里一子的那些东西早已扫出去了，女人哭肿了的眼睛，也复了原，横在门前的粪船依旧臭着，煤滓堆里的孩子们，还是在那里钻洞，只有他那板刷似的脸孔显得苍老了一些。

看起来长一确是显得衰老了！

然而天下事就叫人很难逆料：

有一天，那又是劳动节的那天，各个马路上都聚散着许多黧黑的面孔；一会，大家活动了，人之潮，汹涌着；渐渐地汇成一个巨大的洪流，在宽平如常的柏油路上向前滚动。那里面，有一个板刷似的脸孔，闪着固执得钢样的青光，那正是长一，他眼睛睁得大大的，遥瞩前方，眼睛里燃烧着热情和希望的火。他撇开自己的女人跑在行列的前一段，将那破皮鞋底似的巴掌捏成拳头。

立刻这里面一堆声音爆发了轰雷一般：愤怒的，狂暴的，热情的，希望的，汇成一种声音的巨流，在空间里震荡。长一也扬起臂膀高叫着：

“五月呵！”

“我们要面包。”

“孩子是饿死了的吓！”

他后面好像隐藏着一种力量在那里推动。

长一现在仿佛也知道：虽然黑夜与黑夜是那样绵密地紧接着，可是呼喊着光明的声音终于是渐渐接近破晓的呀！他在这时代里并不能算一个了不起的英雄好汉，可是经验在教训他，他的现在绝对不错，他应如此！否则他就应该去到一子小坟的旁边，给自己和老婆挖两个坑。

原载《文学》1933年第1卷第5、6号

夜 工

蒋牧良

“啪！”

一个耳光。

“咯咯……打得好，再来一个！”

“咯咯……咯咯……上当了吧？红玫瑰的奶子可不容易摸！”

“嘿嘿……打我爱我，骂我痛我，轧姘头是要挨……”阿富的嘴巴笑得像个圈。

“该死的，他还说嘴，再……红玫瑰！”

“干你鸟事！像你那样的软奶子，老子还不高兴哩，要老汪才这么傻！”

顾大嫂低了头。

“阿弥陀佛，今儿也操了一鼻子的灰！咯咯……咯咯……”

“有本事的再撮一把，阿富！”竹姐儿做个鬼脸。

“嘿嘿……今儿不撮了，明儿再来那个。”

“红玫瑰”阿容把胳膀个碰一下三姑娘，又对竹姐儿努努嘴。“拧她！”

三姑娘可没有听阿容的话，只把满手的糨糊涂在牛皮纸上，粘她手里的那本书。她的脸子比阿富那张挨打的脸还要红，自己受了奚落，她可明白，不过她和别个不同，她只有装些傻。趁着别人不注意的时候，就低下头去，把眼皮子在衣袖上揩一下。

汽笛叫，放工了。阿富在关照阿容去给余玉莲送信——说今儿下午关上半月的饷。三姑娘听了，欢喜似的，抓了那条围巾向颈子上一缠，就出了公司门——一面在肚子里支配着关饷以后的事。

刚刚走过蔡家巷那口子边上，棺材店里那个红鼻子老板在前面的电杆底下和一个人说话。三姑娘掉转头来就跑——她记起今儿是十二月二十三，大哥的棺材钱还差二十二块没有交。

橐橐橐……

背后一阵皮鞋响。三姑娘可不敢回头去看，只把步子拉得快些。

橐橐……

皮鞋还在跟着。

天上飞着白雪，老北风在拣人的鼻孔钻——像发了狂。三姑娘的牙齿碰得嘓嘓地响，可是身上有点儿发烫，肚子里的一颗心，蹦得厉害。

“啊，今儿逃不掉了，公司里关饷，统统不到六块钱，还有米店里和房东太太的两笔火烧债……哪来的钱给他？”

三姑娘在肚子里念了一句，马上又注意去听背后的皮鞋，那鬼东西，还是紧紧儿地跟了来，没有放松。

转过蔡家巷，就插进北大街，走完了北大街，又来到正字街，走着走着，突地背后伸过来一只手向她的肩上一拍：

“喂，这么忙法子，到哪儿去？”

三姑娘一跳，离地差不多有尺把高！扭转脖子：并没有什么红鼻子老板，是余玉莲的母亲刚从那酒馆子里出来，脸子醉得关云长一样。

“哎，是余伯母！”三姑娘透出一口长气。“……我……我想……到姑妈家去一趟。”

三姑娘一面扯谎，一面把个食指在额上一扒，那些汗水就滴到了马路上的雪里。

她想转圜着刚才说的谎，还是跟着余伯母向前走。那个把两个手插到皮袄里捧住自己的小肚子，倚酒装疯，口里就和三姑娘唠叨起来：

“十六七岁的姑娘家这么当家理事是……”

三姑娘除了有时候把鼻子“唔”出一声两声之外，又四面瞧瞧，看到底有不有那个红鼻子老板。北风吹起余伯母的衣岔，溜出来一簇崭新的白羊毛，衬着那条红缎子贴边，格外显得钻眼。

“……大哥一死，你就越更省俭了，这么下雪天气，车也不坐一辆！这倒不错，三四个侄儿侄女的累着你，不省俭可不……”

三姑娘听她说着，雪片可把她满身装得像一个白衣观音，直到余伯母已经进了自己的门，才寻着原路回来。

一路上她记起了第一次看见余伯母给人家洗衣的那副穷酸劲儿，现在她的女儿姘上了印刷那个林胖子，可换了毛色。

“妈妈一天到晚给人家络丝，换来的那件旧棉袄，大排襟上还有一个碗大的洞，可是别人的母亲？皮袄儿里裹着老骨头，天天还上酒馆子，余玉莲到底有什么强似我的？”三姑娘自己问着自己，她像是嫉妒，又像是惭愧。

后来他就想到装订部的工头阿富几次调戏她，刚才还摸她奶子哩，她的脸子又红起来。可是竹姐儿，阿容，顾大嫂……公司里这些个女工，除掉田寡妇，穿的戴的没有一个不比自己强，她也想到。

“到底是在哪世里作下孽来？没有一件跟得上同伴儿的，到了大比还想躲债。别人的母亲皮袄儿……我的爸爸妈妈可饭都没有吃。”想到这儿，三姑娘的眼泪两条线似的挂在脸子上。

三姑娘处处都把自己和同伴打比，她的心潮在强烈地起伏着，冲着老北风向前走。天上的雪片在起劲地向她的头上堆，她可一点儿不觉得。她只怀疑着勤奋和省俭会碰壁，还有贞操是假的。

三姑娘回到自己住的巷子边上了。前面黑压压地站了一大堆的人：女人们挤得满头是汗，小孩子在腿衖里快夹扁了。他们都在踮着脚伸长脖子向巷子里瞧，有些把舌头伸出来寸把长，也有一些还在那儿笑。

三姑娘的心一跳，她担心着家里出了什么乱子，她不要命地在人中间乱钻。

一只脚刚刚踏进院子门，猛地厅子上飞出一张平头凳子来落到她跟前。三姑娘的身子向后一仰，可给背后的人堵住了没跸得下去。屋子里一片嚷，声音是房东太太的怒骂和母亲的惨叫。还有三个孩子——三个孩子死了父亲没有哭得这么响。

院子里的雪地下，躺着许多东西：菜箩，断腿板凳，烂桌子，黑马桶，缺嘴巴夜壶……房东太太的儿子穿着一件毛绳子短衬衫，正在使劲地把屋子里的东西向院子里摔。

“哼，没房钱？没房钱也要住房子！三个月……”

“摔，使劲摔！管他妈的这些玩意账……霸住……妈的！”

“做好事，太太……太太……求求……我求求……”

哗啦！

一柜子碗摔到了地下。

三姑娘不知是哪里来的那股劲：一个箭步抢进了屋子里，把个脑壳对房东太太的胸膛撞去——她像一只疯牛。

“妈，我们不要命了！我们不要命了！……妈……”三姑娘叫。

“打，打打打……打这泼辣货！他妈的撞人！”小房东把袖子一捋。

“反了反了，欠房钱还来……反……”房东太太扑拢来了。

啪！三姑娘挨了一个耳光。

“打人？”

“打你！”房东太太的儿子威武地“打你这小娼妇！”

“打人，救救……救命！打人！”三姑娘的嗓子变尖了。

“打死你，让你到阎罗殿上告阴状去！”那小儿又是一拳。

“砰！”

“天，天有眼，天收这些打人的……天！”母亲滚在地下。

“救命！妈妈……妈！”

屋子里像个战场，烟雾障天，只听得一片家伙响。

“嗽，让开让开，岗警来啦！”门外的声音。

一个岗警把手里的黑棍一摆，撵跑了一些胆小的人，还有一些仍旧围着。爸爸一行是泪，一行是汗，帽子不知掉到了哪儿去，那秃顶上冒着热气。他口里一面喘一面说：

“岗岗……警先生……咳咳……你看你看！”指着院子里和地下。“咳咳……我我家……三年的宾东！三年……岗警先生！”

母亲滚在地下，左额角上一块两指大的青疤。房东太太挺起大肚子来和那个岗警在说没有钱住不得房子的理由。她那嗄嗓子把小狗子和二丫头他们的哭声都盖住了，唾沫星子像个喷水壶在喷卫生水。

她说一句，把两个手板那么一摊，说一句，又把两个手板那么一摊。那个岗警似乎怕她打人的样子，远远儿地站着。

三姑娘披着头发，满脸是泪，坐在地下给母亲摸那块青疤。

隔壁米店里的陈老板跑来了，他拉住房东太太给爸爸求情，可是那个岗警不分皂白，只说要带人。

“岗警先生，这个容易，这个……他们三年的东客了，容易……不要带人！”

陈老板又这么着对那个岗警作揖打拱的，他一面又邀了房东太太和爸爸到茶馆里去。房东太太还是不走，陈老板又把她连推带劝地扭了一阵，才出门去。

有些邻居见他们走了，进来拉起母亲，躺到床上。母亲的眼泪像淌完了，她伏在枕上干抽咽。毛丫头在拾地下的那些碗片，还有许多人帮着把院子里的东西搬进来。

三姑娘起来倒在椅子上发愣，一句话也不说，从口袋里掏出一块白色的小手帕来蒙住脸子，两个肩膀就抽动得挺厉害。那手帕上印的：以先是一个一个的湿疤，像些惊叹号，后来惊叹号拼着惊叹号，拼得那块手帕像才从水缸里捞上的一样。

一点钟以后，三姑娘那块小手帕不知丢到了哪儿去，她的脸子发了青，可是眼珠子像两个快要烂了的核桃。沿着鼻子的两边，有两条发着光的小柏油路似的，把眼泪输送到口里去。她把上排的牙齿咬着下嘴唇，眼睛也斜地看住地下，动也不动。这么着又呆了一刻，直等到两点多钟她才到公司里来领饷。

装订部许多工人的饷都快关完了。田寡妇领了回去，三姑娘还在路上碰着她。三姑娘走进庶务室，公役告诉她饷给工头总领了去，在装订室发。三姑娘来到装订室，案板上堆着许多胜存的书报，没看见阿富，只有顾大嫂和阿容她们两三个，拿些字纸在那儿打纸炮玩。

“唷，红玫瑰来了，红玫瑰……红玫瑰怎么一刻又把眼睛哭肿了？”阿容见她这么叫。

三姑娘没有理她，独个儿坐到案板跟前，把一只手撑住脑壳，看着窗户外面的院子里。

猛地，印刷部那边的水门汀路上一阵高跟皮鞋响，余玉莲妖精似的摆着屁股向这儿走来——她身上穿一件黑皮外套，腰子捆得像筒柴。

出了那条甬道，劈头碰着阿富，那鬼东西醉得东倒西歪，见了她就招手。女的跑了拢去和他叽哩咕噜地说了一阵，又点点头才走开。

竹姐儿结个纸炮躲到门背后，余玉莲的一只脚刚进门槛，竹姐儿把只右手对她一扬：

啪！

这个的脑袋一偏：

“骚丫头，吓我一大跳！找个男子汉去吧，和我缠有什么用。”

阿容她们就咯咯地笑起来。

余玉莲走拢来拉住三姑娘的手：

“今儿到哪去来？妈妈……”又对三姑娘看一眼。“怎么，又把眼睛哭肿了，谁奚落你？告诉姊姊，姊姊给你出气。”

“她在家里哭肿来的，看你找谁出气去？”竹姐儿噘着嘴。

“家里哭肿来的？家里又有什么了不起的事，也犯不着哭得这么样！……世界上……世界上……呃，世界上什么事总有法子的，只要自己不太那个，你道是不是？”

三姑娘愣住了。

三姑娘和余玉莲算不了什么好朋友，余玉莲时常说三姑娘的爸爸是个古板秀才，可是三姑娘也瞧不起她那野鸡派头。今儿不知怎么一来，她忽然觉得余玉莲对她亲切起来。她紧紧儿地抓住那个的手，想要把心里的苦闷告她，嘴唇皮动了几动，突地她伏在案板上哭了。

这个亲切地抚着她的头发，又劝她不要哭。

竹姐儿她们早领过了饷，和阿容赶着顾大嫂要涂花脸，追出门去，屋子里就只剩了余玉莲和三姑娘。余玉莲瞧瞧四面，不知在三姑娘的耳朵背后说了几句什么，三姑娘的脸子马上又像喝了酒，烘得绯红。

三姑娘没有开口，只拼命地咬着指甲。那个又轻声地补了一句：

“不要傻，这么着一个冤桶你不拉，还到哪儿养儿子去！”

余玉莲扭转身子走了。可是到了门边，还回头来看她一眼。

三姑娘愣住好一会，才想起了什么似的，要追着那个出去，可是阿富那家伙进了门。

“今儿可进了他们的圈套！”三姑娘想。

屋子里的空气，顿时紧张起来。阿富那鬼东西帽子歪戴着，把身子倚在门框上。他醉得鬼一样，一双牵着红丝的眼珠子，斜刺地射住三姑娘——三姑娘可像一匹活鱼跳进了热水里那么的感觉。

阿富站了会儿，才嬉皮笑脸地说：

“嗨嗨……今儿呢，今儿可给我捉住了吧？”

三姑娘的脸子又烘起了一层红晕，她那背上仿佛有千把根针在那儿钻，嘴巴也给石子堵住了似的，一句话都说不出来，只低下头去伸着一个指头在咬指甲。

“害羞么？嗨嗨嗨……公司这些个女工哪个不……”

阿富挨着她坐下了，一股酒味儿。

三姑娘把个脑袋一偏，看住左边的一堆牛皮纸，有一个千把斤的石头压在她头上似的，透不过气来。房子里的墙壁也像生了眼睛，几千只几百只，把她的前后左右包围着了。

“余玉莲刚才告诉过你吧？你要是肯答应我的话，你今儿……你今儿就……这是你的六块钱饷，迟到的钟点我没有扣，我还先给你二十块钱用。”

三姑娘接了那六块饷钱，案板上可还堆着一大把的钞洋。她低下头来看她自己的衣襟子，一刻又向那钞洋瞟一眼，脸上一阵红一阵白的变得很快，余玉莲刚才对她说的几句话，又在耳朵背后响起来：

“世界上什么事情都有法子的，只要自己不太那个……”

三姑娘的手一动，刚想伸到那案板上去，可是马上又僵尸似的僵住了。她的周身发抖——像是痉挛。不到几秒钟工夫，忽然爸爸那张古板的脸子显到了三姑娘眼前。

男的抽出一只手来伏在她肩上，三姑娘的血管里都像有些虱子在爬动。他再把那二十块钱向她口袋里塞去，女的变得像根弹簧那样地一跳，就跳出了门。男的还想追去，可是钞票掉到了地下，他一把拣起来，女的可已经撒腿跑了。

“嘘！”三姑娘在马路像脱了囚。

一到家里，母亲不知道跑到了哪儿去，爸爸缩作一团坐在灶边上烤火：两手抱住小狗子，鼻涕像根屋檐上结的冰柱，挂得有几寸长，他的身上不知什么时候少了那件烂皮背心。

毛丫头偷偷地拢来告知她：刚才茶馆里的人都说她不该去撞房东太太，要爸爸赔不是，会茶账。母亲抱了爸爸身上脱下来的那件皮背心，进当铺里去了。

毛丫头的话才说到一半，三姑娘的眼睛睁圆了。话一完，三姑娘的两手已经抓成两个拳，牙齿也咬得玻璃擦玻璃那样的叫。她的样子又愤怒，又后悔——后悔刚才不该退掉那把钞洋，来使爸爸挨冻。

“猪猡！猪猡！”她自言自语地说，“把爸爸冻坏了怎么办？”

她冲到了房子里来，把两个拳头向自己的头上乱挝，又顿脚，又搥胸膛。毛丫头不知怎么办才好，双手箍着三姑娘的两只脚杆：

“姑姑……姑姑……”

猛地三姑娘推开了毛丫头向那张藤椅上倒去：就像是死了，她不动。

母亲在当铺里回来了，一眼看见毛丫头在蹦呀跳的，她不要命似的扑了拢来：

“怎么……怎么……这怎么了……”

母亲搂着三姑娘在怀里哭起来，嗓子里噢噢地叫。爸爸从厨房里跑了进来，三姑娘可给他们喊醒过来。

她躺在母亲的怀里仰着脑袋淌泪，母亲撮了一把鼻涕涂到板壁上：

“你……你你……到底怎么了？心里……”

“没怎么！”三姑娘摇摇头，可是马上又把脸子躲到母亲的怀里。

爸爸只睁大着眼睛抽出口气，母亲在偎着她的脸子流泪，后来她们娘儿俩的眼泪交和着，就把衣襟子湿了一大块。

过了会儿，小狗子缠着爸爸要出去买烧饼，母亲也到厨屋里烧饭去了。三姑娘独个儿坐在桌子边上出神：一刻把眼珠子翻起看看天花板，一刻又在咬指甲——她的心里老是滴溜着装订室的案上那二十块钱。

经过了老半天的静默，三姑娘陡地站起身来，抓块手帕，干了脸子上的泪水。她变得像一个慷慨的战士，马上就要上战场去似的。

“好，就是这么着罢……我可不能看着老的小的都饿死呀！”她在肚子里的那颗心这么一横，一切就得了个解答似的。

天上快要黑下来了，爸爸在忙着要把当皮背心的几个钱去会茶账。母亲掏出一块大洋带两个角子交给他，三姑娘也把自己的六块饷钱摆到桌子上。她背着脸子把眼睛霎了几霎，又踌躇一会，才咬着牙齿当着爸爸告诉母亲说：

“妈，公司里今儿晚上有夜工。”

“唔。”

母亲只简单地应了一声，爸爸可没有话，揣了钰，就要忙他的去。

三姑娘看着爸爸戴上那个紫红色的长麻绒风帽，帽衣子中间露出一张很不相称的黑脸子，只有手板大。脸上尽是皱纹。他弓着脊背下了那个石阶。三姑娘的鼻管一酸，眼泪又潮水般地向眶子外涌了。

爸爸现在苦啦！爸爸一辈子……爸爸从前——从前是一个落第秀才，到现在还保着他的落第秀才格。爸爸的脾气挺坏。爸爸穷了就穷硬的：他不喜欢对人家笑，问人家借一块半块来买米的。爸爸宁可饿肚子。爸爸死好讲气节。爸爸就是这么个……

可是爸爸走远了，他的背影消失在前面的黑影里，三姑娘两个眼睛可瞧不到了。门边上站的小狗子把个食指塞到嘴巴里去蘸些唾沫来涂到衣襟子上漏出的棉絮上。三姑娘记起大哥临死的时候拉住小狗子的手送到她手里，他又把袖子在眼皮子上擦了几下。

母亲盛了菜来催三姑娘早点吃晚饭好去做夜工。她把饭扒不了几口，两只筷子打个叉横在碗里，她又在想什么，这么着一碗饭就差不多吃了点把钟工夫。

夜饭吃过之后，三姑娘换了一件蓝布旗袍。她的脸上也擦了点粉，比平常整洁得多。她站在屋子中间看着院子里的雪，老是不走，眼珠子钉在一块儿，魂灵不知道飞到了哪儿去。母亲似乎发觉了她不像在看雪，又催：

“有夜工，早点儿去！回头我来听着门。”

三姑娘点点头，又像要对母亲说些什么的样，可是没说得出来。又站了一会，才回头说声：

“妈，我走了。”

三姑娘飘出了那个巷子口。

第二天一早，东边的天上才发着鱼肚色，三姑娘偷了回来。

桌子上的美孚灯没有熄，灯芯伸到了码口的外边结成一个大火花，母亲像整夜没有睡着的样子：衣服穿得整齐地，床上的被摞得和昨天一样。她靠在那个桌子边上，眼睛肿得只有两条很小的横线，齐眶子起都是殷红色的。

三姑娘进来背着那张门站着，她看一眼母亲，马上又低下头去看了自己的脚尖，脸子惶恐地像一个等待着判决书的死囚。母亲没有作声，上下唇可张得有寸把宽，眼泪沿着鼻梁流进口里。老半天才：

“我我……我的苦命的孩子……昨儿哪去了……爸爸……”

母亲一面淌泪一面说着，脸上摆出一种奇怪的表情，可是并不严厉。三姑娘给她这种表情完全胁服了，一扑拢来抱住母亲的腰子，把个脑袋搁到她的膝上：

“妈，妈……啊啊……妈，我我……”

“你你昨夜……爸爸半夜跑到公司里，没见有夜工，你你……”

母亲的话没说得完，后面屋子里砰的一响，接着，就是爸爸哼出一声。爸爸赤着脚跳进厨屋里摸把菜刀向这儿奔，母亲扔开三姑娘对门外挡去，爸爸在门外跳得有尺把高，做出一副从没有过的凶样子，口里一面叫：

“贱丫头，你你……你这贱丫头……今天要你的命！”

“你你……老不死的，你要杀，先杀我。你你……你这老……”

母亲和爸爸在拼命。

“杀杀，一起杀，杀他个一干二净！”

三姑娘给他吓慌了，趴在那桌子底下。母亲扭住爸爸的胳膀：

“你你……这老不死的，你害了我的孩子……你……一家六七口……穿的吃的……你你……六七口……害了我的孩子……啊啊……我的苦命的孩子……噢……”

爸口里还是在叫嚣，可是脸上不知是汗水还是眼泪，线似的从他那些皱纹里面滚落下来。母亲扭住他在地下打滚：

"一家六七口……六七口……你害……"

爸爸的眼睛可气红了，他的胡子竖在下巴上。

"贱丫头，贱丫头！这……辱没了家门……辱没……"

母亲双手抓住他手里那把刀，爸爸可挣不开她的手。突地爸爸一翻身刀也不抢了，他跳拢来揪住三姑娘的头发，三姑娘跪在地下。母亲爬上几步，又揪住爸爸的衣襟子。

"走呀，走呀……还不走……快！……走！"

母亲喊着。爸爸挣开母亲的手，抓住桌子上的那把茶壶，狠命地向三姑娘头上摔去。

砰！

三姑娘倒在那地板上，头上冒出红血来。

一点钟以后，三姑娘躺在卫生事务所那张帆布担架上。从头发里蜿蜒地流下来的血，已经变成紫黑色。汇流到左额角的眉毛尖上，像挂着一个红色的胆囊。爸爸跑了拢来抱住她的脑壳，不知怎么一来，他那深陷的眼眶子里也有几滴泪水滚落下来，滴到三姑娘的脸上。血水和着泪水一泻，就从鬓毛角上泻过了耳朵背后去。

他伸出一只枯瘦的手来，想给三姑娘去抹那条血路，可是抖得厉害，没有抹去。后来他又要伴着她到卫生事务所去，给那个戴白帽子的撵了回来。他颓然倒在那张藤椅上——他也像是受了伤。

屋子里静悄悄地，毛丫头她们都不知道到了哪儿去，没个人影。只有那桌子脚边上掉落一把钞洋，一块雪白的小手帕同着躺在一块儿，不知给谁在上面踩了一脚，有个很大的黑疤疤。

原载《春光（上海 1934）》第 1 卷第 3 号，1934 年 5 月

七年忌

欧阳山

我静静地躺在用一块木板做成的床上。没有点灯，初夏的月亮一匹湖绉似的斜斜地晾在房间里，用她底柔软的光辉把这小房间划成两截，盖住我底木屐，小火炉，现在已经变成有黄黑斑点的陈旧的白通帽，和那些修理铜锁洋伞用的家私。除了那生锈的小闹钟以外，一切都屈服地待在各自的位置里，露出热得就要熔化了那样疲弱的神气。

房东倪三太底矮而圆的身躯在房门口出现了，一点声音都没有，像一袋装得紧紧，自己在滚动着的棉花。她一脚跨进来，马上做出回身要走的样子。可是到底又回到房间中心，站着，嘴里喃喃地说："呵，已经睡着了呵……"

她近来常常这样使我明白她底要求。照习惯，一听见我底假咳嗽声，或者别的什么答话，她就会像一个窃贼，摸摸索索地坐到床前的竹椅上，摸摸索索地伸手拿桌上的火柴。灯光下，我就可以看见她从衣袋里掏出一本像"蔡廷锴大破倭奴兵""东洋人乞和"那样薄薄的木鱼书来。

"读几句好不好，谢谢你。"

肥胖而苍白的脸困难地做出恳求的微笑，于是垂低了头，虔诚的教徒似的，要从我底声音里找出满足她的东西。碰到听不懂的时候，她就偏侧着被灰白的头发覆盖着的脑袋，脸上露出一种混和着惊愕和哂笑的表情，嘴角痉挛地下垂着，简直是某种典型的性格倔强的小孩子。

在非常高兴的时候，她甚至会把身躯摇动起来，闭上眼睛，一直继续到好多分钟，才突然发觉自己失于检点似的，睁开眼睛望望我，用一只手理理头发……

但是今天晚上她没有点灯，也没有要求我替她做什么，仿佛迷了路的人，迟疑地站了一会儿，就毫无声息地打房门边消失了。

矮小的身材，扁圆的脸孔，永远在眺望很远的东西似的灰暗的眼睛，这从初搬来的那天起，就吸引了我底注意，这个五十多岁的老妇人，开头用非常严厉的态度教训我：

“早上五点钟，你无论如何不要大声说话，或者把什么东西摔到地下——总之是不要吵我。晚上，自然啦，你自己也会晓得的……还有，你供不供神位，不是耶稣教徒吧？”

显然地，她底冷冰冰的脸孔不过是偶然的假装，等到她看清楚这个认得字的铜锁匠对她并没有害处的时候，就完全变成一个和蔼、仁慈、喜欢说话的老太婆了。

住在这幢房屋里的，除了倪三太和我以外，还有他的儿子。他的名字叫倪长乐，是一间私立中学的庶务员。年纪三十上下，长长的嘴，厚厚的嘴唇，有两个门牙突出唇外。不会喝酒，有时喝了一点，便“酒真是好东西呵，酒真是好东西呵”地嚷着，一面嘘气，好像什么地方受了重伤。

他虽和他底母亲住在一起，但他完全使倪三太感到孤独。我和他见面的时候很少，平时大概都在早上，天光不久，他就起来了，从窗户里伸出半个头来，望望他母亲底房间，又轻轻地朝我做一个鬼脸，低声地对我说：

“她又念经了”后来就简缩成：“又来了。”

往后在一天中，我们就没有碰面的机会。即使遇着什么纪念日，我们也不谈话，他常常忙着要求他母亲同意把现在所住的这所房屋变卖掉，从许多方面证明这样做的利益，企图说服她底执拗的“无眼光的偏见”。

“等着吧，给点耐性等着吧，房子总有一天要卖掉的，我看得清清楚楚。”老妇人总是这样回答那位庶务员。

倪长乐像一头饥饿的狼似的咆哮起来了。

“等什么，难道要等他回来么？”

常常重复着这么一句我所不理解的话。跟着是那男子底狠狠的咒骂，深深的怨恨，和一些听不清楚的低语。倪三太坚固地保持着沉默。等她底儿子出去之后，她就挨着门框对我说：

“唉，看这样没用的蠢材！前几天说校长底妈妈办大生日，今天又说校长底儿子满月了，连扯谎的本领都没有呵！我通通晓得的，总是为了那张房契，什么事情都没有了。”

“他不拿钱给你用么？”我有一次这样问她。

她的脸色马上变得很凄惨，低声骂着：“哼，有这种好事情！”就慢慢地走了开去。

“他赌钱么？”

她拧转身，灰白的脸上没有一点血色，像是旧蓬纸糊成的。两只哑暗的眼睛在眺望很远的东西似的呆呆不动。摇摇头，轻轻地叹息着。

“谁明白年轻人在做些什么事呢？他们高兴怎样便怎样了。就是要在江心里造房子，你也没法子叫他们相信那个做不到的理由的。”

不久以后，我完全观察出来，他们母子之间是充满着不愉快的感情的。倪三太孤独地生活着，天天早上永不间断地用饮泣般的声音念经，抱着很大的兴味去听“上海战争”的故事，而有时很关心地插进一个发问：

“这件事别的鬼子有没份儿？”

谁也不能根据月亮来测定天气的，半夜里就下着瓢泼大雨。雨声，金属器和砖块相碰的声音，把我惊醒了。倪三太影子似的在我底独木床前奔跑着。多量的雨水在四面奔腾激撞，仿佛被天空的巨人不住地浇向滚油锅里，因而使它们不得不惨痛地呼号。在一个瞬间里，我疑心自己被摔在一条猛泻着的瀑布底下了。

她听见我的暴躁的叫喊，茫然地呆望着从门槛挤进房里来的小小的泉水。摇摇头，便坐到我身边来，用保姆底口吻说：

“做什么事呢，做什么事呢，到处都漏呵！”

她底抱歉的神气使得她更加显得胆小。臃肿的脸竭力做出赔罪的笑容，小水珠从发脚滴到前额，两颊，和那两片不健康的淡紫色的唇上。她把我当作她纵容惯的坏脾气的儿子了，这使我感谢地笑出来。

“可是天气却凉快多了……长乐回来了么？”我把煤油灯拧亮一点，预备用这样的话证明我没有生气。

“他大概不会回来了吧，嫌家里没有电灯嗄！”她坚决地回答我，“没有电灯，朋友来打牌就没有面子啦，‘不怕难为情，给人看见，黑吗吗地像个鬼洞？’他骂得多厉害！没有法子的……装电灯贵得多不用说，电灯泄起电来，还是当玩的事情？祖祖宗宗那么多年来都没有电灯，不是也活得面子好好地，一点没有丢过？唉，总之，想法子花钱就是了……”

东江的农民底顽固的性格，她是直接从那个做小军官的父亲那里继承来的。她知道那个庶务员底唯一希望是卖掉这间房屋，于是她就像守护祖宗底坟墓似的守护着它。

“这是很明白的，我还有几多年命”她挺直腰站起来，昂着头说，“说不定哪一天死掉了，我底鬼魂朝什么地方钻，灵位往什么地方摆？”

她底脑袋蛇似的左右摆动，渐渐地垂下来，那双神经错乱似的眼睛小心地愣住我——一会儿，不自觉地苦笑起来了。

“你不觉得诧异么——自从反正以后，有年纪的人彼此碰了面就是叹气，唉，谁晓得这个世界要变成怎样呢？”

她底自制力量和高傲的表情，在那块松软的，没有弹性的灰白脸上看来，是非常不合配的。但是我想像得出，她年轻的时候，是怎样快乐和要强，又能够适应那无情的虚伪的充满毒气般的礼教环境，沉默地生活下去的人。

“是的”我勉强陪她笑笑说，“我一直都在想，论到死的事情，你们老一辈的比我们仔细多了。我们像蒙着眼睛的瞎子，一步一步地跳，一碰到山坑，完了。”

“那还比他底爷强得多呢，会跳的人不是傻子，像他底爷，粗扛不起，细不会做，坐在家里等皇帝出来，把今天贵几个钱一斤红薯，明天一块钱少几两米，当作顶大顶有味道的事情叫嚷着……一直到后来还不是死掉了，哼……”

她用急速的脚步表示对这种事情的厌烦，像急于要丢弃和这有关的一切联想，走到房屋底“后进”去。二十分钟以后，我隐隐约约地可以听见从她底房间里，发出呻吟的哭泣声音来。往后，一阵速度很高的狂风扫过屋脊，它底尖利的牙齿把瓦筒啃得毕剥地响，使我听不见一切别的声音。

但是我底愤怒的推想，沉在具有威力的狂风底下……它，自然底呼吸所吹不动的，使我幻想出一个强壮的年轻女人：她能使一切的人感到满足，而最后，像解除了污垢以后的肥皂泡沫似的，被倾倒在黑暗的阴沟里面去了。

第二天是一个湿而凉快的日子：满蓄着混浊污水的广阔的天空，被谁泼下了许多大的墨。它们各自用或快或慢的速度扩散着，流走着，渐渐溶化，销蚀在厚的发肿的云层里，仿佛要涂黑了所有的东西。人们在街上，房里，悄悄地走动着，都显出非常孤寂和瘦削，因为一切的东西都失去了它自己的影子。

天亮了不久，这个夏天最大的一场雨就下起来了。它吞噬了所有别的声音，自己在屋顶上吼叫着，跳跃着，它底硬胡子刮得那些瓦筒发出“啪啦啪啦”的哀号。桌子上，椅子上，壁上，都在淌着从瓦罅冲进来的水；阴沟满了，天井满了，雨水就浸到神厅里面，房间里面。地上的泥尘，豆壳，铁屑，和许多死了的小虫底尸体，浮了起来，沿着墙根流窜着——不久，就匆忙地在什么地方混合起来了。

倪三太房间里点着灯——它仿佛是一块被火烧焦的瓦片，闪出奇怪的喑哑的光辉。我每一次经过那里，就可以听见她念经的声音：低声在和别人争论什么似的，重复着几个含混不清的简单的音调。我赤着脚从神厅到厨房两头跑，把放在地上的零星东西放到较高的地方，用竹扫帚赶开各处的污水……

当我最后一次经过那用别个民族底智慧的语言排除自己“无边的困苦”的女人门口时候，突然想起，倪三太今天念经的时间已经比平时多出两倍以上了。这使我感到微微的不安。我预备承认挑起她底苦恼的伤怀，是由于我底蠢笨的疏忽的话语。

但是倪三太到底走出来了。

“你真有点像他呵，就是年纪也差不多。一下起雨就忙这样忙那样地，真是一个管家婆呀！”

我不能完全明白她说什么——不知道她说我像谁。不过这并没有妨碍我对她表示好感的迅速地答话。

“雨太大了，横竖不好上街的。有什么讲头，我们底力气难道还值得几个钱一斤？”

她底嘴角缓缓地向下弯了一弯，漫不经意地浅笑着，于是也开始忙碌起来。那双空洞的漠然的眼睛变成较灵活而且坚实的，有生命力的东西，红润的光辉熠熠地触着我底脸，和一切旁的物件；身体前倾着，两只裹过放大，因而成了畸形肢体的小脚，沉重地踏在火砖地上，发出从来没有过的“噔——噔”的声音，四处奔跑，完全有着年轻人底热心。——看到这种不平常的举动，我惊骇了，于是我悄悄地对自己说：“今天是什么日子呵！”

她没有注意到我底疑惑，也没有注意到我在观察她底行动。头发同样地灰白但没梳得那么齐整，身躯因为常常弯着，显得更矮些，眼睛因为四边的皮肿胀了，显得有点凹陷——这一切，因为没有被矜持的力量管束着，都明白地向人表示它们底变异。当她忙着抹桌椅，洗碗盏，甚至用“芽灰”来擦那些颜色黝黯的小酒杯的时候，我总是受了魔术底禁魇似的站在旁边。她嘲笑我，用高朗的声音对我说：

“怎么呆了呢？告诉妈妈是怎么起头的吧。——你该像我一样做点事才对，今天是倪家的大日子……不上街么？在这边吃饭好了，可以喝一点酒……”停了一会儿又要求我：“走吧，跟我一道去买菜。”

雨一直没有停，我赤着脚，戴着竹帽，提着竹筐，跟在那老妇人后面。空气里全是小小的水珠，柔软的羽毛似的，沾在人们底脸上，有清凉的感觉……如果把手伸到大而圆的竹帽遮蔽之外，粗的雨点就打得肌肉生疼……

“他今天回来……回家来看妈妈。还有一个叫褚坚的朋友，真是他底好朋友，一个又聪明又老实的角色……还没有娶亲的孩子呵！”倪三太从黑绢雨伞底下探出头来，絮絮地说。

“他是谁？”

“我底儿子嘎。”

她看出我底疑惑的猜测了，赶快要纠正我底错误似的说：“你一定不能够猜想那是长乐，一点也不像哩。他真是我底儿子，做木器的。十五岁就学会酸枝刻花，多聪明的孩子呵！喂，今天……”她突然拧回头向一间猪肉店里的一个胖子吩咐道，“给我切斤半五花肉。猪腰还有没有呢？”这样，她就把我丢在街心，走进猪肉店里去了。

猪肉，鸭肉，和许多别的酱料，青菜，渐渐把菜筐子装满了——跟这位老太太底话渐渐装满了我的脑袋一样，她讲得非常破碎而且零乱，使我无从把那些意思拼在一起。

“我怎么知道他一定回来？我是知道的。”她顽固地这样说，“他年年今天都回来的，今天是什么日子，六月二十三嘎！……”于是又拧转头向菜贩子论价去了。

一会又告诉我："褚坚那好孩子一定跟他一道回来的，年年都是这样。少得很，一年只回来一趟呵！"

她非常兴奋。那小的尖嘴布鞋踹到水洼里，泥浆溅开来，裤脚却弄得又湿又脏，她就只是缩一缩肩膀，说："唉，好深的水呵。"

像逗引一个怕羞姑娘似的把我带回家里。一直到她要量米烧饭的时候，才用庄严的面孔，凄惨的声调，好像什么时候都在哭着，把关于她底儿子的事情告诉了我。

"进来吧，我有一样东西给你看！"她这样开始了。

她介绍给我一个差不多二尺高，出于拙劣技师手笔的半身放大照相。

"这才是我的儿子，我只有他一个"她底夸傲的姿态使她底腰骨挺得直直地，两个嘴角往下垂着，臃肿的面孔严肃得有点滑稽。"长乐是什么东西呢，一条没有心肝的'鼻涕虫'，我一点没有说偏心话！他叫倪大德，许多人都记得这个名字的。"

倪大德是一个看来只有十八九岁的劳动青年。他给别人的第一个不平常的印象，一定是他那张跟母亲一样臃肿肥胖的脸。眼睛小，并且也是肿的。眉毛和鼻子都显得异常粗大。他底嘴巴，是我们这位年青的酸枝刻花匠仅有的快乐的东西，那里储藏着热情、智慧和迷人的豪爽。我虔诚地，小心地坐在倪三太旁边，用低到几乎听不见的声音，惴惴地问她：

"他到什么地方去了呢？"

讲到她的儿子，倪三太就完全露出自己是个轻躁激动的人物，带着毫无阅历的滔滔不绝的口吻。

"我怎么会知道呢？——也许跟他爸爸在一起吧……不过即使知道，也是自寻烦恼的事情呀。总之，他是不会回来的了……不，很少回来的了！

"——从前呢，他是天天回来的。像所有的年青人一样，把老人家的话当耳边风，那么，在七年前六月二十三那一天晚上，褚坚就带着许多眼泪来告诉我，他永远不再回来了。

"'你哭得不住声，他们是叫你来哭的么，多讲一点嗄，多讲一点给我听嗄！'那容易动情的报信人，听见我这样骂他，就奇怪地望了我一眼，怪凄凉地说下去了。他说他们在下着小雨的时候，走到沙基，有一个学生模样的年轻小伙子领头，大家就叫起口号来。你一定没有听见过许多人合在一起叫口号的吧，现在不大看见了。从前他们常常会这样打雷似的叫起来的。成千成万的人一道张开喉咙叫喊，那声音很奇怪，好像听得人家心一缩，就要淌眼泪了。蓝眼珠鬼子不高兴这种声音哩。褚坚说，在大家知道从对河有子弹飞来的时候，大德本已经走到了老远的前面的。倘若他想得起他的妈妈，唉，倘若他想得起他的妈妈……

"可是大德完全没有想起我！他们说他那天是当了纠察队员的，就从前面跳到后面来，叫大家不要慌，指挥那些年青孩子从那条路口逃命，扶起那些跌倒在地上给人踹到半死的女人……你相信有这样的事情么？"

"我完全相信的。"我底喉咙感到麻痹，仿佛喝了猛烈的烧酒，这样回答。

倪三太低垂着头，微微笑了笑，说："大德真有那股傻劲的。"

那天的详细情形怎样，我现在记不得了，总之，是我底一生中一个极不愉快的日子。而且这种不愉快的感情继续存在了一个不短的时间。那是完全因为被倪三太叫作褚坚的那个感情丰富的年青人失了约而引起来的。

因为他底意外的缺席，使我们底祭礼，和我们底早饭，都充满了阴郁的空气。我们都不作声，有时互相凝望着，成为两个神经错乱的人。一直继续下着没有停过的凉雨，是我们唯一的可以嗟叹的话题——但对话是非常简短而且带着懦弱的粘滞性的，倪三太爱说话的特点，只显露了一会儿便仿佛消失掉了。

“去看看现在什么时候了吧，”她不住地这样吩咐我，虽然在雨大到“赶狗不出门”的时候。但她却不信任我冒雨跑到对面那家皮鞋铺看钟的结果，“哪里会有十二点半呢？哪里会有一点半呢？”她总要这样对自己更正一下，而终于就确信地对我宣言道：“他已经来了六年，今年不会不来的！我知道得清清楚楚！”

她那具有青年壮气的确断的声音，会使我非常感动，发生跟她一样的信念。现在虽然过了两三年，时间把那样坚决的语音带走到很远的地方，但我常常还明晰地听到：

“……不会不来的！我知道得清清楚楚！”

但这是倪三太底错误。褚坚始终不会把倪大德带回来。她早晨盼到晚上……天一黑，晚饭都没有吃，就像跟谁低声争论似的念起经来，声音是可怕的单调。

她后来曾经把她底欲望告诉我，那讲故事般的口吻，时常夹杂些发音不准确的新名词。她说褚坚每年六月二十三,一早就来了，帮她买菜，洗碗，亲弟弟似的祭奠大德。“我们要去开会巡游，我还要演说呢。”他这样说着，一吃了早饭就走了。下午五点钟又回来，带了倪三太和她儿子底半身放大照相，到酸枝花梨工会去开追悼会……她讲到这个地方，就要突然站起身向我发问：

“你晓得那儿有多少人么？哼，晓得么？”

那大会堂里大概总有三四百人。她说她坐在讲坛旁边，看见褚坚忙着跑上跑下，其余的人都忙着，于是，好像出于一种幻觉似的，她就隐隐约约地看见大德也混在众人中间忙着，奔走着，大声说话……她那时就会迷失了自己所在，用迟钝的眼睛追赶着她底儿子，一直到眼泪把一切东西都浸得发胀了……这在她是痛苦的，但她坦白地承认这是她仅有的欲望：每年有一次，褚坚把她底儿子带回来。

她讲到这里，就会闭上眼睛把身躯前后摇动着。她高兴的时候常常是这样的。过了几分钟以后，她就用全然不同的表情，说出她对于另一方面人物的厌倦和愤恨：

“我现在也有儿子的，那就是长乐。当初他底父亲，大德底四伯，一听见鬼子在沙基开枪的事情就带着他跑来了。‘六嫂，你是一个深明大义的人，在倪家找不出第二个的’四伯冷冷地对我说，‘现在，只有长乐来继承你们这支人底香火了。’长乐给了什么东西给我呢，吵呵，闹呀，装电灯呵，卖房子呵……还有别的吗？我说来总是姓倪的人，我死了又不带房子去的。”

我了解她底命运跟她自己所了解的一样。我知道她无论朝经卷里逃得多远，结果总得给现实底铁手抓回来，当作一颗泥丸似的搓捏，但我不能够对她说超出她所能想象以上的话，只能用微微的浅笑表示我那卑俗的同情。

她不再读那些由坐在书案前有着夸大狂的贫脑英雄们创作出来的叙述毫无根据的胜利的唱本了。也不再问“这件事别的鬼子有没有份儿”了。她只向每一个人追问，六月二十三那天有没有大巡行，有没有开枪，有没有闹乱子那一类的事。

她推想褚坚底失约是因为他遭逢了巨大的变故。

她底嗣子倪长乐除了每天早上仍然从窗户里伸出半个头来，轻薄地做着鬼脸，嘲笑他底母亲念经之外，又用那样的话伤害她：

“变故？这才笑话！人们老早就已经把六月二十三是什么日子忘得干干净净啦。大概忘记了，少说一点，也有五六年了吧。什么变故！褚坚那家伙怕还不是个荒唐鬼？”

这样，他们就吵起嘴来……甚至在平时可以宽恕的事情，也毫不退让地争论上半天。

有一天，由于倪三太一个偶然的提议，我就陪她到泰康路去。她并不知道那条是什么路，只模糊地记得什么走法。她说凭了坚心，一定能够把酸枝花工会会所找出来，并且为了鼓动我底勇气，她絮絮地描摹那间会所门口的形状，甚至左右隔壁有些什么铺子。

但是我们失败了。

我在泰康路尾问一个抬轿子的苦力。

“要坐轿子去么？”他仰起那张殷勤的，因为抽鸦片而变成几乎透明的、灰黄色的脸要求着说。我们拒绝了他底妄想。

“好吧，先给我两毛钱，我带你们去吧。”

倪三太同意了这个条件。那个苦力慎重地把银角子在士敏土人行路上掼了又掼，然后把它塞在耳朵窟窿里，满意地咳嗽了几声，咂咂嘴，努力挺起那疲软的身躯，在我们前面领着路。转了两个弯，走进一条小巷子里，在一家“戒烟室”前面停住了。

“酸枝花梨工会本是三边过一间大房子，后来封掉”他对我们解释着，“现在分成三间小房子了，这是当中的一间。那边是一个卖花碗的潮州人住的，这边住着许多小姑娘，她们都给别人思疑是不正经的女人，也许是冤枉的。你们找哪一家呢？这地方我万万不会弄错。我从前也做过酸枝刻花这门手艺，常到会所来，现在常常‘打老虎’，也要到这里来的。我一定不会弄错。”

事情是这样结束了。

现在过了两年多，我不知道倪三太底房屋变卖了没有。倘若没有，我总祝望她能够再会到褚坚——那感情丰富的小伙子，能使她的欲望满足，每年一次地，把倪大德带到他母亲面前的刻花匠。

原载《文学（上海 1933)》第 3 卷第 5 期，1934 年 11 月

雷全的幸运

毕奂午

拖钩，那缠身的怪物！

那些从二千尺深的煤窑中爬上来的十三四岁的小矿工，每人都背着一个。他们懒洋洋地走着，仿佛全身的气力都已被那个弯曲的铁怪物给完全拖尽。

从矿山到矿工们下宿的村庄，那道路一直很肮脏。农人们收获谷子等的那残余的干草，老是同马粪，黑煤屑混在一起。还有路旁那被矿山里的洩水机的流水所淤积成的臭泥塘，发着酵，望去简直像一些极恶性的，将要迸裂的大疮疱一般。

二三十个小矿工挤挤嚷嚷地走着。他们有气无力的一面谈着话，一面还很用心的听那背上的拖钩同那在腰间悬挂着的安全灯击撞的响声。在他们，对这两件东西，本来是早就厌恶了，但是因为一离开这两件东西就得挨饿，所以又得战兢兢地去保护着他们——拖钩倘若碰了安全灯的下半截，那安全灯的玻璃是立刻就全粉碎的。

小矿工们谈话的焦点，聚集在一个小伙伴叫作雷全的身上。

“雷全！你若升到‘头’的时候，可不要忘了咱们弟兄们呀！”

“那时候，你不烂打咱们，就算不错。”

“你得敢？你雷小子倘若学现在那‘王头’，这里就是你小子葬身之地。你看，这高岸，旁边那井……”

“雷全，他妈的你是愿意活埋，还是愿意试试水葬？……”

雷全顾不得答复每个伙伴的话，他只默默地夹在他们中间随着他们挤挤嚷嚷地走。也许他的脸早已红了，但在那涂满煤屑的脸皮上是看不出来的。

雷全并不怎样太高兴，他不过只是被工头把工作给他替换了一下，由拖煤筐换成赶煤车，工作不见得减轻，工钱也是一个也不多给。

但是在其他的小伙伴，就觉得他是走了好运了。那被羡慕同嫉妒所燃烧出来的话，今天是一直说着，几乎忘掉了他们的疲倦。

雷全是在十二岁上当了矿工的。

那也是一个秋天，柿子树变红，沙沙摇摇地谷子成熟的时候。雷全正在薛财主家的割完谷子的地里，捡那剩余的谷穗。突然远远地飘来一声女人的叫喊，雷全吃惊的回过头来，那遥遥地站在秃光的谷地的垅头上的，乃是他母亲。她用手拢着嘴唇，一再地喊：

“全……子！……”

声音一阵阵地跳过那被镰刀斩短的谷秸，跃进雷全的耳鼓，于是他便随母亲回家了。

他一进门就看见那满身煤屑的黑爸爸在院心坐着，仿佛有什么要紧的事，等着雷全来办似的。

“小全头！明个不用去拾谷穗了，也和东街阿根，三猫他们一起去窑底下混混吧。背几筐子煤，怎么也比一天拾人家两穗半谷子强得多。”

也不知在什么时候打就的一只拖钩，也许是祖上传下来的，被他母亲在屋里一张破桌子底下拉出来。她用胳膊量一量雷全的背，马上便将院心的晒衣服绳子，用剪刀剪下一节拴在那拖钩把上。

“成……了……”

她一面说着话，一面让雷全舒长胳膊试了试。

雷全并没有表示什么，虽然是由于他的不太明白那煤窑下的吓人的情形，但也是由于他小小的灵魂中，对于自己的命运，似乎有一种预感。他并不惊奇。他习惯了他爸爸的生活，老是听着汽笛叫唤就出去，直到汽笛又叫唤了才回来。浑身滚得像一个黑鬼，一进大门就是一股汽油味猛烈地刺人鼻孔，使得屋子，院心的空气马上沉郁起来。并且在近几天来，他又老是看不见阿根……三猫……在他们那时常打跟头同摔跤的土堆上，只剩下他一个人闲溜达，人们都说阿根、三猫去挣大洋钱去了，其实雷全很明白，他们全钻了那煤窑的黑窟窿。

“咱小子，赶明儿，还不是也干那个！”

小雷全是在前些日子，就给自己的命运下推断，并英勇地表示承当，毫不畏缩。

第二天雷全即同汽笛一起起身，拖钩在他背脊的左右不住地开始摔打。他夹杂在阿根、三猫以及其他小矿工们中间，向着那吐着黑烟的，高耸云际的矿山里的烟囱足根走去了。

烟囱巍巍地站立着，它是人间同地狱的一个界标，它的足跟即是那二千尺深的煤井张开着的大口，无昼无夜吞噬着儿童的鲜嫩的血液，以及一切壮夫的筋肉。

熊熊的大火，在锅炉房中煽动着。一千匹马力的引擎急速地开动着机轮。一条坚韧的钢的缆索从煤窑中走上来，爬越架在井口上的高车驾子的钢骨，匆匆地进机器房的开车间。一会儿又匆匆地退回去。仿佛一条寻觅巢穴的毒蛇一样，钻进去，又钻出来。不过它的首尾是不能看见的。因为它一头是在开车间里的线轴上，那头则是在煤井里系着一个有十数吨容量的铁罐。

人们从铁罐中投了下去。煤块从铁罐中被装了上来。

雷全挤在装着数十个人的铁罐里，梦一般，就便摔到窑底了。他从铁罐里走出来，在人堆中他看到阿根同三猫，不，他不过只觉到那两个是阿根，三猫就是了。

窑底下的生活，简单而热闹。一个大石块砌成的穹庐上面，嵌着数百烛的大电灯。一个黑压压的煤站，像蜘蛛网中的蜘蛛似的在那里蹲着，把十数条轻便铁道向各个隧道伸开去。轻便铁道上，人鞭着马，马拖着煤车，隆隆地没有一刻停止。挖煤的矿工，拖煤筐的小苦力，要到他们那工作的地方，那是也得在这些轻便铁道上走过。他们一直走到轻便铁路的尽头，他们才离开铁路，钻进一种用木桩做成的林子。这是那已经采掘完的煤层，尚未来得及构筑隧道敷设铁路，但是又怕那煤层顶上的土陷下来，所以就用了这些木桩子来支持。木桩中间是一条枕木排成的木道，浸道水，倘用力一踏，那枕木缝中就有水渍渍地冒出，声音如鬼叫。矿工们从这便把安全灯燃着了，并伸出手来，让矿警给全身检查一遍，看看是否有烟卷，因为在窑底抽烟简直就等于在人世里放火。

挖煤的工人们挤过木排道，各自奔向那顽强的，黑魆魆的岩石去了。

雷全也由阿根领着去见了工头。

在并不太亮的安全灯的灯光中，工头的面目是不能描画清楚的。所看见的仅仅一个简单轮廓。颧骨突出，嘴唇厚厚的，没有下巴，令人一看很容易地就想起那秋天的菜园里，那不收成的死蔓子窝瓜。窝瓜一摇一晃地发出粗暴的声音——那是指示雷全作工力地大道：

“你爸爸昨天就给你挂号了，小子！挺挺腰板，好好地干吧。小小的岁数，日后总有你的……”。

死蔓子窝瓜，又从腰间拉出一条黑油大棒来，他敲着那装煤筐子的边缘。

“下拖钩的时候，少来点劲，筐子破得太快了，是要罚工钱的。记住，小子。”

之外，工头就什么也没说，这种简单的命令，就像锋利的白刃，准确地放在雷全的胸口前面。然而雷全并没有躲避，他毅然的把那白刃握住，拖钩往背上一搭，曳着煤筐——去了。

拖煤的小苦力们的工作，在煤层与轻便铁路之间的木排道上。他们把那从煤层采好的煤，一筐一筐地拖到那木排道同轻便铁路接轨的地方。

小苦力们来回地走着，隆隆地像一群地球房里的抛球道上滚着的黑色的大个地球。他们流着汗，汗水在脸上的煤屑中开几条褐色的水道，但立刻就又被煤屑给填平。汗湿的破布褂，煤屑也是一层一层地往上盖。

拖钩把上的绳子，是跨在小苦力们的胳膊上的，当小苦力们初上工的时候胳膊同肩膀不等半天就肿了。赶下半晌就得皮破出血。血，透过了破布褂，在绳子两旁同黑煤层混起来，成为黑紫色的泥浆。小苦力们如被针刺一般的痛苦着，中间不免有一两个啼哭起来把工作赶慢。

但是，那工头对这些是毫不顾忌的，你初来也罢，反正你跑不快，他就把黑油的大木棒子拉了出来。

“你妈的！装死装活的！你算干他妈的什么？要来这黑窟窿里当洋学生吗？”

一棒打在流着泪的小苦力身上，小苦力不敢嚷痛，便又飞也似滚开了。死蔓子窝瓜，可算得一个最好的地球打手！

小苦力们，每人管理两只煤筐，除拖着的一只外，煤层那边，尚有一只所谓“坐地筐”，苦力们一分钟也不能呆着，放下空筐，那“坐地筐”也就满满的了，马上就得拖着走。在从前，本来是每人只管一只的，但是近来经营业考虑的结果，决定让小苦力们由管一只筐加成管两只。——这样厂主方面可以获庞大的利益，并可减少劳动消费二分之一。

赶雷全来做矿工的时候，这办法已经实行了。不过雷全在第一天，可没有哭。这个小小的英勇的受难灵魂，竟在血里面挣扎着将眼泪忍住。

也许是被那死蔓子窝瓜的黑油木棒给吓住了吧？但是死蔓子窝瓜从当天起便特别夸赞雷全。

二年过后。煤车班里一个老马夫开革了。要在这些拖煤筐的小苦力们中间挑一个去补充。于是死蔓子窝瓜便推荐了雷全。

那老马夫开革的原因，雷全完全知道，那是为了在一改良待遇的运动中，那老马夫提出了自己的要求。

老马夫要求着在每日上班的时候，得让他们村子里的工人们乘坐那辆运煤的空列车。因为他们的村子实在离矿山太远，二十多里，几乎要得走两个钟头。这样算起来，他们的工作在名目上是十小时，但实际上，连路上费去的时间，恐怕十四小时不止。

老马夫当每天从家里一直赶到窑口的时候，差不多他的眼睛就全红了，他和瞎子一样，他走进铁罐，全凭了他的习惯。十小时的工作完后，他又赶回家去。回家他已经快成半死了。

这样，那老马夫无论怎样也得向厂方提出乘坐空列车的条件来，况且矿山到 × 埠的铁路，正经过他们的村子，运煤列车，每天把煤送到 × 埠，在他们上班那时候，总有一列空煤车回到矿山。他觉得坐一下没关系，所以老马夫的意志很坚决：

“不管死活，咱们是非让厂长答应这个不成！”

雷全那时曾看见老马夫的悲惨的，激昂的样子，红眼睛，涂着煤屑的白发蓬松着。伛偻着身子，舒着干枯黑手掌——呵！乡间传说里的索命的鬼魂呵！

要求改良待遇的事件，几天就结束，矿长并没有管到老马夫的死或活，他只认他是有意捣乱——老马夫开革了。

雷全从老马夫的空位子上，接过来一把瘦瘦的皮鞭子，同一匹害着腐病的马。——它的四蹄肿得厉害，和四个大个癞蛤蟆一样。

病马的松散的下垂着嘴唇流着血，一根细细的麻绳绞着它的舌头。这是预备在用鞭子打它也不走的时候，来扯动的，细细的麻绳，把病马的全神经箍住。只要人用手一摸那绳子，病马就立刻跑起来。

煤车在轻便铁道上隆隆地走，雷全在车旁一边跑一边挥鞭子。当他瞥那马嘴上的麻绳时候，他觉得自己的背脊上的皮肉就像是裂了一般，发剧痛。

他想起他初来时候……两颗大的泪珠，从他那满涂煤屑的脸渗下……

但是，他那些同他在一起混了二年之久的小伙伴们，已觉得他是交了好运了。

今天，他们一路上，对雷全并不只是羡慕同妒嫉，实在，也含有对伙伴的同情的庆祝意味。

原载《水星》第 1 卷第 3 期，1934 年 12 月

刘麻木

荒煤（陈荒煤）

饭后，水手们底恣意的谈笑和着那贪婪地吸着烟枪吱吱叫的响声，被灰沉沉的鸦片烟子缠着，像团浓雾似的飘进角落里去又浮荡了起来地在阴暗的舱里满溢着。

我难耐那些水手们粗声的哈哈响亮地在耳边叫嚣，便悄悄地走了出来站在船尾上。

苍茫茫的暮霭在水天底远处满漫着，江水被尾轮扰得翻滚，撒开了辽阔的波浪，不停地袭击着那凝着一朵朵浓云似的有着墨绿树丛的江岸。一只孤鹰追逐着波浪在船底前后掠来掠去，像一点阴影似的贴紧了那被家乡底怀念所缠绕的旅人底心。

又是在这样的一个秋天里踏上渺茫的旅途的我，是有点儿感到迷惘了。

“你喝一点酒？”

在我底怔望中，有一个人用一双手拍了拍我底肩头模糊地问我，当我一惊很快地回过头去一望，站在一个老人身边的么哥——被人托咐照料我的那杜老板底侄儿——就忙向我笑道：

“陈先生！莫理他，是酒麻木！”

我笑点了下头，也就不作声地看了看那老人；他约莫有五十多岁，头发早脱了顶，短短的，灰白的，罩不住那张四方的脸；额头在睁大眼睛的时候满是皱纹，但除此以外你就再难从那脸上找出一条皱纹来，两条厚的唇角和那灰涩的眼角，是像永远没有点牵动似的平坦。他随着船底震动，颤栗着身子拿起酒瓶笑对着我。我摇摇头表示不喝，他便放下酒瓶，像非常失望地把头也低了下来，只望着那空了的杯子发怔。

“你已经喝醉了！”我好奇地在他身边坐了下来，望着那张醉红了的脸说。

“么事？……这四两酒都不到……”他举起瓶子摇着，“这也醉？……格杂种！我往常……”

他一使劲摇着瓶子连身子都摇动了，我几乎要歪倒下去，一只枯瘦的手是那么抓紧了棹子边才正定了身子。

“× 他妈！到底是上了点年纪了。”

他自己情不自禁地感叹了一声，望望我，却又勉强地作了阵苦笑，用解嘲的口气向我说：“嘿嘿！就是前年，格杂种！我也喝半斤……”我不经意地把眼光掉向别处瞥了一下，他就好像发觉了我对于他的不信任，也就再没有说下去。那枯瘪的没有血色的厚唇是看得出因为有一种憎恨而起了颤悚了，我想不到是为了什么，便又站开了。

“刘麻木！再来二两！我们是老朋友，来谈谈心。你媳妇底孝顺真是少有！是罢，你家？……么哥！再打二两花雕来。”

一个伙夫擦着满脸油汗插了进来，猥亵地在脸上浮着笑，拍着麻木底肩头说。麻木顿时很高兴地笑眯着眼，把那伙夫很亲热地拖在我刚才坐的凳子上坐下。

“花雕有么喝头，要喝还是喝白干！”

“是，喝白干！我们谈点心：你家底媳妇多孝顺！”那伙夫只是有一句没一句地搭讪着，突然地，他站了起来用那粗裂的嗓子望着高兴的麻木大笑道："你家多高兴！你家说，你么样爬你家媳妇的……"

"格杂种！老子爬你妈……老子这么大年纪……"麻木不等那伙夫说完，就抖索着身子站起来，摇着一双胳膊，上气不接下气地乱骂。

"你家莫这样猴急吵！哈哈……"伙夫做着嘴脸地望着被愚弄得那么激愤的麻木笑着抬不起头。

麻木乱杂杂地把低闷的嗓子抬起来叫骂，但一会儿就喘着气歇住了，只不停地捏紧拳头搥着桌子喃喃地咕咙："格杂种！总是欺老子老！要是回转去二十年看……老子……"声音是那么低微而颤抖，像有什么扼住了咽喉似的：我望见那双灰涩的眼里是满漫着泪水了。

"你进去躺一会罢！"我说。

"为么事"他愤愤地捶着桌子。"格杂种！老子往常……"

"做么事？做么事？"么哥拦阻他说。"你家真是，陈先生也不跟你吵架，做么事这样子？"

"我管他是哪个？"他还是愤然地拍着桌子继续说。"要是我转去三十年看……"他说着就把袖子挽起来，挽得高高地；我看见那枯瘦的黄皱的手臂是在跳动着一根根粗暴的青筋；他睁大了眼，满露出迟钝和愤怒的眼光，像要找着谁扑过去。

"好嘞，好嘞！外面风大，你家进去坐好吵？"

么哥怕他闹——据么哥后来告诉我说，他每次醉了都要闹的——想牵他进去；他一摔开手倒退了两步下来，蹒跚地站不稳脚步，但他向么哥却鼓着眼道："你怕我会跌死？"

天黑了下来，又滴落着雨，我也随着麻木走进了舱去。

水手们正淫猥地谈着女人，围聚在窄狭的一两张摆着鸦片烟灯的铺上，像一群苍蝇，兴奋的脸在烟雾中显着没有睡的黄得像蜡样的颜色，并蒙上一层薄薄的灰白。

坐着，腰得弯起来免得头碰着顶上的铺板，于是我就躺下了。当然，在这正谈到热闹的场合的时候，我是不能够静静地睡着的，我也就侧着身子听他们谈——从女人身上谈到自己身上，谈到年成不好或者是世界不好以致生意都难得做。

猛地，麻木在他底铺上爬了起来，浮肿着一双带青色的不眨的眼，在杂乱的人声中，咕咕哝哝地不知在咒骂着谁。在我斜对面低铺上的老邓，就搁下烟枪咳嗽着坐了起来，摸着一脸托腮胡髭，那么悠闲轻松地一句一段地骂道：

"格杂种！喝了几杯酒又这末做鬼做神！是快活了！"他把眼睛眯着把每一个角落里的人都不放过似的望了一遭，又用指头指着麻木。"哪里？我弄了点榨菜汤，又是么好菜？他大概是打了二两喝了——这样做他娘底丑！等下洋鬼子查票来了，又叫大家挨霉！"

"我怕哪个？……"麻木一鼓气全身都战了起来，说不清楚地乱嚷："老子……"

"真不要脸啰！说穿了值个鸟！不怕人骂？"老邓用一口湖北口音打着不纯熟的上海腔调骂："栈房蛆！猪猡！"

"我老子三个字走天下……"麻木把颤得那么厉害的手伸起三个指头，继续叫。

"是大伙看面子，诈倒稿[①]吵！"老邓使劲地吐了口唾沫，用种鄙视的神气皱着眉头说。"账房里是作我们看，鬼晓得你家三个字！真这样：惹得人叫滚，大伙都不好看。上了把年纪了，到这般地步：'借人家底棚子躲雨'，还不晓得检点一点免得人骂？吃碗闲饭够人嫌了，还这么闹？格杂种！'麻皮照镜子'[②]还叫人家说？"

"算嘞罢！我说句老实话，麻木！"杜老板不耐烦地挥着烟枪说。"哑子吃馄饨，自己心里总该有个数！现在到底比不得往常了——哪行生意好做？都艰难！说是说，你总是吃残了这一口闲饭。"

---

① 稿：这个字底意思和做，干等字底意思相同；是湖北土语。"诈倒稿"有瞒住事情而虚张声势之意。

② 麻皮照镜子：接下句的意思就是"哪一点好看？"或是"一脸丑！"

“我往常，哪个不是人来客往的？要是回转去三十年看……”

“看么事？格杂种！我看你倒是回转去跟你媳妇去做儿子罢！眉毛都快白了，总还是想摸奶吃！”

老邓还没说得完，满舱哄起了一片哈哈的大笑声浪，把麻木愤愤的诅咒全给埋压了下去。麻木无可奈何地躺了下去使劲捶着铺板，但随即用一声长长的枯寂的叹息来代替了那愤恨。我想，他是感慨地觉到他底手到底是骨头了。

第二天，船是在傍晚的时分到了芜湖。

货舱里在起卸铁轨，码头工人在重压下，沉重地呻吟和吆喝，铁轨在货舱里击撞着，发出空洞洞的回应声，正和那灰暗的堆叠着云层的天一样地使人感到重压。

舱里黑黝黝的，也睡不着，我便到船尾找着麻木闲谈。麻木又在喝酒，买了两块芜湖香干子啃咽着。

他谈起“往常”来，格外地感到兴趣，就和一个英雄在回忆中叙述他过去的光荣的历史一样；那一张平凡的找不出一丝特征的脸，在这时候便会满挂上一脸稚气的笑和夸耀。他说他往常是开过栈房的，那些“杂种”们——指那些水手和茶房——就是他底最常最多的顾客，他们在那里做“私货”买卖，赌，搞女人。他那时候，人家都叫他“大爷”[1]。湖北帮的茶房和水手是很少有不晓得刘大爷的。他向我说，非常感慨地，说他现在流落到这般田地，是命运——虽然他是有些怀疑，并不是作了“孽”。但是，当他愤然地觉到人家是在用白眼看他的时候，他又觉得他太老实了，怕作孽，才怕得现在这么穷的。

“人走红，太岁头上也动得土！”他用一种充满了老经世故的感

① 大爷：当侦探，稽查；开小戏院，茶馆和栈房之流的人物；这个称呼是他们间对于“玩”得有点社会地位的人的恭敬称呼。——在湖北是这样，别地不知是不是这样称呼。

慨继续向我说。“作孽的，不是一样赚钱？我往常太老实，我连‘饼子’[①]生意都不做！我看不惯那些杂种。你家看吃，喝，嫖，赌，他们哪行不搞？你看杜老板”——他把嗓子压低了说：“上海，九江和汉口，一个地方弄一个婆娘，他现在‘饼子’生意歇手不搞，也还是坐着过！偏生蛮好！”他不胜感叹地摆了摆头叹息道：“人从那里说起，不作孽的倒没有饭吃！”

“你现在就是一个人？”我问。

“我有两个儿子！不过我还是个孤老！”他寂寞地苦笑了笑，把额头皱纹都聚集了起来，眼睁睁地发着怔。

我想，他大概是在沉思，我也就暂时把眼光从他身上移开，沉默着不去打扰他。这时候，天正飘着蒙蒙的细雨，像降着雾。等他抬起头，颤巍巍地拿起酒瓶倒酒的时候，我回过了头来，我看见他那双眼里是透露着混浊的泪光，要在那沉重的铁轨相击撞的轰轰的声音中摇堕了下来似的。他喝了杯酒，润湿了那枯燥的嘴唇后，又接下去向我说：

“我那个大儿子，在民国十六七年的时候疯了！”他叹息了一声，接着又重复了一句肯定这句话似的：“真是，疯得真厉害！”

“怎么的？……”我真是替他感到不幸的苦恼而惊异了。

“并不是真的疯了哩！”他望着我惊讶的神气苦笑道。“不过，他那时候简直跟疯了一样！你家说：他骂我，他还说……疯了的杂种！他有时简直说要去告我，他那时候是个么‘委员’，我记不得！……”

他停住了话去想；我想他是在找这个故事底头绪，从他那沉思的神气上看，他显然是因为已经兴奋得不能把话很有次序地谈下去而苦恼着。但他没有一点抑制能力，仍然是杂乱地谈了下去。

“我记不得是个么东西！也亏他混的，以前在乡里，斗大的字怕认得两担？‘八十岁老头学吹鼓手’，才疯得有个劲；整天不见人落

---

① 饼子：指私下贩卖的鸦片烟土。船上水手及茶房多半做这种生意。

屋，一回到家里，就抱着书本子啃。开口闭口尽都是字眼：他骂老子是‘老朽’，一开口就是‘青天白日之下’要革什么命！照说：世界要是真像他们说的那样搞，人哪个不爱过舒畅日子？也行得！不过，哪有么好？人都是‘将本求利’，不赚钱，人家做什么生意？照他们那样说的搞，老板赚‘呵欠！’你想怎么不惹人恨？我也讲他不得！我说：‘你莫这样乱搞啊！’他就鼓起眼睛来望你，就像你是他底仇人。他说他没过过好日子——本来，也难怪；我发迹的时候……”他忽然把眼睛半闭着像祈祷般叹了口气。（我当时不明白这一个动作是什么意思，后来我才知道那是有点忏悔的表示。）停了一会睁开眼又说了下去：“我那时候发了横：我把他娘儿三个都丢在乡里没管闲，又是灾又是荒，伢们[1]就跟人放牛过日子！……”

他又停了下来，但再没有说下去。我是有点兴奋而又疲惫；我也没想问他让他继续讲下去，当然，我这时候也没有心去从他那杂乱的片断的谈话中探索这一个故事底结果。但是，那嘴角显出一种不能抑制的拘挛，显然是因为有一种悲痛极苦恼地在他底心胸间激动，他不安地站起来，旋即又坐下去，那么睁大了眼睛滞钝地望了望我，终于，他苦痛地用劲迸出一口气来，用那绝望的颤抖的嗓子像梦呓似的低喃道：

“他死了，被人家弄死了！……疯了的杂种！……我前一天去看他的时候，他还是那样说：假使他要是死了，他是不愿意的，他没有过着好日子啊！……”

他伏了下去，像一个孩子般呜咽着，抽搐着两肩。他把头埋得紧紧地，窒息的声音有如一个垂危的病人在发出绝望的呻吟。我沉默着；我想，这郁抑在他底胸间是蕴藏了许久许久而没一个机会去发泄的；我对他没有安慰，我让他痛痛快快地流一次泪。不久，他平静了下来。我问了一声：“你要进去躺一会罢？”他默默地摇摇头不动，我

① 伢们：“孩子们”的意思，是湖北土语。

也没动，两个人就那么静悄悄地坐着呆望着江岸。岸上只偶尔看得见一两个迷离的人影：疏稀稀的几盏昏黄的路灯在雨雾中摇曳着惨淡的光，是显得那么难耐的落寞和寂寥。

麻木咕噜咕噜地把剩下的一点酒都喝了下去，我望着，本想拦阻一声，但看见那张苦痛地起着痉挛的红了的脸，我又没有开口。他显然是想排遣适才被激动起来的苦恼；他用那极勉强地做作得很冷淡的声调，有一句没一句地，和我谈些极无聊赖的闲话；但我没有心情去听，我只是没精打采地回应他；这苦恼了他，他时常张大口望着我，好像要奋激地叫了起来，可是啊呀啊地还是把头掉了过去，只暴躁的搥着桌子。

有几个人从船椽爬了上来，褴褛的样儿像是灾荒中流落出来的农民，麻木像瞅见一个好发泄的机会似的，急忙忙踉跄地跑了过去，吆喝道：

“上去，上去，这船上蹲不得！”

“你老做点好事！我们到南京就下。可怜，乡里干得荒……”一个枯瘦的老人和一个三十多岁的女人抱紧了那一大一小的两个孩子跪在一团说。

“莫见鬼……”麻木伸了伸脚要踢似的，我走了拢去，他旋即把腿拉了回来。“跟我说有什么用？……怎么不上‘大班’船上去？那里松些！”

“你老做点好事！”那两个还是苦求着：“你老作福作在儿女头上……”

“见鬼！我缺德缺多了，也没儿也没女！”麻木皱着眉头苦笑道。“出门人哪个不想做好事？等下看，看说不说得下来。格杂种！洋鬼子太坏。”

那老人和女人听了这话，千谢万拜地在厕所旁边摊下了一床破草席，拥坐得紧紧地。

“你们是芜湖乡里的？”麻木问。

“我们是安庆来的——前天搭太古底船，在这里赶下来的。”

“今年安庆也干得很。”

“多少地方连水都没喝的哩！两个月不见雨水……唉！”老人摆摆头长声叹息道。

“你几个儿？”麻木伸手指着那角落里的孩子问。

“是我底两个孙子！”老人指指那女人说：“那是他妈。”

“哦，哦，好福气！”麻木像在思索什么。

“福气？这年头，没吃的，真是劫数！”老人抚着两个孩子在脸上浮起一丝干笑。

“你底儿子呢？”我插进去问了一声。

“你儿呢？”老人还没开口，麻木睁大眼，也有点儿惊讶地又接着问。

“去年春上到江西当伕子去了，上前线的人……一年多不见个信……”老人叹息着，那女人伸着手到眼角边去了。

麻木呆望了一会，和着叹息了一声就默默地从他们身边走开了。好久，他又告诉我：他第二个儿十六岁就在乡里拉去当了伕子，他伸了三个指头，摆摆头道：“三年罢，我是没见那杂种有一个字的信回来哩！……”

雨下大了。

角落里闪着一道道苍白的电光，查票的拉起嗓子叫：“买票——换票！”

“票！”一个穿着黑短衫的高个儿拍拍我底肩头，伸着手。

“在舱里”我说着要回转身子进去拿。

“是杜老板底客！”麻木说了声，高个儿就比我还快地转了身子，向舱里走了去。一道电光闪到厕所那里停住了，高个儿走了拢去吆喝道：

“上去，上去！这里不能蹲！”

那老人和女的哀求着，一面望着我们。麻木就打着一脸笑跑上前说：

“你家马虎点，几个苦人！到南京就下的！”

“我怕不晓得做好事？”高个儿把眉毛一扬，狡猾地笑道。“账房可认得你我是老几？”

“何必，你家！横竖洋鬼子不到‘下舱’[①]里来，说笑话，刘麻木，账房先生们大概都是晓得的罢！……”

那高个儿冷冷地说：“我就认不得你家！”

“你不认得我，我认得你！……格杂种……”麻木带着几分酒意动了气。“卖瓜的还不晓得哪个种是白瓤是红瓤？”

“你家等下到账房里去讲！”高个儿还是笑着说，但转过身子去就用脚踢着那一堆，叫骂着：“好说不信，我丢东西的啊！滚上去！”

麻木忍耐不住地红胀了眼骂道：“格杂种！狗仗人势！……”

啪！麻木脸上挨了一巴掌，高个儿掉转身子就指着麻木叫骂：

“你骂哪一个？船又不是你底：我们错在吃残了这碗饭！可又不是吃的你底，你凭哪一点骂我？有话到账房里去说。”

“你打老子！老子这条老命跟你拼！”麻木气得脸发了青，鼓瞪着眼像疯了似的直着嗓子喊叫。“老子走几十年的码头，叫这杂种欺！……”

“莫见你哪一代的神啰！又喝发了烧？”老邓从舱里赶忙跑了出来把麻木拖向一边，劈脸就骂，一边堆着一脸笑向高个儿打着招呼：“你家莫怪！是酒麻木！”

“都是自己人！怪么事？我替他醒醒酒！嘿……”高个儿打起了几个响亮的哈哈，又闪着电筒走开了，一面拉起嗓子叫：“买票——换票。”

① 下舱：是水手们，伙夫及厨子们睡的舱。

那几个苦人在淅沥沥的大雨中悄悄地爬上了岸。老邓咒了一阵也进舱里去了。只剩下麻木在嗫嚅地暗咒着，我模糊地听到一句："要是老子再回转去三十年看……"他说了这一句就把头埋紧到佝挛的手里去沉默着。我知道是一阵深深的老而孤独的悲哀在压抑着他，我也就不作声地把他独自留在黑暗的舱外，让他去静静地嚼味着那些苦涩的回忆，把郁抑痛快地发泄一次……

半夜，偶尔醒来，听着大风杂着大雨滴洒着响，想到假使到了上海还是这样寒冷而多雨的天，而我又仅仅只有一件单长衫，就像感到了不可抵抗的寒意而战兢地蜷作一团了。

想到麻木，抬起头望：麻木底床空着。

后来，我听么哥说，他在舱外坐了一整夜……

船到上海，天是晴了，太阳并且很暖和。

舱里：人都在检点东西，水手们唱着老是那么熟稔与淫猥的小调，带起阵阵哄然的笑。

老邓换了一套白纺绸裤褂，一边刮着那延到耳边的短硬的托腮胡髭，一边在干涩的脸上出神地笑。

么哥做着嘴脸问："你家也跟我叔叔去？这么大年纪还搞？"

"格杂种！有'人头'你怕她不一样侍候？"

"嘿！五十多岁的人了，当祖宗供哩！"

"小杂种！我又不要你屋里么人：要你嫌我老？"老邓摸摸刮净了的脸一笑，走出了舱。……

舱里只剩下蚊子在空了的角落里嗡，和几个还得打扫船舱的小伙计在无精打采地躺着乱唱。

我提着箱子走出舱来，麻木发怔地坐在船尾呆望着岸上四散的人群。

"你不上岸去？"我问了声。

麻木不作声，但提起头望见了我底睁大的眼，也就摆了摆头向我苦笑道：

“你家叫我到哪里去？……”

一九三四，十月，五日，脱稿于沪。

原载《水星》第1卷第3期，1934年12月

货　船

萧　军

一

太阳出来红曈曈，
海水年年绿盈盈……
太阳出来高又高呀！
海水年年呀，潮又潮……

小水手唱着，同伴们静静地和着，每个人手里的长柄刷全是忙碌，为了和着海水剔净甲板上的泥污而忙碌。在每只船快要傍码头之先，这是说该清洁一番的。

黑水洋的海水黑不黑？
老子到过海参崴……

沙——沙——沙……刷子们更显出齐一的残酷。

推进机没有变更地绞动。水被绞动永久起着不甘愿的回漩，激怒着随行船尾后面形成一条拖长的带子。白色的鸥鸟和别的食鱼鸟们，一会把身子投向水面，很快又严峻的飞起来……低低盘旋，低低盘旋……天的颜色太不好了！像一口亚铅铸成的锅子，庞大的锅口翻下，严严罩住这海的周垂。甲板上所有涂油的部分渐渐有了融解的油脂轻轻滩流。烟卷里的煤烟也似加重了忧郁。船身是一条孤独而有点呆气的水牛啊，在夜间和今天早晨有雾的时候，它嗡……嗡……不断地鸣叫。现在它沉默，用那正直的鼻梁不断打碎波浪连环的小群。被击打的群浪，为了和这鼻子斗争而粉碎在舷板上的浪花，常常随起随落，接着就寂寞地飘落下来。像冬天那样，雪一般激怒着，企图把自己的泡沫飞到甲板上面的，一个也没有了。

西伯利亚的大雪白不白?
老子也到过莫斯科……
到了海参崴，就把话来改：
馍馍叫“列巴”；
“毛老郭”是牛奶……
到了莫斯科就把活计做；
男女叫同志呀，见面把手握……

起始我在靠近船尾的栏杆，整个的注意在速度表上——已经两天两夜了，速度表的指针从来是十迈路或是不足这些数目地移动着。那个胖子为着我航海不惯的焦烦，友谊的常常解释着说：

“下午五点吧，总得五点能靠码头。单单进江口就得两点钟——船太老了，货物装得又多，每点钟至多不能超过这数目，没雾没风还能好一点，可是从来也就是这样……”

肚囊留在蓝布短衫的外面，在甲板上他也还是用扇子不住打着风，汗也还是不停的流。夏天汗在胖人应该是最廉价的东西，太阳也好像一步步接近起来。他接着说：

“今年热得真有点特别！上海就有百零四五度，到香港总得要到百十几度。我们的船只能在上海停一天，就开香港。再这样热下去，百二十度是有望的！”

太阳出来红曈曈，
海水年年——绿呀，绿盈盈……
……

歌声转过船头那边去了。沙——沙——沙……棕刷擦着甲板的响动，也有点不真切。

“这个唱歌的小水手，真高兴啊！”我遥遥地看着船头那边说。海水却不是绿盈盈的了，有点发黄。

“小家伙的老子，真在海参崴哪！这小家伙也去过啦！看那样子不很特别吗？这热天后脑勺还扣个打鸟帽，小皮带系在腰外边……真他娘……”胖子无理由嘴张开了，眼睛形成了一条缝。胖子们多一半爱笑的，但他笑得却很和善！

胖子我们昨天熟识的，今天才开始了交谈。因为他是北方口音，这是我对他感到亲切一点的理由。

“担任船上什么职务啊？”

“大车——”他很平稳的说着。我知道这在他真是很不容易的职务呢，要懂得舱里所有的机器。至少我看得出他不会在什么专门学校混过。

“舱里的机器一定全熟悉的啦？”

“哎！马马虎虎吧！也没上过专门学堂。”他显示出很合适的谦虚和把握。一只手摸索那于他很有点相宜的肚囊，看着远方接了说：“二十五年了！尽是活在水上的，多少还没点经验？——看，那是从上海去神户的船，可不知道是什么‘丸’？大约……我也到过神户——”

他指给我们看，远远地，远远地，一头黑色蚂蚁般的小动物，好像静止在海平线上，微微能看到一点烟。

太阳出来高又高，
海水年年潮又潮……
……

刷洗甲板的水手们转到船尾这边来了。沙——沙——沙……的声音，遮开我们的谈话，胖子用扇子拍了唱歌的小水手一下说：

“娘拉的……一干活就唱——等你刷不净甲板，验不过去船，横你娘的就该哭啦！”

“……到了海参崴，就把话来改，馍馍叫‘列巴’，‘毛老郭’……——闪开点诸位！水澎脏了鞋！——是牛奶！毛老郭是牛奶……”小水手头发浸着汗，打鸟帽没有变更扣在后脑勺。

“大车，快傍码头啦，该玩玩啦！”小水手对大车说话，显然存在着看不见的隔膜，而表面也还没有生疏。大车的扇子不断地挥打着说：“该得玩玩啦！娘拉的……”他笑着，笑着，有点阴郁下来，自己摇着扇子走了。现在旁边坐着的是那些洗完甲板的水手们：

“这家伙，一月一百多，够咱们干一年！”

“一百多？得有一百多的能耐。”

“啥能耐？胖的能耐——”

“你去掉刷甲板，还会干么？——像这位先生一定上过洋学堂——他们的眼睛全对我的一件白上衣打量着——上洋学堂就念洋文，会念洋文就挣钱挣得多……”

“大车他也没上过洋学堂哎？”

“他没上过洋学堂，可混过洋事哪！他跟洋人学得懂机器。”

“那咱们就不行呗！”

“咱们？慢慢就行啦！”小水手插到这论争里来了。因为他会唱歌，对于他的说话，我是感到特殊的兴味。

“你个小毛孩子懂得么？又是你从老毛子那里学来的乖。”一个大个子水手捻着他的胡子说。

“你这不长进的尿包，活一百岁也是……”

“也是怎……？啊？你说——”

“瞪眼干么？——尿包还是尿包！”

小水手尖锐着嗓子，打鸟帽除下来了，用它扇着风。水手们有的在荫凉的部分睡过去，那个大个子要来抓这小家伙，被别人拦下，他重新又坐在原地方，摸出一段香烟，轻妙的安插在嘴唇的缝隙里。翻转而又翻转的样子在衣袋里寻找火柴。一面含着恫吓意味指向那个小水手：

“等着吧，小家伙，早晚叫你认识我——”

“早就认识哪！——尿包老爷。”

“谁是尿包老爷啊？——大个儿，给我来一口。”不被人们注意一只黑黑的手，像饥饿的鸟啄样子，伸向有胡子大个水手的嘴巴近边，但这是期待着……

“就是半截啦，你还要来一口——少用点力啊——”大个子水手把半段将吸着两口的香烟，任这只饿鸟啄一般的手拔了去。他半映着眼睛说：

“换了班吗？……快傍码头啦……舱底下怎样？……老刘头还没回来？够火候吧？……”

吸烟的人什么也不回答，他一直到吸得起了咳嗽，才算使那半段香烟脱离开自己的嘴唇，但还是很靠近，恋恋地擎在自己的指尖缝里。

“娘拉的……拿过来吧！——看，干去一半了！”大个子的嘴里开始有香烟的余味喷出。

“谁骂你是尿包啦？”

“除开那个小王八……？——那不是装睡吗？”

“你们俩，总是瞎鸡巴吵！吵急了……又该——再给我来一口，我还得下去呢？这班是替老刘干的。”

大个子很慷慨的把那截剩余的香烟尾，整个的给了这个烧伙夫。他跳着，没向甲板中央烟囱下面的一座洞般的小门里面去。

二

船离开了上海的码头，还是照样向赤道线的方向航行。

我白色的衬衣也不再被谁注意了，实际这已经不再是纯白色，为了汗和随处的烟屑，你也不能马上就决定它是变成了怎样的颜色。总之它是变得和这一切很调协。我开始感到好像生活在这船上有了若干的日月，对于所能看见的什么，全般熟悉了，学会了小水手唱的歌，也熟悉了夜间海水击打舷板激怒的响动，和在雾里爬行，这孤独水牛嗡……嗡……不响亮而还挟着一些忧郁的哼声……船对于我好似一所适宜的家，朋友也有，他们也好像忘了我是搭客，我随便可以到任什么地方去了——当然这只限于舱底，甲板，水手和烧伙夫们的住所，再就是胖子一间比较上等一些的小屋子了。这些也只限于我所熟识的。

胖子喜欢和我谈他的家乡，他也知道我并不是他的乡人，他却拿我当作熟悉他家乡的人。一次他说：

“这个年月，船不容易搭到几个客人——知道吗？这是货船！真闷人哪！人是成年成年被货物支使着，把它送来又送去……在海上好像悬在空气里一样，和什么全断了线……五年，整整是五年……没回一趟家！船也总没有靠码头的机会——我说的是烟台，只要在那里停一天，就可以到家里去看一看，不住宿也不要紧的……主要是看看，看看孩子们……”

“你不好告假回去一趟吗？”

“这哪成？……”他多肉而有点不好看的一只手，寂寞地挥摆了一下，又善良的带些忧郁地笑着说：“……这是不成的啦！——你是不是说可以请个十天半月的短假？”他喝了一口茶，也让我喝茶。

“嗯——”我静静的观察着他的脸——他的鼻子和普通女人的鼻子很相像，一点也不倔强和倨傲的贴到脸上。在这张脸上你寻不出一块不驯顺的骨头来，下巴同别的胖子一样有着下垂多余的肉！完全是棕色，鼻根的部分稀疏有几颗不必要的天花瘢，眉毛少到要不存在了……

我们暂时喝茶，这茶是他的善意为了招待这新识的友人。海水看不见了，看见的只是夜。

凉爽啊！

“你还不知道哪！船上的事……”他还是流汗，舱底发动机翻播上来的骚音，时时要使我们谈话受着阻碍。他把靠近舱底口一扇小门拉闭了——只要从这小门走出去，就是到舱底的梯口，为了事务便利，他还预备一具传话机。

“……船上的事，不是那样容易请假哪！像我们在船上十年八年不回家，是平常的事。我不是说过吗？我要看看孩子们——要请假，就得不干了……不瞒你说……不干是……是……”他藉便对着有海的窗口很艰窘地呼吸了一下，一面好像自语着，“……像货物一样……”接着他又认真地向着我说：“……你们该多么自由？像我们为了钱……一刻就不能脱离船！更是干我这角色的，说不上什么地方一个螺丝钉松弛了……知道吧，一个螺丝钉也闹乱子的……”

我看出这胖子此刻软弱得像个孩子！很小的眼睛微微有点湿润。

“这个船太老了，应该歇一歇修理了吧？”

“谁不说是老了！拖来拖去拖了二十多年，船主人的楼也拖了那样多，那样高了！儿女们也拖得出了洋了……船主人计划今年冬天要修理它——我只等这个机会了，回家一趟，看看孩子们！”

小小地眼睛好像更增加了湿润。

三

太阳出来红瞳瞳，
海水年年绿盈盈，
……

倚了甲板的栏杆，好像是有意又像无意我哼着这两句歌。海水排击舷板的动静，比起日间响亮得多了。时时有雨点一般的水星飘到人的脸上来。胖子小屋的灯光已经熄灭，可以听到他的打鼾。

此时的船身显得更孤独，更老迈，更忧伤！缓慢，吃力，叫出的声音也是申诉一般地不自然——站在我近边的是那个大个子有胡子的水手，他吸烟，火光一闪一闪地，倚着栏杆也似乎在看海，有时也转转头的方向，或是看看天空，样子像在寻找什么。

“明天，还是个好晴天！连一滴尿也不能落——到香港热不死也得半发昏！——看那星星该多么密实？”

天上的星确是繁密得很。我说：

“还能热着你吗？擦完甲板就得啦！”

“嗯！你还不知道？我今天作了半天替工哪！大约明天还得替。”

“谁怎么的了？”

“烧火的病倒三个！——吴青是今天倒下的。娘拉的，正烧着火……好险没碰到炉口上！”

我知道，吴青就是和大个子常常吸一支香烟那个手像饥饿的鸟啄样的家伙。他敏捷得同一只猿猴相像。当他正在舱底烧火的时候，我见过他。

“病倒了怎么办呢？”我说。

“怎么办？挺着吧！到码头再说呗！”

大个子的香烟耗费得厉害了，因为有风，他把它熄灭挟置在耳上呀，又谨慎地安置了一下：

“您先生，上过多少年洋学堂？”他又问到洋学堂。

“没上过洋学堂，就念了几天中国书。”我说。

“得啦，穿那样裤子——他用眼睛斜着我的裤子——至少也得会‘噎死’‘欧来’，连码头上包车夫全会说吗！何况您？——拉美国，英国……水兵们非会这不可——我干过一百样营生，也当过兵，我当您说过，再差一年我能当副目了！要是我念过洋学堂，我也许就能选送‘军官学校’……我当您说过……”

大个子说起话来很斯文，他不像和小水手骂架时候一般的粗鲁。脸上明快，很适宜架上一具研究学问的眼镜……但他是个拖货船上的水手。

不错，他当我说过他曾干过一百样营生。当兵因为有了不是青年人的胡子了，便来当水手。

我们各自看着海，各自察看着漫天的星星——那好似无数的小钉，用闪光的金刚石作的小钉，钉在无边际的暗色缎子上。时时还像有脱落的可能。

“小水手睡了吗？”好像不关重要的我问了这一句。

“谁？那调皮的小家伙？看书咧！王八的，他的老子现在海参崴。要不是日本子和大鼻子闹意见，他早跑去了。”

“日本和俄国不和睦，你们也知道吗？”

“那个小家伙懂得咧！到码头他就买报看，别看我瞧不起他……我也爱听他讲究报上的事——他还到过莫斯科咧！你知道莫斯科吗？”

“我知道这个名字，没有去过。”

他忘了把“你”字改成“您”字了。他更凑近我一点，海风打着我们的头发，飘飘摆摆。

“哼！只要有机会，我非跑去看看不可。先到海参崴……”他用拳头打了一下栏杆：“全中国十八省全跑遍了，就是没到过外国……反正一个光身擦脚汉，哪里不是活……连那胖子——他说的是那个大车——，还跑过外国哪！咱不能和人家比，人家有老婆，有孩子，每月一百多……在这船上养老全行啦……咱们——”

“到班啦，你还娘拉的……”从船口模糊地探出半段身子，响亮着嗓子。

“我还要替一班——明天见。”

他整个的身子在桅灯下面轻轻摇曳着没向了舱口。

“又到班啦？”这声音从舱口浮出来，有点钝重。

四

日间，如果不是必要，谁也不想在那没有荫蔽的甲板上多停留一刻。每寸铁板全像有火在烧炼。

伙夫们病倒了便用水手来替代。当然这是有工钱。平常除开刷甲板、扯锚绳……便闲谈在船尾上的水手们，渐来渐少下来，换下班来的有时连饭也看不到他们吃，便狗一般地睡下去。相骂，斗口，扯笑话的声音，再也听不到。整个的船，不，这是整个的海，好像死了一般的寂寞！

胖子整日整日地在睡。小水手唱歌的时候也减少了，唱的时候，并且只有他自己。

“喂！小伙计，唱啊？这么闷人！”

他正在缝补着一条裤子，摇一摇头说：

“快热死啦！还唱咧！”

“热？热才唱哪！——打鸟帽怎不戴了？小皮带呢……”

“拉蛋倒吧，这热天……”

“这裤子还补吗？”我走近他，扯着裤子说。

“慢点——太破了吗？这是在海参崴带来的哪，你瞧这样子多么精神？多结实！在上海能买到吗？”

裤子是厚麻布的，质地看样子确是曾经结实过。现在可惜太破了，油污使本来的颜色全弄不清。

“什么时候再到海参崴去啊？”

“谁知道啦……反正早晚得去，俺爹在那！到那我可以上学堂……和学生一样——这裤子就是学堂给的。”

小水手很巧妙地缝补着裤子，像一个女人那样熟悉。

“一撮煤，裤子弄破了——在舱底干两点钟，管保你一辈子不再犯寒病——到舱底去看看吗？”

“不去吧。”舱底我是去过的。从第一次我就决定不再到这样地方去了。

“你到班了？”

“哦——”他无顾忌地脱光了身子，把新补好的裤子换上，一面很安慰地说：“这硼上点火星也不要紧了——你不下去看看？”

“好——再看看。”

当我还没走进舱底口的小门，他顺便说给我，第一个病倒的那个烧伙夫恐怕挨不到码头了，也许半路……就喂了海鱼。

一种窒息的困苦的气息，使我缺乏踏下那第一段钢梯的力气！马达动得发了疯狂，说不出这该是什么声音，怎样形容它……总之人的意志在这疯狂的，发怒广大的吼声里面，钢铁和钢铁相搏相咬的嘶叫里面……不存在了！什么也不存在了！

每节亮铜手扶的栏杆，全是震动，全是炽热……

全身埋在昏黑里，只有贪婪广阔，深深两只大口可以看得明白的锅炉，是不知名的怪兽，不断不断被人在喂养着，喂养着……一锹一锹煤的食粮抛向里面去。

人像个渺小的幽灵，为那闪光红浴了全身——大个子正蹲在煤堆近边，手捧着一只碗在喝着……

“来啦！先生——”

直到现在我才像得了复苏！我挨向输风筒的底口的地方，企图从筒口吹进一些风来。风是有的，一到这里马上也就变成了温暖——记得第一次到这里，那从输风筒投下来的风，也还是凉的哪！

小水手接过那个烧伙夫手里的铁锹。

“你到这里干么？放着福不享！——刚才这里又昏了一个。”

大个子抓起手里的铁锹，来替代小水手。小水手替换下来的那个家伙，他软弱的，旋转的爬着到舱面上的小梯走了——那小梯是严峻，窄狭……我意味着如果这舱底浸入了水，逃跑一定是很艰难的。胖子说过，船是过于老迈了！只要遇到一小块块礁石，那样亲合一下，便什么全会完结的。

小水手端起大个子才端过的那只碗，他注满着水，但是不立刻就喝，样子似在宁静着喘息。从他那还没有发育完全的肩膀和脖颈，看得出他是不适于这样的劳动。但他却劳动着……

看得见，那条才缝补好的裤子，又出了新的裂口，头发黏紧住前额，眼睛衰弱地注视着水碗……从炉口喷开的红光包紧他的头和脸，以及那整个的右面半身。

“你的裤子又有裂口啦！”我指着那条新裂口说。

“嗯！太糟烂了！”他和平的喝了一口水，好像要使那裂口再扩大点，用手指不经意地扯了一下说：

“不能缝了！再裂几个口，就把它扔到海里……娘拉的喂鱼吧！——这条漂亮的学生裤，穿了三年，整整快三年！将来到海参崴还得照样弄一条……”

大个子翻扬着铁锨，一刻又用长长的钢钩在两张贪婪的嘴里剔拨着，搅动着……自己继续地唱着小曲。有的时候也加入我们的说话：

“……上过洋学堂的人，不会干这个吧？一辈子恒也不会——小家伙该你来两下了。”

交替并不艰难，大个子的铁锨转到小水手的手里，小水手的碗，当然遗留给应该享受这只碗的人。

我的周身浸成了汗的世界。

大个子的眼睛深深陷下去，下巴显出尖锐，在这样人的所有部分，你只能看出他的眼白还是白的……

“大个子，我有点不行，恶心！”

小水手叫着，同时摇曳的把一锨丰满的合着一些水分的煤，送到炉口里面，接连他企图填第二个炉口，当那二锨还没有完全举起的时候，他的身子整个地矬了下去。

小水手就这样失了他的知觉。

我看着人们用新鲜海水泼洒他的头，而后用一条布袱裹好了，从船底口由一条绳子拽了上去——他始终是没有声音，沉默，软弱，脸和那未发育完成的脖颈，全是烤鸭子样的颜色。

晚间从胖子的屋子里走出，在船甲板上我遇到了大个子：

“小水手怎样了啊？许不要紧？”我是充满着“不要紧”的盼望。

“他大概不要紧吧？——第一个病倒的那老头子，怕是要挨不到码头了！”

“明天下午，不是就能靠码头吗？”大车说。

“说的是明天下午啊……”他背脊微微有点驼的样子，头仰着——海水像蒙眬要睡，船身感到要停止似的平稳。

“看那星星……一个也不见少……”

五

更显出残酷刷剔甲板的声音，和着不匀整的歌声，再也睡不下去了。——太阳在天的一边还没有完全跳出来，光芒从纠绞不清的云气和雾气的每处缝际，投射出来，淡淡地胭脂似的薄薄在那银一般的朝海上，点染着。

甲板上随处可以看到湿润，宁静。

胖子，手背着面着栏杆在看海。我发见今天刷甲板唱歌的不再是小水手，而是有胡须的大个子。其余的人却沉默的。

……

太阳出来高又高呀！

海水年年潮又潮……

……

“你今天该下船了！”胖子在那面响亮着嗓子向我招呼。

“起来早啊——几点钟能靠码头？”

“总得下午三点钟——到我屋子来喝茶！”

“就来的。”

我挂心那个小水手，走近已经快刷到船头部的水手们，我问大个子说：

“小家伙怎样了？”

“过两天总就好的，娘拉的……年青的比年老的禁得住些——你今天该下船了，是不是？”

“下船——”

“再……我们就不容易碰到了！这样船……”大个子说话好像怀着一点感慨，紧接着说：“……不，两山到不一起，两个人总能到一起的……娘拉的……这船也不是个可靠的老婆，总得……总得挪一挪……你去看看小家伙吧！他还打听你哪！”

……

到了莫斯科呀！就把活计做；

男女叫同志呀……见面把手握——

……

声音很快的飘过船头那面去。我寻到了一带水手和烧伙夫们住的地方，一连是六个睡着的，最末一个我认出是小水手。在幽暗里我听到他的呼吸。尽那头我知道就是大个子说过那个要挨不到码头的老年家伙。

我站着，不知道该怎样做？他在睡，在安息一般地睡！那条有着长大裂口的学生裤，还是照样的穿在腿上。头发黏结的占据了整个的前额。那曾说过发育不完全的脖颈，脉管好像增加了粗度……不安定的搏动……小皮带，打鸟帽，还有几本残破了的书籍和报纸，殉葬品的样子，围了这个还有着呼吸的尸身。

我从那浑圆的窗口望出去——看到远方的陆地了。水面上已经又染好了今天的阳光。也有了飞翔的海鸟。——最终还是让他安息一刻吧，在这时候，唤醒他，或是让他看着一个下船的搭客，对于他应该是没用的！即使是再亲切的言语也是没用的吧？

在胖子的屋子里喝过早茶，他也是这样说了：

“再见到，我们怕是不容易吧！今年冬天，我也许回家看看孩子们！”

我们就不再交谈，一直到下船，他们看着我，胖子的手掌遮在前额，大个子并且挥扬他的一只手臂，尖锐着下巴，看着这个搭客，一颤一颤……孤独的踏下跳板走去……

出了码头的范围，从那水牛背脊分泌出来的不浓重的烟雾，也还是亲切的呢！——我祝福那个爸爸在海参崴的孩子！

一九三五，一，二一日，上海

原载《新小说》第 4 期，1935 年 4 月

初秋的风

萧　军

一

和昨天一样，铅字架是规整的蜂窠巢，有点倾斜，按着顺序沿着墙壁脚排列着的，地中间也还有，那是背脊抵着背脊的。

和昨天一样，灯光是长久病了一般的昏黄。在灯泡上黏结的尘土丝，为了人们不断的走动，它荡来荡去，可是你看不出在一定什么时候会有荡断的危险。因为那存在得很悠久。

和昨天一样，刷印机在后面乒哒哒，乒哒哒……地响；划着空气，连接在电动机与机器轮盘皮带条的叫声；带点鱼腥味的墨油，机器油，煤油，掺加着人的呼吸，交流，充塞……一切是照常。不照常的只是工作人们脸的轮廓和南窗今天早晨新换过的工作时间表：

一、本所近来活计甚多。自本月一日起。兹另定工作表如次。

二、早六点钟一律到厂上工。不准迟到。迟到按时扣钱。

三、晚十点钟睡觉。（学徒例外。必须将一日用过铅字洗刷干净。安放于架上。始准睡。）如有早退者按时扣钱。

四、午饭时间为一点钟。饭后不准在厨房内逗留。

五、在做工时间内，不准谈笑、喧哗、吸烟、喝酒，及论谈国事，或与工人不相干之事。

六、不准故意偷懒怠工。

七、如发现有品行不端故意捣乱者，立即开除。并扣其应得工钱二分之一。

所长黄凤山

人是不注意到这些，只有从这个蜂窠孔，到那个蜂窠孔，手在每个蜂窠孔里注意地摸索，从早晨到黄昏一直是这样地摸索……

靠近工作时间表的那挂古老的挂钟，它古老得要死的样子，安详，愚蠢地动着摆锤，像个脑子里只有“法律”和“权力”的裁判官，它从来没有激动过。也从来没发过比它所能发的大一些或小一些的鸣声。

初秋的风，从马路那一边飘吹过来挟着些夜的凉味——这对于人们很是需要的。随着这凉味走来了睐动眼睛的老板：

“天凉快了，诸位多辛苦点吧！买卖好，活计多，大家全有益处的——刘师父，更该多卖力啦！他们全是新来的……哪！哈哈哈……”

老板的笑声，刘师父是熟悉的。今天他却着了侮辱一般地想要逃避这笑声。实际他是逃避不了的，笑声已经激红他的脸，手几乎把一沓已拼好的广告铅字版弄散乱了。老板更接近地走近他，同他说：

“这年头，要别的没有，要工人不有的是吗？——他们滚了蛋，我们工厂不也没黄了吗？真想不开哪！欠点工钱，加点钟点就值得拆我的台？这年头，人真没良心，老胡那小子，我待他该多么好！我提拔他做工头，一月二十多，他再在哪里找这样的地方嗯！拆我的台，好哇？全滚了蛋！根本就不成吗……”老板最高兴甩着奉天腔，刘师父可知道老板不是奉天人。

真的，为了老胡他们拆老板的台，老板怒了便全数赶他们滚了蛋！靠近马路那块玻璃——就是现在有风吹进来的——还是老胡领人冲破的。为了这，老板曾把警察喊了来，结果在老胡应得的工钱里面扣去了一元八。铅字架也就是那时弄得倾斜，刘师父全是亲眼所见，他没有帮助老胡，也没帮助老板。他留下了，他干了老胡遗留下来的职位，每月二十元。

黄老板在“日本特务机关”里有差使，是刘师父知道的。只要黄老板小小的纸条一张，无论谁，屁股后面总要有暗探跟他半个月。这算是最少的日期。

老胡要拆黄老板的台，也商量过刘师父，同他说：

“我们的老板心太黑！帮他昼夜忙，印那些王八的宣传品。结果不说多给我们几个贴补，还押我们的‘劳金’！还要多加钟点，动不动就说钱没领下来，‘日本特务机关’还没发！我们管什么‘机关’不‘机关’，难道他把老婆送给日本人睡觉谁还替他当王八吗？——你算不算？明天他再不发钱，还要增加钟点，我们就拆他的台！不用担心饭碗，饿不着你。……”

“我来的日子还太少，我是外乡人哪！你们说怎办，我怎随着……”

“你随着？”

老胡用鼻子笑了一下，不再理他了。去和别的伙伴讨论了。

当天夜里，秘密的刘师父被黄老板邀请在一个酒馆里，吃着，喝着，他向刘师父说：

“……你是客乡人，你不能和他们胡搅啊！他们要拆我的台，我同你说，他们是瞎胡闹。工人不是有的是吗？我早有预备了。你人是很忠厚。胡他们滚蛋，我就派你做领棹……你自己想想……几千里地跑出来不容易……抛家失业……挣几个钱养活父，母，老婆，孩，是真的……你自己拿主意，我不勉强你！在‘满洲国’里可不是玩的……我只要缺一点阴功，他们连小命全……哼！你自己拿主意吧！”

刘师父的主意是拿定了，他要赚钱捎回家去，养活父，母，老婆，孩。

“刘师父是‘领棹’，大家有不明白的问他，听他说。天凉快了，大家多卖点力，将来谁也不能亏负谁——小东西们，刘师父的茶凉了，还不给换换吗？”

小徒弟撒开洗铅字的手，为刘师父去换茶。

黄老板走来走去，他察看着每个人动着的手，在蜂窠巢里摸索着，初秋的风更挟了些夜的凉味和都市的骚音，从破玻璃缺口吹飘进来。在后面乓哒哒，乓哒哒无间断叫着刷印机……

二

第一天这样过去了。到别的人全退出了工厂，小徒弟们刷洗着铅字，黄老板也到楼上去安歇，刘师父还在察看着这屋子：每件活计是否弄得妥帖，搁的部位对吗？地板上，桌子上有没有遗落下来的铅字，铅条块，水线边……小徒弟们没有把铅字送差了部位吗？他试验着用“领棹”的权威来说话：

“快一点洗啊，怎么快十一点了，还弄不完吗？——怎么！这地板上的铅字也捡不净？明天老板看到，你们是要挨揍的——点一支蜡烛，按处找一找。”

他的试验总算成功。一个最小的徒弟，拐着腿，开始在每个案子底下，墙的角落，地板有缝际的地方，捉蟋蟀似的样子，在细心的搜寻。爬来爬去，蜡烛苗不安地飘飘动动。

刘师父又开始检查铅字的部位：

“这是‘木’字部的，怎么送到‘水’字部来啦！没有用的东西们！”

刘师父亲自动手把它送到“木”字部里，可是在“木”字部里他又发现有了送错的，他脸红了，他要打这些孩子们的耳光，可是他只骂他们：

“娘拉的，全发昏了？这是送错了多少啊？”

孩子们眼睛为了这震动，全无理解的把眼睛睁大起来，茫然地望着这个发着怒的新“领棹”。在桌子下面爬来爬去，黑老鼠似的那个拐着腿的孩子也爬出来，把手里拾得长了绒毛的铅字，送入煤油盆里去；洋蜡烛的火焰荡来荡去，和那昏黄的灯光，完全调协。全望着这新“领棹”年青蛋形的脸，有点勾曲的鼻子。——孩子们的眼睛又渐渐恢复了蒙眬，黏结……

“今夜弄不完，不用想睡觉！你们这些小滑鬼，非得管理管理不可！把蜡烛拿过来……”

拐着腿的孩子，把蜡烛高高举在头顶上。用脚尖撑点在地面。他的个子矬得太不成样子了！虽然这样，也还是不够高：

“再高一点啊？”

孩子不能说出不能再高的理由，直到刘师父自己发现这孩子不能再高起来的时候，他才自己拿过蜡烛照着每个蜂窠巢。

老裁判官整整吟鸣了十一下。

从孩子们的记忆里，开始浮起那个胡“领棹”，他从来不这样待着他们的。第一，这时候他是早让他们睡觉了，他们有了错处，他也不同“所长”说。

——还是那个直鼻子的老胡好！

孩子们开始想念那个年青，有点火性的直鼻子老胡，开始对刘师父起了生疏。

一直到什么全要妥帖了以后，老裁判官才又哼出他第十二响的吟鸣！

“睡去吧，再这样乱七八糟，我一定同‘所长’说，轻了揍你们的耳光，重了撵你们滚蛋！”

刘师父看着孩子们走了去，他远远似乎听到孩子们在骂他。他赶着走到门外，孩子们已经笑起来，消灭向宿舍里去。只是留下了初秋的风。

他也知道孩子们瞧不起他，他们想念着老胡。他们全是老胡教出来的。他初次来的时候，孩子们常常要不听他的支使，背地还把绰号给他，叫“猫头鹰”。就因为他的眼睛大，鼻子有点勾曲，常常是耸着肩头不言语的缘故。

他想说：第一，应该先把这些孩子们管理服帖；接着，那些“劳金”全是新人，他们不晓得什么，老板应该要他信任自己，便什么全顺利了。老板说得很对，挣钱向家里捎，养活父，母，老婆，孩，是真的呢！刘师父的希望像一条出了山涧流开的河流，一直阔展着。他不能马上就去睡，走在院子里呼吸着有点发潮的气息，又想起了老胡，他觉得老胡才是顶头号的傻瓜。拆老板的台有什么用呢？现在不曾再有工作干了！跟随老胡一同拆老板台的那几个人更是傻瓜！结果有什么用呢？碰碎的玻璃还得自己赔，保不准也许被警察捉了去。刘师父知道这年头就是“大鱼吃小鱼”的年头。小鱼是还不得嘴的。他左右想老胡他们不应该这样做，这是傻瓜干的事——一只野猫从工厂跑出来，他知道工厂里没有什么好吃的，猫除非要死，去偷煤油喝。他又去扭开了灯，在灯还没有扭闭之先，看着每排字架，又规整，又亲切……黏结在灯上的尘土丝，虽然已经没了人在走动，也还是动动荡荡……

他想转来，想转去，最终他想到老胡的滚蛋对于他是有益的时候，他年青的脸又感到燃烧了。这有点相同黄老板第一次称他作“领棹”，并且是笑着，是那笑声刺起的燃烧一样。但这是很快的被夜风吹开去。盘旋在刘师父的记忆里，是父，母，老婆，孩……老胡为什么那样大的火呢？他知道那也是为了父，母，老婆，孩！老胡的老婆常常来寻老胡，老头子扶着孙子也常常来寻老胡……债主们也常常到这里来寻老胡……刘师父全是看过的。他自己幸福着自己的父，母，老婆，孩，在自己的家乡，不会到这里来找他。他反有些瞧不起老胡会有这些累赘。

每次老胡代表着别的伙计们，同老板要薪水或是要自己的薪水，老板总是说：

“‘日本特务机关’不给我们钱哪！你看这抽斗——”

老板也总是拉出钱柜的抽斗给大家看。大家全明白，老板有钱也不会放在抽斗里的。工厂添机器，老板娘添新衣服，工厂还要再加钟点，这使老胡们再不能忍受了！他们便决心要拆黄老板的台。知道不拆台，自己的父，母，老婆，孩就得扎起脖子来等待，等待“日本特务机关”发给黄老板钱，黄老板再把钱给他们。丢了职业，总比眼睁睁的钱取不出，看着父母老婆孩挨饿强得多。

刘师父想得太多了，想到不切自己本身一些事情身上去。不知从什么地方他似乎又觉得有点对不起老胡。并不是因为他占了老胡的位置。他不占老胡的位置，黄老板也会找别人。他一样也是有父，母，老婆，孩。并不是因为这个，是这个以外的事情，同时也是对不起另外的伙伴们……

到最终他还是决定自己应该好好干下去，看样子黄老板不会亏负了他，他自己也知道自己很老实，不如老胡那样好讲道理，懂得多。因为老实，老板凭良心也不能亏负着他。他想想今天自己干得还算好，没有出岔子，也还像个领棹的样子。只是那些孩子们，讨厌的小东西，知道他叫“猫头鹰”。这些孩子们他想必得使他们像顺从老胡那样顺从自己。

他再不能想什么了，听听工厂内那个老裁判官匀整的脚步，还是照常。他安心，第一夜他是一直安心睡到次日的黎明。

三

“天凉快了，诸位多辛苦点吧！买卖好……大家全有益处的……”

黄老板每次来，每次全是这样的话，也每次要到刘师父跟前说：

“你是‘领棹’啊！全仗你多卖力哪！”

黄老板的笑声不再使刘师父脸变红。一次，如果黄老板没有那笑声，在刘师父觉得显然有点缺陷。对于这些说话也不配和。

刘师父确是够卖力的了。每天早晨他总是第一个到工厂，晚间总是最后一个离工厂。如同第一天做“领棹”一样，他经心着一切，对于孩子们他是更熟悉怎样管理，对于伙伴们他是更晓得怎样分配工作。他自己知道这已经满相称一个“领棹”了，满对得起黄老板提拔他的恩情。不过有时在若有若无的念头里，还是觉得有点对不起老胡，和其余的伙伴们。

“凭良心吧！”在每天临睡以前，刘师父在自己的心里总要这样解释一句，来安慰自己。刘师父是讲良心的，他觉得良心上总算对得起黄老板了。

风，已经不是初秋而是中秋的了。五个徒弟已经有三个害着眼病。只有小拐拉腿和大脑袋叫傻子的还没有病。五个人的活计要两个人来干，夜间刘师父更得要晚睡一点钟。

孩子们背地里已经不再叫刘师父作“猫头鹰”，而叫他是“黄老板的鸡巴”。

“中秋节”的前一天，在工作表的旁边又出现了新的纸条：

　　于中秋节放假之前。每人必须将分配之活计一例作完。此布。所长黄凤山。

为了“中秋节”有三天假日，在夜间一直到黎明，从黎明快近黄昏，人总是努力的把自己分配的活计弄完了。小徒弟也把铅字刷洗得更干净，铅字架摆得更整齐，印刷机已经停止了乓哒哒的响动……刘师父察看过了一切，他觉得满意。黄老板出现了，他眼睛映动得比较平常又加速了些，一只手夹着一沓钱票说：

“诸诸……位……”黄老板在喜欢或是发怒的时候，他总是有点结巴。

“今，今……天咱们发点钱！你们每位的工，工……工钱先，先发一半，那一半过……过节一定发！另外每人五角钱，钱……奖金，我不，不是说过吗？买卖好，大家全有好处的。这是一点小意思，不过大家还得特别努力，过了节‘特务机关’还要印一批宣传品，从今天起我们就算放假了。把钱拿去吧！”

缓和下来，黄老板便不结巴了。每个人全拿了自己应得的，小徒弟们，每人也拿了自己应得的一份奖金——一角五分——黄老板又接了说：

“不要嫌钱少，这是一点意思！先前我也是一样待老胡他们，不过那些人太没良心了，拆我的台！多亏我们刘师父……”

他用手拍打着刘师父的肩头，刘师父年青的脸又感到燃烧了。黄老板总是说他从来不分阶级，要大家伙不要拿他做“老板”看。

印刷房里又添设了一架新的机器……

在过节的席上，刘师父承黄老板敬过几杯酒，别的人全回家去会父，母，老婆，孩，连最小的拐拉腿全跑了。只有刘师父他是异乡人，他躺在自己的铺盖上想着。手伸在衣袋里有意无意摸索今天发下那半月劳金，和背了别人老板单给他的三块钱。寄回家去好呢？还是自己积存起来，等到多一点再寄回去？他走在大院子里了，爬上扶梯看一看初升的月亮。今夜的月亮大而且亮，远方有响着爆竹的，拉着管弦的，唱着的……风吹人有点凄凉意味，有点睡意，走下扶梯他决心要自己去睡下。

还没有等到眼睛亲合起来，从楼上腾起一阵异样的高笑，搅醒了他。他知道楼上老板家里今夜在宴客玩月！那女人的笑声一定是老板的女人。她很年青，她常常从工厂里穿走，到大街去。每次经过工厂留下的脂粉味，那总要使工作的人们翘起鼻子嗅一个时候。谁也没有例外。连那小拐拉腿全懂得说“香！”

刘师父坐起来，把手又探到衣袋里面去……

胡琴响了，起始是调整琴弦，接着清妙的一串串拉起来，很尖锐的一声：

“八月十五……月……光……明……”这是女人唱的，每个字全使刘师父的心蒙到了颤动！接着细嗓子的说白也还是女人，再唱的也还是女人，笑着的却是男人们……他要更仔细听一下，便不能再睡下去。女人们的声音使他再也睡不下去。

大街上随处响着管弦，随处唱着……“八月十五月光明”，随处是男人和女人的笑声……

刘师父不再听这些声音了，一半是烧酒鼓动着他，他要去找一个女人，年青的刘师父许久没亲近过女人了。老婆是在故乡。

城市里卖春的女人，是夏天的苍蝇一般多啊！随处有的。刘师父当然去寻廉价而适于自己身份的地方，那应该去“桃花巷”子了。

“一宿多少钱啊？”

“你给三元吧！”

“要这样多？……”

刘师父身子摇曳着，他看起来这一列列蜂窠巢的小房子，有点相同他所熟悉的铅字架。不过这里面装的却是红红绿绿的女人们，他搂紧一个年纪还不足的小女人的脖子说：

“给你两元五吧！”

“你一定住下吗？”

“住下和你圆圆月吧！”

“好，那就这个价钱，不能再少了。”

四

后面印刷房里，三架印刷机一齐运转着，黄老板每次说话的声音也像随印刷机增长起来的骚音一般增高和响亮。挣“劳金”的熟手们增加；小徒弟们也增加；铅字架也开始增加……黄老板开始要换宽阔的房子了。

这些对刘师父现在好像失去了趣味，他的趣味好像转了方向，夜间他虽然也是睡得一般晚，眼看着小徒弟们干着日常的工作，但是他已经不再更细心地察看每个铅字槽，家乡的来信，也不再使他激动到流泪，准备捎向家里的钱，已经不知道消失到什么地方……现在整日除开懊丧和一种更奇妙的思念以外，便是他的脸色逐渐变苍白，眼睛圈渲染着黑晕。可是他还是照常的工作着，照常地管理着小徒弟们，供给三架印刷机的熟手们的工作要他照常分配，要他检点，要他综合这一切，他还应该把自己应该做的做完了。他知道老板的三元津贴并不是容易就给的。

关于刘师父嫖女人的事，有人知道了。谣言是有翅膀的臭虫。黄老板是不管这些的。他很爽快总是照数支给刘师父的劳金。

关于刘师父有了花柳症，有人知道了。这使黄老板再不能忽略下去，他要亲自察看工作：

“刘师父，咱们的活计应该加点工干哪！‘特务机关’催多少次，要在八月底把他们的活计给交齐……我们工作的时间是不是应该加一点钟？”

“不能再加了吧？”

刘师父想到自己，他已经感到自己够吃力，黄老板接着决定地说：

“加半点钟吧——”

接着一张新的字条在墙壁上，那老裁判官的身边又出现了：

> 自今日起每夜十点半收桌。
>
> 所长　黄凤山

人还是没有注意到这些的，有的看了也还是低下头去从这个蜂窠巢到那个蜂窠巢里去摸索。

刘师父的眼睛周的黑晕更加深，脸色更变白，走起路来显明的艰难了，但是早晨他还是第一个到工厂，晚间最后一个离工厂。

为了良心，刘师父不能耽误了老板的事情。

在夜里，刘师父有时眼睛睁大到黎明，到黎明的时候还是应该他第一个到工厂里去。每次他支取劳金，老板总要亲切的同他说：

“不要乱用钱啊！积钱向家里捎，养活父，母，老婆，孩，挣钱不容易——你的账上已经长支了啊……”

刘师父的钱渐渐流到治花柳病的医生手里，每次医生也还是说：

“年青的人，就怕是生这种病！在外面跑腿子人固然也免不了跑一跑，可是自己也得加点小心哪！长这样病的人，还尽是你们这类工作的人多。积攒几个钱娶个老婆该多好。也省得吃这些苦！我们当医生的一遇到青年人长这病，就有点替他可惜……今天你要用多少钱的药呢？”

“贱一些的吧！”

好像专门治这样病的医生也瞧不起这样病似的。医生的鼻子总是拱着，眼睛勾得全有点阴森！刘师父起始脸是红着的。

一天他从医生那里出来，遇到了老胡，他鼻子，仍是直着，和平常一样，同他说话：

“听说你长病了吗？”

“嗯——”刘师父不知道该怎样好，把身子贴近了墙。他想不出老胡怎么会知道他长病：

“你听谁说我长病啦？”

“左不过是你们的老板吧！”

“他？”

“他正在寻新‘领棹’哪！——你的病怎样？还是回去歇两天，这病越工作越厉害，我看过我们同样跑腿子的人，长这病不算稀奇的事。”

久久被刘师父遗忘的老胡，今天又使他记起来，又觉得有点对不起他！路上他紧接着想到黄老板，真的在找新“领棹”吗？凭良心说自己确是不想亏负老板的恩情，就是那回他没帮同老胡拆他的台，也是为了良心，为了恩情。

一连三天刘师父不能到工厂来上工，黄老板打发拐拉腿每隔一点钟要来问候他一次：

“刘师父见好吗？”

他眼睛睁大地看着天棚，凉凉的汗水整天浸着周身，只能摇着头颅。拐拉腿回去对黄老板说：

“刘师父在哭呢！”

黄老板笑的声音有点寒冷：

“年青的人不学好！挣几个钱不说向家里捎，嫖窑子！这年头人真是提拔不得，不是拆你的台就是怠你的工！”

第四天刘师父就不再见拐拉腿来问候他。

一九三五，二，一六

原载萧军《羊》，上海：文化生活出版社，第1版，1936年1月

道　傍

萧　乾

在一条悠长的路上，我的影子愈显得孤单了。

这里，我挺直了伏案办公的腰节，苏醒了为产煤吨数窒息住的心灵，呼出一口生活的郁气来。虽然稍一回身，矿务局红砖大楼的庞硕屋顶就威胁地遥遥在望，但只要背着它走，而且知道是离它远了，我毕竟感到逃遁者的松释。记起那屋顶下盖着怎样令人头晕的一沓沓的账本，我的脚在这飘满黛绿的原野上更极自然地向前迈进了。

由矿务局门口坐上十分钟的公共汽车，便可以到赖飞路的北端。每天吃过晚饭我就锁上房门，兀自走出局里专为单身汉雇员设备的宿舍，站在一个钉有红牌的墙角下等候汽车了。

都市像一个疲倦的舞客，在午夜酒意阑珊时，由窗口伸出一只胳臂，想探试一下微凉的太空。这路便是都市的一只胳臂。它由繁华的街市直通过绿色的田野。虽然往来车辆还免不了带些俗尘，它却仍能保持整洁和肃穆，作为它的灵魂。在宽敞平舒的沥青路中心，栽有一列短矮针松，和路一样，那么齐整，那么漫长。耸矗在短松丛中的是一列水门汀的路灯杆，每根细长的杆顶各垂着四只白色圆灯，看去也那么齐整，那么漫长。每晚它们都眨着眼，俯视着我孤单的影子，倾听我踟蹰的脚步。

衔接着城里最华贵的住宅区，这路成为全市居民的瞭望线。道旁散栽着颀长多叶的白杨，地上蔓长着各种无名野草。远远地，东面剪平的一块草坪是洋商自建的跑马场，白白的栏杆画着距离码数的标识。邻近看台的一带花墙是万寿公墓，里面依次睡着生存疲倦了的陈人：有患肺痨的小学教师，得心脏病的银行行员，或惨遭没顶的轮船二副。嵌在绿原西边的是一家毛织厂，摩托澎波鼓动如大地的心脏，高大的烟囱日夜有黑雾突出。它染暗了晨曦，染暗了晚霞，也染暗了许多人们的脸。学校的罗马式建筑如一个胖子的肚囊，仰天满足地舒卧着。介在这中间的是全市规模最大的一家洗染公司，和教堂哥特式尖拱的钟楼。它的职务是黄昏时，供给铿铿的晚祷钟声。但毗邻教堂却是一座兵营，于是，好像要镇吓住和平祈祷者的玄梦，黄昏里又常传来雄赳赳的军号声。

赖飞路却永如一条巨蛇，一道小河，蜿蜒，漫长，平静地躺在中央。

我曾看见过许多种晚霞，渤海的，鼓岭的，但朱红霞晖上面渲染着一层灰色煤烟，又反映出原野黛绿的，却只有这里才见到。我没法形容那颜色的奇妙，因为那是自然美丽与工业文明混合的结果。我也说不清那些衣裳的名目：也许是什么教授的衬衫，或是某舞女的睡衣，恐怕还短不了商人的长褂，或小孩的尿布。但想想看，每一排晾衣架要飘起十几种颜色不同的衣衫，像千军列阵的旌旗，数十排衣架一起分布在绿野上，受着晚风的抚弄，雪白的，粉红的，豆青的，浅紫的，迎风飘动，啪啪作响，谁能捺住那欣喜呢！

于是，每天下午约莫五点以后，这条路用稀有的景色吸来许多游人。时常当我习惯地低着头用手撩触着松针，感受着那刺痛的愉快，或痴望着远方一匹棕色骏马的奔腾姿势时，就有一阵冷风嗖地由我肩头擦过。等到我迅速地掉过头来时，一辆姜黄色的摩托车留给我的早已剩个尾影了。车里少不了无线电放送的爵士音乐，间或背后方块玻璃上还露着一只粗大多毛的臂，围拢在细白肌肤上，金黄的丝发，如春郊麦穗，迎风飘拂着。这里也常有衣饰富古典风味的西人夫妇，挈着长耳狼犬，用极潇洒的派头漫步着。高贵人说话照例是很低微的，才显得安闲。黄昏为大地普遍加了层灰罩，贵妇人的脸上却另外带一具珠丝面罩。那高贵种族的畜生，在男主人的管驭下，也越显得骄傲了。

因为阔人来得多，道旁就难免有乞丐出现。他们多半是赤着污黑胸脯的中年妇人，怀里喂着个泥鳅似的婴儿，地下又跑着一个十岁左右面色焦黄的孩子。看到洋人走近，就一起匍匐在道旁，频频叩头，伸出一只肮脏的手来嚷着"孟内！""孟内！"

在这条路上，我还有个熟人，便是黄昏时分，那推一车红马蹄灯的老人。每天散步都有机会遇到他。多么可羡慕的差使呵！天将黑时，他便把三十几盏红灯燃亮，轻轻放在一辆小手车上，沿着赖飞道缓缓推来。好似创造者散布星颗，他把满车红灯按照上峰交通计划，一一分配到路旁各各须要驶车人注意的地方。我时常跟在他后面，守着他把一盏盏的红灯安置妥当。车空了后，回身一望，顺着暗绿的矮松，遍布着星星点点的红光，映着老人畅意的微笑。我像是也分享了那欣悦。

路的北端，贴近住宅区，还有些建筑，排列得极其稀疏，像是担心遮去了邻舍阳光，欢赏绿原的眼路。它们多是洋东，买办，在野政客的公馆或别墅，都是很讲究的房子。我很骄傲，因为我每天必擦着它们跟前走过。面着那些堡垒式的建筑，我追忆起阿泽王及许多中古骑士的轰烈事迹了。我也不讨厌那些坚实修整的立体建筑，只要它们不用薄层门面欺骗我。但我极厌烦有些立体方屋里无线电放送的古怪声音。那真活像一只尖尖的漆皮高跟鞋在我神经系上反复搓揉。我虽然从没见过发那怪声音的女人，但那尖到使人昏晕的声音每次都给我一种极为难堪的反感。何必要枪毙人呢，我想，用这样不愉快的声音堵满一个人的耳朵不是文明对我们更残酷的刑具吗？何况加杂在那中间还常有哗哗的骨牌相碰声。

因此，由于趣味的不同，有些住宅我是用极不迟疑的步子快快走开的。我不稀罕那尖尖的高跟鞋和那些寄托私心的骨牌！我赶快逃到另一住宅的屋角。在那里，除了门环，虽没有人理会我的存在，我却感到“家”的亲切味了。

我爱那晚餐时柔和的灯光，纵使隔着窗帘，我也会感觉到那刀叉的铿铿和闪亮。我踮着脚跟，翘着颈项，想法不遗落室里任何一个犄角。熏鸡咽到他们肚里，那没有关系，我却闻到那脂油的厚味了。宝蓝色的胖胖沙发他们坐着，也不碍事，那松软舒适我感觉着了。我引颈端详悬在壁炉上的油画，我断定那白发老人一定是他们的祖父。他的坟墓也许就在道旁，他的灵魂却在这里守护着围在桌边的儿孙了。

我守着他们念完祷词，（壁炉上摆设中央有一座金属熠亮的十字架）守着他们打开折叠的洁白食巾，守着他们欣喜地活动起嘴部来，我感到满意了，因为我知道这样明天他们又可以生气活泼。我守着，守着，直到女家主催促孩子们上楼预备睡觉。在最末一个孩子闪出饭厅之后，向我这面的灯光突然关灭了。顿时，黑暗使我感到冰冷。适才的幻景随即迅速地向后退，退到不见了。我还听到孩子们在甬道跳跃的节拍，吹着细锐的哨子。那曲调必是他们新由学堂里学来的。

黑暗使我重新感到孤单。我方明白那温暖柔和原没我的份。我就垂丧着头，摸索着向前走去。

远方有叮当沉重的金属声穿过黑色天空。它像敲着了我的灵魂。这引起我的好奇。我抬头，一只类乎枭鸟的飞禽在怪啸着。白杨响亮地抖擞着它的闪光战衣。瞥见短松，我担心果有仙魔隐在这宽平绿野。蝙蝠用极轻薄的姿势倏忽环着我身畔飘舞着。不自禁地我的脚向着叮当的声音走去了，像是着了魔，踏着愚騃的脚步，寻找一个灾祸。

秋天的星空是和地上的森林一般神秘不测呵。流星如顽童在青石板上任性抹画似的在深蓝色的天空乱划着银亮的线条，一瞬间，便坠向不可知的方向去了。远处跑马场似有马在嘶嘶长鸣。我镇定耳朵去搜索，又像是消沉了。似是而非的荒唐的夜呵！毛织厂这时正赶着工，轧轧的机声像是夹杂着“活下去呵”的呼喊。那细高的烟囱正向深蓝色天空纡吐着乌黑的气。是生存的郁闷之气呵！一阵钟声响后。我仿佛听见了低微的诵经声。黑袍僧侣用中古的国际语为人类祈求着幸福哪。这时，夜掩起学堂罗马式建筑的秃亮脑瓢，方方小窗户里正辉煌着黄澄澄的灯光。那必是自修室，多少勤读的脑袋藉着灯光，装载起各世纪秃顶学究遗留下来的聪明了。

我终于摸索到那叮当声音的跟前。那是靠路中腰的左边。道旁的草地已被挖成沟渠，旁边横竖躺着许多木料，在一盏明亮炫目的水月电灯下，几十只筋条高耸的手在忙碌着。

我蹑着脚步走近圆滚的木料。忽然，一声示威的咳嗽，一个黑影半支起身子向我看过来了。我细一端详，他穿着一套不齐整的西装，嘴里叼着一只烟斗。身子掉过闪亮的方向，灯光把他的脸照得很红润。可是看年纪他总有四十了。

“喂，来干么？”他突然拉长了脸防御地问。

“我是个走路的人。”我索性走近他身边，环视一刻，便猜问着：“忙着盖房吧？”我搭讪地坐到他身旁了。

我看着他的动静。毛茸茸耳叶上夹了一管铅笔，两只细小如鼠的眼睛总凝视着前方出神。两个赤背汉子各挥着一柄巨锤，在轮流敲打一根钢筋。火星迸发得那样灿烂，我竟凑近他身边坐下了。

他拔出烟斗，搔搔耳腮，又瞅了瞅我，就仍掉过头去了。

我为他这点冷静所窘。我守着由烟斗里袅袅飘起的白烟，在灯光下变成连环小圈，团团盘绕着。我淘气地遥望着远处的大烟囱。但是没用，我的一切行动似乎都不为这专注的监工所理会。他好像只关心一只钉子可曾锤到尽头，或一块木料有没有锯错了尺寸。他并不曾觉得身畔我这人的存在。为了这个，我不舒服。我推着他的袖子说：

“唉，告诉我，干么这么忙哇？”

“哪，你这人！”似乎怕我会扯碎他的袖头，赶忙抽回胳臂说。“新来的洋鬼子么——快到了，一对——哼，年轻的。”话语间，他似乎有点鄙夷这房子未来的主人，又似乎是厌烦我再问下去，索性一气说个干净。随后，干巴巴地吐了口唾沫，就又用烟斗堵上嘴巴了。

从那以后，我把散步的距离拖长了。每天黄昏我都走近那房子跟前，好像那就是我的房子。我守着他们砸地基，守着他们立梁柱，还守到他们把赭色的方砖一块块地堆积起来。可那监工的老那么缄默。他抽着烟斗，搔着耳腮，肚里时刻老那么盘算着：卧房的门应朝哪方，厨房怎样和客厅联络，将来待客时递菜好方便。谁也不知道明天该干么，可是到明天，经他一指点，一块土竟突起了一层洁白石阶，或一道长墙添了一个犄角。

这中间，有一个时期局里派我到六十里外的矿山去调查工人生活状况。这是我任事后第一次的外差。在那里，我过着极为异样的生活。天天矗立在我面前的不再是摩天大楼了，却是比那个更巍峨的矿山。我是住在一座山坳里，门前便是纵横细窄的铁轨，上面日夜狂奔着运煤车。虽然是躺在一张极其难得的铁床上，我却不曾安宁地睡过一夜。我像进了一个古怪偏僻的国度，比非洲莽丛都还奇异。他们的脸似是炭块制成的，上面滴着液体的黑珠。他们终日瞪着狰狞的眼，总像是天将坠下来那么紧张。很少听到他们安稳地说一句话。不缄口沉默，他们就大声嚷叫着。为我们所习惯的文明就从未吹到这里，他们似乎把灵魂与礼貌一并遗失在漆黑的矿井里了。初到的那一晚，我始终没合上眼。我总担心门口会钻进一张尴尬黑脸。出入矿务局的人是系着那么洁白的硬领，说着那样恭逊的商业用语，谁想矿局的生产者是这样迥乎不同的动物呢！

我们矿局一共有五个井口，可是实际开采的只有四个，另一个被封了口，休息着。第一次我偕工头下井的经验只有乍入地狱的恐怖可以形容我那时的心情。在黑洞阴森的地狱里，人的头顶上各伸着一盏如鹤颈的油灯。一辆辆的煤车在铁轨上滚着，隆隆震响。那些被巴比塞称为“马”的拉煤车者是用吓人的声音嚷着，曳着一辆辆堆满煤块的铁车。工钱既是按着车数计算，他们只拼命地喊着向前拖，直到工头手里的电筒一晃，并随口骂了一句，为首的才缓慢下来，嘴里嚷着难懂的话。

我们是按着一张蓝地白线的地图走着。工头每过一拐角必报告说：“离井口八十尺了！”走到一百七十几尺的一个垛口时，几个矿工正用巨斧敲着一面黑壁。每敲一下，必有一大片坚硬物体轰然坠下，落在矿工赤裸的肩背上，然后滚到地上。我们走近，工头似乎也有点怕，就脱口：

“嗨，孙子，等等开！”吓住那举斧将落的工人听到这声音即刻松缓了腕力，吁喘着，可还规规矩矩地站到一旁。

工头解释给我说：这里采不得了，再有半哩就是水道，而且，因为采得太苦，上面随时可以陷落的。他叮嘱我回去据情报告上司，请他们快筹个妥善办法。

两个星期后，我又乘着那辆局里特派的汽车回到都市来了。乍离开山地，来到平坦坦的城里，我还有些不惯呢。我耳边时刻还有噜噜地震响，梦中高峨的矿山常巍立在我的床前。朋友们说我脸色晒得黝黑，但我不相信世界上有人能把自己染得比一个矿工更黑的了。我似乎还留恋那些缺乏人性的粗黑的脸，因为那是十足诚实的语言。

休息了一夜，第二天我又挥着钢笔登录起产煤的吨数来了。不同的是那些圈儿都变成狰狞的眼珠。时常我好像觉得那面黑壁轰然陷塌了，卷埋了那些举重斧的矿工，掩埋了工头和我自己。即刻，我的肩膀耸起，浑身战栗直着眼睛，掌心冒着湿漉滚热的虚汗。

坐在对面的同事看到我呆呆的神气便玩笑地说，“怎么，思凡了吧？”（“思凡”是局里为“想女人”公拟的一个术语）我即刻恍然微笑了，像是推开了压在脊背上的一摊厚土，蒙眬地回到现实来。

我喘出一口闷窒的气，顿时感觉清醒了许多。扶着桌沿，我想往外走。我一点没察觉同事皆在看着我。他们觉得我这呆相有点异常。

“哎，干么去？”一位同事好意地扶着我盘问。

“不行，我得去见经理。第三矿井险得很！”我扎挣着往外走。

“得了，规规矩矩记你的账罢！”另外一个叫常克明的同事用巧妙的姿势捏着烟蒂，耸了耸肩膀，徐徐吐出口烟雾，轻率地拦着我。我不知道他是同情还是解恨。只听他说：“矿井早请好人了，用不着你来操心。刚由伦敦到的，一对洋团团。哼，蜜月！甜不了几天就得乖乖下苦井。”

黄昏时分，好像温习一种将忘却的课程，或寻找遗失了的什么似的，我搭了汽车，怀着无限鲜奇，重访赖飞路，这都市的那只胳臂。

方块房子里仍有着那尖尖的漆皮高跟鞋在搓揉着。我赶忙避开了。毛织厂的高大烟囱也还安分地冒着那永冒不尽的气。大学的楼窗已燃起灯光了，可是我最关切的是“我”那所房子。我跄踉地向前扑奔着。

呵，伟大，玄妙的劳动！仅仅才两个礼拜么，立在我眼前的已不是一些横竖的木架，半堵短墙了，却是一座西洋风景画里常见到的平屋，高耸尖锐的屋顶上面铺着齐整的青色薄石片，那些赭色的方砖已透出微微的灯光了。如果再有些蔓生植物攀在上面，我们简直可以疑为某田园诗人的故居。我遥遥地感到莫名的骄傲，因我曾守着这古雅房屋的长成。

我用极羞怯迟疑的步子趋近，生怕这熟悉的影子会惊动了平屋幽静的灵魂。我擦触着道旁的针松，嗅着周遭的草香。我亲眼看着叠起的那四层洁白石阶上面，这时已有一个铁纱门了，门里透出被绢罩滤成淡绿色的灯光。我倚着离门五六码的一株白杨，静观着灯下的动作。

咦，没有，什么也没有，除了一张小圆桌，桌上齐整地摆着金属和磁制的家具，中间放着一只细长的绿花瓶。但主人呢？没有影儿了！前些日子我眼看砌成的墙，这时已涂上了淡咖啡色的漆。主人似乎对这颜色有特殊的爱好，连那些新制木器也无一不是这颜色的。镶在壁上的是两幅油画，蒙胧地我在辨识着上面依稀的景物。

忽然有咯咯的脚步声由身后传来，夹杂着还有口哨和笑声。一对青年男女向我这边走过来了，我忙闪过身去。黄昏盖住了一切的仔细，但那窈窕的身腰，那挽臂的亲昵我是可以辨认得出的。我想，他们必是一对走路的人。

但是突然他们驻足了，男的打了一阵尖锐颇悦耳的呼哨，就向房里喊了一声“仆爱！”

——呵，幸福的人们!

男的轻轻地推开了门，扶着让女的先走进去。然后，一个白衣侍者由里面迎了出来。女的随手把一束小野花插到桌上的花瓶里，返过身来，我猜得出，那是一个适意的微笑。

暖暖的热气由侍者手托的盘子里腾上时，纤细的手指忙用黄油果酱涂抹起面包。好像那片黄油便是爱情的醴泉似的，两个争举着自己抹好的递给对方。两颗金黄黄的戒指闪亮着。面包结果是互相交换了，两人都似乎成就了一件惬心事。我看到了女人的脸，白皙椭圆的，好像生来就是为笑的。她有一头金黄的美发。她时常把银亮的叉子横在唇边，眼睛便凝看着对面的丈夫妩媚地笑。

饭后，在侍者收拾食具时，忽然有了留声机的声音。那调子我极熟悉，那是最富青春幻境的《丁香花下》。随后，留在窗口的只剩一对头颅了。靠墙准是一张只容得两人的沙发，我猜得出。随了留声机，有了男女低微的合唱声。唱到“我俩携手遁迹人间，躲避到谁也寻不见的地方”时，另一个头颅由窗口沉没下去了。我知道那金黄头发该贴近一具坚硬的胸脯，领受一番温情抚脊了。然后，男的用极柔和的中音低唱：

“你我偕老终生，爱情美梦永不沉沦。”

室内过分的温暖却变成一股冷气扑向我来。我没有勇气再听了。我转过身，垂着头，撩触着松针，兀自踱了回来。

可是次日黄昏，我又立在那棵杨树旁边了。我有一种病，我喜欢让别人享受那实体，我贪爱那感觉。于是，无形中我又把这平屋当作我精神中的家了。仆仆地由闹市里走过一条悠长的路，来看“我”这新家。我知道，走过每根灯柱，上面都有四颗白白眼睛讥笑我的痴愚。它们散乱地摇曳着我孤单的影子，要我省悟。远处传来闹市一阵阵喧嚣，起伏如涛波，也像是在指指掇掇地讽刺我。但我仍梗着脖颈，不自禁地我又走近了那平屋。

平屋阶下有一个人在修剪适才为暮霭抚遍过的草。他伛偻着腰，像是吃多了两盅，嘴里低哼着不三不四的调子。也许为我的脚步声所惊动，他忽然抬起了头。在暮色苍茫中，我模糊地认出那不是一张生疏的脸。

“哦，先生！”他伸直起腰来。那黄瘦高颧的脸即刻使我联想起热腾腾的茶碗和手巾把，随后我才忆起这是矿务局里的一个听差。

“怎么，老冯，你来这儿干么？”

“是——总务司派我过来的。您不知道这是新来的工程师，海先生的家？”

海先生？难道就是前天同事谈过的技师？不会那么巧，但老冯偏一口咬定这海先生夫妇是新打外洋来的。我没想到这使人嫉妒的家便是他的。幸福的人呵！我叮嘱老冯不许声张。我不愿扰动别人的安静，我要默默地守着他们领取幸福。

回到局里，我又后悔起还不曾报告上司矿山不稳的事。我的工作虽说是调查工人生活状况，但工人性命所系的事我怎能漠视呢！唉，我这人真不中用！补报呢，又自露马脚，找经理责备，记恨。我咬着下唇在房里用紊乱的步子量着地板。我不晓得该怎么办！隆隆的铁车又在我耳畔响起来了，那些黧黑的鬼脸似乎呲了一排排白牙向我狠狠地指骂“你这人——你这该杀的人哪！”

——如果去呈报……

我这样试着想，即刻上司一张难看的脸色摆在我幻象中了。也许是撤职，也许——横竖结果是不会好的。

——已经快一个星期了，你睡觉了么？（多难听的话！）

那天黄昏，倚着道旁的白杨我看见绿绿灯光下有女人在嘤嘤地哭着哪，她倚在男人的怀里。

“你不能去说说么？刚到一个星期就下矿！而且是在蜜月里。”女人紧紧地抓住丈夫的领带，呜咽着，絮絮地求着。她那副玲珑的脸蛋，这时已沾满了泪渍，浑身还不时抽搐着。

“贞妮，这是没办法的事。”男人把手掌沿着那柔蓬的头发滑着。他仰了头，心里像在打仗。他凝视着灯光，手却仍在轻拍怀中战栗着的肩膀。呓语似的自己嗫嚅着：“世界是一整个，我们没法子脱离它，另盖一座乐园。它嫉妒。它不准。它将动手拆毁——”

那一夕是凄凉到令人不忍卒睹的话别。我直守到两人进房里收拾什物去，才怀了一颗沉重的心，踱了回来。

走过那方方的建筑时，我听到一阵阵疾速的音乐，夹着悉索的衣裙相触和脚步杂沓的声音。窗口露着许多只胳臂，上面闪烁着许多亮光，如流星。几个孩子堵在三楼的窗口，托着小腮帮在数着往来的汽车。他们是被妈妈驱到卧房里去的吧！和一切孩子一样，跳舞会对我也是无趣的。我怏怏走开了。

自那天以后，我没有勇气把散步的路程延长到那平屋了，因为遥遥地，我已由楼下的漆黑，想象出楼上靠东南角那盏残灯下是有着怎样狼狈的泪面了。推红灯的老人感到奇怪。我常常在他未把红灯散尽就兀自折回去。

“先生？你张望些什么？你的路比我的应该还长呢！”他扶着车把关切地问我。半车红光把他苍老的脸照得不知年轻了多少。

“你去吧，我不能再走。”我倚着细长灯杆，无心地拈着松针。

“我懂不得你们年轻小伙！”红灯老人似乎不甘费力猜测，就重新撑起车把，缓缓向前推去。一盏盏红灯随着他的足迹，散在道旁。

谁也未料到灾难如一机杼压根儿在不停息地制作着哪。星期五的下午，局里连连接到矿井管理处几次紧急长途电话，报告井势不稳的消息。呵，没有人再比我那时痛苦了！我深悔不曾报告上司。几次我抓住头发想用凶犯自首的勇气跑去报告一声，但另一个狡谲的声音总在我里面问：

——那样有什么用呢？

星期六黑早，我还没起床时，宿舍甬道就有嘈杂的谈论了。在我们这通行睡早觉的宿舍里，这不是常有的。平日，这时分茶役提着热水壶由门口走过都蹑着脚尖，今早，骚动替代了原有的平静。我侧着身，听到许多扇门开了，一定有许多只脑袋由门缝伸了出来，因为随即听到许多人问：

“喂，老马，怎么回事呀？”声音里都带着充分的惊怖。

我忍不住了。我踢开被盖，裸着脚奔了出来。

“什么事情呀？”我一把扯着茶役的袖口，睁了大眼问。

“矿井出乱子了，活埋了三十四十！”

呵，三十四十的活埋，我头昏了。这些人全是我埋的！

我草草穿上衣服，也顾不得洗脸就走出房门了。同事看我恁般慌张，以为有我什么人死在里面了。

“嘿，你干么着慌呵，死的都是工人，除了一个鬼子工程师。”

鬼子工程师？这是梦呵！一切我担虑的就全为恶运成全了吗？我直瞪着凶凶的眼睛，闯进那个拦我去报告上司的同事房中。他还在安闲地刷牙，看到我，就由嘴里拔出涂满膏沫的牙刷。

“老常！”我嚷着。“糟了！全是我，全是我，这个凶犯！”

他愕然了。他仔细端详一下我颤抖着的脸，就若有机密地赶忙关上房门。

“老常，都是你，拦我，拦我。瞧，这下我们拿什么脸活下去，你说说——”我似乎在表白自己，又像推诿着杀人的罪名，向他埋怨着。

听完我的一片良心发现后，他一脸的紧张严肃倒松开了。他重新收拾起牙刷。他甚而微微有点嬉笑了。他告诉我矿山不稳是人所共知的。这么快会陷落虽然没有料到，可是早晚也是得陷的。一年六回，谁去调查，那边工头也那么嘱咐。这回聘请新工程师就正为勘察新井，好补偿必然的损失。

这话能作为大赦令吗？不，不，可是我觉得肩膀轻松多了。我开始了悟自己只是个小职员，把偌大惨剧的责任都拉到自己背上有些可笑。

但心上总还有点什么在绞缠着，使我洗不掉脸上犯罪者的形貌。我什么都敢想，就怕想起赖飞道上的一切景物。

上午，公事房里的电话铃不息地响着。工人戚友殷切的探问，新闻记者好奇的探问……但经理有话，关于这事不准泄露，只准用“真相尚未明了”来搪塞。

但这事终于被证实了，因为二十七具尸体已经挖了出来。许多哭成泪人的家属用笨重的车辆来领取一张五十块钱的支票和一具装殓了尸首的薄木棺材。

年轻工程师的黑漆棺材，用扎了白绸的汽车一直载到赖飞路道旁边的万寿公墓去了。

同事们商量送花圈，我也茫然地随了一份。但追悼会和葬礼我都不曾去。我不敢去。他们一回来便学说灵柩入土前，教堂牧师祝祷声的沉痛宏朗，并连声夸奖那女人多么年青，美丽。他们比较英美女人身材的特点，又研究起一个美丽女人呜咽时的妙态。他们每个人似乎都很关心这小孀妇，讨论了许久。

我不曾说什么。

过好些日子，一个黄昏，我为试试自己的勇气，才又登上了停在红牌下面的公共汽车。赖飞路虽仍奔驰着载了爵士音乐的摩托车，但细长杆柱上的灯光可昏暗多了，像哭肿了的眼睛。沿着赖飞道，我拖了沉重的脚步，撩触着松针，麻木的手指再也感不到针尖的刺痛了。烟囱那傻家伙依然纡吐着无名的浓黑怨气，迷漫四周空际。学堂圆形建筑仍如一尊弥陀那么仰天晾肚。晚祷钟声响彻原野，永像叮嘱着路人一件事。

平屋已不再有那柔和的灯光，连楼角的残光也永灭了。我好像听到远方有叮当沉重的金属声穿过这墨色天空，即刻有无数星花在我眼前迸发。诳诞的夜，现实的装帧者，我再不敢向前迈一步了。

尖尖的漆皮高跟鞋又开始在搓揉起听众的神经，许多只手又响朗地划乱起骨牌来。我木然地呆立一下，就匆匆地逃了回来。

廿四年九月十三日天津

原载天津《大公报·文艺》1935 年第 17 期，1935 年 9 月 20 日

窑　工

碧影（碧野）

一个春归的清晨，历牙山的双峰抹上了淡紫的朝曦，五月的晨风轻拂着这南乡的山野，村居。

当你驰行在这赤沙弥漫的低坡上，仰望那披着濛白朝雾的历牙山峡里，那你便可以隐约地窥见那毗连着的十七堆黄褐色的东西嵌在苍翠中，像一条附蜒在巨榕上的蜈蚣，那就是著名的八宝墩烧炭窑，假如你是一个住在附近村庄里的少妇，对这情景，必有一翻甜意渗透在你的心头，而这甜意会冲开你的双唇，成为一朵笑的蔷薇。

一个赤了上身，而仅仅套着被汗水融蚀得灰斑的短裤的矮个子，从左边的水崖拐了出来，一手揉着眼睛，嘴里哼着：

“哎唷唷，
乳子摸去软绵绵，
压了大腿……
哎唷唷，
今夜来时开后门！”

“不要脸的臭蛋！给你的花婆娘听着了，又要把你按到床上骑得吱吱叫！”从芦丛中发出来的骂声。

“大头牛，大清早里什么风吹开了你的狗醋坛！”矮个子嚷了嚷就飞起了脚步。

“竹鸡，婆娘养的！有本事领就慢着跑！”从芦丛中跳出一个公牛般的汉子，向着山峡里追去。

山峡里十七座炭窑，是由六十八个年纪精壮的窑工占据着。

除了秋收夏割，他们终年都在这十七座烧炭窑中做活，他们每个都有两百来斤的力水。

每次的烧窑，最先便须从峭峻的历牙山后砍捆了木柴往山前的峡里送，这样的工作要两天的工夫，然后起了窑火，把一捆捆的木柴都塞进六尺高一丈宽五丈来长的窑洞里去烧，这样又足足要天把两天的厮守，所以烧一次窑便须三四天的长时间，但据窑主说，每次窑有四万二千斤硬炭的巨大产量。

窑工最戒惧的就是进窑洞里去起火，及火起后继续运木柴进窑洞里去的时候，因为窑洞里的浓烟是辣刺地袭击着鼻孔和心肺，被刺得泪水横流的眼睛，没有一丝睁开的余力，就往往在这浓烟窒息中，不幸的窑工便会昏蒙的围攻而葬送在窑火下。

一提起这件事，每个八宝墩炭窑的窑工都会捏下一把伤心的眼泪。

去年初秋的一个下午，南国的天气仍是热得烫人。勤奋的缺嘴阿禄正进到窑洞里去弄火，他的三个伙伴中两个被烈日热得到溪涧里去洗澡，一个走到山边去乘凉（天晓得他是干着那么一种亵事）。原先窑门是没有关上的，但等到其他的窑工发觉一种阴沉的哀吼声时，窑门已经是紧闭着了。

窑工们聚集在吞嚼着被难者的窑洞，窑门虽被启开，但阴沉的哀息是随从窑门伸出来的火舌的愈加强烈而渐渐消失了，在窑工们悲痛的呼号里，铁锄急逼地把头部不息地插进窑身上，发出笨钝的咄咄的嘲声，呼呼作响的窑火趁着铁锄的起落而怒伸着烈焰，终于在几枝铁锄下握出了阿禄的焦黑的尸体，模糊，模糊得像一只蜷缩的穿山甲，每个窑工的心里都哀惜着："完了，勤奋的阿禄完了！"

这幕悲惨的排景，永远追忆在每个八宝墩窑工的沉默而哀伤的深心里。

每当烧完一次窑后，窑工们便有一次酒会，他们唯有藉着这个时机涤涤他们被浓烟熏黑了的心胸，歇歇他们被烈火烤焚得快要起泡的身躯，打酒梅的粗野声冲出炭寮而流溢到山林间，在这兴高意浓的当儿，他们中便会派两三个人披着被单或布袋到属近的村庄里去偷抢家狗或菜鹅，回来熬嚼，由此粗野的笑声就会一直延播到天亮。

烧成的炭，窑工们把它一筐筐地装好，除了大部分挑到山左边的大溪里的小船上，运往城里去出卖外，余的都给附近村里的妇人挑米来把它换去，就在这个时候，当遇着标致的挑米村妇时，窑工们便即刻会大嚷起来：

"嫂子，你的米真白，就像你一样！"

不然就是：

"我们的炭又大又精，包管嫂子乐意受用！"

但是自从缺嘴阿禄遭难后，虽然一筐筐的炭仍然从溪里波荡到城里去，虽然时有俊俏的挑米村妇的到来，但那俏皮调戏声永没有再次流荡过。

的确，在受到极端凌辱与苦痛的众心的沉默上，是各个互感到悲愤核丝的紧绕，当已往的乐趣泯灭在现刻的哀苦的劳役中，那么悲愤的情调是愈加的高涨无羁，一朝众心的趋一而联系了，这标志就是一颗红的星火的辉闪，为了同一的被凌辱，同一的劳顿于佝偻的境地，因此同一倾向的怒愤的心花将会结成一球冲破桎梏的赤火，万有的火球将一直的焚烧开去，从地角到天边，映起灿烂的光彩，在自由的高峰上竖起翻飞的战旗。

打从历牙山峡到城里去赶集的潮荡般的农人是渐渐地稀疏得如同冬涧里的几点水滴，任何地滴也滴不成串，朝去暮归的吵闹，现在只剩得孤寂的历牙山顶的鹰鸣。

沉默的众心，在挥动的铁鞭下破裂。

八宝墩烧炭窑的窑主是一个填胀了肚皮，塞肥了脑袋的大块头，是威名四播的北大村村长，自从他的大儿子在城里捐得大队长后，他的威风是愈加凛然，深藏在脸肉拨飞里的两双三角眼，也愈加闪出枭恶和险毒的光芒。

窑主的屋舍，也跟窑主一样的比任何村人的肥满，“在他的屋脚都能割出百斤油”，这是附近村庄里每个乡人都谙熟的一道传闻，但谁敢去撩动他的一砂一土呢？这不是他当众说过：“莫说我，就是我的儿子的铁印也够把你们的每个村落打得粉碎！”

为了炭价一天低似一天，而村人们的血浆早给北大村的大红门吸尽，窑主的生意经也翻过了夏，从下月起，由省去做酒会的六十八个窑工中裁去三十六个，十七座炭窑将剩下八座，那所剩下的八座炭窑，还不是强装着架子，还不是十几天里嘘着一次将断灭的丝弱烟缕么？对这，谁个八宝墩的窑工都能意会到的。

月夜，历牙山的双峰笼罩在银辉里，远茫茫的草野，山林，反映出淡薄的碧光，山花香在柔掠的夜风中飘忽，下垂的枝叶在轻微地摇曳，几声夜莺的悲鸣，刺破了山林间沉寂的夜心。

草野中，黑黝黝的一堆，摇动着，那是窑工，六十八个。

“咿呀呀，
压上大腿，
软绵绵的……
可惜我今夜不得去呀！”

矮个子的竹鸡哼着，随着对众人说：

“听我讲故事呀，真真的故事呀！”

“从前，有个标致的姑娘，嫁给了一个——傻瓜，哈哈哈！那傻瓜不晓得弄……哈哈哈！新娘子教得熟黄豆一粒动一下，到了菜园里还要，被蜜儿叮着了！哈哈哈哈……”

“竹鸡，别再放瘦屁！今晚不是要你来咿呀！”大头牛秦刚喝止着，两眼在夜氛中闪着庄严的光。

“我又不是讲你，你的头又不是给蜜儿叮肿了的！”

啪的一响，大头牛秦刚的铁拳打在竹鸡的背心上，众人笑了起来。

“好狠心的贼子，真不要老子了！”

回复了夜的静寂，山花香，夜莺的鸣声，窑工们的气息。

突然，大头牛秦刚对众人庄重地说：

“伙伴，咱们下月就要各走各的了！（他把指儿屈了屈。）仅仅十一天！”接着是深深地叹了口气。

“谁也不知道谁留谁走，就是被留下的也不过是活受罪！咱们的血给那人熊吸尽了。你看他有高大的红漆门，有宽敞的屋舍，七妻八妾地过日子，这些哪一样不是由咱们的血涂成的？就他的儿子的捐官买爵，也是踩在咱们的血汗上逞威风！哼，现在他吸完了咱们的血，就要赶咱们走……”沉默着，众人的心却波动着。

“阿禄哥的死，谁不知道是他使他的家丁胡七趁机闭上窑门去陷害阿禄哥的！？因为咱们的活作得太苦了，烧一次窑才领他块二钱，一个月里最多烧四次窑。咱们受苦，他却把一箱箱的银子存到城里的银行去，而且对咱们还要拖他妈的欠！阿禄哥见到这种苦头，就教咱们一同去要他凑现，那生咱们还没上他家的大红门，而阿禄哥就——就被害死在窑里！……”大头牛秦刚把眼望着月亮，晶莹的泪水流溢出悲痛与热情。

“阿禄哥的老婆和孩子也被活活地饥冻死！”人中的一声。

愤激的众脸上发出怒光，每颗灼热的心沸腾了。

“现在……”大头牛秦刚沉着地说。

“不干他是狗子生的！”一个广着胸膛，大着臂膀，绰号叫作吼山虎的窑工汪仲跳了起来：

“他吸完咱们的血，咱们要抽尽他的筋！”

“抽尽他的筋！”六十八个窑工一齐声嚷着。

“现在，回到村里也容不了咱们。咱们要复仇！明天各人回各人的家里去取些随身的东西，日落后就到这儿来聚会。汪仲，你那时就带领阿九，银万，刘麻子……到历牙山后放把火烧掉他妈的树山，我便带伙伴们到北大村去要那吸血的人熊尝尝咱们的辣头！干完了，咱们在三岩亭聚会！”大头牛秦刚兴奋极了。

“行，我要带着我的心肝儿一块跑！”竹鸡笑嚷着。

夜风吹散了众人，月儿西斜，山花香，夜莺的鸣声。

一个春归的早晨，历牙山的双峰笼罩在瘴雾里。黄澄澄的麻绳捆上了那六十八个窑工的每具黝黑的身躯！崎岖的山道上印着跄踉的足痕。

原载《泡沫》第 1 卷第 4 期，1935 年 12 月 15 日

岔道夫李林

罗　烽

一

岔道夫李林扫除了轨道间的积雪，连忙把笤帚丢在一旁，两手合拢到嘴角，使劲地嘘着呵气取暖。气从指缝间排出来，挤成细长的白色线条，冲进冷冽的冰空里，盘旋得很久才消散……

他从一只油渍的小木箱里掏出一团棉丝，把多量的擦铜油倒在上面。他靠近“转辙器”旁边蹲下了，细心地拭擦着辙尖。原先白色的棉丝渐渐地由淡灰转成黑色了。辙尖的前部宛如躺在太阳下的一面镜子，发射着清淡淡的光条。但他还好像没有满意他的工作。

银红色的原野，碎乱的闪耀着金星。风一阵阵狂妄地旋起，卷着细碎的雪末，类似晴好的天气散漫着一层薄雾。李林被这薄雾不断地缠裹着。

雪花投进李林的脖子里，他更感到寒风的威胁，但他没有停止手里的工作，只仰一仰头，让那可诅咒的雪花，快些溶解。于是，雪的水和汗水便渲染似的湿着他的脊背，冰凉的——

号志夫王庆多从机车房下班回来，正从李林的面前经过。李林似乎没有觉到，头都不抬地擦着辙尖。王庆多就用那饱经风霜的“号志旗”杆，轻轻地敲敲他的狗皮帽：

“哎，老李，真打算升官呵？”

李林呆子一般抬起头来，那张被冻凝住血的脸，向王庆多无意识地一笑，反问道：

“你说什么？”

“我说的是你要升官？”

“升官？”李林突然打了一个冷战，这一个冷战，几乎抖落了手里的棉丝——他才迟钝地站起来：

“老王，你怎么也来俏皮我呀！？”

“哪来的话，你本来尽职呣……”

“尽职，不这么死干，说不定就得滚蛋！”

“哼，不见得吧！这年月，你看谁还不是吊儿郎当地干，哪个还顾得你尽职不尽职哩！”

“话虽这么说——”李林一眼看见站长从月台上走下去，就截断了下话，他一面催促着王庆多走开，一面又手忙脚乱地擦起另一个辙尖来。

站长的黑制帽衬着大红帽箍，再压一道七分宽的金线，在雪天里越发显得鲜明而耀眼。李林的心就为它所折服！他能在非礼之下忍耐着别人所不能忍受的苦楚，就是为了那顶帽子的威严——它把握着他的命运。

另一种格外叫李林伤心的，是同事之间的嘲弄。类似号志夫王庆多那样的讽刺话，差不多塞满了他的耳朵，同时他也自解：那一种事故，几时不向同事们作一番尽情的剖示，不会自动减少嘲弄的。哪……怎能够呢，那是一桩秘密的，应该像偷了邻人的大公鸡那样秘密的呵！

李林倒侧着脸拭擦辙尖，没有勇气向站长正视一眼。他听到站长那双油光光的硬底皮鞋，踏在雪道上，那种单纯而严肃的脚步声一会比一会切近。这时候李林的心，仿佛是站长皮鞋底下的雪很亢奋地呻吟起来。他预料到每天不可避免的责难，呵斥，就要像值班表上的工作一样，轮到自己身上来。他仓促地搜集着应付的理由，站长的无理由的责难，对于李林的应付上是困难的，是海一般地茫然。

他运用他所有的智慧，并且压制着恐怖思索着：用什么方法先软化了站长的雷头风呢？只要冲过这第一个难关，以后，随便他怎样责难就怎样责难好了。反正，这也不是一件稀奇的勾当！

李林的智慧是如此聪明的——

他以耳朵测量站长已经走到他切近的时候，他特别显出机警的扔掉了工作，敏捷地回转过身子，向站长尽可能恭敬地行了一个举手礼。于是他又开始从站长那副圆脸上寻视着如何满意的线索，但他的眼睛放射出来乞求和探索的光芒，像触在一块险恶无情的礁石上。李林的心像一只遇险的航船了，飘飘忽忽地向下沉，这时候他的智慧也遭遇了同样不可挽救的厄运，再没有那等待着一只救生船的富余时间了……

“你做什么？”站长短促地问着。

“我擦——辙尖——”李林失却了本来的声音，而他总是想：这样，是不会有什么过错的吧？

“谁问你擦不擦辙尖？”站长挥动着拳头，声音越发暴戾地：“我问你，你是给谁敬礼呀？”虽然声音低调下来，这不是温和，这是棉里藏刀。

李林没有充分的时间去捉摸站长追问的意义，他还亲切地回答着站长：

“——给站长。”

“混蛋！——混蛋！”这骂，对于李林是一个奇袭。站长也就是抓紧李林那个弱点，不放松地追击下去：

“谁叫你给我敬礼，这是敬礼的时候吗？你正在工作呢，假若是有一列车正要开这个岔道，你想：是不是应该丢开你应执行的职务，呵，就丢开你的职务特意去给站长敬礼？”

站长的话，就好像闪电带着雷那般爽快而干脆。的确有道理，有程度。不过，李林始终不能相信站长的教诲是确对的，因为他在履行教诲当中，不知受了多少次呵斥和辱骂了。起初，他在纳闷：“规矩，规矩也是反复无常的玩意儿吗？不错吧，是，非，都是他一个人说的呵，可是，赶到我去照样做的时候，是，也不是，不是，也是不是！难道这是站长对待岔道夫的本分吗？”李林的单纯的脑子，被这疑难绞乱了许多日子之后，才一点一点地清醒过来：“呵，站长找我的别扭！”直到现在，这个结论更使他证实了。

李林的脑膛里燃烧着，他正直地抬起头来，要向站长的质问痛快地反驳一下：

“站长：‘注意长官的行止随时随地地行礼，来表示敬意。’不是你告诉我的吗？不是你告诉我切实记住的吗？现在怎又是我的罪过？……”

当李林看见了站长的帽子，仿佛是要碰到生命危险似的，马上又把挺直的脑袋，像初经霜打的九月菊一样垂下来：

“是，是！”李林连腰都弯下了。“岔道夫的错，站长——”

“嗤！”站长满不高兴：“叫你做事，谁让你来当差！”显然是给李林一种侮辱。接着他向岔道走近两步，还没有看辙尖一眼，就问：

“辙尖都擦干净了吗？”

“是，站长。”

李林应声答了一句。站长头也不回地又向库房走去了。

二

李林始终是保持着秘密，让苦楚和嘲弄，夹攻他。

他简直就像一个信徒，抱头跪地，哀告着天，来拯救他这个老实人的灾难。当他为绝望迫袭时，他就仰仗“良心”的威力去迎击。于是，他的希望才恢复到零度以上，幸福的幼芽又在他的心里萌动了。

李林胸前带一个蓝缎子兜兜，兜兜的当间有一个用白绒绣成的“同心结”。这件东西，虽然不怎么样体面，不敢见人，但在李林的胸前却像挂了一个勋章那般荣幸。它又仿佛是一张保险票，保障着他前面的幸福，他前面的快活。无论在醒着或梦中，他总是拿心代替着坚实的臂膀，紧紧地把它拥抱。如果，在他碰到灰心的时候，那蓝色的兜兜就变成了一个遇着暴风的风筝了，他惊慌失措地牵着线绳，眼泪汪汪地默祷着：

“老天爷，保佑呵，可别放鹰啦！”

无情的风暴却只是撒野地吹，不停地吹，每一个时辰都有将线绳拉断的危险。李林为了要坚守这随时随地的危机，几乎失去了睐眼的余裕。没有休息地耽心，简直把他弄得精疲力尽了！

“老李，看你的眼窝都塌啦！颧骨也鼓出来啦……”王庆多有点惊奇，又有点忧心地说。

李林不想承认王庆多的话，他对他们憎恶着，他想这话终少不了是带着几分戏弄人的意味，他把两只困倦的眼睛滑过了王庆多的眼睛，茫然地眺望着南来的雁群——雁，动着那笨大而和谐的翅膀，李林的心被它扇打得也起了悬空。

他终于又把视线收回来，驻留在王庆多的脸上。这一次，他好像才怀疑了自己，他看见王庆多的脸，明明白白地露着惊奇和忧心的模样，他再想从那张黝黑的脸上搜查出“嘲弄”的痕迹，已经不可能了。

“我真像王庆多所说的那样么？真的么？”李林不自觉地用手按了一下凸出的颧骨，想着。手仿佛涂着了胶，不肯离开自己的脸，他胆怯地安抚着它，希图那消瘦，冰冷的脸，会报答他一个丰满的温情。同时，李林发觉这是他自己欺骗了自己，怎好反去怀疑别人呢？

王庆多走开了，李林看着他挺直的腰板，引起了一种烦恼，脊梁好像有个臭虫在爬。

近几天来李林感觉胸膛郁闷，发痛。有时候整天的从头到脚一阵冷，一阵热，精神也非常地恍惚。这病到最厉害的时候，站在转辙器的旁边，列车从他的面前掠过，眼睛一黑就要晕眩。有一次手里的号志旗竟滑落到轨道间，他还不觉。这不曾被站长查着，而李林自己却总是害怕，假如再有这样的事发生，被站长碰到，这个饭碗，就要打破了。现在他宁肯损失几天工资，要向站长请一星期病假。

“我的精神很糟——”李林吃力地才说了半截话，一张苍白的脸却突然先涨红起来。一只手在摸弄着制服的铜纽扣。

“很糟！”站长说：“你是什么意思呢？”

“不，我没有额外的意思，我怕耽误工作，我打算——哦，打算——”李林很拘板地笑了一下，“向站长请一星期假。”

“这办不到！”站长把眉毛一抬，表示自己有这样说话的权力。“春季运输正忙的时期，谁也不能无故请假！连我也是一样的呵——”站长很想装个“以身作则”的样子。

李林的勇气被站长几句话吓走了。他那张贫血的嘴唇起了一阵痉挛，脑袋就勾垂下去。打了个寒噤，所有的话语像是被冻结在咽喉里。

他迟疑不定，一点也拿不准主意：究竟是请假不请假呢？他联想到职位上去，如果真的因为请假而被解了雇，那就不如带着病干吧，但是自己的身子已经不能允许那样随便了！

“站长”李林终于坚决地说了，“我并不是无故请假的，我的病已经够重了，常常发昏，常常——呵，恐怕就是种不治之症哩！准我吧，不然要耽误大事咧！一个岔道夫——”

站长意外地微笑了。看来好像了解了李林的苦衷。李林看见站长这种稀有的宽容，真想立刻把模糊的仇迹揩掉，他张开了嘴，准备把站长蜜一样的话吞下去呢。

“你的病，我非常明白”，站长喝一口茶继续说，“也许像你自己说的那么重！好，我就准你一星期假，希望你能在宿舍里好好地静养——”

“谢谢站长，”李林赶忙鞠个躬，一转身，眼前像下来一面幔帐，他迷迷糊糊地推开站长室的门，走回宿舍。

四五个歇班的号志夫和岔道夫，正在宿舍里横躺竖卧的，唱着，嚷着呢，看见李林从班上回来连招呼也没打，就一头躺到板铺上，他们都有点奇怪。

“喂，老李，怎么这么早就下班了？”一个问。

“老李病了吧？我看他这几天就有点不像——”另一个一翻身坐起来，自言自语道。

李林侧身躺着，眼睛闭得很紧，咬着牙齿，两只暴筋的粗手用劲按住胸部。大的汗珠从额角上滚了下来，周身抖颤着。

“谁呀，谁给我盖上被，我病了！”

夜里十二点多钟，站长特地来看李林。李林闭着眼睛喘气，被子落到身旁。一只药壶放在李林的板铺下，站长把眼睛一溜，抿抿嘴，走出宿舍。

李林的梦呓常常把别人吵醒。紧挨着李林的号志夫陈祥简直一会也睡不安定，眼看四点的早班快到了，还不曾熟睡一觉，心里又是焦躁，又是埋怨。最后，他只好把被子裹紧了头，预备安定地睡一会。刚刚蒙蒙眬眬的，又被吓醒。这次不是吵，他觉得腰部被抱得出不来气，掀开被子，却是李林牢牢实实地把他搂住。嘴里在呜噜呜噜地乱嘟哝。

“家伙，这叫什么病？”号志夫陈祥费了很大的劲才把李林推开。赌气坐了起来，一边穿衣服。

“家伙，这叫什么病呵！”把李林还放在他枕头上的胳膊拉起摔过去。

“什么病？”李林呜噜地回答着。陈祥回头一看，原来是李林说梦话呢，“这病，就是我自个儿知道。”

“你是相思病呵？还是单思病呵？”陈祥好奇地引逗着李林往下

说。这时挂钩夫王昌太也醒了。听见陈祥跟李林说话，撑起半面身子，预备来凑趣。

“也不是相思，咳！”李林长叹一声，“也不是单思——”

“老李！——”王昌太大声嘈嚷起来。陈祥赶忙摆手向他示意，并且扑哧一笑，王昌太才明白是李林说梦话。

“那么，到底是哪种病呢？嗯，到底是哪种病？”陈祥恐怕李林听不清，又重复一句。

“我堵住一口气”，李林的脸变成愤怒的样子，“我有仇人！”

“呵哼，你还有仇人？仇人是谁？告诉我，大哥好给你出气。”王昌太嬉皮笑脸地嚷着。

宿舍里早班上班的人全醒了。号志夫王庆多不满意陈祥和王昌太逗弄李林。

“该多没劲，逗弄病人干么？李林的病不轻呢！”

“不是，你看，这里有个缘故。他一定不是什么平平常常的病的。”陈祥蹙着眉头争辩着，扭过头来又补充一句：

“老李，告诉我，你的仇人是谁？——是不是秦车队长？”因为有一次当秦车队长的十八次货物列车驶出最外辙尖时，李林忘记变换平安号志，秦车队长给站长拍封电报，罚了两天工资。陈祥还没有忘。

“不——对！我不能说。就是我自个知道。”李林翻个身，又把被子胡乱地拉上去，“翠玉呀，我明天来看你——”

大家都愣住了，纷杂地，交头接耳地挤出宿舍的板门。只剩李林一个人，孤独地伴着那死寂的宿舍。

三

第二天，站长派个站夫来给李林烧饭，煎药。

五天以内站长亲自来看过三次。每次来虽然都说不几句话，倒把王庆多弄得五迷三倒啦。他十分欣喜地安慰着李林说：

“总还是你呀！老弟，力量没有白费，你看站长三天两头就来瞧你一趟，还特意派个人来侍候你。平常站长的脾气虽然不好，可是到了有灾有病的时候，倒惦念人。说起来，这也是你的力量换来的哩！”

李林点了点头，没有回答什么。心想说：“你懂得什么？”

无论病到怎样程度，李林总忘记不了蓝绸子兜兜和红绣花鞋。兜兜上白绒线绣的同心结黑了，然而那双红绣花鞋还是摆在铺子里没有到手。他计算五天病假扣去五天工资，二元五角大洋正好买一双，而且是很漂亮的一双。想到这，他就急地抓心搔肝，咳声叹气地，就像不少的债务没有还似的。

“你觉着你的病不大好么？”号志夫陈祥问。

“没有什么，也许死不了的！”

“说什么话呢？挺坚实的小伙子，病病怕什么？你不要胡思乱想呵，咳声叹气地，越心急，病越好得慢。”

“命该这样，想好也不成。”陈祥对于那个“好”字没想到别有他意。但是陈祥趁着宿舍里无人，倒打算套出李林的秘密。

“李老弟，不必发牢骚”，陈祥带点儿俏皮口气，“你的病源，我完全明白，得啦，还瞒得住大哥吗？告诉你说吧，你知道，这几天你没到翠玉那去，她怎样了？”

“你说谁？”李林好像没有听清，追问一句。

“翠玉，就是她，你的——嗯！”陈祥把头往旁一扭，给李林承认的机会。

“什么翠玉？她是谁？她怎样？”李林不能像平时那样镇静了，话里话外就有点儿露马脚，他也觉得自己的样子招人猜疑，于是，连忙把话拉回去：“什么？我不知道。”

“不知道，你真不知道呵！”

“真的——”

“哼，好！你不说实话，我正懒得告诉你哩！”

这个谜，是一个凶恶的谜，正像一条有毒的蛇盘踞着李林的心窝。它蠢动着，吐着毒水。任它怎样蹂躏，只好忍受着苦痛，不敢作声，毒水在他血液里一刻比一刻增多着，病也一刻比一刻沉重起来。

两天以后，李林的病越加沉重了。

他摸着兜兜觉得一切都变为空虚，绝望！

他预料自己没有幸福的一天了，可是他又不甘心死在那凶恶的谜里，于是，他下了最后的决心。他请求王庆多说：

"我求你……求你到翠玉那里说一声……"

"说什么呢？在什么地方？"

"就是咱们车站东头……老刘家那个姑娘……她叫翠玉……你告诉她……说我病得不行啦！"

"老刘家姑娘？和你是什么关系？"

"快些，你不要问啦……等会你就明白啦。"

"我早就明白，她是咱们站长的未婚妻！"

"谁说？没有的事！"李林额角上的青筋涨的像条青虫。下面的话，费了很大的力量也说不出来。他感到有一块磨盘压在心口上，使他呼吸要窒塞，泪水，从塌陷的眼窝里流出来。当他恢复清醒的时候，他认为是场噩梦，现在他确看见一个美丽的姑娘呆立在他面前了。

"翠玉，你来了！……"李林张大了贪婪的眼睛兴奋地叫。

"我一时一刻也没忘记你……你怎闹到这样？"那个姑娘眼圈一红，抽噎起来了。

"我猜着了，这是一场噩梦呵！噩梦！噩梦正像你的妈妈，正像她那般狠毒，活活地要摘去我的心！……翠玉……你真是没有忘了我吗？……我也是一会儿……没有忘过你。你就像松树的根子，深深地扎进我的心里啦，水不能把它冲去，风不能把它拔起。……翠玉，这是真的，你靠近些……"那姑娘走进李林的床头，李林把她的手拉到胸前的兜兜上，"这是真的，你的心结着我的心呢，永远不能分解，直到我死，……我还愿意我的灵魂每天陪伴着你……"

李林断续地说着，那姑娘听了这话，好像受了恫吓似的，非常胆怯地要把手从李林的手里挣扎出来，但是李林两只手把它抱的非常之紧。

“你要去吗？”李林绝望地说，“好，你就去吧！……可是，你再讲给我几句更真心的话吧，……也许……我要死的时候，就把它带去。……翠玉……你记得，到什么时候，我都不愿和你分离的，我不能孤零零地一个……活着或死去！”

姑娘仍旧是有点恐慌的模样，眼泪仿佛是伏天的雨，落着。听不出抽噎，可能看出她的下巴不停地伸缩。她委屈着，连方才挣扎出手的力量，已经消失了，她颓唐得好像一个见了太阳的雪人……

“你……不能再讲给我……几句更真心的话了吗？”李林一半绝望说，声音特别短促，特别凄凉，他把那姑娘的手握得越发紧了。姑娘更像蒙到更大的恐怖，打了一个冷战。“我对于你，没有更多的要求，……我常常在想，翠玉……岔道夫李林有什么福呢？……这就够了，我没有更多的要求啦，我实在怕老天爷拿穷人开心哪。”

李林的手又被绝望地扳开了。他感到头顶上突然袭来一阵狂风，有两滴雨点打在他的脸上。紧接着就是个霹雷——关门声——李林仿佛从梦中惊醒似的，摸一摸脸上的水点，愣然了——

隔了些时候，站夫悄悄地推门出去，从门缝挤进一片鬼祟而冷淡的光条，在李林的身上一晃，立时消逝了。

当天，在站长室的电报发报版上，有一份致车务处长的第二十五号“ㄙㄅ”[①]报，报文是这样的：

“钧鉴，岔道夫李林在病假期内，品行不端，请予即日开除，以儆效尤。此电。”

车务处长的一五一号覆电，还是傲然地躺在站长室的办公桌上，寥寥的几个字：

“二十五号电悉，准予所请。此电。”

在车站的职工宿舍里，好像潜伏着一个大的不幸。它恰如李林所

① “ㄙㄅ”——普通电报的符号。

保守的秘密，埋藏在每个职工们的心头，但是，它不如李林的秘密容易保守。它时刻在横冲直撞，要突破他们的喉咙，他们的心里同样是不愿这不幸从他们的口中冲出，他们的嗓子简直像在偷情时闭着咳嗽那么难受。同时，期待着别个人快来揭破它才好。

一团轻声的私语：

“原来，究竟是怎回勾当？”王昌太着急的语声。

“内幕总是不大干净吧，我想——”陈祥说。

“不，你们都不明白，一句话，就是站长跟李林争风！”王庆多解释说。

“怪不得”陈祥像早有固定的结论似的，“这就没啥可说喽。”

“照你说，那就应该啦？哪来的道理！若我是李林哪……我就跟他算算账……他妈的，管他站长不站长！”王昌太总是不会小声说话的，王庆多越怕李林听见，越着急，王昌太越满不在乎。

“我说，那个还扔开外，我说要是命不济，就别找风流，说句实在话，像咱们这样，有能耐讨老婆，会养活孩子就行啦，像那样漂亮姑娘，人家当站长的才有分呢！”陈祥的话里话外有点发牢骚。

“你这是臭话”王昌太发了火，“你说到底是谁找风流？他妈的，你说，已经有了老婆的人，夺人家情人做小老婆，这叫他妈人干的事儿！？”

“夺就夺吧，还官报私仇把人开除，真真岂有此理！”王庆多抱不愤。

王昌太把大腿一拍，大声吵起来，“傻家伙，这就叫火上浇油呵！……你不信这能够逼死活人！”

“吓，毒辣！”王庆多把眉毛一耸。

忽然，站夫推门进来了。一边喊着：

“李林，李林，……李林！”

李林蒙眬地掀一掀眼皮，站夫更大声地喊道：

“李林！李林！你被开除啦！”

当站夫临出去的时候，把前次来时带来的几本《西游记》拿了去。

四

仅仅是一夜的工夫，李林竟会变了。变了什么呢？变了一个可怜的灵魂，现在他不知道什么叫“幸福”，什么叫“悲哀”，什么叫“良心”……他也更不知道什么叫“安慰”。他的人性的弹力，被绝大的重压压断了！残余着的，只是一个废弃的人形——可怜的灵魂！

他有个记忆，——一个最真切的记忆。在他的脑子里，经过许多剧烈的波折，还没有颠破，因为那已经像一个有秩序的数字，他在循环不断地数着：

“李林——翠玉——站长——

站长——翠玉——李林——”

仅仅是一夜的工夫，李林疯了！

他对自己怀着奇异的哗笑，总是像架风车似的咕哝不休：

“这是谁定的公理？……”

第二天的破晓，宿舍里的职工们完全上班去。李林带着“至死不分离”的兜兜走了……

他向天空哗笑地说：

“这是谁定的公理？”

他向太阳也哗笑地说：

“这是谁定的公理？”

他在田野上碰着农人也哗笑地说：

“这是谁定的公理？”

他在城镇里碰着一个当官的也哗笑着说：

“这是谁定的公理？”

“滚你妈的蛋！”官员飞起一脚给李林踢个屁股蹲：“见鬼！”

李林反而更加哗笑起来：

“这是谁定的公理？哈哈，哈！哈！”

五

李林懂得什么是饿：肚子一难受，他就需要东西吃。他没有钱，他脱下短夹袄去换，他脱下夹裤去换，最后，他脱下鞋子，脱下白衬褂去换。他上身留着兜兜，下身留条衬裤不再脱下去换了。已经挨了两整天的饿，于是，他的记忆又回来了：

“李林——翠玉——站长——

站长——翠玉——李林——”

李林虽然饥饿，他也不向人讨，或者是找个僻静的地方，倒一会儿。他总是走，走，有许多渺茫知道李林病的人，都以为那是李林的疯态的追求，其实李林不过是走走罢了。他没有什么目的，当他有时候走进人丛中他特别地寻觅谁是“幸福”，谁是“悲哀”，各谁是有“良心”，结果，他从许多人之中，看见了尽是丑恶的面貌，至于，他所要寻觅的，反而被它遮掩了。

“这是谁定的公理？”他自己莫明其妙地哗笑着。

“你笑什么呀？你笑什么呀？”小流氓们扯住李林的兜兜好奇地问着。

李林眯起眼睛一笑，跑到别的地方去了。

原载上海《作家》第1卷第1期，1936年4月

泡

夏 衍

刮了半天风，日里还可以穿单夹衣的天气，就很快地换了一个节气。没有声息的锐利的冷风，作弄似的尽往衣服单薄的地方钻送。五点钟过了不多一刻，除了沿河浜的一带厂房还在纯铅色的天空画出一些轮廓之外，其他一切都已经融成黑黝黝的一片。路灯的光线好像没有气力透过这深厚的黑暗，只在很近的周围画了一个暗淡的光圈。天现桥脚下的那个岗警耸着肩膀，和他制服很不调和地将两只手着力地插进袖口里面。

过桥朝东，走上沿浜的那条凹凸的石子路，就可以从那浓黑色的泥浜里面闻到一种肥皂厂附近特有的恶臭。腐败了的牛油，石炭酸，和各种化学废液混合起来的这种使人干呛的臭味，尽让冷风吹着，还像沉淀的死水一般的粘滞在这工厂地带的周围。比石子路低一点的左边几家小店，都已经静悄悄地上了牌门，只从小剃头铺的门缝里面，和灯光一起的透射出一种悲叹似的谈话的声音。同一方向的许多辨别不出男女的人影，急忙忙地在这不平的路上走着，但是除出单调的脚步声响之外，很难听到一两句响亮一点的谈笑的声音。五点钟散工到六点钟上夜班这一小时的休息，不够恢复他们从上午七点到下午五点这足足九小时的疲劳。打一桶冷水洗掉了深深地渗进肌肤里面的洋碱和恶碱的细粉，胡乱地像装煤一般地扒进了两碗粗饭，没有伸一伸腿的工夫，钝重而有压力的预备回声已经嗡嗡地在叫了。

“彩云！这带给我家的毛头！”在厂门口，一个中老妇人扁着嘴说，将一件破棉袄往对方一塞，“风这么大，今晚上准要冷的。彩云！今晚上半工？”

“全工！好生意！”接衣服的不曾回话！身边的一个瘦长的男工抢着讲了。

被叫作彩云的是一个十七八岁的女工，但是看身材还不过十四五岁的模样。干燥的黄头发下面，是一双突出的眼圈带红的眼睛，尖下巴，没有血色的翘嘴唇，长头颈，和削下的肩膀，一件大得不相称的褪了色的印花布旗袍，愈显得身体瘦小得像一个骨架。一双缠过而又放大的脚，走路奇妙地带着左右摇摆的姿势，和她那双大的眼睛联想起来，促狭的便替她取了一个叫作“金鱼”的绰号。

不很讲话，讲话的时候却带着一种尖痫的声音；从眉毛底下看人，好像老是戒备着什么突如其来的危险，走路的时候老是低着头，这表示了她的懦怯和忠厚；和同厂的女工比较起来，她的年纪还轻，但是在这鑫记新厂，她是一个资格最老的女工，凭她近五年的经验，这条沿河浜的石子路上在下雨的时候什么地方有几个多少大的水洼，她的那双脚也已经很熟悉地知道的了。

到厂门口拿了铜牌，扑鼻子的就是一阵使人作呕的熔牛油的气；在厂里做上这么一两个钟头，对于这种臭气就会失掉知觉，但是只要在厂外经过一二十分钟的工夫，辨别气味的感觉就像弹性似的恢复转来。彩云揉了一揉鼻子，到装箱间去交出了给毛头的棉袄，上工的回声已在喊了。机器一般熟练地系上一条狭狭的灰白色的围裙，用右手的食指捞了一点黄料，左手拿过一沓商标印花纸而想开始日间剩下来的工作的时候，一个锐利的声音在她背后喊了。

“王彩云！夜工调打印，打印的俞阿宝病了！”

回头来，监工的已经直着嗓子喊过去了，站在她身边的，是一个很陌生的女工，彩云没办法地将盛商标纸的纸盒交给了她，用她那双暴眼睛瞪了一眼，好像怨她抢夺了自己手里的省力一点的工作，笨直地问：

“新来的？”

声音很高，在这种喧嚣的工场里面做工的人，用必要以上的声量讲话已经成为不自觉的习惯了。

那人默默地点了点头。

一排靠窗的脚踏式的打印机前面，已经前后相接地摆着十几车的“生坯”，每车八盘，每盘六七十块，一时数不清数目的油腻冷滑得使人捏在手里不愉快的皂块，已经屯着等她打印子了。

没有工夫想，彩云只能很快地坐上打印机的车台上去。可是第一脚踏下去的时候，小脚酸酸地就打了一个软痉，半个月不轮到这种吃重的工作，彩云自己也觉得不断地干呛和发热，使她本来已经怯弱的身体更加不济事了。

继续的市况萧条，使制造日用必需品的肥皂工厂也受了相当的影响，今年的“夏销”不旺，八月底已经有一批人停了生意，照例九月初开始的夜工，到十月下半个月还没有开工的消息，减工或者停工的传说，无言地从工人们的眼色和警戒着的表情里面传布开来，每逢监工和工头讲话，或者工头叫到什么人的名字的时候，大众都会面面相觑地担忧到自己和同伴们的明天的生活，谁都没有话讲，但是谁都明白了自己遭遇着一个如何险恶的时势，但是，正在大家怀着鬼胎的时候，大约一个礼拜之前，市面上不知从哪儿吹来了一种不可捉摸的消息。厂里的“先生”们一个个的奔走相告，配药兼监工的独眼龙停下手来的时候就和两个练习生争论着这种风闻的真假。他们眉眼之间都带着一种忧郁的表情，好像已经预知道有某种不幸的事情要临到他们的身上。有一次彩云到监工那儿去领商标纸的时候，听见女工头阿金嫂瞪着眼睛在和独眼龙谈话。

“又要裁人？”阿金嫂问。

“不，说不定还要添。”独眼龙用一块灰白色的手巾揩了一下他的那双终年淌眼泪的眼睛，不加说明地只是这么答了一句。

“那么，你们发愁干吗？”

“和你说，市面上都在讲，钞票要……”讲到这儿，独眼龙就显出不耐烦了，再将眼睛擦了一下：“反正，讲了你也不懂，货价快要涨了，大家要屯货，不看见吗，两栈的呆货都快销尽了。”

从十月下半个月起，厂里的生意的确突然地变兴旺了，厂里的两部卡车，整日地从货栈里搬运着夏天销剩的肥皂，四只熔油锅同时地熔化油料，一对烧“石灰皂”的大铁柜和六只冲洗槽也都开始了整天连续的操作，十一月一号开了夜工，而且第一晚就是从六点到十二点的“全工”。大多数的工人都和阿金嫂一样地不懂得这番突变的缘由，当然也没人能够判断这种突如其来的“好生意”对于他们有没有好处。六点钟，“全夜工”的工作，虽则可以抵得一整天“日工”的工钱，但是在这充满了碱粉石灰粉和油气的铁厂棚里面，一昼夜继续通扯十五小时的工作，在普通体格的人力究竟是一件不可能的事啊。

三盘“生坯”还没打完，彩云的手心和额上就渗了一层冷汗。颧骨上有些发烧，嘴里好像含了一口石灰一般的干燥，脚筋在吊，右脚失了知觉，用手揉了一下却又感到针刺一般的疼痛。用袖子揩了揩汗，暂时地觉得有点儿凉快，但是在铁板上不断地轰响着的手推车的铁轮子和间歇地喘吼着的蒸汽声音又使她觉得头晕，看见监工的不在，偷偷地用冷手巾覆在头上，闭了眼休息一下。

王彩云初到鑫记厂来上工的时候，是一个身体并不特别衰弱的女工，最少，总还没有现在这种使人讨厌的毛病。当然，从小就没有好的营养，自从十二岁那年死了她那做泥水的爸爸之后，一家老小——妈，彩云，和一个今年才十一岁的弟弟的生活就完全依靠在她一个今年二十岁的哥哥身上。他和父亲一样，天晴的日子做些泥水的短工，没事做的时候就在家里糊糊马口铁的煤炉。直到五年之前，彩云十四岁，鑫记皂厂在他们住着的天现桥桥堍下开了新厂，她才很运气地得到了一个也可以“养家活口”的机会。进厂的时候，每天的工钱是小洋两角，后来因为工作勤谨，也就渐渐地加了，第一年年底加到每工二角五，第二年厂里生意发达，意外地加到了每工三角三分，彩云到现在还没忘记，那年知道了加工钱的第二天，她母亲还带她到蓝路的众人坟地上去拜谢了在暗中加护她的父亲。第三年之后，彩云就得了病，起初是每天下午发烧，身体懈，也没有别的难受，但是那年冬天做夜工的时候受了凉，就变了经常不断地咳嗽。娘儿们正在“做大人”的时候，这毛病可又生得蹊跷，显然地彩云的娘有点儿害怕了，每逢彩云呛出一口痰的时候，趁着她不见，总要伛下身去看个仔细；求了仙方，服了草药，都没有功效。常到她们家来的毛头的姑娘看见她耽忧，趁空儿就和她说：

“要当心，这年纪生这种病怕是干血痨！”

“幸亏不带红，靠菩萨！”妈抬起头来望着天。

“带了红还了得，趁早医！厂里可别让她再去做了。”

“不去做，一家人吃什么？大的那个又赚不得钱……反正，有钱人靠钱，没钱人靠命！”

听到她的声音带哑，毛头的娘只能装笑脸了。

“那么给她冲冲喜，说不定倒会好的。彩云今年也已经……”

“冲喜”，这话奇妙地将彩云的娘打动了。彩云今年十八岁，讲年纪也不算小，从小，就由她死了的爸爸作主，和陆家浜的姓陈的配了亲，后来因为男家穷，讨不起，事情就是这样的耽搁下来，趁这机会给她冲冲喜，倒也是个好法子。可是，按在这一点微微的喜悦的兴奋后面，第二个问题就将她难住了。

“钱呢？嫁女儿得赔钱，钱从哪儿来呢？”

左思右想，还是想不出别的方法。晚上，等大家睡了之后，坐在彩云床沿上，她妈摸了摸她的额角，带着笑，将冲喜的事情告诉了她，恐怕她害羞，故意的将身体背转一点，彩云蒙着被尽呛，没有回答，等她母亲做好做歹地催，才从破被絮里伸出头来，警戒似的先将四周看了一遍，睁着带红的呛出了眼泪的眼睛，斩钉截铁地说：

“不，我要做满五年才息手。”

“五年！”妈有点儿不懂。

彩云又狠狠地呛了一阵，揉着胸，眼望着帐顶，自言自语地说：

“到年底，已经只差几个月了，厂里规矩，做满五年息手，可以多拿半年薪工。”

彩云的工钱，那时候是每天四角三分，那么一个月十二块九，半年就是七十七块四。小户人家，有这么一笔大款子嫁女儿，也的确已经够体面了。彩云这句话，解决了她娘方才担忧着的第二个问题，当她从彩云苍白的脸上看明了这话并不是扯谎的时候，很快地就攀着指头说：

“满五年，要做到今年年底，唔，两箱一橱，三床被……”

她简单的思路，立刻就转换到如何支配这一笔款子来办嫁妆的身上去了。

做满五年息手，这是秘藏在彩云心里的唯一的希望。陆家浜的小伙子，她从小就认识的，人品还不错，住到乡下去，不再到厂里来做工。最少每天可以不闻到这种呛喉咙的油气，可以不捏到这些滑腻腻的引人打呕的肥皂块，那么不一定是靠什么“冲喜”，毛病真的可以好起来吧；可是，为难的问题是在“要做到年底”，过了那蒸笼一般的夏天，彩云自己也觉得不能挣下去了。做一天，就好像过一个什么大的关口！有时候，她真的有点儿不相信过去这长长的四年半的工夫如何能够挣扎过来？身体，好像已经是一个漏了气的皮球，多动一下，里面的气就多漏出一点。当然，这种漏出的气力，她自己也深深地知道是没有再恢复的希望了。

肥皂厂里回转着的机器的骚音和皮带盘拍击音响，震麻木了工作着的人们的听觉，水门汀上铺铁板的地面和三合土的墙壁，好像地震一般在那儿颤动；生石灰和热油合在一起的时候放出来的那种白濛濛的使人透不过气来的烟气，弥漫了整间的工场。头发上罩了一层白色的灰尘，皮肤上染了一层发痒的油腻。过了十一点，外面带风的下起雨来，彩云心里发烧，方才出了一身汗，背上可又感到一阵寒冷。望一望壁上的钟，到十二点还有大半个钟头，将打好了印的装上车去，为着要使麻痹了的两只脚舒动一下，不等专管搬货的人来，就想将这车子推到装箱间去，但是当她俯下身体，用肩膀抵住车框的时候，突然地一个头晕。

gang gang！

耳朵里打雷一般的发响，眼睛前面流萤一般发出一大堆的火星，没法子，退回身来，将一只手紧紧地抓住了机器的车台，方才好容易撑住了身体。定了定神，慢慢地摸着了一块油滑的毛巾，蹲下来，望藏在墙边的马口铁水桶里一浸，管不得打湿衣服，淋漓地就拿来覆在自己的额上。

和她并排工作着的阿标跑过来了，抱住了她，好像教训一般地说：

“别硬撑了！金鱼！早一点回去吧，反正夜工是外快。”

彩云站起来，摇了摇头。阿标年纪比彩云小，可是事情比她懂得多，平常讲话的时候，常常将别人当作不懂事的小孩，有时候彩云为着表示自己对于工作的熟练和对她的那种态度表示反感，常常不讲话地将手里的工作赶快一点，意思是说：——“瞧！生活比你做得快多了。”

机器和她面对面地好像要吃人的野兽！和它那种坚实的骨骼比较起来，自己的手足简直就软弱得像灯草一样的东西。在一种混乱的感情里面，彩云想起了进厂当时的身体，于是对于平常艳羡着的阿标的结实和健康，又觉得有几分安堵起来。——“尽管力气大，做三年，包你也和我一样了。”

方才倒在地上的那种狼狈和可笑的情状，明了地浮上心来，——“三年之后，阿标也会和我一样吧，可是到那时候的自己呢？”有点怕，不敢想下去了。

阴暗的灯光，蒙了一层白色的烟雾，模糊地想，机械地动，一块块的肥皂，好像经过关卡似的往她手边经过。好容易，离十二点只差五分钟了，阿标很快地从机器上跳下来，看模样就明白她是准备收拾工作，但是隔开两架机器，一个方才卸了一车货的老婆子悄悄地对她讲了：

“慢着，要拔蜡烛头[①]哩！”

“拔蜡烛头？全夜班还要……”彩云和阿标都怔住了。

“拔蜡烛头！”

“拔蜡烛头！”

不到五分钟，这个不愉快的使人失望的消息，电一般的传遍了油臭的工场。碱化锅里的黄料仍旧像熔岩一样地在那里滚，五架冷却器依旧一块块地吐着桌子大的坯料，大家倒抽了一口冷气，有的不发声地在嘴里埋怨，有的只将手里的工具胡乱地丢掷一下就算表示了他们的愤慨。

“全夜班再拔蜡烛头！吃勿消！”不知有谁在讲。可是跟在这声音后面，独眼龙的沙喉咙就在响了：

“讲什么？夜工又不是白做的？生意好，有了订单发不出货，不赶怎办？”

机器依旧反复地单调地在动，一盘盘的生坯依旧等在出了气的皮球一般的彩云的前面。

深夜回到家里，躺上床，彩云就像被抛掷在汹涌着的怒洋里面，

---

① 在规定时间以外延长工作，谓之“拔蜡烛头”，照例不给工资。全夜工的拔蜡烛头往往有延长到上午二时者。

眼前昏天黑地，身体七上八下地好像在那儿掀腾和转旋，胸口热得快要发出火来，背上可又一桶桶地在浇冷水；连续的无秩序的恶梦，使她不自觉地发出了惊喊和类似哀诉的声音，直到远远地可以听到鸡鸣的时候，方才渐渐地有点儿清醒，翻了个身，睁开眼来望了一下，接着从她胸口就像有些东西快要爆发出来一般地袭来了一阵猛烈的咳嗽。吐了些痰，稍稍地觉得清快了些，可是嘴里滑腻腻地留了一种使人不愉快的腥气。天渐渐地亮了，窗外的冷雨声音又加厉了，一阵彻骨的冷气，从冷硬油滑的破被周围侵透进来，彩云像蛰伏的冬虫一般地将身体蜷缩起来，慢慢地透着气，方才模糊地睡去。

不多一刻，彩云就惊醒了，听惯了的工厂回声和妈妈的骂声，弟弟的哭声，嘈杂地混在一起。睁开眼来一看，哥哥蹲在门口望着不停地降着的冬雨发愁，妈妈扭着鼻涕眼泪哭成一团的弟弟发话。

“死鬼！给你白米饭吃昏了，四升米，两百钱煤球，为什么一块钱只找了一千七百一？死……”

话没完，重重的一记巴掌打在淌着泪的脸上。

“嗯嗯……米店里找了一千七百一，嗯嗯……老板说洋价跌。……”

“放你的屁，又不是过大年夜，一晚上跌了四百多！死坯！站着干吗？还不快去讲……”

彩云没办法地挣起身来，头重得像铅块一样，妈妈一面骂，一面扯着弟弟到米店去理论。下了床，两只脚籁籁地尽是发抖，胡乱地洗了个脸，梳了一下头发，从那面脱了胶的镜子里面一望，面色黄白得正像每天成千上万地从她手边经过的现造成的肥皂，透了口冷气，刺鼻的又是一阵从嘴里发出来的腥气。

一伙沸腾般的人声，妈妈带着弟弟，后面跟着一两个邻居，扰攘地回转来了。

“活见鬼！票子不值钱，一晚上从三千四跌到两千九百五……阿大这蠢种！人家早三天就知道了，你天天在外面走，一点儿风声也没有。”

阿大不讲话，用手背擦了一下鼻子，尽是不转眼地望着天。邻家的女人用弟弟的大襟给他揩着眼泪，抱怨似的说：

“洋价跌，米价倒反涨，八块八的涨到九块四，连起价米也吃不起了！”

“可不是”妈妈接着说，“四升米就是一千一，这种日子怎么过？”

彩云低着头，眼睁睁地望着面前的那碗开水泡过的锅焦。她模模糊糊地懂得这就是一礼拜来独眼龙他们张皇地议论着的那件不可捉摸的事情的结果，在她空虚的头脑里面，觉得这好像是一种什么连环图画画本上看到过的妖法，只要什么道人一挥手，一道白光，十化百百化千的武器，就会天罗地网似的降临到每个人的头上。前几天还只是一种新闻，一种“先生”们嘴上讲着的不容易理会的“道理”，可是过了一晚，这种眼看不见的力量，就会丝毫不给人逃避地作用到每一个“赚工吃饭”的人们的厨房。用一块钱就得缺损三百五十，就三百五十文用她廉价的劳力换算起来就得在那骚音和油臭的工场里面足足地做上这么两个半钟头！彩云回想到昨晚上如何辛苦地一分一秒地挣扎的情况，不自觉的一种悲苦和愤怒淆混着的感情就在她心头涌冒起来。

冷酷而单调的回声又在响了。

想走得快一点，可是彩云的脚上好像缚着什么笨重的东西。挨进厂门，铜牌已经收进去了，到账房间去领了铜牌，在“迟到簿”上画了十字，不管你迟到几分钟，照规矩就作一点钟计算，实际上虽则是每天工作九个钟头，可是迟到每一点钟，就得扣去“八”分之一的工钱。

等待着她的依旧是那部野兽似的张开了嘴巴的打肥皂印的机器。

市面上的变化，使这单调的工厂也漂漾了一种异样的空气。独眼龙板着面孔在数发货的筹码，两个医生般的穿着白大衣的练习生热心地伏在桌上看报，工人们照常地在做工作，但是趁着上头的人不见的时候就在交头接耳地交换各人所听到的消息。

“你有银器没有？”阿标低声地问，“譬如镯子，戒指？……”

彩云带咳地摇头。

“快去兑了，当心吃官司！”

一个老婆子凑过头来问了。

“阿标！乡下还能用吗？昨天巧巧有五块大洋托人带回乡下去了。”

阿标调了一只脚扭转一点身体，正待回话的时候，独眼龙跟一个练习生带讲带走地走近来了。

“我和你说屯现洋也没有用！”练习生说，挺一挺眉毛，好像表示他的聪明。

“过几天一换两，只差没钱屯！”独眼龙说。

阿标旋回身来，将要讲的话咽了下去。

独眼龙站在彩云身边，将捏在手里的一块肥皂一扬，用故意要使别人也能听见的高声说：

“这印子是你打的？不用力，你看得清楚这上面的字吗？”

这种突如其来的质问，使彩云怔住了，仰着面，茫然地望着独眼龙的那双水淋淋的眼睛。

“批发处等着要货，你偏糟蹋了千多块生坯！账房里叫你去讲话！”

彩云接过那块肥皂来看，字纹的确打得不很清楚，她只能用哀求的口吻说：

“昨天有点儿病，脚没有力！下次——”

“什么？生病？生了病还要赚钱？”独眼龙在生气，好像别地方受来的气也要在她身上发泄一样。

“请先生您跟我在账房间里讲一讲！谢谢你！”彩云的声音在抖了。

“有话自己去说！”头也不回地走了。

彩云的心跳得厉害，全身的血一时地冒上脸来，无目的地用她油腻的手摸了一摸挂在额上的头发，她，好像这也是昨晚上碰到过的恶梦。

“吃排头！”两个悄悄地声音同时地迸发出来。

“吃排头够了吗？当心停生意！”另外一个说。听到“停生意”的话，阿标突然地停了手里的生活，好像想到了些什么似的说：

“金鱼！你在这儿做了几年了？”

“差两个月五年。”声音低得差不多听不出。

“对啦！准是停生意！金鱼？去结账吧。”阿标将脸一沉，用一种警告的眼光瞪着她说。

“什么？”好像一盆冷水浇在她的头上。

“四年半到五年，这是一个阎王关！不做错事情也要‘扳差头’停生意。老厂调过来的人都是这么说，老厂开了十多年，三百多人里面做满五年的只有两个！……”

望着彩云的模样儿有点可怜，阿标收起了过分夸张的态度，用同情的态度讲。

“你想，做老板的真会这样傻吗？让你做过五年，再白给你五十一百的薪工！打杂的杨得忠做了四年八个月，上个月被恶碱爆瞎了一只眼睛，照样还是一个子儿也拿不到地停了生意。”

望着阿标的脸，彩云有点儿不敢相信。“老是爱哄人！做老板的难道这样不讲理？我……我替他们做了这许多年，况且……”这样想着，鼓起勇气到账房间去。

账房就在进厂门靠右手的一排平屋里面，杂乱阴暗，日里也点着暗淡的电灯，一张写字桌，靠壁一只保险箱，桌上胡乱地摆着一些算盘账簿笔砚一类的东西，跨进门，望见瓜皮帽下面的李账房的带青的面色，彩云便像法庭上等判决的人犯一样的惶急得讲不出话来。账房将她上下地打量了一下，好像故意使她急灼一般的慢慢地点了支烟，用带哑的声音说：

“你是王彩云？唔，监工处关照，你的工作不好，糟蹋了十几箱肥皂，所以……”

讲到这儿重重的咳嗽了一下，一面翻开账簿。

“工钱算到昨天的夜工为止，四角三,六工，四块五角八……”

彩云的耳朵里只听得嗡的一响，好像全身上的血都被什么吸收去了，管不得什么规矩，她差不多以一种要跪下去的姿势，带哭地说：

“李先生！不，不，我宁可宁可罚工钱，……让我再做……再做两个月……”

李账房好像全没有听到她的声音，神色不动地抽开抽屉，拿出几张黑黝黝的纸币。

“扣掉十一月份的工会费一角二分九……”

随手很熟练地将桌上的算盘拨了一下，两三张大小不同的纸币和十几个铜子摆在彩云的面前。

“你先生做做好事，情愿罚工钱，情愿……不要停掉我的生意，……先生……”

显然地李账房感到麻烦了，将账簿重重地合拢，虎虎地说：

“像这几天一样的好生意，一年也轮不到一次，用了你这种痨病鬼，所以出货这样慢了！”

“那，那是太……”

正要讲下去的时候，李账房突然地站起来了，彩云看了他那双带红丝的眼睛，和那种准备将她一脚踢出去的姿势，觉得再讲也是没有用了。

自己也不知道如何地走出门来，耳朵尽是嗡嗡地响，两只脚软得像棉花一样，梦游病人似的走着，直到一串檐漏滴在她脸上，方才梦一般苏醒过来。

“金鱼！”走过厂房窗口的时候，阿标很快地用一只手扯开窗，性急地问：“不行？”

彩云没有回答，阿标招了招手，往背后看了一眼，低低地却有力地讲：

“不行，那么去和总账房的张大头讲话，他是会里的理事，又是王亲国戚，去要薪工！”

心乱得像一团乱草，脸上热辣辣地难过，——“这样能回去吗？”蓦地想起了今早上妈妈打弟弟的事情……“性命不要了！可是……”

重新鼓起勇气来，碰了三四次壁，好容易才找到了红砖造的二层楼的楼上，透过漆着金字的玻璃门，总账房的房内充满着香烟和雪茄的烟气。胆怯地推开门，骤然地接触到一阵闷热的空气，和四五个人兴高采烈地谈笑着的喧嚣的声浪。张大头满面油光，躺在大写字台前面的一张回转椅上，看见彩云进来，稍稍地用眼梢一看，若无其事地回转头去，将他手里的一盒白金龙往桌上猛烈地一掷，大声地说：

“什么话？你不打边七索给他，他能和三翻吗？”

彩云吃了一惊，差不多要退出来，站定了，没手势地等着开口的机会。他们好像对于这个闯入者不感到一点惊奇，一个戴黑眼镜的大声地说：

“七索？台面上出过两张，熟得很！”

话在彩云喉咙口吞吐了几次，脸上热得发出汗来，好容易趁张大头擦火柴点香烟的时候，方才哭丧着脸，格格地说：

“张先生，请你……”

“什么？你叫？……”

“王彩云，在厂里做了快五年了，……是会员……”

“喔，知道了，停了生意，对吗？”

“请帮帮忙，我情愿罚工钱……”

“那是因为你生病，生活做得慢。……”

“以后可以赶一赶，帮帮忙，让我再做两个月。”

话没完，黑眼镜的大声地笑出来了。

“哈哈，好打算，做满五年拿赏工，是吗？哈哈哈……”

工会理事张大头比他和气得多了，喷了一口烟，说：

“你身体太坏，休息休息也好。”

“不，不要紧，做死也不要紧，……”

“那是笑话，身体第一要紧，况且厂里又不是医院，这几天生意好，一个人做两个人的事情还不够。”

黑眼镜的和另外一个不知道为着什么又争执起来了。张大头好像也有点儿焦躁。彩云知道不行了，只能说：

“那么，我做……做了四年十个月，也得给一点薪工……”话说出口，胆子倒反大了，自己也不相信，在“先生”们面前也能这样讲话。

“什么，退职薪工？笑话！照规矩，要满五年，四年十一个月也不中用，况且你是犯规开除的，什么叫犯规开除，懂不懂？”

彩云用手指揩了一揩淌着没干的眼水，留在手上的肥皂使她感到有点儿痛，但是头脑倒反觉得清楚起来。

“可是，做了这许多年，一天的生活做得不好，也……”

大头很快的面孔一板，用大声将她拦住了。

“没有多的话，回去养好了病，也许还有法子想。”用拿香烟的手望玻璃门一指，意思是叫她滚蛋了，可是一转念，又像想到了什么似的：“唔，你的会费交清了没有？”

走下楼，便管不得别人的耻笑和体面了，用那块灰白色的围巾掩住了脸，发声音地哭着，七高八低地望着那条五年间无分风雨地反复来去着的石子路上回去。走过打印间的时候，仿佛背后有人在喊：

“瞧，金鱼停生意！”

“哈哈哈……”

“当心你自己，笑什么？”

回到家里，这副狼狈的情状倒将她妈妈吓住了，彩云一句话也没有，将捏作一团的纸币和铜板往桌上一摔，不管被雨打湿了的衣裳，倒一般伏在床上，尽量地提高声音，疯狂似的哭喊起来。自从懂得人事以后，这样尽性地哭喊在她好像也是一件值得珍重的事了。

母亲拾起桌上的一团黑黝黝的纸币，一个铜板滴溜溜的滚出来。瞧模样，事情的一半已经猜透的了。

大声地吼了一阵，身体就觉得酸软起来，耳朵嗡嗡地响着，为着不要看见任何的东西，紧紧地将眼睑合上。手指，嘴唇，同时的感到了剧烈的痉挛，脸上的筋肉，硬直得不能活动，喉间隐隐的觉得砂痛。整个身体，好像被浸在什么冷清的水里一样，失掉了反拨，失掉了活动和开口的力气，也失掉了她生涯里面所仅有的那一点平凡的希望！好像希望着一些平静的安慰，希望着这种不幸的事态能够蓦然地像从怕梦醒来一般的改变，最少也希望能够有谁肯替她将那些欺负她的家伙尽情地痛骂一顿。

听不出什么话，带着哭声，母亲在她床前喃喃地讲了一阵，见她没有回答，默默地走出去了。漏滴滴在缺了口的面盆里面，有劲地溅着水花，发出一种比平常更响亮的声音。好像一条被人打伤了的狗，喘着，慢慢地睁开眼来，无目的地数着帐顶上的补丁，直挺挺地躺在床上。

模糊地不知经过了多少时候，工厂的汽笛声音，又使这半生半死的弱者睁开眼来，定了定神，看见弟弟在洗碗盏，她知道已经是下午了。这种声音，在她生命里面好像魔法似的具有一种很神奇的力量。听到这种有压力的呼声，她的四肢，她的躯体便会不自觉地依着一定的程序，一定的方向，规律地活动起来。可是今天呢？当她第二个瞬间感知到这种使她苦痛可是也有若干使她感到亲热的呼声已经和她的肉体失掉了联系的时候，一股酸楚和愤怒，又从她那腐蚀垂尽了的胸口冲塞起来。

家里没有人，冷清得像深夜里一样。咬着牙根挣起身来，想推开窗来换一换这腥秽的空气，可是当她手指碰到窗框的时候，第一使她看到的就是到现在还粘着在她手指缝间的一片片的肥皂！这种滑腻的触觉使她无端地气愤起来，顺手地往桌上的那盆漏积下来的水里一浸，着力地想将这种不愉快的残痕洗掉。手上，发酵似的发出一层透明的白泡，被那方才停了雨滴的淡淡的光线映着，泡的表面还会现出一种美丽的虹彩，望着这些，彩云失神似的又呆住了。

透过窗，低低地送来了一种絮絮的充满了哀怨的声音，这分明是她母亲和哥哥的谈话。

“这几年，一家人不是全靠她吗？天可怜的人生只有一次的事情，总得像个样子才好……”

沉默了一刻之后，跟着的是她哥哥的笨拙而粗哑的声音。

“乱世荒荒，穷人还争什么场面？冲喜，一人一马[①]还不是一样吗？”

彩云的两手还是无目的地搓着，她的眼瞠慢慢地感到了一些热意，但是紧跟在这难堪的酸辛之后，一种原始的憎恶和愤怒又在她的心里蠕动起来。

不知从哪儿流来了一股冷风，很脆，一个大一点的皂泡就爆碎了。

一九三五，十一，二〇

原载《文学（上海 1933）》第 6 卷第 2 号，1936 年 2 月

① 浙俗，极穷人嫁女，只陪嫁马桶一具，谓之“一人一马，人马平安。”

“青生”

邵子南

炎热的夏天的河里，浮起一具死尸，妇人们站得远远的，而且捏着鼻子，交头接耳地歪着头往那死尸瞧；孩子们围得近些，好奇地抛石子去打它，惊散一些沾着血水的绿苍蝇；母亲们在大声地招呼自己的孩子；男人们在岸上围个圈子，猜测这死尸的来源。保正马敬之，马端公的儿子，急忙到河边来看一遭，又匆匆地跑到镇上去了。铁匠阿六站在人丛中，颈子鼓得暴暴的，好像在和别人讲道理，被人抓着痛脚一样，在那儿指手画脚地，口里喷着白沫，很起劲地，硬要旁人都承认他所说的话是正当的。

“哼，……那不是嫖客才怪！”

他并且引证了很多典实，例如他曾帮王品三捉过奸，那小学校长詹木成，人都叫他“詹木脑壳”，就是他拿铁锤打起翻垣墙走的。他正说得有劲的当儿，周阿八顶他道：

“阿六，你干吗要给‘詹木脑壳’磕头呢！”

他登时放下脸色来，闭着嘴走出人丛，慢慢地反剪着手踱到镇上去了。他满腔的高兴被周阿八一顶，好像雪融冰消似的溶解了。因为他们那次捉奸是吃了亏的，第二天詹木成运动了校董会中的大人物出来争面子，说是阿六和王品三这起坏蛋，随便诬陷社会上的读书人，太有伤风化了，非把他们逐出这镇上不可。他吓慌了，只晓得磕头认错，保正马敬之踢他的屁股，骂他轻浮东西“老着半节就开跑”。后来还是吴太爷可怜见他，只把王品三赶走了事。现在这一群人看见阿六走了，也就纷纷地散开了。

那具死尸的颈子上，套着一根棕绳子，紧紧地系在下面，水把它冲着一摆一摆的；这是一具趴着的，发胀了的，臃肿的乌黑的身体，一件汗衣被冲翻了，倒拢在头上，裤子也退下去网着脚，手反剪着背在背上，指头已被鱼把肉啃去，背上，腿上都啃得乱糟糟的。花颈老鸦一群群在天上打旋子，看见人多，不敢落下来。

正午时候，火辣辣的太阳又露开了，看的人都朝镇上走去，滚热的风掠过江面，把臭气吹到人们的鼻孔前。我和何光勇也一前一后地默默地缓缓地捏着鼻子走回茶馆里去喝茶。

何光勇是一个缄默的家伙，说话时总要蹙蹙眉。他和我一起在杜老板船上当水手。我们老是一起上一起下的。我们先前泡在茶馆里的苦茶，这时已凉得冰冷的了。他深深地吮一口，沉思一会，叫道：

“这个人死的时候至少流过血：至少他做了该死的事，在他的凶手看来——但世上还有不见血的死呀！还有——”

“不！”周阿八在旁边一张桌上不服起来，“谁稀罕你说，那个说人人死都要见血！”

“有种不见血的死，比见血的死更可怕呀！”何光勇沉静地说。他伏下去再吮一口茶，汗水直冒出来，仍然若无其事地坐着深思。

茶馆地下很卑湿，阴气森森的，暑夏已不知逃到哪儿去了。人们都静悄悄地，好奇地把何光勇望着，希望他说下去。但他总是不作声，静坐了一会儿，站起来，像很难为情似的对我说：

“老 ×，我们一起回船上去吧！”

人们互相瞧着，都以一种惊异和怜悯的眼光瞪着他。他看见我没有走的意思，便蹙蹙眉，端起茶碗来吮一口，把它放下，也不看任何人一眼，便匆匆地去了。

茶馆里的人都觉得没趣，长长地倒抽一口气，有些倒在椅子里睡着了，周阿八在哼“正月里来是新春”的小调子，也渐渐地伏在茶桌上睡熟了。妇人们在街上垂头丧气地走着。好像睡眼朦胧地伸着懒腰的狸猫在这镇上弓着腰，走着懒散的步伐。

一直在茶馆里打了半天瞌睡，待到黄昏时候，我才回船去。

那时，何光勇斜靠在船尾上，呆瞧着西天变幻的晚霞出神。这只船不大，靠在这儿半个多月，简直没找着半文生意，老板索性回家去了，只剩下我们两人在这儿守船。

一群老鸦正从浮着死尸的河湾里飞起。哇哇地哭着，扇着沉重的黑翼悲哀地掠过晚烟缭绕的小镇，躲到黑郁郁的小丘那边去。城隍庙里的那个孤寡老汉，正老眼昏花地，挥着枯藤样的手臂，疲乏地撞着破落了的寒庙的烧香钟，那忘忘的声音一圈一圈地波动开来，震动了晚烟，似乎把遗剩在后面的几匹老鸦脚爪上沾着的人肉也震落了。晚烟从小丘边缕析开来，锁住了这条不大不小的曲折的小河。

黄昏的昏黄颜色逐渐加浓，那种忧郁的情调慢慢地浸透而融化了远山的纤瘦的阴影。残霞正好似画油画的画家把画幅越染越庄严，渐渐地变成深红色，褐黑色，以致只剩一架骨骼在那儿燃着了。镇上稀稀落落地点着红暗衰残的菜油灯，看来好像墓地上的磷火。水面反映着天空，白茫茫一片，假如你斜视表面的话；但若你直看足下的船边的水，则深沉得怕人。

何光勇老是凝视着余霞，瘦削的面孔在余霞反映的微光中敷上一层薄薄的昏黄，他的本来浓重的眉毛，这时仿佛更蹙紧了。

镇上的卖唱的在调弄胡琴弦子，一声声单调的凄响，在这之中震颤着，真不忍卒闻，——我那时在学做旧诗人，所以那样易感。

我看见老何很难过，便挨着他坐下去，捶着他的肩膀说：

“老何，你今天究竟为了什么呢？”

他推开我搭在他肩上的手，一句话也不说。因为我这一挤下来，同时两人都热起来了，这使他烦乱的心更加烦乱，他摆开了我，坐向船头去，把脚伸在黑澄澄的水里，轻轻摆着，发出清脆的响声。他叹了口气，低声说着：

“我心里很难过。”

“为什么？”我凑近一点。

“说不出的难过。”

“究竟为的什么呀？”

“我从茶铺下船来，就这样的——或许是那死人作怪。”

我不懂他的意思。他忽地大声自语道：

“是的，是的，不见血的死更叫人难过！”

他又说起老话来了，这个哲学家不变成神经病才怪！他捏着我的手，——糟糕！——像电流一样，他把他心中的悲绪沿着手臂流进我——那时旧诗人的心中来了！他又对我说及他在煤矿里当“青生”的事——这是他在好久以前，就常对我们说起的：他在煤矿里当“青生”，自己是半夜里跳在河里跑脱的。还有和他同路跑的两个都被捉转去，他在水里听见那两个的叫唤，“破”的一声，一棒一个登时打得没声响，像打哑罄一样。

“捉回去没有好过的，打死，登时打死——唉，我不敢再看第二次，连那两个是怎样死的……我想都不敢想……”他总是蹙着眉。

杜老板老是爱鄙视他：“倒霉哩，干吗要干那家伙呢？”

“没办法呀，受了人家的骗！——人家对你说是去找事业干呀，谁知把你引到矿边就不由你不下去，一下去就完了，挖十年工夫准要你的命……所以说要跑，所以……”何光勇辩说着。

“我总不信会有那等傻角肯干！”杜老板也必定这么说者，就站起来拍拍屁股走了。

“唉……”老何总是目送着杜老板，说不出话来。

“好朋友，我当‘青生’的时候呵……”今天何光勇又这么起头了，但我任他把手捏着，悄悄地听他说：“……唉……那才是不见血的死呢……尽是……矿里尽是小孩子，瘦弱的，生了白毛的，舌头僵了不能说话的……做上十年包你不见血地死掉……血已榨取完了……我相信，在他们死的前一天，你拿把刀子捅死他，也不会看见血的了……我那时十八岁……但人家已经嫌我大了，恐防我逃……大人太狡猾了，他们不敢骗……尽是些孱弱的少年……少年才不会反抗呀……

“……那矿山属灌县管，我永远记得那山的样式，那山的一草一木……那山上的黑森森的树木，倾斜欲坠的蛮横的岩石……那矿穴是几个拐……我从‘灌’字便想起了那口袋形的矿……我时常怀疑，倘若把河水引去灌它，它将成为怎样的情形呢？……也许是因为那时的愤怒心理所激成的吧！……把河水灌进来，那是怎样的情形呵！……可是我这个思想从没对人提起过，就是和我一起逃的两个‘青生’，我也害怕他们笑我，没向他们提起过。后来有一个老‘青生’改正了我的错误，他扶着壁颤巍巍地对我说：‘兄弟，不要那样想呀，那不把我们像淹老鼠淹死一样吗？’

“他虽然做了九年多工，虽然遍体生了白毛，但因为他平时爱说话，所以他还能够像叫一样地颤抖出些字来，好像半坏了的打字机打出来的字一样。

“‘干吗要顾惜这条半生不死的命呢？’我不了解他。

“‘……虽然不好，但总是活着呀，总能呼吸呀，总比死了好些呀。’

“……他虽然是有年数的‘青生’，是一件古董，……有了年岁的气味的家伙……但看来还不及我的肩头高。他是八岁进矿的。他整天整夜在那里刨着，打着洞，跟鼹鼠一样。因为他要表示他是个人……其他那些连表示这个意思也没有！——他总是一个人叽哩咕噜地自语着。有一天，我在工作得很疲乏的时候，放下铁锹正想在我打的那个洞里躺一会——我自从进来以后就没见过天日，只傍着一盏半明不暗的菜油亮壶，做乏了，就躺一会，休息够了又再做。地下是水汪汪的，我们每人有一把稻草，我们拖着稻草爬着，仰着打洞——四周的撞击声，摩擦声，沿着矿壁笨重地沉闷地传来。我心头在暗暗地骂他们——嘿，猪猡，做不累哩！——可是从不远的地方，顺着我的煤洞荡进一缕歌声来：

正月要把龙灯耍，
二月又把风筝扎，
三月清明把坟挂，
四月秧子田中插……

“在这暗黑的世界里，还有人唱出乡间青天绿野的每月叙景歌来！这一缕山歌通过故冢样肮脏龌龊的煤洞，潮湿淋漓的矿壁，透进我疲乏的耳膜来，到处震动着有气没力的一声声不愿意的声响，蠕动着白毛茸茸的‘青生’。

五月龙船下河坝，
六月扇儿手中拿……

“‘嗯……’以下没听明白，我把身子更抵紧矿壁一点，便又听见了一句：

十月柑子像金瓜……

“我慢慢地爬出来，在洞口向四方探索，我仿佛听见歌声的余响还在这矿里旋绕，我似乎还嗅到了旷野里的蔬菜香，柑子香，但，仿佛是春天的晓烟一样，扬是扬着，但寻不着根蒂。忽然我对面洞里咿咿唔唔地又在哼起什么来，后来我听见了一句：

九九八十一，庄稼老汉田中犁……

“声音虽然微细，但这一句却很清晰。我知道那是改正我的错误的老‘青生’，而我又想起了他那一身白毛，令我不住地打冷战。我急忙用铁锹叩着矿壁道：

“‘喂，老哥，不要再唱吧！’

“‘你听见了……为什么不要？……’

“‘我难过呀！’

“他没作声。

“‘你可以出来吓——谈谈么？’

“我听见了一阵匍匐声，他的生着白毛的面孔在凄黄的菜油亮壶灯光中颤抖着出现了。我几乎不敢看他，深深地低下头来，但又不敢看自己身上，害怕万一发现一根类似的白毛。

“‘听说……’他扶着他自己掘出来的还未搬出去的煤块，眼睛熠呀熠地端详着我。

“我没作声。

“‘两个……十岁光景……’他接着说下去。‘怪不服调练的，总要挨些打……活该……’那是他提起两个被打翻了的‘青生’。

“‘活该——我请问你为什么还记得唱歌呢？’

“‘怎么不记得？……我……想起了外面海样宽的世界我就要唱……歌！’他说话很吃力，像一个临终的老人立遗嘱一样，最后很艰难地才把歌字吐出来。

“‘那么……’我忽然看见电筒在转拐的地方显露了，知道那是工头查工来了，我对他挥挥手，各自爬转去。

“这事过了两礼拜，在我领了干粮刚要爬进洞去的时候，他拉着我。

“‘你的年龄大……大些，你在外面看见过鬼？……’

“‘没有看见过那家伙。’我回答他。

“‘人死……死了，鬼魂是自由的？……’

“‘那谁能知道呢？——总是要自由些吧！’

“我害怕看他和他的同辈——那些捧着干粮像蛇一样，聋子蛇一样，爬进洞里去的生了白毛的‘青生’——我回头向我的洞里爬去。

“‘当鬼都不自由才活该！’他在我后面像呻吟一样哼着。

“那时我冷笑道：‘你要想自由谁叫你不逃呢？——哼，我相信你自己当鬼也不自由！’那时，我已想定要拼着命逃一逃了。我相信他们最初进来害怕挨打，不敢逃；后来又知道逃出去已不能做工找饭吃，不敢逃；他们又不能团结大众向矿主要挟，因为他们里面有半数不能说话，才进来的又是小孩子，叫他们怎样团结起来呢？

“从此，我每回出来领干粮，却没有看见他，他已像最老的‘青生’一样，不想出来领，任随工头与他送到洞口去了。我也从此再没有听见他的声音。

“煤炭从我们各个土拨鼠似的洞口，一堆堆地堆起来，又一堆堆地搬出去。那九年多的‘青生’的洞口，也一样地无形中堆起又搬去……整个煤矿真是太平天下，一点人声也没有，只有“丁丁”的似乎唱着击壤歌那样击着土块的声音。又好像是阴间，每一个洞就像是一个牢门，或十殿中的一殿，阴惨惨地，内面蠕动着灰色的，黑色的，有些生着茸茸白毛的动物，谁相信这是人在工作？我不知道那些运出去的煤，真个能烧得燃么？

“可是，有一次，我正在躺着，忽觉有个什么对着我爬进来。我以为或许他们把洞认错了，我于是打个响声，又说：

“‘这儿是我呢？’

“那个怪物没作声，似乎还更爬得快了些。

“‘那个？——不然，我丢煤块来呀！’

“‘我，不要……不要丢！’声音细弱得好像得了病的蚓笛一样。

“我暗暗地懂得那是谁了，于是又问道：

“‘来干吗？——好久没有看见你。’

“他没作声，只是簌簌地爬。只得静悄悄地等着他。他爬拢来抚着我的脚干。

“‘好兄弟……你……你从前到过些什么地方？’

“‘干吗要问？’

“‘想知道点……’他的毛茸茸的脸贴着我的膝头。

“我害怕他的有传染性的脸，赶快想缩，但已被他抓牢了。

“‘干吗要问？——我到过成都，重庆，荣隆，二昌，资阳，内江，怎么？

“‘那么你听……听见……见过画眉叫得怎样，阳……阳鹊？……’

“那我怎能记得起呢？——我学不像呀。’

“‘它们，我已生……生疏了……八……九年，但……我现在似乎听见有画眉……和阳……鹊在矿外叫……很好听呀！……’

“我觉得他疯了，要不然也要死了，我将怎么办！……我想拖他出去，但，这是洞呀，怎能站得起来呢？只有爬，但，已被他塞在前面了呀，我于是叫他出去，但他仿佛没听见样。

“‘好兄弟，我似乎嗅到了……外……外面海……海样宽的世界的草……香……花香……柑子树叶的苦香，……嫩香的桃子树叶……森林香……我又像听见……外边溪沟里……的水的潺湲……看呀……那儿溪沟边有个妇人，携着孩子，……在……在慢慢儿地走……走向我做鬼脸。’

“天呀！我怎么能把他弄出去呢？我满心在考虑着怎么使他出去，完全没注意他的疯话了。他又摇着我的膝头。

“‘你接……接过……妇人……吗？……他们……为什么要接妇人？……我 ……我看见过……我哥哥接过……人人羡慕他……他过了一年……，她生了……一个儿子……那是怎么生的？……’

“我不懂他为什么问到这些上来了？我怎么能给他解释？解释给他又有屁用？越问越神妙了：

“‘死了可以回去……找……父母亲……么？……我记得……我跟爸爸……一起赶场……后来我便没看见他了……一个大汉……把我拉到这儿……来，……你是怎么进来的？不进来，得吗？……’

“我的天，我将怎么办！

"'你为什么……一句话也不答应我？……我讨厌吗？……我这几天……觉得……虚飘飘的……连铁锹……都捏不稳了……哼……我大概要死了……我觉得我很难过……喂，好兄弟……我还没有活够……我还没有活够！……'

"他像哭起来了，我听见了抽搐声。他的毛茸茸的脸在我膝上摩擦着……我想着他的样子，我预料到了我的将来，我也哭了。"

说到这里，何光勇把我的手放开，弯腰下去洗他的脚干，我们暂时静默着。

四周已经黑透了，夜色十分柔软，张着它的天鹅绒的卧具覆盖了一切，而不使一切觉得窒闷。老何的足搅动了水声，必剥，必剥地好像掀起了夜之帐幕，震动它的金铃响；又好似聆见了天空中的魔女的足环轻触着响。镇上一阵琵琶，一阵胡琴，一阵凄凉的喉音。——想来全镇中的青年正沉醉在甜蜜的歌曲中，诗神正骑着文豹在迷梦中驰骋——我想起了把他们喝的茶烧滚起来的煤！

我仿佛觉得看见了个什么，似乎是白毛茸茸的怪物在黑暗中向我狞视。我把何光勇贴得更近，而他又开始发言了。

"第二天早晨分发干粮的时候，他，那个老'青生'，已早死在洞口上了。我亲自照着菜油灯去看他。

"他的奇瘦的毛茸茸的面庞歪着，耳朵贴着地面，似乎在谛听什么。两手把一块煤块按着，头枕在上面。他那样子，倘若是在走夜路的时候看见，一定会疑心他要忽地像猫一样叫起来。"

他把足抬了上来，松一口气。

"那种不流血的死，实在比流血的死更可怕呵！所以我后来决定与其不流血的死去，不如逃走，给他们捉着打死——流着血死去好了。"

在暗黑中，那白毛茸茸的怪物。仿佛和河湾里浮起来的那发胀了的，臃肿的，乌黑的尸体混在一块。但真的，那白茸茸的怪物实在比那被鱼和老鸦啃烂的尸体更加怕人呵！

原载《中流（上海 1936）》第 1 卷第 12 期，1937 年 3 月 24 日

在火车站

穗　青

一

火车站的运转房里，烟氛像薄雾一样地弥漫着；一盏电灯无力地发散着黯淡的黄色光亮；倚斜地坐在椅子上的副站长姜尚志，默然地，一动也不动地凝视着手指上的纸烟的烟丝的摇曳；他正浸在沉思里。——被刚才所发生的许多事情苦恼着。

人们走后，喧哗的声音完全消失了，遗留下的只有寂静，一种使人难耐的寂静，而平时不为人所意识的那种单调的钟的走动，年幼的见习生小张伏在桌子上填写“列车出入报单”，钢笔在纸上的飕飕的声音，以及从里室内送出来的粗野的鼾睡声音，都清晰地响在这恬静的空中——这只是使人更加厌倦，残留在空气中的浓厚的汗臭气味，仍强烈地刺激得使人想呕。于是烦躁与不安加深了姜尚志的苦恼。他的脑子里总是出现着许多事物的纷乱的影子，站长的阴郁的脸和他的沙哑的嗓子，一群官兵索车的凶恶姿态，远远的一个郊野中停息着的一列车的待援，战事临近的纷乱，自己的逃避的准备……一个更使他焦急不安的，是不久以前到站的那列弹药车的影子。

在他对面门虽紧闭着，墙上虽然尽是些使人炫目的彩色图表，但他的视线却好像透过了这一切东西的阻隔一样，他可以很清晰地看见外边的景象——那里横着可怕的黑暗与寒冷；而长长的一列弹药车正浸在它里面；空气很寂静，是一种从没有的寂静，好像今夜世界上底一切完全毁灭了一样，没有东西在铁道上往来奔驰而响着轰隆的洪亮的声音和尖锐的汽笛鸣叫，也没有人们在奔跑，在吆喝地嚣杂着。巡查夫和闸夫们没有事做，也许都睡觉了，调车夫、旗夫和钩夫们，显然地沉睡在里室里。他还可以看见，在这黑暗的远远的另一端的机车库那里，却一定照耀着一团光亮，人们也一定纷忙地围住两三只机车在修理着。在这臆想中，他可以听见铁锤敲着机车厚铁壁的脆亮的声音——而机车锅炉内水被蒸发的声音，却真实的可以送到他的耳里，那声音被隔壁所遮隔，听来就微弱得好像一盏煤气灯发出的声音。这些声音（不管臆想中的或是真实的），好像都永远不会变调一样，老是这么单纯，绝不会雄壮地响出几声尖锐的汽笛的鸣叫和机车在铁轨上开动的声音——这些如同是一桩极其遥远而渺茫的事，他很清楚：在库里的机车不会一时修好的。月台旁的那列弹药车在天明之前是不会被带到一个安全的地方去，而白天，可怕的白天啊！一个——极其使人恐怖的事物影像抓住了他，飞机、炸弹，而那列弹药车遭受袭击爆炸……

“这列弹药车是给前方将士唯一的支持！”

站长的沙哑的声音又荡在他耳边似的。于是一阵寒冷从他背脊上流过，他剧烈地战栗起来。

路途的一列车的待援，一群官兵索车的威胁，战事临近个人逃亡的准备等忧思，在这时候是很难浮上他的脑中。

“怎样使这列车弹药得到安全的保障呢？”

焦急的不安使他不能静坐，他开始在这小小的房间里踱起步来，用手搔着头发。

二

一阵轧轧地嚣杂的移动的声音，响在这恬静的空中，姜尚志吃惊地止了步。转过身来，他看见门被推开了；一股寒冷的风从门外黑暗里扑面吹来，接着一个人的影子伴着一盏红绿灯挤进来——是调车夫老王，一个五十岁的矮小肥胖的不知忧虑的小老头子。他踉跄地走了进来之后，好几分钟的时间他在喘着气。微寒的气流中又发散着那使人厌恶的汗臭气味。

姜尚志知道事情是不会成功的，在他没有看清调车夫脸上的表情之前，他可以这样断定。对于接进来的调车夫的报告，他并不以平素的惊喜或疑惧的心情去迎接它，只是淡然地期待着。看见调车夫把号志灯放在地上，臃肿的身躯跌在椅子上，并且止了气喘之后，便听见他的沉重而粗野的声音响了：

“事情早着哩！累死人啦！”

果然如姜尚志的猜断——其实，这是很明白的事，机车库现在停留的三台机车，两台原是坏的（从机车修理厂拖出来，预备送往别的安全地带去修理）。而另一台机车（站上唯一的到站机车），不久以前因从邻站拖那列弹药车，以致遭受长途的驶行和坡道的颠簸而烟管漏了水，漏得是那样厉害，到站后就入库修理，到现在还不过一个多小时，即使现在能修好，可是升火，烧汽，至少还得等待三四小时之后，才能行驶。

“机车修理厂的人都走完了，留下检车所的十几个人——都是饭桶！恐怕明天正午的时候也不见得能修好。”

调车夫说完，睐了睐眼睛，望着姜尚志，好像期待着他的意见。姜尚志没有讲话。调车夫继续讲了：

“听说前线战况很不好。城里人昨天就逃光了，也许明天要封城哩。……敌人真凶，他妈的整天地使用大炮、飞机，还有一种——一种什么炮弹？……”

“烧夷弹吧。”姜尚志平淡地提醒了他。

“对啦！烧夷弹！”这老头子高兴得几乎叫起来。“下来的伤兵们许多的就是被这种炮弹把皮肤都弄得赤红的。你想，这，咱们哪里能顶住人家。今天白天三零一次车……”

“三二一次。”姜尚志更正他。

“是的，是三二一次。——唉！人一老就糊涂啦。……带来的消息不是说打得很厉害吗？刚才我在机车库听见他们接到电话，说五个山头又丢掉两个。”调车夫说着闭起一只眼睛，伸长了颈子，以一种紧张的神气加添地说道：

“局势太危险啦。援兵，尤其是弹药——好久就没有送上弹药——如果一半天还接济不上，恐怕就要退下来守这座城了……”

战事的情况，不，调车夫那唠叨不谐和的声调，他不愿意听，也无心去听。战况的危急他知道得更清楚。可是“弹药车”的几个字，却明晰地钻入他的耳里。心头的焦急又被剧烈地燃着了。他用脚顿了几下，摇了摇头，转身踱起步。

调车夫停住了话，用惊奇的光注视着姜尚志的背影。当姜尚志转身踱过来的时候，调车夫带着安详的微笑迎着他说：

“姜站长！您用得这样着急吗？没有机车我们能怎样办呢？弹药车万一被炸，那不是我们的责任。横直抵不过人家厉害，弹药车即使能送上去，也未见得就能打胜仗，您不看城郊都挖了战壕吗？况且管理局都南运了，站上大部分无事的非运转人员也都南去了，留下我们也不过应付几天就是了。从前我在东北铁路上的时候……”

这老头子在铁路不知混过多少年了，在他底经验的积蓄里，他确实有两下子，对于一切人情世故，他懂得很多，知道如何地去应付许多为青年人所忧思而不能解决的烦恼问题。但是对于这次的劝告，在姜尚志听来，却没有多大效力。姜尚志自己在社会上做事，也有好几年了，也曾经以调车夫所说的那种态度应付过许多烦难的事，可是不知为什么不能用来解决今天这些事件。——这是被一种什么潜在的力量使然呢？

“姜站长！刚才那一群要车的大爷们可走啦，也许走了汽车路吧？……”

“唔，”姜尚志含糊地吐出声音。——又是这老头子的唠叨。在这时候对于这些事，姜尚志听来都觉得是不值得报告的。

“还有，啊！”调车夫继续独白似的讲，并且走近姜尚志面前，放低了声音，像告诉一个什么秘密的事。“那几个娼妓到现在还坐在车顶上，等着车把她们拖走哩！我听见她们又在哭泣。”

调车夫说完做了一个卑鄙的笑脸。姜尚志原来感触了什么似的，但是望见这老头子难堪的怪状，便想不起什么来。

“还有……”

仍然是这老头子的沉重低喉咙的不谐和的音调。他这咻咻不息的话使人感觉乏味，讨厌。姜尚志重新转过身踱步，想追寻心头上曾经飘过的一点什么感触。

“你望着我笑什么？刚才不知鬼鬼祟祟地给人家讲些什么。”

突然小张的清亮的声音响起来。接着调车夫的低沉的声音也响了：

“什么时候了！还这样正经地填报单。小孩家……”

“哼！要是我们完全像你这老头子一样，国家早就亡了！……”

“噫！噫！”

“嚷什么？”姜尚志转过身来喊着。用手推着调车夫，说道：

“去吧！到机车庄再看看去，催催他们。”

调车夫走了。砰的一声门随着关闭了。空气又重新恢复了以前的沉寂。什么时候里室鼾睡声音没有了，代替的是两个人的谈话。

“希望二零一次车早点开出。也许这是最后三两趟车，我们可以——”

“可以不再回来了吧？”

“那自然！人家都幸运地跟车去了就没有回来，我们……”

“别不知害羞，是不是怕你这条狗命死在这里。这样懦弱！”

“……”

谈话的声音低得模糊不清，忽又完全停息。有什么东西移动得发响。接着里室门开了，一个钩夫打着呵欠走出来，迎着姜尚志说道：

“我们跑的二零一次车快开了吧？——迟了有六七个钟头呢！”

“早得很，往北去的弹药车还没机车开出。”

钩夫踉跄地出去小解了吧，回来便进里室去了。

不久，沉睡鼾声又响了起来。

三

姜尚志重新在室里沿着桌子踱起步来。

“那老头子的话是不错的。”他醒悟似的感觉到。自己为什么这样愚蠢呢？这些日子被什么事情弄得这样糊涂了。在从前对于任何复杂的问题，总是一推了事，今天对于这种事件，尤其处在这紧急情况下，别的人都走了，都想逃，自己反而白白地焦急着。何况这是一件与自己责任无关的事呀！这实在是由于战事爆发后，只知道忙于工作，无暇像今夜这样静静地想一想。像那调车夫老头子一样多么乐观，无忧虑地把身子养得胖胖的。战事临近怎样为自己生命安全快乐去打算，那才是正经的事。

想到这里，他觉得好笑，自己太幼稚，太缺乏经验。从现在起应当把自己的身心弄得愉快些，把不必要和无益的思想摒除吧。有这么许多安静的时间，乐得多睡一些时候。

他止了步，走到靠墙的长椅子前面。那长椅子很龌龊，许多纸张、烂布和一些破碎的东西凌乱地占据在上面，并且还披着一层很厚的灰尘，椅子和墙角的相接处，有蜘蛛网在发亮，显然的许多时日来，他不会在这里休息过，也没有闲空督促夫役去清洁它。

他走到里室把差人唤醒，呵斥着差人把椅子清洁了，铺上了毯子。他开始躺下，闭起眼睛，企图摒除一切纷繁的事物入睡。

可是，他不能如他所预计的那样静心地安睡。心上的那愉快的生长，也好像太勉强，太虚伪，心境的深处依然有着不可剔除的忧思存在。许久也不能入睡，许多事物的影子依然扰着他。长久的时间过去了，才慢慢地陷入一种沉思境地。在那境地里，他不知怎样地获得了安全与快乐。

……

蓦然地，一阵剧急的响亮的铃声撞击在这沉寂的空中，姜尚志被惊醒了。随即意识到是电话的铃声。他懒洋洋地走到桌子旁，把电话耳机靠近他的面颊。

“你是哪里？……啊，是马站长。有什么事？”

“救援机车怎么样了。”电话传来的声音。

“早得很。……喂，消息怎样？听说很吃紧，是么？”

“是的，战事够激烈的了。大炮整天震耳地响着，到这样夜静，还稀疏地响啦！幸亏我这车站处在山阴面凹处，不然的话，也许炮弹会掉到我头上。……你听！又是一声炮响。”

姜尚志从电话里听见这炮声，好像洋铁桶里轻轻掷了一个小石头一样。

“你怕么？”

“怕早就不干这活了。……喂！每天听着大炮的声音，如同听见一串永远放不完的爆竹。……再谈吧。我有别的事要做了。”

姜尚志放下耳机，回到长椅子上躺下。燃着一支纸烟，任他自己浸在他的思潮的起落中。距现在两三个月前的两三年来的放荡生活的情景，这时乘隙也旋回在他的脑海里。

……一群西装革履的青年朋友，其中有现在接近前线而当时最放荡的马站长，还有货柜的副经理那红鼻小老头，……整日相聚在一起，在货柜打着麻将、牌九，在酒馆酗酒和女招待调戏，在戏院或电影院消耗晚上的时间，在霓虹灯初亮的热闹街头，追逐那没有灵魂的可怜的娼妓们，要不然整夜地沉醉在灯红酒绿纸醉金迷的跳舞场里。

当然这是不论白天和黑夜，即使在值班的时候，稍微清闲，便只须把事情吩咐站务员和见习生小张，就可以去追求那种尽情地放荡不羁的乐趣。可是战事发生以来，城里的这些消遣的场所都渐次萧条或歇业，而自己也没有时间去玩，甚至不曾起过这种念头，这些时日里也并不觉生活的干燥和苦闷，今天想起那些时日光景，虽不怎样的苦闷；但心上多少有点疗养，舞场的情景尤耐人不厌地回味：霓虹灯光下，美妙的音乐中，女人的婀娜身影……

四

一阵喧哗夹着凌乱的脚步的声音从门外逼近。门开了，年青的车守王振声相偕两个钩夫谈笑着走进来。

“愣什么？”王振声望着姜尚志那沉思才醒的迟钝的神气，取笑地这样喊。

“啊，你怎么样回来的？”姜尚志从椅子上坐起来，把手上纸烟的余烬掷在地上，并且用脚踏灭了。

“都是你们做的好事。”王振声跌坐在小张旁边，随即继续说道：

“机车坏在路上差不多八九个钟头了，还不派机车来救援。满车都是伤兵。……”

“你没有被打着吧。”

“只有您们站长老爷们才会挨打。”

“谈正经的吧！”姜尚志带着一种苦恼与哀怜的神气说。

“他们确实闹得很凶，他们为苦痛所驱使，不容易给他们解释这车不能立即开行的原因。”

“我们要原谅他们。”

“是的，当时我躲在一边，直到他们安静了一点，才得到他们的谅解，我和他们谈得很起劲。我还作了一次政治宣传工作呢！”

“若不是王队长，真难应付——”姜尚志看见一个细长的年青的钩夫从王振声背后挤出来插着说，但立即被前面的另一个矮个子的阻止了他，“你让队长讲！”

“啊，你究竟是怎么样回来的呢？”姜尚志还记得这件事。

“等候了许久的时候，我为他们找了许多民夫把他们送走，知道今夜南北没有车，因此才徒步走回来。”

王振声说到这里，用手拭去口角上的口沫。姜尚志知道这青年的人又要继续讲述那不能停留在心上的什么好故事了——对于这个临近的讲述，他没有一点像对待调车夫老头子的厌恶的心情，因为这带着孩子般天真的青年人的讲话，是那么热烈，那么有力，听来又是那么清晰，响亮。正如他活泼精神和雄姿一样可以使人感到兴趣。

但是他并没有讲什么好故事，而是使人难堪的问题。

“什么时候救援车才能开出。”王振声正经地问。

“你是很明白的。这个我实在没有法子答复你。”姜尚志低低地惆怅地说。一只手不断地摸着桌沿，随即想起什么事，脸上显出紧张的表情问道：

“昨天北去的三三二次车是你担任的乘务吗？”姜尚志一面说着，一面随便翻着桌上的一个簿子，很快地停止在一页上面——这上面有王振声的名字。

“啊！是你。”姜尚志自己答复了。

“你的意思说什么呢？”

“你们不是遭到敌机轰炸吗？死伤了多少人，遭遇的情形是怎么样的？”

“啊！这一次一点损失也没有！”王振声兴奋起来了，并且舞动着两手。“你记得吧？那列车载的是一团队伍，我们到了张店的时候，便接到空袭警报，可是车上的官兵把都硬要继续开行。原来他们在最后的一辆敞车上装了一架高射机关枪。”

“哪里可以这样办？”

“嘿，你别轻视这个，后来在路途遇见一架敌机，便因为高射机关枪的威胁，掷下四个炸弹，一个也没有投中。”

“危险！”姜尚志叹息地轻轻地说。

“你才没有见我们单机转回来的时候呢”王振声说着。再度把口沫拭去，继续讲道：“是在路途，遇见一架侦察机在天空盘旋，看见它离我们有相当远，因此继续前进，为了防备万一的危险，我们背着那架飞机绕着机车锅炉转圈。但是只注意这一架飞机，却不知我们后面来了两架重轰炸机；它们飞得很近，我们才发觉。我们才停车躲在路旁高粱地里。……”

“你们真冒失！太危险啦！”姜尚志不禁这样说出来。

“你未免也太胆小，这样懦弱能做什么事呢？是不是警报一响就钻地洞，敌人还隔得远远的就想往后逃？……”

姜尚志脸红了，他觉得好像被人揭发了自己的懦弱。其实在这一瞬的短促时间里，他悟到自己确实是一个懦弱者。那么，有什么理由为自己辩护呢？尤其在这样一个英勇的青年面前。他只能带着惭愧的微笑，以一种低微得几乎听不见的含糊语句来掩饰他自己的难堪。然而这只是给予自己的懦弱的一个有力证明。王振声却没有看到姜尚志的这种局促不安的神情，因为他预备继续拉开他的话匣子。但一个钩夫说了！

“王队长！不要再讲了。咱们该休息了——三天还没有好好睡过一小时。”

“好吧。”王振声接受了钩夫的意见，“咱们走吧！老姜！明日见吧。”

五

他们走后，静寂的气氛又包围了姜尚志。

姜尚志的思想现在变得很清醒，在他自己与英勇的王振声的对比之下，更无可疑惑地深切地体察出：自己是一个懦弱的人。这几乎是他在数年来并不曾意识到的，倘若不是今天王振声偶然地揭发了出来，也许自己永远蒙在鼓里。近两三年以来，对于任何事物，除了放荡的消遣之外，却没有一点工作兴趣，只知一味苟且，一味乞求个人的快乐与安全，从不曾像王振声这伙更年轻的人们一样，为了国家民族，甚至完全是为了别人的利益而出点力，即是对于自己的职务，除了为了保障饭碗的安稳，或偶然地，或近数月来无形中受抗战影响，曾经以忠实态度工作过些时日，一般地说来，只是一味地敷衍，应付而已。就是现在依然被这些可耻的懦弱所笼罩。不为自己准备逃避，或英勇些的意念还不能翻然推除。

“难道我自己生性是这样懦弱，这样无能吗？”

——当然不会是这样的。姜尚志过去确实是一个热情的英勇青年，他初从学校出来踏进社会的时候，他是怎样地具有决心和勇气，为了自己国家民族以及人类的前途的光明而奋斗。他现在还可以很敏迅地明晰地唤起当时的情景，虽然在这近两三年以来从不曾回想过。

是六年前，——那时，姜尚志方从学校毕业回到故乡的时候。——一个晴朗而温和的春天的下午，他和淑散步在湖畔。他俩踏着青嫩而微湿的草，浴在春日的充满着大地的芬芳，使人在舒适愉快的气息的空气中，让细软的垂柳拂着。他俩尽情地谈着许多事情，——那好像永远谈不完的一串有趣味的事情。直到暮色降临的时候，倦了，他俩在湖边草地上依着一株大树根下坐下。那时落霞正泛在波纹粼粼的湖中，湖的四周景物已被暮霞的暗色所笼罩，湖水映着清洁的青天和抹着霞光的白云，格外显得明亮。他俩默默地注视着前方的湖心。微风从他们身边轻轻地拂着。他俩沉醉在这美丽的自然美景之中。长时间静寂荡在他俩之间。不知多少时间后，他听见她用着轻怡愉快满足的调子，缓缓地小声唱了：

黑夜吞噬了白昼，
黄昏救不出它的悲哀。
夜终于做了世界的主宰，
人们在黑暗中摸索，徘徊，

有谁在什么地方啜泣？
有谁在什么地方叫喊？
我们的英勇战士哟！
犹疑吗？
还是在踟躇呢？
用人类的心的热情，
快燃着生命的灯盏，
让它的光芒照彻黑暗，
人民底过这夜的重苦与漫漫，
白昼终会复降，
英勇的战士哟，
是时候了！
“英勇的战士哟，是时候了！”

他在充满了欣喜的氛围中不自觉地重复了她最后的一句。

这是很难以形容出这时他心情的快乐。他回视着她，微风正把她的浓黑的头发吹在她白皙的丰润的面颊上，那双漆黑而有光的眸子凝视她的前方，她静止而默然地倾听他们的歌声的余音荡漾在这静寂的空中，直至这声音消失在远远的前方，她忽然醒悟似的嫣然地无声地微笑了。淑是多么美丽而聪慧啊！而他现在被这样的一个女子所爱所希望着，在他生命的前途因此将更加闪烁着光辉，并且她这样体贴、温和、寂静地偎依在他身边，他又是怎样地被钦仰、崇敬着，这只有英勇的有为的青年才有资格取得的。于是他的胸脯自然地挺起来。当他俩回去的时候，他用着大步，但是徐缓地走着，她依然如小鸟般地依在他身边，他带着她向这夜的黑暗遮没的道途前进，正如他向障碍那创造全人类善良事物的黑暗势力进行搏斗似的。

又是六年前春天的一个清朗的日子。这天是在江岸码头上。——他踏上人生征途的搏斗阶段的开始，淑送他上船。在船将开行，码头上的人群的喧嚣纷乱的一刹那的时候，她曾向他作离别的最后的几句话：“希望以您的英勇，克服一切路途的障碍，我准备祝贺您的胜利！”

她用她那濡湿的黑亮的眸子望着他，透露出无限希望，然而这简短有力的耐人深深回味的语句，也不知代替了多少说不尽的言语。他感动得要流出泪来，但他竭力使它停在眼内。因为他要使人知道他是一个具有毅力、坚决的英勇的人，流泪那是懦弱的举止，所以直到她的影子模糊在码头上，甚至完全消失在他眼帘下，才让泪浸出眼眶来。

这是怎样地具有不可限量的勇气与决心，怎样地被人所钦仰、所希望着的情景，在他没有踏进社会之前的那个时候。就是在初走进社会的一两年里——这正是他英勇斗争的时候，他会为了唤醒人们的沉睡而大声疾呼过，在铁路上曾经组织过工会，甚至坐过一次短期的监牢。可是这不可一世似的奋斗的精神，终于被不断地折磨和黑暗势力的重重包围，加上种种名禄利诱的和这社会的恶势力结合，他走上了和原来的相反的另一条路子。短短的数年竟使他转变得这样厉害，走了两个极端的道路。从这时起他的生命光辉便消失了，代之以没落的黑暗，肉体的躯壳开始在这社会罪恶深渊中渐次腐烂，虽然他现在还是一个不到三十岁的青年，看来却很老了。淑的美丽影子也逐渐在他心上黯淡，几至消失掉。今天淑的影子重新活跃在他的记忆里，他觉得这是在做梦——一个不可思议的梦。

这许多过去的情景在他脑海里汹涌着，和现在的对照起来的时候，就好像有什么东西抓着了他的心，他异常地躁然地不安，甚至恐惧起来。淑的影子就如同一个圣母的像。而他现在正向她乞求赦免他的过失似的。可是他又觉得这罪过的赦免是不可能的，像他这样一个充满自私自利、苟且图安、懦弱无用的人，怎样再有权利去被一个聪慧美丽而有为的前进女子所爱呢？……两三年前淑还来过几次信，每次都带来了慰勉，也带来了爱的温存，但是他那时正开始屈服在恶势力底下，开始堕落，同时也惭愧不曾给她一次回信，此后便再见不到她的信了。……而现在可怜的淑也许还在希冀着眷念着这一个音容渺茫的人吧！……

想到这里，眼泪几乎要夺眶而出。

“弄到如此地步，这究竟是什么更基本的缘故呢！过去的勇气和决心不够坚强么？”他颓废地跌在椅子上。

门像被微风吹开了，一个路警伸进头来，看见姜尚志苦恼地陷在沉思中的情形，吐了吐舌头做了一个鬼脸，便隐到黑暗里去了。门被关着的响声，弄醒了姜尚志。不知什么时候小张伏在报单上睡着了，一双手上还拿着钢笔——显然地工作过分地疲倦了他。

看见小张的那孩子的脸，王振声的英勇姿态也出现在他眼前了。啊！他们能比自己年青多少呢？现在他们虽然出现得这样英勇，但是时日一长，他们是不是像他一样地被社会的那潜伏在四周的恶势力所毁坏呢？

对于这些问题，姜尚志是无法弄明白的。他的脑子隐隐有点发痛，是被这些纷纭的思想疲倦了。他需要使脑子休息一下，清醒些，但是他不能抑制这些思潮的汹涌，反而连极细小的事也涌上脑子来。

他毅然站起来，向着门那边走去。他想到门外走走，去整理一下脑子里那许多不成形而纠缠着的思想。

六

姜尚志走出门外，寒冷的空气立即包围了他，他不禁打了一个喷嚏。头脑被寒冷所洗，他的思想变得很清醒。他的眼睛也似乎有了作用，他能够仔细去看任何的一个事物。

四周是黑魆魆的。月台上只有零落的几盏电灯，昏暗的光芒照不透这黑暗的氛围，只是无力地在灯杆下面照出一个微弱可怜的光圈。伴近月台这些光圈旁，一列车中间的几个车厢模糊地可以看见，其余的都浸在这不可测的黑暗里。而站得远远的尽头机车厂那里，灯光却照耀如同白昼。寂静充满了空间，整个的列车沦陷在一个鬼魅的荒凉的世界。连车站外面的马路一带也横在黑暗与冷寂的凄凉情景里。在平常，那马路两侧罗列着人力车的一对对的车灯，和铺子门窗里射出来的灯光，照耀得那柏油路身发光，即使在这两点钟的深夜，——其实这正是南北车回来的时候，人声也是最嚣杂热闹的时候，现在竟变得这样凄凉。靠马路的运转房的后窗下，那里经常地停留着一个卖杏仁茶的小挑，姜尚志每天必去照顾的，黄昏的小灯伴着那诚笃的老人的影子和他干哑的嘶叫，曾经在姜尚志眼里闪动有数年的时日，现在也忽然不见了。姜尚志感觉奇怪。——这奇怪的生成无疑是这几日来，被工作过分的繁忙所系，没有闲暇经常地注视这一切事物的变动，一旦发觉了，怎能不惊异呢？

他无意识地走着。走过三等旅客候车室的前面，从那里送出来了因创伤而辗转不能安眠的伤兵所发出的痛苦的叫吟。突然一个梦呓者高声喊着："杀呀！鬼子！"

"啊！多么英勇的人儿！"他叹喟着，同时想起了王振声所讲述的故事中那些士兵的勇壮。"这又是被什么力量使然的呢？……"

一个蚊子在他耳边嗡嗡着。当他从沉思中清醒，他发觉这并不是蚊子的声音，而是一个人低声嗫嚅着的声音，正从他对面黑暗中的一间孤立的小房子里发出来。在他更近的前面，一个长条形的黑物垂悬在空中。——什么时候伫立在这磅秤房的磅秤旁边了呢？在这黑暗的静寂里他可以很清晰地听到那声音，继续地颤抖而微弱地滚动着，——是一个老人的沉重哀伤的调子——有谁在哭泣呢？

"不要伤心了吧！人终究死了。……"他听见一个年轻人的声音。它是从那黑暗中发出来。

"咳！我再三要他不要跑车了。调换别的工作，可是……"

突然一阵呛咳。过后又是老人的声音继续嗫嚅着：

"他总是不听话……"接着小声而尖锐地喊了："天哪！日本鬼子飞机这样恶毒……"

沉重叹息之后，接着又是哭泣、擤鼻涕的声音。

“一些没有出息的老懦夫。”姜尚志自语着。随即离开了那里。

他继续走着。思潮又汹涌起来。他想摒除这些思想的骚扰，于是又唱起一支“义勇军进行曲”来。这歌声突然冲撞在这死寂的夜空，特别明晰、响亮，四周景物像被撼动而颤抖了。一只狗受惊地在黑暗中狂吠起来。他停息了歌声，借着微弱的星光，他看见铁丝栏外面货栈的那条黄狗正向他扑着。他用手指轻轻敲着铁丝网，那条黄狗认清了人，静悄悄地走失在更深的黑暗里。

“是……是姜站长么！好清静呀！”货栈的屋子旁边黑暗里，一个巡查夫探出头来，用惊奇眼光窥视着姜尚志这一个不可思议的夜行人。

“你是……啊！王子才吗？”姜尚志认出巡查夫的面目，也看着他消失在黑暗中。

洋旗的绿色灯光清明显亮地燃在前方黑漆的空中，在它下面的闸楼前面，他看见闸夫们正席地在热烈地谈论着。

风把他们的话语零乱地吹送了来。

“死伤四千！”

“打了三天了。”

“又增加了一师团，”

“飞机……机车出轨了，”

“一百个俘虏，一百个……”

突然一个声音高叫着：

“真的，我亲眼见到的！”

……

闸楼左近的材料线上也送过来了混杂的人声。什么沉重的事物在轨道上发响，夹着嘹亮的清脆的铁的铿锵的响声，两三盏马灯见动着一群黑色人影。他知道了那是道班工人在修白天被飞机炸坏的轨道。

“人们依然这样安详地谈天，孜孜不息地工作着，这些人们在过去曾那样昏沉的，现在也一个个出现得这样活跃。”他感叹着。

在这感慨之下，他又想到了自己。接着又一个使他惊异的事情来到他的意识里，那就是他发见自己从抗战开始之后，无形中以最忠诚的态度从事着工作。这不能不使他愉快起来：他自己现在并不是一个不可救药的人，因为现在又开始走上了原来的路子——今夜盘踞在心里的那对于弹药车的事的不可消除的忧思，不正是说明了这一点吗？

“这确实有一部分道理。”他欢愉了。尤其使他欢喜不断地增长的是今夜许多不成形而纠结着的事物和问题，都好像向这一个“道理”奔来，并且迅速被连串在一起，而得到解决了。

他觉得他要过去，——初踏入社会的时候的那种勇气，是太情绪了，欠少理智。他的意识、举止总是受着环境所拨弄，他的性格可以说是环绕着他的言语、文字、图书，以及一切事物的组合。这些事物改变了，他的性格也改变了。这，或许不是自己如此吧？“我要把我发现的这个道理告诉一切人们。”

七

离开了闸楼附近的那些事物的零乱杂碎的氛围，姜尚志重新投身在难堪的寂静与恐怖的黑暗之中。使人战栗的寒风在地上奔逐着，不时从他后面赶过来。在这异常荒凉、凄切的景象之下，一种空虚之感来到他意识里，好像这世界上什么也不存在，也不应存在似的，只有这黑暗、寒冷和阒寂结合的空虚，这空虚就如同一只魔鬼的巨大无比的黑影一般遮盖了这一切，并且不断地渐次伸张、扩大着……一个人的生命在这里是显得如何的渺小而可怜呢！在这短促的时光里，也许悲哀与痛苦消磨掉这微弱可怜的生命哩！……但是这种感觉在他意识里并没有多少时间的停留，即被另一种感觉代替了。这便是当他想起刚才欣愉的情景。他觉得一点也不需要悲哀，每个人的生命像一块铁，过去因黑暗的笼罩而生了锈，而现在却通过斗争磨出了光芒来。也正因为人的生命是这样短促，今后只有更加努力、勇敢、警惕地前进不可。

“是时候了！”

淑的声音又清晰地盘在他心上。他觉得身体忽然充满了不可抑制的活力的奔流，这力量好像无处发泄似的，他想大叫起来。然而他没有真的叫出来，他放开了脚步转回来。

一进运转房，小张揉着眼迎着他，告诉了他调车夫老王从机车库来电话，机车四零一号在明天八九点钟前后或者可以修好。

他注视着壁上，钟的长短针正重叠在三点钟上面。在静默中浸沉了一回。他把帽子重新扣在头上，匆匆地走出去了。小张静静地一直看着他的背影消失在门外之后，伸了伸舌头喊道：

“吁！又什么事在忙了。”

八

姜尚志向着远远的那一片光亮走去。在黑暗中经过了货栈、列车，越过十九条铁道，到了机车库。

“领班在家吗？”他向着迎面走过来的一个像擦车夫的人问。

“在家的。”那人回答。一面把铁丝栅门拉开。

姜尚志沿着铁道旁的电杆向前走去。两边的错综的铁轨都空寂地躺在电灯光下，没有那庞大动物似的机车和人的影子。他拐过水塔，机车蒸汽的响声，突然放大了好几倍，同时他眼前出现两只黑漆的机车横在强亮的电炬下，许多人举着几只发红色的火把，围绕着近前的一只机车。

“领班在房子里吗？”姜尚志指着机车左侧的小房子，向那些正在修理着机车的人们问。这时机车的热气使他感到温暖，而热汗与汗臭却使他不安。

“我在这里。是姜站长？”

姜尚志看见有着魁梧身体的领班从机车底下爬出来，满身被污黑的油污弄得很肮脏，手里举着的火把照亮了他的满颊胡须的脸，在这脸上油污画出不规则的花纹。

“你也亲自出马了。”姜尚志说，这时他看见了小房子左侧煤台旁也停留着一台机车。

“没有法子的事！机车坏得太厉害，管子差不多完全漏水了。”

“那两台怎么样？”

“一台还赶修不出来，还顾得那两台。就这一台恐怕到天明前仍修理不好的。……”

“那怎么办呢？无论如何请加紧修理。”

“指望这机车修好不是办法。我给你一个建议吧！你们可以用手推法把弹药车送到石碴线上去。那里不是树丛可以遮隐吗？……”

“那，哪里行。弹药车是禁止用手推法的，你不知道它是危险品？况且这是什么时候了，即使依你所说去做，无论如何在天明前是做不到的。”姜尚志说着，从口袋里掏出表来，时候已四点还差一刻钟。

“敌机不一定天一明就会来的。现在站上停留的车，都经过了检车匠详细的检查，手轫自动车闸都灵活，并且站内一点坡度也没有，只有小心，多几个人，用手推法倒车是不应成问题的。”

“不要推卸你自己的责任吧。”姜尚志大声地说，几乎是喊叫。“即使这不是自己责任上的事，我们也不应当有丝毫推诿，要晓得现在国家、民族遭遇到了如何危急的时候？……”

正修车的人们都投过目光来。一个活泼年幼的检车匠指着姜尚志向另一个惊异地说：“瞧！这家伙也懂事了？”姜尚志听了红起脸来，虽然这时机车突然放出废气的声音淹没了检车匠下面的话，并不知道在说谁。

“请不要误会。”领班喊道，“我是看见弹药车夹在其他车辆中间，即使机车马上出来也不容易很快地把它倒出来，所以我的意思是说……”

“是说你可以不管了吧！”

“你听我讲。我的意思是要你们趁这个机车没有修好之前，尽力帮助倒出几辆来，那么机车一日能行动，便可很快地把弹药车完全使之离开这遮蔽的车站。即使机车一时修不好，飞机一早来不了，那么，也许能把弹药车一样地可以完全离开这里。”姜尚志听了沉思了一回说道：

“好办法。请原谅我的粗鲁！”

说着，一面用眼光在人群中转动，即便看见了调车夫老王。

“去！把他们都叫来，车站北端没有事，北闸楼的闸夫们也叫来。快点去！”

“好！我就去。”

“喂！还有货栈的巡查夫们也叫来。”

姜尚志向着调车夫矮胖的背影喊着，一边也跟着走去。

九

半小时后，浸在黑暗与静寂中的铁道好像复活了一样，扬起了人声的喧哗。人们往来忙着。三四盏马灯像追逐人们似的不停地荡动着。

人们出力地想把车推动。一个人的粗野声音像歌唱一样喊着，

“来哟！”

“来哟！”大家附和着唱。

就这样地——

“用力推哟！”

“——推哟！”

“大家一起来哟！”

“来哟！”

“来哟！”

“……”

“……”

歌声的叫喊停息了，接着又是人们的喧嚣，但是夹着车辆在铁轨

上缓缓移动的轧轧的响声。——一辆车被推着走动起来。

“慢点！慢点！”

“搬过闸来呀！”

“三道！三道！……吁！死人……”

人们杂乱地喊道。

“照拂车闸呀！……”

于是微弱的灯光下，可以看见几个人影爬上来。……

这样的一辆车被推到站外树丛中的石碴线上去了。

接着又来推第二辆车，人们又奔忙着，吆喝着，喧哗着……

十

寒冷的微风一阵阵地从黑暗的大地上拂过，繁星看够了人间这一幕喜剧似的，开始渐次隐没。像雾一样的灰暗的薄云，从四周黑暗的深沉里聚集了来。晨风再次吹过，于是疏落的晨星颤栗起来，无力地可怜地完全隐没。微白的灰色帐幕在天空张开。东边山头天际像揭开了遮幕帐的一角似的现出明亮来。大地在自然界的声籁呼唤中苏醒，地上一切景象渐次由模糊中依稀显露。整个的车站浸在这清新的气息中，机车库顶和机车的轻烟安静地袅袅地飘荡在空中。

这时候的机车，依然在机车库里，人们依然喧嚣着推着车。看到天亮了的姜尚志更加没命地奔忙着，嘶叫着，指挥人们推车。汗在他身上流着，它发散在晨寒的空中，形成一缕缕白色烟丝似的。焦急的火狂炽地烧着他。因为到这个时候，送到石渣线的车辆也只有五六辆，其中三辆不是弹药车。

“小张，再到机车库督促他们！”

姜尚志喊着把正在人群中推车的小张拉出。

“飞机一准来得这样早么？这样着急？”

小张咕噜着，转身奔向机车库去了。

“今天飞机可莫这样早来！”推车的人群中一个自语者。

“来？让他来吧！保准它回不去！”又一个说。

“他妈的！空城了，还炸什么？”

“……”

“别说话了不行吗？用点劲推啊！”姜尚志喊着。随即加入人群中，用手抓着车边铁杠，用背使劲地扛着。

……

太阳在朝霞的欢迎中露出来了。在古旧的城楼，城郊附近和车站的高大建筑物，以及树丛的顶上都泛着它的光亮，红色的机车库屋顶上的天窗的玻璃上，反射出耀目的光辉。车站浴在这温和的朝阳中，显得十分静穆而凄凉。在平常这个时候，车站是很热闹的。人们熙熙攘攘地出现在月台上、铁道旁；月台上经常地停放着许多子弹、纸烟、饼干等木头箱子，胶皮车、大炮、铁丝圈、旅客们的一堆堆的行李，还有许多被拴在栅栏左近的骡马。可是现在这一些东西几乎完全绝迹，除了一些破碎零乱在月台上的不成形的残余物件，铁轨上停留的车辆也只有三四十辆，许多都被炸得残缺，甚至有的几乎完全破裂，也有的同枕木铁轨翻在一边，只有这一列子弹车和军服车因为装载得很满，看来还相当完整。在军服车顶上有少数的逃难者，他们正用被子裹着身子防御严寒的侵袭，肮脏的脸也缩在被子里，几乎看不见。——他们不知道在这车上等待了多少时候，到现在他们的眼睛依然射出可怜的光芒，期待着车开行后会把他们带到一个安全的地方去，在那里没有飞机，没有炸弹，没有战事的影子……车站的一切建筑物，颓垣残壁，满目疮痍，好像中古的一座建筑物的陈迹一样；电线杆折断或倒在一边，纠缠着的电线，发亮的碎玻璃片和破砖碎瓦，零乱地散布在地上，风雨棚的玻璃完全没有了，只剩一副残缺的黑铁架子，候车室门墙顶上的自鸣钟还嵌在残余的半个墙壁上，钟正指示着八点了。

姜尚志忐忑不安的心情，使他的耳朵异常敏锐，在这人群的噪嚷里，忽然很敏快地抓住了那才响出在空中的汽笛的鸣声。

“警报！”他用颤栗的声音尖锐地叫了。

这警报——汽笛的鸣声连续地沉重低哑地狂吼着，一种凄哀而恐怖的感觉抓住了每个人的心。于是人们放弃了推车的工作，纷乱地跑开。

“完了！”姜尚志叹息着，颓废使他发呆。

“还不躲飞机？”

调车夫老王说着，拉着姜尚志的手迅速地向车站外面奔跑，一直跑过了马路、店铺，到了城墙旁的护城河近旁的防空洞口，才停息下来。

在洞里姜尚志碰到了站长。

“弹药车移开车站没有？”站长用着沙哑嗓子低声地但是吃力地问着。

“你连这个都不知道么？”姜尚志止住了喘气，“你昨晚到哪里去了，找了一天也不见。……没有机车怎样能把弹药车送出去……”

电灯蓦然熄灭。姜尚志中止了他的话。

“紧急警报了！”

黑暗里有人惊叫着。在黑暗中的换空气的风洞接口处，露出微弱的亮光，同时从那里送来沉闷而凄切惊人的断续的汽笛一阵哀鸣。接着微弱的飞机声响了，并且很快地扩大了起来，像数千蜜蜂的嗡嘤一样，遮没了一切声音。突然几声震耳的轰隆响声，整个的洞震撼得跳了起来。

“大概掷在车站附近了！”

不知谁吃惊地轻轻吐出这话，接着别的人立即用口吹嘘着制止了他。寂静的氛围伸张伸到每一个人的心里，连呼吸也屏住了。

十分钟之后，飞机声隐没了。姜尚志轻悄地走上洞口，听不见任何的声响之后，他钻出洞来。几个调车夫、钩夫也跟着爬出来。

“大概弹药车没有危险吧。”姜尚志这样想着。因为他以为弹药车若被炸了，一定会发出极大的长时间的可怕的子弹迸裂的响声。

“噫！车站上什么着火了！”

不知谁叫了。大家仔细向车站那面看去。月台旁的几辆军服车翻倒了，一辆正蒙着浓厚的烟雾。

“不要都发愣了！救火呀！”

姜尚志大叫着拼命向车站奔去，如同赛跑一样，大家在他后面追赶着。

“还没有解除警报呀！”一个老年路警喊着，独自留在洞口旁出神地瞧着这群疯狂了一样的人们。“咳，都不要命了！”接着他惊奇地叹息地摇着头。

十一

车站里面依然平静如先，但是月台上的北端被炸弹掘了两个大坑，左近的一所货栈的墙壁坍塌了，在地上增加了几堆瓦碟；铁道上的三辆载着棉军服的车，都出了轨，靠北端的两辆翻倒在铁道外面，装军服的麻袋和逃难者的行李散乱在地上；着火的那一辆军服车已猛烈地燃烧起来，并且不断地扩大蔓延开了。这辆着火的军服车的南头紧挨着的便是弹药车。……

谁都看清楚了这个危险的情景，远远的便止了步，并且各自找了一个墙壁的拐角做阻挡而藏起身子。

姜尚志在站门口止了步，踟蹰了一下，之后，大声叫着“我们不能让弹药在我们眼前炸掉，这是我们前线将士唯一的接济，我们快把弹药车推开呀！”他疯狂似的从墙角处拖住一个调车夫向燃烧着的军服车和弹药车那里奔去。其他的人被磁石吸引了一般也奔过去。

“把弹药车和军服车连接的钩解开，推弹药车！”姜尚志命令着。

他自己先跑过去解钩，其余的人挨近弹药车做出推车的准备的姿势。

因为军服车出了轨，和弹药车连接的钩被拉得很紧，许久的时候还解不开。军服车上火的热气烤得姜尚志头晕，但他依然没命地解着钩。

“危险啊！火烧过来了！”不知谁在叫着。

人们离开了车身，预备向四面逃避。当啷的一声钢铁的脆响，车钩终于被解开。

“快推车呀！钩已经解开了。”

转回来的人只占少数。都拼命地推那辆弹药车，姜尚志跳在两车之间的缓冲器上面，用背扛着弹药车，两只脚抵着军服车，他跟同大家嘶叫着，他以最大的气力让自己弯曲着的腰身在两车之间伸直起来。在人们这狂叫中，弹药车离开了军服车。姜尚志的背立即失却了依靠，他仰天地栽倒在轨道上。军服车失去了压力：于是因弹力而向回退了一下。

“哎哟！”

姜尚志叫了。在他身子摔在坚硬的钢轨同碎石上的如烧的剧痛中，他感觉到一只脚好像浸进一盆凉水里，同时又觉得有一些濡湿的液体在那上面流动。接着过分的疼痛使他眼睛发黑。于是，一种受伤的意识来到他的脑里，但是在这猛烈的苦楚与灼热的急剧的变动中，他一时还不知道自己伤在什么地方。直到有人惊叫“轧断了脚！”的那遥远似的微弱的静音盘在他麻痹的脑子里以后，他才知道自己的伤处。

“弹药救出了吗？”他睁大了眼睛，用力喊着，但他的声音却很微弱。

人们听出他的话，回答他道：

“已经救出来了。”

姜尚志的意识虽然渐次模糊起来，但他却辨出了这句话的意思。创伤的疼痛好像消失了，他只感觉到身体和精神上极度的疲乏，他需要休息，他不要再听人家给他说什么话，自己也不愿去想任何的事。他闭起眼睛，一种轻松的欣愉泛在他这疲惫的身心上。

“好危险呀！”

“真勇敢！”

人们围着姜尚志赞叹着。

“快送到医疗所去吧！”站长命令着，看着姜尚志安详的睡着的样子，不禁摇着头哀伤地叹道：

“想不到会这样忠勇啊！”

一九三八年十月十五日脱稿

原载《文艺阵地》第 4 卷第 2 ~ 3 期，1939 年

狭 街

梁山丁

一

前年夏天，我搬到这条肮脏的街上，这是一条弯曲得如一双生满霉疮的蛇似的狭街。

狭街上一间一间紧紧的挤着矮小的暗灰色的房屋，镶在屋墙上的是狗洞似的窗子，墙根零落的长着几丛水稗子和爬根草，茅厕的屎尿时时从院里流向污沟。不同职业的街坊们在污沟上谈着笑着，孩子们嗡嗡嗡地踢着柔软的马粪球滚过来滚过去地闹着。他们和我一样惯常了这种氛围，谁也不稍加反对地平静地在这条肮脏的街上活着。

我的家住在前院，窗后有块很小的花园，从后窗格穿过葱青的葡萄架可以直望到后院住户们的褐紫色的洋铁屋顶，再远一点可以望到街对面的院落和行人，倘使在夜里，迢远底闪在暗空中的广告电柱，会把家照得明亮的。

房东老太婆每天提防着她的住户，就连有一点极轻微的移动木柈屑的声响，她也会跑到后院去嗓嚷一阵骂一阵，那些欠过她房租的小户人家：

“你们留着钱喂狗崽子吧，赖住了我的房钱，你们丧了良心的……”

开女工厂的娘们听到这声音狂躁地踏动缝纫机，卖面包的老头急忙蹿进烤炉间里去，药房先生总是读过书的，有些涵养不答理她，偶然碰到刘大哥从场子回来那就会彼此无头无尾地厮打叫骂，这是常有的事，刘大嫂埋怨自己的丈夫，把房东老太太从后院送到前院。

前后院的住户好像被她隔离成两个不同的圈，两个不同的情感滋长在每个人的心上。

我每次下班走过后院，偏会遇到刘大哥，我们虽然不曾有过较长的接谈，可是刘大哥的剪影，不知在什么时候贴在我的心上了。

刘大哥是在跑马场扫场子的，他是个约莫四十岁的人，有着横阔的肩膀，灰色的眼睛，因为不常刮脸，全颊生着毛茸茸的髯须，穿着一件褴褛的旧制服，索着一条枯黄色的毛巾，走起路来摇摇晃晃，像一个神经病患者，然而他是个很健康的血性的汉子，平常说话声音很低，当他生气骂架的时候，那声音又沉重得钟似的。

二

天气渐渐的凉了，瘦弱的葡萄枝懒洋洋地躺在架子上，爬山虎的花谢了，后园落满了各种叶子，墙根下的水稗子被孩子们拔光了。

有一天，我经过他们的秫秸篱，听屋里有刘大哥的声音：

“我不能干下去了，我不能忍受这种痛苦，我回矿上去……”沉重得钟似的。

我的脚步慢下来，回头望篱里看看，刘大嫂穿着一件改造的大夹袄，抱小小喂几只鸡，她低着头，在合计什么。

我问刘大嫂：

“大哥在叨念啥呀！又和那老太婆吵架了么？”

“不！”她一抬头看见我，转过脸，“嗐，别提啦，他大叔，小小爹今天在马场又挨了两鞭子，你没听说要回矿上去吗？”她紧锁那一双忧郁而憔悴的黑边的眼睛，深凹的两腮和尖削的下颚深深地刻画着她的智慧和悲哀的命运。

“要回矿上去？”

“对啦！刚从那座煤矿上跑回来，现在又要回去！”

“大哥从前在矿上做过活吗？”我骤然想到巴金那篇《砂丁》的故事。

我想重温那故事。

“依我看，大哥有力气，什么事都顶得起，还是做一点比较安全的活计好些！”

她同感我的言语，想起了什么，下颚微颤了颤！

“我也是这么想，横竖比在矿上强，不用叫人担心。他大叔，你是明白人，你想，小他爹是关里人，孤零仃一个，我真惦着那矿坑会吞了他的性命，淹死，炸死，熏死，每天总听得见的！”

“你愿意叫他在这边忍耐，是不是？”

“对啦！忍为高，左边嘴巴挨打，把右边的也给他，我们不是为了吃饭吗！”

“不过，有时候也是需要不忍的。”我有话噎在嗓子道不出，因为要道出就会矛盾了暂时的谈话。

她也许明白了我的心语，慢慢地拢着额上被晚风吸散了的发梢。

“喂，小他爹！”她回头向屋里叫着，“你别嚷啦！叫先生们听听出个道给你！”

我出什么道给他呢！我恐慌得不知说什么才好。

“别开玩笑啦！叫大哥歇着吧！”

“嘻！什么叫歇着，他呀，两天打鱼三天晒网，我们家是住了靰鞡就干池的。他大叔，不嫌肮，请到屋里坐！”大嫂恳切地拉开篱门。

刘大哥从屋里走出来，勉强地摆着一副笑脸，但被高肿的眼角一衬，就变成一副哭丧的脸了。

我第一次走进他们的家，坐在靠墙的那只糊满报纸的箱子上。

小屋子里充满了忧郁的空气，窗框是歪斜的一小块挂满苍蝇屎的玻璃，异常黑暗的四壁处处显露着古旧，灶接连炕，被孩子们的屎尿染洗成青紫色的炕席上，几床被零散的拥摊在那里。

小二和小三看一个陌生的客人，恐惧又惊奇地畏缩到墙角，倒是大嫂响亮：

“你有啥憋屈，向他大叔说说吧！”

刘大哥有些腼腆，摸弄毛茸茸的胡须：“没什么，没什么！”

刘大嫂给我倒碗浓茶，茶气在我眼前缠绕，我呢，像某一个幽默剧里的某一个角色，跟主人一样腼腆，一样的可笑，我只是随着蒸发的气氛，望着低暗的棚顶，找不出什么话说。

“每天叨叨咕咕上矿上去，上矿上去，就仿佛矿上有你什么似的。”大嫂一边给小三穿裤子一边责备他，“一丁点小事也装不住的汉子，什么事也做不成的。”

刘大哥沉在回忆里，他一声也没有，空气滞成一块凝固的水银，这水银流向我的咽喉，我感到窒息。

“那老远的江北，我可不想去，你要去，就自己去！”大嫂这几句话刺痛了大哥的心。

“自己去？”大哥膨肿的眼角竖起来，头筋有两根绷得紧，“你自己领孩子在这边指望啥过活呵！”

“我自己养活自己！”

“自己养活自己？”大哥的灰眼珠翻一下，“除非你找一个比我强的汉子，让我当王八！”

他们两个人争诉自己的理由，甚至争诉地嚷起来，声音从后院窜到前院，旁人家的女人和孩子在小花园左近的高岗上窃听着，窗外响着杂乱的脚步声。

“刘大哥是血性人，刘大嫂是聪明人，你们应当互相了解对方，大哥什么事忍耐点，也就不会生气了。”我本来打算重温一个故事来的，根本不明了他们家的事情，寻思一会只好找这样话安慰他们。

女的沉默了，背身站在灶前啜泣着。男的双手抱住头，蹲在炕沿上像一匹蓬毛的野狗，忽又敲着自己的头，狠狠地。

小二、小三和小小三个孩子吓得躲在墙角咧嘴号，爹和妈谁也没心顾他们了。刘大哥从炕上跳下来。

“大叔，忍耐不下啦！挣钱要找舒服地场，劳金不多，每天受气，这是马鞭子抽的，你看！”他眼角饱浸泪水，他把一双粗糙的胳膊撸起来让我看，指着他的已青肿了的眼梢。

“都是为什么呢！”

“不为什么？他的马跑不快，责任就放在扫得不干净。”

“一天挣他们多少钱呢？”

“一天块八角钱，一个月跑上个十天半拉月的，好天头倒行，坏天气就得拖泥带水跋踏着。”

“也强比在矿上做活呵！”

“不见得，在矿上同伴们还好，妈的，扫场子的就没好杂种，我挨打，他们倒痛快！”

“这都是没有职业做的人多，你挤他，他挤你！”我劝解他，“为讨人家好，出卖伙伴的人太多了，你何苦计较这些。”

“他大叔，我就任劳死了身子，不愿气坏了身子，我不能忍受这鸟气，所以决心回矿上去，矿上总算有几个贴心的伙伴。”

大嫂鼓着嘴唇，回过头睐一下眼角，嘴里嘟咕着：

“你不想想在矿上那种危险吗？天冷得就和住在冰窖一样，真的要死在江北，我们娘们就一辈子也回不来了！”

“老娘们，知道吃饱了不饿，男人气死也不知道！”

“气死？你才把人气死！你忘了在宝局输得精光，我给人家缝缝裢裢养活你们一家人，你们那些没有脸的汉子，围住臭窑姐，把心恨不都塞给人家，家挨冷受冻，你管吗？”

“我，我不管，我不管。”大哥感到她太抓他的脸了，她不应当在另一个人面前道出这些叫他耻辱的话！虽然那些过去是一个荒唐的梦境，他狠狠的，“我不管你，谁管你！”

大哥全身的筋肉颤动着，说话是带喘的，他显然咆哮了。黑大的巴掌举起来，被我拦住了。

“还是冷静些吧！上江北也好，那是需要一大笔路费的，现在活计不随心，也可以找点旁的活做，养家就结啦！”

一大笔路费横在前面，谁也没有声息了，刘大哥手托腮闭着眼睛，刘大嫂站在那里抹眼泪。

“好啦！我走啦！”我说。藉这个机会，离开了那只报纸糊的木箱，离开他们的小巢，回到前院。

拧开黄色的电灯，我无言地坐在桌前，鉴赏着黄昏的院景。

三

去年正月约摸刚过上元节的一天早晨，刘大嫂到前院来串门。

她抱着小小携着小三，拖着笨重的肚子，她又有了孕了，见着我，没好意思说什么，我们点点头就滑开了。下班回来，妻告诉我：

“后院刘大哥一定要上江北去，刘大嫂也同意了，因为他实在痛苦了现在的活计，而且大嫂又双身子，她想借几块钱作盘川费。”

妻瞧瞧我的眼色，低下头：“我借给她五块钱。”

我心颠夺着，仅仅火车费一出也不止十几块，还饿肚子不成？我问：

“那数目够上江北的盘川吗？”

“刘大哥是跟招工的去的，火车费由招工的垫。听说走前能先发下一泡工钱养家呢。”

“跟招工的上哪去呢？”

“上江北什么新开辟的地方。”

“那倒比在矿坑做活强得多！”

我想刘大哥一定是到新都市去修楼盖堡喽！我暗地里替刘大嫂有了安慰。

放下公事夹，跑到后院去见刘大嫂，她还是穿那件改造的大夹袄，袄外罩一个蓝市布大衫，屋子里仍旧充溢着忧郁的空气，除掉炕墙上多贴一张红纸的“抬头见喜”和几幅陈腐的“发财还家”的年画，一切都没改掉去年的模样。

刘大嫂到坐在墙里，火盆里没有一点火，一盆死灰被孩子们转圈围着翻来翻去。

随我的大衣捎进来尖利的冷风，她回头来看到我，转过身说，声音很悲怆：

“他大叔，小他爹真的走啦！”

“多咱走的？”我坐在那只木箱上。

“今天十二点。”

“听说到新开辟的地方去啦，什么地方呢？”

“谁知道，他们也糊涂着。我就看车站上人很多。我带小三和小小也踏雪去啦！招工的原来说走前每人发给半个月的工钱养家，我就为那个钱去的。”

“那倒很好。”

“半个月四十多块，赶上很好，可是……”

“……”我心跳。

“我们在车站栏杆外面等着，天又冷，孩子冻得直叫。候车的屋子挤不进去，屋里屋外都是他们，一个一个白布条挂在心坎上，小他爹好歹寻到了。”

“怎么样？”

“他也挤坐人群里，看见了我们，使眼色叫我把孩子抱去，我抱小小挤过人群，他看着小小的脸说：‘爹回来带豆面包给你吃。’我说不出心怎么难过啦。这边那边还有许多媳妇孩子们在栏杆外等着。”

“他很欢喜去吧？”

“他们一排排的走进站台去了，眼看走净了，小他爹从车上跳下来，跑近栏杆，他望着我一泡泪，哑着嗓子：‘半个月的工钱怕指望不上了，招工的躲在二等车不出来，可怎么办呢？车眼看就要开，我只有不去。’你大哥要从栏杆跳过来。”大嫂说着说着声音里混进泪去了。

“跳过来了靡有？”

“他被一个穿毛大氅的汉子拖着打着拖上车去了！”

孩子们一个个听着母亲讲着，小眼睛瞪得圆圆的，较大的陪着母亲拧鼻子流着泪。

“车铃一响，人载走了。”

“……”我没有话。

“我回到家，就觉得将来的日子不好过，我怎么过呢？”

摸着每个孩子的头，摸着每个孩子不太温暖的衣裳，她的泪从眼角一滴滴地掉到襟上。

“不要过于悲伤，大哥到江北一定会写回信来的，你放心好啦！”

“可是，现在的日子怎么办呢？柴米高贵，房钱压了两个月没有缴，那老疯狗也搪不起，并且我肚子里还有一块肉！”

“……”我依旧找不出什么话，我心里也酸痛得说不出什么话来。

“你这边有什么亲戚没有？”想起大嫂是本地人，亲戚也许会接济她的。

“二十年前的家乡都变啦，以前的街道修上楼房，以前的院落改成街道，谁是我的亲戚？我连大门也摸不着。”

“我能代你探听探听。”

“倘使找到，他们也不会认识我吧！咳！过去真是一场梦！”大嫂被多少感触刺着。从她的言语，我们可以揣度她是一个经过痛苦挣扎到现在的女人。

我心里想她为什么要和大哥结婚呢？我曾和妻背地谈论过，这问题谁也解不开，谁也没有勇气去问她。

房东老太婆的媳妇说：“大约是年青时候不正派吧！再不然是妨去了第一个丈夫再嫁的。”厢房的陈太太也那么猜，“若不然，谁嫁给关里人！这里边一定有点说道！”

“说道”缠着我，我们溶在沉默里。

“那么你有事到前院来吧！”我说。

她点点头，已经呜咽得说不出话。小小抱着她的脖子摇摆着，旁的孩子们在喊叫着。

我悄悄地拉开门，站到院心，仿佛自己站在另一个宇宙里。

这时，太阳还不曾沉落，斜射的余晖，在小院的每个屋顶上轻轻的染了一层浅紫色的色彩，好像预防着有一个恐怖的夜色要降临到这个宇宙似的。

我平庸地催眠着自己澎湃的血潮。

四

刘大哥的消息很沉闷。一月，两月，三月。

大嫂每天从女工厂揽点零活做，叫铁柱的大孩子跟烤面包的老头打零杂，小二和小三混在街头和一群浪儿们滚着打着，小小偎在妈身边不敢出来。一个挨一个的他们在黑暗的太阳底下生存着。

大嫂常跑到前院来问妻：

“怎么样，江北太平吗？报纸上说些什么？”

妻就安慰她：“江北平静，挣钱容易，没有什么特别新闻，你放心吧！”把她劝走。

有时妻替她抱小小，或到后院去谈天，有时做好饭送给她们。

住在后院的药房先生的家搬走了，新搬来一个推车子的小贩，院里凭空堆集着许多空洞的梨筐和桔箱子，在夜晚就像几只猛兽蹲在上前院的道上。

房东老太婆每天（必然的）当晚饭后出现在后院，全夜把这个院落置在围攻的形势中，吓得十几家住户们惊惶失措。

有个黄昏，房东老太婆尖声地骂着：

“老刘家，你预备怎么样呵？你赖住了我的房子，你，你跑了汉子天天抹泪的淫妇！”

严肃的刘大嫂没有言语地立在窗口，倾听着房东老太婆那些不堪入耳的骂语。

显然的已经考量过就是恳求她也是没有效果的，她突然从窗口喊出来：

“呵，你这疯狗！你要我往哪搬，你说，你一个老看财奴！”

即刻窗子上的那块乌暗的玻璃破碎了。

妻和我从前院跑出来，旁的人都躲在房子里，谁也不愿惹那个疯狗似的老太婆。

女工厂的娘们和烤面包的老头倒颇关心大嫂，硬着头皮走出来，寻思一会又缩回去躲在板壁观望着。

刘大嫂真的气坏了，她捡取脚下碎砖，跄踉地歪歪扭扭地带着盆似的肚子走出来。

“你怎么啦！大嫂！”妻把她手臂抓住。

“由你把我一家杀死吧！我已厌弃这条生命。”

“你欺负到我身上来了，你。”伏在妻的腕上痛苦地悲怆地抽咽着了。

“理她这条疯狗干什么！”妻劝着刘大嫂，同时我劝着房东老太婆，她却不理会我的劝解，依然站在高岗上顿足咧嘴骂着连串的野话。我心慌，但没有勇气阻止她，还是她的媳妇和她的姑娘把她推回前院。

当天夜里，铁柱敲我们的后窗户，狂叫着：

“大婶！起来看看我妈吧！”

“怎么的啦？”隔着窗户妻在屋里问。

“我妈直喊肚子痛，乱滚乱跳地。”

“好，你去吧，我就来。”妻从被窝爬起来，披上大衣跑到后院，又叫起女工厂的姑娘们，一块侍候着刘大嫂。

烤面包的老头去请收生婆去了，回来说：“都不来，半夜三更的，门紧紧关着。”

“产科医院去啦没有？”妻问他。

“去过，也是不来！”

“那只好等明天吧！”我说，我知道就是白天这地场大夫也是不会来的。

孩子不知在什么时候产出来就死去了。

女工厂的徒弟们轮流看护着大嫂、小三和小小，被女工厂的女掌柜抱去哄着，小二和铁柱一块住在卖面包的老头的家里。大嫂在产后的病中还常常叫：

“大婶呵！小他爹有信来了吧！念给我听听。”妻听了真绞心！

“你安静点养养吧！大哥就会有信来的。”

我让在本院住过的药房先生给大嫂诊诊，他小声对我们说：

“怀孕期受了骤烈的刺激，神经衰弱以致流产，产妇病倒不轻呵！”

我想起晚上吵架的事情来，说不出是怨恨与痛惜，我问先生：

“那怎么办呢？吃点药？”

“吃药？身子虚得厉害，还是养两天恢复恢复再说吧！”

“也好。”老头很同意，我们也都同意。

第二天和妻商量了一宿，到班上从会计股借了二十元的邮政储金，给刘大嫂。

她衰弱地躲在炕上，每天妻和女工厂的徒弟们轮留给她做粥喝，买了许多鸡蛋和藕粉。

在梦中还轻微地说呓语：

“我的孩子们！让我亲亲吧！小他爹，你抛了我们喽……”

过了几天，大嫂的病表现着沉重了，又把药房先生请过来，诊后没有说什么，开个方走了。

药吃了一剂以后，病依旧是沉重得厉害。

房东老太婆不常到后院围攻了，好几天看不到她那粗鲁的影子了！

人们都在骂她，诅咒她！

五

日子在诅咒中滑来了夏天。

水稗子和爬根草又从墙根一从从地生的来了，窗后的葡萄也长满了嫩绿的叶子，爬山虎和去年一样缠在斜立的细木上，它开着各色的喇叭花。

一天，我在班上接到一封信，信上写着极潦草的笔迹，我疑心是密告的，慎重地撕开它，背着人看下去：

> 万仓先生台鉴兹者有一要事欲拜恳大先生转告刘德春之妻得知来江北做工之德春于月前感染重患呻吟一月有余病榻之间又乏医药终于延至前日晚无救矣因无恤金即由同伙大家设法备有四块薄板订一木棺装殓葬埋义地乞望德春之妻勿用悲哀死者已矣亦勿用来此看望善守儿女为要此均死者临死之言即恳大先生分神转告则感大德无量矣专此敬请
>
> 升安
>
> 代笔伙友赵有金拜上
>
> ×× 市大林组宿舍第十九棚

我反复地读了两遍，我感到迷茫与疑惑。刘大哥的名字分明叫德春是没有错误的，我将怎样念给刘大嫂听呢？她还在沉重的病患中。

贴在我脑袋上的刘大哥的剪影，仿佛在我眼前舞蹈，我怕极了！咬紧了牙齿，闭上我的眼睛，刘大哥的剪影更放大地跳在我的身前。

外面天上阴浓浓的，灰云铅板一样的压着我地脑袋，我跑回来，穿过马路走在我们这条肮脏的狭街上，我心里拿定了主意，我告诉大嫂“大哥这回可有下落了！”她或者会由于这条消息减轻了她的病痛。

刚一迈进那个歪歪斜斜的角门，就传来一股强烈的腐朽的气味来。后院的窒塞的污秽的天井，围着缭乱的人，向大嫂的门口悲哀的张望着，谁扯了我一下。

“刘大嫂死啦！”

我几乎全身麻痹了，没有注意到那人，只这一句话，我的头被雷击了似的轰的一颤。

“真的是个梦？”心语问自己。

我急忙穿过所有的人，那些女工厂的姑娘们、隔院赶马车的媳妇们、房东老太婆和前院的住户们刚挤进秫秸篱，一群孩子大哭小叫的从屋里传出来，那声音悲惨地刺进每个人的胸膛。

“呵！”我倒吐了口冷气。

大嫂卧在近窗的炕梢上，裸着的脚趾怪形地张着，看不见脸，脸用红布蒙着，只看到长发柔软的披散在炕沿上，我没有勇气靠近她。

四个孩子像四条小猪，仿佛一点也不见得恐惧似的拉着妈妈的被角。

我拉过铁柱，我告诉他：

“你将永远成为一个孤儿了！”他看着我的脸，呱的一声哭号起来，小的孩子们被女工厂的姑娘抱离开这里。

房东老太婆也慌了，望着我：

“这死鬼，可怎么办？”

“……”我抛给她一声苦笑。

揣着那封信，和邻居们凑了几个钱，把大嫂装到一只小棺材里。

房东老太婆摆一副阴森森的脸色，眼稍从棺材上掠一下，悠悠地嘘口气。

“你还能赖住我的房子不？死鬼！”

没有人理会她，我和卖面包的老头，妻和女工厂的女掌柜，一宿没有睡，筹备她的死后。妻的眼睛浮肿了，她说：

“人真没地方看去！好好一个人！”

我没敢告诉她刘大哥底死的消息。

第二天没有上班，办完一切埋葬的手续，雇来几个棕色的掘墓人。

把大嫂的棺材埋葬在市外的乱坟岗子上，小三和小小叫女工厂的女掌柜收留下，暂时养育着。铁柱和小二就寄居在卖面包的老人家里。

六

我家在刘大嫂死后的不久，搬开这个院落。

当我们坐在四轮车上载着我们家具和行李要离开这里的那天，后院的住户们很多跑到门外来送我们，铁柱和小二傻呆呆地流着泪望着我们摇着胳膊。

我心里想："命运注定你们是一批'迷途的羔羊'啦！"

我忍心地离开了他们，离开了一间一间紧紧挤着的矮小的暗灰色的房屋。

车在两旁的污水沟间驶着，我们走出了这条龌龊的肮脏的街道。

一九三九，七，二九晨六时完稿

原载《文选》第 1 辑，1939 年 12 月 20 日

铁鱼底鳃

落华生（许地山）

那天下午警报底解除信号已经响过了。华南一个大城市底一条热闹马路上排满了两行人，都在肃立着，望着那预备保卫国土底壮丁队游行。他们队里，说来很奇怪，没有一个是扛枪底。戴底是平常的竹笠，穿底是灰色衣服，不像兵士也不像农人。巡行自然是为耀武扬威给自家人看，其他有什么目的，就不得而知了。

大队过去之后，路边闪出一个老头，头发蓬松得像戴着一顶皮帽子，穿底虽然是西服，可是缝补得走了样了。他手里抱着一卷东西，匆忙地越过巷口，不提防撞到一个人。

“雷先生，这么忙！”

老头抬头，认得是他底一个不很熟悉底朋友。事实上雷先生并没有至交。这位朋友也是方才被游行队阻挠一会，赶着要回家去底。雷见他打招呼，不由得站住对他说：“唔，原来是黄先生。黄先生一向少见了。你也是从避弹室出来底罢？他们演习抗战，我们这班没用的人，可跟着在演习逃难哪。”

“可不是？”黄笑着回答他。

两人不由得站住，谈了些闲话。直到黄问起他手里抱着底是什么东西，他才说："这是我底心血所在，说来话长，你如有兴致，可以请到舍下，我打开给你看看。看见还要请教。"

黄早知道他是一个最早被派到外国学制大炮底官学生，回国以后，国内没有铸炮底兵工厂，以致他一辈子坎坷不得意。英文算学教员当过一阵，工厂也管理过好些年，最后在离那大城市不远底一个割让岛上底海军船坞做一份小小的职工，但也早已辞掉不干了。他知道这老人家底兴趣是在兵器学上，心里想看他手里所抱底一定又是理想中底什么武器底图样了。他微笑向着雷，顺口地说："雷先生，我猜又是什么'死光镜''飞机箭'一类底利器图样罢。"他说着好像有点不相信，因为从来他所画底图样，献给军事当局，就没有一样被采用过。虽然说他太过理想或说他不成底人未必全对，他到底是没有成绩拿出来给人看过。

雷回答黄说："不是，不是，这个比那些都要紧。我想你是不会感到什么兴趣底。再见罢。"说着，一面就迈他底步。

黄倒被他底话引起兴趣来了。他跟着雷，一面说："有新发明，当然要先睹为快底。这里离舍下不远，不如先到舍下一谈吧。"

"不敢打搅，你只看这蓝图是没有趣味底。我已经做了一个小模型，请到舍下我实验给你看。"

黄索性不再问到底是什么，就信步随着他走。二人嘿嘿地并肩而行，不一会已经到了家。老头子走得有点喘，让客人先进屋里去，自己随着把手里底纸卷放在桌上，坐在一边。黄是头一次到他家，看见四壁挂底蓝图，各色各样，说不清是什么。厅后面一张小小的工作桌子，锯、钳、螺蛳旋，一类的工具安排得很有条理。架上放着几只小木箱。

"这就是我最近想出来底一只潜艇底模型。"雷顺着黄先生底视线到架边把一个长度约有三尺底木箱拿下来，打开取出一条"铁鱼"来。他接着说："我已经想了好几年了。我这潜艇特点是在它像一条鱼，有能呼吸底鳃。”

他领黄到屋后底天井。那里有他用铅版自制底一个大盆，外面用木板护着，一看就知道是用三个大洋货箱改造底。盆里盛着八尺多长四尺多深底水。他在没把铁鱼放进水里之前，把“鱼”底上盖揭开，将内部底机构给黄说明了。他说他底“鱼”底空气供给法与现在所用底机构不同。他底铁鱼可以取得养气，像真鱼在水里呼吸一般，所以在水里底时间可以很长，甚至几天不浮上水面都可以。说着他又把方才底蓝图打开，一张一张地指示出来。他说他一听见警报，什么都不拿，就拿着那卷蓝图出去躲避。对于其他的长处，他又说：“我这鱼有许多‘游目’，无论沉下多么深，平常的折光探视镜所办不到底，只要放几个‘游目’使它们浮在水面，靠着电流底传达可以把水面与空中底情形投影到艇里底镜版上。浮在水面底‘游目’体积很小，形状也可以随意改装，虽然低飞底飞机也不容易发现它们。还有它底鱼雷放射管是在艇外，放射底时候艇身不必移动，便可以求到任何方向，也没有像旧式潜艇在放射鱼雷时会发生任何可能的危险底情形。还有艇里底水手，个个有一个人造鳃，万一艇身失事，人人都可以迅速地从方便门逃出，浮到水面。”

他一面说，一面揭开模型上一个蜂房式底转盘门，说明水手可以怎样逃生。但黄已经有点不耐烦了。他说：“你底专门话，请少说罢，说了我也不大懂，不如先把它放下水里试试，再讲道理，如何？”

“成，成，”雷回答着，一面把小发电机拨动把上盖盖严密了，放在水里。果然沉下许久，放了一个小鱼雷再浮上来。他接着说：“这个还不能解明铁鳃底工作，你到屋里，我再把一个模型给你看。”

他顺手把小潜艇托进来放在棹上，又领黄到架底另一边，从一个小木箱取出一副铁鳃底模型。那模型像一个人家养鱼底玻璃箱，中间隔了两片玻璃板，很巧妙的小机构就夹在当中。他在一边注水，把电线接在插梢上。有水底那一面底玻璃板有许多细致底长缝，水可以沁进去，不久，果然玻璃板中间底小机构与唧筒发动起来了。没水底这一面，代表艇内底一部，有几个像唧筒底东西，连着版上底许多管子。他告诉黄先生说，那模型就是一个人造鳃，从水里抽出氧气，同时还可以把炭气排泄出来。他说艇里还有调节机能把空气调和到人可呼吸自如的程度。关于水底压力问题，他说战斗用底艇是不会潜到深海里去底。他也在研究着怎样做一只可以探测深海底潜艇，不过还没有什么把握。

黄听了一套一套他所不大懂底话，也不愿意发问，只由他自己说得天花乱坠，一直等到他把蓝图卷好，把所有的小模型放回原地，再坐下想与他谈些别的。

但雷底兴趣还是在它底铁鳃。他不歇地说他底发明怎样有用，和怎样可以增强中国海底军备。

"你应当把你底发明献给军事当局，也许他们中间有人会注意到这事，给你一个机会到船坞去建造一只出来试试。"黄说着就站起来。

雷知道他要走，便阻止他说，"黄先生忙什么？今晚大家到茶室去吃一点东西，容我做东道。"

黄知道他很穷，不愿意使他破费，便又坐下说，"不，不，多谢，我还有一点别的事要办，在家多谈一会罢。"

他们继续方才的谈话，从原理谈到建造底问题。

雷对黄说他怎样从制炮一直到船坞工作都没得机会发展他底才学。他说别人是所学非所用，像他简直是所学无所用了。

"海军船坞于你这样底发明应当注意底。为什么他们让你走呢？"

"你要记得那是别人底船坞呀，先生。我老实说，我对于潜艇底兴趣也是在那船坞工作底期间生起来底。我在从船坞工作之前，是在制袜工厂当经理。后来那工厂倒闭了，正巧那里底海军船坞要一个机器工人，我就以熟练工人底资格被取上了。我当然不敢说我是受过专门教育底，因为他们要底只是熟练工人。"

"也许你说出你底资格，他们更要给你相当的地位。"

雷摇头说："不，不，他们一定会不要我。我在任何时间所需要底只是吃。受三十元‘西纸’底工资总比不着边际底希望来得稳当。他们不久发现我很能修理大炮和电机，常常派我到战舰上与潜艇里工作。自然我所学底，经过几十年已经不适用了，但在船坞里受了大工程师底指挥，倒增益了不少的新知识。我对于一切的都不敢用专门名词来与那班外国工程师谈话，怕他们怀疑我，他们有时也觉得我说底不是当地底‘咸水英语’，常问我在哪里学底，我说我是英属美洲底华侨，就把他们瞒过了。”

“你为什么要辞工呢？”.

“说来，理由很简单。因为我研究潜艇，每到艇里工作底时候，和水手们谈话，探问他们底经验与困难。有一次，教一位军官注意了。从此不派我到潜艇里去工作。他们已经怀疑我是奸细。好在我机警，预先把我自己画底图样藏到别处去，不然万一有人到我底住所检查，那就麻烦了。我想我也没有把我自己画底图样献给他们底理由，自己民族底利益得放在头里，于是辞了工，离开那船坞。”

黄问：“照理想，你应当到中国底造船厂去。”

雷急急地摇头说：“中国底造船厂？不成，有些造船厂都是个同乡会所，你不知道吗？我所知道底一所造船厂，凡要踏进那厂底大门底，非得同当权底有点直接或间接的血统或裙带关系不能得到相当的地位。纵然能进去，我提出来底计划，如能请得一笔试验费，也许到实际的工作上已剩下不多了。没有成绩不但是惹人笑话，也许还要派上个罪名。这样，谁受得了呢？”

黄说：“我看你底发明如果能实现，却是很重要的一件事。国里现在成立了不少高深学术底研究院，你何不也教他们注意一下你底理论，试验试验你底模型？”

“又来了！你想我是七十岁左右底人，还有爱出风头底心思吗？许多自号为发明家底，今日招待报馆记者，明日到学校演讲，说得自己不晓得多么本领，爱迪生和爱因斯坦都不如他，把人听腻了。主持研究院底多半是年轻的八分学者，对于事物不肯虚心，很轻易地给下断语，而且他们好像还有‘帮’底组织，像青红帮似的。不同帮底也别妄生玄想。我平素最不喜欢与这班学帮中人来往。他们中间也没人知道我底存在。我又何必把成绩送去给他们审查，费了他们底精神来批评我几句，我又觉得过意不去，也犯不上这样做。”

黄看看时表，随即站起来，说：“你老哥把世情看得太透彻，看来你底发明是没有实现底机会了。”

“我也知道，但有什么法子呢？这事个人也帮不了忙，不但要用钱很多，而且军用的东西又是不能随便制造底。我只希望我能活到国家感觉需要而信得过我底那一天来到。”

雷说着，黄已踏出厅门。他说：“再见罢，我也希望你有那一天。”

这位发明家底性格是很板直的，不大认识他底，常会误以为他是个犯神经病底，事实上已有人叫他作“戆雷”。他家里没有什么人，只有一个在马尼拉当教员底守寡儿媳妇和一个在那里念书底孙子。自从十几年前辞掉船坞底工作之后，每月底费用是儿媳妇供给。因为他自己要一个小小的工作室，所以经济的力量不能容他住在那割让岛上。他虽是七十三四岁底人，身体倒还健康，除掉做轮子，安管子，打铜，锉铁之外，没有别的嗜好，烟不抽，茶也不常喝。因为生存在儿媳妇底孝心上，使他每每想着当时不该辞掉船坞底职务。假若再做过一年，他就可以得着一份长粮，至少也比吃儿媳妇底好。不过他并不十分懊悔，因为他辞工底时候正在那里大罢工底不久以前，爱国思想膨胀得到极高度，所以觉得到中国别处去等机会是很有意义的。他有很多造船工程底书籍，常常想把它们卖掉，可是没人要。他底太太早过去了，家里只有一个老佣妇来喜服侍他。那老婆子也是他底妻子底随嫁婢，后来嫁出去，丈夫死了，无以为生，于是回来做工。她虽不受工资，在事实上是个管家，雷所用底钱都是从她手里要。这样相依为活已经过了二十多年了。

黄去了以后，来喜把饭端出来，与他一同吃。吃着，他对来喜说："这两天风声很不好，穿屐底也许要进来。我们得检点一下，万一变乱临头？也不至于手忙脚乱。"

来喜说："不说是没什么要紧了吗？一般官眷都还没走，大概不至于有什么大乱罢。"

"官眷走动了没有，我们怎么会知道呢？告示与新闻所说底是绝对靠不住底。一般人是太过信任印刷品了。我告诉你罢，现在当局底，许多是无勇无谋，贪权好利底一流人物，不做石敬瑭献十六州已经可以被人称为爱国了。你念摸鱼书和看残唐五代底戏，当然记得石敬瑭怎样献地给人。"

"是，记得"来喜点头回答，"不过献了十六州，石敬瑭还是做了皇帝！"

老头子急了，他说："真的，你就不懂什么叫作历史！不用多说了，明天把东西归聚一下，等我写信给少奶奶，说我们也许得望广西走。"

吃过晚饭，他就从桌上把那潜艇底模型放在箱里，又忙着把别的小零件收拾起来。正在忙着底时候，来喜进来说：

"姑爷，少奶奶这个月底家用还没寄到，假如三四天之内要起程，恐怕盘缠会不够吧。"

"我们还剩多少？"

"不到五十元。"

"那够了。此地到梧州，用不到三十元。"

时间不容人预算，不到三天，河堤底马路上已经发见侵略者底战车了。市民全然像在梦中被惊醒，个个都来不及收拾东西，见了船就下去。火头到处起来，铁路上没人开车，弄得雷先生与来喜各抱着一点东西急急到河边胡乱跳进一只船，那船并不是到梧州去底，沿途上船底人们越来越多，走不到半天，船就沉下去了。好在水并不深，许多人都坐了小艇往岸上逃生。可是来喜再也不能浮上来了。她是由于空中底扫射丧底命或是做了龙宫底客人，都不得而知。

雷身边只剩十几元，辗转到了从前曾在那工作过底岛上。沿途种种的困难，笔墨难以描写。他是一个性格刚硬的人，那岛市是多年没到过底，从前的工人朋友，就使找着了，也不见得能帮助他多少。不说梧州去不了，连客栈他都住不起。他只好随着一班难民在西市底一条街边打地铺。在他身边睡底是一个中年妇人带着两个孩子，也是从那刚沦陷底大城一同逃出来底。

在几天底时间，他已经和一个小饭摊底主人认识，就写信到马尼拉去告诉他儿媳妇他所遭遇底事情，叫她快想方法寄一笔钱来，由小饭摊转交。

他与旁边底那个中年妇人也成立了一种互助的行动。妇人因为行李比较多些，孩子又小，走动不但不方便，而且地盘随时有被人占据底可能，所以他们互相照顾。雷老头每天上街吃饭之后，必要给她带些吃底回来。她若去洗衣服，他就坐着看守东西。

一天，无意中在大街遇见黄，各人都诉了一番痛苦。

“现在你住在什么地方？”黄这样问他。

“我老实说，住在西市底街边。”

“那还了得！”

“有什么法子呢？”

“搬到我那里去罢。”

“大家同是难民，我不应当无缘无故地教你多担负。”

黄很诚恳说：“多两个人也不会费得到什么地步。我跟着你去搬罢。”说着就要叫车。

雷阻止他说：“多谢，多谢盛意。我现在人口众多，若都搬了去，于府上一定大大地不方便。”

“你不是只有一个佣人吗？”

“我那来喜不见了。现在是另一个带着两个孩子底妇人，是在路上遇见底。我们彼此互助，忍不得把她安顿好就离开她。”

“那还不容易吗？想法子把她送到难民营就是了。听说难民营底组织现在正加紧组织着咧。"

他知道黄也不是很富裕的，大概是听见他睡在街边，不能不说一两句友谊的话。但是黄却很诚恳，非要他去住不可，连说："不像话，不像话！年纪这么大，不说你媳妇知道了难过，就是朋友也过意不去。"

他一定不肯教黄到他底露天客栈去。只推到难民营组织好，把那妇人送进去之后再说。黄硬把他拉到一个小茶馆去。一说起他底发明，老头子就告诉他那潜艇模型已随着来喜丧失了。他身边只剩下一大卷蓝图，和那一座铁鳃底模型。其余的东西都没有了。他逃难底时候，那蓝图和铁鳃底模型是归他拿，图是卷在小被褥里头，他两手只能拿两件东西。在路上还有人笑他逃难逃昏了，什么都不带，带了一个小木箱。

"最低限度，你把重要的物件，先存在我那里罢。"黄说。

"不必了罢，住家孩子多，万一把那模型打破了，我永远也不能再做一个了。"

"那倒不至于。我为你把它锁在箱里，岂不就成了吗？你老哥此后的行止，打算怎样呢？"

"我还是想到广西去。只等儿媳妇寄些路费来，快则一个月，最慢也不过两个月，总可以想法子从广州湾或别的比较安全的路去到罢。"

"我去把你那些重要东西带走罢。"黄还是催着他。

"你现在住什么地方？"

"我住在对面海底一个亲戚家里。我们回头一同去。"

雷听见他也是住在别人家里，就断然回答说："那就不必了，我想把些少东西放在自己身边也不至于很累赘，反正几个星期底时间，一切都会就绪底。"

"但是你总得领我去看看你住底地方，下次可以找你。"

雷被劝不过，只得同他出了茶馆，到西市来。他们经过那小饭摊，主人就嚷着：“雷先生，雷先生，信到了，信到了。我见你不在，教邮差带回去。他说明天再送来。”

雷听了几乎喜欢得要跳起来。他对饭摊主人说了一声“多烦了！”回过脸来对黄说：“我家儿媳妇寄钱来了。我想这难关总可以过得去了。”

黄也庆贺他几句，不觉到了他所住底街边。他对黄说：“对不住，我底客厅就是你所站底地方，你现在知道了。此地不能久谈，请便罢。明天取钱之后，去拜望你。你底住址请开一个给我。”

黄只得从口袋里掏出一张名片写上地址交给他，说声“明天在舍下恭候”，就走了。

那晚上他好容易盼到天亮，第二天一早就到小饭摊去候着。果然邮差来到，取了他一张收据把信递给他。他拆开信一看，知道他儿媳妇给他汇了一张到马尼拉底船费，还有办护照及其他需用底费用，都叫他到汇通公司去取。他不愿到马尼拉去，不过总得先把需用底钱拿出来再说。到了汇通公司，管事底告诉他得先去照相办护照。他说是他儿媳妇弄错了，他并不要到马尼拉去，要管事底把钱先交给他。管事底不答应，非要先打电报去问清楚不可。两方争执，弄得毫无结果，自然钱在人家手里，雷也无可如何，只得由他打电报去问。

从汇通公司出来，他就践约去找黄先生。把方才底事告诉他。黄也赞成他到马尼拉去。但他说他底发明是对国家底贡献，虽然目前大规模的潜艇用不着，将来，总有一天要大量地应用，若不用来战斗，最少也可以促成海下航运底可能，使侵略者底封锁失掉效力。他好像以为建造底问题是第二步，只要当局采纳他底，在河里建造小型的潜航艇试试，若能成功，心愿就满足了。材料底来源，他好像也没深深地考虑过。他想若是可能，在外国先定造一只普通的潜艇，回来再修改一下，安上他所发明底鳃，游目，等等，就可以了。

黄知道他有点戆气，也不再去劝他。谈了一回，他就告辞走了。

过一两天，他又到汇通公司去，管事人把应付底钱交给他，说：马尼拉回电来说随他底意思办。他说到内地不须要很多钱，只收了五百元，其余都叫汇回去。出了公司，到中国旅行社去打听，知道明天就有到广州湾去底船。立刻又去告诉黄先生。两人同回到西市去捡行李。在卷被褥底时候，他才发现他底蓝图，有许多被撕碎了。心里又气又惊，一问才知道那妇人好几天以来就用那些纸来给孩子们擦脏。他赶紧打开一看，还好，最里面的那几张铁鳃底图样仍然好好的，只是外头几张比较不重要的总图被毁了。小木箱里的铁鳃模型还是完好，叫他虽然不高兴，可也放心得过。

他对妇人说他明天就要下船，因为许多事还要办，不得不把行李寄在客栈里，给她五十元，又介绍黄先生给她，说钱是给她做本钱，经营一点小买卖。若是办不了，可以请黄先生把她们母子送到难民营去。妇人受了他的钱，直向他解释说她以为那卷在被褥里底都是废纸，很对不住他。她感激到流泪，眼望着他同黄先生，带着那卷剩下底蓝图与那一小箱底模型走了。

黄同他下船，他劝黄切不可久安于逃难生活。他说越逃，灾难越发随在后头，若回转过去，站住了，什么都可以抵挡得住。他觉得从演习逃难到实行逃难底无价值，现在就要从预备救难进到临场救难底工作，希望不久，黄也可以去。

船离港之后，黄直盼着得到他到广西底消息。过了好些日子，他才从一个赤坎来底人听说，有个老头子搭上两期底船，到埠下船时，失手把一个小木箱掉下海里去，他急起来，也跳下去了。黄不觉滴了几行泪，想着那铁鱼底鳃，也许是不应当发明得太早，所以要潜在水底。

原载《大风半月刊》第84期，1941年2月

小工车

秋 萤

一

冬天的薄明，第一遍汽笛又像往日一样的拖长着声音怪吼起来。

这汽笛的怪吼，开始搅碎了矿山的沉默，夜色还似乎没有完全隐退，冰冷的天空上，仍旧残留着稀疏的寒星。凝冻的空气，聚成了浓厚的灰雾，掩蔽了远近的树木与矿山上的建筑，一切都沉浸在模糊的暗色中，简直还看不清每一处的轮廓。但是静睡一夜的矿山，确实醒过来了。

矿山的脉搏，又将超速度地跳动着，大地重恢复了生气。

冷雾，渐渐地在剥落。

在矿山北边有八九里路的市街边沿，那每天载着工人上班的电车，早已经懒懒地躺在那用木板搭成桥形的电车站旁边了。

这时一些在矿山上谋生活的小工们，都开始从各处跑到这里来，跳进车厢里。

因为这一条电车的路线，是专为矿山的工人们上下班而设，所以大家都管这电车叫“小工车”，因此这条路线的电车也较别处显得肮脏与破陋。

车厢里是两排长长的木凳，季候虽然是严冷的冬天，但是这里也没有使人温暖的暖气与严密的车窗，冷风时时侵入车厢里来，车板上便冻满了污秽的水迹。

这灰白的冬晨，冷得使每一个人都抖缩在这寒冷的大气中，虽然嘴唇里还能发着一点热气，但是周围的短髭上也凝成了白色的霜圈。

在凉炕上躺了一夜的矿工们，眼睛仍旧是蒙眬的，湿身感到慵懒，一夜的休息，是恢复不了他们一天劳作后的疲倦，好像是酣睡的甜蜜仍旧在人与人的心上贯穿着。

早寒刺痛了每一个人身体，有几个人便不能忍受般地在木板搭成的站台上来回地急走。

“嘿！老面包来了！老面包，今天又是你的班吗？”

突然从这些工人群中有一两个人对着那从小板房中走出来的一个年近五十岁的卖票人喊着，空气也顿时热闹起来。

“不，我今天是闲班，换班的老杨还没有来，这趟车跑回来，我便回家去了啦？”

叫老面包的人，一边揉着睡眠不足的倦眼，一边回答着工人的问话。他穿着一套于身体不大合适的黑粗呢子的制服，头上戴着黑色的制帽。但是看来一点也不神气，最好笑的，便是那条制服裤里套着一条扎上腿带的棉裤，显得非常臃肿而笨拙，同时佝偻的身体，与酱色多皱纹的脸上，也处处显示出他的衰老。

这个人的名字本来叫冯云祥，在这小工车上卖票，算来已经有十三年的时间了，但是不知从哪一年起，有人给他起了这“老面包”的外号以后，冯云祥的名字反倒没有人知道般的忘掉。除了在这里也做了十几年工人的姜景顺说话时还叫他老冯，一些新来的工人便都管他叫“老面包”。

老面包一走出来，这些工人们便都又重跳进灰暗的车箱里，因为他一出来，便是告诉车就要开了。

这时东边的地平线上已经露出粉红色的阳光，深深浅浅地涂出美丽的早霞，虽然没有风，车里仍旧是冰冷。车窗的玻璃上，结满了厚厚的白霜，现在这白霜，已经被早阳镀上一层粉红，车里的空气，也顿时热闹起来。

车头的汽笛突然一声尖叫，车身便开始蠕动起来。

人与人的拥挤，嘴与嘴的吵嚷，挟着车体震动的声音混成了一片，好像都忘掉了冬天，忘掉了寒冷。

“老面包，老面包，你说你在这呆有多少年啦！”有几个人又包围着冯云祥这样胡缠地问着。

这第一趟电车，都是用不着起票的工人，所以他很有时间闲下来，跟这些工人们闲扯。同时对于他这别号，一向也听惯了，所以他也不表示一点反对，似乎他真正的名字就叫“老面包”。

“十三年了，我才来的时候，像你们这样的小伙子还拉青屎的哪！”

一听到那些年轻的工人向他这样问，他便玩笑地回答着，同时在他那酱色而多皱纹的脸上，也表示出一点骄傲。

“老面包，你慢点美吧！十三年又算什么！一个月不还是挣二十七块钱吗？”

不知是谁这样打趣了他一句，那骄傲的脸上果然立刻不笑了，这好像是一瓢冷水泼在他的心里，皱纹的脸上，浮着淡淡的凄凉。

可不是么？十三年已经不算是一个暂短的时间了，但是这悠长的岁月，给自己增加了什么呢？有许多被派在别的路线上的伙计，不消二三年，便都积蓄了许多钱。虽然因为卖票偷着赚钱被免了职业，但有的都甚至买了几亩薄田与盖了一座简陋的茅屋，现在闲呆在家中也不愁挨饿的了。

至于他自己，一向便是胆小与懦弱，在职务上不敢舞一点弊病，早早地上班，晚晚地归家，但除了在这十三年中增加十元钱薪资以外，却一点也没有改动。

来的时候，便被派在这条路线，一直在这路线的电车上干了十三年。

刚来的那一年正是他结婚的第三年，大的孩子已经两岁，那个时候虽然才挣十五元钱，可是生活得却很好，这些年薪金渐渐加多，但是日子反更一天比一天难过起来，现在他已是三个孩子的爸爸了。

“喂！老面包，怎么不说话了呀！姜老道，姜老道！你们两个老朋友再讲究讲究早先年矿上的事情吧！哎！电车上不让抽烟你又忘了？”

一个年青的小矿工用手摇动着坐在旁边留着发辫的老工人说，一手便抢下来他口中的白鹤牌烟卷，笑嘻嘻地放在自己嘴上。

“妈的，不让抽你怎么还抽啊？”这个老工人满是短髭与煤屑的脸上，挤出一闪的苦笑，这样说着，但是他没有再抢回来失去的烟卷。

这个老工人便是姜景顺，因为老把长长的发辫盘在头上，戴着没沿的礼帽，所以大家都管他叫“老道”。他在这矿山上做工差不多也十几年了，他时常与冯云祥谈着一些过去的事，话里总是牢骚满嘴，譬如说现在的孙把头，当初与他是一样的从山东家跑到这里来挖煤，可是没有几年便混成把头了。近二年看见他连话都不愿意说。

“姜老道，你再讲讲孙把头跟你从山东家跑来时的那副穷相，怎么，今天这么不爱说话呀！你不是说那个时候他连棉裤都穿不上么？”年轻的小工仍是兴致勃勃地问着。

这时站在身旁的一个工人听着有人说起孙把头，便粗暴地接着吵起来。

“什么孙把头，去他的吧……”

于是大家的话题，便都转到了孙把头身上。

车开到终点，便又懒懒地停下了。

这些工人都纷纷地向矿上走去，车厢内立刻沉寂下来。

冯云祥等工人们都走出去以后，便也走到站台底下那小板房子里去休息。这屋子里升着熊熊的炉火，一走进去便有一股热气扑到他的脸上。他刚要坐在靠门的一把凳子上，一只野狼似的狗便向他扑来。但是坐在屋内一角的那个人一声轻微的低叫，这只狗又驯顺地跑回到那人身旁。瞅着他吓得死白色的脸，对方哈哈地笑起来，在惊魂稍定后，他才看出这个人是矿山上劳务系的张海。他靡事的时候，常领着狗到这里来闲坐，这条狗便是被矿上训练熟了，专管防备偷煤的贼人，只要监视人一个暗号，这野狼一般的狗便会奔向贼人扑去。但是如果不愿意叫它咬伤贼人，再一个暗号，它便立刻驯顺地跑回来。

“张先生，你这玩笑开得太厉害了。”冯云祥嘘喘着说。

“怕什么呢？不会咬了你的。”对方仍是微笑地说，坐在旁边的两个人也跟着笑了。

冯云祥又重坐下去。从被热气烤化了的玻璃窗中望出去，在那矿上一些灰色的人影，蠕动在冰雪的地上，这里一堆，那里一堆，都开始劳作起来了。

初升的太阳，贴在东边的天际，照出红色的笑影，整个的矿山，更形骚动起来。矿山上的人员，与附近的村民，有的要到市街里去办事，所以车站上已经站着许多候车的人了。

看一看木板墙上的挂钟，车是又快到开走的时间了，于是冯云祥又赶快跑进车厢里，这一次比不了来时的电车，虽然这里也有打夜班刚下工的工人，但也有许多应该买票的乡民们，所以他的职务也不像来时清闲了。

好赖这趟车再回到市街前旁的站里，他也应该交班了，所以他更急于早卖完了票，好回到家里吃早饭。

这一辆破陋的电车，果然又按照既定的时间，一声不耐烦的尖叫，顺着来时的铁轨开回去。因为在这条路线的车上混了十年以上的时间，所以附近村子里的住民与矿上的人，冯云祥多半都已认识，因此有许多人都向他打着招呼。

车辆一停在终点的站上，他便很快地跳下车，把挂在身上的那个皮钱袋交给等着换班的老杨，自己便向回家的路上走着。

二

“老冯，才下班么？”

低着头，冲着冷风急走的冯云祥，突然听见身旁一声熟悉的招呼，他抬起脸来看一看，却原来是从前旧伙伴韩惠林。穿着藏青色毛呢袍，戴着崭新的狐皮帽，脸上总是堆着快乐的微笑。

他当时停下了，顺口回问着：

“我刚下班，你这是往哪去呢，吃完了早饭吗？”

“吃过了，到街上买点东西，眼看就要过年了，年都办好了吗？”

对方仍旧是笑着问。

“有什么备办的呢？这年头，有钱都买不着东西，只好将就混过去得了，你有工夫到家里坐坐，我还没吃早饭啦，回头见。”

这样的回答，他便再不等对方说什么话，又冲着冷风向家里走着。他的家是住在距车站不太远的一家大杂院里。只是一间污旧肮脏的小屋子，装着他与妻领着三个孩子。

一走进家里来，照例一股难闻的气息扑进他的鼻子，外面的阳光，好像永远也不愿意照进他这屋子里来，所以显得非常阴暗。一路上被地上雪光的映射，刚走进屋子里来，反倒模糊得看不清室内的东西。

“小死鬼，还要哭么？快起来吧？衣服都滚上泥水了！呀——好了，爸爸回来了，快起来吧！”

跨进门槛里来的冯云祥，还没有看清楚，便听见十二岁的女儿小春子气恼而带着哄动地吵嚷着，这才使他注意到地下正滚着四岁多的儿子小三子，正在地上耍泼，把桌子底下的一只豆油瓶都弄倒了，胡乱地伸着手脚。

“起来！起来！小三子，你这浑崽子又闹什么呀！”

他一看见倒了的豆油瓶，便心痛地赶紧扶起来，好赖瓶子里不过是刚领来不几天的半斤油，虽然做菜没有使用多少，但里面也剩不多油了，所以并没有淌出多少来。同时他一手抱起在地上打滚的孩子，一边向坐在炕上给人家缝衣服的女儿小春子问道："又是怎么的了？你的妈妈呢？"

看见爸爸走进来的女儿，立刻好像脱掉了责任般的轻松起来，一边做着女红，一边慢慢回答：

"妈妈去老张家给人送做好的棉袍，回头想到粮米铺领点米，小三子这孩子便闹起来，他说早饭没有吃饱，跟我要钱买包面饼子，我哪来的钱？这孩子便哭起来。"

听着女儿的诉说，冯云祥的心里有些难受起来，他望一望在炕沿边哭着的孩子，黄瘦的脸上，涂着不规则的眼泪与鼻涕混成的污迹。这四岁的孩子，跟着大人一样吃稀粥与咸菜，怎么会不饿呢？

"爸，你今天怎么回来得挺早，妈给你留的饭还在锅里。"

小春子一边说一边到靠着炕沿边的锅台上打开锅盖，锅里边便放着一小盆红色的高粱米饭与一碗炒豆腐，还在冒着乳白色的热气。

"三，来跟爸爸再吃一点，晌午给你冒饽饽吃。"孩子已经不哭了，便跟着爸爸又吃起饭来。

"大秃又上矿上捡煤去了吗？"

吃饭的时候，看见屋子里少了十四岁的儿子大秃，便向站在炕上的女儿有意无意地问了一句。

女儿听着爸爸这样问，便忽然好像想起一件高兴的喜事一样向爸爸悄悄地说着：

"昨天哥哥跟隔壁的小铁柱从矿山的煤场偷来一大筐块煤呢。妈不让烧，说等雨天偷着卖了，好预备过年时给他买一条裤面。"

"是么？"冯云祥的脸上立刻阴雾起来，这时在他眼前又突然出现了那恶狗凶凶的眼光。

女儿看见爸爸突变的脸色，以为是生了气，所以也随着再不敢说下去。

吃完了饭，因为昨天一天半宿的连班，现在应该躺在炕上睡一觉了，所以他放下筷子便倒在炕上蒙着头睡下去。

可是往常回来，吃完饭是很快地便会酣睡起来，但今天无论如何也睡不着了，他觉得自己的日子是一天一天地流入贫困的泥沼里。不但自己每月的工资不够维持一家的生活，连妻子与女儿每天不断地给人缝洗换来的工钱也依然是感到无济于事。矿上虽然有工人子弟学校，可是自己十四岁的儿子却每天靠着偷煤与翻着垃圾箱拾破烂来帮助家里度日，这样缺柴少米的日子，混到什么时候才完呢？

他在被里翻一个身，方才在道上看见的那个旧伙伴韩惠林的笑脸又晃动在他眼前，这个旧伙伴在电车上才干二年，便赚了好几千元。二年前也是要到旧年的时候，因为偷着赚钱被查出来以后便不要了，虽然当时挨了一顿打，但是闲在家里现在不还是过得很好吗？

至于他自己，电车系的主任，确是常常夸着他忠厚、老实。但忠厚了十三年，现在却过着连吃饭都困难的生活！那个时候，一快到旧过年，别的路线上的卖票人，往往因为商人们办货与沿着矿山的住民购年货，一天都甚至能赚有百元的收入，然后便把这钱高利贷放给矿上的工人，没用一二年，便治得家成业就。可是他呢？却老是在“小工车”这条路线上跑着，不过就是派到别的路线上，他也没有赚钱的勇气。假如他肯舞点弊病的话，就是在小工车上他每天也能赚一两块钱，虽然一段票才三分钱，但是他不肯干！

胆小么？有良心么？为什么不肯？他自己也不知道。

紧接着的问题便是年，可不是旧年快到了吗？要不是方才在路上碰见韩惠林告诉他，几乎把旧年忘了。有几笔欠账，必定在旧年前还上，虽然数目并不多，但这微小的数目他便筹措不出来。

从前这时候，应买的，点香蜡与过年的东西早买来了，并且还能给孩子做一件新衣服。现在呢？就是有钱也不容易了。

年的压迫，深深煎熬着他的心，翻来覆去的更是睡不着了。小三子大概是吃饱了在短小的炕上，来回地滚闹着，当姐姐的便时时吵着，怕他弄脏了给人家做的衣服。

虽然是躺在被窝里，屋子里仍旧显得很冰冷，不知在什么时候，他疲倦地刚蒙眬入睡，在昏睡中，似乎又听到妻子说话的声音。他知道妻从街上回来了，爽与一翻身便从炕上坐起身来。

“你回来了吗？方才在街上看见了李大哥，他说今年夏天借他们的拾元钱，无论如何也得给上，人家也很难啊！”

回来的妻，一看见丈夫坐起来，第一句话便向他这样告诉着。接着又是像往日一样的牢骚，说着东西太贵，钱不够花，日子的难过……冯云祥始终一句话不说，让她的话连串地说下去，变成了忧郁的独白。

等到妻子的话说完以后，屋子里却立刻异样地沉静起来。老妻的话虽然使他厌憎而感到烦躁，可是这话一停止，又如同一个人听完悲哀的歌曲以后，仔细品味着歌中的哀婉一样难过。

这阴暗的屋子里，似乎分不清黄昏与黎明，总是阴凄凄昏沉沉的。爬不进屋子里来的阳光，老是看不准时间。可是在一边玩着的小三子不知怎样想起来方才父亲的约言，便跑到沉默而阴沉的冯云祥面前要起赖来：

“爸，晌午了，你不说晌午给我冒饽饽吃吗？给我冒啊？爸！你看你又不说话了，你老是骗我！”

耐不住孩子的纠缠，他摸一摸自己的衣袋，才想到自己回到家里来还没有换衣服，这身制服里是不会有一分钱的，因为怕他们卖票的赚钱，所以在班上是从来不准他们带钱，如果在班上从他们身上翻出来，那便说他们是卖票时赚下来的了。不但职业被撤，同时还要挨一顿恶打。可是还没等他说没有钱，坐在一边又手不停止给人家做衣服的老妻却气愤地吵着：

“又干什么？又要任他性了，你老是惯他，一天老吃零嘴，吃得起吗？小三子，你再要饽饽吃我便扯破你的嘴！”

望着妈妈气愤的凶像，小三子扁一扁嘴要哭又哭不出来的筋肉抽动一下，便挤成了一张可怜的苦脸。

当爸爸的冯云祥，有一点儿心酸，于是说：

“给冒个大饼子吃才两个铜子儿。”

“什么？两个铜子便不是钱吗？两个铜子还够晚饭买块豆腐啊！你老是不算计自己能赚多钱，一味惯着他。”说到这，又狠狠地瞪了孩子一眼，重重地说：“小三子！不准你要！你哭？你哭？我打你！”

妈妈煮饭时被煤火熏成了黑紫色的脸上，此时被愤怒激成了铁青，四岁的小三子，果然被这张脸吓得呆住了，妈妈一向是比爸爸厉害的，所以小三子怕着妈妈。

看见孩子不敢再要，冯云祥也趁势又哄了这可怜的孩子两句，于是方才的约言，在老妻的威吓下，又算废除。

他想趁着闲班，找一找别的伙伴，试验借几钱，好勉强混过这旧年，因为在这旧年快到的期间，虽然现在电车上对他们的检查比从前严得多，可是在别的路线上的伙计，多少每天也会有一点赚头。

但是走了两三家，都同样给他一个失望，不是说自己旧年也很困难，就是说现在的电车上已比不了从前，一天一点也不敢弄假，这虚伪的推辞，弄得他找不到一点机会再向人家张嘴。沮丧地走出来，本来想再走两处，但一点也鼓不起勇气。

怀着悲凉的情绪，又重踱回家里的路上。冬天的黄昏，暗灰的天气，冬风里飘着细碎的小雪，使他的心中更加凄凉。

屋子里已给亮起萎黄的十烛灯光，大秃子也不知在什么时回来了，领着弟弟在吃烧饼。还没等他问，这穿着破乱单薄的孩子，便仰起污秽的瘦脸说：

“爸爸，我今天晌午在矿上又遇见姜大叔了，他又给我买好几个烧饼，你看，我没有吃，都拿回来。”

这时又使他想到吃早饭时的事了，于是警诫地说道：

“你又到煤场去了吗？告诉你，下回不准去，那里去不得啊！”

“这也干不得，那也干不得，都像这样胆小，就得饿死了。你看别人干一二年便把家治下了，你好，干了十多年反倒更受穷！”不等他说完，妻子蹲在灶门前又这样生气地责备着。

他想要告诉他们那里警犬的厉害，常有咬伤人的事发生，可是他没有勇气说出来。看见吃着烧饼的小三子高兴地跳着，与仰着黑脸露着白牙的大秃子的笑脸，他对这孩子却又抱起一点模糊的希望，他确实相信这两个孩子将来是比他胆大的。

由烧饼又使他想到比他小一岁的姜景顺，这个孤身无依的老鳏夫，这些年与他简直混得如同亲兄弟一样。并且有时一到他困难的时候，姜景顺便常把自己每月的工资抽出一点给他，虽然他有时要照数偿还，但对方总是红着脸好像生气似的拒绝。同时姜景顺自己工资的可怜，与生活的节俭，他也都知道。

"冯大哥，俺哥俩好一回，我是直性人，只要我有钱你只管拿去花，我知道你困难，你挣的那一点钱，上哪够养家？我呢？留着钱也靡用，活一天混一天，死了便拉倒。"

这话姜景顺时常对他这样说着，每当听完了这种话以后，他甚至感激得几乎流起泪来，并且常常安慰这异地的友人，告诉他，等他老得再不能做工以后，大秃子长大一定是可以供养他，同时这话他也常对大秃子说过多少次。

全家吃晚饭的时候，夫妻两个人便计划今后不妨叫这老朋友到家来住，并且还可以随时给他的衣服拆洗拆洗。

三

距离旧年只剩十天。

冯云祥的职务也随着这快要来的旧年而忙迫起来，每天小工车上的乘客，已经不单是矿上的工人，一些住在矿山附近的居民，也有许多坐这电车到市街里去购办着年货。

在职务的忙迫中，使他忘掉了忧郁，同时在职务的忙迫中，也使他意识到旧年的将临了。

那些无家的矿工，对于这要来的旧年，却没有一点感觉，仍旧是不断地开着玩笑，每天在上下工的电车里，总有许多"老面包""老面包”的叫不绝口。不过他对这玩笑已经再没有兴致来回答，脸上总冰冷冷阴森森的不说什么。于是那些矿工便都感到无趣地又把话转到别的问题上，计划过旧年的时候，怎样赌钱，喝酒，到“平康里”去嫖女人。

这一天冯云祥又怀着忧愁的心情下班回到自己家里来，等到黄昏的时候，他的老朋友姜景顺却兴致勃勃地走进他这灰暗的屋子里。

一迈过他家里的门槛，便带着生硬的山东腔向他说着：

“冯大哥，没有出去么？怎么还没有吃晚饭，来吧，俺哥俩再喝一场，今天晚上乐一乐，大秃，给大叔打酒去。”

姜景顺一边说一边便伸手向自己短旧棉袄的衣袋里掏着钱。

“这是什么事啊？一进屋就掏钱，你手里又是有钱了吗？你的钱积蓄一点吧，要喝酒，到我家哪有老叫你拿钱的，——大秃，大秃，别拿大叔钱，这他妈小子，回来！回来！唉……”

冯云祥一边站起来不过意地说，一边拦阻着自己的孩子，可是大秃子早已熟悉地接过钱拿起酒瓶子，便向外边跑远了。

“干吗你老这样客气，兄弟有钱只管花，什么你的我的。”姜景顺笑着这样说：“兄弟今天不是又发点工钱了吗，留着干什么？”

这样的事，是常常有的，于是冯云祥也再不客气了。屋子里更昏暗起来，在一边忙着烧火的女人，这才扭燃了十烛的电灯，同时也不好意思的劝姜景顺应该积蓄一点。

小三子虽然小，但是他也认识这常来家里而且常给他买饽饽的熟客，所以便一点也不陌生的跑到姜景顺的怀里坐下。

等了半天，大秃子才从外边跑回来，黑色的小脸，已经冻成深紫。他把手中的花生米与酒瓶放在炕桌上，一边把零钱交给姜景顺，一边说：

“跑了三四家才买一斤酒，谁家都没有。”说完又照例来个尾语：“他妈的！”

但是剩下的三四个小白铜子，姜景顺却没有要，告诉他留着买烧饼吃。冯云祥拦阻着，可是小三子却笑嘻嘻地接回去了。不过一向穷苦着的妈妈，却趁机强索过去，口中轻轻地说道：

“我给你留着收起来吧，不要顺手花了，留过年给你们再买。”

大秃子虽然不愿意，但又不敢不给，所以在高兴的小脸上，立刻不笑了，那干瘪的嘴唇也随着噘起来，失意地躲在屋子的一角。

姜景顺在一边不过意地说：

“大嫂，给他花了吧，一个小孩子哪有不爱吃的。”同时便抓了一把花生米给小三子与大秃一人一把。

就着刚弄好的一碗豆腐，与自己买来的下酒菜，两个人便喝着。姜景顺望着孩子们，便坚持着让全家都一同来吃饭，经不起几次的坚让，所以站在地下的女人，也领三个孩子在地桌上吃晚饭了。

喝了两杯酒以后，姜景顺便满嘴牢骚地不满意着酒的味道：

“这真是一年不如一年了，这叫啥酒？这里简直一多半是水，从前的酒，才一毛钱一斤，那时候的酒该多好，味道也醇，真是反倒越贵越没好货了！”

“唉！还提那些干什么！”冯云祥也接着叹息地说。

几杯酒流进每个人肚子里，酒力的燃烧，这两个老朋友便都兴奋地畅谈起来。

“我劝你还是得积蓄便积蓄一点吧，你眼看便到五十岁了，还能累几年，何况这年月，生活又这样难混。”

冯云祥放下了酒杯，看着这被酒烧红了脸的老朋友，这样轻轻地劝告着。

“积蓄什么，一个月挣这一点钱！我要能存钱，年轻的时候早能积蓄一点了，唉！那个时候也有气力，钱也好挣，可是那个时候的钱都花在酒与赌钱上了。人家都劝我娶个老婆，幸而我没有娶，要是过到现在，也给我生了几个孩子可怎么办啊？”姜景顺好像感觉到骄傲似的又呷了一口酒。

打来的一斤白干，眼看只剩了瓶底，本来都是心情郁闷着，所以两个人都有着醉意。在萎黄的灯光下，闪动着两张醉脸，四只红眼，因此话是更多而无规准的了。

地下的三个人，早已吃完了饭，看见两个人的沉醉，正在收拾碗筷的女人，便拦阻着：

“秃子爹，你别让他大叔喝了，吃点饭吧！”

酒已经完全喝光，虽然姜景顺似乎没有尽兴，但是想到酒的难买便也不再想喝。

“我说他大叔，你还不跟搬到我们这来住，何必住在那宿舍里，在我们这衣服还可以常洗洗。”给他们盛了两碗饭后，冯云祥的妻子忽然想到早就要说的话，同时冯云祥也接着同样地让着。

可是姜景顺却说一个人住在那里住惯了，因为早晚可以随便一点，并且这间小屋子也实在挤不下他，所以最后说：

“何必非住在一处啊？俺们相好是不必这样的，我的衣服也肮脏惯了，大嫂有工夫还是给人家做点活计吧！”

饭后的谈话中，这位老朋友又问到他们正在忧郁着的旧年，夫妻两个人，虽然假意想掩蔽着年关的困难，但是姜景顺却从腰中又掏出一张十元的纸币来，毫不思索地说：

“冯大哥，你不用瞒我，这十块你留着花吧！我留着十几块钱还是够我自己吃了。”

冯云祥这次真的感到不安了，他坚持不留，可是这个真性的朋友，却戴上了那顶没沿的黑礼帽，像是一阵风似的抢着跑到门外，身子便隐没在黑夜的寒风中。

“哎！不要走啊！这样的寒夜，你今天住在这里吧！”冯云祥也跟出来这样叫着，声音在寒风中颤抖。

四

第二天的清晨，冯云祥便把那十元纸币装在衣袋里，这是昨天夜间夫妻两个人核计好的，把这十元钱先还给李家的欠账。

这一天是应该午间才上班，所以他便想趁着闲暇的时间给送去。但是刚走到市街里，便遇见前天的韩惠林，一看见他又是热烈地招呼。一听他说是闲班，便向他轻轻地耳语着：

“老冯？孙把头那有局，到那里玩一把，输赢又不大，碰碰运气，万一要赢了，过年不是宽绰宽绰。”

听见他这话，冯云祥心里一动，他是爱赌的，不过这二年因为手中困窘，从没敢尝试过。这一问心里想，倒真的不妨玩一玩，何况自己的手法又不坏，如果赢一点，年不是很可以解决了吗？不然这十块钱还完欠账仍旧是没法，暂时不妨借它生点利息。

但略一沉思，理智又压制了他的感情，可是对方几次的劝诱，他终于带着模糊的希望跟着走起来。

在孙把头的东厢房里，果然有几个人在聚着，这地方他是熟悉的，一年前他还来过几次。

这该是如何不幸呢？命运好像单是与穷人开玩笑，还没到中午，他的十元钱便全飞到别人的衣袋里。对方得意地仍然劝着他再玩下去，他只好勉强装着镇静说是要上班了。

走出孙家来，过午的阳光淡淡地照着地上的积雪，他的眼睛与耳朵，好像都完全失掉了知觉，没有看见繁忙的街景与充耳的噪音。心中如同被烈火燃烧着，眼睛几乎冒出火星！

梦一般地走到电车站，昏昏地接过了那只装着车票的皮袋，便茫然地又跳上了小工车，有许多熟人向他打着招呼，他也不知一声地点点头，便算回答了对方的招呼。

他心中痛苦地想着，回家后如何对妻说出这种事呢？并且又如何对得起朋友的热情？同时那欠债又拿什么来偿还，这种种不同的思想在煎熬着他的心。但是当一个乘客第一次向他买票的时候，突然另一个亮光在他眼前一闪，使他想到了十三年从没敢做过的事情。

这一种念头，从他心上掠过，反倒立刻安静起来。于是他开始卖着车票。一些购办年货的乘客，都在问着他所买的货物必需起多少钱的车票，这时他提一提货物约约重量，便故意多索着价格。这一趟车里的货票，他究竟卖了多少钱，他自己都不知道，但是他模糊的觉到，一定是一个可观的数目。他心中的愁云，渐渐地在消退，等车到终点站，一些乘客们都走尽以后他故意晚下会车，便把一部分钱装在制服上一块破洞里。

好在车上的监督一向不常到这车上来，就是来的时候因为对他的信任，也不常翻他的身上。

这小工车沿着这一条铁轨来回地跑了四五次以后，冬天的太阳又很快地落下去了。黄昏的暮色，早已掩蔽了大地，车内的电灯，也开始放出了惨黄的亮光。

虽然他不能计算一下自己今天的收入，但想象中一定不太少，不但欠账能还上，旧年也一定能混得过去，他的心轻松起来。

矿山又到下班的时候了，车站上又站满了各种不同的工人，同时又有许多人向他玩笑着：

“唔！老面包！今天又是你的夜班，老婆放在家里，你放心吗？”

但是正在这时候，使他惊心的，却是那不常来的监督迎面走来。本来胆小的他，脸上立刻有些突变了，心在颤抖着，可是在黄昏的灯光下，对方却没有看见他的表情，反却像往常一样地拍拍他的肩部，生硬地说：

“冯，你的大大的好！”

他的心这才安心一点，不过他终是有些害怕，本来他是想把今天的事瞒过一切人，明天下班的时候，好把这钱偷偷地带回家里。但是现在恐怖逼着他，不能不临时变了计划，所以他决定把这钱先暗中交给老朋友姜景顺，求他先带回家里。

但今天很奇怪，往常到他班的时候，这朋友下工时准找他问几句话，但今天却没有看见。车是就要开了，他便跳进车厢在寻找，好在这下工的时候，又是完全不买票的矿工，所以很有时间容许他在几个车厢内查找。

“老面包，你找什么？找谁啊？他妈的，你推什么？你看你这老王八，找嫖客吗？”

车里已经挤满了人，因此很难找，他在人群中推挤着，被推的人便这样不耐烦地吵闹起来。

“喂！你们看见老姜没有？”他终于着急地这样向眼前的人问了。便有两人接着说：

“姜老道吗？可真奇怪，今天下晌便没看见他。”

“对了，下晌他到煤场子去捡煤，以后便没回来？”

但这时突然从人群中不知谁忽然叫道：

“呀！你们不提我到忘了，姜老道叫煤场子的狗咬伤了，现在已经送医院去。”

“为什么？”冯云祥紧急地问着，似乎当头一个闷雷！

“姜老道瞎管闲事，一个小孩子偷煤，狗扑上去，这时他看见了，他便不要命地去扑打，所以也叫狗咬了，要不是把狗叫回去，他非叫狗咬死不可。”那个人有趣地说。

“小孩怎么了？穿什么样衣服？”冯云祥的心几乎跳出腔子外头来。

“我也没看见，听别人说，大概十四五岁，老道必是认识，因为他一边打狗一边叫小秃子快跑啊！”

这一句话还没有说完，冯云祥便像是疯了的野兽，直扑向车门跳出去，但是这电车已经开出了站外，他便奋不顾身地跳下去，同时他破洞的衣服，不知挂在什么钉上，等到他跌到车下时，那里面装的铜子与纸票，也随着跌散了满地。

车突然停下了，一些人便都惊奇地骚乱着。

冯云祥虽然还想爬起来，向煤场飞奔，但浑身的筋骨已经痛得使他不能动转，同时有鲜红的血，从受伤的头部流出来。

原载王秋萤，《小工车》，实业印书馆，第 1 版，1941 年 9 月

守夜人

葛　琴

“不，你看，这班猪养的——我怎么能在这块住下去！”

守夜的南京老头，刚打低铺上坐起，大着喉咙，敲敲头顶那层铺板说：

“你看，虫子也爬来啦，这班猪养的，懒鬼捧了他们的头！一窠猪，全是猪，一只一只统是猪！不是吗？我们那块哪作兴这么脏？叫花子也比他们讲究啊！”

这连串的声音，躺在高铺上的人可没有理他。他推开被子，照例一跨下脚，人就很快地站在地上了。光光的秃顶，挺胸，配着全身那副高大的骨骼，叫人一望见他，常会想起那种上年纪的马匹，当它载着重负，纵然是在爬山过岭，但依然能够听到它和别的马匹一样的嘚嘚的蹄声。是的，没有人看见老头儿害过病，也很少听见他用低声说话。他高兴的时候，什么事都做得非常快当，做得刀刮水洗，从不牵丝扳藤。但今天可别扭，一睁开眼睛，就叫他生了那么大的气。他气鼓鼓地站在那里，望望自己的被铺，又望望这间倒运的屋子：屋子里除了还躺在他高铺上的那个同乡人外，其余十三张上下铺的日班工人都出去了。留下一股浓浊的臭气，混着隔夜里的煤油气，可似乎永不想从这阴暗的鸽棚似的屋子里跑出去。地上满散着果壳烟头，倒像是一个十足的下等宿店，谁都不打算在这儿久住似的。老头儿瞅了地上一眼，几口浓浓的黄痰，正自得其乐地趴在那里巴巴地望着他。“呸”！他脚一顿，粗嗓子立刻大起来说：“算是老头子晦气，偏偏碰到这鬼窠里来，一鼻子的灰！”他揉揉鼻子，转脸望着床头打开的窗子，猛地打了一个大喷嚏。于是在那涨红的颈子上，立刻又梗起一条条的粗筋，同时以一种救火般的大声对着窗外叫起来：

“什么，猪养的，谁叫他们开的窗？这班‘江西人补碗的——自顾自’，人家生了病他给药吃吗？”

窗外静寂无声，篱笆左边的几棵梧桐树，簌簌地向他不安地点点头。他在窗棂上擂了两下，发红的眼球几乎从陷落的眼眶里迸出来，一面不透气地骂着：

“贱胎，他祖宗奶奶的猪！找不着孔子出气，跟老头子捣蛋，老头子什么没见过，怕着他们这班蛆蛆虫？阿——啊呔！”

窗里袭进十月早晨的凉风，吹起老头儿的衬衣下摆，像大鱼尾巴似的拂动起来。他惘然地掉过头来，望望床架上的那件旧呢大衣，小声地跟自己说：“唉，冷啦！”但没上一分钟，他瞅着铺上的那条白褥单，猛地跳起来：

“什么，猪养的，红墨水也洒到你床上来啦！算他们认得几个巴斗大字，可惜后腿生短啦，什么稀罕，飞上天去，一个捉虱子的排字工人！装老子的鸟样！还以为别人觅他们的宝呢，今天涨工，明天不干！不干，看他们滚出报馆的大门去喝西北风！嘿，领班，领班就吃人？上梁不正下梁歪，赌鬼迷了他的头，不跟老子一样的下等人？他奶奶的猪！”

他的嗓子慢慢地低下来，连自己也不知道在说什么了，只是当他用板刷在沥着几点红墨水的褥单上刚刷了两下的时候，人又开花弹似的蹦起来，推着高铺上的同乡人，口水射到他闭着眼睛的脸上。

“这怎么说，那班蛆蛆虫又到我床上躺死过啦！奶奶的猪，褥单上烧了一个香烟洞，被单子烧破啦！什么，不是他们？你这浑蛋！你要跟他们一鼻孔出气？你说，你这没良心的小鬼，什么？”

同乡人用脚跟敲着铺板，闭着眼睛说：

“你在做什么呀？”

“做什么？”

他拍拍敞开一半的胸脯，咯咯地呛着，一个手指戳到同乡人的额角上——

“你不知道我在做什么？你这浑蛋！那班外路人疴矢你吃吗？要你替他们包庇！告诉你吧，我的褥单子给这班蛆蛆虫烧掉了！听见没有？快十点钟哩——懒鬼捧了你的头！”

他站着没有动。周围的空气，似乎被他气急的喘息，震得一鼓一鼓地，连秃顶也突然地亮起来了。然而躺在高铺上的小伙子——老头儿唯一的知心人，却把头往被洞里一钻，翻个身，朝里壁愤愤地说：

“饶了老子的耳朵好不好？十点钟，八点钟，人家不知吗？”

“什么，你说什么？”

老头儿盯他一眼。摸摸铺架上的那件灰黄的呢大衣，把它披到身上，一下又寒蝉似的嘶叫起来——

“你知道什么啊，小鬼头！你知道一天到晚伸手向老头子借钱！告诉你吧，老头子开了钱铺也不到这鬼地方来受苦了！你知道，想想难民所过的日子吧，你如今羽毛丰干了吧？”

窗外什么人走过，老头儿猛地扑上去，他觉得非要找个人告诉过明白不可。岂有此理，老头儿的东西难道是三只手偷来的？然而那个人却拖着怪响的木拖，肩膀一耸一耸地走他的去了。对于老头儿的招呼，简直一点没有放在眼里。

“叫你奶奶的穷！”老头儿愤愤地追他一眼，他觉得这班捉虫子的家伙，只有一副本领，闲着嘴清叫白喊！“中国不会亡”，“中国不会亡”，大清早起，狗食的：老头子的褥单布，不是雪白洋钿买来的？

老头儿越想越气，向窗外探出一张蛇头似的高颧骨的三角脸，眼光霍霍地望着海蓝的天空，半张着嘴，从露出的一排完整的门牙上看，很像要等着什么东西来用车咬一阵似的。

“早呵，老头子！”

窗外静寂的廊檐下，忽然出现一个拖着孩子的女人。这女人虽剪了发，但仍然看得出至少几十天没有用过梳子，全身灰扑扑的，她似乎走到哪里，一股模糊的蒙尘就跟到她哪里，叫人望她一眼，也极其费力似的，但老头儿却挺起黑毛虫般的浓眉，兴奋地说：

“那里还早啊——领班奶奶！一天到晚还不是这么混混？”

“是啥，日子难过，饭也吃不起，这伢子倒还要吃药，累死人！”

女人眉头一皱，把孩子的身体搁到窗槛上，焦躁地望望老头儿，一会又说：

“我们领班跟你说过了吧？想问你借十块钱。”

“钱？”

老头儿眼睛一大，好久才慢吞吞地说：

“没有跟我说过呀，他怎么会向我老头子借钱啊，老头子几个刮痧饷，够他的零头吗？给他抽抽土香烟也不抵呀！”

“不中呀，我们左手来，右手去，报馆里怕就算你有钱哩。”

“我？”

他指着自己的鼻子——

“真不瞒天地，这几个刮痧饷，哪，剃剃头，添双把袜，肥皂，肥皂总省不了吧，还得穿鞋子……这年头，什么都贵，就是人便宜！老头子有钱——老头子的钱在别人腰包里！”

老头儿两手一分，掌心朝天，表示他真的不瞒天地，实在手空如洗。心里却在说：你心不知我心，出门人大家还不是水面上一捧！老头子缺长少短向什么人开过口？这年头儿，傻瓜才让讲面情！但一下，他望望着那个垂着头倒在他妈肩上的孩子，忽又伸过手，去摸摸他，摸摸头，又摸摸孩子的手。

“哟，滚烫的，抱他去困吧，别吹了风。”

“你真的没有钱吗？伢子等着要看先生，一关饷就送还你！”

“骗你吗？”

老头儿退下两步，撩起衬衣拍拍他一个陈年百古的青布肚兜，一下插进手去，把兜底也拉了出来。

“看！我老头子骗过什么人？老头子要有钱，也早已回家了，客乡客地，比得从前跟陆军需时候？说句那个的话，单凭他一张通行证，天边也去得！如今，如今，如今可就针针见血了……”

他溅着满口唾沫，话越说越没有边岸了，听的人只觉得一只钻不着洞门的蜂子，尽在那里嗡嗡嗡，嗡嗡嗡，到处盲目地乱撞着。领班奶奶眼睁睁地望着他，直到他刚刚透了这么一口气，赶忙插上去：

“那么五块有吧？”

这骤然一问，老头儿猛地怔住了。揩揩嘴边的白沫一时不知怎么才好。

“唉，不要把我的鼻子胀破吧！”

旁边高铺上的人，忽然偏着嗓子插进来，接着跳到地上，突着两个金鱼眼睛，拍拍老头儿的肩膀说：

“借她十块得啦，我担保！”

“你？”

老头儿气得全身一软，披着那件大衣，活像是个空心草人似的晃着，嘴唇哆嗦了一会，好容易胸脯一挺，把张凶恶的蛇头脸猛扑过去，对着那里的鼻子，便用力“呸”的一声，然后呼呼地透几口气说：

“你哪一只眼睛看见老头子有钱？怪不得人家说老头子有钱有钱，你说，你给了老头子多少钱？”

“那么你就要吃我了？我不相信借一下就会走了气！”

同乡人冷冷地说着。忽然瞧着老头儿那副吃相，不禁又咯咯地笑起来。他知道老鬼的脾气，虽是只道地的山东胡桃，但也只要敲得得法，等他的火性一过，还不就太平无事了。所以接口又说：

“其实，不看金面也得看看佛面，人家抱着孩子等了你这么久，拿去又不是甜的咸的吃得好玩儿，看病吃药呀！”

“啊，谁叫你不借她？”

老头儿踏着火似的跳起来，这小鬼，简直把他气死啦！不久以前，老头儿看他在那个难民所里磨阳寿磨得难熬，费了多少唇舌跟报馆经理好说好讲的把他讲进来，随后又怎样的好说好讲加他钱，也无非是为了他是一个家乡人，所说近指痛指，家边老鼠也胜过别地方的猫！不是吗，这班蛆蛆虫的外路人，哪一个的眼睛子不生在脑壳顶上？他们一阵子出，一阵子进，“中国不会亡”，“中国不会亡”，他们眼睛里什么时候有过老头子？但是偏偏这小鬼，蛆虫拣密里钻，你朝南，他朝北，人家臂膀子朝里弯，他的臂膀吗，他奶奶的祖宗！真是宁渡畜牲莫渡人，他如今三碗饱饭一吃羽毛丰干啦！老头儿一想到这里，差不离全身的血都要冷了，他的手指在颤着，退到自己铺上，忽然朝那小鬼拱拱手，嘶声地说：

“算老头子石灰腌瞎了眼——认到你这门小祖宗，嘿，你如今西瓜放现酒瓮上像煞一个人了啊——”

窗外的女人早走了，他也简直完全忘记人家向他借钱的一件事。总之，这小鬼，到处在撑他的外跷，老实说，不能这么便宜他，于是嗓子立刻粗起来，扬起一个拳头，梗着喉头的青筋说：

“告诉你，经理部要你找个保！老头子吃着自己的饭可卵子也没有这么空！”

“乖乖！我有这么一座老靠山，还怕着经理部压死我？”

对方笑嘻嘻地猴到他面前，拍拍老靠山的背，索性一屁股坐到他的旁边。

“嘿，谢谢你一百代祖宗，老头子可没有认识你！”

老头儿霍地站起，自管自地朝屋子外面走了。

饭后，照例当报馆机务房的平板机停止辘车的转动以后，前面广场上的那长排蹲在阳光下的树皮房子里，就可隐约听到一些年青人的血气旺盛的谈话声，和一些杂凑的随口哼出的各种歌曲和小调。也照例，当老头儿从那里匆匆走过的时候，也总有些油嘴滑舌的家伙，像在等着一个名丑角的出场似的，一见他，就亮起眼睛来喊住他——

“喂，来嘛，我们来吹吹牛皮啊！喂，陆军需的是你的侄子吗？”

这么一喊的时候，老头儿无有不走拢去的道理。不然，这班蛆蛆虫倒真以为他是吹牛了，于是他横了他们一眼，十分严肃地说：

“下流杂种才骗人，一笔里写得出两个陆字吗？岂有此理！”

照例，老头这么一气之后，他那杂乱的话匣了，就重复又重复地在这班蛆蛆虫面前打开了；不是说他们江南地方如何如何的殷富厚实，便是陆军需的如何精明能干，如何的量大财大势又大，他南京退出的时候，跟了陆军需三个月零十二天，什么样的地方没去过？什么样交通车子没坐过？几曾花过自己一个钱？老实说，陆军需一句话，饷就发了他六个月，这种人如今带着灯笼火把上哪儿去找？嘿，要不是他在汉口跟队伍失了联络，包他一个呱呱叫的师长当起来啦！老头子还到这鬼地方来受苦？

老头儿的话一说就通着海，不管人家还在不在听。他老是面红筋胀地跟在别人后面，有时也跟着那些拣字的黑手，眯着眼睛到字架上去望望，又望望那些拣字人的一摇一摇的身体，不禁扑哧一笑，在心里暗暗地说：“这门饭也吃得出山吗？”于是不知什么缘故，他就会立刻想起这面警察所长有次和报馆总经理的谈话，所长还亲手拍拍老头儿的肩膀，他告诉总经理说，什么这位先生真要得，报馆里自从来了他，连村子上也没有闹过偷贼的事情。他一字不漏地找着一个空子就幌着秃顶告诉这班蛆蛆虫，他总结起来讲，照例就是：“老头子天地也对得，拿报馆二十只老洋一月，大家觉也多困几盹呀！”这是他近来最得意的几句话。也是他每次跟这班蛆蛆虫的谈话的得意结束。

但今天可伤脑筋，当老头儿放下饭碗，打排字房廊檐下走过的时候，偏偏那朱领班不迟不早拣着这个时候在那儿海骂人。老头儿从纸窗的破洞里瞥一眼，只见几个学徒小鬼，一字儿地站在那里，而领班，大头鱼似的像要一口吞了他们，擂着拼版的长桌骂道：

“不识好歹的死货，一点小事，你们就鬼头贼地推三托四了，快快把没有还的字统替我搬出来！”

什么，推三托四？他在骂哪一个啊？老头儿猛一怔，是的，这流氓，难怪他吃饭时候专朝老头子翻白眼，他奶奶的祖宗！老头儿呼呼鼻涕，连忙车转头去，从字房的另一面，兜着一个大圈子走向自己的寝来室。这赌棍，老头儿偏不相信他，他穷花了眼睛肚痛怨床脚，好汉自己来向老头子借钱啊！嘿，骂就骂得出老头子的钱了？他一脚踢进板门，朝里面大声地骂起来——

“咬老头子的鸟！有本领把老头子撵出去，看——鱼死到底还是网破啊！”

他气昏昏地躺到自己铺上，这半天比磨一个通夜还吃力，他慢慢地合上眼睛，想养一养神。但不成，他的耳朵在拼命热起来，他想一想定有人在骂他，而且他似乎几次听到窗外广场的那一面，有人在那里嘁嘁喳喳地议论着什么，是的，这班没爷娘教训的蛆蛆虫，整天爱拿别人的是非洗牙床，操他一百代祖宗！五分钟过去了，老头儿实在忍不住，他霍地站起，两手撑着窗槛，做着几个姿势，猛地扑了出去。但广场的那一面，除了被西风卷起的沙尘在淡淡的阳光里飞腾以外，却连一个鬼的影子也没有。而老头儿似乎还有点不相信自己的眼睛，他巴巴地望了一分钟之久，才觉得胸口一松，于是对着前面篱笆左边的几棵高脚梧桐，低声地说：

“这鬼地方，一刻也待不下去啊！”

他反剪着手在屋子里来回地走着，真奇怪，一走到离窗较远的阴暗地方，心就莫名其妙地沉闷起来。而领班孩子的那个倒在他妈妈肩上那个大头，就像弹棉花棒槌头似的，轻轻地一下一下地在他心弦上弹着，软绵绵的简直也没有一点声息，除了那种沉甸甸的感觉以外。

“去，老头子前世里欠他的不成？”

不知什么时候，老头儿终于又闯出门去，他觉得简直碰到了鬼，连踏在脚下的泥地，也像胶似的，仿佛一踩下去，要很费力似的才能拔起来，他眼睁睁地望着那扇薄薄的板门，两道浓黑的眉毛一挺，就朝他嘶声地骂着：

“一鼻子的灰！孤老头什么地方不能去？偏逗到这鬼网里来！”

然后他昂昂地挺挺胸，真像要到什么地方去似的，一下用劲地转过他那高大的身子来。

“哈哈，你在这里？”

同乡小鬼突然冒着满头大汗从外面奔进来，正好和老头儿车过的身子有力地撞了个满怀。老头儿大着眼睛望望他，用鼻音慢吞吞地说：

“不然，还在哪里？爷娘老子生的腿可没有这么贱？”

“呃，正经话，朱领班的孩子惊过去啦！”

老头儿什么地方的皮肤一阵麻，但当他的眼光碰到对方那双比平时还突出的金鱼眼睛上，心立刻一横，朝地上呸地吐了一口唾吐说：

“那你来找老头子去推筋了？告诉你，眼睛放亮点，你挑水寻错了码头啦！”

“那么——”

“那么个屁！”

老头儿一眼瞥着对方身上那件——前几天借他的钱去售货摊上买来的工装裤，心重重的一沉，立刻闪开他要抓上来的手，雪窝里的老鸦似的叫了声什么，冲出前面的篱门，朝荒凉的田畈上走去了。

这天，老头儿破例在外面喝了酒。夜了很久，才打进村的路上默默地回来。他走得非常缓慢，偶尔从一两家吐出灯光的民房那里，不自觉地停下脚步，深深地朝它望望：“呃，叶落总得归根啊！”他用颤抖的声音跟自己说着。他想起还在家乡的一个寡妇女儿。这闺女，老头儿平时很少想起她，反正苦瓜藤上再结不起甜瓜来，靠做老子的贴补吧，到底微乎有限，要不是她自己命苦，炸弹片子就偏偏寻到她老公？呃——算了吧，还不是一把眼泪等到头发干白指望指望她自己的儿子了，老头子自譬自解，又仿佛像个幽灵似的站在她女儿的前面，用颤抖的麻木的手，默默地在他闺女的头发上抚着。他今天夜里的脑子分外地清晰，是的，他也从没有像今天这样的，忽然牢牢地念起他那还抱在女儿手上的小外孙来，他甚至摆着手指在一路计算孩子的月份，该快三个足岁了吧，小东西，外公还没见过一面哩！他木木的嘴唇上掠过一丝微笑，他从女儿强健的体子上想，这小东西，该不至怎么瘦啊，说不上还是张长方脸吧，阔额角，一双大耳朵，说不上还有点像他的外公哩！是的，他牢牢地在心上打了一个结，千万记着下趟打信去的时候，一定要叫她拍一张小照来，真是的，千里迢迢还没见过他外孙一面哩！并且记着，下趟打信的时候，一定再寄她二十堆老洋，并且要特别带一笔，这是给外孙团子添几件衣服的。

是的。什么都要想定以后，他的脚步也加快了，一口气走进报馆，到寝室里拖出那支洋铁手杖。用温暖的手摸摸它。于是那手杖，便亲切地跟在他身边，一路打围着篱笆的报馆周围，撒冷冷地在地上叫着，帮着老头儿开始他的守夜工作。

一个暗沉沉的黑星夜，老头儿来回地在四面转折，平心静气地什么都不再想，当他走过那排通亮的排字房前面，他只望望那晃动在纸窗上的一些错落的人的黑影，他并没有想进去喝一杯水，或者跟什么人搭讪搭讪。总之，这班蛆蛆虫的眼睛里就没有他老头子！而老头子吗，老实说，跟他们还不是水面上贴高粱，要不是同锅头吃饭，老头儿撒尿也要离开他们三条麦轮子。真是自投罗网，在这里枯树当柴烧，一点子是非给别人洗牙床，他奶奶的祖宗！其实老头儿要是硬硬头皮在家里，也只是自己辛苦，三亩来地的收成还怕饿死不成吗？嘿，这班蛆蛆虫，说不上连这点底子也没有啊！

老头儿气昂昂地从那排通亮的房子前面走过，他什么都懒意去想，他觉得不爱想的事情干脆不想。难道还怕着别人把他从报馆门上撵出去！但当他的脚步，一步步走近领班奶奶住着的那所矮房子的时候，一路暗红的灯光，正好远远地射在他上半张脸上，他霎霎眼。在一阵孩子的无力哭声里，觉得眼睛一黑，心就突然地跳起来。他老头子活上六十多岁，觉得自己从没做过伤害别人的事情，这孩子，难道前世里欠他的？他想走近窗子去看看，但不成，他实在怕见那个弹棉花棒槌似的头。这小鬼，其实做老子的少掷一把骰子不也就早好了？而且那个做娘的女人，这女人，只比死人多口气，平时日子随便什么冷饭冷粥的，只要拿到手，就往孩子肚里塞，懒得胜如一条猪！世界上有这么便宜的事情——养大一个人是容易的吗？养一只鸭，也得水是水，饭是饭，才能叫它活下去啊！这班死货，懒鬼捧了他的头！老头儿望望灰暗的天，在肚子里咕咕地骂骂，照平时的习惯，老头儿肚子一有什么，放到嘴上一骂就冰炭消融了，但今天可不成，他越骂，心就越跳，跳得要从胸口里蹦出来似的，“呸”！他猛地朝地上用力吐一口唾吐。当他抬起眼睛来的时候，他发现对面有人走过来，全身一紧，鼓起胸膛来大声喝着：

“哪一个？”

但没等那个的回答，他早拖着那支手杖，拐向另一条路上去了。这下他走得非常快，手杖不安地一路地跳着，他朝工人寝室这排房子走过来，急急地喘着气，像要找寻一个失落的东西，是的，他决心要把那东西找回来。但当他一脚踏进自己寝室的板门时候，恰好又碰着那个小鬼同乡，也在匆匆地跑出来。

“啊——你！”

老头大声地像遇着一条要咬人的恶狗，索性镇静地站住了。

“你今天不认识我了？何苦啊——跟自己人！”

同乡人激动地抓着自己头上的乱发。

“自己人？你奶奶的祖宗！”

“喂，老头子，我要告诉你——”

“屁！”

老头儿转身就走，他要找寻的东西，终于又被他暴怒的火焰愤愤地烧毁了，可不上半点钟，他又悄悄地回到寝室里，一进门，他小心地朝那个躺着人的每一张上下铺上望望，把屋子当中的那盏菜油灯，转一个身子，让背光的这一面对着他的铺，于是小心地蹲到地上，在暗地摸了好久，才把一个花布包从网篮什么东西里拖了出来，捧到床上，“他奶奶的，当真老头子就气不过这班蛆蛆虫！”，他在肚子里暗暗地骂了这么一句，但当那花包正要被揭开的时候，窗外黑暗里，猛地抛起一阵笑声，接着同乡小鬼亮着一双突出的贼眼出现在窗子外面，一下他又巴巴地猴进半个身子，朝老头儿小声地说：

“钱已经替你借她啦，就是这里拿的，十块！”

“你？”

老头儿垂下在包上那只手去，这“你”字，说得比那个小鬼的声音还低，但异常地沉，然后牙齿一咬，在自己胸口上捶着，一面嘶声地叫起来。

“不行，你这贼！”

老头子一下把花包打开，在一件棉衣里摸出一个小包包，立刻把小包上的纸撕碎，抖着手，数着他的票子。

“不行，你这贼！”

老头儿急气直喘地从窗子里跳出去。

“不行，你这贼！”

在窗外黑暗里，同乡小鬼的声音在怯怯地说：

“人家孩子一口气惊了过去的点钟，火里的钱也要抓呀，他不还你吗？”

“不行，你这贼！”

老头儿简直说不出第二句话，受伤的野猪似的在那里狠命地吼着。

将近天亮的时候，老头儿把所有的被盖东西，统搬到号房隔壁的那间潮霉的，仅仅放下一张床铺的小屋子里。他伛偻着背，坐在那铺上。一盏挂在泥墙上的小青油灯，寂寞地望着他，时时在不安地晃着。

老头儿哆嗦着嘴唇，什么都不说。直到东方发白，在报馆对面的山坳上，染起一片火红色的云彩的时候，他才拉起盖被，低下头去睡了。

不知什么时候，他翻一个身，在梦里骂着：

“滚！老头腌瞎了眼，认到你这个同乡人！”

原载《文艺生活（桂林）》第1卷第2期，1941年10月15日

师 徒

周洁夫

在厂长室里挂着两幅半身大画像——苏联的劳动英雄斯达汉诺夫和陕甘宁边区的劳动英雄赵占魁。在赵占魁的画像左边，挂着个玻璃镜框，里面是两个工人合照的全身像。他们并排站着，肩膀靠着肩膀。左边的是个中年人，大方脸，身材魁伟，穿一套紧身短衫裤；右面的是个瘦削的、穿的工装裤的青年。两个人都在微笑，这笑跟大画像上的两个劳动英雄一样，充满幸福和自信。身材魁伟的那个名叫王勤，瘦削的那个叫袁二毛。

袁二毛是机印股快满师的学徒，当过矿工。到了延安，进抗日军政大学的工人大队学习，毕业后就分配到这个印刷厂当学徒。学了一年，机器上的活就摸得差不多了。因为熟练工人少，每逢开日夜班，总让他负责掌握一班的对开机。比起熟练工人来，他上版的时间要长些，可是，在工作中间，只要发觉有点小毛病，他马上停下机器检查，如果是某个字不显，他就剪一块小纸片贴在滚筒上，如果是某个字高了些，他就把这个铅字用钳子夹出来，把它锉平。跟他合作的学徒常嫌他啰唆劲大，他听见了只当没听见。机印股长很满意他的认真态度，常在股务会上表扬他，说他肯学，肯干，干得有门道。

机印股长王勤在开封、西安吃过十三年印刷饭。他熟悉厂里的每一架印刷机，不管机器发生什么故障，他能够立刻找出毛病，当场修好。他来边区一年多了，管理一向挺严格，哪个学徒要是不肯下工夫学，他会毫不客气地训他："怎日鬼的！心眼放灵些，别老像给糨子黏住了似的，糊里糊涂。"有时还加上这么个尾巴："你学不会，别人还当我保守，不尽心教哩。我不愿意听人讲我一句坏话。"他确实是尽心尽意地教，也希望别人尽心尽意地学。他喜欢袁二毛，就因为袁二毛肯专心学。可是他也有一点不喜欢袁二毛，那就是袁二毛不完全按他教的去做，用他的话来说，就是"离宗"。每逢袁二毛用自信的口气说："股长，这样做是不是更好些？"他就皱眉摆头，从牙齿缝里说话。

这时国民党顽固派封锁边区很严，油墨、铅、纸张都不容易进来。工厂提出要节约材料。王勤心里不大同意："一分钱一分货，节省材料就出不了好货色。"想是那么想，可没有说出口。袁二毛一听到号召，脑子里可转开了，他想起一件事情：工厂里印的一种二十四开本的杂志，一部分用白报纸印，一部分用土纸印，白报纸比土纸大，因此每张纸都得裁下一掌宽的长条。"这些空白纸条不是浪费了！"以后，这件事就老放在他的心上。

过不几天，材料保管员调走了，工作暂时由王勤兼管。他把铺盖搬进材料房，一查登记簿子，白报纸只剩下三十令了。纸堆得不整齐，地上还有好些碎纸屑，他就动手盘纸。一盘，发现底下两令纸给老鼠啃坏了，他立刻报告了工务科。这自然是个严重情况，工务科马上下通知，要大伙特别节省白报纸。

袁二毛看了通知，当晚没有睡好，翻腾了大半夜，暗暗下了个决心。

第二天上午，袁二毛上材料房领纸，见王勤坐在小凳上补老鼠啃过的白报纸，窑洞里发出半生的面粉气息，糊过的纸摊了一地一床铺。王勤把纸点给了袁二毛，一句话也不说，重新坐下来补纸。袁二毛走了两步，忍不住回转身说："股长，咱们印的二十四开的杂志，白报纸本的每张印页总要裁下一宽条，是笔浪费。一张白报纸比土纸大，为什么都印二十四开？我想把它改成二十六开。"

王勤的眉毛一皱，头也不抬地说："这是规矩。从来都是这样：不是三十二开就是六十四开；不是二十四开就是四十八开。二十六开，亘古没有听说过。"

袁二毛本想争辩几句，转念一想，知道越争辩越会加强股长的固执，就笑了笑说："我想研究研究看看。"

"还是专心学好技术吧，少分些心。"

袁二毛捧着纸回到机印股，坐上对开机旁边的高凳，工作起来。股长的话敲着他的心。对那种硬按着头叫喝水的办法，他平素就不满意，此刻这种不满增长了。"偏要做成功给他看看。克服当前困难不比学技术重要？"于是他的想头脱了缰：改成二十六开，版样一定得改变，有几块版必须横放……他一边想，一边机械地挪动手臂，把报纸填进机器。一声沙响惊醒了他，有张印页滑到地上去了。他拾起纸张，责备自己不该在工作时间内分心，便张大眼睛，想把精神贯注到工作上去。然而眼前的印页好像变了样子，有几块是横排的，多了两个码子：二十五、二十六。他挺了挺腰，摇摇头，想赶掉眼前的幻象。

下工的哨子响了，人们离开印刷机，洗了洗沾上油墨的手，唱着歌跑出去。袁二毛依旧坐在高凳上，好像胶住了似的，凝然不动，直到响起吃饭的哨声，才舍不得地离开。他匆匆忙忙地扒下两口饭，撂下饭碗，一头踏进机印股，抽出底盘。可是这一版还没有印完，版不能卸，卸了，装起来费事，妨碍工作。

他跑进宿舍，把摇机器的学徒从床上拖起来，拖到门外，低声细气地说："咱们加个义务工，今天把这一版印完，好不好？"说罢拖起他就走。

整个午睡时间，他们没有休息。可是到下午收工时，还剩下五百多张。袁二毛鼓了鼓劲，又加了一个钟头义务工，在黄昏前终于把这一版赶印完了。

晚间，袁二毛钻进工房，点上灯，卸开版，从每块版样的左右抽去几根铅条，这样放放，那样拼拼，拼来拼去拼不好。他的脑子越拼越乱，好像印重叠了的纸张一样，黑乎乎的一大片。他卷了支烟，走到门外，猛吸了几口，捻熄烟，又转回去摆弄。这样忙了两三个钟头，还是没有头绪。

第二天，他紧赶慢赶又赶完了一版，准备晚上再研究，谁知晚上临时开工人大会，他只好去了。工务科长在会上宣布说，今天到新市场转了大半天，买不到白报纸，要求大家一定要尽量节省。随后提到铅字用得太久，有的压坏了，有的不显了，要重铸一副，可是铅也买不到，希望大家想办法。一时大伙讨论得很热烈，袁二毛几次想把他的想法提出来，又觉得没把握，话到喉咙口好几次，每次都咽回去了。王勤始终没发表意见，别人提出办法来了，他也赞成。比方说，表格图表一律不用白报纸印，他举手同意；从垃圾堆里回收过去不小心扫出去的废铅，他也举手同意。最后工务科长问他有什么意见，他只说了一句："干就是了。"

第二天是星期天，一大早，好些人就去拣废铅，王勤也去了。袁二毛留在工房里忙了一整天，还是没忙出头绪，不管这样放还是那样放，总是差一截，搭不上笋。他无心吃晚饭，胡乱嚼了几嘴，又钻进了工房。傍晚好像比中午还闷，只觉一阵阵燥热从胸口冲到头顶。他把工作帽往脑后推了推，顺势抹了抹额头，抹了一手汗。他走到窗前，支起窗扇，阴暗的窑洞突然明朗起来。他吸了口气，似觉燥热消退了些。这时一张大方脸从窗口伸进来，阔口一张："加义务工？"

"我在试……"袁二毛猛想起前天的谈话，收住话头。

王勤一眼看到了散在底盘上的版样，立刻明白了袁二毛在做什么。他"哦"了一声，缩回头，走进工房，走到机器跟前，扫视一眼横七竖八的铅版，装作冷淡地问：“快成了吗？”

袁二毛摇了摇头，斜瞅了一眼，见股长的脸上没有丝毫嘲笑的神色，心情平稳下来，走近机器，指指这块版，动动那块版，讲开他的想法。开头还不时看看股长的脸色，带着几分拘谨，后来讲得兴奋了，就毫无顾忌地讲解起来。

王勤一边听，一边看，他的注意力慢慢地被抓住了。他一手摸着刚刮过的青色下巴，另一只手的手指在底盘上画着。袁二毛讲完了好一会，他才点点头说：“主意倒不错。好好研究吧。”说罢又望了一眼横三倒四的版样，晃着阔背脊走出窑洞。

王勤慢吞吞地走回材料房，躺到床上，两手交叉颈后，仰望着窑洞顶。刚才看到的情形打动了他，脑子里好像有个钟摆在来回晃动。“做得到！真是能做到的！”他喃喃地说，心头漾起一种痒痒的感情。

他一动不动地躺了一忽，突然跳起来，从半人高的纸堆上拉过一张补过的白报纸，折成两面，摊在桌子上。十五年的经验帮助了他，在白报纸上现出十二块显明的版样，上面六块，下面六块，这是现在印的式样。他先照着袁二毛说的调排，折了几折，轻微地摇摇头：中缝太挤，边上的页码挤到一块去了。窑洞慢慢黑下来，眼前只能辨出报纸的暗光，他的脑袋里，却跟白天一样清亮。在那个小天地里，铅字、版样和它的距离间隔，全都清清楚楚。他在脑子里调度了一阵，头有点发涨，于是走到院子里，来回踱了一阵，回进材料房，喝了几口凉水，又躺在床上默想起来。

天黑了好久，他才爬起来点上豆油灯，从抽屉里取出一本二十四开的白报纸本杂志，翻了翻，端详了好一会，然后把那张报纸用小刀裁成两张，根据想到的样式，这样那样折了一阵子，摇摇头，吁了口长气又仰面躺下了。

他一动不动地躺了好一会，突然“哈”了一声，两步跳到桌子跟前，拿起一张纸裁成几小张，折了几折，加起来正好二十六面！跟那本杂志一比较，每一页虽然窄了一些，但除了把页码从边上移到顶头上之外，一点用不着减少行数和每行的字数。一种从来没有过的喜悦，流过他的全身。他拿起铅笔，在每页的天头上记上阿拉伯字码，翻开看了看，又细细折叠好，把书页紧握在潮热的手掌中，兴冲冲地走了出去。

他急步走到机印股门口，门缝中漏出灯光，自然袁二毛还在忙着。他正要推门，刮来一阵凉爽的夜风，使他从兴奋中清醒过来。他猛地记起自己在前天讲过的话，不禁缩回脚，犹豫起来。他望见不远处的一个窗子里亮着灯光，不知不觉地挪动脚步，径直向那边走去。

他推开门，一道淡黄色的光焰撒上他的脸庞。

工务科长的背脊弯成弓形，正在统计上半个月的生产数字，桌子上堆了一堆表格。听见脚步响，他抬起头来，一看到王勤的通红的脸，以为发生了什么事故，他的映在墙上的庞大影子伸直了，他站起身问："出了什么事啦？"

王勤拉过一张凳子，把沉重的身体投在上面，说了声"我——"就停住了。他不知道该怎么说下去，觉着脑袋里嗡嗡叫，好像屋里烧着一盆烈火。见工务科长两手撑住桌沿等他说话，便吃力地说："我，我刚才……"他又说不下去了，两手摩弄书页，不安地在凳子上挪动着屁股。

工务科长又等了一会，半开玩笑半不耐烦地说："有什么话不好开口，怎么成了大姑娘了？"

"我们的纸张消耗很大。"王勤没头没脑地说了一句，停了停，一欠身，把手里的书页塞到工务科长跟前，"喏，这是二十六开的！"

当工务科长翻看书页的时候，王勤已经镇定了自己。他坐正身子，抬起头朗声地说："前天袁二毛对我说，想把二十四开杂志的报纸本改成二十六开。我脑筋都没有转，一下子把他顶回去了。今天晚饭后……"一说开头，他的话慢慢流畅起来。他谈完了自己回到材料房以后的经过，指了指工务科长手上的书页说："这就是二十六开本的样张！"

“呵！好极了！”工务科长叫了起来。随手抽出一本上期的杂志，比了比，细细地又检视了一遍样张，这才伸出双手，握住王勤的手，使劲摇了几摇，叫喊着说：“王股长，你替革命做了一件好事情！”

“这件好事情是袁二毛做的！没有他，我做梦也想不到这上面去。”

“工务科长！工务科长！”欢快的短促的喊叫一路响过来，掀起的门布卷进个年轻人，一折书页举在头上。“咱们的杂志照这个样子印，能省一大批报纸！”

工务科长拖过一张凳子，亲热地说：“坐下，小袁！坐下歇歇。”

“我出娘胎都没这么高兴过。”袁二毛一脚踏在凳子档上，依旧忘形地喊叫，“好像坐着吊车往矿井上升，全身飞轻！”他一眼看到靠在墙角落的王勤，便把书页塞过去说：“股长，你看看！”股长没有接，倒是工务科长把它抽走了。

工务科长翻着书页，边看边笑。袁二毛两肘支在桌边上，仰头盯着工务科长，准备随时解答问题。工务科长什么也没有问，捡起王勤带来的样张，笑着递给他：“小袁，你看看这一份。”

袁二毛翻看了一遍，又翻了一遍，露出惊奇的神色：“怎么搞的？这一份跟我的完全一样！”

工务科长笑出声来，拍了拍他的肩膀说：“这一份是王勤同志的。”

袁二毛情不自禁地奔向靠在墙上的王勤，抓住他的手说：“股长，你什么时候搞的？我怎么一点不知道啊！”

在王勤听来，袁二毛的话里好像有根刺。袁二毛刚进门，他就不安起来，“他会怎么想呢？工务科长会怎么想呢？”现在，他不回答袁二毛的问话，转向工务科长说：“我一时高兴得掌不住才拿着样张上这儿来的。我不是想抢先。”

“抢先？”工务科长的笑容消逝了，眉间起了短纹，用严肃的口吻说，“王股长，你怎么想到这上头去？边区工厂不像外边的工厂，我们这里没有创造发明的专利权。人人都可以创造，可以发明。袁二毛想出好主意，告诉了你，你认为这个主意好，也去绞脑筋，也得到成功。这都是好事情呵！咱们边区就需要这样的工人，越多越好。”

王勤摸着上衣的盘香纽扣，低声说：“道理是对。可我总觉得不光彩。”

工务科长走前一步，两手按在王勤的宽肩膀上：“给革命做了好事情就是光彩。你没有抄袭袁二毛的图样。袁二毛也不会想：‘主意是我想的，别人沾不得。’小袁，你不会这样想吧？”

袁二毛没想到股长会难过，而且难过成这样，心里又奇怪，又不安。听工务科长一问，连忙摇了摇头，挖肝掏心地说：“我从来没那么想过。说实话，我早先总觉得股长干是肯干，就是死抱着老一套，不想改进。这回我可从心底佩服了，只要股长动开脑筋，干啥都行！”

王勤还是摆弄着盘香纽扣。工务科长知道他在想事情，走到窗前，把窗户打开，一阵凉风穿了进来，灯焰摆动一下，墙上的三个影子也晃动起来。

王勤突然摆了摆头，爽脱地说：“工务科长，我一生就怕别人说我耍奸猾。这事情也碰得巧，显得我很不光明似的。我又抓住这一点死钻，就越钻越偏了。想起来啊，我这人脑子里还有许多旧想法，爱用自己的想法套别人，自己这么想，以为别人也会这么想，唉。”

袁二毛见股长平静下来，像喝了一碗凉水那样舒服，便向股长提出老早想提的问题：“股长，你怎么想得这样快呵？”

“要不是这十多年老跟印刷机打交道，凭空哪能想得出来？可是你要不提醒我，就是再加十五年经验，我这个闭塞脑袋恐怕还是块死木头模子，打不出新花样。”王勤双手一摊，感慨地说，“我才当学徒的时节，倒也肯动动脑筋。有一回，机器上掉了个螺丝，师傅没检查出来，我看出来了，对师傅一说，他反倒骂我：‘才闻到油墨味就来多嘴，站远些！’自此我就懒得想事情了，反正叫干什么就干什么，少管闲事，少受闲气，这样饭碗倒稳些。袁二毛同志，这次你对我的帮助太大了，我是说对我今后工作的帮助。”

“走吧，咱们一块到厂长那里去！”工务科长愉快地笑着，把两张样子插进口袋，一手拉着王勤，一手拉着袁二毛，走出门去。院子里，月光洒了一地，满天是闪闪点点的星星，院落边沿的两棵杨树，在微风里点着头。袁二毛低低地哼起“边区工人”歌来：

生活好像一朵鲜花，
在民主政权的滋润下，
我们长大了……
…………

一星期以后，在全厂职工大会上，厂长把边区工业局赠的两枚奖章和厂部赠的奖金，庄穆地交到袁二毛和王勤的手里。一散会，就把他俩拉到机印股的门口，用他的不熟练的技术，给他俩拍了一张照片。拍的时候，王勤和袁二毛——师徒两个，紧紧地靠在一起，互相可以觉出对方的心跳。

一九四四年十二月于延安

首发刊物不详，录自周洁夫，《坚强的人》，作家出版社 1955 年 6 月版

我的师傅

思 基

一

我是一个知识分子，一听到人家说："知识分子就会说……"心就烦了。我决心要改造去。

我去的地方是个木工厂，住在一个大深山里，走出窑门口就是榆树、柏树。四面都是深沟，我们就住在沟岔上。站在院子里，无论哪边看，都是黑压压的，看不见沟底。这里，除了我们，从来没有人来过。我们住在这里，就像和野物一起生活一样，野猪常跑到我们窑顶上来啃烂南瓜，野鸡总是大摇大摆地到厨房门口来捡小米吃。烧饭老陈看得它们太大胆，从灶孔里抽出一根燃着的火柴头，向它们掷去，它们得意地咯咯咯咯叫着，拍着翅膀，就飞到对面山坡上去昂着头看。老陈一转进窑里，它们就又飞了回来。

我去的时候，正是春天，树子全都在抽芽，山桃和野丁香正在开着花。山格梁上，山洼洼里，都是淡绿色，柳树和樱桃像抿着嘴，皱着鼻子在呼吸。风从树梢上响着走过来，更特别使人清醒——人在美丽的自然里面，真感到满足了，我也抿着嘴，皱起鼻子来呼吸……

“真好呵，全是新的！”我不时这样赞赏地说。

我到这里来学的，是拉大锯。对拉大锯，我是什么也不懂的，什么事都得从最初的基本动作学起，怎样搭架、捆绳、下木板、拿锯、站位置、垫榾櫓——全都得学。我的师傅是个矮胖胖的结实个子，二十来岁，似乎比我小一点。红黑脸、大眼睛、大鼻子，看起来，有点躁性。他是本地闹革命时就参加过刘志丹的少先队，他父亲是木匠，他从父亲那里，学会了做木工，货做得很好。厂里的人，过去对他都有点意见，像我从他外表上所感到的一样，就是他太固执，发了火就不易软下来。但大伙对他工作的热情和忠实，都翘起大指头，称赞不已。队长把我介绍给他时，他走过来紧紧拉住我的手、看着我笑。

“好好教我啊。”我也笑着盯住他。

“你可多帮助我，咱火性大。”

他很坦然的，述说他自己的缺点，好像他好久以来就要寻找人说一样。

“没啥关系，我们大家都原谅些。”我说。

“对着哩，你若对我有啥意见，你可随时讲。”他笑着，看着我，表示对我的欢迎。

这在他来说，似乎是很诚恳和温和了。但我从他的容貌上的感觉，以及从旁听来的，关于他个性的描述，使我感到仍旧是副很严肃的脸庞，心里禁不住有几分戒备。

“好的。”我说着，戒备地看着他。心里感到配上了这师傅有些倒霉。但为了不流露我自己的感情，避免一种不愉快的印象，想随便拉谈几句，就结束我们的谈话。可是，他却从嘴里拖出旱烟袋来，也不擦一下烟嘴子就递给我。

“抽烟吧。”他说，“这是托合作社到合水买来的，可好哩。”

我来不及谢绝（因为我昨天在他面前抽过烟的），他两眼热情地看着我，似乎在等着我回答他："这真是好'合水黄'"。我看了看烟嘴子，没敢擦，——我怕这引起和他感情的隔离，忍耐着放在嘴里。

"好吧？"他又问。

我不知道怎样回答。因为，我心里想起烟嘴上的口水味，实在已经忘了关于烟的味儿了。但我不能不点一点头。

"前次我买了一斤半。"他见我表示同意了，很满足地说，"咱们足够抽他半个月。"

我看他心地确实是一个热情和诚恳的人。但，这时我仿佛和看照片时候的情绪一样，隔着一种东西，不能直投进在他的热情里面去，和他一样的欢笑，我紧压着自己的情绪，我想："劳动了几天，就会跟他一样的。"

二

到森林里去，我很兴奋。刚吃过早饭，我就扛着大锯要走。师傅从厨房走过来，看着我的样子，诧异地盯住我。

他说："你这样还行吗？"

我说："怎样呢？"

他说："非穿棉衣不行，你穿两三件单衣，走进沟里去，冷不坏你才怪呢！"

我为了准备今天的工作，夜里思虑了不止一个钟头。我想：森林里刮不起风，树枝遮住头顶，定比外面暖和，拉锯一运动起来，浑身大汗，那还冷什么呢？我便把这些理由讲给他听。

"不行，"他反驳我道，"时候还没到哩。"

我怀疑着他的话，他把旱烟袋又递给我。

"抽吧，不要慌，第一天咱们慢慢来。"他说，"熟练以后，多加点油就补上啦。"

我们沿着岔沟进去，沟里还结着冰，冰上还盖着一层薄薄的雪。两旁全是密密的白杨和榆树，两边的树枝错杂着，盖成了一个棚顶。太阳从树枝的缝隙中透漏到冰冻的沟里，已经失去了温热。许多枯朽的古树，横躺在沟里，腐蚀了，发出一种闷气。我直往里走，我已经觉得很远了。

我问师傅："还不到么？"

师傅说："就到啦。"

我新奇的四面看着。因为，直到这时，我还不知道今天我应该做些什么，怎样去做。又转过了几棵大树，看见沟旁边翻着一棵剥了皮的树，被解成几段，几块新解的木板靠在旁边倒着的树枝上，一棵树被解去了半边，还没有下架，我这才知道，我所要来学的，大概就是这个活了。

师傅一进工场，就和我谈这工作上必须懂得的一般理论和知识。他走在踏板上用力闪着，试着架子结不结实，然后去拨锯齿。我没有说话，我今天是决心要来听他指挥的。一切都听他的话，我仔细地看着他怎样做。

我对他了解很少，加之听说他脾气不好，开头对他，我一切都采取慎重的态度，在心里头总提防着，害怕两个人中间，发生不愉快的事，他把一切都准备好了，便转身看着我，似乎也感到不像他们往日的生活那样协调。

"怎样，你不吸烟么？"他关照似的问。

"看你修理工具哩。"我说，"行了么？"

"行啦。你耐心地看几次，很快也就能做的。"他看了我一眼，指着工场里的家具说，"过去你没摸过这些东西吧！"

"没，一直念着书哩。"

"呵，那你可把书念饱啦，"他有点半开玩笑似的说，"咱过去识字不多，看着人念大本头书，心里可逼得慌，日后你教我认字吧？"

“好呀！这也像拉锯一样，只要耐心，学起来可是快哩。”

他听着我的话，似乎很喜欢，两眼和善地看着我，但他没有笑。

一站上踏板，我感到茫然和新奇了。我完全不知道我应该怎样动。眼睛直盯住他，端起锯来，手就打战。他鼓励我说：“拉吧，不要怕。”但我一拉过来，他就再也拉不回去了，我着了慌，拼命一推，用力过猛，一直推到锯环顶住了树椙橹。他是照往常的习惯站住的，这一下搞得他来不及退，被推倒了踏板。我脸红了。他笑着，满不在乎的，又走上踏板来，轻轻地说：“你用力小一点，不要太猛了。”

我很不好意思地答应他，身上急得出了汗。但幸运得很，总算还没有再出第二次。

工作一开始，我们就不停息，天天都如此。

山上的事情，一切都由他办理，拨镣、发锯、搭架，甚至连我自己的踏板，他都必须来给我包办——这不是我懒得不做，也不是他想做，实在是由于不得已。有几次，我实在不好意思再让他搞，便自己抽空搞起来。但每次都要不得，他又来拆了重新搞过。每次，他发锯，我就把棉衣垫在腐烂的树叶上睡觉，他发完了锯，再叫我起来。我睁开眼睛，总看着他把棉衣给我盖住，自个穿一件单衣在树椙橹旁边，呼噜呼噜地工作，脸上流着汗。他每一件事，似乎都显得对我宽容、原谅和体贴，在工场里他把最适当的地方让给我，给我方便。我们拉得时间长了，他见我汗从头发尖上滚下来，他就放慢了速度，笑着对我说：“慢一点吧，过去一慢没干过，可不要一下把你熬坏啦，咱少分点红没大要紧的，将来熟练啦，再赶着补。”

但他对于料子却看得很重要，每踏上架，他都要很认真向我讲，注意不要把料子拉坏了，两个人的劳动力白费不要紧，现在料子难找了。稍一有点不对，他就来给我纠正一顿，这仍旧使我对他很害怕，心里常记住他是个火性子。有一次，还是开始工作之后的第三天，我的工作技术，仍旧和第一天差不太远，刚上架拉两下，就把锯条拉偏了，锯齿开始往线外跑，我拉得就更胆怯了。手脚笨得比往天更厉害，扣得使他扯都扯不动。

“怎么搞的呢？你越拉越重啦！”他看着我说。

我一听他说话，更满心羞愧，怕他发火，也怕他宽容。因为我觉得在宽容人的人面前，不注意对自己的尊重是可耻的。我便十分提起了注意，想尽量使他感到，我对于他并不是无法补救的累赘。我提心吊胆的，死死找住锯拐，平平稳稳的，照住他告诉我的方法去拉。人急了，总是干不出好事，刚拉两下，锯齿被木屑卡住了。我用力一推，天知道这是倒了什么运，锯拐竟碰到他的鼻子上，流出血来了。

“怎么搞的！”他有些气恼了：“叫你用劲小一点！……”他第一次用厌恶的眼睛看着我……

“糟糕！”我急了，想道：“这一下可闯下大祸来了！”我不敢看他，扯住锯拐，呆了。

我发抖了，走过去看他，急忙用手巾去给他拭血。

“不要打脏手巾啦，抓把树叶给我吧。”他伸着头叫着，让血不要流在他的衣服上。

我给他些破纸擦干了血，在地上抓了把雪，叫他把手洗一洗。很难为情的，我咕哝着，谴责我自己。意思是希望他原谅，不要火了，弄得大家不快活。他看着我，态度真变温和了。

“没啥关系，拉吧，开头，总会出些岔子的。”他安慰我似的说，“做两天熟练了就好啦，哪个人还不是一样？”

我呆立着，没有说话。……

晚上，我长久安不下心。我想：“今天他原谅我了，但谁知道日后会发生什么不快的事情呢？一个脾气不好的人，忍耐总是有限度的，它不能支持他长久和善下去的！”

这使我很苦恼，但我不能不天天提心吊胆的，跟着他上山去工作。……

三

时间长了，我仍旧改进不了我的技术。他渐渐说话多了，每天一上工他就给我说：“今天拉的时候注意些，你学的时间不短啦。”我一听他的话，觉得他有些不耐烦，心里就有点打战，怕他快要发火了。便仔细地警惕自己不要触怒他。但另外，却感到很大的不自在，觉得“你比我聪明多少呢？一开口就教训人！”对他感到不满意，他说话，故意装着不愿听，表示向他反抗。有时拉得他似乎太不顺手，他便说：“你站远一点吧！怎价老像拖个石头一样呢？”或者，叫我给他把大锯稍抬起一点，不要死扣住。

他的责备，在我常觉得有些冤枉，但为了我们日后继续工作得好些，不要弄得僵住，我常常忍住自己的气，一点不吭气，照着他的话做。

“再错可怪不到我了吧。”我想，“看你还有啥可说的！”

但他一不顺手，仍旧说：“还不对，还站远一点！”我忍住气，又退开树榾榴半步。但不一会他又说我站得太远了，叫近一点。

“怎么搞的？”我实在忍耐不住了，冷声冷气地咕哝道：“你自己站得不对吧！”

他听我这样说，就不再叫我了，只翻着那对大黑眼睛看着我，脸色阴沉沉的，——随着时间，我们就这样彼此忍耐下去。我实在怕，不知什么时候，互相忍耐不住了，会演场恶剧，彼此痛骂一场。

一天，可怕的事终于来了，我们刚吃早饭去工作不久，忽然下开雪了。我的师傅叫我把棉衣穿上，怕我受不住风雪，但我不想穿。

“拉吧，没有关系。”我说。

可是，他却坚持着要我穿上。他自己也穿着那件破袖子单衣，在雪地里站着，很严肃告诉我，他的话我一定得听从，他对我要负责任的！

“管我这些干吗？这又不是拉锯，要你指导技术。”他的话，使我很不高兴，“二三十岁的人，还要你管吗？”

“怎价这样说呢？”他以为我的话瞧不起他，说着，翻了我一眼，不再说第二句话，转过身去抽开大锯，就摆起拉锯的姿势来。

雪下得越来越大了，从树梢上一缕缕往下滚，掉在我的热脖子上，一下就化成水流进了背心里，脊梁上的汗水和雪水湿漉漉往下流，真难受极了。但很长的时期，我们都不说话，他埋着头，只顾自个拉，只听得锯齿抓住木渣，呼噜呼噜的，在雪地里扬起了响声，又被雪压了下去。他连一句关心的话也不问我了。我偷偷翻了他一眼，只见他丧着脸，像被人打过了耳光一样，嘴闭得紧紧的，眼眶发了红，我有些害怕。但是我又想：“这是什么意思，你不睬我，我还来给你磕头吗，你会拉锯又有啥了不得。”

我的气也冒上头顶了，埋着头只管两个胳膊一伸一缩，啥也不管。有时还故意昂起头，表示对他抗议，告诉他：“不要骄傲吧，拉锯没甚了不得！我也会教人的！”但他突然叫我了。

“怎价，跑了线么？”他问。

我低头一看，糟糕！真跑线了。但是，这怎么能说呢！这不是叫我自己承认不行吗？不能！一方面我急着按住他告诉我的方法，想把线纠正过来，一方面支吾着说：“没，没跑——。”

“那你为啥把锯压得死死的呢？”他又问。

“怎么，我抬着给你送的哩。”我脸上发烧了。

“那就怪哩！”他不相信的，赌着气走了过来。他看到我的线跑开了一大半边，惊得叫了：“天呀，你怎价还说没跑！”

责备人的眼光是可怕的，他鼻孔一张一缩地乱动，脸通红，脖子也粗了，两只大黑眼睛死死盯住我，他要拿我怎么办呢？我头也抬不起来了。

“糟糕！”我想，“这会儿可该他说话了！”

衣上盖上了薄薄一层雪花，背心湿透了。我就蹴在树榾櫓旁，静静等他发火了。不做活，身上有点冷得受不住，不时打起了寒战！我的眼泪忍不住了，但我咬住牙根，狠命一逼，又把它吞回了肚子里去。我失悔来这森林里作这号徒弟了。我想："做哪样工作不比这强呢？偏来学这鬼木匠！明天回去了！"

正在这时候，我的师傅走过去，把我棉衣拿过来用袖子轻轻把我背上的雪拭掉，手按在肩膀下，向我说话了。

"穿上吧，"他叫道："雪下大了，天气冷着哩！"

这突如其来的，深厚的同志的友爱，像火焰掠过我的全身，热烘烘的，激了我一跳，我回头瞪住他，不知道应该说什么。他的火性子脾气，我以为这一定大爆炸了，但他为什么软了下来呢？

"不，不冷。"我诧异地看着他，很不理解这是怎么回事。

但他站了一会，看我不说话，又有点窘了，无可奈何的，走到我面前说："算了吧，你去拉我那边，让我来把线纠正过来。"

我觉得太不好意思了，顺从得像一个孩子似的走过去。

正午吃饭的时候，路上尽是泥浆，我在前面扛着大锯，抱住树，一步一步往外移。陈腐的树叶，被雪水透湿了，真滑！脚一踏上去，像冰刀碰在冻结实的冰面上一样，站都站不住。一层枯叶被括开，又现出一层腐烂了的叶子，路上仍旧是滑得动不了步子。我没有走惯这号路，脚简直怕沾得地，今天，加上和师傅闹着别扭，心里很不舒服，走起来更感到特别困难。师傅看着我很狼狈，很快把工场上的家具收拾妥善了，大踏步地走过来，抓住我的大锯说："来，给我扛，路不好走，小心些。"

但他不说"你……"，也正在气恼哩……

四

真不行！白天逼气穿单衣服，现在竟全身发烧，头晕晕地发起疟疾了。支持不住了，我想早些躺躺，但我一想到师傅会嘲笑我充英雄吃了亏，我就再不躺了，我在院角里，大大地提来一筐木炭，推在火上，把窑里烘得人都不敢住，有人说我发了疯，很不乐意地走了出去。我坐得近近的，但还是冷得发抖。

“怎价，你发冷么？”我师傅似乎察觉了，走来问。

“嗯……”我实在不好意思，低声地说，“不打紧。”

“是晌午冷的吧，”他说着，伸手来摸我的额门盖。“哎呀，烧成这号样儿，先躺躺吧，不要听读报啦。”

我还想强辩，这是炭火烘热的，但他硬把我扶到炕上去了。

“看你”他责备我说，“难活都不敢说，这有啥害羞的，又不是小孩子！”

我没说的，服从他了。他把他的被子给我盖上，还怕我冷，又把毯子给我搭在上面。他嫌我枕头太低，又把包袱里的衣服解了两件出来，给我垫高了些。然后，告诉我：“睡好，咱去找找队长去。”不多会，他和队长同来看我，粗壮的手又摸我的额门盖。

“你要吃点药吗？”他轻声地俯身问我，我摇摇头。“那好，等会你要啥，你叫队长，咱到那边去一下。”

队长问我的时候，他就走出去了。

晕晕迷迷的，我也不知道过了多少时候，忽然，我觉得有个东西，冰冷地压在我的额门盖上，我吓得心一跳，叫了起来。我以为是什么狼豹之类跑进窑来咬人了，猛地就跳了起来，几乎要大嚷大叫。但当我看见是我师傅，拿着灯站在炕前，我又羞得坏了。

“怎价？”他问我，有点怕我着了邪似的说：“是我，是我，王德明……”

我躺下了，自己觉得很可笑。

“这刻感到舒展些吗？”他问着我，把灯放在炕头上。

“仍旧那样。”我看着他说，“你为啥不睡觉呢？”

“就要睡去。”他坐在炕头上来，“你坐起来吃点药吧。”

“怎么？”我吃惊了，“你去找医生了吗？”

这里，到队伍上去找医生，来回有十来里路。

“还在下雪吗？”我又问。

“下得小了一点。”

“哎呀怎么能这样麻烦你呢？”我被他的关怀弄得不安起来了。

“这算什么呢？”他阻住我的话说，“这有啥关系？”

他把灯拿过来，又端来一碗开水放在我旁边。一只手扶起我，一只手交给我几颗阿司匹林，默默地静候在我旁边，眼睛怜悯地注视着我。我躺下了，他又摸我的额门盖，试试我的烧退没。在静默的深夜里，他坐在火旁看守着我，我注视着他，想起白天的事，懊悔得直想哭，我逼那么口气，给他多少累赘呢？我口口声声说，我要改进，我远远地跑到这森林里，我想：“我到森林里跟工农同志结合在一起，我一定进步得很快！”但仍旧逼不住一口气，这是谁给我这号坏脾气呢？灯光在炕头上微微颤动，好像在嘲笑我，要叫我认错，要我告诉它，日后我还准备怎样生活。师傅在火堆旁打盹了，不谨慎地响起了鼾声，我轻轻地叫他。他睡得真甜，竟喊不答应。

“老王！”我提起嗓子叫道，“把被子拿去吧，夜深啦，明天还要干活咧！”

他迷迷糊糊地望着我，很显然，他是没有听懂我的话的。他急忙走到我炕前来问我要什么？他似乎在这里等着专为我服务。

“不，我叫你睡觉去咧！”我看着他说，“你把被子拿去吧。”

“你好好盖住，天气冷哩。”他又来摸我的额门盖，“咱和老陈讲过啦，有地方睡的。”

“那怎么行呢？这样冷的天气。”我对他的照护感到不能安静了。

“没关系，你好好躺着对了，不要又像晌午一样。”说着，他把我的棉衣盖在被子上，给我垫了垫枕头，叫我好好休息，就走出去了。

我很难过地看着他，心里谴责着自己：“为什么不听他的话呢？

他熬坏了，我还拖累他，黑天打洞的，他还去为我跑，唉……”想着，泪从我的脸上滚下去，我悄悄地哭了，我想：“像这样人家会把我看成什么人呢？我骨子里充满着美谛克的坏血液，将天天被人嘲笑！美谛克，这是多么卑微的形象呵！滚开，我要健全的生活！”

我决心明天要干干净净洗过澡，一切都向师傅谈清楚，像他一样生活！

五

一个人，生活的自信和忍耐，是攀上希望的目的的云梯。我生活，忍耐，我快活了，我和师傅友爱地谈笑着，开着可怕的玩笑，再也不会红一下脸。过去是作为嘲弄来回忆了。

但是，人们对于他躁性的批评，我却抱了很大的不平实在觉得莫大的冤枉。

今天是休息日，大家吃了饭，都跑到林子里找木耳去了。洗完了衣服，我也跑去找他们。树林里，现在被绿叶遮盖得不漏风了，冷森森地，恐怖地沉默着。从腐烂了的树叶中流出来的水，发着臭味。树梢上，各种鸟乱叫着，一个也看不见。我走着，吆吼着几声，找不到人，有点害怕再走了。忽然听得深沟里有唱歌的声音，仔细一听，正是我的师傅在里头。

天上有颗北斗星，
中国有个毛泽东，
他的办法好又多，
条条为咱老百姓。

这正是他最喜欢唱的歌，我已经听得烂熟了。他的嗓子很不好，唱起来大家都叫作“打破锣”，有的却讽刺地叫他“音乐家”。我走过去时，他正在一堆格针树中蹲着搬木耳，唱着：

“中国有个毛泽东……”

他完全没有想到我去。

“好，唱得好！”我突如其来地叫着，故意奚落他。他猛一抬头，“咚”地碰到格针树上，我更大笑起来。

“混蛋！”他摸着头，自己也忍不住笑了。

“你不是不来吗？”他看着我说，“‘文化’嘛，坐着吃就对啦。”停了一会又补上一句道：“怎么？来啦还想偷懒么？”

“文化”？是我每天晚上教他识字，他给我叫上的。在他一半是奚落之词，一半是当着教员的意思。我走下去，也钻进格刺针里去，那长的木耳真多，我蹲在他旁边足足搬了一帽子。

“火性子！”我想起为他抱不平，叫道，“为啥你像个阉牛呢？”

他没听懂我的意思。我把话重新说了一遍，于是他讲起下面的故事：

他十二岁上就成了孤儿——他大殁了，他和他娘过着苦日子。娘挖苦菜，他把他大的行李去和一个木匠合伙——因为他人太小，没人来请他干活——那木匠看他小，就常常骂他，打他。他们是伙计，但他却阎王爷那么凶地对待他。这样，苦痛地过了二年半，就把他脾气完全养坏了。好骂人，赌气，有时还爱动手脚。这样惯了，参加了革命，性子躁得尾巴总带着一点。

他在十四岁上就和革命在一起，十八岁上正式参加了革命，工作很忠实和卖力，自问没有偷过懒，只有一个缺点，就爱发脾气。

有一次，老陈在会上批评他，竟和他大吵了一顿。

老陈说：“你是怎搞的？总是和别人搞不好！”

我急得暴跳起来叫道：“怎么？到水井里去照照你自己的样子！苍蝇也要咬我么？”

老陈听他说“苍蝇”两个字，气得坐也坐不住了，站起来，指着他叫道："你这就是落后！思想没有搞通！"

"我真忍不住了。"他说，"手里正拿着旱烟袋嗤地就朝他掷过去。我想：'落后就落后！打了你再说！'但烟袋没打着他，碰到门枋上撞碎了。会场上的人，看我这样全站了起来，瞪住我喝道：'你要干什么？''随便干什么！'我也叫起来。队长看着没法，向我走来说：'你怎么这个样呢？''思想没搞通呀！'我顶了他一句，冲出窑门就跑了。大家气汹汹地瞪住我，我出来以后，有人还很不平地嚷道：'他简直成霸王了！'我回到窑洞里，气透顶了，我想：'看你们怎么办？咱姓王的还把人怕了么？'我躺下了，衣服也不解，等他们追过来和我打架了。好半天不见人过来，我以为他们定在讨论处置我了，我躺着胡盘算，猜他们定逃不了两个方法：不是明天开会斗我，就是送我回总厂去叫上级处罚我。

"'好的，'我想：'送我回去正好，咱要求学习去！有了文化，咱就干别的工作，再也不回来了！'至于斗争会，咱是不大怕那一套的。

"一夜过去了，谁也没惊动我。第二天我还对老陈赌气哩，队长倒和和气气地走过来，把我拉到窑里去，好言好语地和我谈起来。

"'夜里，大伙态度不好，'他说：'同志们都自我批评啦，你还有甚意见？我们来谈一谈。'奇怪透了，这叫我谈什么呢？我愣起眼睛成了哑巴，啥也说不出来。他见我不说话，以为我还在赌气哩。他说：'看你，大晚上气还没消完么？无论有什么都可以说呀，何必还这样使性子呢？'他的话逼得我实在受不住，眼泪滴下去，落到了他的手上，他惶惑地看着我，手扶住我……"

他说："看你，男子汉家也哭开了！同志，这是可羞的！心里有什么话就应该说出来。"

"我受不住他问，我怕他看我，在他温和的眼光和强烈的友爱底下，我浑身打着战，……半辈子没说过的话，第一次我这样的忠实和恳切地告诉他了。"

“是咱不对！”我颤动的嘴唇再压不住我的声音了，“队长！队长！”我叫道，“同志们是对的！凭我对革命的忠实，我以后改！改！……”

队长抓住我的手，紧紧的，深怕我跑掉似的，镇静了一会才说：“不，同志们也有些地方不对，但大家都会改正的。你休息去吧，不要过分地激动了。”

他讲着这段故事，激动得连木耳也忘记搬了，脸上淌着汗。

这段故事正发生在我来以前不几天。

原载《解放日报》，1945 年 10 月 1 日

金夫子李金山

温田丰

八美，确实不是很美的。你要知道，拿我的粗浅的观察说来，蛮人正仿佛被一只无形的灾难的手扼住，渐渐流散，衰落。八美这个山谷里的小平原，平顶高耸的蛮房，附近二三里，大约有二十家。但是，大都断壁颓垣，没有人住。除了离我们半里远，大树荫盖下有幢房子，住着几个蛮人；再过去，住着保长；另外，就只是可怜的金夫子的住屋，与做金厂生意的帅大爷和蒋大爷的店子了。自然，农场炮台式的房屋，威镇全境，热闹地住着我们和农场的三十几个人。

蛮人的稀少，引起我深刻的印象。许多人分析过那原因：第一，草地太广阔，但是，旧有的房屋逐渐破落，广阔说不可靠。第二，蛮家送子弟当喇嘛去了，不讲生育，一部分是事实。第三，差徭烦扰，生活艰难，这个我想是主因。然而，凡是人都应有生存的权利，即再聪明的征服者，为着别种目的，也保存土著民族，何况，“汉满蒙回藏”，号称一家呢？

我们很寂寞，几幢房子都访问了。帅大爷那里，有花生，烧酒，杂糖，鸦片出售，也常常去。

一个下午，我们准备到帅大爷那里，去喝点花生酒。

走出炮台式的房屋，通过一块洋芋土，便到了横跨小河的木桥。站在桥上，你可以尽览八美了。往东看，越过狭窄的山凹，天空开朗，想象得出，那是一块广大的草原：看不见山，只有靠北这面，几座光峭的雪峰插进天空，射出耀目的异常凄凉的白光。山凹里面，南北两山夹峙，若非东面开矿，实在很像落进地牢。向西，顺河而下，不远，河折南流，高山挡住了视线。南山有矮小的青杠林，北山精光，满生着野草。平地上，许多青稞田，有的荒芜，有的耕种，坚实的稞穗，低低垂着头，似乎在忧虑着自己的命运。河岸陡峭，但水流静缓。北岸我们房子的东面半里处，九根挺直的桦木并列着，绿叶环接，仿佛一道翠屏，树荫下藏着一所蛮房。南岸有许多石丘，傍着深坑，这是金夫子的业绩。百年前，年耕亮在这里淘过金，现在产量虽不旺，也还有人在淘。我们穿过石丘的小径，向一里外帅大爷处走去。

帅大爷，四川灌县人，随赵尔丰入康，就没有出去过，在康定住得很久，到这里开店，也有十年，仍时时到康定去办货，他娶了一个蛮女人，没有生育子女。他的身材瘦小，略现佝偻，三角脸，鹰嘴鼻，一口烟熏的黄牙齿，一双狡猾的小眼睛，年纪在五十上下。他整天蜷缩在烟榻上，除了掂金子、收钞票，很难得坐起来。其实，他的烟瘾并不大，然而一豆红灯，却是他的良伴。你以为他不管事么？不然，他一脑壳都是账目，都是最会赚钱的妙法，他也是能干的骑手，自己养了一匹壮马。在康定，他是一名小小的大爷，在这里，山中无老虎，猴子充霸王，更“海”得开。所有的金夫子，差不多全是他的弟兄伙，因此，他的生意也特别兴旺。四张烟榻，常告客满，他还卖腊肉、挂面、黄烟、草鞋，和粘巴。他任意赊给金夫子，而金夫子们每天都来缴上几钱几分金子。所有的货物，都用金子标定价格，对我们例外地收取钞票。他放了六十几两金子的账，一半是被金夫子拖起跑了，但是他还握了一百两现金在周转，以康定市价折合，约值一百万元。他的东西，拿钞票计算，真太昂贵了，花生两百元一斤，杂糖四百元一斤，比康定的价格，贵出四五倍。这些零食，简直成了奢侈品。然而，寂寞如我们，嘴又那么馋，跟金夫子差不多，成了他的长主顾。

踏进帅大爷的大门，院坝里那只毛毵毵的黑蛮狗，跳起来向我们狂吠，幸好被铁链锁着，不然定会把人撕成几块。小心地绕过它的势力圈，进了阴冷的牛房，爬上坚牢的宽楼梯，闯进了烟室。

这间屋子相当大，从厚厚的牛子墙上，凿了两个小小的方孔，放进来一线暗弱的阳光，角落里简直漆黑，幸有四盏烟灯，模糊地照着四壁。屋里陈设，全照汉人习惯，四张高脚的床，一张方桌，几根板凳，还有一个银柜，一个货橱。满屋弥漫着浓烈的鸦片气味，几个褴褛的金夫子，脚杆上沾满了灰色的污泥，横倒在铺着破席的床上。对着萤火似的烟灯，有的在裹捏烟泡，有的持了葫芦在拼命地吸，只听见呼呼的长响，嘴里鼻里都不出一缕烟子。帅大爷从烟榻上抬起半身看着走到方桌边的我们，客气地说：

“吔，请坐，请坐！”

“吔，帅大爷，花生酒！”我说。

“哦，坐嘛，坐嘛！”

我们三个人坐下了。帅大娘——四十多岁的蛮女人，扁大的脸，眼睛鼻子和嘴巴挤在一起，很不调和。她嫁给帅大爷二十多年了，原来在康定背茶包子。帅大爷的脾气很不好，她或许认为应该如此吧，在他时有的咆哮中，从没有开过一句腔——她给我们拿来半斤花生，一碗掺水的烧酒，还有两小包杂糖。我们就剥起来，吃起来，她像影子一样走了出去，为生意，帅大爷又大声喊她进来。

门口又鬼影一般出现一个人。他拖着无力的脚步慢慢走进来。我认出他叫李金山。他走到帅大爷床前，从怀里缓慢地掏出一个小包，软弱地递给他。从苍白的嘴唇，吃力地吐出低嗄的口吃的声音：

“帅……帅大爷，这……这一钱金子，请掉点……请掉点香烟……香烟给我。”

帅大爷伸出污黑的布满筋络的手接过去，凑近烟灯打开来，用中指轻轻拨着褐色的金沙，两眼抢出，仔细审视着金沙的成分。然后，用左手摊了解开的纸包，慢答答从床上挣了起来。从枕边取出一杆小骨秤，放下纸包，当当地敲敲秤盘，又轻轻提着两个纸角，将金沙倒进盘里。右手提了秤，左手敏熟地展移着小秤砣。展定了，静静地停了一会，又凑近烟灯，数数秤码，这才摇摇头说：

“噫，没有一钱哪，只得九分五。”

“有有，有……一钱，厂……厂秤……称过的。”

“没有呀，你称吧！”

李金山苦着脸，无可奈何地说：“算……算了吧，掉……掉一钱生烟……生烟给我。”

“不行啰，只掉得到九分五。”帅大爷一边包金子，一边回答。

李金山没有响，静静地站着。候帅大爷离开烟榻，开了银柜，放进纸包，取出一块黑土，一柄小刀，切一块下来，关了银柜，回榻称好，交与他。一边又说：

“呃，李金山，你差我一两五金子，怎么不来上呀！”

“这……这两天，金……不旺吗，啥子……啥子上呢？”他答，用颤抖的手拨裂着小块的烟土，放了一点进嘴里，还使劲舔着手指上的残余。他又走到火炉边，解下腰间的木根碗，斟了一点茶，咕嘟咕嘟倒下喉咙。然后，走到方桌边，颓然望下。我问他：

“过瘾啰！”

“过……过瘾啰！”他强笑着回答我。

他是我们的老相识，也是帅大爷的长买主。第一次我看见他吃生土，就引起我的注意了。为什么不像一般金夫子烧熟烟呢？他回答：

“烧不起嘛！吃一钱生烟，要烧两钱熟烟啊！”他过足瘾之后，说话不像刚才那样口吃。

我同他谈过好几次，他是四川遂宁人，十九年天旱，逃到关外来的。起初听说这里可以捡金子，满怀热望，想来弄几仓金子回去，顿然变成大富翁。他还带了妻子和一个孩子同来，实在，当时也没有别的去处，不能够说他过分妄想。到了这里，依然是穷苦和饥饿，而且，比家乡更荒凉。——金砖盈屋，成了美丽的幻梦。也曾打算回家去，但是，一身是账，又染了烟瘾，回乡也仅成空言，几经流转，才到八美。在转徙中，他常常燃着一缕希望，假如这回碰到金子旺呢，不说多，剩个几十两，我不就那个了吗，但是，一地复一地，十多年过去了，剩得的是更大的烟瘾和渐渐的衰老。半大的孩子，两年前也死去了。去年，他觉得替别人挖，就算碰到旺金，也只能得一点边边角角，充其量，使烟贩充足些。于是，自己约了两个同乡，加上老婆，组成小小一棚人，在这里开始了他的新事业。但是，可怜的收获，抵不过烟贩的开销，又拖起账了，身子也愈来愈不成了。

他确实只有一张粗糙的皮，包着枯骨。穿一件粗毯子的蛮服，一根棕绳做腰带，满身泥垢，袖边和脚边都磨掉了一截，露出枯柴一般的手脚。他没有靴子，但是最穷的蛮人，都有一双破靴。由于长年站在水里，一般金夫子都穿草鞋，他却草鞋也无力买；金夫子扎着毯子头帕，他却光着头，乱发蓬蓬；初一看，认不出他是汉人，因为金夫子都穿着毯子短褂；听口音，他才是满口四川方言。他的脸色铁青，颧骨高耸，要不有双泛黄的眼珠在滚动，会错认作头骨标本的。

他沉默地在屋里望着，双手撑头，搁在桌上。我们只顾到和吃，没有去理他。他仿佛恢复了精神，站起来摇曳着出去了。

我们吃完所有的东西，两个同事倒下空着的烟榻，烧烟去了。我没趣地走出来，沿了独木梯，爬上顶楼。李金山住在这里，只有屋顶，没有墙壁，这屋子原是预备堆青稞的。他和老婆占一个角落，两个同乡占据另一个。两堆枯草，两把铁锹，两担撮箕，还有一个沙盘，这是他们全部的财产。靠露台，三块石头架个灶，锅里正煮着粗茶。李金山睡在草秸上，仰着仿佛一具死尸。他的四十岁上下的汉装的女人，坐在灶前，敞开衣服捉虱子。她一如内地的农妇，身体结实，粗眉大眼，脸上愚蠢而无表情，看见我，连忙掩好衣服，招呼一声，去拨弄着灶里的火。

“呃，李金山！”

“请坐，……坐，板凳都……都没有。”李金山坐起来，我站在露台外面。

“要吃饭啰！”

“要……要吃啰！”

“这几天挖得好么？”

“挖不够……面面啰！”

他的女人递给他一碗茶，一小盆粘巴，他一如康人，用稀脏的手在碗里揉着。还举一举碗，客气地对我说：

“请吗？”

“请啰！”

“你郎个不戒烟呢？”我突然问。

“戒……莫得法嘛！戒……戒只有饿死！”

“掉地方去挖呃！”

“走不动呵，……还……还挣起帅大爷呢！金夫子……当不得啊！先……先生！”他摇摇头，头骨标本的脸上，蹙着眉毛，低垂着泛黄的眼睛，枯瘦的手托了碗，无力地搁在腿上。

“先生，我们是做庄稼，偕不得这样惨呢！”他的女人插进来说，她在揉粘巴。

“是呀，想法子回去吧！”

“走得动偕说，屋里头也不晓得怎样呢？”她答。

我不愿继续这个无趣味的谈话，溜下楼来了。

同事们在别的地方，拿旧衣服跟金夫子掉了些金子，觉得很上算。有个晴天，三个同事又拿了旧衬衣、学生服等，到附近金厂去掉金子，也邀了我同去。

向西走，越过帅大爷的屋子，不远就是金厂。河岸上，有二三十个人，分作五棚挖着五个坑，仿佛掘坟墓一般，把无用的石块堆在一旁，成了小丘。几个人在掘；几个人又用木做的大吸筒，在抽坑里的淤水；几个人又用撮箕，把混着小石块的泥土，挑出地面；又有几个人运送泥土到河边沙盘上去。带旧衣去的同事，揽着生意，但回答的都是："没有金子呵，先生，买不起呵！"他们失望地夹着货物，站在坑边。我走下河去，这里胪列着五个沙盘，李金山和别的几个人，都持着锄头，把泥土拨上沙盘，在河里做了一条沟，让河水自己流过沙盘，冲去附着石块的泥土，又拨开石块，再拨新的上去。金粒便沿在梯形的沙盘上了。李金山拨两锄停一歇，拨两锄停一歇，铁青的脸苍白了，加上枯瘦的四肢，仿佛一个活动着的髑髅。

"李金山！"我走在他近前叫。

"哎呀！先……先生！"他扶着锄头，无力地抬起头。

"怎么哪？"

"害了毛……毛病呵，……两天吃……吃不得面面啰！"他垂下头。

"睡两天嘛！"

"睡……睡不起呵，……帅……帅大爷……逼我要……要金子呵！"

"我们有医生，你来看嘛。"

"看啥……啥子呵，命……命生就了呵！"他又吃力地举锄去拨石块了。

第二天，我们又在帅大爷那里了。李金山走进来，面容惨白，两堆浓黄的眼屎拥在眼角，纵横的泪痕布满面颊，上嘴唇挂着两道发光的清鼻涕，口涎糊满一嘴，两唇苍白而乌黑，不住地打哈欠，两条腿实在驮不动上身了，扶着墙壁和桌子，才走到帅大爷的烟榻前。他摇摇欲坠地站着，说话的声音，模糊得几不可辨。

"帅大爷……你老人家救……救我的一命吗……赊……赊五

分烟。”

“我的不是本钱么？你扭到闹！”帅大爷停止揩烟，仰面望着他。

“我……要死哪！”李金山答，打着哈欠。

“你要死郎个？你挣我一两七钱金子，没有喊你今天还就算对得起你啰！”他又揩着烟，眼神凝注在那喷香的烟泡上。

“你……你不赊我，死……死了……啥子还？”

帅大爷受刺似的掉过头来望着他，生气地说：

“你拿死来赖我，你死了，还有你婆娘呀！”

“帅大爷，多少赊点给他，他来了三次哪！”邻榻一个中年金夫子插嘴说。

“赊给他？”帅大爷掉过头去回答：“他病妥妥的，死了球大爷还！”

“你就算做好事吧！”邻榻的声音。

“我的不是本钱！”他又揩着烟泡。

我实在觉得，这五分烟仿佛什么灵丹妙药，可以救这个垂死者的命。于是，我插言说：

“帅大爷，称给他，我给钱！”

“呵，你先生心好！”刚才插嘴的金夫子说。

“先生，……”李金山喊。

“李金山，你去看吗，我们有医生呀！”

“看……命……”

帅大爷揩完烟，栽大斗子上，呼呼地吸完了，懒懒地爬起来，掏着腰间的钥匙，一面说：

“有人给钱，这生意又做得啰！”

他开了银柜，称出生烟递给李金山。他像饿鬼一样，接过手，一下就塞进嘴，咽进肚里，又特别兴奋地向我说：

“先生，道谢啰！”

三天不去帅大爷的店子了。一个阴惨的下午，灰色的空气流进胸腔，窒塞了鼻孔和嘴巴，闷得发慌，我们又向帅大爷的房子走去。刚进院坝，就听到女人的哭声。我直觉地想到："李金山死了。"异乎寻常地，帅大爷站在烟室外，我向他问询：

"李金山死了吗？"

"死了！"他揭开油垢的瓜皮帽，搔着头。

"哪阵死的？"

"上半天。"

我爬上顶楼，李金山仍像生前，睡在枯草堆里，只是脸上多盖了一张草纸，手足现着青菜颜色，他的女人一把眼泪，一把鼻涕地哭着。

"先生，……"她看见我们哭着说。

"呵，不要哭了。"

"有烟都不得死哪！呜，呜，呜。"

"呵，不说了。"

"棺材也没得，钱纸蜡烛都没有，呜，呜，呜。"

"没得办法呀，这里哪里来？"

"呜，呜，呜！……"

我心里想："客死异乡，死不得好葬！"不觉也渗出两滴同情之泪。

我们悻悻地退下楼来了。

"帅大爷，怎么埋他呀！"我问。

"唉，啥子都没得，只有将就些了，我倒霉！"他扭动着三角脸，小眼睛直转。

"怎么的？"

"账收不到不说，还要埋他！"

"死都死了，算了嘛！"

"倒霉，倒霉，还有他婆娘啥！"

“怎么？”

“他的婆娘总要还我！”

李金山由帅大爷施舍一床烂席子埋了。送葬的人倒不少，都是他们一帮的。他的未亡人痛不欲生，但还有一挑担子在肩上，他们这棚人，虽然缺少一个，仍旧挖着。李金山生前挖了许多坑，现在可得用了啊！

原载《中原·文艺杂志·希望·文哨联合特刊》
第 1 卷第 4 期，1946 年 4 月

煤

——煤能使废铁化成钢

李　纳

黄殿文是哈尔滨有名的小偷，外号叫“无人管”。他蹲过好几次笆篱子，但是毫不在意，他说：“监狱就是我的家，长久不来，还想它呢！”

今年一月，又进了监狱，法院判他半年徒刑，送到矿山生产。

到矿山，他用锅灰把面一抹，躺在炕上哼哼，今天说骨头疼，明天说筋痛。人家吃饭他不吃，等旁人都上班头，他才偷着起来弄饭吃。这样过了半来月，有一天，工会陈主任到大房子去，正好他在炒菜，来不及爬上炕，只得搭讪着说：“主任，我病好了，过天把就能干活了。”

陈主任说：“你也该干活，要不，连饭也吃不成啦。”

他说：“你分配吧——不过你不管饭我也能对付。”

主任说：“你愿干什么活？”

他毫不迟疑地回答：“叫我看水楼吧。”

主任纵声大笑起来："那是妇女和老头干的活，你年青力壮的，还是挑点别的吧。"

他说："你说，只要是轻巧活就成。"

主任说："你去推煤车吧，三个人推一辆，你重活干不动，就和两个老工友推一辆。年青小伙，干点活有多好，为什么要犯那没出息的病？"主任从身上摸出一百块钱给他："去洗个澡剪剪发。"

主任又告诉他，矿山新老工友待遇一样，只要劳动就有钱花。

他嘴里哼哈答应，心里却说："我要钱干吗？在哈尔滨做一次'买卖'[1]就是好几万，我还挨这累？"

第二天一大早，他就跑到工会去："主任，我今天干活去，你给我找条绳，我把棉袍扎上。干活要有个干活的样子！"

主任赞赏地看看他，"头发一剃，可不是一个挺干净利洒的小伙子吗。"就给他找了一条绳。他把前襟扎在腰里，问："还带什么家伙？"

主任说："不用了。"

他兴致勃勃地跨出门槛，拉开架势，大声吼唱起来，"我迈开大步往前奔，康嘞勒嘞……"

到运输股挂了号，把他分配和两个老工友推一辆车，谁知他不用力气，只作着推车的架子，嘴里哼着二簧，身子向两边摇摆，后襟直向两个老工友扫来。车推不动了，老工友说："你使点劲吧。"他说："这不是使劲？"煤车怎么也推不过去，老工友把手一松，他也跟着松下来，说："老工友不是要团结新工友吗？你们不推，我也没法子！"

后面来了一串煤车，翻车的没有事干了，催促着。他就站在一旁喊："大家来帮忙呀！这挂车推不过去啦！"果然跑来几个人帮着推，

---

① "买卖"，即偷。

他倒蹲在犄角上，一手拿一个大饼子，咀嚼着喊："注意点，不是闹着玩的，小心轧着脚呀！"

运输组长见他老耽误事，就叫他回去，他正乐意这样办。于是跑到草甸子里睡了一觉，回去见了主任说："他们两个都不推，让我一人推，那能推得动？我不敢批评他们，怕他们骂我'坏蛋'。"

主任说："你别撒谎了，我知道你偷了懒，明天可得要好好干活。重活干不了，我送你去仓库缝口袋。"

主任亲自把他送到仓库去，他缝起口袋来，手指伶俐，别人缝二十多针，他一只口袋就缝好了。主任见他像个干活的样子也挺高兴，临走嘱咐他好好干。

主任一走，他把针一撂，对那三个人说："你们是不是老娘们？这是老娘们干的活呀！"

大家也没理他，他说："你们愿意听哈尔滨的事吗……"

大家说："你赶快缝吧，一会就晌午了。"

他一本正经地说："一分钱，一分货，十分钱，买不错。刨煤一天挣几千，咱们一天才挣千儿八百的，要认真干才是真傻瓜！"他把头凑到那三人跟前，问："你们愿听'小老妈开膀'吗？我唱一段给你们听。"

于是拉开嗓门唱："小老妈在上房打扫尘土……"引得那三个人手下的针也动得慢了。

唱完后，他说："你们光听唱，不给钱行吗？唉！不给钱也行，你们三人缝好的袋分一份给我，我就天天给你们唱。"

股长一来，他赶忙装个样子，股长一走，他又把仓库变成戏园子。

下班时，见仓库里堆着些小笤帚，就顺手挑一把揣在袖里，走过合作社，只见猪肉刚捞上来，喷香！他走进去，佯装买东西的样子，把一大块肉偷走，连盖肉的布也拿走了。一回大宿舍，就叫："来吃肉呀！"有人问他："多少钱一斤？"他说："我一堆买的。"

有个工友叫杨立顺，因为他嗓门高，好说话，又姓杨，所以大家叫他“洋炮”。他看到炕上多了把新笤帚，在心里寻思：“这玩意儿只有仓库有……”所以就问：“这笤帚是谁的？”

“无人管”说：“我的！”

“你哪里来的？”

他满不在乎地说：“路上捡来的呗。”

另一个工友走来说：“这是仓库的东西。”

他气愤地说：“谁见我从仓库拿来的？别血口喷人，在街上捡点东西也犯法！？”

大家都围上来：“你拿了人家的，还不认错？连猪肉也保险是拿的！……”

“你破坏了我们的名誉！”

他说：“名誉卖多少钱一斤？”

“斗争他！”

“斗争？只要不打就行。”

大家气得脸红脖子粗，说：“走，上工会去！”

他把棉袍一抖，拉长语调：“上工会就上工会，走呀！”见大家拿走了肉和笤帚，他半开玩笑地说：“你们说不勒大脖子，这不叫勒大脖子叫什么？”

大家到工会，把赃物往桌上一撂：“主任，你瞧！”接着把事情叙述一遍。主任严厉地说：“黄殿文，你闹得太不像话了，几次破坏矿山的规矩。以后再拿人家的东西，把你送到警卫连！”他看到大家都很气愤，生怕真送警卫连。他想：“光棍不吃眼前亏”，躲过这一关吧，所以就说：“我错啦！我给你们赌咒，再犯错误就天打五雷轰。”

主任见大伙走开，就说，“老黄，你坐下来，咱俩唠唠。”

主任给他卷了一支烟，从闲谈中间问到他的家世，他是双城人，在家里也种地，父母亲死了之后，就寄住在大爷家。当过几年兵，以后又想在哈尔滨混点事，但在伪满时代，没有个做官的亲戚，哪里也混不上事。住在旅馆里，和一班小偷打上了交道，没有钱，小偷就鼓励他出去偷，一回两回，觉得这买卖不错，一出去就有钱花，往后耍钱，抽大烟，扎吗啡，逛窑子……什么都来。结果，老婆被大爷撵出来，到哈尔滨找到他，在店里租了一间小房住着。他三五天也不回去，媳妇问他，他总用话支开去。他说："没有不透风的墙，日子长了，屋里的知道我干这没出息的事，她哭着要寻死。我说：'我也是没法子呀！'我答应她找事干，不再偷了，可是主任，不偷除非我袋里装满钱。……"

主任说："现在你媳妇的生活谁照管呢？"

他说："我也不知道。说不定被人家撵出来了。人过到这一步，什么人也顾不上啦。"

主任问："你和你媳妇感情怎么样？"

他眼睛一闪，垂下了头说："主任，我屋里的是个好女人，我对不住她……"

主任说："你应该为你妻儿想一想，在这里好好干活，把媳妇接来。"

他绝望地说："我现在是臭名传千里，再莫想抬头啦。人生一世，过一天少一天，混一日了一日，享福也是一天，蹲监也是一天，挨累也是一天……"

主任说："你这就不对啦。从前偷东西是没法子，旧社会逼的；现在是新社会，人人都得工作。你年纪不到三十岁，前程远大；像我这老头子，土都盖半截了，还越干越上劲。你好好干活，也和老工友一样能立功，又能减刑。"

他点点头。在肚里寻思："可也对——但是干活多受累！"

主任说："你下坑干活吧！坑里挣钱多，每月开七八万，手边也宽裕些。"

等他一走，主任立刻照着他说的地方给他老婆打个电报，希望她到矿山安家。

然而，这小子的脑子里却又塞满了“溜”的念头。“溜”总得要有盘缠，他早就看准睡在他身旁的工友的包袱，这人叫李子明，平时不爱说话，不会喝酒，样子和姑娘似的，所以大家都叫他“大姑娘”，叫惯了倒连真名都丢了。“大姑娘”有他特殊的爱好，他刨煤很起劲，每月开支八九万，他的钱都做了衣服。他有一双黄皮鞋和一身红绸里的衣裳，因为冷，收拾在包袱里，但他还是时时打开。“无人管”早就打它的主意。他也害怕被抓着，但又一转念头：“抓住是他的，抓不住是我的。皮袄谁穿谁暖和，吃饭谁吃谁饱——八路军真可笑，讲民主，光用嘴，不疼不痒，当什么用？”

他把那包袱看准，在溜时一定“借”它当盘缠。

那天，他当真跟坑长下坑内。往坑内的道路走，泥水煤混合在一起，把不住就要摔跤。瓦斯灯的亮光只能照一小片，不小心就碰着头。他在心里骂：“这是阎王路！哪个兔崽子发明下煤坑。”坑长却像走平道似的，一路告诉他：“这里滑，那是有坑。”好容易挨到下面，坑长说：“你坐着歇歇”，就把他分在“洋炮”和“大姑娘”的“掌子”[①] 里干活，并且告诉他，“洋炮”就是小组长，不明白的事找他。他想：“倒霉，和他一道——但是，不管它，反正我不能总呆在这里。”

他看见爱漂亮的“大姑娘”满脸漆黑，只有两排牙齿是白的。他越看越不顺眼，在肚里骂：“还高兴个屌？也不照照自己的脸，装鬼都不用化妆了。大洋炮，还总唱……”

“大姑娘”见他坐在镐把上不动，就说：“瞅够了吧？瞅也瞅不下煤来。”

“洋炮”说：“上来，我教你刨。”一面把着他的手刨了几下。他

① “掌子”，坑内采煤工人干活的场所。

说："就是这样刨，容易，让我刨给你看。"

他拿起镐头，在煤上乱刨一阵，"洋炮"说："你别像关公要大刀一样，力量要用在两臂上。"

他把镐头一撂："操他妈，这煤和生铁一样，凭我这胳臂就刨不下来。"又转向"洋炮"："你能刨下我不能刨下，来，咱俩摔个跤试试。"

"洋炮"说："过几天再刨煤吧，把这些煤铲下去。"

他叽咕着："出娘肚皮也没干过这活。七十二行，这叫什么行？"

拿起铁锹，像有千斤重。他把铁锹用力往煤里一插，煤和铁锹一齐滚到下面去。他大声嚷叫着："铁锹掉下去啦！""大姑娘"说："你这不是成心捣乱？！"

他说："我手一松，它就掉下去啦。"

"大姑娘"不耐烦地说："别吵吵，下去捡吧。"

他巴不得这句话，就"扑通"往下一纵，故意把头用力在地上一碰，失声大叫："哎哟！我的头被煤碰破了。"蒙着头，"洋炮"一看，果然流血了，就说："你上医务所瞧瞧吧。"

他真快乐，他的计划进行得很顺利。

当天，"无人管"和"大姑娘"的包袱一块失踪了。过了两天，"无人管"的媳妇也到矿山了。

陈主任心里真着急。把她安置在大宿舍隔壁一间小屋里，劝她不用发急，男人过两天不回来，就找人送她回哈尔滨去。

女人只好住下来。她哪能睡得着？深夜了，只听见大宿舍里忽然吵闹起来，她清楚地听到主任的声音，"我告诉你跑不出去，穷人的江山穷人爱，儿童团三步一岗五步一哨，你能跑得了？现在你信我的话了吧？"

另一个声音："你为什么逃跑？叫你干活学好是坏事？矿山什么地方亏待你？"

许多声音："说呀，你为啥不说话呀！"

一个非常熟悉的声音："我一时的错误……"

孩子被吵醒，她把孩子抱着走出来，一看，坐在炕上的正是她丈夫，她止不住流下眼泪。男人见了女人，大吃一惊："谁叫你来的？"

女人说："你打电报叫我来的！"

男人说："我哪里打电报叫你呀！"

女人拭擦了一下泪说："政府待你这样好，劝你学好还给钱，又给你接家眷，你还跑什么？这几年，我什么罪没有受过来？家里撵我，间壁邻舍笑我，要没有小丑儿，我早一头扎死了！"女人抽抽搭搭地说："你不见以后，我黑夜白天盼，家里啥吃的都没有，我只好厚着脸领着孩子回大爷家，人家不肯收留。天黑了，还下着雪，我挂着孩子，不知道上哪里去。哭爷爷叫奶奶，小店又留不下。政府说你在这里生产，我以为有指望了，卖了那床破被就来找你……"

女人简直说不下去，怀中的小丑儿也哇的一声哭起来。大家看看黄殿文，又看看女人，心里都难过起来。女人接着说："谁知你又逃跑，人家待你好，我一来就看在眼里了。你究竟安什么心？你是存心要让我娘儿们饿死？你到底把我们娘儿们安顿在什么地方？"

黄殿文焦躁地说："得，得，别说了吧！"

大家劝解着："大嫂，你也别伤心啦！回去休息吧，好好劝劝老黄。"

"大姑娘"几次站起来要东西，但他看了这情形很心酸，他咬一咬牙说："算了吧，我一个跑腿子的好张罗，他老婆刚来，权当送给他安家。"

第二天，黄殿文垂头丧气地去找主任："我家里说什么也不回去，愿在这里落户。主任，你瞧我这吃的，住的，……"

主任说："住的你不用操心，早给你找好了，就是那所红砖房。你先支一万块钱买点油盐，吃饭的家具一会给你送去，炉子早就安好了。”

他笑着说：“谢谢你老！”

主任说：“现在你家里来了，你下坑去刨煤，多挣点钱。只要你这一月下足二十八个班，给立一小功，减一月徒刑；往后生产要超过任务百分之三十，给你立一大功，减三个月徒刑。”

他为难地点点头。

主任又暗地叫“洋炮”来说：“你和黄殿文一块干活，把他改造好了，给你立一小功。”

“洋炮”说：“我豁出一个月工钱不要，我来改造他。”

第一天，“洋炮”来催他下坑。先叫他做些零活，他常常歇下来，瞅着煤不动，“洋炮”也没有说他，只管一个人刨。下了班，也总和他一块闲唠。三天之后，黑板报上表扬了他，他觉得脸上有点光彩。

下响休息时，他问“洋炮”：“你早先是干什么的？”

“洋炮”说：“我也和你犯一样的病，在早，我是有名的蘑菇匠，现在我算是安心生产了。民主政府不准有游手好闲的人，哈尔滨也没有咱们这种人的路了。”

他说：“干活也真难，土篮一搁到肩上，就不是味儿。”

“洋炮”说：“干几天就惯啦，只要你下决心，就是累也不觉累。”“洋炮”诚恳地看着他说：“你这几天还是胡思乱想，你溜走也没有道，哈尔滨来了许多新工友，不是告诉咱们不准有闲人啦。咱们两人好好刨煤，能立功，又能参加工会。”

黄殿文想：“也对，出去再偷也偷不着，老婆又在这里。干吧，立了功，减了罪，再回去做个小买卖，刨煤这事干不了。”

他说：“你教我刨煤吧。”

“洋炮”举起镐头，一边刨一边告诉他：“力气要用在镐尖上，后把要死，前把要活，镐要拿得稳，刨要刨得准，才能刨得久，累了，左右手换换。”

不一会，刨了一大堆。

他也举起镐去刨，但煤却固执着不肯下来。他觉得有点惭愧，他抱怨自己："这么粗胳膊，不能刨下煤来！"

"洋炮"说："慢慢刨，别着急。"

他下定决心，把手膀也累肿了，手上起了血泡，还是咬着牙坚持下去。

一个月过去了，他没有歇一个班，立下一个小功。

这天，"洋炮"拿着一卷钞票放在他手里："开支啦，咱俩开支十万，我和你对半劈，这是五万，你收下吧。"

他接过钱，是一卷五百元一张的红钞票。他拿在手里，像比过去拿在手中的钱要重得多，他装在口袋里似乎又比平常的钱轻多了。

他说："老杨，咱们去割二斤肉，到我家包饺子，咱们好好唠一唠。"

他们穿过大道，上合作社去，买肉的人太多，他拼命挤到前面，他看看周围的人，他再不觉得比人矮半个头。他叫："割二斤肉！"吃惊自己的声音也有些变样，仿佛比平时高昂了。

他提着肉，买了酒，一路上看见人就招呼："大哥，上哪去？"他觉得今天工人们好像不关心他，为什么不问他："你的肉和酒是哪里来的？"

这是他生平第一件漂亮事呀！

为迎接"五一"，坑和坑，组和组展开集体立功运动。"洋炮"领着黄殿文、"大姑娘"和另外两个工友和四组竞赛。

坑内刨煤声、炮声、车声把说话的声音都淹没了。到处闪着瓦斯灯的亮光，没有一支手歇着。

"洋炮"是个熟手，镐头一下去，只见煤哗啦啦落个不停。煤刨得太多，车不够用，各处都嚷着，"车呀！"

老黄对"洋炮"说："这片煤硬，用炮崩吧。"

“洋炮”喊：“行，可是槽要掏得深些。”

黄殿文躺在煤层下掏槽，像鱼游在水里一样快乐。

炮“轰隆”响了，大块的煤崩下来。

“大姑娘”抢到了车，嚷道：“四组一共推出十车子，咱们得加油呀……”

顶煤的柱子密密地直立着，像一座大森林，有的已经压弯了，煤发出吱吱的声音。黄殿文一心要赶过第四组，他不顾生命危险钻进去取煤。“洋炮”警告他说：“老黄，要冒顶[①]啦！……”

他说：“不要紧，里面还有一两吨煤。不取出来不就糟蹋啦。”

两吨煤一会就被他们抢出来了。

望着发光的煤，“大姑娘”高兴地自语着：“这一大堆，准能超过四组了。”

黄殿文帮“大姑娘”装好了煤，看着一车，两车往坑外运，他格外兴奋，又重复他已经说过几十次的话：“咱们现在吃煤，穿煤，国家用的是煤，哪一家离得了煤？煤真是宝贝呀！”

四月底总结，“洋炮”领导的组创煤超过任务百分之五十，每人记了一次大功。

“五一”这一天，他一清早就去找工会主任：“主任，请你到我家坐一坐。”

主任见他满脸笑容，忙说：“好，我一会来。”主任到了他家门口，只见他用自己钉的小车推着孩子玩，见他来，赶忙丢开，把主任请到屋里。

屋里有自己钉的小炕桌，新炕席，桌上放着瓜子、糖、香烟，还有两支茶杯，他夫妇俩殷勤地让主任上炕。

主任说：“今天是你的好日子，我还没有给你道喜，你倒先请

---

① “冒顶”，煤塌下来。

了我。”

他说：“主任，你真像我老爹！我屋里的常念叨你。”

女人说：“你比我亲爹还强。”

主任说，“这不是我的功，是共产党的功。俗语说：种大烟的多抽大烟的就多，种高粱的多吃高粱的就多。共产党提倡人人当好人，所以好人就多……”

女人说：“咱们怎么也不能忘记共产党，他把废铁炼成钢了。”

主任说：“你的刑期已满，你愿回去吧？”

两人都说：“我们说什么都不回去啦。”

男人说：“今年我刨了一亩菜地，吃菜不用花钱，屋里的又给大宿舍里缝缝补补，一月也能挣两万多。你老看，外面跑着那几只小猪也是我的。我不领水袜子，屋里的用旧水袜子一改就能穿，又结实，又省钱。”

女人说：“你老有钱花吗？没有就开口。”

男人虽然总是满足地微笑着，但心中似乎有一件事情没了，他替主任倒了茶，轻声对女人说：“你抱着小丑儿出去走走，主任不常来，我们好好唠唠。”

女人笑着说：“你还有什么背人的事？”把小孩往背上一撂，出去了。

女人走后，屋里沉默起来，黄殿文像遇到难以解决的事，他犹豫着。然后在身上掏出一个纸包交给主任：“主任，请你装起来。”

主任莫明其妙地顺从了他。他说：“不瞒你老说，我这一万块钱留在身上，是准备和屋里的逃跑的，现在你老撵我我也不走，这钱倒成了累赘。请你老代我……”

主任困惑地问他：“这是什么钱？”

他说：“这是‘大姑娘’的衣服钱啊！衣服我见‘大姑娘’自己赎出来了。这事多亏你老没叫斗争我，逼我。要不，我屋里的是爱脸面的人，她也没脸再住下去。”

他用双手抱住膝头：“我和‘大姑娘’在一个掌子干活，一看见他我心里就难过，请你老把这钱交给他，往后，我的头就能抬起来了。”

主任安慰了他：“过去的事就当死了吧……”

这时女人和“大姑娘”、“洋炮”一块进来说：“叫你开会领奖啦！”

他和大家一起出去，刚要进会场，他低声对主任说：“主任，请你给我改号头[①]，要能批准我入工会我就更心足了！”

原载《小说（香港）》第 2 卷第 2 期，1949 年 2 月 1 日

① 犯罪的人和工人在经济上完全平等，就是号头不同。

工人张飞虎

康　濯

上

每天大早，在这个城市的南大马路上，人们总看见一个壮小伙子，骑着辆自行车，像射箭一样往东飞过去，到半后晌，人们又会见他还骑着车子往西飞。这人骑车子的技术挺不赖，马路上每日挤挤闹闹，行人车马谁不小心就难免挨碰，可是他骑着车子，还总是两手不扶车把，两脚不停地蹬着脚镫子，从车马行人缝里直往前钻，有时碰到汽车什么的，实在钻不过去，他便使右脚猛擦车子后带，“吡”地一下，车子停住了，吓得旁边的人忙闪过一边，并回头看他，他却一动不动地稳坐车上，谁也不睬，歪着脖子吹起了口哨，等路通了，他身子一动，车子就又跑了，只把口哨声丢在后边。

他是这个城市电业公司有名的工人，年岁不到三十，工龄却有了十三四年。他从十八九岁上就是头等外线技术工人，现在更是公司里数一数二的好手艺，不论上杆子、安装电灯电话、修理变压器和收音机、无线电，他是样样拿手，这二年他的营生并且已经不怎么动手了，公司里每有大的出勤活，多是他领班，他查看查看，指点指点，三言两语一说，别人照他的吩咐一办，保管顺顺当当，马到成功，他在这上头的技术，比他骑车子是还强得不能说。

他这人手艺出众，脾性也跟别人不同。提起他的名字，不用说，他会挽起袖子，露出左胳膊，那上面刺画了一只长了两翅膀的老虎，他告你说："兄弟姓张，张王李赵的张，名字就叫这。"他使右手拍拍胳膊上乌蓝色的飞虎："飞虎！"他跟人说话，也是这样，做两个动作，说一两句，干脆利落。他营生倒不赖，每日按时上下班，从不误点和早退，但下工钟点一到，却天大的事也不与他相干，他跳上车子就跑，好像有什么紧急事要去办一般，其实他下工以后又并没什么事，只是沿南大马路回家，路过小市场，就听听落子，吃点零嘴，买两件估衣，上五金摊上转转，见了心爱的电器、车子零件，就跟人家鼓捣半天，讲价还价，买定了，便跳上车子，吹着口哨，心满意足地回家去了。

他家住在南大马路西头一个小院里，院里两间北屋两间南屋，共住着四个工人；他住北屋西间，东间是他的一个拜把兄弟，叫黄武，北平人，本市自来水公司工人；南屋一间住了个姓崔的老头，人们尽管他叫老崔，也和张飞虎同在一个公司里做外线活；再一间是个二十挂零的小青年，人们叫他小李，发电厂工人。他四人同住一块的日子不短了，但张飞虎除了短不了和黄武打打交道，别两个是从不怎么理睬；他要不就不在家，在家就多半在屋子里钻着。他的屋子是这院里最好的一间，屋里摆设得热热闹闹，满是五金破烂，没事他就捉摸、拾掇，短不了闹出个什么怪玩意用来玩，他的车子也是他自己使零件配的。他也好跟别人拾掇家具，听说谁的电器物件或是车子坏了，他便立时跑去抢着修理，并且不要钱，谁要故意逗他，不让他修，他生气跑了，但一会却又走来，跟你动手动嘴地扯皮，非让你答应不行，赶他修好了，你若说："张飞虎你把式真不赖！"他便笑着说："可别客气！没能耐，多多包涵！”从此他就看着你够朋友，跟你常来常往，吃穿也能不分。但你若故意说：“这修理个什么啊！这不是开玩笑？”好！他可一言不发，动手就把物件拆卸成原来的坏模样，说声：“你另请高明！”谁要挡住他不让他拆，对他说：“君子动口不动手嘛！张飞虎你先说说不行？”他一膀子把你碰开，拆完再说：“我张飞虎生就的先小人后君子！我揍了你个鸡巴肏的再说！”他在公司里领班干活，若别人不听他吩咐，或是听他吩咐也干不成，他也是一发火就先动手，伸出个巴掌把你推得远远的，自己出手干好了，回头才训唬人道：“你学的什么鸡巴手艺？”就因为他这股“犟”脾气，人们背地里短不了说他是张飞，是猛虎。不提防被他听见了，他就又动动手脚，并训唬人道：“老子张飞虎行不更名坐不改姓，谁们鸡巴瞎说？张、飞、虎！不多不少！知道么？”这么直闹得人们哭不是笑不是。

张飞虎就是这么个出众的人物。他同行的工人，差不多谁也挨过他训唬，谁也怕他恨他，但谁也不能不佩服他的把式；公司里边，也实在觉着他别扭，为他恼火，但却也实在看重他，奈何他不得。他自己也就仗凭了这，冲冲闯闯，不怕天塌，不怕地崩。

不过，他张飞虎却也着怕过一回，那是一九四五年九月，日本投降不久，八路军刚要解放这个城市的时候，他怕人家共产共妻，三十六杀。当时他把兄弟黄武告他，说共产党怎么怎么坏，共产党怎么不要工人，怎么破坏机器，并一个劲拉他去北平，保证他有工做；可是他是从小没离过这城市的，不免磨磨蹭蹭，一时决不定。正在这时，八路军打进来了，黄武没顾上叫他就跑了，他后悔得不行，担惊受怕地直在家里睡了一天一宿。

第二天，跟他轻易没打过什么交道的老崔，忽然跑到他屋里来悄悄说：“张飞虎！我去公司里来着，公司里有了八路军，叫咱们上工去哩！还说是给咱们发双薪。小李也去他们厂子上工了，你看咱们这不去怕不行吧！”他从床上爬起来问道：“公司里机器没事么？”老崔说：“没事，听说是有几个伙计怕人破坏，给看管了三天三宿，人家八路军还奖赏他们哩！可市内市外线坏得不少，正是咱们的紧活。”他又问：“人家没说共产杀人？”老崔说：“可没，那人是再不能和气啦！人说那些话是日本鬼子糊弄人的。”他一听说这，马上就翻身下地，车子推出门，直上公司去了，后边老崔两条腿紧追紧撵，走上大门，却连他个影儿也没见着。

到黑夜，张飞虎心眼就平妥得一点事也没有了。他见到老崔说的那些都是真的，并和共产党的工作人员说了话打了交道，觉得这些人还挺痛快，于是他一边盘算着怎么捎信叫黄武还回来，一边自己照常上工，每天这里跑那里跑，尽是又大又重的外线活，忙得他头一身汗还没干，就又出第二身汗；公司里的工作员们见他这样，就短不了夸说他奖励他，他一高兴，没事便也给人们修理个电器家具，并且还给点零件，人家给他钱，他就说：“使吧，不好使可多包涵！要说这钱么，我有话在先：给钱就不修理！你们莫非看着我张飞虎这么不够朋友？”人们都大笑起来，这个拍拍他肩膀，那个看看他胳膊上的飞虎，有的说：“到底是工人，痛快！”还有的就请他吃饭抽烟喝茶，他便告人家：哪里的烟好茶叶好，哪里的馄饨包馅锅贴好……有个工作人员还跟他出去吃过一回，二人有说有笑，那工作员就告给他什么工人阶级啦、劳动创造世界啦，他听着也很对心眼，对人家是什么也敢说。当时还有些工人脑筋不开，对共产党又喜又怕，像老崔就是，他便给人宣传道：“怕什么？这叫翻身解放！你没听说？咱们叫工人阶级创造世界，共产党就是给咱们服务的！你怕个鸡巴？”人们闹不清的，工作还是不前不后，他却满心欢喜，浑身带劲，每日来往的自行车跑得更快。

不久，公司整顿好了，工人们筹备成立工会，大伙选筹备委员，选了刚解放时候保护机器的几个工友，张飞虎也被选上了，当时他登台讲话道："各位！咱们工人创造世界，工作很是重要！兄弟没什么能耐，大伙要选我嘛，我也不能不干，可以后大伙就得听我指点调拨，不兴不服！兄弟有话在先，各位多包涵。"他说完，市工会干部接着就解说了一阵什么叫民主和领导的，意思是说张飞虎的话有毛病，但他没听，他到一边抽烟喝水去了。

开过会以后，筹备会分配张飞虎领导三个工人小组，并负责布置工会办公室和俱乐部，自此他每天下了工，就置备、安装各种家具，一个人忙得满世界转，把布置的屋子摆设得像杂货破烂摊。等他安顿好了，委员们开会检查工作，要他报告，他道："这还用说：你们看那屋子去不就得啦！"于是有人给他提意见说："你那屋子布置得不像个正经模样，连个毛主席像也没有的！"他忙道："那好说，买一个就是，再不你们谁找个相片，我描着画一个也行。"又有人问他："你一共花了多少钱？"他说："谁那记性那么强啊！反正大伙给我五百块，我自己也有六七百的，也置办了家具，也有我的吃喝，一归堆都花了，还欠了些账。"这真叫大家瞪着眼开不得口！后来谁又问他："你那三个小组怎么样？开过几回会？讨论些什么？"他见人家老问，不高兴了，便仰着脖子吹了两声口哨，才说："我张飞虎又不能五马分尸！也没有三头六臂！那些事我指派给组长了，你们不会问人家？"他一家伙把会闹僵了！但一会，人们却慢慢批评开了他，这个说一套翻身解放的道理，那个说几句工人阶级的责任，接着就是他没有计划啦、光一个人忙也吃力不讨好啦、银钱手续不清啦……大家一点也不含糊，直惹得他火气从脚底冒到头顶。他看看四周，却见众人里边除了一两个有点手艺的，又多是普通工人，这更叫他火上浇油，不觉往起一蹦，一脚踢开了面前一张小沙发，狠狠往桌上拍了一巴掌，嚷道："我张飞虎哪一门不如你们？你们就这么不给我留面子？老子也是大伙选的，我也有话在先：叫我干我就是这个！不叫我干我开路！我还怕闲着呆得慌？"说完，他背转身就冲出门外，跳上车子跑了。

此后他再也不管工会的事。公司里和市里工会派人和他谈话，都是左打劝右解说的，他却不啃不理，并觉着共产党这一套真腻烦，有时实在没法，他就说："我是凭手艺吃饭！我手艺上头要有差错，你们罚我揍我，我没话说，可这工会的事，不干也不能由我？八路军不讲的是民主么？我就是给工会多买了点家具呗！多不过我包赔就是！还有什么说的？"人们见一时说不转他，再说谁也是很忙，就把他搁到一边了，他也乐得自由自在，下了工，爱干什么便干点什么。

赶过了年，忽然市政府和市工会来了好几个干部，在公司里住着，成天抓住空闲时间召集各种大会小会，闹得满世界忙。张飞虎倒没怎么关心这事，他轻易不去参加会，去个一回半回吧，反正也不听也不说，呆坐着望着个收音机或是变压器的，心中想他那些上天入地的稀罕事，坐腻了，就抽抽烟，口袋缝里掏点什么吃剩的渣子吃吃，对谁做个鬼脸，逗得人们忍不住笑了，他却不声不响，很像在正经地听会上讲话一般，心中暗自得意。

但这样的会他参加了几回，有一回又当真听了听人们讲话，却不由得他不动心。原来市里的干部是来帮公司里整理组织、正式成立工会的，不久并且把现在工会筹备会的正副主任，升成了公司里的科长股长，工会正式选举，又新选上了几个他平日不看在眼里的人，连老崔也是一个，他张飞虎不光没人选，而且大会上还有人批评他，他生气也不顶啊！心想人家有什么能耐？咱就干不了股长委员？不想那些吧，心眼却总有个什么物件放不下！嘿！紧接着又开会说是叫大伙评定工资，评定条件不光是凭技术，也还要看看什么工作态度的！咱张飞虎满世界仇人，可不要吃眼前亏吗？真想不到共产党还有这么一手！正在这时，市工会同志找他谈话，这人倒喜眉笑眼，跟他擦肩摩耳地，夸奖他的手艺，问讯他光景好么，对公司有什么意见么，又和他谈说过去的工人和现在的有什么不同，还说有缺点错误的改了就光荣，这他倒听得进去，满觉着这人够朋友，他又正担心着评定工资的事，因此便顺水行船，承认了他一些缺点，并且在评定工资的大会上，登台坦白道："我张飞虎办工会那会，银钱手续不清，平日我好训唬人，我不爱参加会，这都是错误！我坦白，我改，银钱我包赔！请各位别客气，多提意见多包涵！咱们这会是新社会的工人阶级，我一定进步！"不想他这坦白人们却不满意，并又对他批评了一通，好在他听批评也多了也惯了，就像耳边风吹吹吧，说声："我接受，同意，我都改！"便不结记了。随后评定工资，原来主要还是看技术，他还是每月三百五十斤小米，还是数一数二的，比那些工会委员都高，比经理科长也差不了什么，这么一来，他心中的什么物件放下了，心想，共产党也不过是这样的！于是他算抓住了一条真理，短不了跟人说：

"工人创造世界！有手艺呀，走遍天下有饭吃；没手艺，哼！住在金山上也是白瞪眼！"

他又是车子来车子去，口哨吹着八路军的新歌，大早上工后晌回，不误点不早退，可也不多干活；他的脾性倒也改了点，不怎么动手出口伤人了，但不小心闹回把，一接受批评就完事；公司里大小会能躲就躲，躲不过，趁会开到半路，出来小便就一溜烟。他工资着实不少，比起过去，的确好得不能说，家里又光杆一人，心下便有了个新想头：翻身解放了的，该娶个媳妇！于是他每日跑戏院逛落子馆，捡女人多的地势钻，不过这上头他从来自认能耐不大，想起他那把兄弟黄武，那家伙来这一手真行！他在，保管三天就办喜事！给他捎信吧，交通又不通，也没合适便人！好吧，反正什么不是闯出来的！有钱使得鬼上树，自己闯呗！有一回，他天黑了才听说新光戏院晚场好戏，十几个坤角都出台，他忙跳上车子飞了去，嚯！不想门口早挂了"客满"牌，不管，往里进！查票的挡住了他，他说"我买票！""早不卖票了！""唏！咱一个工人，加班重活刚下工，瞧瞧戏，明个天不明又上工的，不行？你知道这会是什么世道？"人家却也是一套新道理，不让他，不想旁边一个照管戏院的工作人员却说："外边再没人啦，让他进去吧！一个工人，辛辛苦苦的。"他就这么闯了一关，长了一智。还一回，他去小市场落子馆，先随便听了些新编八路军事情的曲子，到大半夜，却抢占了紧挨台子的桌子，烟茶点心一吃喝，学着过去黄武的架势，拿一把零票子往桌上一搁，腿跷起来，闭眼静听，等到唱曲女人下来收钱了，他也不睬，人家求半天，他才眼一睁，嘴往桌上票子指指，说声："拿吧！爱多拿少拿的！"人家当然不敢下手，他就这么开开心，并又闯了一关，学了一门。慢慢地，不知怎么一来，他居然找了个对象，请假五天结婚。

听说他这个对象过去也唱过落子，还在窑子里呆过，工会不免不怎么放心，就派老崔问讯他这缘由，他道："咱们是自由恋爱，两相情愿！你别和尚训道士，管这么宽。"老崔见说不进话，也就算了，但他并不结记这，还是帮着张罗，并且又拉小李帮忙，给打扫院子，布置屋子，随后又给打点得公司上下都送礼道贺的，临办喜事的时候，老崔还和公司里的秘书来给他主婚证婚，真个像模像样，他自己排场闹得更大，不要说新人穿戴三新，新房摆设得明光闪电，而且还买了个金戒指，接新娘又吹吹打打游街。行婚礼的时候，他登台讲话，翻身解放的说得满不赖，公司里秘书也给他打气，只有老崔给提了三条希望：一叫他结婚别忘共产党，努力工作求进步；二叫他改改脾气，夫妻和美；三叫他过光景勤勤俭俭。这却给他的高兴劲泼了点凉水。他道："崔老头，你怎么这会也批评我？"亏得参加典礼的工友一嚷闹："喜事三天不分大小，什么也能说！""来吧，新人们交杯吧！"这么才又把他逗得欢欢喜喜。

结了婚，过日子总得变变样，张飞虎也是这样。他比过去更忙，有时还得托老崔请个一半天假的；车子再快，碰对了上工还要误点；开会是轻易不到，就是转破烂摊和收拾电器车子也干得少了。人家问他你忙什么，他一摇头，说道："翻了身，家务事太多。"你看，他要和女人一起出去买穿戴和香水，又要听戏看电影逛马路，想吃点好的，还得上馆子……这么一来，他那三百五十斤小米，花销起来还挺不宽裕，这一个月换季置单衣，半月就花光了一月的钱，吃喝都遭了难，而且还欠了账，为这事两口子不知怎么还嚷起来了；当时小李看不过意，跑去劝说道："这年月，痛痛快快的，还嚷什么嘴？快别啦！"这一对却不理小李，还在你说他花销多，他说你吃喝大；小李是年轻气盛，又正有一股子翻身解放后的青年热火劲，一听他们嚷的是这，不觉正正经经地说："你们就不知节省嘛！这会是咱们自己的天下，过光景应该自己好好计划的。张飞虎我早就对你有意见：你看你这会铺摊得住两间屋子，黄武的屋子你拿来作厨房，还要点五十光的灯泡！你就从来不吃小米！拆洗被子，有了女人还要送洗衣局……"张飞虎没等小李说完，就把火气转向了他道："我吃了你的？花了你的？你凭什么批评我？"女人也翘着嘴对小李道："你爱吃日本那会的豆饼混和面的，你吃吧！多嘴多舌的干什么？"张飞虎接着又说："趁早走吧！咱们河水不犯井水，老子算让你一步，别惹得我动手动脚的不好看！"小李还正经地道："唏！张飞虎你不同意我的意见你说呀！你这是什么态度？"这时老崔正走了进来，小李忙叫道："老崔，这可是你们工会里的，你来评评道理看！"张飞虎不觉真生了气，挥拳动腿地直要往小李跟前窜，老崔忙赶到二人中间一挡，并推开了小李，小李一边往回走，一边说："这么不讲道理！统治阶级流氓脑袋！什么工人的！"亏得这话张飞虎没听见，他正在屋里低头坐着，老崔在一边听他女人说明白了情由，就打劝了一阵，又说了些要节约要和美的道理，最后并道："短花的，我还有，你花两个吧！"张飞虎却听了老崔的道理就又想生气，只道："我自己想法对付，不借！你回吧！"说着，对老崔一挥手，老崔便走了。

这边张飞虎呆下来跟女人商量，要把金戒指卖了，女人却尖声怪叫着不让，而且女人一发狠是那么有劲，不提防她猛扑到男人跟前，使出全身气力，咬住男人的手竟把个张飞虎也咬得直叫唤，女人却趁机从男人手上窃下了戒指，藏起来了。男人没法，一出门小摊上就问他要账的，找人借么，本公司里实在不好意思开口，外边的，人们又尽忙，人也轻易找不见，磨蹭了几天，最后还是只得跟老崔身上打主意。

这天后晌，张飞虎下了工，等了一会，见老崔回来了，就上他屋里去，嘿！门倒开了，人却一转眼就不见了！那边屋里像有人说话，推开门看看，也没有，只小李一个人在念报。再等等吧！他就院里转转，屋里坐坐，直到天快黑了，老崔才背了一口麻袋什么回来。他正说迎上去哩！小李却从一边先赶上帮人家放下了口袋，并道："今个又闹这么些？"老崔说："不多！要不是天黑了，还能闹些。小李，你又整学习了半后晌？"张飞虎稀罕地问老崔道："那是什么？"老崔说："四外里拾的些个破皮线、铜线、保险线、绳头。唉！你不知这，公司里的照顾我老，怕累着了我，不叫我干外线活，一天家干内勤，我这筋骨倒光觉呆得慌！再说，公家这会这么好的，我就每日满世界寻点七零八碎的，交给公家，也算尽点心意吧！"小李道："你道是老模范哩！老崔，我要多多学些字，准给你这事写上登登报！"老崔说："不顶！哪比上你们青年们一个个小老虎似的！嗨，我早出世了几年！赶上这世道啦，可老球了。嘿，小李，你们洗锅炉怎么了？""嘘！"小李忽然跳起来了，并拍着老崔肩膀道："你看我还没告给你哩！你知道，是洗咱们厂三号锅炉房的两座大锅炉，只用了五十个工人，七天，今个正晌午就完成了，试水也只试两回就试好了！你说怪不老崔？过去给敌人干，也是这营生，也是半年洗一回，用百十个工人，快也得洗九天，试水也得试四五次，敌人又还加发饭钱手套风镜的！"老崔也高兴地道："那还用说！过去谁不磨洋工？可这会呢！"小李又跳起来抢着说："你说这会，不见的人准不信！咱们为了怕这锅炉停电太久，每日加班四个钟头，可干起活来，人人还都像打冲锋，连大小便的。”小李高兴得瞧了张飞虎一眼：“谁也是飞跑，比张飞虎骑车子还快！”老崔点着头慢慢说：“就是！咱们公司里也是这么的！那回挑战竞赛呀……嗨，我这嘴笨得说也说不出那股劲。”这边小李就又劲头足足地，接着说开了他们厂里这回的挑战竞赛，节省材料，还有一大堆工人的创造和发明……

张飞虎在一旁插不上嘴，就坐到他那靠墙的车子上去了。但他听着一老一小来回说的，却不知怎么有些心虚；不用说，老崔说那他们公司的挑战竞赛，他是没参加的，那些事他也不觉兴味；不过，这里这俩人说的话，他却听得挺真，他并且想着：厂里的事真是他们说的那样么？可不！他也见来着，不由他不信，于是他又觉着有点不服劲……直到后来，他忽地想起借钱的事，才像梦醒了一般，可又不想当着小李的面给老崔说，就跑上去打断人家的话道：“老崔，上我屋里来说个事。”他女人也开门出来说：“家来歇歇吧！老崔，看把你累的！”小李却道：“你也饿了吧？我连你的饭也一块儿做了，先吃点吧。”老崔说，“真个！不提不饿，你这一提呀，可就是想吃了。”说着，他一边进屋盛饭，一边问：“就这说吧，张飞虎，什么事？”张飞虎心一横，管他小李不小李，说就说吧，便道：“想借俩钱花！”老崔端着饭出来，一边吃一边说：“你看！上回我叫你使你不使的，我又把钱入了合作社了，身上没有多少的！”说着，他回头问小李：“你还有吧？咱俩给他凑凑。”小李说：“行！”这边张飞虎只觉挺别扭，但也没法，就没说什么。赶老崔吃了饭，把钱凑上，一边给张飞虎，一边又说：“你们也就该省俭些哩！飞虎嫂子，你说是么？”女人道：“谁说不是！”老崔接着又说开了七长八短的道理，尽是些张飞虎不爱听的，照他的脾性，他会说：“你不借拉倒！说这些干鸡巴！”但这会他却一声没吭，也不知是实在没钱花，还是听了刚才老崔小李的话，心中起了活动，他一直坐在靠墙的车子上，直到老崔小李回去了，他才进屋。

以后他花销也的确省俭了些，并且还量了些小米，老崔看了不免高兴；这时市工会又正号召工人开展回忆运动，要大家想想过去的苦，看看今天的甜，来提高认识，加强工作；老崔就更想趁这当口跟他扯扯，动员动员他。不想这天后晌老崔走进他屋里，却又大吃一惊，冷了半截：原来他省俭了两天，昨天后晌去小市场转了一趟，却又花了十多斤米的价钱，买了个电火和一个空心磁人头，这会他正把人头搁在梳妆台上，把电火安在磁人嘴里，电线穿过磁人的耳朵，开关装在耳朵上，他嘴含烟卷一支，对着人头嘴里的电火，一拧开关，电火着了，他烟也吸着了，就一边吸烟，一边对人头笑笑，对他女人笑笑，并跟老崔说："刚捉摸成的！看这玩意巧不巧！"老崔瞪了会子眼，坐下道："嗨！光能吸个烟的，花那些钱有什么意思嘛！"这话正冲在他的高兴劲上，他道："又没花你的钱！借你的吧，可一开工资就还你，短不了半个！你管着哩！"老崔忍了忍，又慢慢打劝道："你也不想想过去光景的！日本人那会，咱们吃混合面撑得拉不出屎，夏天单裤快露出屁股，冬天破布片片絮烂棉花套也穿不上的……那是什么样的苦啊……"他道："我叫你瞧瞧我这亲嘴吸烟机，你说那些个干鸡巴！苦呀苦的，这会不苦不就得啦？再说老子这会也还是出勤上杆子，风吹日晒的，莫非不苦？"老崔急了，忙说："你往哪个西洋外国扯啊！我这跟你说的是工会的回忆运动哩！"他道："什么鸡巴回忆运动！"老崔叹息道："唉！你看你连会也不参加的！你没听说……"他道："开会能当饭吃？""开会也是工作嘛！""那开会又不给工资！"老崔气得说不出话，弯腰咳嗽起来，逗得那女人直"吃吃"地笑，张飞虎也莫奈何地笑了，并说："没事不会歇着？谁叫你管那么宽？看把你气的那架势！真鸡巴的！"说着，他也气得往外边直冲，一边说："趁早收起吧！要不可惹得老子生气的。"他冲到院里靠墙的车子上坐下了，屋里老崔歇了半天平了平气，才走出去。

老崔思谋着这会跟他说不进话，就往家里去了，张飞虎却说："崔老头！往后你办你的工会，我卖我的手艺，咱俩少打交道。"老崔不理他，但小李却拿着张报从屋里嚷着出来了："老崔！你看！"老崔脸面立时欢喜了些，忙道："你又学习了什么新鲜事么？""可不！"小李跳着说："你看这，咱工人要好好团结的，这工字人字一连，不是个天字？那天下不就是咱工人的了？可咱们要不团结，自己看不起自己，工字一往下出溜，是个干字，那咱们就干啦，不顶啦！再说，谁要自高自大，仗凭点手艺就了不得，嘿！工字往上出头是土字，那咱们就是一钱不值的土啦！你看这巧不？"老崔说："对！就这么的！"张飞虎却突然冲上前来嚷道："谁鸡巴自高自大？谁鸡巴干啦？"老崔忙道："他又没说你的，看你这……"一边把张飞虎往屋里推，小李也生了气，红着脸说："你一点也不说理！"回头也直冲冲进屋去了。

各工厂展开了回忆运动，工人们诉苦、申冤、坦白，闹得热火朝天，以后老崔小李也就再没跟张飞虎多打过交道。张飞虎，不用说，他是没有回忆诉苦的，但公司里工友们，跟他见面说话，总短不了批评他打劝他，他生气也生不过来了。而且也不知怎么闹的，他看着别人的热火劲，自己也慢慢觉着有点孤单，整日家心眼里没劲没劲的，口哨不吹了，车子跑得也慢些了。这天他支了工资，骑车回家，一边计算着自己欠的账，却发现大小欠了七八宗，许有一二百斤米，心中更是烦得不行，路过小市场口，摆馄饨摊的老头叫住他道："张飞虎，该还账了吧！"他使脚底擦住车带，很没好气地停下来，掏出两张票票就往老头一摔，老头却道："看你那态度！你那脾性就没个改的日子？如今这世道的……"他倒也没说打就闹地跟人干，只发了发狠，咬着牙走了。

他上下左右把些零账还清，走回家，听见老崔屋里有人说话，就进屋还钱去。屋里老崔小李正眼热心跳地在说诉苦回忆，没理他，他只觉浑身没劲，就也没打断人家，在一边坐下了。这时老崔正摇晃着脑袋，在说他“二七”惨案的时候，正在铁路电气段做工，也参加过工会，也见过斗争，并知道反动家伙把工人领袖林祥谦同志闹死了，可他没有斗争勇气，以后就想也没想过要怎么闹翻身的，几十年这里跑那里跳，只是个瞎干瞎受罪……他眼红红地对小李道：“没开展回忆那会，我还觉着我不请假不误工、节省材料、得空拾个破皮线交公的，就满行了哩！可这会一回想，不行！你看，从‘二七’以前，直到这会，共产党领导咱工人阶级，流血斗争，丢了多少人命，才闹到这会的架势！可我也是工人呀！我也没说是斗争斗争的，连想也没想！如今顺顺当当解放了，公家还照顾我，我一天也做不了什么活的，我这心啦，想起来真是难受得没处搁！”屋子里静了一会，小李又说：“我比你还不如，老崔！你知道，我从小没爹娘，自己硬跑到孤儿院去，后来受不了苦又跑出来，混混闹闹的，我还走岔了一步道哩！这你不知道吧老崔！我也没说过。是我十七岁那年，有回我给个警察做了点活，他不给钱，还倒打我一棍，我气了，也揍了他几下，他就抓着我扣了两夜，我当时没认识，赌了这口气，就考上了警察，发誓要跟欺负我那家伙干一场。可那是给日本鬼子干事呀！他妈的三个钟头的岗一天要站四班，站得腿肚子朝了前。那以后，我又跑了，才到发电厂。老崔，这件事我昨天才坦白哩！想起来真是太落后！”

张飞虎坐在一边又插不上嘴，心中却敲小鼓一样“咚咚”直跳。忽然，他女人在对面屋里尖着嗓子叫他吃饭，他却一股劲冲着那边嚷道：“吃饭吃饭！一天家光吃饭！老子不吃！”老崔忙转过来打劝他，他还是低头没话，老崔便趁机拉开话匣子，什么夫妻要和美啦、该让女人也找个生产啦、省俭些啦……又是一大篇，他这会却不声不响地听完了，虽说心中没好气，但那股火气却像是对准了自己的女人，对老崔小李倒没什么说的了。老崔不免更有劲，就又说开了回忆诉苦的，最后并说：“张飞虎，听说黄武还是个特务哩！”“什么？”小李和张飞虎都叫了起来，老崔便说是有人这么说，确不确可说不上，张飞虎道："他一个手艺人的，怎么会当那个！"小李却说："看他那流氓架势，哼！不准不是。"老崔又要张飞虎也好好思谋思谋黄武过去的言语行动，并自己也坦白坦白，张飞虎心眼不觉"咚咚"地更响，他又待了一会，还了钱，就别别扭扭地说了声："吃饭去！"走了。

事情偏也凑巧：说上黄武，就有黄武的事。第二天，张飞虎下工回家，他女人告他说：黄武从北平托人捎来个口信，说北平工人生活如何好，叫他也去，捎信的人并留下了一张纸条，上边写着黄武的住址，但他接过女人的纸条，却看也没看，卷了塞进口袋里了。女人问他："去么？北平可是大地势哩！"他道："这会怎么说这？听说在修铁路，要去，车通了再去不更好！"说完，他却立时觉着这话不怎么对付，便又安插道："这些事可别瞎鸡巴跟人说啊！"女人瞟了他一眼，没说什么，他就躺下了。

不多久，忽然听说蒋介石派了大兵来打解放区，街上也过了两天八路军，接着就工人学生市民开大会，标语口号传单和街头宣传，到处嚷着反对蒋介石进攻，工人们还有自动参加八路军的，老崔小李是忙得大半宿也不回，这可叫他迷糊不清！好不容易把个外国日本鬼子打跑了，共产党占得也并不算赖嘛！蒋介石也是中国人，他打这里干鸡巴？他在公司里参加了两回会，听了听，人们却尽说蒋介石怎么欺负压迫人，北平天津工人怎么苦得不能过！可黄武还说是不赖呀！突然，他想起老崔说的：黄武许是特务，他心眼又"咚咚"跳，恰好这时，一个工友问他："张飞虎，你说蒋介石进攻，这可怎么对付！"他不由得心慌意乱，忙随口道："肏他个鸡巴揍的呗！""对！只有揍翻他一法！"那人接着就跟他说着各种道理，拉着他开会去了。

这个会是工人们自动发动劳军，大家你嚷我说，挥拳头举胳膊，劲头实在足。张飞虎却说不出怎样股劲，心眼老是发跳，后来人们抢着掏钱捐款，还有几个比着多掏的，老崔来问张飞虎掏不掏，他却说："咱走不到人里头，可主落不了后！掏五十斤！工资里扣！"大家一阵鼓掌，把个老崔直欢喜得抓住他乱说：“好！张飞虎你好……”但后来他女人却嫌他捐得太多，跟他吵，他说“老子爱掏这些，你怎么着？你知道个鸡巴！”女人一会又问他：“你说怎么着啊？这么兵荒马乱的！”他道：“你管着哩！”他不知为什么发火，一个人冲出去了。

情况是越来越紧，工厂开始有搬家的了，小李当了工人自卫队，每天黑夜背枪出去站岗，他并且常说：“狗肏的来了就跟他干！”老崔却整日在公司里，有时黑夜也不回，不知干些什么。张飞虎心烦得止不住，不知要怎么着才好，问问老崔他们吧，又不知怎么不想问……没办法，就想：管他哩！反正老子凭手艺，哪会吃不上饭的？但尽管这么想，却总是安不下心，总是有些五心不定，最后的主意，只好走着瞧吧！

下

张飞虎五心不定地走着碰着，到九月，蒋介石果真无理抢占了这个城市。当时老崔小李都不见了，张飞虎里里外外转了两天，只见哄哄乱乱，街里行人少，商号不开门，电停了，水不流了，到处是兵们打人抢人，刺刀亮着，枪声响着，热闹得叫人心惊肉跳。张飞虎想：这么乱怕不行，就跳上车子，往公司里瞧瞧动静去。

公司门口也是刺刀亮眼。他蹬着车子直往大门里飞，嘿！忽然拦腰伸来了亮眼的刺刀，要不是技术强，他准得摔下来。他回头一看，“干什么的？检查！”刺刀回去了，站岗的却又一枪托把他捅下车来，他说：“就这的工人，来打问上班的。”站岗的没理他，却抓住他小褂的下罢一扯，扯掉了两个扣子，并道：“什么鸡巴工人的，解开扣子！”他道：“你怎么这么凶啊，同……”他收回了个“志”字，但刺刀尖却挨着他鼻子了！那人里里外外摸索了他半个钟头，亏得他没带钱，只半盒烟卷换了主。

他真想不到这车子飞进跑出了十四五年的老大门，这会却这么不好进！敢情比日本鬼子那会还让人生气哩！

好在第三天到底也开了工。公司里老人手只丢下三二十个走不动抬不起的老头小孩了，市内外线路又坏得等于全市重新安设过，张飞虎忙得累得每天回家连车子也蹬不动，不过，不到半月，倒也开了工资，虽说没过去那么些，可他张飞虎还是数一数二的，鸡巴他们也要开会！头一回，看看去吧！嘿！号召大家“犒劳国军”！张飞虎往会场看看，没有一个人吭气，跟前些时慰劳八路军满不是一回事，台上，经理说开了话：“你们大家应该了解犒劳国军的意义，是非常重大！你们都是给匪军做过事的，受尽了共匪的压迫，蒋委员长指示，不究你们的既往，只要大家努力为国，大家就还是好人。现在前方国军在流血牺牲，战乱剿匪，大家应该踊跃输将。我提议：每人拿工资的五分之一，懂么？五分之一！”台下还是没话，张飞虎一算，不对！自己的工资还不够二百斤米哩！这些天来米价又涨了七八倍的！心中这么一掟摸，嘴里不禁说道：“我有个意见！咱们民主，谁爱多拿少……”话没说完，经理却手一指道：“是谁？他妈的匪党思想！”工人当中立时有三四个人向他跑来，他一看，都是新来的，不认识，可一个个都凶虎虎地，干什么哩！不提防“啪”一下，原来自己脸上挨了一耳光！他瞪了会子眼道：“鸡巴的怎么打人啊？这又不是日本汉奸那……”“你小子还说？”又一个不认识的家伙对他胳膊一伸，他马上躲过一边，一看，却是一支手枪正对自己的胸口。亏得厂里老工友们出来说情，人家却还是不让，一定要说他是匪党，并说他非多犒劳一些不行，他心中一火，不觉从口袋里抓出刚领到的票子就往地下摔，旁边一个老工友手快，紧着拉住了他，来来回回地纠缠了半天，也不知人家扣了他多少票子，才勉强圆转了这事。回到家，一点人家退回来的钱，只刚够买二斗米的！

公司里也办起了工会，没见选举，那个拿手枪比着张飞虎的家伙当开了主任，主任叫工人五人一小组，打五人连环保，填写什么保证书、志愿书、登记表、匪区工人自首书，张飞虎说：“一个手艺人，填这些干鸡巴？”主任道：“不填也行！宪兵队交代去！”他没话了，但主任又叫他照五张相片，给表上贴着，这么连书钱表钱加上照相费，又是一万，工会还每月扣会费二千！张飞虎吃饭又吃开了窝头，天冷了，去年的袜子破了，爬了一天杆子，脚后跟冻开了口子；家里女人连棉鞋也没有，整日吵闹哭鼻子的；这天下了工，他便盘算着回家寻点破烂卖卖，换换鞋袜。不想他正说要跳上车子，工会主任却叫住了他：“来！把这变压器抬一抬。”他道：“老子又不是内勤！再说，你没听见打钟下班？”主任却眼一瞪：“好你小子！”只见主任手往裤兜里一入：那里凸出来的明明是手枪！他也动火了，把身上大衣往地下一撂，车子一丢，抬鸡巴的！一个二百来斤的物件，两人抬，主任光喊：“使劲，他妈的！”果得他领扣解开，袖子挽起，连脚板心也出汗。不想这一下，主任却模模糊糊看见了他左胳膊上乌蓝色的什么，等完了工，便笑着问他道：“伙计，你也在安青家礼？什么缘分？大通悟学？”他给问傻了眼：“什么大学小学？我鸡巴起小就在这公司要手艺，没念了三天半书，登记表上不写上了？还要问？”主任急了，抓着他左胳膊一看，他说：“飞虎！姓张名飞虎！你莫非记性狗吃了？还记不得？”主任却伸手给他一耳光道：“你他妈这是什么记号？准是共产党的秘密组织！走！”手枪又对准了他。旁边那个抬变压器的老工友出来解说了半天，说他胳膊上的飞虎早就有，是他自己刺的，并说他们在“匪党”时代都是落后工人，主任这才道：“饶你小子这回！”他气得头顶直冒火，披上大衣，跳上车子就走，路过岗哨，却又一刺刀拦腰刺过来。他停住车道：“不是不检查了么？”站岗的却给了他两枪托，并说：“臂章！”他一看，原来大衣披反了，臂章没露在外面。

他火得浑身冒烟，回家的时候，车子跑得比哪一天还快，像是要这么兜兜冷风歇歇火气一般。谁知车子正跑到南大马路东口，猛不防又一个什么拦腰伸过来：却不是刺刀，是个人的手抓住了他车把；看清楚，人是黄武！他乐了！跳下车来问道："你什么时候来的？走，老二，家去。"他管黄武叫老二的，黄武说："来日子不多。你还住那？好，停会去你那，这车子先借我骑骑，一会送去。"说着，黄武抓过车子，跳上跑了。这边张飞虎慢慢往回走去，心下的火气不觉都没了，他捉摸着他老二是从蒋介石占的地面来的，看他红光满面，不像受过克制的模样，他准知道人家那内里情由，问问他，看这鸡巴的世道到底是怎么个！不过，他又想起老崔说的：黄武许是特务……不，特务是日本那会帮敌人糟蹋中国人的，黄武那会没那么不是人过！莫非他是蒋介石的特务？他们公司里，在八路军占着那会，闹出过一个那玩意，那龟孙子破坏机器，光说共产党的坏话，还挑唆人家别好好干活，真不像人养的，他也就因为见了一那回，所以一听老崔说黄武是特务，当时方放心不下。但现在，他想：黄武不准定是……管他哩！自己过去待老二不为不讲交情，他不会不够朋友的，老子又没别的，凭技术，怕什么！他不觉安下心来，回家单等老二。

却说他老二和他过去的确是讲交情够朋友。他老二是日本投降前三年，被国民党派来这个城市的，他一来就住得离张飞虎这院不远。那家伙当时不过二十三四岁，也不过是自来水公司一个普通工人，但他言语行动却比张飞虎还"降"，当日正是日本、汉奸、特务浑闹世界，就连张飞虎也是抱定主意，不跟那些孙子交手，碰对了非交手不行，总是能躲就躲，躲不过也得想法躲，但黄武却有时也敢跟几个汉奸顶嘴动手脚，而且还不吃大亏，在他住的那片工人当中，黄武更是开口发令，没人不听！张飞虎当时想：这鸡巴肏的仗凭谁的屁股眼？这么凶！他当然料不到人家有什么玩意儿撑腰，因此不免暗暗佩服，不过却也有点不服，就眼里不理人家，心下却随时盯着人家。黄武这边，也知道张飞虎的脾性和技术，也有心思交往他拉拢他，却也故意跟他河水不犯井水，不沾边。他俩很这么别扭过一些时日。

有一回，黄武不知怎么闹了辆鹰牌自行车，在这个城市里真算是稀有的货色，他那么来回一骑，直闹得张飞虎眼热得冒火，想摸也摸不着。可偏有凑巧：黄武的车子忽然坏了！他把车子锁在院里，也不拾掇修理，说是怕一时配不上那么好牌号的零件。张飞虎这可再也禁不住，跑去对黄武道："我看看你这车子！我还找了些鹰牌零件，保管给你白贴着修理好！"黄武却说："你是谁？你贴起了零件，可闹坏了能赔起了车子？"张飞虎就这么生了好几回气，人家却总还是一百个不让修！好！不让修！他便偷着看了看车子上的锁，回头找了个钥匙，瞅着黄武不在，院里也没人，就溜进去把车子偷走了。原来车子毛病不大，连夜给修好，第二天大早给送回去，黄武见了道："你这贼有种！有骨头！"试了试车，满不赖，黄武伸出大拇指道："好把式！伙计，这有个收音机给修修！"他说："算我的！"从此二人就交上了朋友，黄武还搬过了他院里，二人吃喝不分，黄武短不了花他的钱，他短不了跟黄武逛逛落子馆，有什么生气的事，黄武也胆敢帮他出出气，再往后，二人就摆酒肉叩头，拜把子称兄道弟。只因当日黄武是秘密特务，平常不露动静，张飞虎又起根不往那上头想，所以一直没发觉他这位老二跟什么国民党的勾扯，直到现在，他也还没有警觉到这些，他还在等着跟他老二论朋友讲交情哩！

黄武却干干脆脆，立时就模样不同。他借了张飞虎的车子，竟三天没还，第四天骑着去了张飞虎家，张飞虎说："老二，你这可是闹得我上下工好跑了三天。"黄武却说："张飞虎，咱们开天窗说亮话，往后可别老大老二的！我如今是市工会委员，得有个上下。"张飞虎道："你不要手艺啦？好，我告你：我们公司里那个工会主任，真鸡巴不是人养的！你该给好好训唬……"黄武抢道："什么？那是我的个好干部，你他妈什么思想？"张飞虎道："唏！你怎么啦老二？""叫你别他妈老二老二的！我怎么啦！我如今是国民党委派的市工会……"张飞虎气了，抢道："原来你真是鸡巴蒋介石……""蒋委员长！”张飞虎“特务”俩字还没敢说，黄武就推了他一巴掌，他瞪了会子眼道：“得！想不到过去你一个好好手艺人的，这会……”“过去老子是地下工作人员！老子怕暴露，没告你说过，可你他妈就贵贱没一点政治头脑！浑人！”说完，黄武翘着腿坐在椅子上，上下四方看了会子这屋子，又打量了张飞虎的女人一阵，并斜着腿跟女人要烟要水，还问有没有点心的，女人给他倒了水，他又说：“张飞虎你小子不赖呀！真像模像样翻了身呀！看这摆设穿戴的……又还讨了老婆，老婆也好嘛，还有点看头嘛！呃呃。”女人不觉往外边走，他却挥着手叫起来：“别走嘛，老大嫂子，我跟你家他可是正经叩头拜把的兄弟哩！这还见外么？你看，还带了金戒指，哈哈，真个大翻身！”张飞虎气得躺下发恨去了，黄武却忽地立起来往桌上一巴掌拍去，说道：“好小子，快说，你是不是共产党？他妈不是共产党准闹不下这么大翻身的！”张飞虎气得脑袋要炸两半，翻身爬起说：“共产党还要我这样的孬种？老子光恨自己在人家那边是个臭鸡巴落后分子，要不跟人家开路吧，也不呆在这受限制！”黄武咬着牙道：“那老子捎信叫你去北平，你怎么没个音讯？”女人忙道：“他可是说来着，说赶火车通了去的。”“真他妈说你浑就是浑，谁给通火车？委员长起根就没打算恢复交通的！”黄武又拿了根烟，就那亲嘴吸烟机吸着了，忽然心平气和地说：“老大，你在那边是落后分子，好，我信得过！你有技术有能耐的，我介绍你参加咱们这吧！咱们正缺干部，你参加了，我立时委你当你们公司工会副主任！你看，这你可不能说我不讲交情！”张飞虎道：“我鸡巴卖的是手艺，爬的是杆子，吃的是电气饭，就算是你说的浑人一个吧！我还参加个什么鸡巴的哩！”黄武说：“看你这人！去，你女流辈的，去去！”他把女人撑出门外，就拍着张飞虎肩膀，什么战乱剿匪发大财呀，委员长委员短呀，国民党三青团呀，打动了一通，可张飞虎还是，“我鸡巴谁来也是爬杆子流汗，别的我不懂。”黄武屁股一拍道：“好，你他妈要不是匪党分子，就是死榆木头，不通电的！你走着瞧吧！后日吃了亏，莫怨我姓黄的不够朋友！老大，咱们公事公办，私事嘛，可还是拜把子叩头的，这么吧！”说着，他从地下拿起了一双皮鞋，又伸手扯那磁人电火的线。“你这皮鞋电火我使两天，车子我再骑骑。”一回头，他已经把两样东西放进了车子褡裢里，推车出了门，张飞虎赶上去道：“黄武！别的我饶了你，车子不行！我这是僧帽架子老头戴，好不容易配上的，你有你那鹰牌的嘛！”“你他妈这么小气？又不是不还你。”黄武甩开了张飞虎的手，自己却手入进了裤兜，张飞虎后退一步，心想莫非他也有枪？倒没见掏出什么，只见他跳上车子跑了。这边张飞虎冲进屋，就是一躺，他女人进来问他：“这就是你常说的把兄弟黄老二？”“什么鸡巴把兄弟！你瞎扯！”他起来抓了面小镜子，自己对镜端详着，只觉满脑袋发涨。

此后他忽然傻愣愣地，凭技术吃饭吧，他技术上头没放松过一点，可吃不饱穿不暖，女人啼哭，公司里工会主任三天两发横，闹得干营生也没了劲，过年也是冷水冰凉的，小市场倒挺鲜活，五金摊宝贝物件满是，可没见一个人买，他也只能看着白瞪眼，鸡巴的这比日本那会还没意思！元宵节，实在憋闷得慌，让女人打扮了一下，瞧瞧戏去！哼！才半后晌，新光门口就挂了晚场“客满”！他问卖票的：“还对付两张行么？”那人没回话，旁边却拦腰捅过来一把刺刀：“滚你妈的！官长们包了的！”他一回头，只见拿刺刀的在问他女人，“这位太太找哪一位官长！”他抓着他女人赶紧冲出来，街上走了半天，火消了，去落子馆看看！嘿！鸡巴黄武坐在紧挨台子的桌边，跷着腿闭着眼，唱曲女人下来收钱，那家伙给了一张票子，却伸手往人家脸上抓了一把！他不知怎么光觉着恶心，就又抓起女人往家走，女人边走边嘀咕：“过个年，一回戏也听不上的，莫非真流年不好？”他直把女人拉回家才回答道：“八路军那会咱们听戏听多了，该着罚咱们这会不听！”女人又是个啼哭。

两口子实在是慢慢穷的得没法，有一天，张飞虎跟女人商量：要卖些衣服或是把戒指换了算了，女人虽说是每天跟男人嚷着要好吃好穿的，但一到要卖这卖那，却死命不舍，闹得两人吵包子吵了大半后晌，男人气得火烧心，光咬牙发恨，女人却脑袋直钻到男人胸口，死也不放，并直喊叫着要拼命。两口子好不容易慢慢平下气来，天也黑了，人也安静了，男人后来又说了声："只怨老子孬种！"女人便开了电灯，谁知正在这时，忽地大门响，有人轻轻敲门，而且一阵阵老不停！女人着怕得忙关了灯，男人说："我悄悄听听去！"但张飞虎生来脚步重，他蹑手蹑脚地走到门边，外面却听出了是他，悄悄则开了："张飞虎，开门！"管他哩！开就开！张飞虎拔开门闩，进来的却是老崔！他赶紧关门进屋，拧开灯，望着老崔，傻愣愣地半天没话说。老崔先开口道："小李跟人家走了，我这眼看就六十的，抬不动腿，不行。唉！我在乡下歇了这么几个月，不敢回来吧，可嘴不让人，还得回公司里找饭吃。"张飞虎道："行！公司也就是缺人手。鸡巴经理主任老抓住老子是老工人，见天叫找工人的。"女人忽然道："哎呀老崔，连咱飞虎也成天受制的，你那名头不怕人家？你还是走吧，哎呀呀！"张飞虎训他女人道："你鸡巴就看着一条命值钱！怕什么？砍下脑袋碗大个疤，这年头我看做鬼也不比活着受罪！"老崔道："可别那么说！我活够了吧，也总还不乐意里死一天哩！张飞虎，实话对你说，我这也实是提溜着脑袋瓜子回来的！公司里别的熟人没什么，我知道尽是些谁，好安顿，独有你，你心直口快的，我待住待不住可就在你一句话！你说吧！"张飞虎往起一立，说道："谁鸡巴报你的告，老子跟他拼！"他忽地眼红了："我这心可算伤透啦！老崔，你还信不过我？"老崔忙推他坐下，并劝慰他，他猛一巴掌擦去眼里两颗泪水说："不入十八层地狱，不知道做人的痛快！老崔，我恨不得掏出心来给你看看。"老崔说："可那会日本地狱你没尝够么？谁叫你解放了还是那个？"他说："怨我自己孬种啰！老崔，那会子我不回忆诉苦的，这会我倒止不住要跟你说说。你知道，我爹一手好技术，就是个死得早，我妈又丢下我寻了人，我起小风吹雨打泥里滚，爹的个把兄弟拉扯大我，教我技术，见我胆大心灵，就疼坏了我，闹得我没天没地。日本那会，你们那些罪我什么没受过？可我埋头子干手艺，能碰就碰，不能碰就躲，八年里边也并没经受过多的打骂呀！受点气吧，要要无赖，见了日本人说声：'肏你妈的！大大的！'也算出出气，黄武那孙子来，又挑唆鼓动得我一股'降'劲更大。八路军解放了，我只说工人创造世界，多带劲！你们的话我没听过半句！你们好心好意批评我教化我，我反倒当作恶意，光恨你啰唆，讨厌！我还当着蒋介石也是中国人，我凭手艺怕什么！可是谁知没几个月，我这么落后的都顶着过遍了十八层地狱！老崔，你知道八路军的准地势么？我恨不得真想找去！”老崔道：“嗨，看你这股劲！总是说打就干的，没点子后劲，这可不对付。”他女人却道：“看你说那么一大片的，你是想走？你安心撂了我！”他训唬道，“你鸡巴睡你的觉吧！走！老崔，你那边去。”老崔说：“慢着，不瞒你说，我是今个前晌回的，房东那倒说好了，可听说黄武果真是特务，你还跟他常来往，是怎么回事？我这上头还不放心哩！要不，我也不黑夜来啦！”他道：“那孙子么？有朝一日我非掏出他心肝来看看是黑是白！他到我这来过四五回，来一回拿点什么走，把我那车子死扣住了，我去他那好几回，想要车子，可鸡巴的进不去，他是市工会委员，门口有枪！”老崔还要问什么，他挥手叫他女人快睡，并看着女人解衣服扣子了，他才找了个灯泡，拉老崔去南屋谈话去。

他把这些时受过的制，和黄武的情由，都刨根揭底地告给了老崔，老崔只说叫他往后少说话，不要出去乱撞，就催他睡。但他不，他还一股劲拧死一句话道：“我鸡巴就是见不得这阎王殿！你说往后怎么办！”老崔没法，只得告他道：“共产党总还会要来，咱们好好工作，等着接人家就是呗！”他不觉眼睛一亮：“可人家就怎么打不过蒋介石？打不过又还能来！”老崔叹了会子气，便拿起桌上的洋火，摆开一堆，给他解说：八路军原来不过几百个红军，却打下那么大的天下，顶住那么些日本鬼子，这会打蒋介石也一定打胜，这会看起来是蒋介石力量大，共产党力量小，好比他有十万人，咱只三万人，打硬的打不过，咱就让你十万人占我十座城，你一座城一万人，我这三万人就集到一块打你一座城的一万人，这可准消灭你！这么一万一万地消灭，保管用不了几年，把蒋介石消灭光，城市不还是咱们的么？张飞虎听完，不觉眼睛更亮，忙问：“那咱们该在城里做什么？”老崔道：“你就不记得过去说的‘二七’‘五一’跟解放时候保卫工厂的事？”他道：“我起根就没多开过会，开会也是不听的。”老崔说：“嗨！我一说吧又是批评你！其实那会连咱们这战争一定要胜利，谁的力量大，都说过的！你那会也就是太落后啦！”他说：“对！就怨我孬种！”说完，他唉声叹气半天，忽又道：“我鸡巴也太不听你们说！我这女人也害得我不浅，个臭窑姐臭娘们！鸡巴的这会还尽啼哭！真恨不得离了婚利索！”老崔忙道：“你怎么又怨开人家啦！”不提防他女人并没睡，却在门外偷听，这时她眼泪双流地窜进来说：“你还说我哩！那会解放了我什么人不能找，可偏偏找了个你啊！你落后啊！我背了你的伤你还要离了我哟！老崔，你不知道，我窑子里待了三年，说接客就得接的，千人骑万人压，我还不苦么？这会我也不是不知道解放那时候太好哟！可我坐着吃拿着穿惯了的哟……”男的就又跟女人吵开了包子。老崔看着这一对光发急，只得两边都说好话，并劝男的老老实实干活，女的也动动手脚拿个针线的，好不容易才把他俩安静下来，没事了，男的却又对女人道：“你可不能给人说老崔长短的！老崔说的话，你也得咽下去，不准往出吐，听见么？”女人道：“我着怕还怕不过来哩！还敢说？”这么完了，老崔才打发他俩去睡。

第二天，老崔和张飞虎一道去上工。公司里工会主任问张飞虎："你他妈引来的这老头是不是匪党？"他道："我鸡巴就是匪党！你不是叫老子找工人？好不容易找下这么一个的，又是匪党匪党！也不看看这是个拿不起提不动的臭老头子！"主任说："好，张飞虎你小子记着！往后查出什么的，反正你有个脑袋！"老崔就这么上了工，又自任干外勤，张飞虎私下里问他："你能受住了？我正说叫你干室内活的！"他说："稀里糊涂的吧，反正咱俩在一道痛快些。"从此他俩干活就总不分开，张飞虎有什么言语行动不大对付，老崔就紧着指点，解说，帮他改正，他也很体贴老崔，每回外出，总不叫老崔干活，宁愿自己多受点累，多干两下。老崔见他营生还那么认真，就又对他说："我不是叫你稀里糊涂的么？你怎么还这样卖力气？"他瞪了会子眼道："唏！咱手艺人拿着技术的事还能要耍笑笑？"老崔便告他，"这是给敌人干活，就该着磨洋工，该修理的，说不定咱还给他破坏哩！只要咱们不坏了机器，不让老百姓点灯使电的背害就行。"老崔并又说了一通道理，直说得他傻愣着眼道："对！老崔怎么你这会说的，一句句我都满待听？"老崔说："其实过去我待你虽说也有缺点吧，可也没说过什么害你的话。"他不禁"扑哧"一笑："老崔，你看我解放那会没开了脑筋，这如今倒像开了点子似的，你说呢？"老崔也笑着同意他。

以后他俩就更是处处开心，张飞虎更把老崔当成了个亲老的一般，他女人也给规劝得把好衣裳好家什藏起了，穿破些吃赖些，有时还洗洗缝缝，后来并把老崔的衣食也包揽了，三人活像一家老小。老崔还短不了出门，半宿不回，或是请三两天假，他两口子就给照料门户。等他回来，张飞虎准能听点八路军的消息，听得舒舒服服的，听得黑夜也睡不着觉，听得光盼着有那一天，他女人有时也问问他尽听到些什么，他不告给，女人也许就算了，也许还要缠磨着非问个底细，他便告个一星半点，并道："你鸡巴也关心这些啦！"说完，心中不免觉着这女人也有进步，自己就更高兴，顺手拿个小镜子照照，或是躺下想想解放那会自己不待听的道理，这会却觉着那些实在是都对。

这三个人就这么过着，虽说光景遭难，女人有时还要啼哭一阵，但都有个盼头，老崔和张飞虎更是有些暗里的事情要做，因此也不觉什么，三两月一半年地，就这样熬了下来。

黄武以后也半年多没有来跟张飞虎缠磨过，只在过年正月初几，他忽又骑车子来了。张飞虎心想：莫非他鸡巴的还来拜年？但他一进院却先去老崔那边看了看，恰好老崔不在，他才转进这边屋子凶虎虎地说："张飞虎，崔老头是你介绍上工的吧！他老狗肏的是匪党，干过匪党的工会，你可得负责！"张飞虎说："行！我介绍匪党上工，那我也有罪！崔老头不在，你先扣起我吧！老子反正就这块料！"他女人吓得怪叫起来，他忙一训唬，女人躲到床角落去了，黄武说："老子还没确实证据！赶有了人证物证，怕你不脑袋身子分家！"他道："你鸡巴明明骑了我的车子，这可是人证物证都在，天个还不给我丢下？"黄武道："好做小子这么不讲交情！莫非你真个不丢点后手？不想想你靠谁吃饭！"他说："我靠手艺吃饭！我鸡巴个匪党的，还说什么拜把子叩头交情！"黄武在屋里转悠了一阵，忽然眼珠一骨碌说："看你他妈还是这么个'降'脾气！好吧咱们公事公办，私事嘛，老大，我告诉你，我也要娶媳妇啦！这如今他妈物价涨没了头，我又不比你们当工人的，战乱剿匪时期，咱不能不忍苦耐劳！不瞒你说，我这喜事有点困难：罗锅上山'钱'头短！我这地位，人家又非要闹个排场的！没法，老大，你那戒指借给我花花，日后原物奉还，车子嘛，今个丢下也行！"张飞虎不觉心眼一抖，忙看他女人，女人手上却没了戒指，不知什么时候藏了，女人这时说："咱们穷得过年也没见白面星星的，戒指早换了吃的变了屎尿多半年啦！"黄武红了眼，手往裤兜里一入，嚯！过去短不了见他手入裤兜的，还只猜摸他许有枪哩！可不，果真手枪一支放在了桌上，黄武道："说好的吧！

你那么大翻身的，别在我这卖关子！”张飞虎说：“是好汉吓不住，是真事假不的！搜吧！搜出一赔俩！”女人却往门口走去，黄武使手枪一比：“干什么？”女人吓得指着门口哆嗦道：“你……你……”门口进来了小市场口摆馄饨摊的老头，黄武手枪又比住老头道：“你干什么？”老头道：“没……没……没啥，张飞虎短……短两碗馄饨……饨钱……”黄武说：“滚你妈的！”直吓得老头迈不开腿，张飞虎跳到黄武跟前说：“你枪对着他干什么？发浑啦？”他回头告老头：“走吧，停会想法给你。”老头走了，黄武却又枪往桌上一摔：“没戒指有钱也行！莫非让老子空手回去？”张飞虎道：“要命有一条！”说着就往黄武跟前窜，他女人也跟着窜上去道：“我也有一……一……一条命……命……”黄武一巴掌把女人推倒在地下，使枪对着张飞虎，自己却匆忙地在屋里拣了破收音机、破电炉和些值俩钱的家具，蹬上车子走了。

老崔回来以后，张飞虎告给了他刚才黄武的情由，他说：“我也听到些讯。”张飞虎他女人说：“老崔，怎么着？你不避两天么？”男人训唬了她两句，就拉老崔过南屋计议什么去。一会，院里却来了些还留在公司里的老工人，嚷着：“拜年拜年！”暗里却都问讯张飞虎：“黄武准知道老崔干过八路工会么？”张飞虎道：“谁鸡巴说他干过八路工会，他一个臭老头子的！”人们猜摸了一阵，都说公司里那个主任也没见说过老崔的长短，八成是黄武为了弄钱才捣的鬼，但老崔却说：“人家反正不能没一点影儿。”接着，他就安插了大家几件事。以后大家便紧照他的吩咐，一个个都更当心，干营生也都使点劲，不使特务们看到痕迹。不过，以后情况却也紧了些，市面加了岗，公司里那些干工会的特务也忙得整天枪不离手，工资也三几个月不发，物价冲天涨，还短不了听说各厂各街有被抓走人的，秋天，老崔告给张飞虎，说八路军在打归绥包头，紧接着市面就天黑戒严，幸好老崔地面熟，他能不走大街路口，光穿小巷串家户行走，因此他倒还能半夜在外干事。有天黑夜，他并且还领着张飞虎，尽在没路灯和家户也多不装灯的地势转了半天，最后到了南门附近一个人们轻易寻不见的小院里，那里共去了五个他们公司的工人，这是一个小组，老崔给大家解说人民解放军各路大军的胜利，说得个个立眉瞪眼地听，张飞虎更是心跳得随时都想插嘴问："咱们这什么时候来呀？"忽然，远远传来几声枪响，大家愣住了！停了会子，老崔压低嗓门说："咱们这也快了！可这解放不是轻易的事！听见么！响枪是蒋介石狗杂种杀害咱们的好同志好同胞，这几夜南门外乱丧岗子上，夜夜有咱们的人牺牲。解放是咱们前后方军队老百姓，在共产党领导下，流血换来的！咱们这会就要冒死加紧工作，帮助八路军解放这里。"张飞虎只觉心中一阵阵发紧，劲头也一阵阵更足。下边老崔分配了各个人的工作，告给了和别的小组的联络人、联络地点、联络记号，又告大家：为了怕他自己暴露，他已经组织公司里两个老工人跑了，来迷惑敌人，要大家注意，大家讨论了一会，老崔道："一定要把机器和线路保护得好好的，一定不让人人痛恨的特务跑掉一个！"完了，大家就先后一个个悄悄走了。

碰巧又是九月。这一天，市面安安静静，公司里特务们却跑进跑出，慌乱不安，张飞虎看出了架势不对，正要找老崔问，却忽然听见枪炮声远远响了。接着，三天三夜没断炮声，公司经理和特务们都不怎么来管事了，老崔分配工人自己临时成立的自卫队，去各处看管了那些家伙，就组织留下的全部工人，内勤日夜不回家，看管、修理和拾掇公司里边的一切，外线的便冒炮火抢修坏了的线和变压器，并派人各处联络。张飞虎参加了自卫队，并当了外线组长，他在营生上已经不是光查看指点了，他见活干在头里，重活决不让旁人。有一回，南门口的大变压器坏了，但那里炮火正厉害，他却主张非去修不成，老崔不让，他就说他一个人去，后来有个工友跟他去了，不想他二人正爬上半节杆子，碰巧被一个炮弹震得摔下地来，张飞虎疼得迷糊了一下，猛地忽又爬起，一个人再爬上去收拾好了，才夹着那个摔晕了的工友，回家安顿给女人照料，自己就又走了。

第四天黑夜，人民解放军消灭了城里全部的敌人，第二次解放这里。电业公司机器、线路保护得一点不乱，并且还收拾了好多敌人占领时候没用的机器材料，人员也一个没走，特务被工人自卫队抓了个干净，工作一刻也没停，只是多少丢了些器材。半夜，工人职员集合欢迎回来的解放军，但老崔却找不见张飞虎！不过当时人们正烘火热闹，灯笼火把出发，老崔虽说挂着件心事，却也跑跑跳跳地跟人们走了。第二天大早，那个发电厂的青年工人小李，又跟着解放军回来，并到电业公司来找老崔，还跟工人们讲了话，他正问讯张飞虎的情况，老崔才见从大门外射箭一般地飞来一辆自行车，嘿，是张飞虎！车子也是他那辆旧的！他身上和车上还挂满了皮线、铜线、保险线等各种器材！人们不禁一阵鼓掌一阵吆喝，一会又忙问他是怎么回事，他告诉大家：原来昨天半夜，他把市内几处大街安装着“欢迎人民解放军”字样的霓虹灯打整好检查清，想着八路军已经大举进来，没事了吧！忽又捉摸起想去看看黄武那鸡巴孙子，就忙跑了去，人家却早不见影了！他后悔得不行，正一边往公司里走，一边埋怨自己怎么这几天忙得连这事也没抓紧，忽然在一条胡同口上，正碰见黄武骑了车子出来！好！仇人见面，一上去就抓住了人家的车把！但当时天快亮，路上没行人，黄武趁这空子又掏出了手枪，张飞虎心眼一转，忙道：“老二，这世道怎么着啦？我鸡巴就是翻不清楚，怕不怕啊？”黄武不觉枪往下放了放，没正面比住他胸口，并说：“老大，没……没甚……什么！我……”他一闭眼就抢人家的枪，人家也丢了车子还手，二人扭打上了。正在这时，又听得胡同里飞来一辆车子，黄武吆喝道：“伙计，快……”张飞虎心慌了一下，随即却拿定了主意：拼了也得一命换一命！于是一狠心，真像张飞猛虎，一扑就把黄武按倒在地下，枪也压在黄武身子底下去了，他回手就死命卡住人家的脖子，那辆车子到了，原来是自来水公司工人自卫队的，上级分配他抓黄武，他前两天一不小心就找不见黄武的影子了，直到刚不大工夫，才打问出黄武钻了个窑姐那里，马上赶去，人却又跑了！亏得他又文又武地来了一套，逼得窑姐说了个逃跑的方向，碰巧追到了这里。当下二人捆绑了黄武，那人对张飞虎说："这可是你的功劳。"张飞虎道："没什么，是你的任务，你带他走吧。"那人却像有点不好意思，后来问讯出张飞虎是电业公司的，就忙告他，说那窑姐的里间屋里，还有不少电器材料，他便骑车子去把那些闹回来了。

他说完缘由，大家又是鼓掌吆喝，并把他抬起来了，小李抓住他胳膊跳着说："你这可真是个张飞猛虎！"人们放下他来，小李又说："同志你真不赖！我听说你这些时工作一直很好，对！我都写通讯了，一会我把你的模范事写写登报去！老崔和别人的我也都写写。"张飞虎说："小李，啊，小李同志，快别那么说。只要大家别把我这脸当屁股看，我就安心啦！我鸡巴过去就是太落后，真没脸见共产党八路军的！"小李道："你怎么说这！你看这会你多积极！过去嘛，咱们光是批评打击你的，缺点也不少。"老崔也道："可不就是！往后咱们还要检讨这的。"张飞虎心下一阵高兴却又一阵难受，忙又问："别人谁回来了？"老崔告他，如今咱们快要解放全中国，过去走了的同志，有去了东北的，有在石家庄的，差不多尽作领导工作去了，小李回来，是参加接收发电厂、电业公司和帮助组织市工会。张飞虎听了，不觉一股羞臊劲冲上心头，忽然低下了脑袋，小李却又问他："你那些器材是怎么闹的？"他忙道："那臭窑姐那里，是鸡巴特务们常来常往的地势，我逼问那娘们，她都说了，这些器材是咱们那特务工会主任偷去寄放着没卖了的。那鸡巴小子没跑了么？"人们说："一根毛也没跑掉！"老崔并告他：昨天前半夜，八路军还没进来那会，主任那小子还领了他那把子特务，混进公司里，想趁乱劲破坏机器，亏得工人们多，一个个发着狠冲上去跟人家扭打，那狗肏的还放了几枪，外边不远的反动队伍也朝公司开了火，碰对了八路军冲进来，冲锋号也往这边吹了，反动队伍拉了稀，工人们也就把狗特务一个个制住。张飞虎听得眉开眼笑地，说道："好！"这时外边打来电话，说北门坏了线，他就忙跳上车子修理去了。

不久，公司整顿好了，张飞虎又是车子来车子去，多日不吹的口哨也吹起来，早上班晚下班，有工作抢着去，没工作找工作，不光包修公司里各种电器家具，并且学过去老崔那样，没事就四外里拾破皮线交公，工资发下来，他量了小米玉菱和白面，家里家外打整一番，又去小市场多少添了些家什，并让他女人把被褥拆洗了，领女人听了两回戏，就托老崔也给他女人找个干的，并动员女人往进步里走。他自己，去澡堂洗了个澡，头发胡子理了理，穿戴得干干净净，比他那年结婚的时候还有精神。

公司里成立工会，人们又提他当委员，他又登台讲话："还是这句话：劳动创造世界，咱们工人阶级就是了不得！可要是没共产党领导，咱自己又不好好斗争生产的，那还是一钱不值！我张飞虎过去太落后，往后我一定败子回头！大家要选上我呀，我好好工作学习，多开会，谁批评我我也保管听！现在公司里正要检查全市的线路，我还要跟所有外线工友挑战！发电厂也在洗锅炉，我还提议咱们跟他们挑战！我还有个心思！这会我思想还不行，不够个共产党资格，反正，反正我一定使劲进步……"他的话得到一阵掌声，人们选他当了委员，老崔当了主任。最后，市工会筹备会小李讲话，他刚提到解放军正打平津，会上就热闹得小李话也说不下去。人们哄哄地计划开了加工、竞赛，并自动掏款慰劳部队。会散了，加工竞赛分头计划去了，慰劳款也收起来了，张飞虎却说了声："我就送慰劳款来！"便骑上车子跑了。老崔不觉埋怨开了他："看这张飞猛虎的！没带钱不兴明天送来？这么一摊子事，丢下就跑了！喂……"等老崔安顿好一切，走回家却听见张飞虎两口子在屋子里嚷嚷！他叹息一声："怎么这如今还吵包子嘛？”只听里边女人说：“献钱献米不一样，怎么就非献这？那会多困难我也没拿出这的，我舍不得！”男人道：“你鸡巴怎么这么保守？你也不想想这是怎么来的？如今还死脑筋不开，不怕……”老崔闯了进去，原来二人在抢金戒指！张飞虎道：“这不是老崔也来啦！我说把这戒指劳军，她死鸡巴不让！真不怕丢人！”女人忽然手一松，戒指到了男人手上，她却眼红红地像要啼哭一般，说道：“我怎么不让啊！我是怕万一以后……”男人道：“看你那思想！以后怎么着？以后共产党比金戒指保险万倍万万倍！要是蒋介石在呀，你一万个戒指也不顶。”女人眼里果真流出了两颗泪珠，但却心慌慌地问老崔道：“你不是说给我找个干的么！”老崔说：“正在找哩！”这边张飞虎却把戒指交给老崔，老崔告他这事是公司里谁管，他就迈出门推起了车子，老崔追出去说道：“快走！小李还在，让他带上去！”他的车子却早飞出大门没影了。

一九四九，一，二十二，深夜于平山北义羊。

原载《华北文艺》1949 年第 3 期

鳝　鱼

雷　加

一

工人第一次庆祝自己的节日。在那一天，扎起牌楼，唱起歌来。歌唱中有从来不会唱歌的声音。

唱完歌，睁开眼睛，瞧着自己的工厂：房屋倒塌了，机器有的毁坏了，有的上锈了，烟囱根本不冒烟。在大会上，工人挥着拳头，发了誓言，要用工人伟大的力量来恢复自己的工厂。不管原料工人，抄纸工人，都去帮助泥瓦工修盖房屋，女工就代替了男工，拿起破布，去擦生了锈的机器。四处一片歌声，唱出他们的决心，要从一片瓦砾中把工厂重新建设起来。

从此，只有松枝牌楼冷冷清清地站在门口，还有那个年青的守卫也非常寂寞。工人们早早地上班，晚晚地下班，没有一个人可以和自己谈话，为了这个，守卫的责任再大，他也不满意。

有一天，从外面走来一个老人，年青的守卫立刻喊道：

“来吧！再走两步，到跟前来！”他招呼那个老人，看见那个老人又向前走，便接着说："我这差事最好你干，你是老头，我还年青，我该到厂子里，和他们比比赛，你想叫我站在这里，罚我的站，叫我看着他们把厂子修起来吗？说实在的"他定睛看了老头一眼，不好意思地笑了："你实在不老，只能说脸上皱纹多，不光彩，国民党没有给你吃饱吧？"

"天老爷不照应。"来人小心地答，"那时，前肚皮贴后肚皮呢！"

从这句话，来一人喜欢了他，他也正是一个好说话的人，两个人就问一句答一句谈起来。原来这个人是特意走来看看工厂，不久以前，他一家人，为了生活，到别处去过。

"工厂里有你的亲戚吗？"年青的守卫问。

"没有，"老人答，"我本身是个工人……"

"什么工？"

"小小一点炉口手艺。"来人在扎蓬蓬的胡子里微笑了，紧闭着眼睛，预备说第二句话。这时年青的守卫才看出来，他有一个怪样子：没说话，先闭上眼睛；不说完，还不睁开；而且那两只眼，像是从火堆里拣出来的。年青的守卫大笑一阵才说：

"真是一对炉口的眼睛！"

"从小就在火边上干了一辈子，"来人再不谦虚，怨恨地骂着，"满肚子油，烤也烤干啦！"

"今天可两样啦，今天工厂是咱们自己的！"年青的守卫训导他。

"怎么叫自己的？有人这么说，我可没看见。"

"就在眼前，咱们厂长是个干部，副厂长是个工人。"

"怕是什么工头？我要剥他的皮。"

"你又说差啦！道地的老工人，他叫孙怀仁！"

"是他？细长挑，三十多岁。"

"对啦。"

"从前是精选工，好和鬼子打仗。"

"对啦！"

"'八一五'，我们一起摆过摊床。"

"你认识他吗？"

"我在这里干过，他比我晚来两年，你说真是他吗？"

"民主政府的人，不说假话！"

"都说共产党讲民主，我是这里的老工人，我进去找他行吗？"

"他忙，你找不着。"

"你说话不算话，我只想走来看上一眼，一个工人实在舍不得离开自己的工厂，你告诉我工厂是咱们自己的啦，又不让我进去。"

"你进去吧，我不拦你，可是你进去干什么呀！"

"看看我们厂长，我要说我是这里的老工人，我要做工……"

"说真话，你是老工人，我领你进去。"他又说，"不，你一个人进去吧！别看我爱发牢骚，叫我离开大门可办不到。"

二

副厂长孙怀仁接见了炉口老工人王得礼之后，到办公室来找厂长商谈这件事。他知道这是一个老实人，真正的工人，但是他不能不把王得礼的情况介绍给厂长同志。

他说到王得礼离开工厂的原因：国民党时，工人里出了一个坏蛋，叫于百川。他勾搭住在仓库旁边的国民党队伍，天天晚上去偷松香，为了装样，又叫王得礼去看仓库。白天国民党队伍墩着枪把子骂，说是工人偷的，工人就骂王得礼，为什么不好好看住。王得礼里外受气，压不住火，站在台阶上，闭着眼睛叫起来："×养的，谁不知道，你们是明胡子，不信就看"他指着地下的松香面子，"你们都穿的棕鞋，鞋底上有几个钉，几个坑，翻开你们鞋底看看，都来这里看看。"有几个国民党果然翻过鞋底看看，几个钉，一个不差，这还不算，钉子周围，鞋帮上都是松香面子。他们悄悄走开，还不住地把鞋帮在裤腿上来回地擦。队伍不甘休，把王得礼叫到于百川房子里打了一顿，叫他学老实点。接着不久，又有一个国民党到仓库来拉纸，工人堵在门口，不准出去，于百川说这是团副，应该跟到团部去打条子，于是叫王得礼去。王得礼学会了老实，跟在马车后面跑。跑到一家家具店，先不打条子，先叫王得礼往楼上搬。搬完了递给他一张纸，王得礼不认识字，刚说一句图章不清楚，团副笑了笑，叫旁边小孩给他找棍子打他，那末他回来了，于百川说这是假条子。王得礼一看也吃了惊，岂但不清楚，那私章原来是用戳子后屁股捺上的，至于官印，则又是把戳子横过来捺了一下。王得礼又挨了一顿打，就不能不离开工厂了。

王得礼还有一个故事，却是很多年以前的事。那时，他还不会手艺，比以前更穷。他的母亲忽然得了中风不语，汤水不进。俗语说穷人有病拿命抗，他请不起医生，也买不起药，天天含着眼泪坐在身旁，希望天老爷保佑，可是病势只见沉重不见好，邻居告诉他这病用鳝鱼来治是最好的偏方。附近叆河里有鳝鱼，可巧老丈人住在叆河边上，他像出远门一样，安排好了家务，收拾停当就出发了。本来市内有两个菜市，哪个菜市上都有鳝鱼，因为没有钱，只好舍近求远，不能不到叆河边上，拿出最大的耐心，等待鳝鱼上钩。往往是要什么，就缺什么，他钓了一天，一条也没钓着。过路人受了感动，告诉他若是冬天，在冰上敲个窟窿，用叉子叉；可是夏天，只好多下钩了。老丈人帮他找了三十多个钩子，看看一天又过去了，还是一条没有钓着。有几个小孩子在叆河里洗澡，赤着身子，互相追打着跑过来。其中有一个，在浅泥坑里抓了一条鳝鱼。他在地上像抡鞭子一样摔了几回，早已死了，嘴上冒着一片血沫子。他不知道王得礼要钓的就是他手上的那条鳝鱼。

王得礼晒得满头是汗，调理这个钩，又去调理那个钩，不是叫蟹子咬掉鱼饵，就是钓上一条鲫鱼来，他气得把鲫鱼甩在身后草地上，大家就笑起来。当他看见小孩子手上那条鳝鱼时，简直惊住了，他说了很多好话，要下那条鳝鱼就收拾回家了。可是还不等他到家，他的老母早已咽气了。这就是王得礼的鳝鱼的故事。

副厂长孙怀仁一口气说完这两个故事，自己意外地受了感动，一时说不出什么话来。这时，厂长微笑着对他说：

“有了头一个故事就够了，国民党欺侮了他，在他心中种下了仇恨。我同你一样，欢迎这个老工人回到自己的工厂来！”

三

王得礼这个鳝鱼的故事，年长月久，连他自己也不记得那么真切了。这个故事在别人心中，也渐渐失去光彩，所剩下的，只是不带恶意的嘲笑，诸如此类的话：“天生的老实头！”“天底下还有这种老实人！”

王得礼这次回到他原来的工作间，一切都是熟悉的。两炉口，火光照得通亮。铁砧周围，落了一层厚厚的青色铁皮，他先开口道：

“大家忙呵！”

认识的工友，扔下锤把，凑上来跟他谈话。只有毕师傅咬着铅笔头，在计划材料，没有走过来。毕师傅估量了一阵，远远地喊：

“来得正好，掷骰子缺你真不热闹！”

“民主政府，还兴赌博吗？”王得礼难为情地笑了。

“在伪满，你……”毕师傅这才站起来，带着一种冲动说：“哼！他掷起骰子来，闭上眼睛空喊，六……六……六……睁开眼睛一看，最大不过三点，你说是不是？”

这是一件旧事，毕师傅又闭上眼睛，描摹得那么像，不论谁都笑了。王得礼也说不出不满意，跟着轻轻地笑起来。

毕师傅笑得最厉害，他又接下去说：“再看，他赶别人的点，这么，爬在碗边上，么……么……么……地叫。”他在王得礼的肩上拍了一下，“你要喊，可是睁开眼睛嘛！明明转个么，你没看见，人家啪一声又抓起来掷个六点，你倒睁开眼睛看见啦！”

毕师傅长着一张宽下巴，一张大嘴，就像这样地欢迎了他的老工友。在从前，毕师傅利用王得礼闭眼睛赢过钱，也利用了另一个缺点赢过钱，王得礼另一个缺点就是遇事纠缠不清，只要拍拍王得礼的肩，他就回头答话，一哼一哈就纠缠不清了，这样，对手就有机会做成五点或六点，把他的钱赢光。毕师傅觉得这样做更好，即不是自己骗钱，帮助别人赢钱，同样可以吃酒。

王得礼回到工厂来，也可以说他是用了掷骰子的精神来工作的。他掷起骰子和他钓鳝鱼并无两样，老实说，他爱工作更甚于其他，铁钻不如骰子碗吗？在铁钻上跳跃着的铁活不比骰子好吗？但是他偏偏又同毕师傅碰在一起。

王得礼没来之前，毕师傅单凭着一份手艺，在大会上得到了表扬。看看整个工厂破坏得多么厉害，不论哪一部分铁活，凡是熟铁就要经过炉口，就像生铁要经过翻砂一样。今天的炉口常常遇到像抄纸机一样复杂的部件品，而且那些数量最多的一切铆钉，一切把锯子，一切螺丝，都得经过毕师傅的手，正如他自己所说："伪满三天的活，现在一天干啦！"

毕师傅这人却有这么一个致命的缺点，他以为货以稀为贵，他若施展了所有的本领，就等于不值钱。王得礼一看就看出来，他出手的活并不快，铁块扔在焦炭里，尽是焙着焙着，不等到他想干的时候，不伸钳子。

毕师傅过去性子不比王得礼强，看起来，总是毕师傅比王得礼得到尊敬，今天在新社会，为什么只凭着手艺，不凭良心就能得到表扬呢？从王得礼来，毕师傅看见王得礼毫无邪念的脸，又看到他那么认真的工作，心中微微寒战起来。为了这个他在王得礼面前表白道：

"现在还有不认识啦，咱第一个就认识啦，民主政府是穷人政府，工厂是自己的呀！"

他常常坐在那里吸烟，伸着懒腰，表示自己疲乏。可是他的眼睛，总是溜着王得礼的钳子，溜着王得礼脚前的铁活，很怕王得礼做多了。若是遇到有人来催活，他总是先回话：

“你看我们王师傅这个干劲，你想把我们炉口的人累死吗？”

他以为这样就可以取得王得礼的好意，便跑上前来低声说：

“你猜怎么，谁干都得留个后手，有二百的手艺，顶多干一百八十，留点余头。公家叫咱们追求进步，顶到头，再进一步就难啦！”他缓了一口气，急急地说：“我这也不是为了别人，有时加个班，大伙都有好处嘛！”

等毕师傅走过去，抡大锤的小艾，不满地说：

“别听他的，一肚子花肠子！”

小艾十分年青，王得礼来了之后才拨给他的。王得礼笑着问：

“你和他是对头，怪不得拨给我！”

“他那一伙人，也没有一个满意他的！”小艾愤愤地说着。

下午，工作科长来检查工作，毕师傅把钳子挂在铁砧上说：

“科长，今天的活是咱们自己的，我提个意见，今天这个螺丝，干到放工，至多不过二百个，要了二百五十，那五十个明天来打，可得一上午，你知道咱们手艺人，加班出活，今天晚上加上两个钟头，也就赶完啦！”

科长想了半天，同意了他的意见。王得礼在旁边想，这五十个可是你抽烟耽误的，为了加班才这样干吗？科长问王得礼干不干，王得礼把钳子一摔，回过头来，望着毕师傅，那么瞪着眼睛说：

“为什么不干？干不完，不加班，明天用什么！”

晚上交了活，也许王得礼脸色不好看，毕师傅再没有说一句话。在路上，小艾揪住王得礼的衣袖，嘟哝着：

“真气死人，你听他对我说什么。他说：要加班，谁也得干，今天是民主政府，不能像伪满那样！你听听，拖懒赚个加班，还说只有他才认识民主政府呢！”

王得礼一面思索着，一面觉得和小艾谈得投机，于是请小艾到家里坐一坐。

四

整个复工工程，分五个组进行。土木和机械没有截然划开，有的同时并进，大部分都是一面利用旧有地基抢修房屋，一面准备各种机件，只等安上大梁，上面铺瓦，下面就在安装了。为了修理精选车间烧毁的房架，早晨召开了会议，厂长说明了精选机械修理，配合其他工程，必须在五天以后开始。房架整理和钉巴板子需要三天，那末在两天之内，炉口如不供给一千五百个螺丝，日期就会依次拖延下去。

毕师傅对这一工作，表示异常冷淡，尽管不开口，后来终于一口回绝了，他规定一个炉口一天最多能做二百五十个螺丝，一个也不能多。

王得礼今天也参加了会，他不知道厂长已知道了他的故事，他也不知道厂长已知道了他的工作，一进去，厂长由于这新面孔，猜对了是这个老工人，单单握了他的手，并且凡是厂长的眼睛落到他的脸上，他总觉得眼睛里含着微笑，感到一种爱抚的温暖。

“若再多，只有加班！”毕师傅带着讨价还价，不怕得罪顾主的神气。

王得礼对于这样一个整批的大数，心中也没有一定的把握，他听到毕师傅又要加班，立刻生了气，他觉得并不是没有活动余地，而是毕师傅故意拿把，所以他截住说：

“你越加班，活出的越少，这是谁都知道的，要干就得拿出真精神来！”

“你掷一宿骰子。至多不过三点，还能再多吗？”毕师博立刻反击。

“多打一锤子多出一点活，比你光摇锤子打不出铁来强！”

双方都有一些激怒，王得礼说完了，站起来对大众宣言道：

“叫我们分开来做，我包下我那一份，一天做三百，两天六百，那一百五，我打个通夜班，伪满掷骰子还常常三天三宿不睡觉呢！”

毕师傅在他讲话之后，也跟着同意了，答应得并不勉强，因为他觉得像掷骰子一样，王得礼干的并不是“六点”，而自己也不一定是“么”，况且他又不是头一个答应的。

比赛就在当天开始了。不论毕师傅那一伙，王得礼那一伙，听说比赛，总是争先恐后。尤其是年青的小艾，像刚出炉口的铁块一样，又红又热，割螺丝并不简单，先要割铁筋，又要粘火，又要缠脑袋，王得礼除了把钳子，零碎的支配，小艾帮了大半子忙。小艾时不时瞟着毕师傅，表示要胜过他们。可是最初的速度和成绩，双方都一样。不论哪一组干少了，一定赶够了数目再吃饭，头一天的结果，双方都做了二百八十个。

两个炉口，火苗子直冒，铁砧上的锤子声响成一片。大家减少了休息，甚至连汗也顾不得擦，到了下半夜，毕师傅的速度渐渐慢下去，他坐下去休息的时间也就更长了。

他坐了一阵，然后招呼王得礼道：

“老王！”

王得礼停下锤子向他望着，看他要讲什么。毕师傅又停了一阵方慢吞吞地说：

“伪满掷骰子，你拿出这个精神来，早就赢了！”

王得礼再不同他纠缠，觉得上了当，赶快又工作下去，但是毕师傅接着又问：

“你说不是吗？”

“得，毕师傅，铁块烧化啦！”他那一组的人不满地督促他。

“老王，你说我说的对呀不对？”毕师傅仍在纠缠。

“对是对，可是论打起铁来，你这末纠缠一阵，可赢不了什么？”王得礼这么堵了他一句。

小艾早已不耐烦了，他亮起嗓子喊：

“毕师傅你怕我们多赶活吗？做多了匀给你一点！”

毕师傅从此不响，他又干了一阵，到三点钟，再也支持不住的样子就睡下了。他那一伙因为去了一个也干不成，气得嘟噜一顿，也跟着睡了。那一天，王得礼只睡了一个钟头。

一天一夜的成绩，王得礼组完成了四百九十个，毕师傅组完成了四百三十个。

第二天，两个组又继续工作下去。正午，王得礼的老婆，也许怕王得礼认不清时代，又在哪里掷骰子，借口送饭到厂子来看他了。但偏偏遇见好说话的那个年青的守卫，一个是急于要进来看个究竟，一个偏偏为了说话纠缠她，不晓得怎样，两个人吵起来了。正吵闹中被厂长撞见，厂长问清楚是王得礼的老婆，要年青的守卫放她进去。年青的守卫望着这个走进去的有点急躁脾气的老婆子。咧着嘴对厂长同志说：

“我若早知道是王得礼的老婆，也早让她进去了。”

“你也认得王得礼！”

“我们老朋友，他第一天来是我先同他谈话的呀！”

王得礼的老婆走进去，正是王得礼拧紧了钳子，两只眼睛冒火的时候。她放下饭盒子，在旁边站了一阵，刚要张嘴，王得礼晓得他老婆那个啰唆病，立刻喝住了她：

“你要说什么，快给我滚！”

“我当是你又掷小骰子，你倒在这里……”

王得礼一听见掷小骰这三个字，一边骂着“滚滚”，一边擎起钳子扔过一条通红的螺丝过来，吓得他老婆没头没脑地辩驳着：“我来看看，不是成心，想告诉……想告诉你小孩子有病哪，咳！”就回去了。

王得礼仿佛一下子泄了劲，全身酸软无力，胸口有些呕心，自己拼命挣扎着，心想：“为什么会这样呢？论起伪满掷骰子，两宿不睡也不这样嘛！”因之无端无故埋怨起自己的老婆来了。呆了一会，厂长走过来，顺便问起，王得礼的老婆来干什么，王得礼苦笑着，没有回答，小艾在旁边插进来说：

“和他说小孩闹病啦！”

王得礼往年掷骰子时，常常遇到他老婆这样撒谎，他半气半笑地骂道：

“他妈的，准保中风了，哪来这样快的病。”

不料这句话却使厂长当真了，厂长记起了他的鳝鱼的故事。他知道王得礼在旧社会受的苦，今天他是民主政府真正的好工人，还能得不到一条治病的鳝鱼吗？这样，他马上派人买了一条鳝鱼送去，自然王得礼不知道这件事。

王得礼从厂长走了以后，很久不安心，无端地想起他的中风的母亲，那条钓不到的鳝鱼，像一条蛇似的咬着他的心。他眼前的那一堆螺丝，不是像一条一条的鳝鱼吗？在他钳子上的红铁筋，也都变成了鳝鱼，在铁砧上扭来扭去，他的锤子拼敲去，一根接着一根，都掉在水盆里，正像那条已死的带血沫子的鳝鱼。

他被一股愤恨燃烧着，他再不疲倦，他像是对旧社会所有的鳝鱼复仇，一条一条的鳝鱼，从他的手上流过，一根一根螺丝掉在铁钻下面，工作正以一种飞快的速度进行。

到下午放工的时候，王得礼已经累得什么也想不起来，什么也看不见了。小艾替他交了工，他这一组一共做出了八百六十个螺丝，创造了每小时可以做三十个的纪录。

王得礼不知怎样走回去的，推开门，爬上炕，喝了两碗稀饭，只听见他老婆在旁边续续断断地说：

“咳……厂长真是好人，送来一条鳝鱼……咱妈活到现在多好……小柱快来叫爸爸抱，谁说我们孩子中了风……”

王得礼没有听完就睡下去了，他梦见了瑷河。一条鳝鱼张开大嘴，像狼一样叫，又梦见了毕师傅突然死了，一条鳝鱼像一条蛇似的在他的鼻孔里穿来穿去，吸他的血。忽然毕师傅成了神。王得礼在神像面前跪下，上面问，你是王得礼吗？他抬头一看，却是一条鱼，吐着双须，哈哈大笑道：“人生如赌博，你一辈子都是么点。”最后千百条鳝鱼由叆河跳出来，一个一个跳上铁砧，扭来扭去，又一个一个跌进水盆里，厂长走进来，用手抓起一把螺丝，宣布王得礼是修建中的劳动英雄，忽然跑出一些工友，鼓着掌，把王得礼抱起来，向天上扔去……他醒了。

第二天早晨，他才盘问清楚厂长送来鳝鱼的误会，但是他抱着头，因为他的头还有一些昏沉，感动地想道：

"这就是新社会……到底是新社会……"

他又在七点以前上班去了。今后，凡是开什么大会，尤其遇见个不认识民主政府的人，他就说出自己当劳动英雄的经过，和他的新的鳝鱼的故事了。

原载《小说（香港）》第2卷第5期，1949年5月1日

双红旗

鲁　煤

一

王成保和李春姐，两个细纱看车工人，在一个轚啦里看车。

王成保，男工，四十来岁，解放前有名的捣蛋鬼，外号“练疙疸匠”，那工夫，他能看二十根毛棍。可是一高兴，那二百五劲上来了，就要求当头的，少看五根，当头非要叫他看二十根，那他也不说别的，就是有劲不使，断了头不接，让他疙疸去。李春姐，女工，十八岁。也是解放前有名捣蛋鬼，外号“小磨咕”。那工夫，她那磨咕劲儿上来了，眼看当头的打那边来啦，就地一坐，两手把头一抱。当头的叫她起来，她就说肚子痛，当头的总是磨咕不过她。

解放以后，厂里运输部改为八小时工作制，不搜腰，不打骂，配卖布匹按八折，工人生活改善了，地位提高了，知道今天生产是为了人民为了自己，是为了打倒蒋介石，干得挺有劲儿。李春姐就是这么个人儿。可是也有少数人，不好用脑子，觉悟不够，老毛病不退，好偷个懒。王成保就属这一类。

李春姐劳动态度改变了，人还是那么尖，好挖苦人，不是说就是唱，嘴老闲不住。所以她跟王成保在一个蹵啦里看车，平常，王成保就跑车，络一络纱至少有一回跑到毛房去吸烟。碰对了还常矿个工，弄的李春姐就有几分看不上他，可是也不怎么管。到分车竞赛了，李春姐想："他车上要不好，我这头再干净也得不了红旗。"同时管理员给讲话，说分车竞赛是要团结别人，共同努力，于是春姐干完自己活了，就帮助成保，又是接头，又是动毛轴。一面就劝成保："你看分车竞赛啦，咱们得接头快点，少出点白花……你也少到毛房去吸烟！"王成保说："吸烟，这是件小事啊！今天死了，就吸了一辈子啦，我老子还不说我吸，你说我……"他半恼半笑，半真半假。李春姐说："赶到星期了，人家都插上红旗啦，咱们插不上，多丢人哪！"王成保"清高"地说："弄那个哩……哼，都是捉哄傻子的，咱不管快慢，反正一手不闲就算事。"李春姐一听生气了，"你精，我们傻！你不要我要，反正你不能累着我！"成保嬉皮笑脸地说："我不要，不跟你们小闺女们争那个，把红旗挂到我车上了，你们那么多人得不了，又该气得啼哭啦！"气得春姐就骂他，"哼，真背兴，怎么碰上你这个二百五！"有时候成保还故意给春姐"送病"（即为难的意思）。那天检查员过来了，成保说："同志，你看春姐车上多干净啊，赶你往报动了，报她个模范吧！"春姐说："你不用说那，人家车都干净得不行，咱车这么脏，名誉多不好哇！"成保说："名誉好？！——把你家的棉花都拉来，送给厂里，那名誉好，保准还给你登黑板报呢……"

"小磨咕"到底不是"练疙疸匠"的对手，春姐惹不了成保，就去找他们那两个看车的女工仙妮和月香去了。因为分车竞赛的组织是四个看车工，两部车一组。比赛条件是出数多、白花少、车上干净、不矿工、不跑车。春姐就跟仙妮和月香商量，春姐说："咱们合起来跟王成保分家！"仙妮和月香问："怎么分家？"春姐说："他争跑毛房，光练疙疸，出白花那么多，咱们跟他分开！"仙妮和月香又问怎么分开，春姐就说咱们把白花分着搁，一个人搁到一个斗里，不跟成保混着，赶约动了也分着约。仙妮月香二人高兴地说："对，这样也分个清楚明白，谁好谁坏上级也好知道，要不，成天叫他拖着咱们，真赶不上劲来……"结果四人就这样分家了。

那天他们是下夜班，七点下班，五点约花。组长拿着秤，推着花箱过来了，他们四人都把自己的白花拿出来，搁在车头上。春姐他们三个，每人拳头大的一点，成保却捏着瓷瓷实实一大团，比个脑袋还大。相比之下，成保不免脸红，心里一动，说："你们不用约，反正我多，我一个人怎么也看不过你们三个人来，你们那白花净偷着往我斗里扔，愁了我多呀！"说着，急忙把别人的白花带自己的往一起混，用力一搅，分不清谁是谁的了，结果约了约是一斤半。幸亏春姐眼疾手快，一听成保话头不对，赶紧把自己那一团收起来了，结果约了约是二两。按春姐的两数，仙妮和月香该是四两，那么成保真出了斤四两白花，是不成问题的。仙妮和月香是老实孩子，虽然骂了成保两句，成保不理，也就干吃了哑巴亏。

到了十天头上，公布，得上红旗的人不少，可是里边没有成保、春姐、仙妮、月香。当然也还有别的车没得上的。

二

春姐一进厂，看见许多车上都插上了红旗。许多红缎子小旗活像许多小灯，照得全厂发亮，照得春姐两眼发花。再往里走，一见自己车上哪，黑咕隆的，光看见车头上那大块黑铁板了，什么也没改。这还不算，偏巧有些多事的小女工，把春姐拉到自己车上，一手扯起插在自己车上的旗角，说："春姐，你认得吧，你看，这两个白字是模范，模范！"另外过来一个人，伸出右手，四个指拳着，只小指头向春姐一伸一动，说："小磨咕，你真是这个呀！"这还不算，另外又有一个人也凑上来趁机打雷说："小磨咕，你磨咕不住练疙疸匠嗳……"急得春姐从他们的包围里边挣脱出来，不管屁股脑袋叮叮噗噗把他们恨恨地擂了几锤，一边骂着："小死丫头子，小死丫头子们……"逃到自己车上去了。

李春姐好不生气，自不必说。只见她闷头在接头，越接越气。她想：咱一天连水也顾不上喝，饭也顾不上吃，有时候拉了警报也不跑，一心为了出数多，车干净。他竟这么不知好歹……车上插不上红旗，显着自己多落后哇？……想来想去，接不下头去了，就找到帮她车的络纱工白玉花去说："玉花姐，咱们这么成天不离车，两眼死盯着车，恨不得把车看成个窟窿，费多大心哪，跟他被这个伤，我要求组长调车呀！……"络纱工白玉花安慰了她几句，趁大家都把头接好了，把成保、仙妮，同月香、李春姐拉倒一起，开了个小组会，劝成保加油，劝大家团结，最后鼓励大家说："以后我落完纱了，更多帮你们接头，清洁车，这会咱没插上红旗，看下回！"开会以后，成保活像心里有点不服，可也没有说出口来，又去接头，过了一回刚才给春姐调皮的那几个小闺女儿她们开会了，又喜着带笑地到春姐车上来了。这回来不是找春姐的账，是向成保来的。他们逗成保："开什么会啦？"成保横一横脖，看不起她们的样子，又去接头。一个小女工急了，指着成保说："你这个练疙疸匠，谁给你在一个车上谁倒霉！……""谁跟你在一个车上谁得不了红旗！……"几个人正你一嘴我一舌地说成保，他忽然嚷了起来："走吧，走吧……"大家还不走。他急了，跑到车头前，把斗里的白花抓了一把就往小闺女们围腰儿里塞，小闺女们问："怎么啦？怎么啦？"他说："怎么啦，车欺侮我吧，你们还欺侮我，我亲自眼见你们把你们兜里的白花扔到我斗里啦，要不我这么多呀！"这一闹可灵验，吓得小闺女们哇哇乱叫，回到自己车上去了。

开会时间到了，这一天他们是上夜班，七点开饭。本来，自从开始分车竞赛，组长们对大家说要轮流吃饭以来，春姐总是让王成保先吃，自己替他看车。这一天心里生他的气，不想让他了。春姐说："我先去吃饭，你替我看着点！"成保说："行！"春姐提了饭盒就到茶炉房来了。这里有两张大桌子，一个桌上是女工，一个桌上是男工，两个桌都坐得满满的。男工桌上还坐着他们组长。春姐跟大家一块吃着，一边念着，大家都谈着挂红旗的事情。春姐气呼呼地说："王成保这家伙可捣蛋哩，每回吃饭都是他吃到头里，赶我吃饭都是没人吃咱，这回跟他生气啦，我不让他啦。"虽然这么说，春姐还是吃得很快，说着就收拾饭盒子。别的女工问他："吃得真快，就走哇？"她说："嗯！人家王成保还在那等着呢！"一面到锅炉那边去倒水。可是当她靠那一立，一回头，见王成保正在男工桌上低着头吃呢！李春姐不紧一阵火上心头，大吼起来：

"王成保，怎么你也来啦，谁给咱看车哪？"

刚才李春姐的话本来都叫王成保听见了，只是压着那火劲儿没着起来就是了，所以这会儿他故意慢条斯理地说："不要着急——，有——人！"

"有人？！——给咱练了疙疸怎么办？"说着一面看看组长："这不是组长也在这里，见咱们不轮班吃饭，保险得给书画跑车号！"

"不练疙疸，谁——敢——书画——呀？"他应当是慢条斯理地吃着。

"不练疙疸，车上也该有人，要没人，络纱长去了，非说咱们跑车不解！"

"有——人，我叫仙妮跟月香看着呢！"

春姐一听，王成保觉着自己还有理似的，更急了，跳着脚，把饭盒往地上当啷一丢，说："有人？！——我是跟你到班吃饭的，又不是跟人家！"

王成保也一点不示弱："你管那，反正有人给你看车就行啦！……"

到这里，许多男工女工把他们劝开了，李春姐被一个络纱的拖回车上去了。

春姐回到车上一看，车上乱七八糟，毛板上的花也没线推，她就赶紧清洁车。随后成保也回去了，气大得不行，真恼了，一面嘟囔着："哼，给我闹这个难看……"春姐不搭理他，闷着头清洁车。他还是嘟囔，气得春姐把绞花棍一扔，找组长去了。

"组长，刚才闹的事你也看见啦，我不愿跟他一块儿看车啦！"

"你愿意在哪？"组长是个老实人，慢不腾地，也说不上什么劝解的话来。

"你愿拨到我哪就拨到我哪，反正离开他！"

"别人没歇工的，也没法调，唉！"

春姐那小磨咕劲又上来了，说没法调也得调，结果组长还早答应"想办法就是"，她才回去。

王成保见春姐找组长回来，想："你想调车，我还不干哪！"一股暗气不出，他跑到对车上找分工会主任张功去了。张功跟成保是老乡，住的很靠近，成天上班来下班去一块走，这个人也是个炮筒子脾气，直心眼子，成保找他去，是觉着亲近，想诉诉苦。而他对成保呢，是个说直理，觉着热乎，不忌讳什么。

本来平常成保张功是你兄我弟的来往称呼，到这会儿也不知道一股子什么劲使成保叫了他一声："分会主任！"

张功正接头，忽地抬起头来，一看是成保，说："什么事？"于是成保得住理了似的，从头到尾，怎长怎短，说了个一清二楚。最后说："你看那么多人吃饭，她跟我闹那么大难看，叫我脸上多挂不住哇！"

张功平常知道成保干活不强，虽然他觉着今天这时期，春姐态度也不该那么不好，可是为了好解决问题，他觉着压成保一下比较好，所以直截了当地说："她怎么不跟仙妮、月香闹难看哪？！你觉着脸上挂不住，你要知道难看，你早挂上红旗啦！……"正说着，那边忽然吹起络纱哨了，张功没有给他还手之工，就说："去吧，络纱啦，别耽误着啦，我一会儿说春姐去！"成保也就低头搭脑袋的回来了。

这一络纱络完了，张功到春姐车上去，说春姐不该态度那么不好等，春姐本来刚消了气，一听这话好不在行，又噘着嘴叫唤起来了："我哪儿态度不好？我哪儿态度不好？你当分会主任怎么样啊！也不能不讲理！……"闹得张功这口快心直劲儿不得不又拐回来，说："不是说你态度不好，我是说你该多用手，少用嘴，你多帮他接头，多扫地，多拿实际行动感动他，人心又不是铁打的，哪怕不想想：'人家是人，我也是人，哪儿也不比人家少一块儿，为什么老叫人家帮助我呢？……'那他自然就会转变啦……"春姐一听分会主任说的也是，成保有错误给上级报告，也不该直接对他发脾气，影响生产哪，就说，"他这个人不好是不好，可是我的嘴也太不吃亏啦……"张功临走还说了两句……"我已经把成保说好啦，你就好好干吧，以后他有什么不好，你就直接找我。"

三

当天张功在厂里对成保说话不多，可是下班回家道儿上可说话不少，夜里十一点以后，马路上明光的月亮地，两个人一面走一面谈。成保听张功讲共产党跟国民党不一样，共产党是工人阶级的党，今天做活是为自己做；听他讲过去咱们怎样受压迫，今天却做了主人；虽然张功说的一些名词有时连他自己也不大懂，但成保却像听懂了，比干部在课堂讲得还明白，直到回到家里，躺在床上，熄了灯，成保盯着月亮照得煞白的窗纸还在想。自个儿从小爹娘死得早，是个拾柴搂火的穷孩子。打十四岁就上工。日本在时挣得不够吃，冬天冻得受不了，半夜到火车上去偷点煤，叫日本人给逮住了，又灌凉水又上电刑，扣了三个月，死了几个。国民党来了，把家里七亩地中间挑了一道大沟，不能养种。解放军来了，平了沟，又种上了地，现在上工，自己有了困难工会里借给钱。国民党在的时候，工资给你开够数目就是好的，那工夫只许人家朝你要，你哪能朝人家借？解放以后，自己一说要干，写上个介绍信就上班了，要国民党在时呢，你天天说有手艺，没门子死也不沾。现在做工不挨打，不挨骂，不花钱叫上学；过去就是你掏钱也不叫你穷小子上啊！……成保越想越多，四十年的事情都想到了，哪一年也没有今年好……，现在自己不好好干，对得起谁？！……

第二天一上班，王成保和李春姐车上可大不一样了。虽然两个人还是你不搭理我，我不搭理你，可是两人的别扭劲都用到车上来了。你不让我，我不让你，成保心想："不用着急，你勒几回毛轴我也勒几回，我不能多勒一回就超过你一回。"春姐心想："嘿，看俺前头的也不上茅房啦，还要把我赶上了哩，加油干！"就这样两个人赛开了。李春姐不出壑啦，王成保也不出壑啦。李春姐不练疙疸，王成保也不练疙疸。李春姐勒毛轴，王成保也勒毛轴。李春姐扣皮辊，王成保也扣皮辊。李春姐清洁四回，王成保清洁五回！

络纱工白玉花看了更高兴。她跑到王成保车上，说："成保，这回可谁也不敢说你车脏啦！"成保一面扣着皮辊说，"春姐说我落后，我非把她那干净劲儿免盖下去不行！"她跑到春姐这头说："春姐，成保给你赛开啦，看你还说人家不！"春姐一面勒着毛轴说："我这个捣蛋劲儿，要不把他这个捣蛋儿压下去，就不在这儿看车啦！"看车工仙妮说："成保，你真想得红旗啦？"成保说："真想得？——恨不得一下子拿过来！"看车工月香问："成保你不是说傻子才得红旗呀？"成保说："谁为应该呀？我说傻子才不得红旗！……"

十天以后，两个红旗插在李春姐和王成保的车上，两个红灯挂在他们车上。

当分会主任张功把一个红旗插在成保车上时，张功问："成保你还跟春姐吵架吧？"成保笑得合不上嘴："弓是弯的，理是直的，春姐的理对，咱还能做杠？"当组长把另一个红旗插在春姐这边时，组长问："春姐，还要求调车吧？"春姐笑得露着牙："成保捣蛋的时候你不调，人家成了模范啦，现在用不着你调啦！"当春姐看看这个红旗，又看看那个红旗，当成保看那个红旗又看看这个红旗，两个人的眼光碰到一块儿开了一朵花——两个人"喷儿"一口同时笑了。这时候，大家才记起来，原来他们两个已弯了整十天不说话了。

这时候，那几个原先抢白春姐和成保的小女工也来了，一看两个红旗同时插在车头上，奇怪地喊："双红旗！双红旗！"这句话忽然提醒了王成保，他说："哎，众位，我这个练疙疸匠的帽子该摘了吧？"仙妮抢着说："就叫个双红旗吧？"李春姐也想起来了，说："我这小磨咕的名字也该换了吧？"月香抢着说："小磨咕就改小模范吧！"分会主任张功当场召集开会说："请同意的举手！"大家哈哈大笑，全数通过。

原载《新华周报》第2卷第4期，1949年7月16日

女工赵梅英

路　翎

一早上大家就听见赵梅英在收发间里面吵闹。她的声音起初是愉快而捣乱的，像她往常一样，但后来却僵了起来。

她缴来的几件活太不像话了，收发间的朱新民同志刚一批评，她就长篇大论地说开来了。

收发间的工作是很麻烦的，有一些女工们，依着过去的习惯，总是想讨一点便宜，马马虎虎地把活缴出去。但是四十几岁的，乡下人模样的朱新民同志却又和气又诚恳，常常要说得她们不好意思，红着脸走开，于是一些马虎的女工在交件的时候都觉得心虚。然而赵梅英却表示自己不在乎，她叫别人把缴不掉的活都交给她缴。她夸口说，要是缴不掉的话，她就不叫赵梅英。

昨天下午她就来过，赌了很大的气，今天早上她又来了。好一些女工跟着她来了，站在收发间门口，看她究竟会搞出什么玩意来。她们中间有几个是不满意她的作为的，但其中也有这样的心理，要试一试朱新民同志，试一试共产党究竟会不会不公平，大家都知道赵梅英是这工厂里花样最多、最泼辣的女工。

赵梅英呢，她简直像个英雄似的，简直是理直气壮似的，扛着六七件货色往桌子上一摔，嘴里还抽着一支香烟。

“来哪，朱管理，麻烦你点一点罢。”她说，满不在乎地回过头来对围在后面的女工们看了一眼，好像说：“你们看就是！”

“你还是交给小组长先看看吧，……这不行啊。”朱新民同志打开其中的一件来，很有经验地看了一看。

“哎呀，朱管理呀，这还不行，要怎么样才行呢！不是我说的，你们共产党真不好讲话！”

“不是我们好不好讲话，我们大家是拿的老百姓的钱，替老百姓做事哇。”朱新民同志特别诚恳地说，希望藉这个机会来教育她。但是赵梅英快活地叫了起来把他的话拦住了。

“又是这一套，阿弥陀佛，又是这一套。我背几句给你听听怎么样？——我们工人阶级是国家的主人”她于是摇头晃脑说了起来：“老百姓翻了身，现在不是国民党反动派，前方战士替我们打仗，我们要支援前线！”她一口气地大声说着，然后她说，“我背得怎么样？不差吧？”得意地笑起来了。

“你怎么好这样哇。”朱新民同志气恼地说。

“怎么样，我说得不漂亮吗？比她们积极分子也差不了多少吧。来，朱管理，抽支烟！”

“收发间不准抽烟。”朱新民同志回答，他特别不习惯和这种女人打交道，脸都气红了。“你这个活……还要麻烦一下。”

“我又不是积极分子！”赵梅英愤怒地大声说，“积极分子呀，做得又细密又均匀，千针万针送情郎，那是积极分子呀。他妈的我真不晓得什么积极分子是哪个兴出来的，她们的底子未必我不晓得么？从前不兴什么积极分子，都是这样……”

她的劲头上来了。站在门口的女工们，互相地看了一眼，表示说：现在她说到题目上来了。大家都知道她仇恨积极分子，解放以后最初两个月，她也是一个积极分子，但是因为她爱出风头，这个面前勾结，那个面前挑拨，人家把她批评了。又因为女工们的积极分子里面有几个是地下党的党员，解放以后很不满意她的行为，她就反过来了。大家背着她开什么会，谈什么话，不把她摆在最漂亮的地位上，她是受不了的。而她自己又确实有些地方不可亲近。她快三十岁了，生活经历不很简单，嫁过两任丈夫，第二任丈夫是一个汽车司机，两个人老是打架，后来他把她丢掉，卷走了她的一点积蓄，独自跑掉了。实际上她是很爱他的，这就使她非常伤心，哭了好几场，充分地体会到了一个孤单的女子在旧社会里的凄凉的命运，觉得全世界一切都在欺骗她，甚至想要自杀。但她又是这样地年青而精力强旺，所以不久就恢复了，只不过从此变得对什么都不信任，变得有些浪荡起来。她是糊里糊涂地当了一阵积极分子的。那时候她心里非常高兴，听着她从来都没有听见过的那些话，狂热起来了，觉得生活变了，一切受苦的人们都要翻身了。但是另一面，她却想着，她从此不必再做工了，她念过几年书，出身又比别人高，她可以出头，当工会的职员——她以为工会里有这么一种拿钱的职员——过舒服的日子了。这种个人的打算就使得她胡闹了起来，不久就遭到了现实的无情的打击。于是她又觉得共产党说的工人做主的话是假的。同时，看见厂里的行政干部都穿得破破烂烂，每个月只有一千多块钱津贴，她就很失望，而她又不满意别的女工能够当上代表，不但常到总工会里去开会，并且还要出席各界代表大会，和市长坐在一起。……这一切的原因，就使得她故意地把她的工作做得一塌糊涂，打乱了生产小组的系统跑来独自交货，替落后的女工们壮胆，成了落后分子们的英雄。

“你说一句吧，你收不收？”她对朱新民同志说，声音有点僵了。

“这样的东西我不能收。”朱新民同志回答说。

这时候张七婶挟着两套棉衣走了进来，很严肃地交给了朱新民同志。朱新民同志看了一看，点了一下头，收下了。张七婶脸上显出了感动的神气，笑了起来对朱新民同志说：

“我的眼睛花了，怕是做得不行。你们共产党就是这一点好，不骂人不为难，要是从前的那些鬼孙子呀……”

“不骂人是不骂人”赵梅英接过来说，“不过就是为难。朱管理你说说看吧，为什么她的收了我的说不收？”

“人家张七婶做的，你看看！人家该不是积极分子吧？”

“我是补交的。我们组里头都交了，我赶不快。”张七婶不好意思地笑着说。

“我用不着看，我心里有数！”赵梅英叫着。

“那你们大家看看好啦。”朱新民同志说，把张七婶的活举起来预备递给站在后面的女工们。

“用不着看！”赵梅英叫起来，夺下了朱新民同志手里的棉衣就往桌子里面一摔，“难道说人家张七婶恭维了你几句就该收，我不恭维你你就不收吗——告诉你我从来不恭维哪个的。你叫他们积极分子来恭维吧。”

朱新民同志瞪着眼睛，脸都气白了。

“你自己凭良心就是了。”

“是哇，梅英，我晓得你的脾气，你不要吵了。人家待人这么好，从前那个国民党呢。”张七婶说，“有一回，拿起衣裳就往我脸上砸，又打又骂，你是看见的，你自己也是受过那些鬼孙子的气的……”

“用不着你来说！你得意啦！”赵梅英对着她狂叫着，她和张七婶住在一个门里，平常张七婶总是照顾她，她对张七婶也不错，但现在却突然翻脸了。这表示出来，她今天是决心要闹事情。张七婶同样地气得脸色发白，瞪着眼睛不作声了。

“收了吧，怎么样？”赵梅英忽然用挖苦的声音说，“几万件衣裳，这么一两件的……你看你这个人怎么这么死呀。”

“你还是找你们小组长来交。”朱新民同志回答。

赵梅英看了他一眼，然后抱起那一大堆衣裳来就往桌子里面的衣堆里一摔。但是朱新民同志一声不响地又把这些衣服抱回来搁在桌子上。他的态度是严厉而顽强的。

“收不收？”赵梅英变了脸色，小声说。

“不收。”

“不行！”赵梅英全身发抖，狂叫起来了，“大家看见的，这几件不是我的货，你弄错了！”

朱新民同志不作声。

“你以为你当官啦。”赵梅英继续叫着，“我看你就认不得几个字，土包子！你连我还不如，你神气些什么？哼，你们说的，共产党为人民办事，你办的什么事？……”

朱新民同志的脸色非常难看，嘴唇闭得很紧，他的粗大的脸在发着抖。他害怕自己冲动起来。他是贫农出身，确实没有什么文化——诚实的人，是最害怕人家这样来攻击他的。他也不会说话。要是从前的话，他早就给这女人两个耳光了。四三年参加土改的时候，一个地主的女人就曾经这样凶暴地咒骂过他的。他于是觉得，现在站在他面前的根本不是什么工人，而是阶级敌人。

“不行！”他重复地说。

女工们都觉得情形的严重，跑上来劝着赵梅英，但是她已经下不了台了。

“你叫军事代表来好了，你不够资格！”她叫着。

“我不够什么？……你……你滚！”朱新民同志控制不住了，大声地吼叫了起来，并且向着桌子上猛力地捶了一拳。

赵梅英害怕地沉默了一下，于是大闹了起来。

“好，你骂人！你打就是了，你打就是了！这些人都好证明，这几件不是我的，你调了包……你哇，你调我的包，我们上军事代表那边去！你们看这样欺人呀！”她跳着脚哭了起来。她扑上来要抓朱新民同志，但是女工们拉住了她。她挣脱了她们，又哭又骂地向外面跑去了。

军事代表刘行同志和职工会的几个人正在从管理室的台阶上下来。他们刚刚开了会。看见人们里面有几个是她所仇视的女工积极分子，赵梅英就特别地激动，冲到军事代表前面去骂开来了。大家来不及了解是什么事情，都站下来看着她。

几个女工从收发间里跑出来，跟在她后面。张七婶也追上来了。赵梅英跑出来了以后，张七婶看见朱新民同志脸色惨白地气得连话都说不上来，心里就非常难过。她又听说过共产党有这样的规矩：凡是干部和不论什么别人起了冲突的话，不问有没有理由，干部都要受批评。她觉得赵梅英太岂有此理了，明明是利用着别人的这种规矩来欺侮人的，她要替朱新民同志做见证人。

"军事代表呀，我告诉你我是不得答应的！"赵梅英大叫着，"他朱管理开口闭口都是积极分子好，我的不收，摔回我的件，……我咒不死他的什么积极分子！"

"赵梅英，赵梅英"张七婶喊着，"这个事情你不要这么说，这个事情你不能怪人家朱管理……"

"没有你的话！你真的要翻脸是不是？……你们跟什么积极分子勾结起来骗人呀！……"

"军事代表，她没得良心！"张七婶气得直抖，说："赵梅英，你说说看，人家哪一点不对呀！"

她还没有说完，绝望而疯狂的赵梅英就对着她扑了过来，一把封住了她的衣领，对着她的脸打了下去。车工吴顺明大叫着冲上来拉开了赵梅英，张七婶就一下子跌撞到墙边上去了，脸色惨白地，很可怕地对着赵梅英看着。赵梅英也明白自己是做错了事，有一点虚怯，暂时沉默了下来。

张七婶继续看着赵梅英。她受了极深的刺激，想到自己过去对赵梅英是这么好，赵梅英却会这样没有良心，又想到解放以来厂里的各种事情，心里充满了对于共产党的感激，于是一下子哭了出来。

"你拿出良心来啊！赵梅英……我喊你，赵梅英呀……"

"我没得良心！"赵梅英回答，"我的良心叫狗吃了。军事代表，我向你报告，你开除我就是！"

然而她的反抗是无力的。张七婶的哭声把她压倒了。场子里站满了工人，大家沉默着。连先前似乎跟着她跑的几个女工，连那些被当作落后分子的女工都沉默着，大家的脸上是同样的严肃的表情。赵梅英突然感觉到这种沉默的意义，就是：人们都反对她，她的孤立是确定的了。

“好吧，你们开除就是。”她用最后的力气叫了这样的话，就扬了一下头，往厂外跑去。

赵梅英回到家里来，心里软弱了。孤单地躺在房子里，可怜着自己，希望着别人来找她。从前她还有几个朋友的，可是接二连三地都闹翻了，再没有人上她这里来了。她躺在黑洞洞的房子里一直到下午，连中午饭都没有吃。

她的境况是很苦痛的，如果不是她这样的性格，就简直忍受不下来。邻居们都怕她，除了张七婶以外就没有一个人和她来往。现在却连张七婶也闹翻了。她想，闹就闹到底吧，可是张七婶一直到黄昏的时候都没有回来。她从床上站起来了，懒洋洋地搬了一张凳子坐在院子里，抱着膝盖，吸着烟，长久地发着痴。

她心里有各样的幻想。她悲伤地想，要是能有几个钱，要是能有一个知心的人，在家里也舒舒服服，哪个要去做工呢？眼泪有好几次在她的眼眶里打转。她希望和哪个谈谈话。

“这个厂里头才混蛋哩！李大嫂！”当楼下的拉车工的女人提着一桶水从她面前经过的时候，她说。

“是啊。”李大嫂说，走开去了。

“这个厂里真混蛋……王二叔，你回来啦。”她又对挑着皮匠担子回来的瞎了一只眼睛的王二叔说。

可是他们大家都没有怎样理她，大家都是匆忙的。她又拉着皮匠的女人谈了起来，可是王二叔在院子那边骂起他的女人来了，他要她赶快到井边上去洗菜。

她买了一块大饼来啃着，骂开来了。

“一个个就像当了官似的。你个狗东西，你替我滚！”她踢着跑到她面前来的一匹狗，使得它尖叫了起来。“老子是看得起，才说上这句把的，老子怕什么？老子什么都不怕！……都是些什么东西，老子从来不巴结人，要是巴结人……也不会像今天这个样子了……”

说了好一会，没有人理她，她又沉默了。瞎了一只眼睛的王二叔从窗户里偷看着，看见她把那条刚才被她踢开去的黄狗拖拢来了，把剩下的大饼抛在地上，逗引它吃，并且抚摩着它。这女人是非常寂寞的。她现在也显得很衰老，好像三四十岁了。她不过是到处要逞强，而她的心里——是可怜的。“我呀，我还当过积极分子呢，现在好。”她含着眼泪，辛辣地笑着，自言自语地说，一面逗引着皮匠的黄狗。“我当初是想，翻了身了，过好日子了；我心里也尽是怨气，叫人欺够了，要出这口气。现在好，看着人家高兴……”她站起来又坐下去，显得她是很激动的，“不过呢，我也不是这样的人。像他们讲的，我不过是旧社会里的人。”她发了一阵子痴，忽然地她把自己嘴里的香烟拿下来摆在那黄狗的嘴巴上，并且打了它一巴掌，说：“死东西，你不会吃吗……”

她笑了起来，也不知道她是为什么高兴。她的眼睛里眼泪都没有干，却笑得这样天真，充满了善良的感情。

看着这种样子，人们又会感觉到她有变好起来的一切可能。但见她的脸色立刻变了。她看见张七婶和朱新民同志进来了。她的心立刻恢复了敌意和盲目的力量。

她就像是一个受惯了娇纵的小孩子。这一切都是因为，她是小康人家的女儿，又漂亮又有些聪明，后来虽然死去了父母，遭到了各种不幸，在生活的打击下几乎变成一个下流的女人了，但仍然是不知道天高地厚，自尊自大的。实际上，她的性格是很单纯的。

她不知道，厂里为了她的事情讨论了两三个钟点。军事代表要大家提意见，有些人主张开除她，朱新民同志也主张开除她，他说，她根本是阶级敌人。但是提了相反意见的，却是挨了她的打的张七婶。看见大家这样地攻击赵梅英，张七婶的心反而软下来了。

张七婶了解赵梅英。她不但知道赵梅英过去的一切事情，甚至有时候还有些喜欢她。赵梅英和她那做司机的丈夫住在一起的时候，吵起来总是跑到她房里来诉苦的，赵梅英不过爱面子，实际上是怕她的丈夫，他时常要挖出她的私房钱来去吃喝，时常要毒打她。这女人事实上是懦弱而虚荣的，无论吃了多大的亏，只要男人给她做一件花衣服她就满足了。她委曲求全，总希望能和她男人过下去，但是他最后却搞了一个妓女，跑掉了。这一切事情张七婶都知道。她又知道赵梅英现在虽然嘴上硬，事实上也是做一天工吃一天，丢了工作，她就没有办法——甚至会因此而堕落下去。

今天的事情太意外了，赵梅英居然扑到她身上来了，但是，一想到赵梅英会因此而堕落，她就把一切都忘记了。她清楚得很，街后面鸭行里的一个流氓头这些天常常地来赵梅英那里打转，而赵梅英是用了非常大的决心，才抵抗了他。她下这样的决心是不容易的。完全是解放以后厂里的新局面，和当女工的独立的生活，在支持着她的。

张七婶同大家述说着这一切，眼泪都流出来了。她是一个孤寡的四十几岁的女人，对于这一份独立的工作宝贵得像生命似的，特别地懂得赵梅英的这种痛苦。

军事代表不主张开除。他了解张七婶的意思，并且尊敬她的这种热诚。他相信赵梅英是可以教育改造的。但困难的是朱新民同志仍然反对。朱新民同志气愤极了，和军事代表两个人单独谈话的时候甚至提出来，如果不开除赵梅英的话，他就要请求调走。他说，这种女人根本就是阶级敌人。

“我要是今天真的跟她闹，上级又要批评我犯了群众纪律了。”他愤激地说，“这个工作我不会搞，上级调我下乡去吧。”

“我们是站在群众面前——你要了解对象哇。”

“那以后别人都来这么闹，你怎么办呢？”

军事代表说，做工作该了解对象，对每种对象都应该有不同的方式，可是朱新民同志仍旧不大乐意。军事代表又说，如果像这样过左的话，就会犯错误的，他应该找赵梅英回来。朱新民同志说，他承认错误，但是这是因为他太热爱着革命了，他不能够去找赵梅英回来。说这话的时候他眼泪都要流下来了。这时候张七婶又进来了，看见朱新民同志的难过的样子，拖着朱新民同志就往外走。朱新民同志也就没有再说什么。

“你不晓得赵梅英这个女人……给她一点面子，叫她往死里干都行的。”张七婶说。

朱新民同志不作声。张七婶使他感动了，他于是也觉得和赵梅英计较是没有意思的了，叹了一口气。可是走到赵梅英的面前，这诚实的人却忽然脸红了起来，他希望好好地做一番说服教育的工作，但是又不晓得说些什么，显得很是笨拙。而看见赵梅英孤寂地坐在那里的那种表情，他就突然地明白了张七婶的话，就是：如果不给这女人一条出路，她会堕落的。还是张七婶先开了口。

“梅英，你看，朱管理来看你了。”张七婶热情地说，“你不见气了吧。大家都说，今天的事……其实也是我不好。”她说，显出了一个几乎是讨好的微笑。

朱新民同志觉得她这样说是完全不对的，是失去了立场的，于是红着脸说：“赵梅英，一个人有了过，总要改……大家的误会，本来大家都可能有不对……”可是赵梅英站起来了。

“你们共产党会有什么不对呀？我也没有什么不对，要我改，办不到！就连我爹妈都没有要我改过！”

“哎呀，梅英……”

“七婶，我对不起你。”赵梅英骄傲地说，“你晓得我的性子，你做好做歹也没有用，反而叫我心里头难过，我又不是跟你闹的。”

“要是你愿意回厂的话……”朱新民同志忍耐地说。

“回厂？你以为我就吃不到这碗饭么？办不到的！”

“那也行。你要晓得这是对你的宽大……”

“我用不着你的宽大！去找他们积极分子去吧。”

“那行！”朱新民同志决然地说，脸孔又发白了，气愤地看了张七婶一眼。

“不行就吃了我么？”赵梅英叫着。她已经在为这种僵局而害怕了，她已经在害怕自己所说的话无法收拾了，而这些话并不是她原来想要说的，本来她是在可怜地想象着，如果厂里真的会有人来看她的话，她就对他们认错。现在，是什么一种恶劣的力量在支持着她呢？她重新因绝望而快意，因绝望而狂暴了。“不行，不行你就吃了我吗？枪毙我吗？！你歇歇去吧！你滚吧！”

邻人们围在周围，使得赵梅英格外骄横。朱新民同志对着她看了一眼，转身走出去了。张七婶急得直拍巴掌，叫着说：“我瞎了眼睛！我瞎了眼睛，该死该死！”跟着跑出去了。邻人们立刻各自回到屋子里去了，没有人来和赵梅英谈一谈的。空洞的昏暗的院子里，又只剩下了赵梅英一个人。

“这下子是完了，我真该死！”她想。

她一直冲进房去，站在房里发起呆来。她哭了两声，接着又冷笑了起来。然后她锁上了门，出去了。她到大街上去游荡。她失魂落魄地在大街上走着，这样似乎缓和了她的痛苦。她心里闪耀着各样的危险的想头，她甚至带着刺心的快乐和伤痛想着，要是有随便什么男人给她几个钱的话，她就跟他去。她甚至在路边上站了下来，想要试一试。

和所有的人敌对着的人，他的心里必然是疯狂的。她走过一家漂亮的百货店，掏出她身上所有的钱来去买一条红花的手帕——她不知道买这个干什么。她奇怪地紧张着，深夜里回来了。她刚刚开了门，就听见了张七婶在隔壁房里叹息的声音。她几乎想都没有想，就跑去推开了张七婶的房门。

“七婶，我也晓得，我对不住你。”她说，靠在门边上，含着讥讽的痛苦的微笑。

“谈不上什么对不住，姑娘。”张七婶冰冷地回答。

“我晓得我搞不好的。”她说

“你这样要糟下去的。”张七婶说。

“糟就糟好了。我也晓得共产党的……不过我改不掉。”

可是张七婶顽强地坐在床边上抽着水烟，再不说什么了。

她心里软弱了。回到房里来，躺在床上，想着过去的所受的旧社会的痛苦，哭了。但是第二天一早上起来，她却换上了一件漂亮的花袍子，并且动手涂起脂粉来。她不知道她要去干什么，但是她总得要去干什么。“我不过是旧社会的女人，像他们说的，好不了的了。”她把嘴唇画得通红的，对自己说。她走到院子里来站着了。张七婶已经上工去了，邻人们走过她的面前都奇怪地看看她。她独自微笑着，好像很骄傲似的。

“怎么——都打扮好了吗？”鸭行里面的流氓头张逢春走进院子来了，拢着绸袍子的袖子，冷笑着说。

“你来干什么？”她惊骇地问。

“我都晓得了。消息灵通哩。我看哇”鸭行流氓说，“你还是不做工的好——像这个样子打扮，才配得上你呀！怎么，预备上哪里去？出去吃点东西吧！”

赵梅英沉默着，她差不多就要答应了。她发觉她所等待的，正是这个流氓——她不要再拒绝他了。可是她觉得还有什么应该再考虑一下。她做过积极分子，她曾经抱着狂热的感情欢呼着新的日子的到来。她突然想到，要是不闹事的话，她现在不是正在厂里，在热闹的车间里，太阳从大窗户照进来，一面听着女伴们唱歌，一面说笑着，在做着工吗？心里面幸福、宁静，将来的日子是光明、确实的，一切都可以感触得到。为什么这些时来她要讨厌积极分子的女工们唱歌呢？她现在要是能再听她们唱一次该是多好啊。在她男人遗弃了她之后，她不是下了极大的决心，要过独立的生活，要重新做人的吗？过去的凄凉痛苦难道还不够吗？父母死了，她倔强地挣扎，二十几年的日子是怎么过来的？解放以后，厂里面对她样样照顾，为什么她又要闹事情呢？

她站着不动。明亮的阳光照耀着她——这个穿着花袍子，涂了脂粉的女人。她的嘴唇在发着抖。

“你走开！”她对鸭行流氓小声地说。

“咦——我等了这些天了呀？”

“你走开！”她软弱可怜地说。

“看哪，钞票！”鸭行流氓掏出皮夹来，在上面弹了一下，说。

她对那皮夹不觉地看了一眼。鸭行流氓就动手来拉她，她挣扎了一下，就被他拖着走了。但走了几步她又挣扎起来。

“我不跟你走！我不跟你走！你以为我是那种人吗？”她叫喊着，可是仍然是不坚定的，那声音是发着抖的。她觉得又痛苦又羞耻，脸孔涨得通红了。鸭行流氓嬉皮笑脸地拉着她，他们就在院子里争执着。

突然地军事代表进来了——高大的身材，披着一件棉军衣。看见了军事代表，赵梅英就像是被刺了一刀似的，尖叫着用力推开了鸭行流氓，跑到台阶边上去了。

军事代表对着冷笑着的流氓看了一眼，明白了一切，就微笑着向赵梅英走去。

“我走这里过的，来看看你。”他说，“你这个月没有做满，不过我们大家商量了一下，下半个月的工钱还是照样发。”

“谢谢你……”赵梅英说，低着头，像石头一样地呆站着。

“这个工钱你拿去吧。”军事代表说。

“我不要……”赵梅英慌乱地说，可怜地发着抖，但突然抬起头来看着军事代表，眼眶里满是眼泪了。

“代表……我这个人真下贱……”她说，“要是……我回厂去，你们准不准？”

“只要你改过！”军事代表简短地、庄严地回答，动了一下披在肩上的棉衣。

“我……改改看！”赵梅英说，立刻在台阶上坐了下来，蒙住了脸。但后来又猛力地抓住她的花旗袍边，把它一下子撕裂，而后大声地、幸福地哭起来了。

“对啦，要改改看！”军事代表大声说，想到，即使是一块石头，也会在这革命的大熔炉里受到锻炼的，脸上就出现了一个愉快的微笑。

一九四九年十一月十日

原载《小说（香港）》第3卷第3期，1949年

图书在版编目（CIP）数据

中国百年工业文学大系：短篇小说卷Ⅰ / 刘宏志主编.
-- 北京：中国工人出版社，2025. 5.
ISBN 978-7-5008-8561-0
Ⅰ. I211
中国国家版本馆CIP数据核字第2025J3216N号

中国百年工业文学大系：短篇小说卷Ⅰ

出 版 人 董　宽
责任编辑 宋　杨
责任校对 张　彦
责任印制 黄　丽
出版发行 中国工人出版社
地　　址 北京市东城区鼓楼外大街45号　邮编：100120
网　　址 http：//www.wp-china.com
电　　话 （010）62005043（总编室）　62005039（印制管理中心）
（010）62379038（社科文艺分社）
发行热线 （010）82029051　62383056
经　　销 各地书店
印　　刷 北京印刷集团有限责任公司
开　　本 880毫米×1230毫米　1/32
印　　张 25.5
字　　数 500千字
版　　次 2025年6月第1版　2025年6月第1次印刷
定　　价 128.00元
